▲ 스페인령 쿠스코 자치구
1533년 11월에 피사로 휘하의 정복자들은 쿠스코를 점령했고, 이듬해 3월에 '스페인령 쿠스코 자치구'가 공식 선포
되었다. 이때부터 쿠스코는 서서히 본래의 면모를 잃고 스페인식으로 변해갔다.

▲ 티티카카 호수
세계에서 가장 높은 곳에 위치한 호수로, '하늘호수'라고도 불린다. 잉카 왕조의 시조로 여겨지는 신화 속
두 주인공, 망코 카팍과 마마 오클로가 티티카카 호수에서 왔다고 전해진다.

▲ 퓨마 머리 형상의 의례용 나무 단지, 케로스

잉카인들은 하늘은 독수리, 땅은 퓨마, 땅속은 뱀이 지배한다고 믿었다. 특히 퓨마는 권력의 상징
이었다. 이러한 정신 세계를 반영하듯 쿠스코는 도시 전체가 퓨마의 형상이다.

잉카

INCA
LA LUMIÈRE DU MACHU PICCHU(volume 3)
by Antoine B. Daniel

International rights management for XO Editions: Susanna Lea Associates
Copyright © XO Editions, 2001

Korean Translation Copyright © MUNHAKDONGNE Publishing Corp., 2007
This Korean edition was published by arrangement
with Editions XO / Susanna Lea Associates through Sibylle Books Literary Agency, Seoul
All rights reserved.

이 책의 한국어판 저작권은 Sibylle Books Literary Agency를 통해
XO Editions / Susanna Lea Associates와 독점 계약한 (주)문학동네에 있습니다.
저작권법에 의해 한국에서 보호를 받는 저작물이므로
무단 전재 및 무단 복제를 금합니다.

이 도서의 국립중앙도서관 출판시도서목록(CIP)은
e-CIP 홈페이지(http://www.nl.go.kr/cip.php)에서 이용하실 수 있습니다.
(CIP제어번호: CIP2007003449)

잉카

앙투안 B. 다니엘 장편소설 — 진인혜 옮김

3

마추픽추의 빛

문학동네

잉카

전3권

내게 말해다오,
보석이 빛을 발하지 않았거나
땅이 제때에 돌이나 낟알을 건네주지 않아,
나 여기서 벌 받아 죽었노라고.
그대들이 떨어져 죽은 바위와
그대들을 못 박아 매달았던 나무 기둥을 내게 가리켜다오.
그 오랜 부싯돌을 켜다오,
그 오랜 등불을, 그 오랜 세월 짓무른 상처에
달라붙어 있던 채찍을
그리고 핏빛 번뜩이는 도끼를.

파블로 네루다, 「마추픽추 산정」 중에서

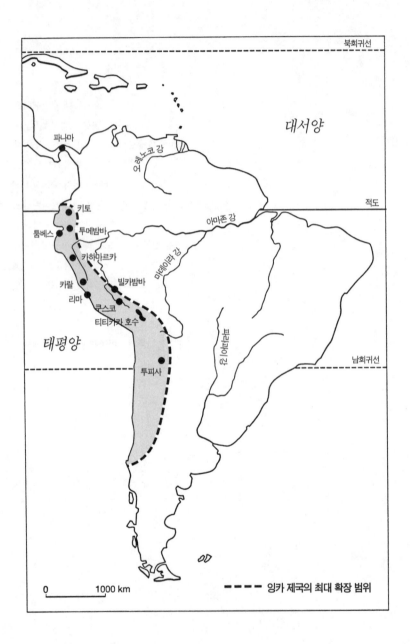

북회귀선

대서양

파나마

오레노코 강

키토

적도

투메밤바

아마존 강

툼베스

카하마르카

마데이라 강

카랄

빌카밤바

리마

쿠스코

티티카카 호수

파라나 강

태평양

남회귀선

투피사

0   1000 km   ▬ ▬ ▬ 잉카 제국의 최대 확장 범위

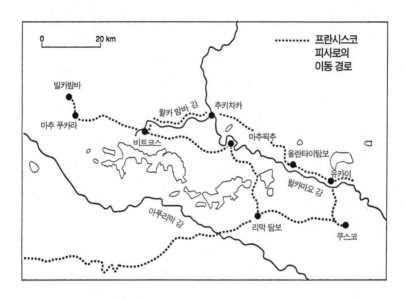

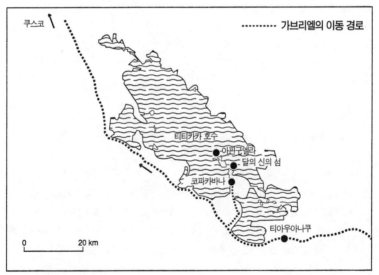

:: 일러두기

1. 스페인 콩키스타도르들의 잉카 제국 정복 당시, 잉카인들의 공용어는 케추아어였다. 하지만 문자언어가 아니었던 까닭에 케추아어의 정확한 표기에 대한 기록이 남아 있지 않으며, 케추아어의 표준 표기법이 만들어진 지금에도 정확한 표기법에 대해 의견이 분분한 상황이다. 따라서 이 책에 나오는 잉카 제국의 고유 지명이나 인명 등은 원서에 쓰인 알파벳 발음대로 한글 표기했음을 밝혀둔다.

2. 이 책에 나오는 생소한 잉카 관련 용어들은 본문에 별도로 표시하지 않고 책 뒷부분에 '용어 해설'을 실어두었다.

아나마야 미지의 푸른 눈을 지닌 잉카 왕족 혈통의 처녀. 우아이나 카팍 왕 분신 형제의 아내인 '코야 카마켄'이 되어, 잉카 제국의 참담한 비극의 역사 한복판에 놓이게 된다. 제국의 적, 콩키스타도르인 가브리엘을 사랑하지만, 티티카카 호수로 사랑을 찾아가는 길은 적의와 음모, 탐욕으로 점철되어 있다.

가브리엘 몬테루카르 이 플로레스 스페인 탈라베라 후작의 서자. 피사로 총독 휘하의 콩키스타도르가 되어 잉카 제국의 땅에 발을 내딛지만 그가 원하는 것은 황금도 명예도 아니다. 스페인과 잉카 제국의 평화로운 조화를 위해, 아나마야와의 운명적 사랑을 위해, 불의와 탐욕, 학살의 전장 한복판으로 뛰어든다.

세바스티안 데 라 크루스 비천한 출신인 자신을 우정과 온정으로 대하는 가브리엘을 물심양면으로 돕는 의리 있는 친구. 가브리엘을 위해서라면 죽음의 길도 마다하지 않는다.

페드로 데 칸디아 콩키스타도르의 일원이자, 가브리엘이 세바스티안과 더불어 신뢰하는 그리스인 친구.

망코 쿠스코의 우아스카르 씨족으로, 콩키스타도르의 정복 아래 잉카의 '유일한 군주'가 된다. 그러나 그 앞에 놓인 것은 제국의 절대 권력이 아니라, 황금빛 찬란한 제국이 콩키스타도르들에게 무참히 짓밟히는 비극의 역사다.

파울루   어릴 적 망코와 깊은 형제애를 나누었지만, 알마그로에 의해 쿠스코의 잉카로 새로이 등극한다. 매우 현실적인 인물.

프란시스코 피사로   콩키스타도르의 총독. 제국 정복의 1인자를 꿈꾸는 그에게 걸림돌이 되는 것은 아무것도 없다. 인자한 아버지 같은 얼굴로 가브리엘을 자신의 목적을 위해 이용하려 한다. 죽음이 머지않은 그에게 남은 것은 권력과 음모, 배신의 어두운 그늘뿐이다.

에르난도 피사로   피사로 총독의 첫째 동생. 오만하고 악랄한 성품의 소유자. 가브리엘에 대한 질투와 분노가 대단하다.

후안 피사로   피사로 총독의 둘째 동생. 총독의 세 동생 중에서 그나마 인간적인 면모를 갖춘 인물. 정복 전쟁의 와중에 비참한 죽음을 맞는다.

곤살로 피사로   피사로 총독의 막내 동생. 자신의 탐욕을 채우기 위한 악행이라면 물불을 가리지 않는다.

구아이파르   잉카족 장교. 망코의 두번째 아내인 쿠리 오클로의 오빠. 망코 휘하의 병사들 손에 참담한 죽음을 맞이한다.

빌라 오마   잉카 제국의 현자이자, 태양신 신전의 대신관. 전쟁의 욕망 앞에 냉철한 이성을 잃고 만다.

난쟁이 침부   어린 시절 잉카족에게 생포된 카나리족 부족민으로, 이후 우아이나 카팍 왕의 양자가 된다. 아나마야의 헌신적인 친구가 되어, 가브리엘과의 사랑을 맺어주기 위해 애쓴다.

바르톨로메   세비야 감옥에서 가브리엘과 함께 투옥되었던 스페인의 수도사. 콩키스타도르의 일원이 되어 다시 가브리엘과 조우한다. 곤경에 처하는 가브리엘을 이성적으로 돕는다.

카타리 '돌의 대가'라 불리는 잉카 제국의 젊은 현자. 아나마야와 함께 유일한 군주 망코를 보좌하고 위기에 처한 가브리엘을 구한다.

쿠리 오클로 망코의 두번째 아내이자 구아이파르의 여동생. 남편 손에 오빠가 목숨을 잃는 잔인한 운명 앞에 좌절하여 콩키스타도르들의 살기와 탐욕에 몸을 내던진다.

| 차례 |

제1부

1

1536년 5월 1일, 쿠스코

정오가 조금 안 된 시각, 가브리엘은 곤살로 피사로가 머무는 칸차의 모퉁이로 가서 몸을 웅크렸다. 아무도 그에게 눈길을 주지 않았다. 몇 주째 입고 있는 더러워질 대로 더러워진 그의 튜닉 탓이다. 그는 다시 자라난 금발의 수염을 감추기 위해 뺨에 진흙을 발랐다. 스페인 사람들에게는 누더기를 걸친 초라한 인디언, 이즈음 쿠스코의 골목길에서 흔히 만날 수 있는 빈민 중 하나로 보일 따름이다. 이마 위로 푹 눌러쓴, 모서리가 괴상할 정도로 뾰족한 사각 모자 때문에 인디언들은 그를 티티카카의 농부쯤으로 여겼다. 하지만 그의 운쿠 안에는, 그의 모든 희망이 실린 짤막한 청동 곤봉이 가죽끈으로 허리춤에 묶여 있었다.

첫 동이 트는 새벽에 그는 쿠스코 시로 들어왔다. 망코와 빌라 오마가 모집한 전사들의 끝없는 물결을 피해 밤을 틈타, 칼카에서부터 내처 걸었다. 어둠 속에서 두세 번쯤 길을 잃는 바람에 여정이 길어졌지만, 그는 분노와 고통으로 발걸음을 재촉하며 잠시도 쉬지 않았다.

햇볕에 따뜻해진 커다란 벽 발치에서 몸을 웅크리자, 가브리엘은 그제야 피로와 허기로 사지가 뻣뻣해졌다. 하지만 먹을 것을 찾기 위해 그 자리를 떠날 생각은 한순간도 들지 않았다. 그의 시선은 칸차 문에 붙박여 있었다. 먹고 자는 일이 여전히 의미 있는 것이라면, 나중에라도 얼마든지 시간이 있으리라.

그는 곤살로를 죽이기 위해 이곳에 있었다. 더이상의 의무는 없었다.

✳

두 시간 동안 곤살로는 코빼기도 내비치지 않았고, 총독 형제의 집에는 하인들과 소수의 추종자들만 들락거렸다. 대부분이 낯선 얼굴로, 그 태도와 옷차림에서 아직도 스페인 냄새가 나는 자들이었다. 먼지 속에 장화 뒤축을 처박는 태도에서 새 지배자들의 오만함이 물씬 풍겼다.

가브리엘은 피로감에 눈이 감겼다. 갈증과 허기로 이따금 머리끝에서 발끝까지 몸이 떨려왔다. 하지만 약간의 물과 먹을거리를 얻겠다고 결코 감시를 멈출 수는 없었다. 그는 곤살로를 때려눕혀서 드디어 세상이 그자의 악행으로부터 정화될 순간을 상상했다! 그는 목에 걸고 있는 천 주머니에서 코카 잎 몇 장을 꺼내어 허기가 가실 때까지 우적우적 씹었다.

난쟁이의 끔찍한 이야기가 떠오를 때마다 그는 관자놀이가 떨려왔다.

"곤살로가 아나마야의 방에 들어갔어요. 아나마야는 자고 있었죠. 그녀가 잠에서 깼을 때, 놈은 이미 그녀의 몸을 더듬거리고 있었어요.

그녀는 비명을 질렀고, 곧 난투가 벌어졌죠. 망코 군주님이 당장 그자를 죽이려고 하셨지만 아나마야는 이방인들이 유일한 군주님께 복수할지도 모른다고 몹시 걱정했어요. 그래서 동 트기 전에 우리는 쿠스코를 탈출했지요……"

여러 날 되씹다보니, 그 끔찍한 말은 영상이 되고 그 영상은 뜨겁고도 차가운 증오를 키워냈다. 그것은 갈증과 허기보다 훨씬 더 신경을 날카롭게 벼렸다. 그는 공기를 한 모금 들이마실 때마다 복수심을 다졌다. 그는 눈을 계속 부릅뜬 채, 감각이 사라진 손가락으로 곤봉 손잡이를 다시 움켜쥐었다.

*

오후의 뜨거운 태양은 가브리엘을 짓누르고 끝내 그의 얼을 빼놓았다. 입에 먼지를 가득 머금은 채 잠이 든 가브리엘은 곧 악몽 속으로 빠져들었다. 꿈속에서 그는 멀리 있는 아나마야를 보았다. 그녀는 단호한 얼굴로 황금으로 된 남편을 끌어안고 선언했다.

"우린 당신네 이방인들과 맞서 전쟁을 할 거예요. 산신들과 우리 조상들이 소멸되지 않도록 우리는 사랑과 용기가 필요해요. 내 황금 남편이 싸울 때 난 그의 곁에 있겠어요. 거기가 내 자리니까. 당신은 내게서 멀어져야 해요……"

그는 원수처럼 서로 맞설 수는 없다고 항의하려 했다. 하지만 아무리 입술을 달싹여도 소리가 나오지 않았다. 그는 목소리를 내려고 초인적으로 노력했다. 아나마야에게 애원하고, 무정한 시선을 거두어달라고 간청했다. 하지만 아무것도 되지 않았다. 그의 목구멍에서는 아무

소리도, 비명조차 새어 나오지 않았다. 그는 갑작스럽게 잠에서 깨어났다. 자신의 신음 소리가 들릴 만큼. 머릿속에서 아나마야의 모습이 떠나지 않아, 주변이 금세 눈에 들어오지 않았다.

가브리엘은 잠시 악몽에 무기력하게 쫓기는 듯했다. 그러더니 자기 가슴에 박힌 단검의 손잡이를 잡아 흔들듯 자신의 대답을 선명히 떠올렸다. 칼카에서 사랑의 밤을 보낸 뒤 그가 그녀에게 한 대답이었다.

"그럼 우린 서로 싸워야겠군요. 전쟁을 하는 동안 당신의 자리가 내 곁이 아니라 망코 옆이라면, 그건 내가 다른 사람들처럼 '이방인'이기 때문이겠죠. 그러니까 내 자리는 이방인들 틈에 있는 거예요."

아나마야의 입술이 고통으로 떨렸다. 그녀는 손가락 끝으로 그의 뺨을 스치면서 나직이 말했다.

"당신은 퓨마예요, 내 사랑! 당신은 이 세상에서나 다른 세상에서나 내 몸을 가질 수 있는 유일한 남자예요. 내 마음에 이르러 나를 행복의 세상으로 데려갈 수 있는 사람은 오직 당신 한 사람뿐이에요."

가브리엘은 자기도 모르게 미소 지었지만, 진흙이 말라붙은 두 뺨 위로 두 줄기 눈물이 흘러내렸다. 그렇다. 그는 자기가 아나마야를 사랑하는 것만큼 그녀도 자기를 사랑한다는 것을 의심하지 않았다.

하지만 둘 사이에 가능한 것은 아무것도 없었다. 수년 전에 죽은 잉카 군주의 신비한 아내와, 옛 동료들 사이에서조차 더이상 아무것도 아닌 이방인 사이에는 머나먼 거리와 숱한 비극이 가로놓여 있었다.

그렇다, 이제 그에게 남은 일이라고는 곤살로를 죽이는 것밖에 없었다. 그리고 그 역시 죽을 수 있다면 운명에 감사하리라!

*

저녁 어스름이 내리기 직전, 드디어 가브리엘이 기다리던 일이 벌어졌다. 시끌벅적한 소동에 그는 몽상에서 깨어났다. 지독한 욕설과 고함 소리가 골목길을 가득 채웠다. 가브리엘이 넓적다리에 힘을 주며 일어서자 무릎에서 우두둑 소리가 났다. 주둥이를 쫙 벌린 돼지 한 마리가 불쑥 나타났다. 털이 새까맣고 커다란 돼지였다. 무게가 이십 킬로는 족히 되고, 말의 뱃가죽이라도 찢을 법한 멧돼지의 송곳니가 드러난 안달루시아의 진짜 '세라노'.

그러더니 대번에 다른 돼지들도 몰려왔다. 서른 마리쯤 되는 돼지가 목 따는 듯한 소리로 울부짖으며 머리를 숙이고 내달렸다. 수컷들은 똑바로 돌진해 칸차 벽에 황갈색 머리를 부딪치는 반면, 배가 무거운 암퇘지들은 먼지 속에 젖퉁이를 질질 끌며 달렸다. 질겁한 십여 마리의 새끼 돼지들이 뒤따라 비명을 질렀고, 고래고래 소리치는 몇몇 인디언의 다리 사이로 지그재그로 지나갔다. 인디언들은 고약한 냄새를 풍기는 돼지 떼를 몰아대느라 쩔쩔맸다.

지저분한 튜닉을 입은 농부들은 장대를 들고서 이리저리 들뛰었다. 돼지치기 대열에 이제 막 뽑혀 들어간 그들은 막대기로 돼지 엉덩이를 때릴 엄두도 내지 못했다. 그렇기는커녕 돼지 새끼가 자기들을 떼밀기라도 하면 도망칠 태세였다. 저만치 뒤쪽에는 한 무리의 쿠스코 사람들이 모여 서서, 눈을 휘둥그레 뜬 채 웃으면서 희귀한 소동을 구경하고 있었다.

가브리엘도 고함을 지르며 골목길 가운데로 뛰어들었다. 그는 돼지들의 퉁퉁한 엉덩이를 몇 차례 걷어차고, 어린 수컷 돼지의 두 귀를 잡아챘다. 갑자기 돼지들이 꼼짝도 하지 않았다. 돼지들은 콧잔등을 쳐들고 귀청을 찢는 울부짖음도 멈춘 채 이상하게도 주의 깊은 시선을 던졌다.

돼지치기들도 똑같이 얼이 빠져서 난입자를 의심쩍게 쳐다보았다. 가브리엘은 그들을 안심시키기 위해 케추아어로 인사했다. 그가 그 짐승들을 어디로 몰고 가는지 묻자, 처음에는 아무도 대답하지 않았다. 그는 자신의 차림새며, 마른 진흙이 떨어져 나가고 입술 끝에 초록색 코카 즙이 조금씩 흐르는 얼굴만큼이나 자신의 억양에도 그들이 놀라고 있음을 깨달았다. 이윽고 한 남자가 손을 들어 곤살로의 집 쪽을 가리켰다.

"저 이방인의 집으로요. 이놈들은 그 사람 것이거든요. 오직 잡아먹을 요량으로 카하마르카에서 데려왔답니다!"

남자의 목소리에는 존경심 못지않게 의혹도 배어 있었다. 한순간, 가브리엘은 드디어 자신에게 기회가 찾아왔음을 깨달았다.

"내가 도와드리지요. 이 짐승들을 다룰 줄 알거든요."

✻

돼지 떼가 칸차의 좁은 사다리꼴 문을 넘어서기까지 한동안 난투를 벌여야 했다. 더욱더 요란한 소동이 벌어졌다. 젊은 인디언 하녀들은 흥분한 짐승들을 보고 도망쳤다. 돼지들은 이 끝에서 저 끝으로 안뜰을 질주하며 단지를 뒤엎어 깨뜨리고 글겅이질을 받고 있던 말들의 신경을 건드렸다.

곤살로의 집은 가브리엘이 떠나 있던 이 년 동안 그다지 변한 게 없었다. 기껏해야 스페인의 훌륭한 목공술로 만든 견고한 문을 새로 달고, 뜰에 말을 매어둘 난간을 세웠을 뿐이다.

가브리엘은 더이상 돼지를 돌보지 않고 안뜰 가운데로 갔다. 오래 기다릴 것도 없었다. 옆 뜰에서 웃음소리와 증오스러운 목소리가 들려왔다.

가슴 장식이 달린 셔츠와 짧은 벨벳 바지 차림에 번쩍이는 장화를 신은 곤살로가 추종자 둘과 함께 나타났다. 그들은 인디언처럼 보이는 가브리엘을 알아보지 못하고 소동을 즐겼다. 그들 중 하나가 젊은 하녀를 붙잡아 가장 사나운 새끼 돼지에게 내보이며 희롱했다. 돼지가 여자에게 돌진하기 전, 가브리엘이 별처럼 생긴 곤봉을 휘둘러 남자의 팔을 재빨리 한 대 후려쳤다. 그 얼간이가 밀려나며 하녀를 놓쳤다.

"빌어먹을! 손목이 부러질 뻔했잖아, 이 원숭이 같은 놈!"

겉이 번지르르한 남자가 투덜거렸다.

화가 난 곤살로와 그의 동료가 가브리엘을 치려다가, 그가 모자를 벗고 얼굴을 드러내자 그대로 굳어버렸다. 가브리엘은 더 잘 알아볼 수 있도록 손등으로 흙 묻은 뺨을 훔쳤다.

곤살로가 제일 먼저 여유와 빈정거림을 되찾았다.

"이렇게 놀라운 일이 있나! 친구들, 돼지와 함께 우리에게 배달된 돈 가브리엘 몬테루카르 이 플로레스를 소개하지! 아, 그래, 드디어 자네에게 어울리는 자리를 찾았구먼!"

곤살로 양옆에 선 사람들이 어느새 칼집에서 검을 빼들고 있었다. 가브리엘은 그들을 무시했다.

"자네가 도망쳐서 자취를 감춰버렸다고, 죽었을지도 모른다고들 떠들더니. 웬걸, 이렇게 더러운 몰골로 살아 계실 줄이야! 자네를 이 꼴로 내버려둔 걸 보니, 프란시스코 형님이 드디어 자네 엉덩이를 걷어찰 결심이라도 하신 건가?"

곤살로가 여전히 비웃었다.

가브리엘의 눈에서 난폭한 기운이 넘쳐흘렀다. 곤살로와 그의 동료들이 두 발짝 물러섰다.

"지옥 문이 네놈에게 열렸다, 곤살로. 지옥에 마련된 네 자리로 갈 때가 된 거지!"

가브리엘이 곤봉을 휘두르며 씩씩거렸다.

"이봐, 그걸로 나를 겁주겠다는 거야?"

곤살로가 웃음보를 터뜨렸다.

"곤살로, 이걸로 네놈의 불알을 으깨주마! 운도 없는 놈. 난 네놈의 비열한 성질머리를 벌해달라고 신에게 비는 사람이 아니거든. 직접 나서는 것에 기쁨을 느끼지."

두려움에 사로잡힌 곤살로 패거리들의 입가에 잠시 경련이 일었다. 그 틈을 타 가브리엘이 달려들었다. 검들이 엇갈렸다. 가브리엘은 힘센 팔로 검을 물리쳤다. 청동 곤봉이 칼날에 부딪혀 울렸다. 곤살로는 살짝 뛰어 물러나면서 바지에서 단검을 빼냈다. 그는 재빠른 공격으로 가브리엘의 팔을 찌르려 했다. 하지만 그의 칼날은 허공만 베었고, 그는 거칠게 움직이다가 균형을 잃었다. 가브리엘은 몸을 굽혀 다른 두 사람의 검을 피하면서, 곤살로의 넓적다리에 세찬 일격을 가했다.

곤살로는 고통스러운 비명을 지르며 뜰 한가운데에 주저앉았다. 가브리엘이 다시 공격하려 했지만, 다른 이의 검 끝이 그의 운쿠를 베고 옆구리를 스쳤다. 그가 바닥을 구르는 사이, 곤살로 패거리 둘이 좌우에서 허공을 후려쳤다. 가브리엘은 곤봉으로 칼날을 막았지만, 애석하게도 칼날에 심하게 팬 손잡이는 금세 부서졌다.

가브리엘은 자기가 잉카 전사들의 무기를 검으로 망가뜨릴 때 그들에게서 수없이 보았던 끔찍한 무력함을 잠시 생각했다. 그들처럼, 그도 곧 칼에 자기 살을 내어줄 수밖에 없을 터였다. 그 순간 그에게 좋은 생각이 떠올랐다.

그는 증오의 울부짖음과 함께, 투석기가 돌을 날리듯 가장 가까이 있는 얼굴을 향해 청동 곤봉을 내던졌다. 스페인 남자는 미처 몸을 피하지 못했다. 청동이 그자의 뺨에 박혀 뼈를 으드득 으깨었다. 다른 투사가 공포에 질린 틈을 타, 가브리엘은 싸움 때문에 어리벙벙한 새끼 돼지 한 마리를 붙잡아 와서는 손발이 흔들리는 괴상한 방패처럼 휘둘렀다. 그때 상대방이 검으로 찌르려고 오른다리를 내밀었다. 검은 돼지의 지방 덩어리에 박혔다. 깊숙이 박힌 검은 끈적거리는 살덩이에서 잘 빠져나오지 않았다. 가브리엘은 몸을 돌려, 새끼 돼지를 뜰 반대편으로 힘껏 내던졌다. 그 충격으로 불쌍한 돼지의 내장이 검에 찢겼다. 돼지가 죽어가며 꽥꽥대는 사이, 가브리엘은 무기를 놓친 상대방의 배를 발로 한 대 걷어차서 밀쳐냈다.

이제 두 번만 펄쩍 뛰면 곤살로를 덮칠 수 있었다. 가브리엘은 미친 듯이 곤살로에게 달려들어 그의 목을 옥죄었다.

"끝났어, 곤살로. 끝났다고. 이 세상은 더이상 널 필요로 하지 않아!"

그가 나직이 말했다.

곤살로의 질식한 시선에 정신을 빼앗긴 가브리엘은 등뒤의 고함 소리도 장홧발 소리도 듣지 못했다. 바닥에 쇠를 붙인 신발의 앞축이 옆구리로 파고들 때, 그는 고통도 고통이거니와 놀라움으로 숨이 멎을 뻔했다.

그는 움켜쥐었던 목을 놓치며 곤살로의 다리 위로 쓰러졌다. 몸을 일으키기도 전에 관자놀이를 또 한 대 얻어맞고 기진맥진했다. 그는 붙잡혔다. 머리가 어지럽고 앞이 보이지 않아 더이상 몸부림치지도 못했다. 등뒤로 손이 묶이는 것도 겨우 알아차렸다. 낙담하고 격분한 그가 사력을 다해 일어서려는 듯 보이자, 놈들이 정말 그를 끝장냈다.

정말로 일이 그렇게 되는 듯했다. 그는 목덜미에서 뜨거운 불길이 솟는 것 같았다. 그리고 암흑이었다.

*

어둠이 붉어지고 희미해지더니 참을 수 없는 고통으로 바뀌었다. 마치 머리부터 발끝까지 얻어맞은 것처럼, 망치질하는 듯한 소리가 가브리엘의 내부를 울렸다. 그는 두 손을 마음대로 움직일 수 있다는 것을 깨닫고 놀랐다. 손가락을 얼굴에 갖다 대보니, 미지근한 피가 끈적거렸다.

그는 눈을 떴다. 주변 모습이 차츰 눈에 들어왔다.

그는 어느 방의 다져진 흙바닥 위에 누워 있었다. 그는 그 방을 알아보았다. 아주 오래전, 돈 프란시스코의 명령에 따라 쿠스코를 떠나기 전에 머물던 바로 그 방이었다.

어리둥절한 채로 그는 일어나 앉았다.

술통처럼 퉁퉁하고 덩치 큰 남자가 벽에 고정된 사슬을 나무망치로 두들겨 가브리엘의 오른쪽 발목에 조심스럽게 채웠다. 덩치가 큰데도 남자의 손놀림은 놀랍도록 정확했다. 가브리엘은 묵묵히 맡은 일을 하고 있는 이 남자를 눈여겨보았다. 그의 검은 눈동자에는 잔인함도 기쁨도 드러나 있지 않았다. 오히려 난처한 기색이었다. 네 명의 남자가 가브리엘을 둘러싸고 사나운 표정으로 노려보고 있었다.

"이름이 뭔가?"

가브리엘이 물었다.

"엔리케 에르모소입니다. 하지만 친구들은 키케라고 부르지요."

"자네 할 일을 하게, 키케. 다른 것은 전혀 신경 쓰지 말고."

키케는 한숨을 쉬며 일을 계속하자, 가브리엘은 이를 악물었다. 그는 새로 도착한 낯선 얼굴들을 관찰하는 데 열중하려고 애썼다. 피사로 집안의 가문(家紋)인, 석반석 위를 걷는 두 마리 곰에게 둘러싸인 소나무와 사과들이 새겨진 그들의 두툼한 가죽 조끼도 하나같이 새것이었다. 그들이 어깨로 아무렇게나 받치고 있는, 칼날이 초승달 모양인 미늘창도 새것이었다. 그들이 갑자기 비켜서며 키 큰 남자에게 자리를 내주었다. 남자는 수염이 정교하게 다듬어져 있었고, 빳빳하게 풀을 먹인 나무랄 데 없는 레이스 목가리개를 두르고 있었다. 돈 에르난도 피사로였다. 가브리엘은 그다지 놀라지 않았다.

"곧 끝납니다, 나리."

퉁퉁한 남자가 말했다.

남자가 마무리 망치질을 하다가 하마터면 가브리엘의 발목에 상처를 입힐 뻔하자, 가브리엘이 신음 소리를 냈다.

남자가 어색하게 웃으며 말했다.

"발에 이 사슬이 있으면 춤추러 갈 엄두도 못 내지요, 돈 에르난도!"

"좋아, 엔리케. 우린 몬테루카르 이 플로레스 나리께 우리 식으로 무도회를 열어드릴 거다."

에르난도가 즐거워했다.

퉁퉁한 남자가 한숨을 내쉬며 일어섰다. 가브리엘은 일어서면서 토할 것 같은 현기증을 숨기려 이를 악물었다. 다리 통증이 극심했지만 간신히 버텼다.

에르난도가 고개를 저었다.

"시간이 흘렀어도 자네는 그다지 변한 게 없군, 돈 가브리엘. 입술에 짜증을 달고 사는 자네와 헤어졌는데, 이 년 반 뒤에도 비슷한 모습을 보게 됐으니! 하긴, 자네 꼴을 보면 정확한 말이 아니긴 하지. 조금 더 천해지고, 거름 웅덩이에라도 빠진 몰골이니 말이야!"

가브리엘이 피 섞인 침을 뱉었다.

"그래, 자네가 온 뒤로 이곳에 뭔가 냄새가 떠돈다 했더니만 바로 그 때문이구먼."

에르난도가 말했다.

가죽 조끼를 입은 남자 하나가 앞으로 나서려 하자, 에르난도가 손짓으로 저지했다.

"몬테루카르, 이번에는 돈 프란시스코가 자네를 곤경에서 구해줄 거라 기대하지 마. 이제 이곳의 주인은 나거든. 내 총독 형님이 스페인에서 돌아온 나를 보고 기뻐한 나머지 나를 정식으로 총독 대리로 임명하셨지. 그리고 다행스럽게도 형님이 드디어 자네를 제대로 보게 되셨단 말이지. 형님이 맡긴 임무를 자네가 어떻게 내팽개쳤는지 아셨으니까!"

"잘 먹고 잘 사시오! 아무리 그럴듯한 직함도 인간의 졸렬함은 제대로 감춰주지 못하는 법이지. 당신은 똥이고, 내내 똥으로 남을 거요, 돈 에르난도."

가브리엘이 벽에 기대면서 식식거렸다.

에르난도가 장갑 낀 손으로 뺨을 세게 후려쳐 가브리엘의 윗입술을 터뜨리자, 가브리엘은 넘어지며 손으로 바닥을 짚었다.

"허세 부릴 처지가 아닐 텐데, 더러운 개자식! 당장이라도 너 같은 똥덩어리는 짓밟아버릴 수 있어. 네 내장을 말끔히 비워낼 생각만 하는 곤살로의 두 손에 넘겨줄 수도 있다고! 하지만 그건 네게 너무 과분한 영광일 거야. 톨레도 사람들이 내게 열성껏 설명해주기를, 자기들은 소송을 좋아한다더군. 그래, 내가 널 상대로 소송을 제기하지! 정식으로. 우리가 왜 몬테루카르 이 플로레스 집안의 더러운 사생아를 교수형에 처했는지 스페인 전체가 알게 될 거야. 이봐, 페루 땅에서 왕권을 배신한 첫번째 배신자의 이름을 기리 기억하게 될 거라고!"

에르난도가 야유의 휘파람을 불었다.

피투성이가 된 가브리엘의 입에서 기묘한 냉소가 새어 나왔다.

"그 소송을 빨리 처리해야 할걸, 에르난도! 네 잘난 동생들이 망코와 그의 종족을 하도 잘 대해줘서 잉카족이 피에 굶주린 맹수로 돌변했거든. 망코와 그의 장군들이 쿠스코 북쪽 골짜기에 수십만 명의 부하들을 집결시켜놨어. 내 눈으로 직접 봤지. 내일이나 모레쯤이면 두 배가 될 거고, 여기로 오겠지……"

그의 말은 에르난도를 둘러싼 부하들에게 예측한 대로의 효과를 불러일으켰다. 냉혹하고도 진지한 시선들이 엇갈렸다. 에르난도의 웃음에서는 경멸의 냄새가 흠씬 배어났다.

"그거 새로운 소식이군! 그 웃기는 놈들이 돌멩이와 나뭇조각을 가지고 도시를 되찾을 생각이라면, 사정은 마찬가지겠지. 놈들은 산산조각 날 거야. 돈 가브리엘, 내가 너라면 그런 터무니없는 기대는 하지 않을 거야. 야만인들에게 기대하기보다는 기도나 드리는 게 앞으로 닥칠 일에서 빠져나올 수 있는 더 확실한 방법일걸!"

2

1536년 5월 3일, 쿠스코

그에게는 짚자리조차 제공되지 않았다. 간수가 한쪽 구석에 물병 하나와 삶은 옥수수 이삭 세 개를 놓아두었지만, 이틀 동안 그는 거의 손도 대지 않았다. 퉁퉁한 간수가 다가와 그가 아직 살아 있는지 확인하는 순간, 그가 게슴츠레 눈을 떴다.

"돈 가브리엘? 접니다, 키케. 마지막으로 제게 남은 것은…… 죄송하게도……"

키케가 가브리엘의 발목 위로 나무망치를 미끄러뜨리는 시늉을 했다. 가브리엘은 별것 아니라는 듯이 한 손을 들었다. 기침 비슷한 웃음소리가 그의 목구멍에서 새어 나왔다.

"난 자네 솜씨가 더 좋은 줄 알았는데. 그때 고의로 그런 건 아니지?"

"물론입니다, 돈 가브리엘. 맹세해요! 저는 돈 에르난도의 명령까지

어겨가며 그걸 나리께……"

간수는 한 손으로 가브리엘의 추스파를 가리켰다. 몸 전체로 퍼지는
고통을 잊기 위해, 가브리엘은 그의 하나뿐인 보따리에 들어 있던 코카
잎을 모두 씹은 터였다. 실은 너무 많이 씹어서 무미해진 잎사귀 반죽
이 그의 입속에서 계란만 하게 부풀어 있었다.

"고맙네, 키케. 이제 날 그냥 내버려둬."

그가 조용히 말했다.

퉁퉁한 남자는 가브리엘의 목을 받치고 물을 먹여주었다. 남자의 시
큼한 땀 냄새가 역겹긴 했지만, 극도로 쇠약해진 가브리엘은 가까운 사
람이 옆에 있다는 것이 기적처럼 여겨져 눈물이 솟았다.

그는 다시 혼자가 되었다.

피로는 희미해졌지만, 바닥에 누워 있을 때조차 그를 내버려두지 않
는 구토가 이어졌다. 갑작스러운 발열로 그는 덜덜 떨며 벽 발치에 몸
을 오그리고 손으로 사슬을 움켜쥐었다. 마치 죽음 속으로 빠져드는 것
을 사슬이 막아줄 수 있기라도 한 것처럼.

잠들기가 두려웠다. 하지만 잠은 곧 찾아들었고, 그는 어김없이 기
이한 착란에 사로잡혔다. 꿈이라고 믿을 수 없을 만큼 현실처럼 생생한
영상에 쫓겼다.

흰 속옷보다 더 하얗고 이름이 기억나지 않는 사막의 소금 껍질 속
으로 불쑥 빠지는 밤색 말의 다리가 선명하다. 말발굽과 부러진 다리
사이에서 물이 꾸르륵 소리를 낸다. 밤색 말의 휘둥그런 두 눈이 애원
하며 그를 쳐다본다. 태양이 그를 검게 태우는 동안 두 팔로 말의 머리
를 끌어안은 채 오랫동안 꼼짝도 하지 않는 자신의 모습이 보인다. 그
러더니 대번에 그의 단검이 말의 목에 박힌다.

어떤 동물의 몸 속에 든 것보다도 훨씬 더 많은 피의 물결이 분출해, 햇볕도 그 피를 응고시키지 못한다. 부글부글 끓어오르며 모든 것을 집어삼키려는 듯한 피.

태양은 이제 거대하다. 너무 커서 땅의 지평선 위에 있는 것처럼 보였고, 그늘 한 점 없다. 가브리엘은 말의 시체 안에 숨어서 태양을 피해보려 한다. 그런데 그가 과일을 쪼개듯 말의 배를 열자, 그 자신이 짐승이 된다. 펄쩍 뛰어 그 죽음의 장소를 벗어날 수 있는 맹수와도 같은 존재가 된다.

터무니없는 꿈으로 그는 강렬한 기쁨에 휩싸인다. 그의 눈에 보이는 것, 그가 경험하는 것은 이제 이성과는 관련이 없다. 다시 멀어진 태양은 온화하다. 사막이 사라졌다.

그는 펄쩍 뛰어오를 때마다 단순하고도 격렬한 즐거움으로 충만해진다. 강인하고 전설적인 살쾡이 형상의 그림자가 밭의 굴곡과 길의 먼지 위로 미끄러진다. 짧은 털이 빽빽이 난 옆구리로 가장 높은 나무들의 잎사귀를 밀어낸다. 바위에 기대자 바위가 그의 발톱을 부드럽게 맞아들인다. 마치 그가 새라도 되는 양, 미풍이 친구가 되어 그를 이끈다.

그는 푸르고 거대한 티티카카 호수 너머로 달려간다. 거기에서, 그는 모로 누워 돌의 대가의 가르침을 듣는다. 돌의 대가가 투석기의 돌멩이를 하늘 높이 던지며 노는 것이 보인다. 돌이 가벼운 깃털처럼 공중에 머물러 있는 것을 보고 가브리엘은 놀란다. 돌의 대가가 그에게 미소 짓는다. 상냥하고도 음울한 미소. 가브리엘은 말 한마디 없어도 그 미소에서 어떤 소망을 감지한다.

그때 웃음소리가 들린다.

온통 하얀 옷을 입은 아나마야가 황금 조각상을, 사람처럼 살아 있는 조각상을 안고 나타난다. 그녀가 그에게 손을 내밀며 부른다.

"가브리엘!"

노랫소리처럼 부드러운 부름을 물리칠 수가 없다. 지금 아무리 사나운 맹수의 모습을 하고 있을지라도 그는 그녀를 만나러 간다.

그녀 옆에 길게 눕자, 그는 황금 인간이 더이상 그 자리에 없다는 것을 깨닫는다. 그런데 아나마야는 나신이다. 가냘프면서도 아름답다. 매혹적인 모습으로 몸을 내맡긴다. 조금도 두려워하는 기색을 보이지 않는다. 맹수인 그의 목을 끌어안고, 자신을 물어뜯을지도 모를 그의 턱과 콧방울에 입을 맞춘다. 그가 그녀에게 발을 올려놓을 때도 그녀는 그의 발톱을 느끼지 못한다.

한동안 그들은 행복과 마음의 평정만을 느낀다. 그러다가 가브리엘은 아나마야의 어깨 너머 어둠 속에서 그들을 지켜보는 황금 인간을 발견한다. 황금 인간이 밤하늘의 별처럼 빛난다.

그는 입술도 움직이지 않고 아나마야에게 말한다. 그녀는 주저 없이 가브리엘을 떠난다. 뒤도 돌아보지 않는다. 그녀는 으르렁거리는 쉰 목소리도 듣지 못한다. 산중에 울려 퍼지는, 치명상을 입은 사나운 맹수의 비명도.

그는 목구멍을 찢을 듯한 비명을 지르며 눈을 떴다.

땀에 흠씬 젖은 누더기가 그의 가슴에 달라붙어 있었다. 시큼한 침 때문에 입이 끈적끈적했다. 곤살로의 칸차 뜰에서 장홧발로 얻어맞은 뒤, 머리를 꿰뚫는 듯한 고통이 더욱 격렬하게 그를 괴롭혔다.

잠시 후, 그는 으스스한 오한을 느꼈다. 꿈을 꾼 것인지 아니면 자신이 미쳐가고 있는 것인지 더이상 분간이 되지 않았다. 힘이 남아 있다면, 시간이 다할 때까지 잠들 수 있기를 신에게 기도하리라.

매서운 바람이 몰고 온 새벽 추위에 그는 정말로 잠이 깼다. 좁은 천창에서 겨울을 예고하는 서리가 떨어졌다.

새벽 여명 속에서, 가브리엘은 자신의 끔찍한 상태를 깨달았다. 메스꺼울 만큼 더러워진 찢어진 튜닉은 그의 몸을 겨우 가려주었다. 머리부터 발끝까지 온몸이 고통스러웠다. 그는 얻어맞아서 아직도 부어 있는 얼굴을 손가락으로 만져보았다. 사슬에 묶인 발목은 생살이 그대로 드러나 있었다. 구역질은 약해졌지만, 머릿속은 여전히 윙윙거렸다. 마치 심장이 머릿속에서 북처럼 둥둥 울리는 듯했다.

그는 부어오른 입술을 물병의 물로 조심스레 적셨다. 그러고는 드디어 목을 축였다. 이틀 전에 간수가 갖다 놓은 옥수수 이삭은 딱딱해져 있었다. 극심한 허기에, 그는 그것을 허겁지겁 먹어치웠다.

그제야 그는 그때까지 들리던 북소리가 제정신이 아닌 자기 머리나 상처 입은 몸에서 나는 소리가 아님을 깨달았다. 그것은 진짜 북이 울리는 소리였다. 점점 더 격해지고 가까워지는 북소리.

그가 정신을 바짝 차리고 귀를 기울이며 천창으로 다가가려고 사슬을 움켜쥐는 순간, 감옥 주변에서 스페인인들의 첫번째 고함 소리가 터져 나왔다.

"잉카족이다! 잉카족이다!"

좁은 천창이 그의 시야를 가로막았다. 처음에는 아무것도 보이지 않았다. 공포에 질린 부르짖음이 여전히 도시를 짓누르고 있는 희미한 빛을 뚫고 사방에서 들려왔다.

"잉카족이다! 잉카족이다!"

그런데 도시 위로 불쑥 솟은 동쪽 언덕에서 들려오는 나팔 소리와 함성의 거대한 소란이 그의 주의를 끌었다. 거기에서 그가 발견한 것은 얼굴을 후려치는 얼음장 같은 바람보다 더 그를 얼어붙게 만들었다.

마치 돌풍에 흔들리는 울타리처럼 보이는 빽빽한 무리에서 팔과 창과 깃발이 솟아올랐다. 수천 명의 그림자가 희부윰한 하늘에 뚜렷이 드러났다! 어마어마한 잉카 군대가 쿠스코를 포위하고, 거대한 뱀의 몸통처럼 언덕 꼭대기를 뒤덮고 있었다. 밤사이 가장 높은 계단식 대지의 녹음을 바람이 휩쓸어 가고 대신 얼룩덜룩한 군중을 데려다놓은 것이다. 이제는 그 군중이 큰 소리로 고함을 쳤다. 북소리와 소라고둥의 장중한 울림이 한층 높아졌다. 스페인 사람들이 공포에 질려 거리로 몰려나왔다.

첫 공포의 전율이 지나가자, 가브리엘은 그 놀라운 광경에 그저 감탄할 뿐이었다. 아나마야와 망코가 그들의 계획을 실현시킨 것이다! 복수의 쾌감으로 가슴이 뜨거워졌다. 그는 거기에 자기 자신을 비롯한 쿠스코의 스페인인 수백 명에 대한 위협이 포함되어 있음을 잊어버렸다.

광포한 학살에 휩쓸려 죽는다 한들 이제 그에게 무슨 상관이랴! 사실 학살당해 마땅했다. 에르난도와 곤살로의 사악한 구타로 목숨을 잃느니 차라리 아나마야가 이끄는 전사들 손에 죽는 편이 나았다!

몇 시간째 그는 천창을 떠나지 않았다. 매 순간 곧 닥쳐올 것 같은 공격을 기대했다. 극도로 난폭한 공격이 되리라는 것을 그는 의심치 않았다.

*

　놀랍게도 잉카 대군은 정오가 되도록 도시 공격을 개시하지 않았다. 전사들의 대열은 튜닉의 강렬한 색깔이 구분되지 않을 정도로 불어난 듯했지만, 어두운 빛깔의 빽빽한 덩어리를 이루고 있을 따름이었다. 귀청을 찢는 듯한 소음이 그치지 않았다. 그와 반대로 가브리엘이 갇혀 있는 감옥 주위에서는 어떤 부르짖음도, 움직임도 느껴지지 않았다. 마치 쿠스코가 버려진 듯했다.

　그런 만큼 문을 잠근 철구가 당겨지는 소리를 들었을 때 가브리엘은 사슬을 움켜쥐고 꼼짝도 하지 않았다. 배가 튀어 나온 간수가 한 손에는 불룩한 가죽 호리병을, 다른 한 손에는 삶은 감자와 옥수수 전병이 들어 있는 망타를 들고 나타났다.

　"키케!"

　"그렇게 다정하게 반기지 마세요, 돈 가브리엘. 저는 나리께서 고마워할 사람이 못 됩니다."

　"악마의 화신이라 해도 환대했을 걸세, 키케. 나 자신의 존재를 확인시켜주는 것이 바로 다른 사람의 얼굴이라는 것을 이렇게까지 절실하게 깨달은 적이 없거든."

　"어려운 얘기는 하지 마세요, 돈 가브리엘. 저는 상황이 어떻게 돌아가는 건지 통 모르겠으니까요. 전혀요."

　그 순간 가브리엘은 그의 얼굴에 넘쳐흐르는 두려움을 알아차렸다. 키케는 마치 인디언 군대가 숨어 있을지도 모른다는 듯 방구석을 두리번거렸다. 그러고는 들고 온 것을 가브리엘의 발치에 내려놓았다.

　"당분간은 이걸로 만족하셔야 할 겁니다! 죄송해요, 이것밖에 구하지 못했어요."

키케가 투덜거렸다.

"아니 이런, 나를 굶겨 죽일 게 아니라 재판을 해야 하는 거 아닌가!"

가브리엘이 항의했다.

선량한 간수는 마지못해 웃음 지었다.

"나리도 들으셨죠? 야만인들이 왔습니다. 제가 도망치기 전에 나리를 생각했다는 걸 기뻐해주세요!"

"도망치다니? 스페인 사람들이 도시를 버리는 건가?"

"아, 아니에요! 아무도 도망가지 않아요. 뭐, 이미 너무 늦었죠. 하지만 저는 인디언들에게 목이 잘리기 전에 몸을 숨길 만한 은신처를 알고 있거든요!"

키케는 천창으로 다가가 언덕 쪽을 내다보았다.

"여기선 아무것도 보이지 않아요. 놈들은 온 사방에 깔려 있고, 남쪽 평원도 놈들로 뒤덮여 있지요. 놈들이 그쪽으로 지나가려던 두 기병을 붙잡아서, 말의 다리와 기병의 머리를 베어버렸어요."

'그러니까 에르난도가 잉카족을 경멸하고 오만하게 굴다가 기습을 당한 것이로군' 하고 가브리엘은 생각했다.

"이상한 건 놈들이 아직까지 공격을 하지 않고 있다는 거예요. 제 생각엔 뭔가 꿍꿍이가 있는 것 같아요. 놈들이 속셈을 드러내려고 할 때는 그들이 지나가는 길 위에서 얼쩡거리지 않는 게 낫겠지요."

통통한 키케가 얼굴을 돌리며 한숨을 쉬었다.

"내게 이상한 일이 벌어지고 있네, 키케."

"뭔데요?"

"정말이지 이젠 죽고 싶은 마음이 없어."

간수가 몹시 놀라서 그를 바라보았다.

"전들 별수 있겠습니까? 제가 가진 걸 전부 드렸는걸요. 걱정 마세요. 저들이 우리를 덮칠 때까지 이거면 충분해요! 그때가 되면, 제 생각에는 나리를 가장 괴롭히는 건 배고픔이 아닐 겁니다."

"알았네. 고마워, 키케."

가브리엘의 침착함과 체념에 키케는 다시 한번 놀랐다. 그의 작고 검은 눈이 커졌다.

"늘 제게 고마워하지 마세요. 그러면 저를 욕하시는 것보다 더 거북하니까요. 자, 받으세요."

키케는 꽉 끼는 꾀죄죄한 윗옷 안쪽 깊숙한 곳에서 꾸러미 하나를 꺼내어 가브리엘의 손에 올려놓았다. 돼지 껍질에 싸인 두툼한 햄 한 조각이었다. 손 위에 놓인 비곗덩어리를 보자 가브리엘은 군침이 돌았다. 그는 문을 향해 물러나며 돌아서는 간수 쪽으로 몸을 움직였다.

"또 고마워하시겠군요."

키케가 중얼거렸다.

"그저 자네가 살아 있기를 기도할 뿐일세."

키케의 등이 움직이지 않았다.

"나리는 신을 믿지 않는다고들 하던데요, 돈 가브리엘."

"자네를 위해서 기도할 만큼은 믿네, 친구."

문이 다시 닫히고, 가브리엘은 혼자 남았다. 몸이 움츠러들었다.

온몸에서 두려움이 솟구쳤지만, 그는 햄 조각을 움켜쥐고 입속으로 중얼거렸다.

아마도 기도이리라.

3

1536년 5월 6일, 쿠스코

간수의 생각은 어긋났다.

잉카 전사들은 공격하지 않았다. 그날도, 다음날도, 그 다음날도.

그들은 비탈길과 언덕 꼭대기에 그대로 머물러 있었다. 아침부터 저녁까지 그들의 숫자는 계속 불어나며 쿠스코 시 남쪽 평원을 모조리 차지했다. 밤에는 수천 개의 불이 피어올라, 마치 도시가 장작불 왕관을 두른 듯한 환각을 일으키는 빛의 경계선을 쿠스코 주위에 그렸다. 함성과 고함 소리와 북소리는 잠잠해졌다. 그 정적과 기다림이 스페인 사람들을 어찌나 무겁게 짓누르는지, 위협의 불안감을 더이상 견디지 못하는 사람들의 미친 듯한 울부짖음이 이따금 들려왔다.

그렇게 이틀이 지나자, 가브리엘 역시 전쟁에 대한 초조함에 사로잡혔다. 꼼짝도 않고 기다리다보니, 가진 음식을 아주 조금씩 나누어 먹는데도 차차 기운이 돌아오고 고통이 가라앉았다.

곤살로의 못된 부하들이 그 기이한 시간을 틈타 몰래 목을 베러 오지 않을까 걱정되어, 그는 잠깐씩만 눈을 붙였다. 그는 임시 무기를 만들면서 지루한 시간을 보냈다. 간수가 두고 간 물병을 조심스럽게 깨뜨려, 손잡이 연결 부분에서 기다랗고 두꺼운 파편을 얻었다. 그리고 몇 시간 동안 기계적인 동작으로 돌벽에 대고 파편을 문질러 윤을 냈다. 반복적인 동작을 하다보니 다시 머릿속이 텅 비면서 아나마야가 떠오르는 것을 막을 수가 없었다.

이제 터무니없이 괴로운 꿈은 꾸지 않지만, 사랑하는 여인의 살내음이나 얼굴은 머리를 떠나지 않았다. 아나마야의 웃음소리와 기쁨에 달뜬 음성이 노랫가락처럼 그의 머릿속에서 맴돌았다. 점점 매끄럽게 윤이 도는 도기를 만지작거리면서 그는 이따금 눈을 감았다. 손가락 끝의 연한 살 아래로, 이루어질 수 없는 사랑의 허리와 목덜미를 스치는 자신을 상상했다.

아! 그녀가 이 혼돈을 피해 나와 함께 티티카카 호수까지 도망쳤더라면 지금 이 순간 얼마나 행복할까! 슬프게도 눈을 뜨면, 무분별한 희망과 그를 둘러싼 현실, 다리에 상처를 입히는 사슬, 썩은 거적, 감옥의 두꺼운 벽을 단검처럼 꿰뚫는 무심하고도 차가운 광선을 실감할 뿐이었다.

아나마야는 멀리 산속에 있었다. 그녀는 한 종족의 살아 있는 희망이었다. 가브리엘 몬테루카르 이 플로레스, 그토록 멀리서 그들의 평화와 운명을 도둑질하러 온 이방인인 그가 결코 속할 수 없는 종족의 희망. 그들의 생존은 요구하고 있었다, 잉카족이 쿠스코를 차지하고 다시 강력한 주인이 되어 모든 이방인들을 괴멸시킬 것을! 다른 사람들과 마찬가지로 가브리엘도 역시. 곧 그는 그녀에게 한낱 추억이 되고, 망코와 강력한 신관 빌라 오마는 그녀의 기억에서 지워버리려 애쓰리라.

어떻게 잠시나마 사정이 달라질 수 있다고, 평범한 여자의 손을 잡듯 그녀의 손을 잡고 그녀와 결합하여 행복을 향해 갈 수 있을 거라고 생각할 수 있었단 말인가?

만약 신이 존재한다면, 그의 그러한 무분별함을 벌하는 것이리라…… 만약 신이 존재하지 않는다면, 그저 그 자신의 천진함에 대한 대가를 치르는 것이리라. 어림없는 일! 그는 쓸데없는 물음의 소용돌이에 빠지지 않으려고 자신의 살갗을 피가 나도록 긁어댔다.

이틀 전부터 윤을 내고 있던 깨진 도기 조각이 문득 지금까지 했던 일 중 가장 괴상한 작업처럼 여겨졌다. 그는 완전한 망각 속에 버려져 있었다. 그것은 목이 베여 죽는 것보다 훨씬 더 끔찍한 것이다! 그에게 무슨 무기가 필요하단 말인가? 피사로 형제들은 그의 몸에 칼날을 꽂는 수고조차 않을 터. 그들은 그를 잊는 것으로, 허기와 갈증으로 죽어가게 버려두는 것으로, 인디언 전사들의 격분에 내맡기는 것으로 족했다. 그뿐이었다.

그는 화가 나서 깨진 도기 조각을 벽에 내던졌다. 벽에 부딪힌 도기 조각은 박살이 나서 먼지가 되었다. 잠시 망연자실해 있던 그는 공처럼 몸을 둥글게 구부리고 굴레처럼 사슬을 몸에 감고는 죽음 속으로 들어가듯 잠을 청했다.

✻

희미한 소리에 가브리엘은 잠이 깼다. 귀에 익은 삐걱거림. 누군가 감옥 문을 가로막은 무거운 통나무를 조심스럽게 들어 올리고 있었다. 그는 본능적으로 바닥을 짚고 일어섰다. 조용히 사슬을 그러모아 도리깨처럼 주먹으로 꽉 쥐었다. 체념은 잠에 묻혀 사라져버리고 싸우고자 하는 의욕이 솟구쳤다. 그의 자존심이 요구하고 있었다. 공격자들을 때려눕히기에 충분한 증오심으로 스스로를 방어하라고.

너무 깜깜해서 문이 열리는 것은 보이지 않았지만, 그는 공기의 짤막한 흐름을 감지했다. 그들이 몇 명인지도 알 수 없었다. 그는 최대한 조심스럽게 벽에 바짝 붙어서 몸을 웅크렸다. 천천히 숨을 쉬며 아직 마지막 순간이 온 것은 아니리라 다독이며.

갑자기 희미한 램프의 갓이 삐걱거렸다. 촛불의 노란빛이 벽을 훑더니 그에게 쏠렸다. 그가 빛에 포착되자 램프가 심하게 흔들렸다.

"가브리엘!"

낮고 분명하지 않은 목소리이지만, 가브리엘은 긴 사제복보다 그 목소리를 먼저 알아들었다.

"가브리엘, 겁내지 말게. 날세."

"바르톨로메! 바르톨로메 수도사님!"

"그래, 친구."

바르톨로메가 웃음이 담긴 목소리로 속삭였다.

한 치의 의혹도 없기를 바라는 듯, 바르톨로메는 가운뎃손가락과 약손가락이 기이하게 들러붙은 손을 희미한 빛 속에 내밀었다.

"세상에, 오늘밤 여기서 수도사님을 보게 되리라곤 꿈에도 생각지 못했어요."

"그래서 자네가 내게 달려들기 전에 나를 불빛에 비춘 것이네……"

가브리엘이 사슬을 내려뜨리며 웃었다.

"잘 생각하셨어요!"

수도사가 다정하게 껴안으려고 다가서자, 가브리엘이 그를 밀어냈다.

"기꺼이 포옹하고 싶지만, 그만두는 게 좋겠어요!"

바르톨로메는 램프를 천천히 움직이며 가브리엘을 머리부터 발끝까지 살폈다.

"가엾은 친구! 어쩌다 이런 몰골이 됐는가!"

"사실 내게서 이십 리 밖까지 악취가 날 거예요."

"이 램프를 들고 날 좀 비춰주게. 자네를 사람 꼴로 만들어줄 것을 가지고 왔네."

잠시 후, 수도사는 커다란 바구니를 들고 돌아왔다.

"자네 허기를 채워줄 음식일세. 씻고 마시기에 충분한 물하고, 상처와 혹에 바를 고약 몇 가지야."

그가 가브리엘의 발치에 짐을 내려놓으며 말했다.

"포위 공격을 버티기 위한 것이로군요……"

"그다지 적절한 말 같지는 않군! 그 문제는 좀 이따가 얘기하고, 허기부터 채우게."

가브리엘은 감동하여 머리를 끄덕였다.

"어제저녁에는 혼자 죽을 결심까지 했어요. 벌레가 내 시체를 파먹거나 말거나 누구 하나 걱정해주는 사람 없이 개처럼 말이죠. 이 저속한 세상에서 내가 마지막으로 보는 얼굴은 배 나온 간수의 얼굴이겠구나 했지요. 하기야 그도 나쁜 사람은 아니지만, 그래도 에라스무스나 소크라테스와는 거리가 멀죠. 그런데 이제 수도사님을 보니, 내 두 손으로 벽에서 이 사슬을 떼어낼 수도 있을 것 같네요!"

"신은 당신 방식대로 관용을 베풀어주신다네, 가브리엘. 설사 자네

가 그것을 느끼고 싶어하지 않을지라도 말이야. 먼저 좀 씻기부터 하는
게 우리 둘에게 좋을 것 같은데. 안타깝게도 갈아입을 옷은 미처 생각
을 못 해서 가져오지 못했네!"

바르톨로메가 물이 가득 든 가죽 포대 하나를 내밀며 즐거이 말했다.

＊

"돈 에르난도가 나를 찾아와서 알려주었지. 자네가 돌아왔고 체포되
었다고 말이야. '수도사님, 그자에게는 죽음이 마땅하죠. 전 그가 죽게
되리라는 걸 의심치 않습니다. 하지만 성급한 판단은 가톨릭교의 자비
를 거스르는 일이겠지요. 그래서 그 사생아에게 소송을 제기할 작정입
니다. 이 일을 현명하게 처리할 수 있는 사람은 여기서 수도사님뿐이라
고 생각하는데요……' 하고 그가 아주 기분 좋은 듯이 말하더군. 그렇
게 해서 내가 자네의 재판관이 된 걸세."

가브리엘이 라마의 구운 허벅지 살을 한 입 가득 물어뜯는 동안 바
르톨로메가 설명했다. 바르톨로메는 살짝 웃으며 가브리엘에게 목을
축일 시간을 주고는 덧붙여 말했다.

"돈 에르난도는 어느 때보다도 더 교활해져서 스페인에서 돌아왔네.
톨레도에서는 꽤 곤란한 입장에 처해 있었지. 피사로 형제들이 저지른
일에 많은 궁정 사람들이 충격을 받았거든. 왕비의 측근들까지 아타우
알파의 최후에 흥분했지."

"그러면 그렇지!"

"오! 그게 그리 오래가진 않았네! 자네와 내가 만났던 감옥에 그가
처박히는 걸 봤어야 했는데, 그렇기는커녕 산티아고의 제복을 받았으

니 말일세."

두 사람은 그때의 추억을 떠올리며 미소 지었다.

"난 당장 자네를 신문하겠다고 했지. 그런데 한동안 자네 혼자서 뉘우치도록 내버려둬야 한다는 핑계로 날 말리더군. 그래 난 그들이 자넬 아주 험한 꼴로 만들어놓았겠거니 생각했지!"

바르톨로메가 다시 말했다.

"정확히 내 죄목이 뭡니까?"

"곤살로에 대한 암살 기도…… 그러나 그전에, 총독이 자네에게 맡긴 임무를 저버린 배임 혐의도 있네. 남쪽 원정대에 끼어 돈 알마그로를 따라가는 임무 말일세."

"대단한 임무지요! 특히나 그것은 알마그로가 길을 가는 내내 퍼뜨린 공포를 목격하는 것이었지요. 거기서 내가 뭘 봤는지는 상상도 못 하실 겁니다, 바르톨로메. 스페인 궁정이 아타우알파의 최후에 흥분했다고요? 만약 몇 주 동안 내 눈으로 본 광경을 직접 봤다면, 스페인 궁정은 내장을 다 토해냈겠군요! 알마그로를 수행하는 극악무도한 자들은 인디언들을 쥐새끼처럼 죽이고 강간했어요. 아이들, 노인들, 여자들, 환자들 할 것 없이…… 그자들 어느 누구도 살 가치도, 인간으로 존중받을 가치도 없어요. 놈들이 심지어 죽은 자의 목을 베는 것도 봤어요! 수백 킬로미터 이내에, 불에 타고 약탈당하고 도둑맞지 않은 마을은 하나도 남아 있지 않았다고요!"

"그런 얘기를 들었네."

"난 거기 있었어요. 무력하게요. 내가 항의하려고 하자 알마그로는 정말로 내게 강철 활을 겨눴어요. 고통과 맞서 싸우지도, 고통을 덜어주지도 못하면서 하루하루 그 고통의 한가운데 있는 게 어떤 것일지 상상해보셨나요? 황금에 대한 광기로 침을 흘리면서 거기로 몰려드는 인간 이하의 암살자가 되는 게 얼마나 수치스러울지 상상해보시라고요!"

"왜 그런 말을 하나? 자넨 아무 짓도 안 했잖아."

"고통을 퍼뜨리지는 않았지만 막지도 못했으니까요. 그건 결국 마찬가지지요. 이제 이 나라 사람들 눈에 스페인 사람들은 모두 똑같아요……"

가브리엘은 잉카족의 불꽃으로 불그스름해지는 천창을 거칠게 가리켰다.

"저 위에서 우리를 둘러싸고 소리치는 수천 명의 전사들에게는 더이상 착한 이방인도 나쁜 이방인도 없어요. 그들에게 우리는 모두 몰살당해 마땅한 자들이지요. 그것이 바로 에르난도와 알마그로, 그리고 그들이 제멋대로 하게 놔둔 곤살로 같은 악인들이 자초한 결과입니다!"

"그 목록에서 적어도 총독은 빼주는구면."

바르톨로메가 진정하라는 몸짓을 하며 말했다.

가브리엘은 몹시 투덜거리며 일어서더니, 조금이나마 신선한 공기를 마시려고 천창 쪽으로 가기 위해 사슬을 당겼다.

"돈 프란시스코는 잔인한 사람은 아니에요. 하지만 필요하다 싶을 때 눈감는 건 퍽이나 잘하죠. 그리고 눈감는 게 필요하다 싶을 때가 종종 있고요."

잉카족이 밝혀놓은 환한 불빛 때문에 동쪽 하늘의 여명이 잘 보이지 않았다. 매일 밤 그렇듯이 언덕에는 숱한 불꽃이 타오르고 그 빛은 쿠스코의 벽들에까지 이르렀다. 여기저기서 움직이는 형체가 언뜻언뜻 보였다.

"내 생각엔 자네의 소송이 잊혀질 것 같네. 내가 자네를 풀어주지, 가브리엘. 자네의 사슬을 부술 연장을 찾아보겠네. 도시가 혼란에 빠져 있으니 얼렁뚱땅 넘어갈 거야."

가까이 다가온 바르톨로메가 말했다.

"고맙습니다, 수도사님. 하지만 너무 큰 기대는 갖지 마세요. 이 안에 있으나 저 밖에 있으나 매한가지니까요. 심판의 시간이 온 것 같군요."

잠시 두 사람은 아무 말 없이, 여러 언덕을 결합시키며 강물을 이루는 불꽃에 넋을 잃고 있었다.

"아마 이십만 명쯤 될 거야. 우리를 습격하기 전에 저들이 뭘 기다리고 있는 건지 모르겠군."

바르톨로메가 불쑥 중얼거렸다.

"단지 우리가 저들에게 저항할 기회가 완전히 없어지기를 기다리는 것이겠죠."

"아니면 우리가 굶어 죽기를 기다리거나! 점점 식량이 떨어져가고 있으니 말일세. 오늘 저녁에 내가 자네에게 가져온 것도 훔친 것이라네. 이렇게 가득 찬 바구니는 조만간 다시 보지 못할 걸세. 오늘 메히아라는 기병이 평원 쪽으로 기어이 지나가려고 했네. 그런데 얼마 지나지 않아 말에서 떨어지고 말았지. 저들이 그의 목을 베고 말의 관절도 싹둑 베어버렸다네!"

"에르난도는 어떤 방어 명령을 내렸습니까?"

"그는 그 인간 벽에 돌파구를 만들어 지원군을 부르러 가기 위해 돌격할 기병들을 모집할 생각이야."

"말이 몇 마리나 되는데요?"

"도시 안에 기껏해야 예순 마리 정도 있지."

"너무 어리석은 짓이에요!"

바르톨로메가 그를 날카롭게 쳐다보았다. 가브리엘이 더이상 아무 말도 하지 않자 그가 물었다.

"왜 그렇지?"

"오, 조금만 생각해보면 알 수 있는 일이죠! 하지만 에르난도 피사로는 자기와 대치하고 있는 자들이 야만인에 불과하다고 맹신하고 있어서 그런 생각을 못 해요. 내가 그들의 우두머리들을 좀 알지요. 그들은 우리가 어떻게 싸우는지, 우리의 약점이 무엇인지 꿰뚫고 있어요. 그들이 기다리는 건 바로 그것, 무리 지은 돌격이에요. 지금까지 그게 우리의 유일한 전술이었으니까!"

"그 전술로 언제나 승리했기 때문이지."

"이번에는 승리할 수 없을 겁니다. 잉카족은 기병들을 저지하려고 하지 않고 도망가게 내버려둘 거예요. 아니면 일종의 위장 전투로 끌어들일 겁니다. 그사이 무슨 일이 벌어질까요? 쿠스코에는 두 다리와 검 말고는 다른 방어 수단이 없는 이삼백 명의 스페인인들이 남아 십만 명의 인디언들과 맞서겠지요! 전투는 하루도 가지 못할 겁니다. 수도사님. 백병전에서는 망코의 병사들을 당해내지 못합니다. 투석기 돌이 가장 좋은 갑옷을 뚫고 우리의 칼날을 부러뜨리지요. 단언컨대 카하마르카의 기적은 두 번 다시 재현되지 않아요!"

"다른 방책으로는 어떤 게 있겠나?"

"평화지요! 망코에게 모든 왕권을 회복시켜주고, 훔친 황금을 돌려주는 것…… 하지만 그것도 해결책은 못 됩니다. 어쨌든 너무 늦었어요. 잉카족은 더이상 평화를 원하지 않을 겁니다. 우리를 파리처럼 짓이길 수 있는데 왜 화해를 하겠어요?"

바르톨로메가 고개를 끄덕거렸다. 그런데 그가 말할 때는 목소리가 조금 변해 있었다.

"돈 에르난도는 이제 자네가 망코의 첩자가 되었다고 생각하는 것 같네. 자네가 그를 도주시키고 이 포위 공격을 조직하는 데 가담했다고……"

"그리고 황금 인간의 아내라고 알려진 잉카 공주와 짜고서 커다란 황금 조각상을 숨기고 있다고 말이지요!"

가브리엘이 쓴웃음을 지으며 뒷말을 이었다.

"사실 자네에 대해 괴이한 소문이 돌기 시작했네. 그런데 결국 자네가 인디언 농부로 변장하고 여기로 돌아온 것을 보니…… 자네의 폭력 행위는 차치하고 말이야. 곤살로는 어려운 때에 다리를 절고 있고, 자넨 그의 절친한 친구의 머리를 박살 냈으니. 왜 그렇게 난폭하게 군 건가?"

바르톨로메가 한숨을 내쉬었다.

갑자기 바르톨로메에게서 거리감이, 예전에 가브리엘이 흑심이 숨겨져 있는 게 아닐까 종종 의심했던 그 차가운 호기심이 엿보였다.

"재판관의 신문이 시작된 겁니까?"

"가브리엘!"

"지금은 솔직히 고백할 수 있어요, 바르톨로메. 공격에 실패한 것이 가장 후회스러울 뿐이라고 말이죠. 내 곤봉은 그자가 아니라 바로 곤살로의 두개골에 박혔어야 했어요. 그렇다면, 그래요, 기꺼이 벌을 받겠어요!"

"그토록 증오하는 이유를 여전히 모르겠는걸, 친구."

가브리엘은 잠시 주저했다. 언덕 위의 하늘이 점점 더 창백해졌다.

잉카 전사들이 평소보다 더 많이 움직이는 듯했다.

"일 년 전 내가 떠나 있을 때, 곤살로가 아나마야를 강간하려 했어요. 그 가증할 죄악 때문에 망코가 서둘러 떠났지요. 아나마야도 망코도 더이상 쿠스코에서는 안전하지 않았거든요. 물론 곤살로는 그 대단한 짓거리를 떠벌이지 않았을 테고, 수도사님은 그 사실을 모를 수밖에요."

"세상에!"

"불행히도 곤살로가 망코를 붙잡아서 가두었어요. 아나마야는 친구인 난쟁이와 함께 도망칠 수 있었고요. 그녀는 산속에 숨어서 반란을 조직했어요. 첫번째 목적은 망코를 구하는 것이었죠. 여기서 가장 고약한 모욕을 당하고 있던 망코를 말입니다. 난 그런 사실도 모르고 있었어요. 단지 망코가 그 미치광이 곤살로의 포로가 되었다는 것만 알게 되었고, 틀림없이 아나마야도 그놈의 손아귀에 있으리라고 생각했지요. 그런 생각을 하기만 해도 견딜 수가 없었어요. 난 곧바로 알마그로의 원정대를 떠났어요. 어쨌든 한없는 공포를 겪은 그 원정대를요……"

"알겠네, 알겠어……"

바르톨로메는 가브리엘의 어깨에 손을 올려놓았다. 그의 목소리가 다시금 부드러워졌다.

가브리엘은 천창에서 물러나 간략하게 얘기했다. 어떻게 해서 그가 쿠스코로 최대한 빨리 돌아오기 위해 이상한 소금 사막을 건너게 되었는지, 어떻게 말을 죽게 했는지, 그리고 '돌의 대가'인 카타리에게 어떻게 구조되었는지.

"난 죽은 거나 다름없었고, 말 그대로 그가 나를 부활시켰어요."

"카타리…… 우리 식으로 얘기하자면, 난 늘 그를 일종의 성자라고 생각했네. 그에게는 우리의 수수께끼에 대한 예지 같은 것이 있어. 그가 내게 처음으로 케추아어를 가르쳐줬고, 나도 그에게 스페인어를 가르쳐줬지. 그런데 난 그를 한 번 보고도, 그가 순수한 영혼을 가진 비범한 사람이라는 걸 알았네. 신이 원한다면, 난 그를 기꺼이 다시 만날 걸세."

바르톨로메가 감동하여 중얼거렸다. 가브리엘은 수도사의 말을 듣는 둥 마는 둥 하며 흥분하여 탄성을 질렀다.

"아! 난 이 세상에서 가장 아름다운 장소에서 깨어났어요! 바다처럼 거대한 호수, 그곳 사람들이 티티카카라고 부르는 곳이죠. 호수를 둘러싼 산들은 상상을 초월할 정도로 높았어요. 거기에는 만년설이 있는데 어느 날은 그 꼭대기가 거울에 비치는 것처럼 호수의 수면에 반사된답니다. 그렇지만 기후는 카디스처럼 온화한 것 같아요! 주민들은 조용하고 친절하고요. 난 아나마야와 함께 그곳으로 돌아가서 살기를 꿈꾸었어요. 그녀와 함께 달아나기를……"

그는 이야기를 중단했다. 지난 며칠간의 터무니없는 악몽이 한순간 머릿속에 떠오른 것이다. 그는 바르톨로메에게 그 악몽을 말하고 싶었지만 뭔가가 그를 제지했다. 아마도 꿈속에서 자신을 동물로 생각한 것이 부끄러운지도 몰랐다. 그는 자신이 칼카에 도착했을 때는 이미 망코의 전사들이 사방위 제국 도처에서 모여들고 있었다고 설명하는 것으로 그쳤다.

"거기서 그녀는 내게 말했어요. 나를 사랑하지만 나와 함께 있을 수는 없다고. 전쟁이 일어날 것이기 때문이라는 거였죠! 사실 말이죠, 바르톨로메, 그녀가 키스하며 부드러운 말로 내게 그렇게 고백한 것은 그녀에게 나 또한 다른 사람들과 마찬가지로 이방인일 뿐이라는 얘기였고……"

"가브리엘! 제기랄, 가브리엘, 저기 좀 봐…… 오, 전능하신 주님!"

바르톨로메의 외침에 가브리엘은 온몸이 얼어붙었다. 그는 사슬을 끌며 천창까지 뛰어갔다. 그 자신도 모르게 비명이 목구멍에서 새어 나왔다.

떠오르는 태양의 희미한 빛 속에서 불꽃이 언덕을 내려오는 듯했다. 마치 인디언 전사들이 밤새 피워올린 불의 강물이 흘러넘치는 것 같았다. 찌르는 듯한 나팔 소리가 갑자기 터져 나오며 공기를 진동시키고, 곧 하늘 주변으로 무시무시한 함성이 나팔 소리를 뒤덮었다.

"그들이 공격하고 있어."

바르톨로메가 억양 없는 목소리로 중얼거렸다.

"보세요, 하늘을 보세요!"

무수한 화살이 솟구쳤다. 어찌나 빽빽이 날아오르는지 바닥에서 커튼이 들어 올려지는 듯했다. 화살들은 힘차게, 그리고 이상하게도 천천히 올라갔다. 스페인인들의 비명 소리가 아주 가까운 골목에서 터져 나오는데, 갑자기 수많은 화살이 기울어지며 전속력으로 바닥을 향해 덤벼들었다. 바르톨로메는 반사적으로 뒤로 물러섰다. 하지만 화살은 감옥이 있는 칸차에 이를 만큼 멀리 날아오지 못했다. 가브리엘에게는 더이상 고함 소리가 들리지 않았다. 그는 죽음의 커튼이 지붕을 덮치는 것을 바라보았다. 그 소동의 와중에도 화살이 꽂히는 충격음이 들려왔다. 그때 북소리가 둥둥 울리고, 나팔 소리가 이어졌다.

"난 가서 에르난도와 합류해야겠네."

바르톨로메가 말했다.

가브리엘이 그의 팔을 붙잡았다.

"잠깐 기다리세요. 너무 위험해요. 뭔가 다른 일이 일어날 거예요……"

그가 말을 마치자마자 이상하게 윙윙거리는 소리가 그들의 가슴을 울렸다. 그 소리는 고통스러운 신음과 부르는 소리를 헤치고 나아가는 것 같았다. 그러나 아직 아무것도 보이지 않았다.

"투석기 돌이에요."

그랬다. 화살 비에 이어 돌 소나기가 쏟아졌다. 돌 소나기는 언덕에서 날아드는 것이 아니라 주거지와 골목길 들 가까이 있는, 쿠스코를 굽어보는 데억진 사크사우아만 성채에서 쏟아져 나왔다. 돌은 화살보다 훨씬 멀리 날아갔다. 가브리엘과 바르톨로메는 돌들이 도처의 지붕과 벽에 부딪히는 둔탁한 소리를 들었다. 돌들이 점점 많아졌다. 휙휙 소리를 내고 천둥처럼 우르릉거리며 맹렬하게 퍼붓다 보니 때로는 돌들끼리 허공에서 부딪히기도 했다. 돌 소나기는 쉼없이 쏟아졌다. 스페인 사람들의 겁에 질린 비명이 한층 높아지고, 언덕의 함성이 그에 응수했다. 또다시 화살의 일제공격이 시작되었다. 화살은 투석기 돌들과 한데 뒤섞이면서 치명적인 폭우가 되어 도시로 쏟아졌다. 그야말로 하늘이 쿠스코를 덮치는 듯했다. 쿠스코의 숨통을 끊어놓기 위해서, 시체 더미로 온통 뒤덮이기 전에는 끝나지 않을 복수로 쿠스코를 삼켜버리기 위해서.

"난 가야 해!"

바르톨로메가 소리쳤다.

"그럼 이걸 쓰고 가세요. 조금은 막아줄 거예요!"

가브리엘이 바구니의 내용물을 비우고 수도사의 머리에 바구니를 씌워주며 외쳤다.

그러나 문을 연 순간, 바르톨로메는 꼼짝도 하지 않았다.

"오, 주님."

그가 어깨 위로 성호를 그으며 중얼거렸다.

쿠스코의 밀짚 지붕 십여 군데에서 연기가 솟고 있었다. 마치 그 위에 대고 누군가 입김이라도 분 듯이 불길이 대번에 여기저기에서 솟구쳤다.

"투석기 돌이에요. 그것 때문이에요! 투석기 돌이 지붕의 밀짚을 태우는 거라고요!"

"도시 전체를 태우겠구먼."

가브리엘은 화가 나서 사슬을 당겼다.

"하실 수 있다면, 이 망할 놈의 사슬을 풀어줄 사람을 좀 찾아봐주세요!"

"자네가 여기서 통닭구이가 되도록 내버려두지는 않겠네."

수도사가 그를 가볍게 포옹했다.

"약속하시는 겁니까?"

바르톨로메가 고개를 끄덕였다. 하지만 자욱한 연기 속으로 사라지는 바르톨로메의 뒷모습을 보며, 가브리엘은 그를 다시 볼 수 있을지 의심스러웠다.

✳

바람이 한밤중까지 불길을 돋웠다. 도시 전체가 하나의 화형대였다. 대광장 주변의 집 몇 채만 피해를 입지 않았다. 불길이 닿지 않았거나, 스페인 사람들과 동맹을 맺은 충직한 인디언들이 위험을 무릅쓰고 지붕에 물을 뿌려준 덕분에 보전된 것이다.

황혼녘에는 연기가 짙어져서 이따금 눈앞 골목길의 벽도 잘 보이지 않았다. 매캐한 연기가 독처럼 폐 속으로 파고들어 사람들을 고통스럽게 했다. 사람들은 무릎을 꿇고 넘어졌고 숨을 쉬지 못해 신음조차 내뱉지 못했다. 겁먹은 말들은 거칠게 콧김을 내뿜고, 척추를 떨고, 핏발이 서도록 성난 눈알을 굴리고, 콧구멍을 벌렁거리고, 축 처진 입술을 떨었다. 어떤 말들은 처연하게 으르렁거리다 주인을 물기도 했다.

화살과 투석기 돌들은 끊임없이 연기를 뚫고 지나가, 되는대로 벽에 부딪혀 부서지거나 버려진 부상자들의 살에 박혔다. 그러나 부상자들의 고통은 그다지 오래가지 못했다.

뿌연 연기가 대기를 뒤덮은 틈을 타, 면 마스크로 입을 가린 잉카 전사들이 도시 주변에서 좁은 길로 돌진했다. 그들은 바리케이드를 쌓고, 나무 기둥을 옮기고, 미리 준비한 말뚝 울타리를 설치했다. 그들은 말이 뛰어넘지 못할 만큼 높다랗게 출구 하나하나를 가로막았다.

비밀 분대는 빌라 오마의 명령에 따라 쿠스코 안으로 더 깊숙이 들어갔다. 돌이나 청동으로 된 기다란 곤봉으로 무장한 그들은 버려진 부상자들의 숨통을 끊어놓고, 검게 그을린 칸차의 첫번째 벽을 뛰어넘었다. 이따금 카나리족의 여자들과 아이들이 전사들에게 애원했다. 화상으로 물집이 생기고 시커메진 그들의 겁에 질린 눈 흰자위가 마치 구멍처럼 보였다. 그러나 어떤 탄식도 망코의 전사들을 막지 못했다.

그들은 싸우며 처음으로 승리의 쾌감을 맛보았다.

＊

"오래전부터 이런 걸 보고 싶었습니다. 유일한 군주님, 드디어 이 전투를 군주님께 바치게 되어 대단히 기쁩니다. 군주님의 아버지 태양신과 군주님의 모든 조상들이 우리처럼 즐거워하시기를!"

빌라 오마가 아나마야와 망코에게 보기 드문 거만한 미소를 지어 보였다.

그들은 태양신의 성채, 사크사우아만의 가장 높은 탑 위에 있었다. 점점 환해지는 태양빛 속의 쿠스코는 거대한 장작불에 지나지 않았다. 전사들은 전날 밤부터 화덕에 보관해둔 돌들을 면보로 싸서 지치지도 않고 투석기에 실어 날렸다. 그러면 돌이 날아가는 동안 면에 불이 붙었고, 발사물이 지붕에 닿으면 메마른 이추는 한순간에 불타올랐다.

이날은 다른 세상의 세력가들이 유일한 군주 망코를 지지하고 있었다. 밤이 다 가기 전에 바람이 다시 불기 시작해 첫번째 불꽃을 순식간에 되살려놓았다. 불꽃은 길게 꿈틀거리며 자라나 이 지붕에서 저 지붕으로 미끄러졌다. 고지대 쿠스코의 모든 칸차가 마치 흐르는 불이 된 것처럼 동시에 타올랐다.

잉카 전사들이 다시 무수한 자갈을 던졌다. 투석기가 휙휙 소리를 냈고, 이제는 저지대 쿠스코의 지붕들도 하나같이 늦여름의 옥수수 밭처럼 타올랐다. 불길은 도약하며 골목길을 뛰어넘고 정원과 안뜰을 건너뛰었다.

망코는 길처럼 폭이 넓은 돌벽에 손을 올려놓고 유쾌하게 웃었다.

"보시오, 아나마야! 저들이 달리는 걸 보시오, 우리의 강력한 이방인들을 말이오! 죽음에 발이 타들어가는 것을 느끼는 벌레들 같지 않소?"

아나마야는 고개를 끄덕였다. 망코의 비유는 아주 정확했다. 스페인 사람들, 그들에게 끝끝내 충성을 바치려는 카나리족과 우안카족, 그리고 그 밖의 다른 종족 인디언들 수백 명이 사방으로 내달렸지만 그것은 오로지 불타는 지붕과 무너지는 골조를 피하기 위해서였다. 그들이 불꽃을 피해 엄폐물이 없는 곳에 이르면, 곧바로 투석기 돌과 수많은 화살이 그들을 덮쳤다. 이미 시체와 부상자 들이 수십 명씩 몰려 있는 것이 보이는데도, 아무도 가서 도와줄 엄두를 내지 못했다.

조금 전부터 스페인 기병들은 대광장으로 피신해 있었다. 그곳은 사크사우아만 탑에서 멀찌감치 떨어져 있어서 불길과 발사물을 유일하게 피할 수 있는 곳이었다. 아나마야는 다급히 움직이는 윤곽들 중에서 가브리엘의 금발을 찾으려 애썼다. 그러나 이방인들은 빽빽이 붙어 서 있는 데다가, 얼굴들은 투구에 가려져 있었다. 그들은 소리를 지르고 방패로 최선을 다해 몸을 막으며 계속해서 광장으로 들어서고 있었다.

"당신 생각은 어떻소, 코야 카마켄?"

그녀가 무엇을 느끼는지 익히 짐작하면서, 망코가 즐거운 시선으로 그녀를 유심히 살폈다.

"멋진 전투지만 다른 모든 전투와 마찬가지로 끔찍해요."

"우린 이길 거요. 그런데 당신은 기뻐하는 것 같지 않군."

빌라 오마가 분개했다.

"아직 이긴 게 아닙니다. 지금으로선 우리의 쿠스코가 파괴되는 것 뿐이지요, 이방인들이 아니고요."

아나마야가 부드럽게 대답했다.

그의 지적에 빌라 오마가 발끈했다. 그는 쿠스코를 둘러싸고 있는 거대한 부대를 거친 손짓으로 가리켰다.

"평원을 보시오, 코야 카마켄. 우리의 전사들을 보시오. 저들이 언덕을 뒤덮고 있소, 평원을 뒤덮고 있소. 개미 새끼 한 마리도 빠져나가지 못할 것이오. 저들이 패배할 수도 있다고 생각하는 게요?"

"지금으로선 우리 전사들은 도시 밖에 있고, 이방인들은 안에 있습니다."

"오래가지 않을 것이오. 내가 곧 명령을 내릴 것이오. 그러면 모든 군대가 쿠스코의 거리로 몰려갈 것이오. 저기 광장에 있는 이방인들을 잘 보시오! 오늘 저녁에는 한 사람도 살아남지 못할 테니!"

빌라 오마는 고함을 지르듯 소리 높여 말했다.

아나마야는 대꾸하지 않았다. 전쟁의 폭력에 도취한 늙은 현자가 무엇을 생각하는지 그녀는 알고 있었다. 그녀는 가브리엘과 칼카에서 헤어진 뒤로 줄곧 머릿속을 떠나지 않는 질문을 떠올리지 않으려고 이를 악물었다. 가브리엘이 퓨마라면, 그런 가브리엘이 죽는다면 어떤 일이 벌어질 것인가?

"아나마야 말이 맞소. 빌라 오마, 나는 그대가 보여주고 있는 이 광경이 마음에 드오. 하지만 기뻐하기에는 아직 이르오."

망코가 생각에 빠져 있는 그녀를 일깨우며 무뚝뚝하게 말했다.

"그럼 오늘 저녁을 기다리십시오! 저기를 좀 보십시오……"

빌라 오마가 일말의 경멸이 서린 기색으로 투덜거렸다. 그는 말을 타고 도망가는 이방인들을 막기 위해 말뚝 울타리를 세우려고 거리로 뛰어가는 선두의 전사들을 손가락으로 가리켰다.

"아니오, 우린 오늘 도시로 들어가지 않을 것이오. 너무 이르오. 전사들이 곧 키토에서 도착할 거요. 그때 이방인들을 공격해서 무찌를 것이오."

망코가 단호히 명령했다.

"유일한 군주님! 우린 이미 십만 명이 넘고, 이방인들은 고작 이백 명뿐입니다!"

"안 된다고 하지 않았소, 빌라 오마. 아직은 그들을 약화시킬 때요. 대광장까지 물을 대는 수로를 부숴야 하오. 그들을 굶주리게 하고, 한 순간도 견딜 수 없어 평원으로 도망치고 싶게 만들어야 하오⋯⋯ 그대가 평원을 물에 잠기게 해놓았으니, 그들의 말도 아무 쓸모가 없을 것이오. 그들은 우리 손아귀에서 무너질 것이고, 우린 인티에게 그들의 기병을 제물로 바칠 것이오. 두려움이오, 빌라 오마! 그들은 분명 두려움으로 죽을 것이오!"

빌라 오마는 격분으로 얼굴이 일그러졌다. 그러나 아무 말도 하지 않았다. 불타오르는 도시와 뛰어다니며 울부짖는 적들을 바라보는 것으로 그쳤다. 아나마야는 그의 입술이 떨리고 주먹이 쥐여지는 것을 보았다. 팔을 뻗어 망코를 후려치고 싶은 것을 억누르는 듯했다.

"빌라 오마⋯⋯"

그녀가 마음을 가라앉혀주는 목소리로 입을 열었다.

"당신은 여기 있어서는 안 되오, 코야 카마켄! 유일한 군주님이 주장하시는 것만큼 이방인들이 위험한 존재라면, 이 탑 위에 모습을 드러냈다가는 큰 화를 당할 것이오. 당신은 즉시 칼카로 돌아가야 하오."

현자가 쉿소리를 내며 심술궂게 빈정댔다.

아나마야는 그에게 등을 돌리고는 불꽃과 연기가 올라가는 하늘을 푸른 눈으로 망연히 바라보다가 끝내 불안감에 휩싸였다.

그렇다, 그녀는 가브리엘 때문에 떨고 있었다!

그렇다. 그가 적어도 살아남기만을 온몸과 온 마음을 다해 바라고 있었다. 그가 우아이나 카팍이 말한 퓨마이기 때문만은 아니었다. 그는 그녀가 사랑하는 남자이고, 그 없이 산다는 것은 사는 것이 아닌 까닭이었다.

4

1536년 5월, 쿠스코

 사슬에 묶인 개처럼 무력하게, 가브리엘은 죽어가는 사람들의 울부짖음을 들으며 도시가 불타는 것을 목격했다. 연기가 천창까지 이르자 그는 뒤로 물러섰다. 기침 발작으로 몸을 숙이고, 때 묻은 튜닉을 찢어서 얼굴을 싸맸다. 간수나 바르톨로메 수도사가 돌아올 거라는 기대는 일찌감치 버렸다. 희망은 오래전에 사라졌고, 그는 단지 한 번 더 숨 쉬고 살아남는 것만 생각할 뿐이다.

 쿠스코 시 절반이 화염에 휩싸였을 때, 엄청난 두려움을 자아내는 충격음이 들려왔다. 이제 돌들은 그가 있는 감옥의 지붕으로 날아들었다. 둔탁한 소리가 열 번쯤 반복되는 듯했다. 그러더니 처음으로 돌 하나가 이추 지붕을 뚫고 그의 바로 옆에 떨어졌다.

 곧이어 갈색 연기가 통나무 골조 주변으로 날렵한 소용돌이를 일으켰다. 작은 불꽃 하나가 톡톡 건너뛰었다. 불꽃은 구불구불한 금빛 띠를 그리고 지붕의 용마루에 이르러 머뭇머뭇 갈지자를 그리더니 반대편 사면 아래로 벽을 따라 내달렸다. 그러더니 일 분도 안 되어 다른 불꽃이 생겨나 한데 합쳐졌다. 그러자 대번에 이추 지붕 전체에 불이 붙었다.

가브리엘이 미처 대응하기도 전에 불은 마치 바닥을 어루만지려는 듯 그의 위로 기울어지며 그를 무릎 꿇게 만들었다. 열기는 이내 참을 수 없이 뜨거워졌다.

가브리엘은 자신의 몸을 옭아맨 사슬을 저주하고, 에르난도와 피사로 형제 모두를 저주했다. 그는 얼굴을 보호하려고 배를 깔고 엎드렸다. 하지만 등이 견딜 수 없을 만큼 뜨거웠다.

맹수가 으르렁거리는 듯한 소리를 내며 이추 지붕의 사면이 무너져 내리고, 사방으로 불티를 뿌렸다. 불꽃의 기운이 한층 거세졌지만, 불꽃은 바깥쪽으로 빨려 나가고 그와 함께 연기도 빠져나갔다. 그때 바르톨로메 수도사가 갖다 준 호리병들이 떠올랐다.

그는 손의 털을 검게 태우는 열기를 무릅쓰고 기어가서 호리병을 움켜쥐었다. 그러고는 나무 마개를 고정시킨 가죽끈을 이로 끊고 병마개를 열어서 얼굴과 어깨에 물을 뿌리고, 시뻘게진 온몸에 마지막 방울까지 쏟아 부었다. 서늘한 충격이 어찌나 강렬하고 날카로운지 그는 몸을 떨며 이를 딱딱 부딪쳤다. 겨우 정신을 차리는데, 불붙은 이추 짚단이 자신을 향해 내려앉으려는 것이 언뜻 보였다. 사슬에 묶여 움직임이 자유롭지 못한 그는 벽 발치에 몸을 오그리며 있는 힘을 다해 불덩어리를 피했다.

불길이 번질 때와 똑같이 갑작스럽게 멎었다.

골조의 들보 주위에 약간의 화염만이 남아서, 소용돌이치는 연기 덩어리를 밀어내는 바람에 흔들렸다. 차갑기까지 한 신선한 공기가 불타는 벽들 사이로 미끄러져 들어왔다.

가브리엘은 고통스러운 두 팔과 손으로 마지막 남은 호리병을 움켜쥐고서 주저 없이 마시고 물을 뿌렸다. 곧 물이 바닥나겠지만 할 수 없는 노릇이었다. 두려움에 지친 그는 바닥에 길게 누운 채 바람이 베풀어주는 일말의 서늘함이나마 감사했다.

이제 연기는 쿠스코의 벽들 위로 미끄러져 가며, 황혼녘의 비바람처럼 하늘을 가렸다. 모든 탄식, 외침, 도시 안에서 웅성거리는 모든 죽음과 파괴의 소동이 바로 그 연기 속에 들어 있는 듯했다. 가브리엘은 고통스러운 눈을 감고, 해진 가죽 같은 혀로 터진 입술을 핥았다.

아직 살아 있는 스페인 사람이 몇이나 될까 궁금해졌다. 그는 이미 죽은 자들의 왕국과 마주하고 있는 것이나 다름없었다.

✳

지난밤들처럼 그날 밤에도 구슬픈 나팔 소리, 노랫소리, 십만 명의 잉카 전사들이 부르고 욕하는 소리가 그치지 않았다. 무시무시한 소음이 백열하는 하늘에서 진동하며 소나기구름 같은 짙은 연기를 뒤흔들었다. 마치 악마가 쿠스코 위에 지옥의 닫집을 펼쳐놓은 듯했다.

발끝부터 눈꺼풀에 이르기까지 고통으로 기진맥진한 가브리엘은 한참 동안 반수면 상태에서 평온을 찾았다. 그동안 들리던 것과는 다른 고함 소리에 그는 눈을 떴다.

눈앞에 보이는 것이 믿어지지 않았다. 세 사람의 형체가 그의 머리

위 벽 위로 뻣뻣하게 서 있었다. 얼굴이 없는 모습으로, 몸통과 사지밖에 보이지 않았다. 창과 곤봉을 지니고 있었다.

처음에는 아무런 움직임이 없었다. 그는 아직도 악몽을 꾸고 있는 거라고 생각했다. 그런데 어둠 속에서 또다시 고함 소리가 터져 나왔다. 팔 하나가 올라가더니 뭔가를 던졌다. 돌이었다. 밧줄에 묶인 커다란 돌. 돌은 이미 일어서 있는 가브리엘의 다리에서 불과 십 센티미터쯤 떨어진 바닥에서 튀며 날아올랐다. 가브리엘은 더 생각할 것도 없이 소리쳤다.

"난 당신들에게 대항하지 않아요!"

그가 케추아어로 하는 말을 듣더니 세 사람이 머뭇거렸다.

"난 당신들에게 대항하지 않아요, 난 코야 카마켄 편이에요!"

가브리엘이 거듭 소리쳤다.

순간 그는 잉카 전사들이 주저하는 것을 느꼈다. 그들 중 하나가 뭔가 알아들을 수 없는 말을 하더니 그를 향해 팔을 흔들었다. 가브리엘이 되풀이했다.

"난 당신들에게 대항하지 않아요!"

그는 사슬을 끌어당겨 자기가 묶여 있음을 보여주었다. 그들 중 한 사람이 가브리엘이 여전히 알아들을 수 없는 말을 중얼거리면서 쉴 새 없이 요란한 몸짓을 했다. 다른 인디언이 신경질적으로 흔든 밧줄 끝에 매달린 돌이 가브리엘의 발 사이로 굴러드는 바람에 그는 균형을 잃을 뻔했다.

본능적으로 가브리엘은 돌과 밧줄을 붙잡아 자기 쪽으로 끌어당겼다. 그런데 그 순간, 공격자들 중 하나가 신음 소리를 냈고 다른 두 사람이 비켜섰다. 가브리엘의 손에 들린 밧줄은 무기력해졌다. 벽 위에서 전사 하나가 쓰러지고, 그의 동료들이 어느새 투석기를 돌리며 크게 소리쳤다. 전사는 감옥 바닥에 풀썩 넘어졌다.

가브리엘이 눈을 들었을 때 두 전사는 흙빛 어둠 속으로 달아나버린 뒤였다. 가브리엘 가까이에 쓰러진 남자는 숨이 끊어져 있었다. 강철 활의 화살이 가슴에 너무 깊이 박혀서 거의 보이지도 않았다!

가브리엘은 놀랄 틈도 없었다. 감옥 문이 삐걱 소리를 내더니 유령과도 흡사한 시커먼 형체가 지붕도 없는 방 안으로 스르르 미끄러져 들어왔다. 한쪽 손에는 조그만 강철 활이 들려 있었다.

가브리엘이 뒤로 물러나자 그의 다리 사이에서 사슬 부딪히는 소리가 났다. 웃음소리가 터져 나왔다.

"이런, 친구, 날 모르겠나?"

어떤 목소리보다도 친근한 목소리가 속삭였다.

가브리엘은 너무 놀라서 처음에는 입도 떼지 못했다. 그러자 그 윤곽이 신중하게 두 걸음 앞으로 나섰다.

"어이, 가브리엘! 벌써 혀가 뽑힌 거야?"

"세바스티안…… 세바스티안!"

"예, 그렇습니다, 나리."

옛 노예인 충실한 키다리 흑인 친구가 다가와 강철 활을 조심스럽게 바닥에 내려놓고 서슴없이 가브리엘을 끌어안았다. 가브리엘과 마찬가지로 그도 몸이 더러워질까봐 염려할 필요가 없었다. 그가 걸친 옷이라고는 예비 화살과 기다란 단검이 매달린 가죽 치마 같은 것이 전부였다. 나머지 몸은 벗은 상태였다. 그의 검은 피부는 잿빛 그을음으로 더러워져 있었다.

"악마로 변장한 세바스티안이로군!"

가브리엘이 안도하며 탄성을 질렀다.

빛을 발하는 하얀 미소가 어둠을 밝혀주었다.

"요즘 같은 때는 이보다 더 좋은 옷차림이 없는 것 같아. 이번만은 검은 피부가 내게 성공의 수단인 이상 지레 포기할 수야 없지!"

마치 시원한 물이 들이켜지듯 가브리엘의 목에서 웃음이 새어 나왔다. 세바스티안은 발끝으로 잉카 전사의 시체를 뒤적였다.

"보기에는 완전히 죽은 것 같군. 내가 때 맞춰 도착했나 봐, 안 그래?"

"내가 여기 있는 걸 어떻게 알았나?"

"물론 바르톨로메 수도사가 알려줬지. 자네가 어떤 덫에 빠져 있는지 말해주더군. 이걸 구해 오느라고 좀 늦었네……"

세바스티안은 가죽 치마에서 강철 펀치와 작은 망치를 꺼냈다.

"그 뚱뚱한 간수 친구는 꾀어내기가 좀 어려웠어. 호감 가는 사람인 데다가, 내가 좋아하는 기질이더군. 속내를 털어놓을 마음이 생기자, 아들을 얻으려고 여섯 여자 인디언에게 여섯 아이를 배게 할 수밖에 없었다는 얘길 하더군. 드디어…… 바로 그 친구가 자네의 쇠붙이를 풀어줄 이 빌어먹을 펀치를 가지고 있었어. 이게 없으면, 사슬을 떼어낸 다음에도 달고 다녀야 할 판인데 말이야!"

세바스티안은 이렇게 말하면서 사슬을 채운 줄에 펀치로 구멍을 뚫고 정확하게 조금씩 두드렸다.

"움직이지 말게. 잠깐이면 돼! 벽이나 감시해, 잉카 친구들이 불시에 돌아와 우리 옆구리를 간지럽히지 않도록 말이야!"

가브리엘에게는 쇠붙이가 달그락거리며 열리는 소리가 황금 부딪는 소리보다 더 귀하게 들렸다. 당장 숨쉬기가 훨씬 편해진 것을 느꼈다.

세바스티안이 가브리엘의 손목을 다정하게 잡으며 말했다.

"자넨 이제 자유야."

"세상에, 이 벽들 사이에서 통닭구이가 되는 줄 알았네. 자네에게 대단한 은혜를 입었어, 세바스티안!"

가브리엘이 바늘에 수없이 찔리기라도 한 것처럼 장딴지를 벅벅 문지르며 투덜거렸다.

세바스티안이 우스꽝스럽게 얼굴을 찌푸렸다.

"아닌 게 아니라 자네한테서 정말 고약한 단내가 나는걸! 이제 여기서 도망가야 해, 하지만 우선……"

세바스티안은 단검을 꺼내더니 죽은 전사 옆에 무릎을 꿇었다. 그러고는 주저 없이 시체의 가슴에 칼날을 찔러 넣었다.

"……네모난 화살은 회수하고. 이건 너무 귀한 건데, 우리에겐 군수품이 부족해서 낭비할 수가 없거든."

가브리엘이 세바스티안의 손을 외면하며 물었다.

"에르난도와 다른 사람들은 어디 있나?"

"대광장 꼭대기의 칸차에. 거긴 불타지 않았어. 돈 에르난도가 불이 붙기 시작할 때부터 지붕들 위에 노예들을 배치시켜 끄게 했거든. 거기서 열두 명쯤 죽었는데, 이제는 사람이나 말이나 모두 거기로 피신해 모여 있어…… 이제 됐군!"

아무런 감정의 동요도 없이 세바스티안이 죽은 자의 튜닉 자락으로 짧은 화살을 닦았다.

"자네를 거기로 안내하지. 자네가 살아 있는 것을 보면, 그들에겐 깜짝 선물 같을 거야!"

세바스티안이 킬킬거리며 말했다.

"이런 차림으로?"

세바스티안의 웃음소리가 도시를 여전히 짓누르는 소란보다 더 크게 들렸다.

"천만에요, 나리! 제게 그것보다 더 좋은 게 많습죠!"

✳

가브리엘은 세바스티안이 대광장에 이르는 지름길로 가지 않는 것을 보고 놀랐다. 그와 반대로 세바스티안은 고양이처럼 민첩하고 조용하게, 몇몇 지붕에서 아직도 연기가 피어오르는 동쪽으로 대광장을 우회했다. 가브리엘은 아툰 칸차의 궁전이 있는 바로 그 길에 이르렀다는 것을 한눈에 알아차렸다. 세바스티안은 야생 라마 가죽으로 만든 문을 불쑥 밀었다. 가죽이 아직 마르지 않은 덕에 불길을 견딘 문이었다.

"잠깐만. 여기서 꼼짝 말고 있어, 곧 돌아올 테니."

세바스티안이 조심스럽게 문을 다시 닫으며 말했다. 그는 몇 번 펄쩍펄쩍 뛰어 멀어졌다. 어둠 속이라 그의 모습이 잘 보이지 않았다. 가브리엘은 그 칸차에서 아무것도 알아볼 수 없었다. 도시 어디서나 그렇듯이 지붕은 사라지고 없었다. 하지만 건물은 상태가 좋아 보이고, 스페인 식으로 화려하게 장식까지 되어 있었다. 환한 초벽으로 덮인 새로운 건축물들이 잉카의 기다란 방들을 연결시키며 안뜰 주위로 하나의 건물을 이루고 있었다. 진짜 문과 창문이 친숙한 분위기를 자아냈다.

"다 좋아! 불청객이 없는지 확인하고 싶었거든."

세바스티안이 그의 곁으로 돌아와서 속삭였다.

"여기가 어디야?"

가브리엘이 물었다.

세바스티안이 아이처럼 맑게 웃었다.

"이봐! 여기가 어딜 것 같아? 당연히 내 집이지!"

"자네 집?"

"내가 부자라는 걸 잊은 모양이지? 갑부란 말이야!"

가브리엘은 고개를 저으며 놀리는 듯한 웃음을 살짝 지었다. 거의 나체로 손에 강철 활을 들고 있는 세바스티안의 모습을 보니, 그가 집 주인이라는 사실이 좀처럼 믿어지지 않았다.

"사실이군! 내가 잊고 있었어. 자네가 이 정도로 갑부라는 걸 잊어버렸어…… 굉장한 집인데!"

"지붕과 가구가 있을 때는 훨씬 멋진 집이었지. 이리 와, 여기서 이러고 있지 말고!"

세바스티안이 그를 앞으로 밀며 투덜거렸다.

그들이 들어선 방에서는 식은 연기와 그을음과 재 냄새가 났다. 가구라고는 가죽이 찢어진 안락의자와 금속 앵글만 남은 탁자 또는 짜부라진 촛대 다리만 남아 있었다.

"엉망진창이군!"

세바스티안이 또다시 불평을 했다.

그는 침대 잔해와 함께 여러 장의 망타를 한꺼번에 겹쳐 만든 양탄자를 밀쳤다. 그 밑에 있는 널따란 포석에는 별다른 것이 없었다. 그런데 가브리엘이 미처 놀라움을 드러내기도 전에, 세바스티안이 쇠막대로 포석 하나를 들어내더니 다른 포석 두 개를 더 들어 올렸다. 마침내 연기 사이로 비치기 시작한 초승달과 별들의 희미한 빛 속에서 견고한 나무 뚜껑 문이 드러났다.

"도와줘. 당나귀 세 마리만큼이나 무겁거든."

세바스티안이 말했다.

뚜껑 문은 그저 어두운 우물을 향해 열리는 듯했다. 그런데 세바스티안이 그 안으로 더듬거리며 들어가 좁고 가파른 사다리 살을 찾아냈다. 그의 손이 사라지더니 양초 한 조각과 부싯돌을 더듬더듬 끄집어냈다.

"서두르는 게 좋겠어. 공연히 남의 눈에 띄어 좋을 건 없으니까!"

잠시 후, 가브리엘은 자기 눈을 믿을 수가 없었다. 말을 잃은 그를 보고 세바스티안은 몹시 즐거워했다. 그들이 있는 곳은 수많은 옷과 무기가 들어찬 창고와 안락한 방이 있는 지하실이었다.

세바스티안이 유쾌하게 말했다.

"난 부자야. 하지만 쿠스코 같은 도시에서는 좀 불안정한 상태지. 어쩌면 내일 당장이라도 인디언들의 잘못 때문이든 피사로 형제나 알마그로의 기분 때문이든 도로 가난뱅이가 될지도 모르는 일이니까. 내가 살아오면서 배운 게 한 가지 있다면, 난 흑인이고 언제나 흑인일 거라는 사실이야. 난 언제나 어느 정도는 노예일 거라는 얘기지! 그 건전한 조심성 덕분에, 내가 가진 보물을 몽땅 드러내놓지는 않았네. 여기 들어온 사람은 자네가 처음이야. 말하자면 자네 앞에 있는 건 훗날을 위해 내가 아껴둔 것이지. 이 지하실과 여기 놓여 있는 물건들은 그러니까 신기루일 뿐이야!"

세바스티안이 뚜껑 문을 닫기 위해 사다리를 다시 오르는 사이, 가브리엘은 주위에 쌓여 있는 보물을 자세히 살피며 경탄했다. 몇 개의 가방에는 새 옷이 그득했다. 고급 셔츠, 꽉 끼는 윗옷, 살짝 트인 짧은 바지, 아직 재봉되지 않은 벨벳과 품질 좋은 삼베, 아마 두루마리까지 있었다. 이상하게 생긴 가로대에는 가죽과 면으로 안을 댄 쇠사슬 갑옷이 여러 벌 걸려 있었다. 바구니들 안에는 투구들이 던져져 있었다. 받침대들에는 은으로 화려하게 장식된 안장 네 개가 놓여 있고, 커다란 상자 하나에는 여러 개의 검과 단검과 크랭크가 달린 강철 활 두 개가 들어 있었다…… 어디에도 황금은 보이지 않았지만, 가브리엘은 훨씬 더 은밀한 은닉 장소에 틀림없이 금괴가 쌓여 있으리라고 짐작했다!

"내 눈이 믿어지지 않는걸."

가브리엘은 미심쩍어했다.

"이리 와. 보여줄 게 더 있어."

그들은 촛불로 통로를 밝히며 지하실 안으로 더 깊숙이 들어갔다. 좁은 통로가 선선한 방으로 이어졌다. 가브리엘은 눈으로 보기 전에 먼저 흐르는 물소리를 들었다. 세바스티안이 불빛이 희미한 촛불을 들어 올려 바위에 팬 자연 연못 같은 것을 보여주었다.

"이것 봐. 얼음장같이 차지만 몸을 씻을 수는 있을 거야. 새벽까지 쉬자고. 적어도 여기서는 잉카족의 소란이 더이상 들리지 않아. 내일은 멋진 옷과 자네에게 어울리는 검을 고르게. 난 자네가 눈부시게 빛나기를 바라거든!"

"세바스티안……"

"됐어! 딴소리는 말게, 가브리엘! 자네를 위해 이 작은 죄를 저지를 수 있어서 얼마나 기쁜지 몰라. 그리고 내일 멀쩡하게 살아 있는 자네를 보고 우리 친구 몇몇이 깜짝 놀라는 모습을 보면 그보다 열 배는 더 기쁠 테고 말이야!"

＊

가브리엘은 깨끗한 옷을 입고 새 장화를 신고서 새벽녘에 세바스티안의 집을 나섰다. 상의에 쇠사슬이 달린 튼튼한 가죽 튜닉 차림에, 은이 박힌 조가비로 장식된 톨레도의 검이 짧은 자주색 벨벳 바지에 부딪쳤다. 도시에서는 여전히 연기가 피어올랐다. 쿠스코 시의 절반은 망코의 전사들 수중에 들어가 있었다.

두 번이나 투석기 돌이 쏟아지는 바람에 그들은 가던 길을 되돌아 달렸다. 그런 뒤에야 대광장에서 유일하게 손상되지 않은 칸차에 피해 있던 스페인 사람들과 합류했다. 투석기 돌과 화살을 막기 위해, 거대한 장막과 흡사한 두터운 홑이불이 수많은 동아줄에 매여 안뜰 위에 펼쳐져 있었다. 경첩이 떨어진 덧문과 문을 방패 삼아 몸을 가린 채 출구를 지키고 있던 보초병들이 주저 없이 그들을 들여보내주었다. 가브리엘에게는 모두가 새로운 얼굴이었고, 북적거리는 울타리 안의 누구도 그에게 주의를 기울이지 않았다.

가브리엘이 불안감으로 눈초리가 초췌해진 병사들 사이를 잠시 거니는데 갑자기 에르난도의 목소리가 들려왔다. 그는 곤살로와 후안을 양옆에 대동한 채 십여 명의 기병들과 마주 서 있었다. 그는 급히 그린 도시 지도를 커다란 탁자 위에 펼쳐놓고 집게손가락으로 두들겼다.

"카나리족 말에 따르면, 이제 도시 북쪽의 골목길들은 팔 미터, 구 미터, 심지어 십 미터 높이의 나뭇가지 방책으로 모조리 막혀 있다고 하오. 어쨌든 말에게는 너무 높소. 여기 동쪽이나 남쪽도 마찬가지요. 놈들은 시간을 허비하지 않고……"

"완전히 올가미에 갇혔단 말입니다! 놈들이 우리를 토끼처럼 포박할 거요!"

꽉 끼는 윗옷의 등 쪽이 검게 타서 안의 셔츠가 드러나 보이는 한 남자가 투덜거렸다.

"불꽃이 엉덩이를 핥았을 때부터 우린 이미 토끼가 된 거 아니오, 디에고!"

에르난도가 반박하자 후안 피사로가 끼어들었다.

"가장 난처한 방책은 북쪽이에요. 그것 때문에 사크사우아만 성채를 전혀 공격할 수가 없어요. 불행하게도 바로 그 위에서 잉카족이 밤낮으로 투석기를 돌리고 우리에게 화살을 투척하는데 말이에요. 난 이런 느낌 딱 질색이에요! 거인 눈 밑의 개미 새끼가 된 기분이라고요!"

환멸을 느낀 듯한 후안의 어투에 짜증이 난 에르난도가 몸짓으로 동생의 말을 가로막았다.

"이봐, 지금은 우는소리나 하고 있을 때가 아냐! 이제부터 우린 행동 하나하나에 신중해야 하오. 작게 무리지어 이 칸차에서 나가는 것은 더 이상 말도 안 되는 얘기요. 그랬다간 말들이 다치고 우박처럼 쏟아지는 돌멩이 아래 주저앉게 될 거요. 울분을 누르고, 이삼 일 뒤에 평원을 집중 공격하는 게 더 낫겠소. 속임수를 좀 써서 놈들의 기력을 소모시키도록 합시다. 놈들이 우리가 약하고 겁에 질려 있다고 믿게 내버려두자고요. 그러면 놈들의 포위망을 유리 반지처럼 깨뜨릴 수 있을 거요."

"실제로도 약하고 겁에 질려 있단 말입니다! 며칠 전부터 이 도시에서 새어 나오는 고함 소리와 신음을 들어보면, 그들이 믿고 말고 할 것도 없소이다. 우린 약하고, 그들은 그걸 알고 있소. 당신의 계략을 그렇게도 확신하시오, 돈 에르난도? 그들은 이십만인데 우린 고작 이백이고, 아직 상태가 양호한 말도 오육십 마리밖에 안 남았소!"

"우리가 내 형님인 총독님과 함께 카하마르카에 있을 때는 쉰 명이 좀 넘었을 뿐이오, 델 바르코 귀족 나리! 우린 몇 시간 만에 아타우알파의 십만 병사를 물리쳤소. 신이 그걸 원하셨고, 우리에게 의지를 주셨소. 가죽과 면으로 된 여러분의 가슴받이를 꿰뚫는 데 놈들에게는 쉰 개의 화살이 필요하지만, 훌륭한 검으로 무장한 여러분의 팔은 단번에 인디언 열 놈을 박살 낼 수 있다는 것을 절대로 잊지 마시오! 방금 전에 내 동생 후안이 얘기한 것과는 반대로 우린 개미 새끼가 아니오, 여러분. 우리가 두려워한다고? 잘됐소, 그 말을 들으니 대단한 용기가 생기는군."

그을음과 땀과 두려움의 냄새가 풍기는 방 안으로 조금 더 들어갔을 때, 가브리엘은 바르톨로메의 주의 깊은 놀란 시선과 마주쳤다. 가브리엘이 즐거운 미소를 지으며 입에 손가락 하나를 갖다 대고 조용히 해달라고 당부하는데, 잠을 못 자서 눈이 퀭한 한 사람이 격렬하게 항의했다.

"돈 에르난도, 저는 이해할 수 없습니다! 왜 당장 이 궁지에서 빠져나가려고 하지 않고 공격을 내일이나 모레로 미루는 겁니까?"

"첫 공격에서 성공해야 하기 때문이오, 로하스. 적의 숫자로 볼 때 우리에겐 단 한 번의 기회밖에 없소. 요 며칠은 우리 모두에게 힘든 시간이었소. 당신 주위를 둘러보시오. 기병이든 보병이든 우리에겐 휴식이 필요하오. 그리고 누구보다도 당신이 제일 먼저 쉬어야겠군, 로드리고. 당신은 겨우 서 있지 않소."

"돈 에르난도, 여기에 들어박혀 있는 건 놈들에게 도시를 내어주는 꼴입니다! 놈들에게 도시를 내어주는 건 쥐새끼처럼 죽는 것이고요. 돈 에르난도는 우리에게 잠자는 데 시간을 허비하라고 권하시는 겁니다!"

"아니오, 로하스. 그 시간은 무익하지 않을 거요. 우리가 꼼짝 않고 있으면 인디언들은 신경이 곤두설 테고, 고함을 지르고 돌을 던지느라 제풀에 지칠 것이오!"

"그럼 오늘밤이라도 당장 놈들이 우리를 통닭구이로 만들러 여기 온다면 누가 막을 것이오? 놈들은 수십만 명이오, 돈 에르난도. 뜻만 있다면, 사제복에 들러붙은 벼룩 떼처럼 이 울타리 안으로 뛰어 들어올 것이오!"

"하지만 놈들은 그럴 뜻이 없소이다, 델 바르코 나리! 놈들이 광장 반대편에서 돌만 던지고 있는 게 보이지 않소? 놈들이 우리를 두려워하지 않았다면, 우리 검과 말 들을 두려워하지 않았다면, 우린 벌써 죽었을 거요. 놈들은 우리를 두려워하고 있소, 델 바르코! 놈들의 수가 많을지는 몰라도 놈들은 두려워하고 있단 말이오! 총력을 기울여 단 한 번의 공격으로 우린 놈들의 대열을 공포에 빠뜨릴 거요."

짜증이 난 에르난도가 창백해진 얼굴로 귀에 거슬리는 소리를 냈다.

바로 그때 가브리엘이 평온한 목소리로 끼어들었다.

"꿈같은 환상일랑 품지 마시오, 돈 에르난도. 여긴 카하마르카가 아니오. 당신도 거기 있었지만 나 역시 거기 있었소. 밖에서 오는 길인데, 잉카 전사들을 쓰러뜨릴 거라고 생각하는 그 두려움이 반대로 그들에게 활기를 주고 있더군요. 내가 장담하겠소. 여러분의 얼굴을 보니 공포는 오히려 이 진영에 자리잡고 있는 것 같군요! 그대들을 모욕하려고 하는 말이 아니오."

가브리엘은 버티고 서서, 자신을 바라보는 놀란 시선과 당당히 맞섰다.

"맙소사! 대체 누가 저놈을 풀어준 거야?"

곤살로가 제일 먼저 씩씩댔다. 그는 가브리엘 쪽으로 두 발짝을 뗐다. 그는 싸움에서 입은 상처가 아직 회복되지 않아 다리를 절고 있었다. 후안이 그의 팔꿈치를 잡고 부축하면서 만류했다.

가브리엘은 곤살로를 노려본 뒤 격식을 차려 인사하는 동시에 잔뜩 빈정대며 쾌활하게 말했다.

"당신도 살아 있으니, 내가 여전히 살아 있는 것으로 만족합니다. 돈 에르난도, 내 힘으로 자유를 되찾긴 했지만, 내게서 자유를 앗아간 당신을 용서하고 우리를 기다리는 멋진 전투의 순간을 위해 봉사하도록 하지요!"

곤살로가 후안을 밀쳐내고 검을 움켜쥐었다. 하지만 가브리엘의 검은 이미 칼집 밖으로 나와 있었다.

"당신 동생과 한 판 벌일 수도 있소, 돈 에르난도. 하지만 때를 잘 골랐는지 의심스럽군. 당신에겐 건장한 병사가 필요하고, 죽을 기회는 앞으로도 얼마든지 있으니까. 돈 곤살로는 한가할 때 죽는 연습을 해도 될 텐데 말이오!"

"형님! 거짓말쟁이에다 살인자인 저 망할 놈의 멍청한 첩자를 우리 편으로 받아들여선 안 돼요! 당장 내일 형님을 배반할 겁니다!"

곤살로가 쉰 목소리로 항의했다.

"어리석은 말이나 늘어놓는 그 주둥이 닥치시지, 곤살로! 여기서는 명예가 아니라면 배반할 게 아무것도 없어. 그걸 납득할 만큼 네게 명예가 남아 있기나 할까?"

가브리엘이 대꾸하자 에르난도가 냉정하게 말을 잘랐다.

"그만! 우리끼리의 셈은 나중에 따지도록 하지. 재판을 피할 생각일랑 하지 말게, 가브리엘!"

"재판을 피하는 것은 내 성질에 안 맞습니다, 돈 에르난도. 그건 이곳에서는 흔한 일이 아니지요. 내 생각엔, 당신이 이미 여러 번 입증한 것 같은데요."

바르톨로메가 기형인 손을 들어 올리며 끼어들었다.

"돈 에르난도! 돈 곤살로! 더이상 그런 얘기를 할 때가 아닙니다. 돈 가브리엘에게 어떤 불만을 품고 있든 간에, 그는 여기 있는 누구보다 더 많이는 아닐망정 여러분만큼은 인디언들과 대전했소. 왜 훌륭한 조언자가 될 수 있는 그의 말을 듣지 않는 거요?"

"그건 그래. 바르톨로메 수도사의 말이 이치에 맞아. 우리의 원한은 제쳐두고 힘을 합하도록 하지! 일단 전투에 이기고 난 뒤에 돈 가브리엘의 잘못을 따져도 늦지 않을 거야."

후안 피사로가 곤살로에게 말했다.

에르난도는 한숨을 쉬며, 대꾸하려는 곤살로를 몸짓으로 가로막았다.

"자네가 그렇게 박식하다니, 어디 자네의 지식으로 우리를 가르쳐보지. 자네 생각에는 자네의 인디언 친구들이 어떻게 행동할 작정인 것 같은가?"

"그들은 몇 년 전부터 우리를 관찰해왔습니다. 이제 우리의 약점을 잘 알고 어떻게 하면 우리의 말들을 꼼짝 못하게 할 수 있는지 알지요. 그들에게 공포심을 불러일으켜 허수아비처럼 가만히 있게 만든 뒤에 두 동강 내는 그런 공격은 이제 끝났어요. 그들은 우리의 팔이나 말의 다리를 부러뜨리기 위해 투석기의 돌을 사용할 줄 압니다. 말 위가 아니라 땅 위에서 싸우는 것으로 말하자면, 그건 오래전부터 그들이 지녀온 강점이지요. 그들은 우리보다 더 민첩하고 유능합니다……"

가브리엘이 빈정거림에 응수하지 않고 모두를 향해 말했다.

"참으로 대단한 소식이군! 전부 다 우리가 이미 알고 있는 거잖아."

곤살로가 말을 내뱉었다.

가브리엘은 못 들은 척 말을 이었다.

"그들이 바라는 것은 바로 우리의 조바심과 교만함입니다. 우리가 허기와 갈증에 지쳐 평원에 있는 그들 부대로 덤벼들기를 바라고 있지요. 돈 에르난도, 그들은 당신의 제안처럼 우리가 숨 막히는 굴레를 풀고 도망가기 위해 한 번 더 그들의 대열에 대항해 전 기병대를 돌진시키기를 기대하고 있소. 다만 이번에는 그들이 거기에 대비하고 있다는 것이 다르지요, 여러분! 장담컨대 우리가 좀 수월하게 지나갈 수 있는 길에는 모두 구덩이, 말뚝, 덫과 같은 수많은 장애물이 숨겨져 있어요. 공격을 해보시오, 돈 에르난도. 우리의 칼끝이 적의 목덜미를 스치기 전에 먼저 우리 말의 관절이 부러질 테니!"

가브리엘의 말은 금세 효과를 드러냈다. 몇몇 사람들이 얼마 전부터 짐작하고 있던 바를 그가 큰 소리로 말한 것이다. 절망이 서린 침묵은 무겁기만 했다.

"당신 제안은 뭐요?"

마침내 후안 피사로가 물었다.

"성채를 빼앗는 것이오!"

"정신 나갔군! 그건 가장 불가능한 일이야!"

곤살로가 경멸의 웃음을 지으며 소리쳤다.

"단 하나 유익하고도 꼭 필요한 일이지요. 당신도 잘 알다시피, 성채가 없으면 더이상의 포위 공격도 없소."

가브리엘은 곤살로의 존재는 무시해버리듯 에르난도에게 몸을 돌리며 말했다.

"아, 그래! 그럼 어떻게 성채에 다가갈 작정인가? 한 번 폴짝 뛰어서? 탑과 벽 들은 높이가 고작 삼사십 미터밖에 안 되니까. 거기에 이르지 못하게 가로막고 있는 말뚝 울타리는 제쳐두고라도 말이지."

곤살로가 비웃었다.

"오늘밤부터 우리가 말뚝 울타리를 없애면 됩니다."

웅성거림이 사람들을 훑고 지나갔다. 가브리엘은 사람들이 눈길을 돌리고 고개를 숙이는 것을 보았다. 바르톨로메조차 확신이 서지 않는지 얼굴을 찌푸렸다. 가브리엘은 한 손을 들어 과장된 투로 자기 가슴에 올려놓았다.

"여러분, 난 이성을 잃지도 않았고 여러분을 터무니없는 행동으로 몰고 가고 싶지도 않습니다. 여러분의 두려움을 이해합니다. 하지만 진실은 그 어느 때보다도 숨김없이 여러분 앞에 드러나 있습니다. 몸을 사리다가 죽든지, 싸우다가 죽든지 둘 중 하나죠. 몸을 사리는 것은 수치이고 전투는 영광이라는 단순한 얘기가 아닙니다……"

"이자가 프란시스코 형님처럼 말하는군."

곤살로가 허공에 대고 혼잣말로 빈정거렸다.

"……몸을 사리는 것은 모두에게 확실한 죽음인 반면, 전투는 우리에게 승리를 안겨줄 수도 있지요. 그리고 몸을 사릴 경우, 아마도 몇 사람은 목숨을 건지겠지요."

가브리엘은 여전히 곤살로에게는 눈길도 주지 않고 말했다. 그는 다시 주의를 끌다가 침묵을 틈타 곤살로를 노려보았다.

"나로서는 돈 곤살로 덕분에 오늘 죽는다 해도 상관없습니다. 그래서 제안을 하고자 합니다. 오늘밤, 내가 가서 방책에 불을 지르겠습니다. 혼자서 가야만 한다면 그렇게 하지요. 그리고 무슨 일이 일어나는

지 두고 봅시다."

"형님, 속임수예요! 이자가 도망쳐서 야만인들과 합류하려는 거라고요."

곧바로 곤살로가 외쳤다.

"돈 곤살로, 판단을 좀 해보시오! 만약 돈 가브리엘에게 도망갈 의도가 있었다면, 감옥에서 빠져 나온 뒤에 제 발로 이렇게 와서 굳이 당신에게 알려줬겠소!"

바르톨로메가 화가 나서 응수했다. 바르톨로메가 훈계를 채 마치기도 전에, 에르난도가 묘한 미소를 띠며 곤살로의 팔에 손을 올려놓았다.

"그거 아주 마음에 드는군, 돈 가브리엘! 여기 있는 누군가가 자네에게 기꺼이 말을 내주겠다면, 자네가 공을 쌓는 걸 꽤나 보고 싶은걸. 그리고 여기 있는 사람 중에 자네를 따라가겠다는 자가 있다면, 단 그 숫자는 다섯으로 제한하겠네. 너무 큰 재난을 피하기 위해서 말이야."

"돈 에르난도, 내가 이 땅에서 사라지는 걸 보고 싶어하는 당신의 강렬한 욕망을 지성으로 밝혀주게 되어 기쁘군요."

가브리엘이 고분고분하게 대답했다.

"돈 가브리엘, 자네가 드디어 국왕 폐하께 쓸모 있는 존재가 되고 우리 주님의 영광을 드높일 작정이라면, 내가 누구라고 한들 자네를 막을 수 있겠나?"

✳

"내가 같이 가겠네."

잠시 후 세바스티안이 단언했다.

"아니. 피사로 형제의 불편한 심기를 긁는 것은 기분 좋았지만, 실은 그런 척했을 뿐 내 공격에 대해선 조금도 확신이 없어."

가브리엘이 미소 지었다.

"그 대신 그들이 확신하고 있잖아. 그 못된 에르난도를 필두로 해서 말이지. 그자가 자네를 쳐다보는데, 마치 두 손아귀에 이미 자네의 유해를 들고 있기라도 한 것 같더군."

"멋대로 상상하라고 그래!"

"내가 같이 가지. 자네에겐 말도 없잖아. 나 말고 누가 감히 자네에게 말을 내주겠어?"

세바스티안이 뿌루퉁하게 반복했다.

가브리엘이 다시 반박하려고 하자 세바스티안이 덧붙였다.

"그 점잖은 나리들한테 용기와 충성이 어떤 건지 보여주고 싶은 사람은 자네뿐만이 아니란 말이야!"

두 친구는 잠시 조용히 서로를 바라보았다. 마침내 가브리엘이 감동하여 세바스티안의 손을 잡았다.

"자네에게 빚을 너무 많이 지는군!"

"자네는 오래전에 미리 갚았어, 가브리엘. 내가 아는 바로는, 지금껏 자네와 함께 그 못된 놈의 엉덩이를 간지럽힐 때보다 더 기뻤던 적이 없었네! 따라와, 내 말들을 보여줄 테니."

방수용 천막으로 조심스럽게 둘러싸인 칸차의 두번째 안뜰은 일종의 마구간으로 변해 있었다. 똥오줌 냄새가 목구멍을 자극했고 파리 떼가 윙윙거렸다. 세바스티안과 가브리엘이 들어가자마자, 말 몇 마리가 비켜섰다. 그러더니 빽빽이 몰려 선 말들이 곧 하나같이 울부짖고 불안한 듯 큼직한 눈들을 희번덕거리며 바닥을 걷어차고 거칠게 서로를 떼밀었다. 제대로 손질도 받지 못한 것 같았다. 언덕에서 들려오는 함성과 도시의 불길에 여전히 겁먹은 말들의 떨리는 척추로 두려움이 스쳐 지나가는 듯했다.

세바스티안의 낮은 휘파람 소리에, 눈처럼 털이 하얀 훌륭한 암말한 마리가 마치 위로의 손길을 찾는 듯 앞머리를 내밀고 목을 숙인 채약간 주저하며 다가왔다.

"잇사를 소개하지. 봐, 난 자네와 달라. 난 내 말들한테 이름을 붙여주거든."

세바스티안이 말의 얼굴을 쓰다듬으며 말했다.

"잇사가 무슨 뜻인가?"

"나도 몰라. 내가 백인들을 감히 올려다보지도 못하던 한낱 노예였던 시절, 한 늙은 콩키스타도르를 파나마에서 알게 되었지. 그는 짐승이 아니라 사람에게 말하듯 내게 말을 했는데, 그가 항상 그 이름을 말하곤 했어. 무슨 주문처럼 '잇사, 잇사' 하고 말이야. 내 생각엔 그 이름이 이 부인한테 썩 잘 어울리는 것 같아서. 발랄하고 너무 거침이 없지만 부드러운 부인네지. 자, 이 친구는 퐁고야."

"이유는 묻지 않겠네."

회색과 흰색이 섞인 거세된 말 한 마리가 다른 말들 앞으로 지나왔다. 그런데 말이 더이상 다가오지 않고, 세바스티안이 암말을 쓰다듬어주는 것을 의심쩍게 바라보았다.

"저 신사는 불알을 잃었지만 못된 성질은 여전하지. 하지만 나하고는 사이가 좋아. 자넨 잇사를 타게. 틀림없이 잇사가 자네를 마음에 들어할 거야."

그것은 사실인 듯했다. 암말이 예고도 없이 세바스티안의 쓰다듬는 손길을 떠나 가브리엘에게 다가와서는 가슴에 코를 비벼댔다.

"거봐, 내가 뭐랬나."

"다른 기병들이 우리와 함께 갈 거라고 생각하나?"

가브리엘이 잇사의 애교를 받아주고는 진지하게 물었다.

"가장 중요한 것은 기병들이 아니라 인디언 동맹군 몇 명을 얻는 거야. 그들이 우릴 제일 많이 도와줄 거야."

"가장 중요한 건 그게 아니야."

가브리엘이 미소 지으며 말했다.

"그렇다면 그게 뭔지 정말 궁금하군요, 나리……"

"자네와 같은 흑인을 친구로 두는 것이지."

✳

깊은 밤 열띤 토론을 벌인 후, 오십여 명의 카나리족 인디언과 세 명의 기병이 가브리엘과 세바스티안을 자발적으로 따라나섰다. 열려 있는 칸차 문 앞에서 스페인인들 모두가 소리 없는 울타리를 이루고 있었다. 말발굽 부딪히는 소리와 바르톨로메의 기도 소리만이 들려왔지만, 바깥 언덕의 소음은 여전히 그치지 않았다.

돈 에르난도가 문 바로 옆에 있었다. 그는 희미한 미소를 지으며 이마를 숙였다.

"좋은 밤이 되길 바라네, 돈 가브리엘."

"걱정하지 마시오. 좋은 밤이 될 테니. 잠이 잘 오지 않거든 벽 너머를 한번 쳐다보라고 조언해드리지요. 마음에 드는 광경이 보일 수도 있을 테니 말입니다."

어둠을 틈타 기습적으로 나간 덕분에, 가브리엘 일행은 큰 어려움 없이 첫번째 말뚝 울타리에 이르렀다. 울타리는 사크사우아만 성채로 이르는 가장 넓은 골목길을 에두르고 있었다. 통나무 골조 위에 가시가 있는 나뭇단이 빽빽이 쌓인 울타리로, 말과 사람의 몸이 닿았다간 쉽게 찢길 듯했다.

마구와 쇠붙이 부딪히는 소리가 언덕 위 잉카 전사들의 함성에 묻혔다. 돌 사격에 다치는 것을 막기 위해 말의 머리와 목은 천으로 탄탄히 감쌌고, 가죽띠로 말의 가슴팍을 덮고 관절과 정강이에도 가죽띠를 둘렀다. 이런 장비에 짓눌려 말들의 걸음이 느려졌다.

가브리엘 일행이 울타리에 아주 가까이 다가가자, 푸투투의 음산한 집합 신호가 갑자기 울려 퍼졌다. 한 야간 감시병이 그들의 접근을 포착하고 경보를 울린 것이다. 잠시 후 잉카 전사들이 근처 칸차의 검게 탄 벽 위로 불쑥 나타났다. 가브리엘은 가까스로 방패를 들어 올려 첫번째 돌 사격을 피했다. 이번에는 그가 소리를 지르며, 머리를 낮춘 채 불규칙한 속보로 암말을 몰아 벽을 무너뜨리고 잉카 전사들의 다리와 발을 베기 위해 검을 높이 치켜들었다.

그의 등뒤에서는 카나리족이 청동 도끼나 곤봉을 쳐들고 무섭도록 날렵하게 벽 위로 뛰어올랐다. 곧 마구 쏟아지던 돌 소나기가 그치고 울부짖는 소리와 고통스러운 비명 소리가 가득한 가운데, 끔찍한 백병전이 벽 위에서 시작되었다.

"기름! 기름!"

가브리엘이 세바스티안을 향해 소리쳤다.

그가 말뚝 울타리 가까이에서 잇사를 회전시키며 낫처럼 검으로 허공을 후려치는 동안, 세바스티안과 스페인 사람 둘은 방책의 나뭇가지에 대고 커다란 기름 단지를 깨뜨렸다. 이제 부싯돌의 불티 하나면 불을 붙이기에 충분했다. 잠시 앞을 가리는 눈부신 노란빛이 퍼지는 것과 동시에 기쁨의 함성이 솟아올랐다.

"산티아고! 산티아고!"

장작불 빛 속에 벽 위에서 벌어지는 무자비한 백병전이 돌연 마귀에 홀린 춤처럼 보였다. 카나리족 전사들이 미친 듯이 날뛰며 도끼를 휘둘러 허수아비를 갈기갈기 찢듯 잉카 전사들의 몸을 베었다. 시커메진 돌이 피와 내장에 묻혀 끈적거리고, 숨이 끊어진 자들이 차례로 쓰러졌다.

가브리엘이 처참한 장면에서 눈길을 돌리며 퇴각 명령을 내렸다.

"다른 방책으로! 그들이 우리를 기다리기 전에 즉시 다른 방책으로 가서 불태워야 한다!"

그가 고래고래 소리쳤다. 그는 기병들과 카나리족을 이끌면서 잇사를 전속력으로 몰았다.

밤새도록 그렇게 진행되었다. 한 골목길에서 방책이 불타오르고, 다음에는 다른 골목길에서 타올랐다. 네 번, 다섯 번, 진을 빼는 똑같은 학살이 재현되었다. 이 울타리에서 저 울타리로 옮겨감에 따라 일은 더 힘겨워졌다. 그러나 그들은 그들 위로 솟은 가장 높은 어두운 벽을 분간할 수 있을 만큼 성채에 가까이 다가갔다. 일행이 지치고 카나리족의 수가 반으로 줄었음에도 가브리엘은 마지막 방책을 파괴하려 했다. 마지막 방책을 없애면 이튿날부터 성채에 곧장 이르는 오솔길이 뚫릴 터였다!

그러나 거기서는 아무것도 전과 같이 진행되지 않았다. 잉카 전사들이 서로 짜고 공격을 기다리고 있었다. 더 빽빽한 빗줄기처럼 쏟아지는 돌과 화살은 물리치기가 훨씬 어려웠다. 지친 탓에 몸놀림이 느려진 카나리족은 더이상 기습의 효과를 보지 못하고 어렵사리 벽 위로 뛰어올랐다. 돌이 그들의 얼굴과 다리에 명중해 뼈를 부러뜨리고 돌진을 중단시켰다.

방책 바로 앞에는 나뭇가지와 흙을 교묘히 덮어놓은 구덩이가 있었는데, 가브리엘은 날쌘 암말을 몰아 기적적으로 구덩이를 뛰어넘었다. 그러나 그를 뒤따르던 두 기병에게는 그런 행운이 따르지 않았다. 그들의 말은 구덩이에 빠져 다리가 부러졌다. 가브리엘은 비명 소리를 듣고 잇사를 회전시키다가 마침 돌에 맞아 쓰러지는 동료들을 보았다.

"세바스티안!"

가브리엘이 부르짖었다.

"난 여기 있어! 저들의 수가 너무 많아, 가브리엘, 후퇴해야 해……"

한 떼의 잉카 전사들을 물리치면서 키다리 흑인이 소리쳤다.

그러나 너무 늦었다. 잉카족이 고함을 지르며 십여 명씩 몰려왔다. 가브리엘은 불을 붙일 수 있을 만큼 방책에 가까이 다가가려던 의욕을 모두 버리고, 카나리족이 보호해주지 못하는 부상당한 두 기병을 구덩이에서 끌어내기 위해 돌격했다. 그의 칼날이 피로 빨갛게 물들고 있는데, 또다시 세바스티안의 고함 소리가 그를 놀라게 했다.

"조심해! 조심해! 위쪽의 불을 조심해, 가브리엘!"

불붙은 화살이 성채 위에서부터 땅을 향해 부서져 내리는 별처럼 그들을 덮쳤다. 카나리족 전사들이 갑자기 화석처럼 굳어지더니, 곧이어 고통의 신음 소리가 들려왔다. 어깨나 가슴에 불이 붙은 사람들이 요란하게 움직였다. 가브리엘이 곁눈으로 보니 잉카족이 뒤로 물러나고 있었다. 성채 위에서 또다른 일제사격이 준비되고 있었다.

"꼼짝없이 함정에 빠졌어! 우린 방책 사이에 끼었고……"

세바스티안이 울부짖었다. 그는 말을 맺지 못했다. 불화살이 그의 면 가슴받이에 박혀 타오르기 시작한 것이다. 세바스티안은 크고 둥근 방패를 든 손으로 불꽃을 끄려고 애썼다. 그의 겁에 질린 말이 전속력으로 뱅뱅 돌며 가슴받이의 불길을 더욱 부채질하는데, 다른 화살들이 그의 옆구리에 맞고 튀어나갔다. 드디어 그의 곁에 다가간 가브리엘이 단검으로 가슴받이를 찢어서 불타는 조각을 내던졌다.

그때 이상한 일이 벌어졌다. 스페인인들과 카나리족과 잉카족 모두가 그것을 보았다. 일제사격의 불화살들이 또다시 바닥으로 쏟아졌다. 그런데 어떤 화살도 가브리엘과 세바스티안을 맞히지 못했다. 그들은 화살을 막기 위해 방패를 들어 올릴 필요조차 없었다. 마치 보이지 않는 힘이 막아주는 것처럼, 화살들은 그들에게서 몇 발짝 떨어진 곳에 떨어지고 포석에 맞아 튀어 오르거나 벽에 부딪혀 부러졌다.

가브리엘은 자신만큼이나 지칠 줄 모르는 하얀 암말을 다시 전속력으로 몰며 적병들의 대열로 뛰어들었다. 많은 잉카 전사들이 뒤로 물러났지만, 가장 용감한 자들은 투석기를 작동시켰다. 그러나 화살과 마찬가지로 돌들도 가브리엘과 잇사에게 닿지 않고 어둠 속으로 사라졌다. 퇴각해 모여 있는 스페인인들과 카나리족은 가브리엘이 잉카 전사들의 몸에 닿지 않고도 잉카족의 대열을 향해 칼날을 겨누고 구보로 달리는 것을 보았다. 구원의 천사처럼, 그는 암말의 순결한 힘에 인도되어 이번에는 피 한 방울 흘리지 않고 길을 열었다. 놀라움 혹은 두려움에 화석처럼 굳은 잉카 전사들은 아무도 가브리엘에게 맞서지 못했다. 곧 골목길에 통로가 뚫렸다.

"나를 따르라! 나를 따르라, 아무것도 위험할 것 없다!"

가브리엘이 동료들에게 소리쳤다.

실제로 그들이 놀라움에서 벗어나 "산티아고! 산티아고!"를 외치며 그를 뒤따라 달릴 때, 잉카족 어느 누구도 그들을 붙잡으려고 하지 않았다. 화살이나 투석기 돌도 전혀 그들을 후려치지 않았다.

그 밤 내내 가브리엘의 뱃속에서 요동치는 것은 더이상 두려움도 증오도 폭력도 아니었다. 그것은 기이하고도 강렬하고 저항할 수 없는, 웃고 싶은 욕망이었다.

*

그날 밤의 필사적인 영웅적 행위는 다음 날로 인해 퇴색되었다.

정오쯤 북소리가 끊임없이 들리고 허기 때문에 괴로운 와중에도 기진맥진해서 졸고 있던 가브리엘은 고함 소리와 커다란 소란 때문에 잠이 깨었다. 그가 피난처로 삼은 말들 옆의 구석진 그늘을 떠날 채비를 하며 불평을 할 때, 팔과 어깨를 붕대로 감싼 세바스티안은 심각한 얼굴의 바르톨로메 수도사와 함께 그를 마주하고 있었다.

"좀 어때?"

가브리엘이 걱정했다.

"첫날밤을 치르고 난 이튿날의 어린 신부 같은 기분이야."

세바스티안이 투덜거렸다.

"세바스티안의 화상이 심각한가요?"

가브리엘이 바르톨로메에게 물었다.

"한참 고생하겠는걸. 특히나 상처가 감염될까 봐 걱정일세. 올리브 기름 고약이 필요한데, 여기서는……"

바르톨로메가 체념의 한숨을 쉬었다.

"난 계집애가 아니에요. 그리고 내 상처도 나처럼 좋은 시절이 올 때까지 버틸 겁니다. 그런데 자네, 이 친구야, 그렇게 모습을 드러내는 건 쓸데없는 짓이야……"

세바스티안이 가브리엘을 그늘진 구석으로 밀치며 언짢은 기분으로 말했다.

"왜? 무슨 일이야?"

"우리에게 더이상 물이 없네. 미리 길어놓은 몇 통을 제외하면 말이지. 잉카족이 대광장 연못으로 통하는 돌로 된 수로를 오늘 아침에 파괴했다네."

바르톨로메가 말했다.

"그것하고 내가 모습을 드러내선 안 되는 것하고 무슨 상관이죠?"

가브리엘이 놀라서 물었다.

세바스티안이 바르톨로메의 눈을 바라보았다. 그들의 얼굴 역시 허기와 두려움으로 수척해져 있었다. 평소에는 그토록 강렬하던 세바스티안의 눈빛이 열 때문에 흐릿해져 있었다. 그리고 상처 입은 팔이 신경질적인 경련으로 흔들렸다. 바르톨로메로 말하자면, 얼굴 피부가 그의 빛바랜 사제복처럼 잿빛이었다. 관자놀이나 손의 피부가 너무 팽팽해서 그 속의 고르지 않은 뼈가 들여다보이는 듯했다. 두 사람 모두 너무 당황하는 것 같아 가브리엘이 재차 물었다.

"대체 무슨 상관이죠?"

"지난밤 우리의 방책 원정 때문에 잉카족이 분노했다고 몇몇 사람들이 생각하고 있어. 그 원정이 없었다면 잉카족이 수로를 부술 생각을 하지 않았을 거라는 것이지."

세바스티안이 중얼거렸다.

"누가 그 따위 생각을 하는 거야?"

가브리엘이 투덜거렸다.

"곤살로가 설득하는 사람들 모두 다. 방책이 이미 다시 세워졌다는 걸 방금 전에 카나리족이 확인한 만큼 더욱더. 간밤의 노력은 모두 물거품이 되었어. 어제와 마찬가지로 오늘도 성채에 이르는 건 불가능한 일이야……"

가브리엘이 거칠게 그의 말을 잘랐다.

"그래서? 물론 그들은 방책을 다시 세우겠지. 하지만 우리는 불태우고 또 태울 거야! 우린 포위당한 사람들 아닌가? 싸우지 않으면 뭘 하겠어? 아니면 잉카족과 화해를 하든가. 그 일로 슬퍼할 사람은 내가 아니니까……"

"단지 방책 때문만은 아니야."

"아니면?"

"또…… 일이 있었어."

"무슨 일이 있었는데?"

잠시 아무런 대답이 없었다. 가브리엘은 그제야 동료들이 거북해하는 것을 깨달았다.

"빌어먹을, 어서들 말해봐요!"

"자네도 잘 아는 일이야."

세바스티안이 말들 쪽으로 얼굴을 돌리며 중얼거렸다.

"난 아무것도 모르겠는데."

"간밤의 일을 놓고 이상한 얘기가 돌고 있네."

바르톨로메가 부드럽게 말했다.

"난 직접 봤어."

세바스티안이 덧붙였다.

"뭘 말이야?"

"잇사에 올라탄 자네한테는 화살이나 돌이 날아들지 않았는데, 우린 학살당했어."

"운이 아주 좋았던 거지, 그뿐이야!"

"아니, 뭔가 다른 게 있었어!"

"세바스티안, 자넨 부상당했어! 자넨 두려웠고 상상의 날개를 편 거야. 그건 아주 자연스러운 일이지."

"마음대로 반박하게, 가브리엘. 난 내가 본 것을 알아. 그건 전혀 자연스럽지 않았어. 뭔가가 자네를 보호해주는 것 같았지. 잇사는 할퀸 상처 하나 없이 돌아왔는데, 난 한 시간 넘게 풍고의 상처를 돌봐주었어!"

바르톨로메 수도사가 끼어들었다.

"오늘 아침에 떠도는 소문을 알고 싶나? 곤살로가 말하기를, 악마와 잉카족이 자네 편이라는 걸세. 간밤에 자네들과 함께 있던 사람들이 자네에게서 성 야곱이 부활하는 걸 봤다고 단언하고 있네! 어떤 이들은 성모 마리아가 자네에게 길을 열어주셨다는 주장까지 하고 있지."

"어쨌든 난 아무도 보지 못했어요. 그런데 지금은 객쩍은 소리가 들리는군요…… 전투가 있었고 너무 많은 사람들이 죽었습니다. 그게 전부예요."

가브리엘이 발끈하며 말했다.

"아니. 심지어 잉카 전사들도 봤어. 바로 그것 때문에 우리에게 길을 열어준 거야. 게다가 자넨 잘 알고 있어. 자네가 검으로 그들의 몸을 건드리지도 않고 물리쳤다는 걸 말이야."

세바스티안이 반박했다.

"세바스티안 혼자만 본 게 아닐세, 가브리엘. 자네가 구한 기병들이나 카나리족과도 얘길 해봤는데, 모두들 그렇게 말하고 있네. 불타는 화살과 돌이 기적처럼 자네를 비켜갔다고! 자네를 보호하는 것이 신인가? 아니면…… 자네의 잉카족 친구들인가?"

바르톨로메가 다시 강조했다.

"바르톨로메 수도사님, 죄송한 말씀이지만, 헛소리를 하시는군요! 난 잉카 전사들이 전투를 할 때 마법의 힘을 얼마나 두려워하는지 잘 압니다. 그걸 이용한 겁니다. 그뿐이에요! 난 그들의 돌도 불도 무서워하지 않는 것처럼 행동했어요. 그것에 그들이 강한 인상을 받은 거지요. 그리고……"

가브리엘의 어투는 자연스럽지 못했다. 동료들의 눈에서, 그는 몰이해만큼이나 의혹을 읽을 수 있었다.

"그리고 난 운이 좋았어요. 운이, 그게……"

사실 가브리엘도 스스로 납득이 잘 가지 않았다. 세바스티안의 말이 옳았다. 그는 전투를 하는 동안 뭔가 이상한 일이 자기에게 일어나고 있음을 느꼈다. 마치 갑자기 자신의 힘에 한계가 없어지는 듯했다. 하지만 미치지 않고서야 어떻게 그것을 고백할 수 있겠는가?

"내 말을 믿어야 해요. 내게 죽음 같은 것은 아무래도 상관없어요. 그건 사실이에요. 하지만 기적이나 마법 같은 것은 아무것도 없어요."

그가 탁한 목소리로 반복했다.

"자네에겐 그럴지도 모르지. 하지만 여기서 죽음을 두려워하며 고통받는 사람들에게는 사정이 그렇게 간단하지가 않아. 그들에겐 죽음과의 만남을 아주 아름다운 순간이라고 생각할 만한 거만함이 없단 말일세, 가브리엘 몬테루카르."

바르톨로메가 응수했다.

"내가 어떻게 해야 수도사님을 납득시킬 수 있겠습니까? 잉카족이 보잘것없는 사람처럼 나를 죽일 수 있다는 것을 보여주도록 무기도 없이 골목길로 나가기를 바라시나요?"

그가 입을 다물자마자 바르톨로메가 오른손을 얼굴까지 들어 올렸다. 바르톨로메는 도전적인 몸짓으로 성호를 그으며 중얼거렸다.

"자네에게 그렇게 많은 것을 요구하진 않네. 그러니 신께서 자네에게 필요하다고 생각되는 길을 선택하시도록 그냥 두게! 그때까지는, 우리들 사이에서 평범한 사람으로 살아가는 겸허함을 지니고 조용히 있도록 하게. 돈 에르난도가 다시 밖으로 나가는 것을 전면 금지시켰는데, 그건 자네에게도 해당되는 일이네."

혼자 남은 가브리엘은 몹시 낙담했다. 그의 시선은 난공불락인 성채의 육중한 돌들 너머로 산속까지 날아갔다. 그는 행운인지 신들의 보호인지 모를 것을 비웃었다.

"그런 게 어디 있어? 그런 게 어디 있느냐고?"

그는 줄곧 중얼거렸다.

그러나 그에게 생명을 남겨준 신들은 그에게 생명을 돌려줄 대답을 들려주기를 거부했다.

*

이어지는 닷새 동안 밤이고 낮이고 쿠스코에는 아수라장과 죽음과 고통뿐이었다.

첫날 밤의 공격으로 교훈을 얻은 잉카 전사들은 스페인 기병의 돌격을 막는 말뚝 울타리만 다시 세운 것이 아니라 숨겨진 도랑으로 울타리를 보강했고, 보초병들이 밤낮으로 부근을 살폈다. 또한 스페인인들에게 더욱 공포심을 불러일으키고 그들을 일절 쉬지 못하게 하기 위해, 둥둥 울리는 북소리와 음산한 나팔의 탄식 소리에 이어 전사들의 함성을 쉼 없이 쏟아냈다. 포위당한 사람들이 숨어 있는 마지막 남은 칸차와 대광장을 계속 공격하는 가운데, 사수들과 돌 던지는 사람들이 사크사우아만 성채의 높은 벽 위에서 밤낮으로 교대를 했다.

소음 때문에 줄곧 잠을 설치고 쉬지도 못하는 데다 허기와 갈증마저 더해지자 사람들은 미쳐갔다. 어떤 자들은 눈을 감고 소리를 지르고, 또 어떤 자들은 어린아이처럼 흐느꼈다. 바르톨로메도 감히 따르지 못할 신앙심으로 열렬하게 끊임없이 기도하는 사람들도 있었다. 몇몇 사람은 아주 오래전에 돈 프란시스코 피사로 총독과 함께 벌였던 야전을 떠올렸고, 지렁이를 굽게 하고 다른 사람의 오줌을 구걸하러 가거나 그것도 여의치 않을 때는 자기들의 오줌을 마셨다!

나흘째 되는 날, 돈 에르난도 피사로는 전투를 향한 부하들의 광기를 더는 억누르지 못하리라는 생각이 들었다. 그는 동생 후안과 곤살로에게 스무 명쯤 되는 보병과 더불어 대광장 반대편에 있는 곤살로의 집을 되찾기 위한 공격을 개시하게 했다. 곤살로의 집에는 카하마르카에서 도착한 돼지 몇 마리와 누에콩과 약간의 옥수수 가루가 있을 거라고들 기대했다. 곤살로가 가브리엘의 동행을 금지한 탓에, 가브리엘은 다른 몇몇 사람들과 함께 투사들의 뒤를 감시하고 우회 술책으로 그들을 보호하기 위한 소대를 형성했다.

네 시간 동안 전투가 계속되다가, 후안과 곤살로의 말이 잉카 전사들의 몸을 짓밟으며 드디어 곤살로의 집 담장 안으로 들어갔다. 돼지는 죽어서 구더기가 들끓으며 썩어가는 것들뿐이었다. 지하실에는 밀가루 한 통만이 포위자들에게 잊혀진 채 남아 있었다. 그렇지만 세바스티안의 지하실에서처럼, 보이지 않는 샘에서 흘러든 시원한 물로 가득 찬 연못을 발견하고는 모두들 기쁨의 함성을 질렀다.

저녁에는 그 보잘것없는 승리가 스페인 사람들에게 다소나마 희망을 안겨주었다. 이제 아우카이파타 대광장은 더이상 잉카족의 돌 공격에 속수무책이 아니었다. 곤살로의 집에 있는 모든 천과 이불과 식탁보와 양탄자를 가져오라는 명령이 내려졌다. 곤살로의 집은 카디스의 상점처럼 물건들로 넘쳐났다.

밤새도록 열에 들떠 움직이느라, 사람들은 언덕의 소란과 허기와 두려움을 잊었다. 망코의 군대로부터 대광장을 안전하게 지키기 위해 기병들이 교대하는 동안, 손가락이 굵어 검이나 창에 더 익숙한 보병들은 잡다한 천을 모으고, 다른 이들은 동아줄을 엮고 말뚝을 세우고 검게 탄 지붕에서 아직 상태가 양호한 들보를 떼어냈다.

새벽에는 얼룩덜룩한 거대한 천막이 에르난도의 집에서부터 곤살로의 집까지 대광장을 뒤덮었다. 마침내 사크사우아만에서 우박처럼 쏟아지는 돌로부터 포위당한 사람들을 보호할 수 있게 된 것이다.

이러한 성공에 대담해진 에르난도는 자신들을 옴짝달싹 못하게 하는 속박에서 벗어나려고 시도했다. 그는 광장 주변으로 점점 더 멀리 기병들을 내몰아 소규모의 접전을 벌이게 했다. 그러나 전투는 곧 위험한 것으로 드러났고, 그들에게 남아 있는 최소한의 힘마저 약화시킬 듯했다.

소규모 접전을 벌일 때마다 똑같은 모험이 되풀이되었다. 말들은 광장 서쪽을 둘러싼 계단식 대지 위에까지 패어 있는 구덩이에 넘어지고 다쳤다. 기병들은 바닥으로 내던져져 수십 명의 잉카 전사들에게 곧바로 습격을 받거나 폭우처럼 쏟아지는 돌들 밑에 그대로 묻혀버렸다.

그렇게 해서 닷새째 날 저녁에 후안 피사로는 바르톨로메가 부상자들을 돌보기 위해 준비한 병상에 눕게 되었다. 투석기 돌에 턱이 부서진 것이다. 겁 없는 후안조차 붕대를 감는 동안에는 고통스러운 비명을 내질렀다.

부서진 뼈들이 한데 뭉치지 않도록 턱을 잡아당길 때 부상자가 꼼짝 못하게 하기 위해 바르톨로메는 가브리엘의 도움을 청했다. 황급히 붕대와 부목이 만들어졌다. 돈 에르난도와 곤살로가 달려왔을 때 후안은 기절해 있었다.

부상자 옆에 무릎을 꿇고 어린아이를 대하듯 그의 이마를 쓰다듬는 곤살로를 가브리엘이 놀란 눈으로 바라보았다. 곤살로의 눈이 눈물로 반짝이고 더듬거리는 위로의 말이 그의 떨리는 입술 위에서 지워졌다.

"너무 걱정하지 마시오, 돈 곤살로. 상처가 고통스럽긴 해도 치명적이지는 않소. 후안은 용기도 있고 건장한 사람이오. 내일은 열이 좀 있겠지만 일어날 거요."

바르톨로메가 나직이 말했다.

"일어서면 뭐 해, 빌어먹을!"

에르난도가 주먹을 쥐며 소리쳤다.

그와 가브리엘의 시선이 교차했다. 이번에는 도움을 구하는 듯했다.

그들은 칸차 벽 위의 천막에 생긴 틈 쪽으로 동시에 얼굴을 돌렸다. 사크사우아만 성채는 이미 밤을 위한 준비가 되어 있고, 수백 개의 횃불로 밝혀져 있었다. 어럼풋한 석양빛 속에서 성채의 탑들이 불타오르는 용의 머리 모양을 그리고 있었다.

"우린 저 위에 가야 해요."

가브리엘이 중얼거렸다.

"저 위에! 불가능한 일이라는 걸 알지 않나."

"공격해서 성채를 점령해야 합니다. 다른 것은 아무 소용 없어요."

가브리엘이 되뇌었다.

"너무 성급하시군! 저 탑들은 그 무엇보다 잘 보호되어 있어. 길이 급경사를 이루고 있어서 말들이 미끄러지거나 속도가 아주 느려지지. 백 보도 못 가서 학살당하고 말 거라고! 탑의 벽은 너무 높아서 사다리 길이로 충분하지 않을 테고. 배후에서 성채를 공격해야겠지만, 그러려면 또 도시에서 모두가 성공적으로 빠져 나가야 해!"

"돈 에르난도, 다른 해결책이 없다는 것은 나나 당신이나 알고 있는 얘기요. 어떤 희생을 치르더라도 우린 사크사우아만의 주인이 되어야 해요."

"말뚝 울타리를 파괴하겠다던 것과 마찬가지로 그것도 자네의 광기야!"

"우리가 저 위에 이르면, 저들이 우리 목을 조이고 있는 상황을 완전히 역전시키게 될 거요! 당신 동생을 보시오, 돈 에르난도. 그의 상처가 우리에게 무슨 소용이 있소? 우리에겐 기병 쉰 명밖에 없어요. 그게 우리의 마지막 기회요."

가브리엘이 에르난도의 말을 듣지도 않고 계속했다.

에르난도의 시선이 날카로워졌다. 그의 시선 속에서 의혹과 불신이 희망과 교차되었다.

"우선 내 동생을 보살피고 나서 생각해보지."

"동생을 보살피시오. 우리에게 용감한 사람은 모두 필요하니까."

가브리엘은 자신을 바라보는 에르난도의 눈길에서 처음으로 증오와 불신이 아닌 다른 것을 느꼈다. 일종의 존경심이었다. 가브리엘이 눈물이 그렁그렁한 곤살로의 붉은 눈을 보고 또다시 놀라는데, 곤살로가 천사 같은 얼굴로 가브리엘의 얼굴에 침을 퉤 뱉었다.

"죽어야 할 놈은 바로 너야, 너라고!"

하지만 가브리엘은 곤살로가 너무도 고통스러워하는 것을 아는 탓에 그대로 입을 다물고 있었다.

5

1536년 5월, 올란타이탐보

태양 원반이 거대하다.

아직 서산으로 기울지 않은 채 허공에 떠 있는 찬란한 황금테 같다. 여행에서 돌아오는 아이를 껴안는 아버지처럼 이곳 세상을 맞이하기 위해 열릴 듯하다.

왕의 도시 올란타이탐보의 급경사 계단 위에 서서, 아나마야는 눈을 크게 뜨고 태양을 마주하고 있었다. 얼굴과 가슴과 배에서 태양의 열기가 흔들리는 것이 느껴졌다. 그녀는 자신에게까지 전해지는 태양의 숨결을 느꼈다.

"오 인티! 인티여, 우리의 어둠을 밝혀주소서."

태양은 골짜기 반대편에서 다가올수록 점점 더 커졌다. 아나마야는 서로 수직으로 고정된 것처럼 가파르고 좁은 계단식 대지 위에 서서 등

뒤에 있는 신관들의 목소리를 들었다. 금빛 옥수수들이 위에 뿌려져 있는, 아직은 초록색인 높다란 의식용 옥수수 줄기들 사이에서, 신관들은 태양을 마주한 채 읊조렸다.

오 인티,
강력한 아버지시여,
당신은 햇살을 불태우며 우주를 두루 다니셨습니다,
오 인티,
오 관대한 아버지시여,
당신은 붉어지셨고, 피가 되셨습니다,
오 인티,
다른 세상의 어둠 속에서
킬라가 당신의 피를 쇄신할 수 있기를,
당신을 끌어안고 피로를 덜어줄 수 있기를!
이제 눈을 감으려는 우리는,
별들처럼 아침까지 몸을 떨 것입니다,
오 인티,
어둠 속에서 우리는 몸을 떨며 신음할 것입니다,
당신의 휴식이 끝나도록,
당신의 황금 불빛 속에 새벽이 다시 오도록.
오 인티!

신관들과 더불어 아나마야가 기도를 되뇌는 동안, 더 무거워진 태양이 산 위에 기대더니 투미에 베인 심장처럼 진홍색이 되어 눈앞의 세계 너머로 깊이 들어갔다.

아나마야의 가슴에서 흔들리던 열기가 돌연 꺼졌다. 차가운 미풍 한 줄기가 산을 타고 내려왔다. 이번에는 건물의 돌들이 붉어지면서, 잠시 어린아이의 살결처럼 보드랍고 가벼워지는 듯했다. 그러더니 거대한 어둠이 '성스러운 골짜기' 깊숙이 파고들었다. 강물은 더이상 연초록빛의 계단식 대지 사이에서 반짝이지 않았다. 그것은 뱀의 몸통 같은 검은색이 되고, 산꼭대기들 사이로 보이는 어두워진 동쪽 하늘처럼 차가워졌다. 거기에서 시작되는 좁고 울퉁불퉁한 골짜기는 도시의 질서정연한 길까지 이어지는 희미한 어둠을 향해 입처럼 벌어져 있었다. 도시의 딱딱한 윤곽이 망타에 그려진 그림처럼 드러났다.

칸차의 지붕들은 이미 회색이다. 안뜰의 연기 역시 회색으로 더 곧게 피어올랐다. 정적에 싸인 골목길도 회색이고, 강물과 산허리에 이르는 계단식 대지도 회색 속으로 사라졌다. 아직 마지막 태양빛을 간직한 성스러운 절벽 울타리만 남아, 돌들 위로 인티의 붉은빛이 섬세한 빛을 발하고 있었다.

잠시 후, 아나마야는 모든 사람들의 머리 위로 날개가 받쳐주는 양 자신이 들어 올려지는 것을 느꼈다. 그녀의 눈은 새처럼 어두운 골짜기며 한결 작아진 창백한 산비탈, 어린아이를 위해 깎아놓은 나무 장난감 같은 올란타이탐보의 집들을 내려다보았다. 그런데 대번에 태양이 사라지고, 하늘조차 잿빛이 되고 평평해졌다.

"오 인티, 우리를 버리지 마십시오."

그녀가 중얼거렸다.

침묵은 잠시 동안 더 이어졌다. 마치 세상 만물이 저녁의 슬픔에 잠기는 듯했다. 드디어 계단 아래에서 어떤 목소리가 울리며 아나마야의 주의를 끌었다. 그녀는 안으로 들어오기 위해 울타리의 보초병들과 한참 이야기를 하고 있는 남자를 첫눈에 알아보았다. 그녀의 가슴이 두근거리기 시작했다.

그녀는 주저하며 가파른 계단을 내려가 그들에게로 갔다. 그녀는 마음을 가다듬었다. 전율을 감추느라 경직된 몸으로, 어깨를 덮은 망타를 단단히 여미며 남자가 다가오기를 기다렸다. 예전에 망코 곁에서 리막 탐보까지 자신을 수행했고, 가브리엘을 구할 수 있도록 빌카콘가 전투에 앞서 도와주러 왔던 젊은 장교였다.

그는 침착했고, 몸처럼 얼굴 표정도 전투로 인해 무거워진 상태였다. 그가 입을 반쯤 벌리고 어깨를 처뜨린 채 절벽의 오솔길처럼 가파른 계단을 기어 올라오는 것만 보고도, 그녀는 그가 나쁜 소식을 가져오고 있음을 알아차렸다.

그는 아나마야가 있는 곳에서 다섯 계단 아래에 있는데도 무릎을 꿇고 고개를 숙였다.

"코야 카마켄, 분부대로 다녀왔습니다."

"일어나요, 티투 쿠유치."

그녀는 자신이 두려워하고 있음을 그의 얼굴에서 확인했다.

"어떻게 됐죠?"

"실패를 용서해주십시오, 코야 카마켄. 하지만 어쩔 수 없었습니다."

그녀는 두근대는 가슴을 진정시키느라 숨을 들이쉬고 다시 물었다.

"그가 적어도 살아 있다는 것은 알아냈나요?"

"우리가 봤을 때는 살아 있었습니다. 하지만 닷새 전의 일입니다."

"왜 성공하지 못했나요, 티투 쿠유치?"

장교는 낙담한 몸짓을 했다.

"저는 부하 두 명과 함께 있었습니다. 쿠스코의 지붕을 태우는 불길이 멈추자, 밤이 깊어지기를 기다렸다가 부하들과 함께 알려주신 칸차까지 벽을 따라 달렸습니다. 코야 카마켄 말씀이 맞았습니다. 이방인은 거기 있었습니다. 우린 티티카카 농부의 튜닉을 보고 그를 알아보았죠. 그는 사슬로 벽에 묶여 있었는데……"

"사슬?"

"예, 그것 때문에 실패했습니다. 어떻게 그를 풀어줘야 하나 잠시 함께 고민하고 있는데 제 병사 하나가 화살에 맞아 죽었습니다. 검은 그림자밖에는 보이지 않았습니다. 너무 혼란스러운 순간이라서……"

"그가 뭔가 말을 했나요?"

"자기는 코야 카마켄의 친구라고 죽이지 말아달라고 했습니다. 우리가 구해주러 간 거라는 것을 몰랐던 거지요!"

아나마야는 입을 다물고 불그레한 서쪽 지평선에서 얼굴을 돌렸다.

"우린 도망칠 수밖에 없었습니다. 우리를 공격하는 자들이 있는지 없는지조차 분간할 수 없었습니다."

"다시 한번 시도해보지 않았나요?"

"예, 코야 카마켄……"

티투 쿠유치의 목소리에 망설이는 기색이 있었다. 아나마야는 주의 깊게 그를 살폈다.

"말해요, 두려워 말고."

"다음날 밤부터 이방인들이 카나리족의 도움을 받아 우리 방책에 불을 질렀습니다. 우리의 많은 병사들이 죽었어요. 저는 마지막 방책에서 싸워 그들의 공격을 물리칠 수 있었습니다. 그를 알아봤는데, 이방인들처럼 옷을 입고 말을 타고 있었습니다. 그리고……"

"그리고?"

티투 쿠유치는 다시 망설였다. 그의 시선이 아나마야의 어깨로 미끄러져 내려가더니 다시 좀더 위로 올라갔다. 그녀는 뒤로 돌아서다가, 그들에게 다가오는 돌의 대가 카타리의 가벼운 발걸음을 감지했다. 그가 거기 있어서 한결 마음이 놓였다. 그녀는 카타리에게도 들릴 만큼 큰 소리로 거칠게 반복했다.

"말해요, 티투 쿠유치."

"그는 흰 짐승을 타고 아랫세상의 전사처럼 싸우고 있었습니다! 그가 우리 병사들을 베었습니다. 마치 자기 진영의 죽음도, 자기 자신의 죽음도 더이상 중요하지 않은 것 같았어요. 그런데 이상한 일이 벌어졌습니다. 우리가 방책 앞에서 이방인들을 포위하는 동안, 사크사우아만의 커다란 탑에 있는 사람들이 그들에게 불화살을 쏘고 있었지요. 그런데 화살들이 그를 비켜갔고, 투석기 돌도 마찬가지였어요. 제 눈으로 직접 봤습니다, 코야 카마켄! 우리 병사들은 그것을 보고 깊은 감명을 받은 나머지 싸우기를 그만두고 그를 놓아주었습니다."

아나마야는 눈을 감으며 몸을 떨었다.

"확실히 그 사람이었나요?"

"예, 코야 카마켄. 그가 제 배에 칼을 꽂으려고 했는걸요! 그는 자유의 몸으로 살아 있었습니다!"

티투 쿠유치는 머뭇거리다가 심각한 얼굴에 미소를 드리웠다. 그는 아나마야를 마주 보며 덧붙였다.

"하지만 그가 말뚝 울타리를 불태운 것은 헛수고가 되었습니다, 코야 카마켄. 우리가 다시 세웠거든요. 이방인들은 감히 그들의 울타리에서 나오지 못하고 있습니다. 그들은 곧 패할 것이고, 유일한 군주님은 다시 쿠스코로 들어가실 수 있을 겁니다."

"고마워요, 티투 쿠유치. 당신이 최선을 다했다는 걸 알아요. 가서 뭘 좀 먹고 쉬도록 해요……"

티투 쿠유치가 계단을 내려가는데, 어느새 어둠이 올란타이탐보의 골목길까지 이른 듯했다. 아나마야는 몸이 얼어붙는 것 같았다. 눈에 고인 눈물을 들킬까봐 감히 카타리를 쳐다보지도 못했다. 카타리가 그녀에게 바싹 다가와 부드럽게 말했다.

"당신의 퓨마가 풀려났군요, 코야 카마켄."

"풀려났는지 죽었는지 누가 알겠어요? 내가 잘못한 건가요, 카타리? 이방인들이 그를 감금했다는 것을 알았을 때, 티투 쿠유치를 보내 풀어주고 싶었어요."

"그런데 퓨마가 스스로 자유의 몸이 되었군요."

카타리가 미소 지으며 대꾸했다.

"당신도 나처럼 그가 유일한 군주님 우아이나 카팍이 내게 알려주신 퓨마라고 생각하나요?"

"티티카카 호숫가에서 그를 간호할 때 그의 어깨에 있는 표식을 봤어요. 거기에 손을 올려놓았을 때, 코야 카마켄, 나도 당신처럼 느꼈지요."

또다시 아나마야는 몸을 떨었다. 산 위의 어둠은 깊어질 대로 깊어져 있었다.

"내가 잘못 생각했어요, 카타리. 내 마음이 정신을 흐려놓아 더이상 제대로 결정할 수가 없어요. 그에게서 멀리 있으면 고통스럽고, 또 너무 가까이 있으면 걱정스러워요! 빌라 오마의 요구 때문에, 난 가브리엘과 멀리 떨어져 있는 것을 받아들였어요. 그는 가브리엘을 증오하거든요…… 그런데 시간이 흐를수록, 그를 잃을까봐 점점 더 두려워져요. 오, 카타리, 내가 두려운 것은 그가 퓨마이기 때문일까요, 아니면 단지 이방인을 사랑하기 때문일까요?"

"나로서는 뭐라 대답할 수가 없군요, 코야 카마켄."

"당신도 빌라 오마처럼 생각하나요?"

"아뇨. 이제 빌라 오마는 당신을 단련시켰던 현자가 아니에요. 전쟁에 미친 사람일 뿐이죠. 그는 자기 눈앞의 폭력밖에 보지 못해요."

"도와줘요, 카타리. 올바른 일이 뭔지, 잘못된 일이 뭔지 어떻게 하면 내가 알 수 있죠?"

"당신은 다른 세상 조상들의 말에 귀 기울여야 해요."

"내게 들리는 건 침묵뿐인걸요."

성스러운 울타리 안의 가장 높은 건물과 울타리 위로 불쑥 솟은 바위투성이 산꼭대기에서 마지막 빛이 사라졌다. 첫 별들이 반짝이는 동안 횃불이 올란타이탐보의 골목길들을 비추었다. 아나마야는 카타리의 따뜻한 손이 어깨 위에 놓이는 것을 느꼈다.

"당신이 날 믿는다면, 내가 한 가지 방법을 알아낼 수도 있을 것 같아요. 당신 남편인 분신 형제가 당신에게 유일한 군주님 우아이나 카팍에게 이르는 여행을 허락하게 할 방법을요."

그가 속삭였다.

어둠 때문에 아나마야는 돌의 대가의 눈동자에서 반짝이는 것이 무엇인지 더이상 분간하지 못했다. 하지만 그의 목소리의 반향은 오랫동안 그녀의 마음속에 울려 퍼졌다. 더 훗날 여러 가지 꿈속을 헤맬 때에도. 그리고 지난 몇 달 이래 처음으로 고뇌로 인해 소멸되지 않는 희망이 찾아왔다.

"기다릴게요."

그녀가 어둠을 향해 중얼거렸다.

그는 그녀의 말을 들은 듯했다.

6

1536년 5월, 쿠스코

포위된 지 열흘째 되는 날 밤, 한 남자가 다가오는 것이 보였다. 가브리엘은 처음에는 그를 알아보지 못했다. 안뜰 위로 쳐놓은 보호용 천막 때문에 더 짙어진 어둠 속에서, 그것은 비정상적으로 커다란 머리를 지닌 형체일 뿐이다. 그 형체는 쓰레기로 덮인 맨바닥에서 졸고 있는 파나마의 노예들에게 가까이 가지 않고 조심스럽게 앞으로 다가왔다. 여기 있는 모든 것이 더럽고 악취를 풍겼다. 졸고 있는 사람들의 숨결에서마저 이미 죽음의 악취가 뿜어져 나왔다. 허기로 배와 가슴이 굳어가는 탓이었다. 가브리엘도 다른 사람들과 마찬가지로 내장을 찌르는 쓰라림을 저주했다. 쓰라림이 찾아들 때면, 닷새 동안 죽은 말 고기 한 조각밖에 먹지 못했다는 사실이 떠올랐다.

남자가 꽤 가까워지자, 가브리엘은 꽉 끼는 윗옷에 얼룩진 큼지막한 핏자국과 함께 팔 아래 끼고 있는 투구의 진홍색 깃털 장식을 알아보았다. 남자의 머리가 이상하리만치 큰 것은 머리를 감싼 붕대 탓이었다. 붕대에 가려져, 열에 들뜬 두 눈과 매부리코와 고통스럽게 움직이는 입술밖에 보이지 않았다.

"돈 가브리엘!"

남자의 목소리가 너무 작고 발음이 분명치 않아서 제대로 알아들을 수가 없었다. 가브리엘은 의자로 쓰는 빈 통에서 내려오지도 않고 머리만 까딱하며 인사했다.

"돈 후안! 저런, 다시 일어서셨군. 투석기 돌을 또 맞아도 견딜 수 있도록 바르톨로메 수도사가 머리에 두꺼운 옷을 아주 예쁘게 입혀주셨군요."

놀림 당한 후안 피사로는 몸이 경직되고 두 눈의 붉은빛이 한층 짙어졌다. 그들은 잠시 서로를 살폈다. 가브리엘은 눈썹 하나 까딱하지 않았다. 후안이 마음을 진정시키는 신호로 오른손을 들어 올렸다.

"돈 가브리엘, 난 당신과 화해하려고 왔소."

그가 낮게 울리는 이상한 목소리로 중얼거렸다.

가브리엘이 대꾸 없이 쳐다보자, 후안은 한 문장 한 문장 말할 때마다 숨을 돌렸다.

"당신이 곤살로를 공격하게 된 이유를 압니다…… 당신을 비난하진 않겠소…… 한 여자에 대한 사랑을 나도 모르지 않으니까요, 돈 가브리엘…… 내 아내가 어처구니없이 내게 굴러 들어왔다는 거, 당신도 알지요…… 하지만 난 그녀를 사랑하오, 마치 신이 내 여자로 정해준 것처럼…… 나의 다정한 인구일이 종종 자기 친구에 대해 얘기했소…… 당신의…… 내 동생이 난폭하게 대했던 여자에 대해서…… 곤살로는 이따금 깊이 생각하지 않고 행동하지요……"

가브리엘은 작은 몸짓으로 난처해하는 후안의 말을 중단시켰다.

"착각하지 마시오. 내 마음은 당신 동생에 대해 달라진 게 없으니. 그럴 기회가 주어진다면, 내 가슴과 명예 때문에 내가 똑같은 시도를 하게 될까 봐 심히 걱정스럽습니다……"

가브리엘이 침울한 낯으로 말했다.

"그런 일이 벌어진다면 똑같은 이유로 내가 당신을 막을 거요. 내게도 명예와 가슴이 있다고 생각하니까. 녀석이 무슨 잘못을 저지르든, 곤살로는 내 동생이고 나는 동생을 사랑하오…… 당신에겐 놀라운 일이겠지만, 곤살로 역시 절대적이고 열렬한 감정으로 나를 사랑하오. 그 때문에 내가 불안할 때도 있지요. 마치 녀석이 악마에게 빠져드는 것을 저지할 사람이 나밖에 없는 것 같아서 말이오."

"다행히 오늘은 그가 천사의 안내를 받고 있군요!"

후안은 대답하려다가 갑작스러운 고통으로 얼굴을 일그러뜨렸다. 그는 신랄하게 빈정거렸다.

"그럼 좋소, 돈 가브리엘. 당신이 녀석을 죽이시오. 난 녀석을 보호할 테니."

가브리엘은 환멸에 찬 표정으로 대답을 대신했다. 이번에는 후안의 일그러진 표정이 미소를 지으려는 듯 보였다.

"현재를 생각합시다. 난 함께 전쟁을 치르기 위해 당신과 화해하려고 온 것이오…… 돈 에르난도가 사람들을 소집했고, 성채를 공격하기로 결정을 내렸소. 그게 당신 생각이잖소…… 비록 내가 부상당하긴 했지만, 에르난도가 나를 모든 대장들의 지휘관으로 임명했소…… 이 전투는 내가 지휘할 것이오!"

그가 알아듣기 어려운 자기 말투를 더 잘 이해시키려고 다가서며 말하자 가브리엘이 진지하게 동의했다.

　"아주 잘됐군요. 하지만 우리의 부총독과 똑같은 실수를 하지는 마시오. 잉카족을 과소평가하지 말라는 얘기요. 난 그들의 우두머리를 압니다. 빌라 오마라는 사람이오. 그는 똑똑하고 집요하지요. 특히나 우리를 마지막 한 사람까지 몰살시키기만을 꿈꾸며 대단한 용기를 내고 있소. 그에게서 조금이라도 나약한 구석을 기대하진 마시오, 돈 후안. 그는 팔이 베이면, 베이고 난 나머지 몸으로 싸울 것이오!"

　후안은 붕대에 감긴 턱을 최대한 움직여 동의를 표했다. 가브리엘은 서늘한 저녁인데도 그의 이마에 땀방울이 맺히는 것을 알아보았다.

　"나도 모르지 않소, 돈 가브리엘…… 그래서 당신이 내 옆에 있기를 바라는 것이오. 당신에겐 내게 부족한 활력이 있을 거요…… 혹시 내가 약해지면, 당신이 나를 대신할 수 있을 것이오."

　그는 자기 뜻을 몸으로 보여주려는 것처럼 가브리엘의 두 손 사이로 투구를 불쑥 내밀었다.

　"당신이 이 투구를 썼으면 좋겠소…… 난 상처 때문에 투구를 쓸 수 없으니. 당신이 이 깃털을 달고 있으면, 모두들 자기가 어디로 가야 할지 알 거요."

　"너무 과분하게 대해주어 황송하군요, 돈 후안! 난 이런 대접에는 익숙하지 않아서요. 당신 형제들도 당신과 같은 생각이오?"

　후안은 고통스러운 머리를 다시 들고 가브리엘의 빈정거리는 시선을 마주 보았다.

　"말했잖소, 화해하러 왔다고…… 그리고 대장들을 지명하는 사람은 바로 나요……"

후안의 말소리가 거의 들리지 않았다. 그는 잠시 사이를 두었다가 덧붙였다.

"우리 동료들은 당신이 함께 있기를 원하오, 돈 가브리엘! 신의 손가락이 당신을 향하고 있고 성모 마리아가 당신과 함께한다고 주장하는 사람들도 있소…… 또 어떤 자들은 신과는 아무 상관 없지만 인디언들과의 관계에서 비롯된 마법이 당신에게 나타나는 거라고 주장하기도 하고…… 지난밤 당신의 수훈에서 초자연적인 힘이 드러났으니……"

"젠장, 어떻게 그런 미신을 믿을 수 있는 거요?"

"나 역시 내 눈으로 직접 봤으니까…… 이곳 사람들처럼 최근에 본 게 아니라…… 그건 우리가 툼베스의 해변에 도착했을 때부터 시작됐소…… 당신은 그날 틀림없이 죽은 목숨이었으니 말이오."

가브리엘의 냉소가 탄식처럼 울렸다.

"눈곱만큼이라도 신이 내게로 향하기에는 난 신에게 너무나 무관심한데…… 당신이 생각하는 것에 대해서라면, 내겐 특별할 게 없었소. 잉카족도 당신과 나처럼 사람이고 우리 때문에 영혼과 육신의 고통을 받는다고 생각한 것 말고는."

"당신을 이끄는 존재가 신이든 악마든 그게 우리와 무슨 상관이겠소? 어쨌든 우리 동료들이 당신을 두려워하면서도 당신에게 부적과 같은 가치를 부여하고 있는 것은 사실이오…… 그들은 이제 당신 없이는 성공할 수 없을 거라고 생각하고 있소!"

후안이 숨을 몰아쉬며 큰 소리로 짜증스럽게 말했다.

"어제는 나 때문에 모든 것을 망쳤다더니!"

"내 제안을 받아들이겠소, 돈 가브리엘?"

"거절하면, 다시 감옥에 가는 거요?"

"난 당신을 위협하려고 온 게 아니라 화해하려고 왔소."

가브리엘은 투구를 조심스럽게 통 위에 내려놓았다. 그는 투구의 진홍색 깃털을 아무렇게나 쓰다듬으며 물었다.

"성채에 들어가기 위해 어떻게 할 작정이오?"

후안의 목구멍에서 이상한 그르렁거림이 울려 나오고 눈가에는 주름이 졌다. 가브리엘은 조금 뒤에야 그것이 웃음소리라는 것을 깨달았다.

"당신이 생각하기에 가장 좋은 방법으로!"

가브리엘은 공모자와도 같은 미소를 지으며, 장화 끝으로 먼지 속에 흐릿한 그림을 그렸다.

"내 판단으로는, 우린 속임수를 써야 하오. 빌라 오마와 그의 대장들이 우리가 도망간다고 믿게 하자는 것이지요……"

가브리엘의 장화가 성채를 나타내는 덩어리 주변으로 원을 그렸다.

"여기가 카르멘가 고개요. 이 고개로 가면 성채에서 멀어지면서 북서 방향으로 도시에서 멀리 벗어나게 되지요. 이 고개에 당도해 기어올라가는 것은 어려운 일일 거요. 완전히 협곡이니까. 잉카족이 우리 머리 위로 죽음의 비를 퍼붓겠지요. 하지만 고개에 이르게 되면, 그들의 감시를 피해 멀리 우회해서 성채 뒤로 다시 갈 수 있을 거요. 거기에 문이 몇 개 있는데, 다가가기 쉽다고 판단되는 곳이오."

"그렇게 합시다……"

"돈 후안, 너무 기대하지는 마시오! 내 손에서는 어떤 기적도 나오지 않아요. 성공의 행운은 우리의 허기진 배만큼이나 빈약하니 말이오!"

"사실 오늘밤을 위해서는 어떤 향연도 준비되어 있지 않소…… 그러니 우린 내내 기도나 할 것이오!"

후안 피사로가 무겁고도 불규칙한 걸음으로 멀어지는 것을 바라보면서 가브리엘은 심한 혼란에 휩싸였다. 진지한 논의 한마디 없이(다른 사람들과 마찬가지로 그 역시 자신이 전투에서 다치지 않는 것에 두려움을 느꼈다) 가장 고약한 적들에게 충성스럽게 봉사할 것을 받아들인 것이다.

그는 후회하지 않았다. 꽤 유쾌한 기분마저 들었다.

*

다가오는 새벽, 어느 밤처럼 잉카 전사들의 공포의 소음이 그치지 않고 백여 명의 차차포야족과 카나리족 전사들이 감명 어린 시선으로 지켜보는 가운데 쉰 명의 기병들이 무릎을 꿇었다. 바르톨로메가 그들의 촘촘한 대열 사이를 지나면서, 손가락이 붙은 손으로 각자의 이마를 짚으며 축복해주었다.

머리에 깨끗한 리넨 천을 두르고 상반신과 넓적다리에 진짜 갑옷을 걸친 후안은 열렬히 축복을 받아들였다. 그의 옆에서는, 섬세한 황금 조각물로 장식된 강철 어깨받이 위로 아름다운 머리카락을 내려뜨린 돈 곤살로가 찌푸린 얼굴을 꼿꼿이 들고 있었다. 그는 입술을 겨우 달싹이며 기도의 말을 웅얼거렸다.

조금 뒤쪽에서는 에르난도가 보병들 앞에 서서 눈으로 의식을 쫓으며 기계적으로 중얼거렸다. 곧 그들끼리 남아서 포위 공격을 견뎌야 할 보병들이었다. 에르난도가 제일 먼저 안뜰 입구에서 가브리엘을 발견했다. 가브리엘 뒤로 그의 흰 암말이 조용히 도착했다. 그의 왼팔은 이미 동그란 방패 안으로 미끄러져 들어가 있고, 오른팔은 진홍색 깃털 장식 투구를 가죽으로 속을 댄 기다란 쇠사슬 갑옷에 대고 꼭 쥐고 있었다.

에르난도는 눈도 깜박이지 않는데, 곧바로 기도를 중단한 곤살로의 얼굴은 창백해졌다. 그의 눈동자가 커지고, 주기도문을 외던 입은 닫혀버렸다. 가브리엘은 그가 일어설 거라고 생각했다. 하지만 에르난도의 강압적인 시선이 막내동생을 제지했다. 그때 기도가 끝나고 사람들이 말을 끌고 왔다. 기병들이 가브리엘 쪽으로 시선을 던졌다. 어떤 이들은 머리를 숙여 인사하고 어떤 이들은 한 번 더 성호를 그었지만, 아무도 감히 그에게 다가가지 않고 안장에 오르려고 어느새 말고삐를 움켜쥐었다. 곤살로는 사람들의 움직임에 휩쓸려 나서지 않는 듯했고, 그사이 에르난도는 후안이 그의 거세된 말에 오르도록 도와주었다. 가브리엘도 투구를 쓰고 턱 밑 끈을 세게 당겼다.

"여보게, 내가 자넬 위해 기도했네! 방금 전 자네가 기도하는 걸 봤어. 자네가 아무도 자네를 주시하지 않는다고 생각하고 있었을 때 말이야."

"모르는 척해주십시오. 내 명성에 해가 될 테니까요! 그래도 바르톨로메 수도사님은 내게 만족하셔야 해요. 무릎을 꿇기 위해 믿음이 필요한 건 아니라고 설명해주지 않으셨습니까?"

"자넨 생각 이상으로 믿음이 있구면."

바르톨로메는 가브리엘의 가슴에 나무 십자가를 대주었다. 눈이 퀭할 정도로 수척해진 그의 얼굴이 십 년은 더 늙어 보였다.

"앞뒤를 두루 조심하게. 곤살로가 후안 때문에 마지못해 자네의 동참을 받아들이고는 거의 미쳐 있으니까. 그를 자극하는 것은 피하게."

바르톨로메가 더 작은 소리로 덧붙였다.

"걱정하지 마세요. 내가 신과 모든 것으로부터 보호를 받는다는 것은 이제 공인된 사실인걸요."

"신을 모독하지 말게! 쓸데없는 짓이야."

"수도사님, 만약 신이 존재한다면 오늘 내게 신의 존재를 입증해 보일 수 있겠지요. 내 목숨을 살려줌으로써가 아니라, 난 목숨에 관심도 없고, 그 이유를 아시겠지만……"

가브리엘은 그를 똑바로 쳐다보면서 진지하게 말했다.

"……그게 아니라 이 땅에서 모든 악을 단번에 제거함으로써, 특히 곤살로 피사로라는 인간부터 시작해서, 이건가?"

"정말이지, 수도사님, 나는 이따금 신이 몸소 수도사님을 이끌어주시는 게 아닐까 생각해요."

"나의 신은 검으로 벌을 주는 복수의 신이 아니라 사랑과 자비의 신이라네. 자네가 내 말을 믿고 싶다면, 신의 말씀도 듣는 게 좋을 거야. 필요할 때 검을 다루는 것을 잊지 말고!"

바르톨로메가 심각하게 말했다.

가브리엘이 빈정거림으로 대꾸하려는데, 후안 피사로가 그들 쪽으로 왔다. 가브리엘은 귀로 듣는다기보다는 그의 메마른 입술에서 말을 읽었다.

"시간이 됐소, 돈 가브리엘…… 난 기병대를 두 그룹으로 나누었소. 내 동생 곤살로가 두번째 그룹을 지휘할 거요."

그가 눈으로 동의를 구하자, 가브리엘이 머리를 끄덕였다.

"그럼 신의 은총이 있기를!"

언덕의 소란과 성채의 시끄러운 나팔 소리를 더 잘 새기려는 듯한 기이한 침묵 속에서, 그들은 들보로 방책을 쌓아놓은 칸차의 문으로 다가갔다. 평소에는 그토록 시끄럽던 카나리족마저 조용했다.

통로를 비우느라 분주한 사람들 틈에서, 가브리엘이 팔과 어깨에 여전히 붕대를 감고 있는 세바스티안에게 미소를 지었다. 이번만은 키다리 흑인이 마주 웃어주지 않았다. 그의 심각한 얼굴에는 진짜 작별을 고하는 슬픔이 어려 있었다. 그가 다가와 암말의 목을 쓰다듬자 말이 살짝 고갯짓으로 대꾸했다.

"자네 자신을 돌보듯 말을 돌봐줘, 친구."

"다음번에는 자네도 나와 함께 갈 수 있도록 자네에게 연고를 가져다주지."

가브리엘이 농담을 했다.

세바스티안이 옅은 미소를 지었다.

"좋은 생각이야."

가브리엘은 등자 위에서 몸을 곧추세우고 있는 힘을 다해 외쳤다.

"성 야곱의 이름을 걸고 말하건대, 오늘 저녁 우리는 성채 안에서 식사를 할 것이오!"

뒤이어 그의 등뒤에서 쉰 명의 목소리가 "산티아고! 산티아고!" 하고 노래하기 시작했다.

그들이 소리치는 사이, 말들이 먼지를 일으키며 대광장으로 뛰어들고 카나리족은 맹수 떼처럼 울부짖으며 먼지를 가로질렀다.

＊

그들이 칸차의 마지막 벽과 언덕 발치에 있는 첫번째 계단식 대지를 지나자마자, 일제히 발사된 화살들이 그들 머리 위로 휙휙 소리를 냈다. 화살은 너무 멀리서 발사되어 효력을 발휘하지 못하고, 크고 둥근 방패와 두꺼운 옷을 입힌 말의 옆구리에 박히지 못한 채 둔탁한 소리를 내며 부딪쳐 튀어나왔다.

하지만 그들 앞으로는, 도시 서쪽을 둘러싼 계단식 대지를 가로지르는 길 위에 잉카 전사들의 삼중 사중의 대열이 이미 그들의 통행을 가로막고 있었다. 후안이 가브리엘을 돌아보았다. 그의 눈은 입으로 명령할 수 없는 것을 분명히 말하고 있었다.

이미 검을 치켜들고 있던 가브리엘이 질주 명령을 외쳤다. 잇사는 마치 그 명령만을 기다렸다는 듯이 펄쩍 뛰어 내달렸다. 갈기를 나부끼며 땅에 발을 딛지도 않은 채 장애물을 향해 춤을 추듯 달렸다. 말은 빽빽한 덩어리를 이룬 기병들의 몸과 칼을 같은 동작으로 이끌었다. 그 뒤로는 도끼를 내밀고 방패를 치켜든 카나리족이 목이 터져라 고함을 지르며 놀랍도록 날렵하게 달렸다.

잠시 잉카 전사들이 창을 내밀고 주먹으로 곤봉을 쥔 채 서로 바싹 다가섰다. 그러나 모든 것이 너무도 빨리 진행되었다. 쇠사슬 갑옷과 흉갑에 맞고 튀어 날아가는 투석기 돌보다 더 빨리. 잉카족은 튀어나온 눈으로 자기들에게 덤벼드는 말들을 보았다. 바닥이 흔들리고, 망치질하는 듯한 말발굽 소리가 두려움의 연기처럼 그들의 가슴으로 파고들었다. 빙빙 도는 검의 칼날에 태양이 눈부신 섬광으로 잘리는 듯했다. 고통 속에 입이 벌어지고, 칼이 덮쳐 살을 베고, 말발굽이 배를 짓누르고 가슴을 뚫었다. 얼굴에는 더이상 형상도 비명도 없고, 말들은 제자리를 뱅뱅 돌며 살과 뼈로 된 양탄자를 짓밟았다. 그리고 카나리족이 전투에 합세하자 혼란은 더욱 커졌다. 잔인함은 더해지고, 여전히 계속되는 검의 공격에 죽은 자들이 통로를 열었다.

잉카족의 대열이 무너지고, 전사들은 곤봉을 기병들에게 던지고는 달아났다. 어떤 자들은 말의 배나 스페인인들의 다리를 찌르려다가 헛되이 자멸했다.

가슴팍과 관절이 피로 더럽혀진 말들은 죽처럼 질척질척한 죽음에서 빠져나와 투석기 돌들이 미치지 못하는 언덕의 굽이진 길을 향해 달려갔다.

하도 후려친 나머지 몸은 쑤시고 얼굴은 땀과 피로 범벅이 된 채 가슴으로는 폭발하려는 불 같은 숨을 몰아쉬며, 가브리엘은 투사들에게 자기를 따라오라고 끊임없이 촉구했다. 몹시 흥분한 그는 삶에 대한 무관심과 혐오 너머로 무한한 힘을 드러냈다.

"산티아고!"

그는 쉰 목소리로 한 번 더 소리쳤다.

그에게 화답하는 스페인인들의 고함 소리, 휙휙거리는 소리와 충격음, 단말마의 신음 혹은 승리의 환호성, 깨지는 소리와 발 구르는 소리가 요란한 가운데, 그에게는 모든 산비탈과 돌과 땅이 그가 치켜드는 승리의 칼을 받아들이는 것처럼 보였다.

✳

단지 가장 쉬운 일이 이루어졌을 뿐이다. 가브리엘이 걱정한 대로 카르멘가 고개는 거의 모든 힘을 고갈시키는 시련이었다.

그들은 두 시간 동안 이 굽잇길에서 저 굽잇길로 기어올랐다. 무너지기 쉬운 오솔길은 말 한 마리가 겨우 지나갈 수 있을 만큼 좁았다. 게다가 대부분이 무너진 바위이거나 균열일 뿐이었다. 그리하여 카나리족이 이상한 개미 떼처럼 작은 사각 방패 아래 몸을 웅크린 채 단층을 메우거나 오솔길의 장애물을 제거하는 동안, 그들은 비탈길 꼭대기에서 폭우처럼 쏟아지는 돌들을 맞으며 참고 기다려야 했다.

가브리엘은 스페인인들에게서 두려움의 악취가 다시 피어오르는 것을 느꼈다. 허기로 인해 한층 심해진 불안과 초조감은 가장 단련된 사람들의 용기마저 좀먹었다. 말 한 마리가 콧구멍에 똑바로 떨어진 돌에 다쳐 고통스러워했다. 그 말이 앞에 있는 말을 향해 앞발을 쳐드는 바람에 뒤로 쓰러지던 기병이 두 명의 카나리족 전사 덕분에 협곡 안으로 굴러 떨어지는 것을 면했다. 근처에 있는 말들이 공포에 사로잡히고, 이번에는 그 혼란으로 대여섯 명의 기병과 말 들이 낭떠러지로 끌려 들어갈 뻔했다.

"말에서 내려요! 말에서 내려 말의 재갈을 잡으시오. 말 머리를 숙이게 하시오!"

가브리엘이 소리쳤다. 항의가 거세어지자 그는 어투를 바꿔 자신 있게 단언했다.

"우린 지나갈 것이오. 그래야만 하기 때문에 지나갈 것이오!"

하지만 후안의 시선에까지 의혹이 서려 있었다. 사실 카르멘가 고개가 빌카콘가 고개처럼 되는 게 아닌가 하는 생각이 그들의 머릿속을 떠나지 않았던 것이다. 몇 년 전, 처음으로 스페인인들이 고약한 형세에 처했고, 죽어가던 가브리엘이 아나마야의 사랑과 고집 덕분에 살아났던 그 빌카콘가 고개처럼.

"똑같은 상황이군! 그들은 위에 있고 우린 밑에 있고…… 말 때문에 거추장스럽고."

후안이 악몽을 보지 않으려는 듯 눈을 감으며 중얼거렸다.

"아니오, 저 위에는 아무도 없어요. 빌라 오마의 대부대는 우리 뒤에 있어요."

가브리엘이 후안에게만 들리도록 작은 목소리로 말했다.

"신께서 당신의 말을 들으실 수 있기를!"

"내 기억으로는 언덕 꼭대기에 이르기 전에 고원이 있소. 거기서 다시 안장에 올라 북서쪽으로 계단식 대지를 따라갈 수 있을 것이오. 그러면 우리가 성채에서 멀어진다는 인상을 주게 될 거요. 그들은 우리가 그저 도망치려 한다고 생각하겠지요."

후안은 붕대를 감은 이마에 성호를 긋는 것으로 대답을 대신할 뿐이다.

"돌을 조심해요! 돌을 조심해!"

누군가가 부르짖었다.

본능적으로 가브리엘은 투구도 없이 상처 때문에 방패를 잘 붙잡지도 못하는 후안 위로 자기 방패를 치켜들었다.

"조심하시오, 돈 가브리엘!"

후안이 중얼거리는 소리로 명령했다.

이번에는 돌 우박이 어찌나 빽빽이 쏟아지는지 산 전체가 그들 위에서 산사태를 일으키는 듯했다. 사람들은 부서지는 방패 밑으로 팔을 집어넣으며 비명을 질렀고 말들은 애처롭게 울어댔다. 그러나 그 공포의 와중에도 사람들은, 심지어 곤살로조차 똑같은 것을 보았다. 가브리엘과 그의 흰 암말이 폭우처럼 쏟아지는 자갈에도 상처를 입지 않은 것이다. 그들 자신은 속을 두껍게 넣은 윗옷과 크고 둥근 방패의 보호에도 불구하고 넓적다리와 허리와 어깨에 상처를 입었는데 말이다! 방패로 몸을 가린 후안은 지붕 밑에 있는 것처럼 무사히 돌 우박을 피할 수 있었다.

그러나 아무도 감히 말하지 못하고 입술을 꼭 다문 채 마음속으로 기도했다.

가브리엘이 예상한 대로 드디어 돌 우박이 그치고, 그들은 고원에 당도했다. 그때까지 집요하게 그들을 공격한 잉카 전사들이 겨우 오십여 명에 불과했음이 확인되었다. 잉카 전사들은 감히 투석기의 사정거리보다 더 가까이 다가오지 못했다. 가브리엘 일행은 기진맥진한 말들을 잠시 전속력으로 모는 것으로도 충분히 평원을 차지할 수 있었다.

가브리엘은 도망치는 자들을 뒤따르는 함성을 들었다.

"저들은 우리가 카스티야로 돌아가는 줄 알 것이오!"

그가 웃으며 말했다.

조금 전의 공포만큼이나 강한 위안이 그들의 가슴을 환한 웃음으로 가득 채우고, 당장의 피로는 지워졌다.

"산티아고! 산티아고!"

기병들은 성공의 이유를 알고 싶지 않은 듯이 눈을 내리깔고 성호를 그으며 외쳤다.

가브리엘은 순간 가슴이 섬뜩해졌다.

그는 앞으로 닥칠 일을 생각하고, 마치 이미 경험한 듯 생생한 영상에 사로잡혔다.

＊

수없이 우회한 뒤 한낮이 되어서야 그들은 마침내 커다란 검은 바위가 점점이 흩어져 있는 고원 같은 곳에 이르렀다. 지면이 고르지 않은 고원은 완만한 내리막길로 사크사우아만 성채 뒤로 이어졌다. 거기에는 성벽이 세워져 있는데, 어마어마한 바윗덩어리들이 정교하게 맞물려 있어서 사람의 손으로 차곡차곡 쌓은 것이라고는 도무지 믿어지지 않았다. 그런데 이상하게도 감시병이 하나도 없는 듯했다.

후안이 맑은 샘 옆에서 쉬라는 명령을 내렸다. 금상첨화로, 길을 가는 도중에 몇몇 카나리족 전사들이 들쥐와 전쟁 때 길을 잃은 라마 두 마리를 사냥했다. 불을 피우는 것이 금지된 까닭에, 그들은 짐승들을 잘게 찢어 날고기로 먹었다.

한동안 기이한 적막이 진영에 자리잡았다. 그러나 기진맥진한 사람들이 고깃점을 몇 입 베어 먹고 비릿한 피를 마시면서 금세 활기와 힘을 되찾았다. 곤살로가 제일 먼저 공격을 요구했다.

"바로 지금이에요, 형님. 밤을 기다려선 안 돼요. 카나리족이 정찰을 했는데, 성채의 방어벽들 사이 통로에는 방책이 쌓여 있지만, 잉카족이 우리의 공격을 전혀 예상하지 못했는지 성채의 이쪽 부분을 지키는 사람은 아무도 없답니다. 완전히 우리가 생각했던 대로지요. 우리의 친구 돈 가브리엘이 비범한 재주를 이용해서 카나리족과 함께 길을 여는 게 좋겠어요. 우리가 공격을 잘해낼 수 있도록 그가 신호를 보내줄 겁니다. 그리고 형님은 공격할 수 있는 상태가 아니니까, 기병 몇 명과 함께 여기 남아 있다가 필요하면 우리를 지원해주는 게 좋겠어요."

곤살로의 빈정거림에 가브리엘은 그저 미소만 지었다. 그는 후안과 눈이 마주치자 붉은 깃털 달린 투구를 다시 쓰며 동의를 표했다.

"그리 나쁘지 않은 생각이군요."

가브리엘은 곤살로를 흘끗 쳐다보았다. 그는 곤살로의 눈에서 복수의 시작이라고 할 만한 만족감을 보았다. 아름답고도 잔인한 곤살로는 그를 두려워하고 있었다.

✳

가브리엘은 카나리족 전사들과 함께 걸어서 첫번째 방책에 다가갔다. 거기에 돌파구를 마련하는 데는 별로 시간이 걸리지 않았다. 아무도 그곳에서 그들을 기다리고 있지 않았기 때문이다.

카나리족이 아무 소리도 내지 않고 돌벽을 완전히 해체하자, 가브리엘은 안장에 올랐다. 여전히 조용하게, 그는 높다란 성벽과 성채의 탑을 보호하는 튼튼한 벽과 자연적으로 생겨난 바위의 미로 안으로 잇사를 몰았다.

그는 매 순간 언제 들려올지 모를 잉카족의 경보의 함성에 귀를 기울였다.

그러나 없었다.

아무도 그를 보지 못하고 암말의 발굽 소리를 듣지 못했다. 그는 데억진 성벽을 가리고 있는 작은 언덕을 따라갔다. 광장이 있는 것을 이미 알아차리고는 평보로 넓은 공간의 경계선에 이르렀다. 키 작은 풀들이 밑바닥을 덮고 있는 그곳에 거대한 건축물 덩어리가 우뚝 서 있었다.

가브리엘은 가슴이 뛰었다. 잉카 전사 누구에게도 발각되지 않았다. 돌도, 투창도 그를 위협하지 않았다. 왼쪽으로 조금 멀리 떨어진 곳에 있는 갈지자 모양의 주된 성벽에, 돌과 통나무로 대충 닫혀 있는 사다리꼴의 커다란 문이 보였다. 거기에 이르면 사크사우아만의 중심부로 들어가는 것이다!

그는 더이상 기다리지 않고 임박한 승리를 확신하며 동료들을 선동하기 위해 암말의 고삐를 당겨 전속력으로 돌아왔다.

"모두들 안장에 오르시오! 길이 열렸소! 돈 에르난도가 도시 쪽에 부하들을 배치시켜서, 저들은 우리가 여기 있는 것을 까맣게 모르고 있소."

그는 곤살로의 목소리가 들리는 거리에 이르자 명령을 내렸다.

결정한 대로, 돈 후안만 소수의 기병과 함께 따로 남았다. 최대한 소리 없이 곤살로와 기병들은 전속력으로 가브리엘의 흰 암말을 뒤따랐다. 그들은 방책을 건너뛰고 카나리족 전사들을 지나쳐 사다리꼴 문으로 돌진했다. 바로 그때, 모든 것이 흔들렸다.

소라고둥 소리가 높고 둥근 탑 위에서부터 울려왔다. 사나운 함성이 성벽 위로 울려 퍼졌다. 너무 놀란 가브리엘이 방금 전까지 비어 있던 계단식 대지로 파고 들어가려는데, 정면에 백, 이백, 어쩌면 잉카 전사들이 천 명은 되는 것 같았다.

잇사의 경쾌한 말발굽 소리가 미처 울려 퍼지기도 전에, 투석기가 삐거덕거리는 소리가 엄청난 힘으로 공기 중에 진동했다. 돌 소나기가 공기를 가르며 가브리엘의 머리 위에서 휙휙 소리를 냈다. 그의 등뒤에서, 아직 엄폐물을 찾지 못한 기병들이 고통으로 울부짖었다. 말들이 뛰어 오르는 자갈에 발굽을 부딪혀 등에 올라탄 기병들을 거꾸로 넘어뜨리자, 어느새 잉카 전사들이 달려들어 그들을 붙잡았다.

격분한 가브리엘은 고함을 지르고 검을 돌리면서 그들을 구하기 위해 말을 내몰았다. 그의 난입에 사크사우아만의 방어자들이 겁을 먹고 비켜서는 사이, 말에서 떨어진 기병들이 말을 일으키려고 애쓰거나 이미 말 머리를 돌려 도망가는 동료들의 엉덩이 위로 뛰어올랐다.

그러나 대혼란은 계속되었다. 잉카족의 갑작스러운 출현에 놀란 카나리족 전사들은 제대로 방어하지 못했고, 그들의 백병전 때문에 기병들의 퇴각로가 막혔다. 바닥에 돌이 너무 많이 깔려 있어서 말들은 어렵사리 앞으로 나아갔다. 헛되이 공격하며 질주를 계속하는 것은 이제 가브리엘의 암말밖에 없었다.

　그 광란이 얼마나 오래 지속될지 아무도 알지 못했다……

　스페인인들은 허기진 뱃속에서 요동치는 절망의 소리를 들으며 첫 번째 방책 너머에서 가련하게 몸을 웅크리고 있었다. 가브리엘은 대여섯 번이나 다가와서 다시 공격에 나서라고 그들을 설득했다.

　그러나 거대한 성벽에 이르기도 전에 그들은 여전히 쏟아지는 돌 비에 돌진을 분쇄당했다. 그들은 흰 암말을 뒤따르지 못하고 말의 다리가 부러지기 전에 번번이 말을 제지했다.

　어느덧 한 시간이 지났다. 하늘이 어둑어둑해질 무렵, 가브리엘은 그들의 고갈된 용기를 북돋워주기 위해 안간힘을 다해 돌아왔다. 그러나 그가 멈춰 서자마자 고함 소리가 그의 귀청을 찢었다. 그는 반사적으로 방어하며, 자신의 가슴을 찌르려는 곤살로의 검 앞에 방패를 세웠다.

　"배신자! 고약한 쥐새끼! 이제야 네놈의 진짜 얼굴이 보이는군! 우리를 함정에 빠뜨리다니, 저주받을 놈!"

　곤살로가 살기 등등한 눈으로 소리쳤다.

　"돈 곤살로!"

　"입 닥쳐, 똥덩어리 같은 놈! 난 봤어, 우리 모두 다 봤어. 잉카족이 너를 해치지 않는 것을 말이야. 넌 놈들의 돌을 피하는 걸 배웠고, 놈들이 마음껏 우리를 학살하도록 놈들 바로 옆으로 우리를 끌고 가려는 거야!"

가브리엘이 미처 대꾸할 틈도 없이, 곤살로가 등자 위에 서서 검을 흔들며 소리쳤다.

"동지들! 동지들! 이자는 우리의 성 야곱이 아니라 배신자요. 악마올시다! 더이상 이자를 따라가지 마시오! 더이상 이자의 말을 듣지 마시오. 이자는 여러분을 죽음으로 몰고 가려는 것이오!"

기진맥진하고 낙담하여 얼굴이 일그러진 기병들은 두 사람을 쳐다보며 끝내 진실과 광기를 분별해내지 못했다. 어떤 이들은 성호를 긋고, 어떤 이들은 돌에 찢긴 장딴지에 붕대를 감고, 또 어떤 이들은 쇠사슬 갑옷이나 말의 가슴받이에서 부러진 화살을 서로 떼어주고 있었다. 그런데 그 순간, 빠르게 달려오는 말발굽 소리에 놀라 그들은 결정을 미루었다. 후안과 그의 예비 기병들이 전속력으로 달려와 그들과 합류했다.

"후안 형님! 형님은 뱀한테 손을 내밀어서 물린 거예요! 몬테루카르가 우리를 무참하게 죽이고 있어요. 이자는 악마의 화신이에요! 잉카족이 우리를 기다리고 있던 거라고요. 어쩌면 이자가 미리 알려줬는지도 몰라요…… 우린 절대로 성채 중심부까지 돌파하지 못할 거예요. 밤이 더 깊어지기 전에 쿠스코로 다시 내려가는 게 좋겠어요!"

곤살로가 분노를 가라앉히지 못한 채 불쑥 말했다.

"돈 후안, 저 허튼소리를 믿지 마시오! 우리에겐 아직 기회가 있소. 잉카 전사들 역시 돌을 던지느라고 돌 공격을 당하는 우리만큼이나 지쳐 있고, 곧 돌들도 바닥날 거요! 설사 나 혼자서 공격해야 한다 하더라도 내게 마지막 공격을 허락해주시오."

가브리엘이 소리쳤다.

후안은 잠시 주저하는 기색도 없었다. 그는 검 끝으로 성채를 가리키고는 말 엉덩이를 철썩 때렸다. 조금 뒤, 곤살로의 항의에도 불구하고 전 부대가 그를 뒤따랐다.

첫번째 방책을 건너뛴 가브리엘이 이번에는 언덕 옆구리로 잇사를 몰았다. 거기서 그는 계단을 이루는 바위 몇 개를 찾아냈다. 암말은 그 위로 능숙하게 펄쩍 뛰어올랐다. 그는 잉카 전사들의 첫 대열을 배후에서 공격해, 그들이 투석기를 돌리기도 전에 물리쳤다. 아래쪽에서, 이 유일한 승리에 다시 희망을 품기 시작한 스페인 기병들이 열광적인 함성을 터뜨렸다.

잠시 백마 잇사와 가브리엘의 붉은 깃털이 접전을 넘어서 온 사방에 모습을 드러내며 성벽을 향해 여전히 더 멀리 전진하는 듯했다. 실로 놀라운 일이었다. 스페인인들은 승리의 함성을 되찾았다.

그런데 성벽 위에서 돌과 화살의 무시무시한 일제 공격이 그들을 덮쳤다. 다른 사람들과 마찬가지로 가브리엘도 방패로 막으며, 갑옷과 속을 댄 윗옷을 짓누르는 살인적인 화살 소리를 들었다.

기이한 침묵이 잠깐 이어졌다. 그러더니 끔찍한 비명 소리가 공기를 갈랐다.

"후안! 오, 후안! 오, 형……"

가브리엘에게서 백 보쯤 떨어진 곳에서 후안 피사로가 안장에서 기울어지며 풀밭을 덮은 돌더미 위로 쓰러졌다. 그의 넓은 붕대가 떨어져 나왔고, 두개골은 온통 피와 뼈와 뇌장으로 범벅이 되어 있었다. 방패를 내리고 있다가 투구를 쓰지 않은 상처 입은 머리에 그만 돌을 맞은 것이다.

곤살로는 후안 앞에 무릎을 꿇은 채 날카로운 울음을 터뜨렸다. 그는 후안을 아이처럼 가슴에 안고 헛되이 흔들었다.

가브리엘은 차가운 칼날이 가슴을 후벼 파는 듯했다. 숨이 멎는 것 같았다. 그가 반사적으로 잇사를 몰아가는 사이, 기병들이 피사로 형제 주위로 몰려들어 그들을 보호했다. 그들이 후안의 시신을 데리고 달려 가는 동안, 가브리엘은 고통과 증오로 일그러진 아름다운 얼굴과 맞닥 뜨렸다.

"네놈이 죽였어, 가브리엘 몬테루카르. 네가 내 사랑하는 형을 죽였 다고!"

가브리엘은 모든 증오와 빈정거림이 걷힌 얼굴로 입을 다물고 있었 다. 고통에 젖은 곤살로는 곧 적에게서 얼굴을 돌리고 어린아이처럼 흐 느꼈다.

✳

"내가 돌을 던져 당신 동생의 머리를 깨뜨린 게 아니오, 돈 에르난 도. 하지만 공격을 더 하자고 주장한 사람은 바로 나지요. 이전의 공격 과 마찬가지로 아무 보람 없는 공격을 말이오. 돈 곤살로가 그의 죽음 에 대해 나를 비난할 만하오."

에르난도는 대답하지 않았다. 희미한 빛이 그의 초췌하고 굳은 얼굴 을 겨우 비추었다. 방 한켠에서는 울음소리와 탄식이 들려왔다. 그중에 는 곤살로의 목소리와 바르톨로메의 중얼거리는 기도 소리도 들어 있 었다.

잉카족의 집요한 공격 속에 후안의 시신을 데리고 성채의 광장을 다 시 내려와 아우카이파타 대광장의 피신처로 돌아오기까지 네 시간이 걸렸다. 가브리엘은 기진맥진한 나머지 팔과 다리에 감각이 없었다. 허기조차 느끼지 못했다. 손가락은 마비되고, 손은 너무 오랫동안 검을 쥐고 있던 탓에 부어올랐다. 두 눈은 주변의 광경도 제대로 분간하지 못했다.

"그러나 내가 우리의 패배를 조작했다고 말하는 것은 부당하오."

가브리엘이 말했다.

에르난도는 여전히 대답이 없었다. 기도 소리에 동반되는 여자들의 슬픈 노랫소리와 탄식을 듣고 있는 듯했다. 그가 아주 낮은 소리로 불쑥 말했다.

"후안은 곤살로가 이 세상에서 사랑한 단 한 사람이었지. 오래전부터 열정적으로. 이상하지 않나?"

이번에는 가브리엘이 아무 대답도 하지 않았다. 하지만 그날 아침에 후안이 한 말을 기억하고 있었다.

"곤살로는 후안 말고는 그 누구도 사랑하지도 존경하지도 않았지. 여자든 남자든. 내 권위야 겨우 용인하는 정도고. 그러니 이제 후안의 죽음으로 전보다 훨씬 더 분별이 없어질 걸세."

에르난도가 다시 말했다.

"악마가 활개를 치겠군요."

가브리엘이 중얼거렸다.

에르난도는 놀라서 잠시 그를 바라보다가 중얼거렸다.

"악마라, 그렇지……"

장례 기도가 그쳤지만 노랫소리는 계속되었다. 에르난도는 방금 자신을 사로잡은 생각을 떨쳐내려는 듯 지친 손짓을 했다. 엷은 미소가 그의 입가에 떠올랐다.

"전투에서는 죽는 사람이 있게 마련이네, 돈 가브리엘. 죽이기 위해 전투가 벌어지는 것이잖나. 특히 패배했을 때는 말이지. 난 훌륭한 가톨릭교인이고, 내 동생의 죽음이 몹시 슬프네. 그런데 나를 더더욱 슬프게 하는 것은, 자네의 모든 확신과 마법에도 불구하고 우리가 여전히 저 빌어먹을 성채 안에 있지 못하다는 사실일세! 돌과 화살이 다시 한 번 당신을 살려준 것 같은데, 그토록 쓸데없는 기적은 처음인 것 같군!"

그가 더욱 빈정대는 투로 말했다.

"이젠 잘 알게 되겠지요. 마법이 있는지 없는지!"

가브리엘이 자신의 얼굴을 쓰다듬으며 중얼거렸다.

"아, 그런가?"

"우리의 공격이 적어도 긍정적인 효과는 있었을 거요, 돈 에르난도. 우리가 성채 뒤에서 잉카 군대를 잡아둔 동안, 당신은 드디어 이쪽에서 성벽에 이를 수 있었소. 방금 전에 우리 동료들이 거기서 야영하고 있는 것을 봤소……"

"내일은 잉카족이 우리를 거기서 쫓아내려고 온갖 짓을 다 하겠지. 결국은 그렇게 할 걸세. 우린 너무 지쳐서 오랫동안 저항하지 못할 테니까."

"아니오. 새벽부터 내가 혼자 탑 꼭대기까지 올라가겠소. 당신이 길을 열어주시오."

"그건 미친 짓일세, 가브리엘!"

에르난도와 가브리엘은 누가 소리친 것인지 보려고 몸을 돌렸다. 바르톨로메가 문턱을 넘어서며 다시 외쳤다.

"자넨 결코 그곳에 이르지 못해!"

"첫번째 성벽의 중간쯤에 창문 하나가 있어요. 제대로 된 사다리 하나만 있으면 접근할 수 있습니다. 그 다음에는 탑 발치까지 이르는 계단이 있어요. 내가 압니다. 잉카족에게는 거기에 올라가는 방법이 있을 테니, 그걸 찾아내겠어요!"

"정신이 나갔군! 빌어먹을, 오늘 낮의 일로 미쳐버렸어."

"돈 에르난도, 사다리를 만들어주시오. 난 좀 자야겠어요. 첫 동이 틀 때까지는 사다리가 준비되도록 해주시오."

"자네는 사다리 중간도 못 가서 돌무더기에 깔려 죽을 거야."

에르난도가 신중하고도 쌀쌀하게 지적했다.

"내가 죽는다고 당신이 난처해질 것도 없잖소. 그리고 만약 내가 성공하면, 불만스럽지 않을 테고. 난 그리 유리하지 않은 거래도 해봤소, 돈 에르난도."

에르난도는 다소 놀란 듯하더니, 마른 입술 사이로 묘한 웃음을 흘렸다.

"자네는 참 이상한 사람이군. 언제나 죽기를 바라는데도 다시 살아나니! 다른 사람들보다 더 훌륭하다는 것을 늘 드러내고 싶어하는군. 결국은 다른 사람들도 총독 형님과 같은 생각을 하게 되고 자네의 몇몇 장점을 알아보게 되겠지."

가브리엘은 그의 지적과 비웃는 시선을 무시했다. 그는 바르톨로메의 기형 손을 세게 그러쥐었다.

"알 때가 되었어요, 수도사님. 난 알아야겠어요! 이번에는 아무도 날 따라올 필요가 없을 겁니다."

밤에 가브리엘은 눈을 감지 않았다. 설핏설핏 잠이 들 때는 자기도 모르게 눈을 뜬 채로 꿈속에 빠져들 뿐이었다. 그의 정신을 사로잡고 있는 영상이 쉼 없이 그를 괴롭혔다.

미풍에 부드럽게 몸을 내맡긴 그에게 가장 위풍당당한 둥근 탑의 총안 뚫린 성벽에 걸린 밧줄이 보인다. 그가 다친 두 손으로 밧줄을 잡는 순간, 꼭대기까지 오르는 데 걸림돌이 될 것은 이제 아무것도 없다.

＊

추운 새벽. 땅바닥은 얼어붙다시피 하고, 하늘은 리넨이 드리워진 닫집처럼 하얗다. 상반신을 벗은 가브리엘은 때에 전 이불로 몸을 감쌌다. 이마와 어깨를 살며시 어루만지는 손길에 그는 잠이 깼다. 매끈한 손, 가느다란 손가락. 여자의 손, 잊혀진 부드러움.

고통스러운 몸으로 깊은 잠에서 깨어나자, 낯선 여자의 얼굴이 보였다. 여자의 두 눈에선 눈물이 반짝이고 두 뺨은 먼지로 더러웠다.

"저를 기억 못 하시죠. 인구일이에요. 아주 오래전, 아타우알파 군주님이 돌아가시기 전에 만났었지요. 저는 코야 카마켄의 시중을 드는 어린 계집아이였어요. 코야 카마켄이 종종 당신 얘기를 했지요."

가브리엘은 완전히 잠에서 깨어 팔꿈치로 짚으며 몸을 일으켰다.

"그녀가 당신을 보낸 거요? 아나마야가 당신을 보냈어요?"

인구일은 미소 지으며 고개를 저었다.

"아뇨. 저는 돈 후안 군주님의 아내예요."

그녀의 목소리가 그쳤다가 다시 이어졌다.

"어제까진 그랬지요."

"알아요. 유감입니다. 그가 내게 당신 얘기를 했어요……"

인구일의 시선에 고통과 긍지가 뒤섞였다.

"그는 저를 노예로 선택했지만, 차차 아내로 사랑해주었어요. 저 역시 그를 사랑했고요. 다정한 사람이었죠. 다른 세상에 있는 그의 조상들이 그가 너무 고통 받는 걸 원치 않은 거예요. 잘된 일이죠."

그녀는 재빠른 동작으로 웅쿠에서 작은 단지를 꺼내어 가브리엘에게 내밀었다.

"우리 아이들에게 먹이는 당신네 염소들의 젖이 좀 있어서 가져왔어요. 탑에 올라가기 전에 이걸 드세요. 당신에겐 힘이 필요해요."

가브리엘이 그녀의 손목을 잡았다.

"왜 이러는 거죠?"

인구일은 잠시 그를 쳐다보았다. 그녀는 잡히지 않은 한쪽 손으로 가브리엘의 어깨를 살짝 어루만졌다. 그녀의 손가락이 그의 견갑골 위로 미끄러지며 어깨에 그려진 검은 점을 스쳤다.

"코야 카마켄이 당신을 보호하고 있어요. 강력한 조상들도 마찬가지고요. 당신은 우리를 구해줄 거예요. 우린 모두 그걸 알고 있어요."

그녀가 속삭였다.

가브리엘의 손가락이 인구일의 손목을 더 세게 조였다.

"뭘 안다는 거요? 당신네 종족으로부터 나를 보호해주는 이유가 뭐요? 납득이 가지 않아요!"

인구일은 몸을 빼내며 거칠게 일어서더니 짧게 말했다.

"젖을 마시세요. 도움이 될 거예요."

이렇게 말하고 그녀는 사라졌다.

가브리엘은 그제야 몇 발짝 뒤에서 굳은 시선으로 자신을 바라보는 세바스티안을 발견했다.

"저 여자는 아무 말이나 되는대로 하는 거야. 그들의 빌어먹을 사다리와 빌어먹을 탑에 기어 올라가겠다는 생각은 자네가 지금껏 했던 것 중 최악이야, 가브리엘."

가브리엘이 미소를 지으며 일어났다.

"한때는 나를 성 야곱으로 생각하더니, 이제는 더이상 믿지도 않는 건가?"

"오, 믿고말고! 자네와 성 야곱 중 한 사람은 사기꾼이라는 걸 알 만큼! 있지, 난 기꺼이 성 야곱에게 걸겠네!"

"신을 모독하는군!"

가브리엘은 웃으면서 친구를 끌어안았다.

"잇사를 잘 돌봐줘. 좋은 말이야. 나중에, 이 전투가 끝났을 때 내게 진짜로 주면 좋겠군."

"자네의 암말에다가 덤까지 얹어서 주지. 하지만 한 가지 약속해야 해. 성 야곱과 성모 마리아의 이름으로, 태양신과 달의 신을 걸고, 내 이와 내 수염과 자네 수염을……"

"대체 뭐야?"

"살아 있으라고, 바보 같은 친구야."

✳

길이가 적어도 팔 미터 남짓한 사다리였지만, 성벽에 뚫린 작고 좁은 창문의 수평면에는 간신히 닿았다. 그것을 유리한 장소에 세우고 고정시키려면 많은 사람의 힘이 필요했다. 사다리는 최대한 많이 모아온 방책의 통나무와 지붕의 들보로 만들어졌다. 사다리 살은 부러진 창 자루로 만들었는데, 그것을 묶을 밧줄이 부족한 탓에 간격이 매우 넓었다. 덕분에 가브리엘이 살을 기어오르려면 팔과 다리를 쭉쭉 뻗어야 했다.

이 미터쯤 통과하자마자 사다리가 흔들리기 시작했다. 가브리엘은 조심스럽게 움직이려고 애를 썼다. 그가 살 두 개를 더 기어오르는데 사람들이 외치는 소리가 들렸다. 아래를 내려다보자, 세바스티안과 바르톨로메, 에르난도, 그 밖의 다른 사람들이 붙들고 있던 사다리 뼈대에서 급히 비켜서는 것이 보였다. 가브리엘은 보지 않고도 깨달았다. 그는 어깨를 움츠리고 사다리 기둥에 발을 고정시킨 채 방패를 위로 치켜들었다.

그는 크고 둥근 방패 가죽에 돌이 부딪히는 소리를 즐기다시피 했다. 그런데 꽤 묵직한 돌덩이 몇 개를 맞고 사다리가 휘청거렸다. 지체해서는 안 되었다.

그는 나무꾼처럼 끙끙거리며 돌들을 무시한 채 위쪽으로 돌격했다. 사다리가 휘면서 몹시 삐걱거리고, 잔뜩 숨을 들이마신 뱃가죽처럼 구부러졌다. 가브리엘은 성벽에 눈을 고정시키고 있었다. 사다리 위와 아래와 돌들은 잊은 채. 돌들이 휙휙 그를 스치고, 때로는 그의 허리와 손가락을 으깨어놓을 만큼 아주 가까운 곳에 맞아 튀어 날아갔다. 그는 발과 무릎으로 기어 올라갔다. 온 사방에서 울리는 비명과 고함 소리가 그에게는 더이상 들리지 않았다.

사다리 중간쯤을 지났다. 그쯤에 이르자, 흔들림이 너무 심해서 그의 몸무게가 누르는데도 불구하고 사다리가 움직이는 것을 느낄 수 있었다. 그는 사람들이 위에서 자신을 붙잡아 밀어넬지도 모른다는 생각을 하다가 떨쳐버렸다.

그가 지칠 것을 염두에 둔 동료들이 사다리 끝 부분에서는 살들의 간격을 좁혀둔 터였다. 그 위로 달려갈 수도 있을 것 같았다. 그는 안을 들여다보지도 않고 작은 창문의 넓은 횡목 위로 몸을 기울였다.

아직 창백한 아침 햇살이 내부를 거의 밝혀주지 못했지만, 그는 계단이 있는 것을 알아보았다. 그리고 보통 때는 무표정하던 얼굴들이 놀라움에 일그러진 것을 보았다.

그가 칼집에서 검을 꺼내는 소리만 듣고도, 손에 투석기와 곤봉을 들고 그와 마주한 잉카 전사들 십여 명이 뒤로 물러났다. 놀란 것만큼이나 호기심에 사로잡힌 그들은 꼼짝도 하지 못한 채 멍하니 서로를 바라보았다. 가브리엘이 케추아어로 외쳤다.

"물러서라, 물러서! 난 너희들을 해치고 싶지 않다!"

그가 목검인 양 검을 흔들며 세 계단 앞으로 나아가자, 그들도 그만큼 기어올랐다. 그런 상황이 한 번 더 벌어졌다. 마침내 잉카족 하나가 말했다.

"흰 짐승을 타고 있던 이방인이다!"

또다시 그들은 의심쩍은 얼굴로 서로를 바라보았다. 가브리엘도 그들과 마찬가지로 어떻게 해야 할지 알지 못했다. 그런데 병사들이 한마디 말도 없이 등을 돌리고는 가파른 계단을 놀라울 만큼 민첩하게 올라갔다.

가브리엘은 숨을 크게 몰아쉬며 칼을 앞으로 내밀고 조심스럽게 그들을 따라갔다. 드디어 빛이 비치는 곳에 이르자, 탑 아래 성벽이 비어 있는 것이 보였다.

옆의 탑에 있는 잉카족들이 그를 보았다. 함성이 일고, 또다시 돌멩이들이 솟구쳤다. 하지만 그를 향해 날아드는 돌은 하나도 없고, 성벽 발치에 남아 있는 스페인 사람들에게만 날아갔다.

일이 너무 수월한 것에 흥분한 가브리엘은 탑을 한 바퀴 돌았다.

눈을 들었을 때, 그는 인구일의 말이 옳았음을 깨닫고 전율했다. 모두의 말이 옳았음을 알고.

탑의 내부로 열리거나 탑 꼭대기에 이르는 문이나 창문은 하나도 없었지만, 용설란과 이추를 엮어 만든 사람 팔뚝 굵기만 한 밧줄이 기묘한 초대라도 하듯 건축물을 따라 길게 매달려 있었다. 다리에 사용된 것과 비슷한 밧줄이었다.

놀랍게도 그는 꿈에서 본 것을 똑똑히 다시 보았다.

경계심과 피로가 걷히고 굳었던 근육이 풀렸다. 가브리엘은 더이상 참지 못하고 성벽으로 다가가 방패와 검을 흔들면서 소리쳤다.

"산티아고! 산티아고!"

저 아래에서 서로 바싹 맞댄 방패 밑의 동료들이 더럽고 딱딱한 껍질을 지닌 벌레만큼 작아 보였다. 가브리엘은 미친 사람처럼 웃으며 또다시 외쳤다.

"산티아고!"

그러고는 똑같은 동작으로 검을 어깨 끈에 끼워 넣고 방패를 좌우로 흔들며 무거운 쇠사슬 갑옷을 벗었다. 야곱의 사다리처럼 기적 같은 그 밧줄을 위에서 누가 자를지도 모른다는 두려움도 없이, 그는 두 손으로 밧줄을 움켜쥐고 올라가기 시작했다.

사실대로 말하자면, 다리와 상반신을 직각으로 꺾은 채 장화 바닥으로 돌 위에서 미끄러지고 허공에 매달리려고 두 팔을 버둥거리며 올라갔다. 그렇게 사 킬로미터 남짓 올라가자 흥분이 가라앉았다.

두 번이나 다리가 무거워져서 불안한 받침대 위에서 발이 미끄러졌다. 곧 그는 온몸의 무게에 쏠려 성벽에 부딪혔다. 무릎과 가슴을 사정없이 부딪치고, 하마터면 고통 때문에 밧줄을 놓칠 뻔했다. 그는 가쁜 숨을 쉬며 근육이 뻣뻣해진 팔다리로 다시 올라갔다. 이 미터, 사 미터.

이제 남은 것은 이 미터였다. 어쩌면 더 많이 남았는지도 몰랐다. 세바스티안이 한 말이 떠올랐다. "얼마 못 가서 자네는 자갈을 잔뜩 짊어지고 진짜 천사처럼 하늘에서 땅으로 날게 될 거야!"

가브리엘은 중간 높이에 이르자마자 충격음에 머리를 치켜들었다. 바로 위에서 의자만 한 돌덩이 하나가 둔탁한 소리와 함께 벽에 부딪혀 튀어 올랐다. 미처 몸을 피할 틈이 없어 그는 눈을 질끈 감아버렸다.

아무 일도 일어나지 않았다. 돌덩이가 그의 어깨 바로 옆을 스치는 소리 말고는. 그가 다시 눈을 뜬 순간, 돌덩이가 성벽의 포석 위에서 산산조각 나며 으스러졌다.

"아나마야가 나를 보호하고 있어! 내 사랑 그녀가 나를 사랑하고 보호하는 거야!"

그가 불타오르는 듯한 가슴으로 중얼거렸다.

그 순간 그는 이상한 광기에 다시 사로잡혔다. 눈앞에 있는 탑의 성벽은 더이상 보이지 않고 아나마야의 푸른 눈이 보이기 시작했다. 터질 듯한 폐도, 기진맥진한 팔도, 굽힐 수 없는 넓적다리도 느껴지지 않았다. 그는 마치 누군가가 받쳐주는 것처럼 밧줄을 타고 올라갔다. 악마처럼, 아니 원숭이처럼. 아래에서 모두들 그가 그렇게 마지막 몇 미터를 기어오르는 것을 보다가, 마침내 그가 탑 꼭대기를 둘러싼 낮은 담장의 가장자리를 움켜잡자 함성을 질렀다.

"산티아고! 그가 성공했다, 산티아고!"

그는 애써 숨을 고르며 탑 꼭대기에 잠시 그대로 누워 있었다. 일어날 힘이 없었다. 자신을 붙잡으러 오는 잉카 전사들의 소리를 들어보려 귀를 기울였다. 그러나 멀리서 들리는 소리뿐이다.

몸을 일으킨 그는 자기 혼자임을 발견했다. 탑 꼭대기는 비어 있었다. 탑 중앙에 망루 같은 것이 세워져 있는데, 그것은 몸을 모로 세우고 건너야 할 만큼 좁은 층계 몇 칸이 있는 계단으로 통했다. 거기에는 아무도 없었다. 가브리엘은 밑에서 들려오는 목소리와 외침을 들었다.

　그는 다시 낮은 담장으로 다가갔다. 이번에는 그가 고함을 지르고, 승리를 외치고, 첫번째 탑이 점령되었으니 모두가 올라와도 좋다고 소리쳤다.

＊

　정오에도 전투는 계속되었고, 두번째 탑이 점령되었다. 가브리엘은 자신의 탑을 떠나지 않았다. 아무도 그와 합류하지 않았다. 그는 공포에 질린 채 전쟁의 광경을 목격했다. 이제는 시체가 사크사우아만 성채의 성벽을 덮고 있었다. 천 구, 어쩌면 이천 구의 시체가.

　가브리엘은 낮은 돌담 위에 아픈 두 손을 올려놓았다. 두 손이 떨렸다. 더이상 아무것도 느껴지지 않았다. 그는 자신이 어떤 광기에 사로잡혀 있는 것이 아닐까 생각했다. 마치 술에 취했다가 깨어난 사람 같았다.

　그는 감히 아나마야를 떠올릴 수가 없었다. 이처럼 엄청난 살육이 벌어지도록 그녀가 자기를 보호하리라고 믿을 만큼 뻔뻔하지 못했다.

　악취와 함께 죽음의 냄새가 그의 콧구멍을 찔렀다.

　세바스티안의 다정한 말[言]이 자기 아닌 다른 사람을 향한 말처럼 여겨졌다.

　그렇다, 그는 죽음이 자기를 데려가기를, 자신이 죽음의 도구가 되어 맛본 쾌락을 잊기 위해 스스로 탑에서 뛰어내리지 않아도 되기를 다시금 희망했다.

'난 내가 주인인 줄 알았는데 한낱 미천한 노예에 불과했어!'

그는 자기 자신을 비웃었다. 그러나 그의 눈은 죽어가는 이들의 지칠 줄 모르는 움직임에서 잠시도 떠나지 않았다.

＊

밤이 되자 에르난도 피사로가 마지막 남은 탑에 대한 공격 명령을 내렸다. 가장 넓은 성채이지만 성급한 벽돌 공사로 세워진 탑이었다.

사람들이 사다리 중간쯤에 이르렀을 때, 그때껏 사크사우아만의 방어를 지휘한 잉카 장군이 홀로 낮은 담장 위에 우뚝 섰다. 그의 귀에서 반짝이는 커다란 황금 마개는 그가 중요한 인물임을 드러내주었다.

가브리엘은 잉카 장군이 살갗이 찢어지도록 자신의 두 뺨을 흙으로 문지르는 것을 보고 놀랐다. 장군은 탑의 돌들 틈에 있는 흙을 긁어모아 살의 형체가 없어질 때까지 상처를 계속해서 문질러댔다.

스페인 사람 모두가 더이상 움직이지 않고 그에게 시선을 붙박고 있었다. 잉카 전사들 역시 침묵을 지켰다. 차가운 바람이 모든 사람을 사로잡은 듯했다. 그때 잉카 장군이 흙을 입에 한가득 물고는 기다란 망토로 머리까지 감싸고서 허공으로 몸을 내던졌다. 그의 몸이 돌무더기 위에서 으스러지는 소리가 들릴 때까지 정적은 계속되었다.

그 순간 가브리엘은 등뒤에서 외침 소리를 들었다. 뒤를 돌아보니, 열 명의 잉카 전사가 자신과 마주하고 있었다. 그는 그들의 눈에서 주저하는 기색을 읽었다. 그들 손에는 노끈이 들려 있었다. 그들 중 한 명이 기다란 청동 망치를 치켜들고 후려칠 태세였다.

가브리엘은 고개를 저었다.

"아니. 그럴 필요 없소."

그가 케추아어로 말했다.

그는 검을 칼집에서 천천히 꺼내어 낮은 담장 너머로 던지며 덧붙였다.

"난 더이상 싸우지 않을 것이오. 이제 끝났소."

잉카 전사들이 그를 포박해 어둠 속으로 끌고 가는 동안, 스페인 동료들의 승리와 도취의 함성이 바람과 함께 멀어졌다.

그는 죽기를 원했다.

그는 살기를 원했다.

이제 더는 아무것도 원하지 않는다.

제2부

7

계단식 대지와 신전 들이 층을 이루고 있는 비탈길 위로, 두 개의 강 줄기 사이에 있는 평원의 칸차 안에 수백 개의 불이 피워져 있었다. 그러나 노랫소리도 북소리도 나팔 소리도, 기쁨이나 도취의 함성도 들리지 않았다. 요란하게 흐르는 물소리뿐. 아나마야는 그 물소리로 귀를 가득 채웠다. 그것은 슬픔이 실린, 가슴을 에는 듯한 애도의 소리다.

투사들이 패자의 몰골로 다리를 지나갔다. 무표정한 얼굴로 고개를 숙인 채 한마디 말도 없이 한 사람씩 지나갔다. 보름달 빛 아래, 그들의 얼굴이 흐릿한 은빛을 띠었다. 상처 못지않게 피로의 주름이 그들의 이마와 뺨을 가로지르고 있었다. 그들의 찢어진 운쿠는 진흙과 흙으로 얼룩져 있었다. 극심한 피로로 사지가 무거워진 그들은 아이의 쓸모없는 장난감인 양 무기를 손에 늘어뜨리고 있었다. 스페인 사람들에게서 빼

마추픽추의 빛 145

앗은 검을 들고 있는 사람들조차, 귀한 말을 끌고 오는 사람들조차 수치심에 괴로워했다. 패배한 것이다.

그들은 다리 건너편에 있는 망코와 빌라 오마를 보자, 마치 그 무게를 더는 지탱할 수 없는 듯이 어깨가 더욱 구부러졌다. 그러나 그들이 앞으로 지나갈 때, 망코는 긍지 어린 몸짓이나 말로 그들의 어깨를 펴게 했다. 그들은 어둠 속으로 사라졌다. 지칠 대로 지친 몸이지만 맘껏 쉬지 못할 터였다.

아나마야는 빌라 오마를 바라보았다. 그녀가 현자라고 불렀던 이의 날카로운 시선은 멀리 '성스러운 골짜기'를 헤매고 쿠스코 위의 언덕을 향해 멀어지더니, 마땅히 이겨야 했으나 이기지 못한 전투의 여정을 다시금 따라갔다. 그의 얼굴은 조용한 분노로 경련을 일으켰다.

망코는 한 번도 빌라 오마와 얼굴을 마주하지 않았다. 망코의 당당한 옆모습에는 투사들을 격려하는 다정함만이 드러나 있었다. 아나마야는 그가 모욕을 받은 뒤로, 어쩌면 그보다 훨씬 더 오래전부터 그를 괴롭혀왔을 난폭함이 가득한 마음속에 숨겨진 그 부드러움에 놀라고 감동했다.

티투 쿠유치가 가브리엘이 사라졌다는 소식을 가지고 돌아온 날부터 아나마야는 잠을 잃었다. 잔다고 믿고 있을 때조차 그녀의 얼굴 위로 퓨마가 지나갔다. 낮에도 매 순간 퓨마의 그림자가 보이는 듯했다. 겉으로는 코야 카마켄의 역할을 계속했다. 모두가 구원을 요청하고, 심지어 예언자들과 신관들조차 존경하게 된 코야 카마켄. 그러나 아무도 모르는 마음속 깊은 곳에서는 사랑하는 남자에 대한 불안감으로 고통받는 여자였다.

패전을, 승리가 임박한 듯했기에 더 끔찍한 패전을 한 마당에도, 그녀의 마음속에 있는 그 감정은 다른 어떤 감정보다 강렬했고, 그 때문에 그녀는 수치심마저 느꼈다.

"이리 오세요."

카타리의 속삭임이 어둠 속 박쥐의 날갯짓 소리 같아서, 그녀는 그의 목소리를 들은 것인지 확신이 서지 않았다. 그녀가 그를 향해 돌아섰다. 젊은 남자의 눈에 띄지 않는 고갯짓에, 어깨까지 내려오는 기다란 머리카락이 찰랑거렸다.

그는 입도 떼지 않고 그녀에게 앞장서라고 신호했다. 그녀는 더이상 망코도, 빌라 오마도 걱정하지 않았다.

두 사람은 세심하게 접합된 돌들이 성스러움을 드러내는 작은 벽 아래에서 우르릉거리며 분출하는 강을 따라갔다. 달빛이 이제 도시를 향해 올라가는 길을 비추었다. 집과 신전 들의 불빛이 저 세상에서 온, 멀리 있는 별처럼 반짝였다.

그녀의 뛰는 가슴이 진정되었다.

산비탈들 너머로, 마치 더 날카로운 가락의 음악이 윌카마요에서 울리는 북소리 위로 내려앉듯이, 수로들을 통해 잘 정돈된 분수로 흘러드는 물줄기 소리가 들려왔다.

갑자기 카타리가 발걸음을 멈추었다. 그녀는 잠시 그의 넓은 어깨에 시선을 붙박고 있다가, 카타리와 마찬가지로 서쪽 산들로 눈길을 돌렸다. 산 위로 킬라가 둥그런 원반을 드리우고 있었다.

콘도르의 검은 그림자가 어둠 속에 선명히 드러났다.

거대한 새, 산의 새가 지켜보고 있었다. 바위 한쪽 끝에, 부리와 눈을 열고 있는 머리, 힘센 두 날개 사이로 움푹 들어간 목이 뚜렷하게 드러났다. 새는 꼼짝도 하지 않은 채 '성스러운 골짜기'를 향하고 있었다.

골짜기를 보호하고, 그곳을 모독하려는 사람들을 위협하듯이.

이윽고 카타리가 아나마야를 돌아보며 짧게 말했다.

"시간이 됐어요."

아나마야는 젊은이의 침착함, 그의 건장하고 탄탄한 몸과 우아카 안의 기나긴 단층처럼 길게 늘어놓은 듯한 두 눈에서 발산되는 빛나는 지혜에 다시 한번 감탄했다.

그녀는 곧바로 알아차리지 못했지만, 바위 여기저기가 잘 다듬어져 있었다. 좁은 도랑이 바위에 물길을 내고, 팬 자리가 바위의 토대에 리듬을 주면서 아주 오래전부터 사람들이 거기서 신의 현존을 알아보았음을 드러내주었다.

그들이 콘도르의 그림자 속으로 들어가자 달이 모습을 감추었다. 어두운데도 아나마야는 자신 있게 카타리의 발자국을 쫓아갔다.

그들은 바닥에 박힌 평평한 거석을 우회했다. 거석의 형상이 그녀에게는 낯익었다. 거기에는 작은 공간이 있고, 그 가운데 아직도 벌건 숯불이 있었다. 카타리는 손쉽게 불꽃을 다시 피워올렸다. 그녀는 눈을 들어 바위에 직접 파놓은 네 개의 작은 벽감을 살피다가, 또다시 어디선가 본 듯한 인상을 받았다.

숨을 돌리는 동안 그녀는 이상한 감정에 휩싸였다. 카타리는 말하지 않고도 자기가 원하는 것을 그녀에게 전했다. 그에게 본능적으로 찾아드는 그 초연함에 그녀는 겁이 났다.

"아무것도 두려워할 것 없어요."

그가 부드럽게 말했다.

"내 마음속의 말을 듣고 있었어요?"

카타리의 경쾌한 웃음이 어둠 속에 울려 퍼졌다.

"내가 당신과 함께 있지 않을 때도 당신 말을 듣고 있다는 것을 알아야지요."

살라르 대사막에서 길을 잃은 가브리엘에 대한 기억이 그녀의 머리를 스쳤다. 거북함이 사라지면서 그녀도 따라 웃었다.

"당신이 날 도와줄 수 있다고 했는데……"

"그래요. 하지만 먼저 당신에게서 두려움이 완전히 사라져야 해요. 그리고……"

카타리는 어느새 앞에 망타를 펼쳤다.

"그리고?"

"우리가 하려는 여행에는 오직 한 사람만 있어야 해요."

"하지만 여행을 떠나기 위해서는 당신이 필요해요. 그게 무슨 뜻이죠, 카타리? 이해가 되지 않아요."

"물과 돌이 있지요. 이 세상과 아랫세상, 윌카마요 강과 은하, 인티와 킬라, 황금과 은…… 우리의 우주에 있는 모든 것은 짝을 이루고 있어요. 하지만 우리가 찾을 줄 안다면 한 가지는 사물 속에 숨어 있지요."

카타리의 말을 들으면서 아나마야는 가슴이 뛰었다. 그녀는 말없이 그의 말을 끝맺었다. 잉카족과 이방인이 있다고. 그러나 감히 입 밖에 내어 말하지는 못했다.

"그래도 모르겠어요."

그녀가 나직이 말했다.

카타리가 그녀를 흘낏 쳐다보았다.

"당신은 말은 그렇게 해도 잘 알고 있어요…… 지금은 당신한테 설명해줄 수가 없군요. 하지만 당신이 뭘 발견하게 되든 아무것도 내게 감출 수 없다는 걸 알아야 해요. 그 점에 대해 날 충분히 믿나요?"

그녀는 그가 망타에서 나뭇잎들이 달린 가지 하나를 꺼내는 것을 보았다. 그것은 산이 아니라 숲의 식물이었다. 그는 주저 없이 그것을 숯불 속에 던졌다. 곧바로 냄새 나는 매캐한 연기가 피어올랐다.

"당신은 나를 데려갈 만큼 날 완전히 믿는군요. 내가 가진 것을 당신에게 맡기게 해줘요……"

아나마야가 말했다.

"내가 안내할게요, 아나마야. 하지만 바로 당신이 나를 데려가는 겁니다."

그녀는 네 개의 벽감과 그것이 박혀 있는 바위의 특이한 절단면을 응시했다. 그녀는 미소 지었다. 그가 말하는 여행이 어떤 것인지 그녀는 알고 있었다.

카타리는 더이상 그녀를 쳐다보지 않았다. 그는 머리를 좌우로 흔들며, 무거운 머리채를 부채처럼 이용해 아나마야의 얼굴로 연기를 보냈다. 그와 동시에 눈을 감고 아나마야가 알지 못하는 언어로, 가슴을 에는 가락으로 노래했다. 연기 냄새가 그녀의 콧속으로 파고들어 머리와 온몸을 사로잡았다. 노래가 효과를 나타냈다. 그녀는 잠이 무겁게 쏟아지면서도 깨어 있으며, 몸을 거의 움직일 수 없고 완전하게 가벼워지는 것을 느꼈다. 그녀는 그가 일어서는 것을 보았다.

그가 다시 그녀 옆에 와서 앉을 때, 그의 두 손에는 호화로운 케로스가 들려 있었다. 그것은 나무 단지로, 놀랍도록 정확한 기하학적 그림이 빼곡히 새겨져 있었다. 안에는 짙은 초록색 액체가 담겨 있었다.

이어서 카타리는 아무 장식이 없는 더 작은 케로스 두 개를 가져왔다. 그것은 나뭇가지의 형태를 그대로 간직한, 가공하지 않은 나무였다. 거기에 뚫린 구멍만이 인간의 손길이 스쳐갔음을 말해주었다.

그는 나무 컵 두 개를 가득 채워서 하나를 아나마야에게 내밀었다. 그들은 천천히 마셨다. 풋옥수수 맛과 비슷한 달콤함이 입천장과 목구멍에 스며들었다.

카타리의 노랫소리는 멀리서 들리는 산의 급류 소리처럼 시작되었다. 그러더니 점점 커져서 이제는 분수의 물소리가 거의 들리지 않았다. 귀가 윙윙 울리고 심장이 쿵쾅거리는 가운데, 아나마야의 온몸이 노래의 리듬을 따라갔다. 그 노래는 카타리의 가슴속이 아니라 돌에서, 물에서, 온 산에서 나오는 듯했다.

가슴을 에는 듯한 가락에 보다 날카로운 목소리가 더해졌다. 그녀는 그것이 자신의 입술에서 새어 나오는 탄식이요 휘파람 소리라는 것을 겨우 깨달았다. 그녀의 머리가 카타리와 똑같은 움직임으로 흔들리고, 그녀는 조금씩 조금씩 빠져들었다.

시간에 대한 의식이 사라진다. 공간에 대한 감각도······

갑자기 그녀의 온몸이 경련으로 흔들린다. 그것은 번개처럼 강한 방전으로, 목덜미에서부터 등을 따라 떨림의 도랑을 이루며 사지로 전파되는 듯하다. 그녀는 여러 번 그렇게 흔들리고 움직인다. 매번 그녀는 사랑의 포옹을 받듯 몸을 내맡기고 감각을 받아들인다. 쾌락은 감미로운 폭발과도 같고, 감각의 물결은 그녀 안에서 흐르며 끓어오른다. 그녀의 배가 타오르듯 뜨겁다. 너무도 완벽한 행복이어서, 짧은 시간이라는 것도 미처 가늠하지 못한다.

다시 침묵이 찾아든다. 강렬하게 빛나는 색점들이 그녀의 눈꺼풀 앞에서 춤을 춘다.

노랫소리가 그쳤다. 물소리뿐이다. 분수의 물, 콘도르의 우아카를 따라 이어지는 수로의 물, 아래로 흐르는 강물. 그런데 자연이 정지되는 평온의 한순간, 그녀의 감각이 돌연 예민해진다. 너무도 또렷한 감각이어서, 한밤중인데도 그녀는 모든 것을 보고 듣고 느끼고 맛볼 수 있다…… 그녀는 바람의 파동을 감지한다. 미풍에서부터 돌풍에 이르기까지 바람의 모든 변화가 그녀의 귀에 느껴진다. 그녀는 살갗을 스치는 바람의 애무를 느끼고, 콧구멍과 입을 크게 벌리고 바람에 취한다. 갑자기 한 마리 새의 울음소리가 지평선을 가득 채운다. 숲속에서 살던 어린 시절 이후로 들어보지 못한 새소리다. 그녀는 땅의 숨겨진 향기, 부식토, 밤의 습기를 한껏 머금은 무거운 나뭇잎의 향기를 들이마신다……

무언가 돌을 스치는 소리에 눈을 뜨자 카타리가 보인다. 그는 그들 앞에 위치한 네 개의 벽감을 뚫어지게 바라보고 있다. 그녀에게는 벽감의 내부가 보이지 않는다. 그는 그녀의 손을 잡고, 그녀는 두려움 없이 그에게 손을 맡긴다.

그들이 내벽에 다가가자, 벽감 하나가 돌 자체에서 뿜어져 나오는 희미한 유백색 빛으로 생기를 띠는 듯하다. 무릎을 꿇고 시작된 그들의 움직임은 서서히 포복으로 변해, 돌과 뒤섞이고 바위의 몸통과 일체를 이룬다. 벽감 입구에서 하얀빛이 완전히 그들을 감싼다. 바윗덩어리 전체의 진동 속에서 그녀는 벽감이 그들을 받아들이기 위해 팽창된 것인지 아니면 그들이 갑자기 작아진 것인지 알 수가 없다. 하기야 그것은 전혀 중요하지 않다.

그녀로서는 둘 중 어느 것인지 모르는 채로, 돌과의 마찰은 한순간 부드러운 어루만짐으로 변하고, 피부의 모든 마찰, 모든 두려움과 몸의 중량감은 부드럽게 사라진다. 마치 물질과 몸이 맞닿아 곧바로 녹아버린 것처럼. 어떤 목소리가 그녀의 내부에서 울려 퍼진다. 분명치 않은 그 목소리는 옛날에 이렇게 해서 사람들이 태어났다고 말하고 있다. 그러나 그녀는 그 목소리를 듣고 있을 시간이 없다. 그녀의 몸이, 팔다리가 차례로 산에 흡수된다. 그녀가 인간으로서 느끼는 마지막 감각은 그녀의 손을 잡고 있는 카타리의 손바닥에 대한 것이다. 그녀의 공포, 어둠 속 불덩어리, 그녀 머릿속의 고통 덩어리가 아주 멀리 보이는데, 몸은 극도로 무거운 나머지 오히려 가벼워진다. 커다란 덩어리가 훨씬 더 커다란 덩어리에 붙잡혀서 한 조각 한 조각, 섬유질 하나하나로 흡수되려는 것처럼.

그녀는 돌이다. 그녀는 산이다.

가장 기이한 것은 그녀가 자기 자신을 완전히 의식하고 있다는 점이다. 그녀는 아나마야다. 하지만 자연의 모든 형태, 모든 실체, 모든 양상이 뒤섞인 온전한 감각의 세계로 대번에 풍부해진 듯한 아나마야다. 그녀는 또다시 그런 것을 즐길 시간이 없다. 그녀의 존재 안에서, 수많은 북이나 나팔이나 강이나 별처럼 모든 것이 폭발할 때까지 부풀어 오르기 시작한다. 감각의 과잉으로 이루어진 감각 속에서 그녀의 전 존재는 작은 공으로 수축된다. 그 공은 오로지 돌에서 빠져나가기 위해 있는 힘을 다한다. 마치 절대적인 부동 상태에 용해되고 빠져드는 것을 온힘을 다해 피하고 싶은 것처럼. 그 혼돈 속에서 그녀는 매우 낮지만 분명한, 그녀의 내부에서 울리는 카타리의 목소리를 듣는다.

"이리 와요, 아나마야. 바로 지금이에요."

그녀는 다른 세상 사람이다.

공기.

그녀를 관통하고 지탱하는 진동, 미끄러움, 가벼움 말고는 이제 아무것도 없다.

그녀는 날아간다.

당장은 강력한 느낌이 절대적이고 무한한 자유와 한데 뒤섞이는 그 크나큰 기쁨 말고는 아무것도 없다. 그녀에게는 보는 눈도, 듣는 귀도 더이상 없는 듯하다. 그녀의 몸은 바람을 타고 떠도는 밧사처럼 가냘프게 짜맞춰져 있다.

'너는 콘도르다.'

한순간 떠오른 생각, 그 기이함에 그녀는 몸을 떤다. 그리고 이제는 카타리가 옆에서 손을 잡고 있는 것이 아니라 함께 비행하고 있음을 깨닫는다. 그가 자신과 함께, 그녀 자신을 위해 콘도르가 되었음을.

그녀는 두려움도 신중함도 없이 변신에 그대로 몸을 맡긴다.

그때 그녀는 어둠을 관통했음을 알아차린다. 태양이 떠오르는 것이 보이더니, 곧바로 공기의 흐름이 그녀를 하늘 높이 데려간다. 그녀의 날개 아래로 찬란함이 펼쳐진다. 골짜기 안쪽을 흐르는 띠 모양의 강물이 종종 그녀 옆에 있던 지혜의 상징인 아마루 뱀의 은빛 비늘처럼 반짝인다. 강물은 그 지역을 에워싸고 주변에 도사린 채로 숲의 에메랄드빛 보석 상자를 내어놓는다.

그녀는 자기와 같은 높이에 있는 먼 산맥을 훑어본다. 살칸타이의 눈 덮인 정상, 안데스 산맥 아푸들의 모든 위엄이 첫 태양빛 아래 모습을 드러낸다. 그녀 안에서 카타리의 목소리가 울려 퍼지며 "암푸! 암푸!" 하며 즐거이 주문을 노래한다. 아나마야가 보기에 산들이 반짝이며 하나씩 하나씩 화답하는 듯하다.

물론 그녀는 갓 태어난 산꼭대기와 오래된 산꼭대기를 알아본다. 그것들은 수년 전 어린 소녀였던 그녀가 허락을 받아 들어갔던 '이름을 말할 수 없는 도시'를 보살피고 있다. 그녀는 옥수수들이 열린 계단식 대지와 건물들 위를 날아간다. 신관과 천문학자와 예언자와 건축가 들의 왜소한 윤곽이 떠오르는 태양 인티에게 절을 하기 위해 바깥으로 나오기 시작한다.

그녀는 하늘 높은 곳의 콘도르를 올려다보는 사람들의 시선을 느끼고, 그들의 두려움과 존경심에 흡족해한다.

"제국의 가장 은밀한 비밀이 숨어 있는 곳이 바로 여기로군요. 이 장소는 분명 시간을 초월해 존재하는 곳이에요."

그녀가 카타리에게 말한다.

카타리는 아무 말도 하지 않지만, 그녀는 그의 기쁨을 느낀다. 기쁨은 그를 가득 채우고, 커다란 날갯짓으로 하늘 높이 그를 데려간다.

"빌라 오마가 현자로 불릴 때, 신들에게 말을 하던 그 시절, 나를 여기로 데려왔어요. 하지만 그는 이제 이곳에 이르는 길을 잃었고 결코 다시는 찾지 못할 거예요."

"태양신의 개선을 보세요."

카타리가 말한다.

비밀의 도시 한가운데에서 그들은 어느 돌 위를 날고 있다. 태양 광선이 그 돌과 결합하더니, 세상을 비추고 시간을 드러내기 위해 거기서 다시 출발한다. 그것은 생긴 지 얼마 안 되는 산꼭대기 우아이나 픽추의 영원한 도약에 화답하기 위해, 먼 옛날에 다듬어진 돌이다.

그들은 거기서 발산되는 조화에 취해 오랫동안 그 돌 위를 난다. 그들은 이곳에서 인간의 지혜와 자연의 질서 사이를 지배하는 통일성에 감명을 받는다. 돌은 빛을 받아들이기 위해 잘린 듯하다. 돌이 그늘과 함께 빛을 나누어 갖는 것은 산 너머로 조용히 울려 퍼지는 하나의 기도이다. 부서지기 쉬운 돌은 안전한 곳에 있다. 그 아름다움은 그 자체로 기억이다.

아나마야는 카타리가 온갖 감각으로 가득 채워지는 동시에, 취하게 만드는 액체인 양 감각을 한껏 들이마시는 걸 느낀다. 모든 신전과 계단식 대지와 돌이 세상의 기원인 물과 돌과 인간을 포함하는 전설로 하여금 그의 내부에서 진동하게 한다.

습기를 잔뜩 머금은 공기가 조금씩 태양의 열기를 띤다. 일상이 흘러가는 완벽한 소리, 곡식을 찧는 절구 속의 절굿공이, 여자들이 살려 놓은 불이 탁탁 타오르는 소리, 다람쥐의 미친 듯한 질주, 핏빛 꽃을 피운 난초, 모든 것이 그 완벽함의 경연에 동참한다.

아나마야는 계단식 대지를 따라 거슬러 오르며, 오래된 산꼭대기를 관통하는 보이지 않는 길을 가늠해본다. 몇 년 전 콘도르가 나타나 어린 소녀를 희생시키려는 신관들의 동작을 멈추게 했을 때 그녀가 지나갔던 길을. 한없는 연민으로 그녀의 사지가 떨린다. 그녀는 소녀의 시선을 기억한다. 천진난만한 아이답게 아무 의심도 없이 자신을 내맡긴 채 그녀의 손을 잡고 있던 작은 손을.

그녀가 산꼭대기로 다가감에 따라 비행은 느려지고 둔해진다. 갑작스러운 피로가 엄습하는 듯, 그녀의 날개 또한 더이상 그녀를 지탱해주지 못한다.

그녀는 우아카 바로 위에 내려앉는다. 그녀에게는 숨소리밖에 들리지 않는다. 그녀의 숨소리, 카타리의 숨소리, 바람의 숨소리.

"보세요. 당신의 가장 깊은 마음으로 보세요."

카타리가 말한다.

그녀는 깊이 생각할 것도 없이 우아이나 픽추로 향한다. 우아이나 픽추의 날씬한 윤곽이 그녀 바로 앞에 우뚝 솟아 있다. 그녀의 시선은 산을 마주한 채 허공 속에 빠져들어 멈춘 듯하다. 꺼칠꺼칠하고 평평한 면들을 하나하나 파악한다. 산속에서 무시무시하고도 친숙한 형체가 불쑥 나타난다. 퓨마.

그녀와 카타리가 콘도르가 된 것과 같이 산이 퓨마가 된다. 아니, 퓨마가 산이 된다. 마법과도 같은 광경에 그녀는 몹시 흥분한다. 그녀의 내부에서 매우 인간적인 감정과 감각의 강물이 흐른다. '가브리엘, 가브리엘!' 처음에는 수줍던 생각이 점점 더 강렬하게 떠오른다.

"바로 그 사람이에요. 그가 당신을 마주 보며 기다리고 있어요."

카타리가 평온한 목소리로 말한다.

그녀는 이해하려 하거나 깊이 생각해보지도 않은 채 기쁨에 휩싸인다. 그가 여기, 그녀 앞에 있고, 그녀의 모든 두려움이 아침 햇살 속으로 사라진다!

오랫동안 그녀는 산-퓨마 앞에 그대로 머문 채 그 힘의 보호를 받는 것을 느낀다. 그녀는 이제 카타리의 직관이 지닌 심오한 의미를 이해한다. 가브리엘에게는 아무 일도 일어날 수 없음을. 그는 아푸의 보호를 받고 있음을.

태양이 중천에 이르렀을 때, 그녀는 다시 날기 시작한다.

그들은 단 한 번의 날갯짓으로 신전 광장으로 내려가 허공에 그대로 머물면서, 우르릉거리며 흐르는 윌카마요의 물줄기와 멀리 빌카밤바 산맥의 눈 사이에서 길을 잃은 사람들을 사로잡는 현기증을 가늠해본다.

단 하나의 작은 바위가 광장 한 모퉁이에 서 있다. 정확하게 다듬어진 바위는 사방위를 가리키고 있다.

그리고 그 바위가 말을 한다.

✲

광장은 완전히 텅 비어 있다. 광장에 다가오는 사람은 콘도르 한 마리가 햇볕을 쬐며 바위와 마주하고 있는 기이한 광경을 보게 되리라. 볼 줄 모르는 사람에게는 그럴 것이다.

아나마야는 다시금 위대한 왕 우아이나 카팍이 아직 살아 있던 날 밤에 그의 곁에 있던 상처 입은 순진무구한 어린 소녀가 되었다. 그 사실을 알고 있는 사람은 오직 카타리뿐이다. 그는 하얀 아나코 위에 붉은 허리띠를 두르고서 늙은 바위-왕 옆에 무릎을 꿇고 있는 그녀를 본다. 왕의 잿빛 피부가 온통 떨리고, 산괴와도 같은 그의 옆모습은 흰 눈과 아랫세상을 향하고 있다. 카타리는 그녀가 그에게 몸을 굽히고서 조용히 그의 말을 듣는 것을 본다.

그 역시 듣는다.

너는 나와 함께 있단다, 호수의 눈을 지닌 소녀야.

네가 나의 분신 형제를 보호하는 한 나는 더이상 네 곁을 떠나지 않을 것이다.

그 뒤에는 모든 것이 사라질 것이며, 그도 똑같이 사라질 것이다.

너는 퓨마가 대양 너머로 달려가는 걸 보게 될 것이다.

그는 떠나 네게로 돌아올 것이다.

비록 서로 떨어져 있어도 너희는 결합될 것이다.

그리고 모두가 떠날 때, 너는 남고 퓨마도 네 곁에 남을 것이다.

너희의 조상 망코 카팍과 마마 오클로처럼,

너희는 함께 이 땅에 새 생명을 낳을 것이다.

예전에 전쟁이 있었듯이 전쟁이 있을 것이고,

예전에 헤어짐이 있었듯이 헤어짐이 있을 것이다.

이방인들은 그들의 승리 속에서 비참함을 알게 될 것이다.

그리고 우리 잉카족은 모욕을 당하고 수치심의 노예가 되어야 할 것이다. 우리가 거쳐온 기나긴 여정, 인티가 아니라 오직 전쟁의 정신으로만 고무된 우리 파나카들이 파괴의 광기 속에서 잊어버린 여정을 이해하기 위해서.

그러나 우리는 죽지 않을 것이다.

아나마야는 늙은 왕의 숨결 속에 있다. 그녀는 그가 먼 옛날을, 세상의 창조를, 쿠스코 산들의 요람에서 태어난 잉카족에 대한 신뢰를 다시 얘기하는 것을 듣는다. 그가 자신의 정복을 찬양하고 아들들의 골육상쟁을 한탄하는 것을 듣는다. 그는 아타우알파를 지명하는 불덩어리에 대해 말하고, 그녀는 기억한다. 그는 미래 시간의 첫 매듭인 망코를 언급하고, 그녀는 기억한다.

　나는 내 종족의 족장들처럼 쿠스코 산의 보드라운 풀밭에 놓이는 돌이 되고 싶었다.

　전쟁이 나를 쫓아냈고, 난 '비밀의 도시'에서 피난처를 찾았다.

　내가 사방위 제국을 확장시킨 것처럼 내 돌은 사방위로 열려 있다. 하지만 그것은 그저 돌이다. 결국 제국에서 남는 것은 오직 그것뿐이기 때문이다. 태양신이 결합하게 될 돌 말이다.

　사방위는 순수한 인간의 마음속에 있을 것이다.

　오늘 그들은 모르나, 형제들 사이에 이미 전쟁은 존재한다.

　전쟁은 다시 일어날 것이다.

　태양신의 아들들의 전쟁과 이방인들의 전쟁, 그것이 징조다.

　형제의 피와 친구의 피가 적의 피보다 더 많이 뿌려지는 것, 그것이 징조다.

　돌과 물이 숲에서 사라지는 것, 그것이 징조다.

　자신의 강력한 조상이 아니라 한 여인에게 기도하는 이방인이 죽는 것, 그것이 징조다.

　어떤 예언자도 그 징조를 보지 못하고, 신관들은 혼란에 빠지고, 천문학자들의 태양이 어두워지고, 백성들은 배반을 밥 먹듯 하고, 대양은 여전히 더 많은 수의 이방인을 쏟아놓고, 늘 있었고 앞으로도 있을 것을 구하기 위해 네가 도망쳐야 할 때가 곧 올 것이다.

　그러나 너는 징조를 기다리게 될 것이고, 인티가 우리들 사이의 증오를 태워 없애고 여자들만 남아서 흘린 피를 슬퍼할 때까지 우리 백성들 곁에 있을 것이다.

넌 죄를 범하지 않을 것이다.

너는 돌로 시간을 멈추는 자를 만날 것이고, 그는 너와 마찬가지로 나를 마주할 것이다. 그러나 그는 기원의 장소로 가지만, 너는 '이름을 말할 수 없는 도시'로 가는 길을 택하게 될 것이다.

너희는 침묵으로 지켜져야 할 것이 무엇인지 알게 될 것이고, 함구하게 될 것이다.

너는 있어야 할 것만을 말할 것이고, 그러면 그것은 있을 것이다. 그리고 그것이 서로 떨어질 수 없게 되었을 때 너희를 결합시켜줄 것이다.

너는 자유로울 것이다.

너는 내 분신 형제를 그의 여정 끝까지 인도할 것이고, 그도 마찬가지로 자유로울 것이다.

오직 한 가지 비밀이 네게 숨겨진 채로 남을 것이고, 너는 그것을 그대로 간직한 채 살아야 할 것이다.

그 시간 동안 한순간도 나를 의심하지 말거라. 내 숨결 속에 머물고, 퓨마를 믿거라.

바람과 강의 끝없는 대화에도 흔들리지 않는 침묵이 다시 찾아든다. 태양은 가려지고, 대기에는 습한 먹구름이 가득 실려 있다.

아나마야는 우아이나 카팍과 마찬가지로 꼼짝하지 않는다. 그녀의 손만이 죽어가는 늙은 군주의 몸 위에 놓여 있다. 오랜 고통이 생생히 되살아나고, 사라진 고독이 다시 찾아와 그녀의 가슴을 짓누른다. 그녀는 그대로 눈을 감는다. 몸을 떤다. 다른 기슭으로 옮겨 가듯 움직임 없이 사라지는 존재를 느끼며, 그 존재와 함께 살 수 없음에 고통스러워한다.

카타리가 와서 그녀의 어깨에 손을 올려놓고 고통을 달래준다.

골짜기 전체에 안개가 자욱해지고, 산꼭대기가 그들 앞에서 사라진다. 계단식 대지 위 옥수수의 황금빛이 꺼지고, 꽃이 핀 퀴노아가 잿빛이 되고, 신전들은 투명한 돌로 이루어진 듯 보인다. 가느다란 실구름이 그들을 둘러싼 채 춤을 춘다.

아나마야는 우아이나 카팍의 몸에서 손을 뗀다. 돌밖에 보이지 않지만 놀라지 않는다.

카타리의 커다란 손바닥이 아직 그녀의 어깨를 누르고 있다. 그녀는 여전히 슬프지만, 자신이 위험한 여행에 굴복하는 것을 친구가 막아주었음을 느낀다.

두 사람 모두 서쪽을 바라본다. 검은 지평선에서 빛의 광채가 구름 너머로 여전히 새어 나온다.

그들은 뼈에 스며드는 빗줄기를 느끼지 못하고 땅에서 올라오는 한기에도 아랑곳하지 않은 채 그대로 머물러 있다.

하늘이 갑자기 막혔듯이 갑자기 열린다. 저 위, 벽감 세 개가 있는 신전의 중앙 출입구에 무지개가 기둥을 세워놓았다.

"이리 와요."

카타리가 말한다.

두 사람은 하늘을 향해 돌진한다.

❋

올란타이탐보에 어둠이 내렸다.

아나마야와 카타리는 윌카마요 강을 따라 뻗은 낮은 돌담 위에 길게 누워 있었다. 그들은 감히 말을 하지 못했다.

하늘은 맑고, 콘도르의 바위는 보름달 아래 여전히 선명하게 드러나 있었다.

"꿈에서 당신을 봤어요."

이윽고 아나마야가 몸을 일으키며 말했다.

카타리는 무한한 하늘과 별을 향해 눈을 크게 뜬 채 움직이지 않았다.

"나도 똑같은 꿈을 꿨어요."

"똑같은 꿈이란 걸 어떻게 알아요?"

카타리는 대답하지 않았지만, 아나마야는 자기 안에서 그의 목소리의 반향을 들었다. 그리고 순간 그들이 함께 끝마친 여행의 실체를 느꼈다. 카타리의 말이 옳았다. 그녀는 그들이 출발점으로 되돌아온 것인지 아니면 하루를 건너뛴 것인지 묻고 싶었다…… 완벽하리만치 둥그런 달을 쳐다보았지만 대답을 얻을 수 없었다.

'너희는 침묵으로 지켜져야 할 것이 무엇인지 알게 될 것이고, 함구하게 될 것이다.'

아나마야는 마음속에서 그 말들이 폭발하도록 내버려두었다. 우아이나 카팍의 말이 지닌 모든 힘이 갑자기 그녀를 엄습했다. 아니, 실제로 그녀는 과거와 현재와 미래를 잊고 두려움에 떠는 처녀가 더이상 아니다. 신비를 이해하기 위해 끊임없이 싸워야 했던 코야 카마켄이 더이상 아니다. 세상은 제자리에 있었다. 밝혀진 것도, 감춰진 것도 그대로 있었다.

둔탁하게 우르릉거리는 소리가 북쪽에서부터 들려왔다.

카타리가 몸을 일으켰다.

처음에 그들은 땅을 흔들고 강을 들어 올려 범람을 일으키는 격변이 아닐까 생각했다. 그런데 노호하는 소리가 커졌다. 그들은 동시에 그 근원지를 바라보았다. 그것은 그들과 마주한 산, 두 강과 수직을 이루며 '성스러운 골짜기'를 지키는 산이었다.

산이 극심한 고통에 사로잡힌 인간처럼 울부짖고 있었다. 산이 힘을 쓰느라 터질 듯이 긴장하여 몸을 떠는 것이 느껴졌다. 거대한 덩어리가 굉음을 내며 떨어져 나와 절벽에 큰 구멍을 남겼다.

짙고 검은 먼지 구름이 조금씩 조금씩 올라와 어둠을 휘감는 동안, 산은 또다시 산발적으로 온몸을 떨었다. 그리고 한 번 더 요란한 소리를 내며 산의 한 면 전체가 무너져 내렸다. 그들은 짙은 먼지 구름 너머로 그것을 감지했다. 두 차례 더, 산은 자해의 상처에 신음했다.

아나마야와 카타리는 모든 공포를 잊고 매료된 채 그 광경을 몸으로 겪고 있었다. 그 자연의 폭동은 인간을 향한 분노가 아니었다. 그것은 더 멀리서 비롯되는 것으로, 목격하는 것만으로도 비밀의 일부가 되었다.

먼지가 그들의 눈 속까지 파고들어 앞이 잘 보이지 않았다. 따끔거리는 것을 씻어내려면 분수까지 가야 했다. 그들은 기다렸다.

소음이 완전히 그치자 그들은 몸을 돌렸다. 구름이 다시 부드럽게 내려왔고, 그들은 산의 친숙한 형태를 다시금 분간할 수 있었다.

아나마야가 비명을 질렀다.

달빛에 분명한 선을 드러낸 것은 바로 우아이나 카팍의 얼굴이었다. 몇 년 전 그의 임종 때, 또한 그녀가 콘도르가 되었던 꿈속에서, 여행에서 마주한 것과 같은 모습.

우아이나 카팍은 마치 비범한 조각가가 훌륭한 끌질로 깎아놓은 것처럼 산의 옆구리에 새겨져 있었다. 살을 지닌 인간보다 수백 배 수천 배 더 큰 돌-인간.

그의 눈은 눈구멍 속에 박혀 있고, 강인한 코는 그의 의지를 드러내는 곧은 선을 이루며 이마로 이어졌다. 갈라진 균열이 입을 이루고, 턱은 기다란 바위 수염으로 덮여 있었다. 그는 북쪽을 향해, 숲 너머 골짜기 한가운데에 있는 '비밀의 도시'를 향해 고개를 돌리고 있었다.

그때 아나마야는 알아차렸다. 깨달음이 자기 안에 있다는 것을.

8

1536년 6월 16일, 올란타이탐보, 초쿠아나 진지

가브리엘은 사흘 전부터 걷고 있었다. 굵은 용설란 줄에 등뒤로 손이 묶이고 발이 묶여 보폭이 제한된 그를 십여 명의 투사가 둘러싸고 밤낮으로 교대하며 지켰다.

그는 붙잡힌 후 불모의 산속, 아도비 벽돌로 지어진 초라한 집 몇 채만이 있는 작은 마을로 끌려가 한 달 동안 감금되어 있었다. 한 노파가 그에게 먹을 것을 주었는데, 노파도 보초병들처럼 그의 물음에 대답하지 않았다. 하루하루가 지나면서 그가 묻는 일도 점점 드물어졌고, 그와 동시에 그는 전투의 광포한 흥분 뒤에 찾아온 일종의 무기력 상태에 빠져들었다. 이전과 마찬가지로 그의 운명은 그의 것이 아니었다. 그는 더이상 화도 내지 않은 채, 틀림없이 죽을 운명을 향해 되는대로 끌려가고 있었다. 그들이 자기를 당장 죽였어야 했다는 생각이 스치긴 했지만, 그는 귀찮은 듯 떨쳐버렸다.

사흘 전 새벽, 그들이 찾아와 이제 길을 떠날 때가 되었다고 신호했다. 그는 아무 말도 하지 않았다. 그 뒤로도 보초병들과 겨우 세 마디를 나누었을 뿐이다. 보초병들은 겉으로는 무관심한 듯 자신을 바라보았지만, 이제 그는 그 무관심이 호기심을, 어쩌면 두려움을 감추고 있으리라는 것을 알고 있었다. 황혼녘에 그들의 잡담 소리가 들려도, 기진맥진한 가브리엘은 무슨 말인지 알아들으려 애쓰지도 않았다.

그는 꿈속인 듯 잠을 깼다.

지난 몇 주 동안 그는 마귀 들린 사람처럼 살았다. 곤살로의 복수와 감옥의 불길에서 살아남고, 화살과 투석기 돌을 피하고, 탑을 점령하고…… 그는 동료들의 감탄을 샀던 자신의 모습을 다시금 보았다. 그러나 가면 쓴 배우가 무대 위에서 연기하는 것을 보는 느낌이다. 가브리엘, 그는 그 시간 내내 사라진 듯했다. 무력하게 묶인 채 산속 진지로 막힌 골짜기를 따라 걷는 일, 그것이 불쾌한 감각과 함께 그를 삶으로 되돌려놓았다.

나무처럼 뼈마디가 굵고 정강이 근육이 단단한 맨다리들이 눈앞에 보이지 않았다면 거대한 퀴노아 다발 더미 아래로 사라진 짐꾼들의 윤곽도 구별하지 못했을 것이다. 잉카의 대로가 변덕스러운 바람에 요동치는 밭으로 변한 듯했다. 가브리엘은 크게 숨을 내쉬었다. 퀴노아 다발들이 오르락내리락했다. 그는 또 숨을 내쉬었다. 다발이 여전히 물결쳤다. 터무니없게도 그는 갑자기 웃고 싶은 욕망을 느꼈다.

"나는 퀴노아의 주인이다! 옥수수의 주인이다!"

그가 카스티야어로 외쳤다. 그러고는 숨을 내쉬었다. 마치 폐에 바람 주머니라도 있는 듯이 숨을 내쉬었다. 인디언 병사들이 그를 쳐다보

며 창과 투석기를 그러쥐었다. 포로가 미친 것인가? 가브리엘은 기침
이 쏟아질 정도로 정신없이 웃다가 돌연 웃음을 멈추었다.

강줄기에 의해 열린 골짜기가 점차 좁아졌다. 그리고 아래에 요새들
이 세워진 절벽이 좌우에서 골짜기를 굽어보고 있었다. 강은 굴곡을 따
라 이쪽 절벽에서 저쪽 절벽으로, 이 요새에서 저 요새로 향했다. 수백
수천 명에 이르는 사람들이 우아라만 입은 채 요새를 보강하는 작업을
하고 있었다. 어떤 사람들은 줄 지어서 엄청난 암괴들을 가져오고, 눈
에 띄게 완벽하게 조직된 또다른 무리는 벽과 골조를 높이고 있었다.

병사들에게 떠밀려 강을 건너기 위해 얕은 강물로 들어선 순간, 가
브리엘은 장엄하게 전개된 계단식 대지와 그 계단식 대지를 힘차게 굽
어보는 건물을 보았다. 미완성의 건물인데도 매혹적이었다. 신전인지
성채인지 알 수 없었다. 잉카족에게는 그것의 구별이 없다는 것을 이제
그는 알고 있었다.

숨이 멎는 듯했다.

바로 그 순간, 그녀를 다시 보게 되리라는 확신이 어디선가 불쑥 솟
구쳤다. 흥분되면서도 고통스러운 확신이었다.

＊

해 질 무렵, 바람이 일어 공기가 서늘해졌다. 완벽하게 포장된 직선
로 위에, 칸차 안으로 들어가는 좁고 높은 문들이 가파른 경사의 밀짚
지붕 아래 열려 있었다. 가브리엘은 그 길을 지나면서 그곳에 가득 찬
활기에 충격을 받았다.

건축중인 도시에서는 활기가 끊임없이 넘쳐났다. 그곳 사람들은 가

브리엘이 자유자재로 구사하는 케추아어뿐만 아니라, 그가 무슨 언어인지만 겨우 식별할 수 있는 콜라수유의 언어인 하키 아루와 푸키나를 말하고 있었다. 그들 중 많은 이들이 이방인을 한 번도 본 적이 없는 까닭에, 헝클어진 금발 머리에 몇 주 동안 전투를 하고 감금된 뒤여서 얼굴이 수염으로 뒤덮인 그를 보자 놀라움을 감추지 못했다. 도시에 들어간 뒤로, 병사들은 어느 때보다도 더 바싹 그에게 붙어섰다. 그가 행여 군중 틈으로 도망갈 기회라도 잡게 될까 봐 걱정스러운 듯이.

병사들은 두 명의 오레호네*가 지키는 칸차 앞에 멈춰 섰다.

가브리엘은 낯익은 형태의 건물 안으로 거침없이 떠밀려 들어갔다. 안뜰은 병사들로 가득하고, 그들 뒤에는 여자들이 있었다. 몇몇 여자들은 식사 준비로 분주하고, 다른 여자들은 뜰 안쪽 벽이나, 옆 칸차와 경계를 짓는 건물의 계단까지 겁먹은 모습으로 모여 서 있었다. 뜰 한가운데에서 그는 왕의 티아나 위에 앉아 있는 망코를 즉시 알아보았다. 망코 옆의 좀더 낮은 의자 위로는 빌라 오마의 얇은 입술과 앙상하고 긴 윤곽이 보였다. 주변 환경이 훨씬 초라한데도, 젊은 군주에게서는 쿠스코의 아우카이파타 대광장에서 대관식을 할 때와는 다른 위엄과 당당함이 뿜어져 나왔다. 가브리엘은 그에게서 발산되는 어둡지만 굳은 불굴의 의지를 보고 충격을 받지 않을 수 없었다. 돈 프란시스코에 의해 왕위에 오른 허수아비 왕은 죽었고, 가브리엘 앞에는 투사가 마주하고 있었다. 망코는 사크사우아만 전투를 거의 승리로 이끌었고, 그의 군대가 여전히 쿠스코를 포위하고 있었다. 아나마야는 보이지 않았다.

---

* 스페인 사람들은 귀를 원반으로 장식한 잉카 귀족을 이렇게 칭하는 습관이 있었다. 원반은 예전에는 황금으로 되어 있었지만, 스페인인들에게 정복당한 뒤에는 나무로 만들어진 게 대부분이다.(원주)

무거운 침묵이 자리잡았다.

가브리엘의 시선은 현자에게서 잉카에게로, 잉카에게서 현자에게로 옮겨갔다. 그 또한 서두르지 않고 얼굴부터 읽는 법을 배운 터였다.

빌라 오마가 제일 먼저 침묵을 깨뜨렸다. 그가 의자에서 천천히 일어서며 말했다.

"이방인은 죽어야 합니다!"

그는 노기를 띤 채 조용히 내뱉었다. 청중은 꿈짝도 하지 않았다.

"바로 저자가 사크사우아만 탑을 공격했고, 저자 때문에 많은 전사들이 죽었소. 저자 때문에 귀족 쿠시 우알파가 희생되었소. 이방인들은 저자가 우리 예언자들보다 더 훌륭한 마법을 지니고 있고 그들 신의 보호를 받는다고 주장하는데…… 웃기는 소리요! 저자를 토막 내어 북처럼 당겨진 피부와 두개골을 이방인들에게 보냅시다. 우리 전사들이 소위 그들의 신보다 더 강력하다는 것을 보여주기 위해서 말이오! 오래전에 저자를 죽였어야 했는데, 단지 우리의 나약함 때문에 그렇게 하지 못했소……"

빌라 오마가 망코를 돌아보면서 오랫동안 참았던 울분을 터뜨리며 말을 이었다.

"……바로 그 나약함 때문에 개 같은 이방인들을 완전히 물리치지 못한 것이오!"

감히 어느 누구도 그렇게 공개적으로 망코를 직접적이고도 격하게 공격한 적이 없었다. 가브리엘은 모욕감을 느꼈다. 그런데 자기 목숨이 논쟁의 대상이 되고 있는데도 이상하게도 마음이 초연해져 자기 운명의 방관자가 되었다. 그는 현자를 무시하고 망코의 눈을 똑바로 들여다보며 차분한 목소리로 대답했다.

"난 내 목숨에 당신들만큼 관심이 없습니다. 내 동료들이 내 목숨을 앗아가고자 했지만, 신 덕분인지 아니면 운이 좋아서인지 살아남았지요…… 병사의 직무를 수행한 것 때문에 날 죽이려는 겁니까? 죽이시오. 그것이 정당한 결정인지, 아니면 당신들의 신과 내 신을 화나게 할 쓸모없는 잔인성인지 말하는 것은 내 소관이 아닙니다."

망코는 여전히 입을 열지 않았다. 그는 거의 꼼짝하지 않고 깊은 생각에 빠져 있는 듯했다. 빌라 오마가 흥분했다.

"저자를 죽여버립시다, 군주님! 그것은 우리에게 눈부신 승리를 안겨줄, 백성과 신들이 기다리는 징조가 될 것이오!"

"저자는 죽지 않을 것이오."

망코는 아무도 쳐다보지 않고 말했다.

빌라 오마는 격노로 몸이 굳어지는 듯했다. 그의 팔이 망코를 향했다. 그런데 그가 미처 잉카에게 무례한 말을 하기도 전에 칸차 입구에서 혼잡이 벌어졌다. 땀으로 범벅이 된 차스키 둘이 뜰을 가로질러 와서 망코 앞에 납작 엎드렸다.

"말하라."

잉카가 말했다.

둘 중 나이가 많은 차스키가 고개를 숙인 채 앞으로 나섰다.

"유일한 군주님, 군주님께 눈부신 승전 소식을 알려드리러 왔습니다. 쿠스코에서 우리에게 포위당한 자들을 지원하기 위해 그들의 카피투가 보낸 이방인의 군대를 우리 부대가 괴멸시켰습니다. 많은 사람들을 죽였고, 말과 무기를 빼앗았습니다. 그것들을 제물로 바치고 군주님의 영광에 바치기 위해 이곳으로 실어 오고 있습니다, 유일한 군주님!"

망코는 가브리엘이 칸차에 들어왔을 때와 똑같이 여전히 무표정했다. 드디어 그가 천천히 입을 열었다.

"현자 빌라 오마는 이제 대단한 승리를 쟁취하기 위해 불의를 저지를 필요가 없다는 것을 알겠구려."

빌라 오마의 얼굴이 입가에서 흐르는 코카 즙처럼 푸른색으로 변했다. 그는 한마디도 하지 않았다. 그는 물러간다는 인사도 없이, 아연실색한 병사들 틈을 헤치고 여자들을 밀치며 계단으로 들어섰다. 옆 건물로 사라지려던 그가 망타로 몸을 감싸고 돌아섰다.

"망코, 난 우리가 같은 아버지인 위대한 우아이나 카팍의 아들이라는 것을 잊지 않고 있소. 당신이 태양신의 아들이라는 것을 잊지 않고 있소. 인티는 매일같이 빛을 발하기 위해 필요한 일을 하는 법이오. 그런데 당신은 우리 모두에게 어둠을 펼쳐놓으려는 것이오?"

격한 모욕에 병사들이 그에게 다가가려 했다. 그러자 망코가 손짓으로 저지했다.

"내버려둬라. 그는 더이상 현자가 아니다. 그는 분노와 증오에 마음을 빼앗겼다. 그의 말은 입으로 내는 소리에 불과하다!"

망코는 이렇게 말하고는 가브리엘을 쳐다보았다.

"가브리엘, 나 역시 이방인들에게 모욕당했소. 그들은 내 아내를 훔쳐 가려 했고, 나를 노예만도 못하게, 개만도 못하게 다루었소…… 그러나 난 침묵을 지켰고, 우리의 은밀한 산속에서 우리 신들의 도움으로 우리가 이길 이 전쟁을 준비했소……"

망코의 목소리는 점점 커졌고, 웅성거림은 곧 함성으로 바뀌어 온 칸차 안에 울려 퍼졌다.

"이제 난 이방인과 단둘이 있어야겠다."

동요가 가라앉자 망코가 말했다.

그는 벌떡 일어서더니, 그의 앞쪽 바닥을 비로 쓸기 위해 달려오는 여자들을 물러가게 했다. 그러고는 가브리엘에게 다가가 그의 팔을 잡았다. 그 자리에 있던 사람들이 놀라서 비명을 질렀지만, 잉카는 개의치 않았다. 그는 가장 넓고 화려하게 장식된 방으로 가브리엘을 데려갔다.

입구의 빛 말고는 햇빛 한줄기 들지 않는 방이었다. 벽에는 금과 은으로 된 단지와 동물의 조각상이 놓인 벽감이 패어 있었다.

"내가 관용을 베푸는 이유를 확실히 알고 있소?"

망코가 무뚝뚝하게 물었다.

가브리엘은 놀라움을 감추지 못했다.

"아뇨, 망코 군주님."

"나의 관용에는 당신에게 소중한 이름이 들어 있소."

희미한 빛 속에서 가브리엘은 망코의 눈이 불타오르는 것을 보았다. 조금 전의 잉카는 지혜롭고 침착한 듯했는데, 이제는 두 눈에서 격노의 불꽃이 일었다.

"아나마야는 당신의 생명이오. 당신이 그녀에게 어떤 의미인지 내가 몰랐다면, 내게 오기 전에 이미 당신 시체의 먼지는 기름진 우리 밭의 거름이 되었을 것이오."

"알겠습니다, 망코 군주님. 하지만 군주님이 빌라 오마에게 하신 말씀도 진심에서 우러난 것임을 압니다! 군주님은 저를 미워하실 수 있지만, 제가 군주님께 감탄하는 것을 막으실 수는 없습니다."

"나는 잉카요, 이방인! 내가 원하기에 당신이 눈을 들어 나를 보고 있는 것이라는 걸 기억하시오…… 당신의 감정조차 당신 것이 아니란 말이오!"

가브리엘은 자신을 엄습하는 전율을 억눌렀다.

"그럼 군주님이 제게서 빼앗아 갈 수 없는 한 가지는 제가 간직하도록 허락해주시지요. 침묵 말입니다."

망코는 대답하지 않았다. 그는 돌아서서 장막을 넘어가려다가 마지막으로 가브리엘을 돌아보며 내뱉었다.

"퓨마! 퓨마가 여기 왔군!"

가브리엘은 그의 태도에서 경멸을 보았다.

9

1536년 6월 18일 밤, 올란타이탐보

가브리엘은 밤의 냉기 속에 갇혀 있었다.

그는 딱딱한 잠자리에서 도시의 그칠 줄 모르는 물소리를 듣다가 선잠이 들었다. 그때 망코가 그에게 내준 칸차의 방으로 카타리가 슬그머니 들어왔다. 아무도 그를 포로라고 말하지 않았다. 그렇다고 단지 손목이 묶여 있지 않고 족쇄가 채워져 있지 않다고 해서 그를 자유인이라고 말하는 이도 없었다. 두 여자가 그의 시중을 들고, 두 명의 말없는 콜라족이 그를 보호하고 있었다. 아니 감시하고 있었다. 카타리가 방에 들어왔을 때 가브리엘은 즉시 카타리를 알아보았다. 카타리는 바르톨로메의 친구이고, 무엇보다 티티카카 호숫가에서 그를 구해준 사람이었다.

"반가워요, 돌의 대가! 나를 또다시 세상에 태어나게 하려고 왔나요?"

놀랍게도 카타리는 아무 말도 하지 않고, 이해나 우정을 나타내는 미소조차 짓지 않았다. 광대뼈가 툭 튀어나온 얼굴은 여전히 무표정했다. 그의 긴 머리카락이 희미한 빛 속에서 찰랑거렸다.

"날 따라오세요."

카타리가 짧게 말했다.

가브리엘은 그사이 몸을 씻고, 탑을 공격한 뒤로 줄곧 입고 있던 더러운 옷을 벗어던지고 알파카 털로 된 헐렁한 인디언 튜닉을 입고 있었다. 근육이 쑤시고 온몸이 두들겨 맞은 것처럼 뻐근했다. 그는 카타리에게 아무것도 묻지 않고, 일어나서 그를 뒤따라 무거운 모직 장막을 지나갔다.

카타리가 낮게 몇 마디를 건네자 두 보초병이 비켜섰다. 두 사람은 조용한 칸차를 가로질러 갔다. 그들의 샌들이 초석 위로 미끄러졌다. 카타리는 속도를 늦추지 않은 채 말없이 넓은 광장을 가로질러 거대한 문을 지나갔다. 그들은 앞뒤로 서서, 여섯 개의 고원을 몇 계단씩 한꺼번에 건너뛰며 연속적으로 올라갔다. 내리비치는 달빛은 희미하지만, 가브리엘은 언덕과 수직을 이루며 현기증이 날 정도로 일직선을 그리는 계단이 그들 앞에 열려 있는 것을 보았다. 그날 오후에 그곳에 도착하면서 층을 이룬 계단식 대지와 신전의 육중한 구조를 본 것도 바로 그 비탈길에서였다.

한 계단 한 계단 오르면서 가브리엘은 피로의 무게가 가벼워지고 심지어 카타리의 낯선 태도에도 마음이 가벼워졌다. 견고하게 돌이 깔린 계단식 대지를 지나자, 어둠 속에 여러 개의 벽감이 있는 건물 하나가 보였다. 그는 그 벽의 특성으로 미루어 신전일 거라고 짐작했다. 하지만 숨이 가쁘기도 하고 카타리가 끈질기게 침묵을 지키고 있기도 한 까닭에 물어보고 싶은 것을 참았다. 골짜기에서부터 보이는 대신전의 육중한 내벽 밑에 도착할 때에도 카타리는 속도를 늦추지 않았다. 언덕의 경사가 조금 완만해져서, 가브리엘은 그런대로 한숨을 돌렸다. 언덕을 가로막고 있는 벽에 이르자, 드디어 카타리가 멈춰 섰다. 가브리엘은 넓적다리를 짚고 서서 힘겹게 숨을 몰아쉬었다. 그는 숨을 고르고 나서 돌의 대가를 향해 눈을 들었다.

"이제 얘기해줄 건가요?"

카타리는 여전히 말이 없었지만, 적의로 여겨졌던 무표정만큼은 얼굴에서 사라졌다.

"그녀가 말해줄 겁니다."

가브리엘은 다시금 숨이 멎는 듯했다. 하지만 이번에는 지쳐서가 아니었다. 그녀! 올란타이탐보에 온 뒤로, 번개처럼 그의 가슴을 짓찢는 생각을 머릿속 한구석으로 쫓아버린 터였다. 그녀를 다시 만나 껴안는다는 생각을…… 그는 주체할 수 없는 고통에 두 손으로 머리를 감싸쥐었다.

카타리는 벽 너머로, 언덕 꼭대기에 이르는 완만하면서 구불구불한 비탈길을 손으로 가리켰다.

"가세요."

그는 짧게 말하고는 더이상의 설명도, 인사도 없이 사라졌다. 가브리엘은 길을 쳐다보며 앞으로 나아갔다. 내딛는 한 걸음 한 걸음이 무거웠다. 전투에서도 떨지 않았던 그가 떨고 있었다.

＊

황혼녘부터 아나마야는 언덕 꼭대기의 작은 신전에 홀로 남아 있었다. 골짜기에서는 보이지 않는 곳이었다. 그녀가 카타리와 함께 그곳을 택한 것도 바로 그 때문이었다. 두 사람이 망코에게 자신들의 생각을 알렸을 때, 잉카는 아무런 기색도 없이 듣고 있다가 한숨을 쉬며, "당신들은 내가 모르는 것을 알고 있으니까"라고 말하면서 받아들였다.

그리하여 카타리는 비밀이 더 잘 지켜질 수 있도록, 그의 콜라족 형제 몇 명과 함께 건축물을 세웠다. 그것은 단 하루 만에 완성되었다. 맞물려 쌓은 간단한 벽과 사람 키만 한 벽감 네 개가 뚫려 있는 작은 건물이었다. 사흘 전에 그들은 병사들이나 신관들이 모르도록, 사실대로 말하자면 망코 말고는 아무도 모르도록, 특히 빌라 오마가 모르도록 분신 형제를 망타에 싸서 그곳으로 옮겨왔다. 이제 분신 형제는 남쪽을 바라보는 첫번째 벽감 안에 자리잡고 있었다.

대여행 이후로, 아나마야는 더이상 분신 형제를 예전과 같은 방식으로 쳐다보지 않았다. 마치 그녀 내부에 침전된 지식이 그녀의 갈증과 불안을 해소시켜준 듯했다. 이제는 분신 형제가 그녀에게 필요한 것을 간직하고 있는 것이 아니었다. 바로 그녀가 전쟁이라는 상황을 초월해 분신 형제를 지키고 보호해야 했다.

그러나 마지막 태양빛이 산속으로 사라지고, 밤바람과 서늘함이 찾아왔을 때 그녀는 기다림에 휩싸이지 않을 수 없었다…… 가브리엘을 다시 만난다, 드디어 그를 만나는 것이다…… 그녀는 일어나서 어둠을 살피고 그의 발소리를 들으려고 귀를 기울였다…… 차스키한테서 포로가 잡혀 오는 중이라는 소식을 들었을 때 그녀 자신이 카타리에게 던진 순진한 시선이 다시 떠올랐다…… 그녀는 그에게 달려가 품에 안긴 채로 여러 달 내내 억눌러온 말을 하는 자신의 모습을 그려보는 상상을 억눌렀다. 케추아어와 스페인어 단어들이 뒤죽박죽되어 그녀의 입술에서 새어 나오고, 눈물과 웃음이 나왔다. 한결같이 꼼짝 않고 있는 분신 형제를 바라보자, 겉으로나마 평온함이 그녀 안에 다시 깃들었다.

그녀는 건물 밖으로 몇 걸음 걸어 나왔다. 살랑거리는 미풍이 두 줄기 강물 소리처럼 멀어졌다. '그는 떠나 네게로 돌아올 것이다. 비록 서로 떨어져 있어도 너희는 결합될 것이다……' 위대한 우아이나 카팍은 이렇게 말했다. 그 말은 예전의 일을 말하는 것일까, 아니면 앞으로 다가올 일을 말하는 것일까? 예언이 대답해주지 않는 더 많은 질문으로 그녀의 피가 끓어올랐다. 지식의 문 건너편에는 또다른 문이 있는 법. 이 세상 삶이 끝나고 아랫세상으로 우리를 데려다주는 계단에 이를 때까지 그렇게 계속되는 것이다.

구름이 달을 가리고, 어둠이 칠흑처럼 짙어졌다. 바람이 다시 일었다. 그때 그녀는 가브리엘의 발소리를 듣는 것과 거의 동시에 그가 나타나는 것을 보았다. 그녀는 달려간다. 그를 향해서가 아니라 신전 안으로 달려간다. 그는 바닥에 앉아 분신 형제를 두 팔로 안고 있는 그녀를 발견한다.

그는 미끄러지듯 그녀에게 다가간다.

둘은 한마디도, 몸짓 하나도 할 수가 없다.

둘은 서로를 쳐다보지 않는다.

오직 미풍만이 가브리엘의 금발과 아나마야의 검은 머리카락을 뒤얽히게 한다. 그들은 어깨만 서로 맞대고 있을 뿐, 자신의 동요 속에서 상대방의 떨림이 어떤 것인지 분간하지 못하리라.

아나마야가 먼저 정신을 가다듬는다.

그녀는 가브리엘의 어깨로 벌꿀 색 손을 부드럽게 내밀어 운쿠 속으로 집어넣는다. 천천히 그의 어깨를 드러낸다. 또 다른 전율이 가브리엘의 몸을 훑고 지나간다. 그녀가 손가락으로 퓨마 형상의 점을 만지며 살짝 할퀴자, 그가 신음한다. 그녀는 슬그머니 그의 뒤로 가, 그에게 운명 지워진 흔적에 천천히, 쉼 없이 입술을 갖다 댄다.

*

둘은 그렇게 밤새도록 서로를 다시 알아갔다.

첫말을 떼기에 앞서 오랫동안 몸짓을 나누었다. 웃음, 흐르는 눈물. 그녀의 머리카락 속에 감미로운 자국을 그리고, 수없이 다시 시작하는 가브리엘의 손. 손바닥으로 그의 두 뺨과 턱과 얼굴 전체를 감싸기 전에 수염에 걸리는 아나마야의 손톱. 그들은 서로를 들이마시고, 만지고, 손가락으로, 살갗으로, 혀로 서로를 길들인다. 그들은 서로를 살짝 때린다. 아프지는 않지만 그 자국이 잊혀졌던 감각을 일깨운다.

그리고 기나긴 결핍과 부재, 헤어짐에 대한 격분에 사로잡혀, 격렬한 애무와 거친 부드러움의 시간이 시작된다…… 그들은 활기찬 맹수처럼 한데 엉켜 뒹굴고, 서로를 깨물고 붙잡으며 장난을 친다. 아나마야는 야생동물과도 같은 반사신경을 되찾아, 그가 힘차게 등으로 뛰어오르기 전에 그를 피한다. 마침내 그가 돌아서며 그녀를 붙잡고, 단번에 그녀의 아나코를 흘러내리게 한다.

그들은 움직이지 않는다.

그녀는 옷을 벗은 채 가브리엘 앞에 있다. 서로를 붙잡고 움켜쥐려는 격렬함은 어둠 속에 녹아버렸다. 그들은 서로를 바라보고, 손과 손을 잡고 입과 입을 맞추며 모든 것을 다시 시작한다. 그러나 이번에는 천천히, 매 순간 부드럽게 시작한다.

가브리엘의 입술이 자신의 가슴으로 다가오자 아나마야는 숨을 죽인다. 그는 마치 입술로 그녀의 피부를 한 점 한 점 훑으려는 듯 키스한다. 욕망이 너무도 깊고 강렬한 나머지, 그는 오히려 참고 기다리게 된다. 잔인하게 참는다. 아나마야가 그를 향해 몸을 내밀고, 입술로 격려하며 그를 부른다. 그것은 아직 말이 아니라 신음이고, 발음이 불분명한 작은 외침이다. 그는 자신을 부르는 그녀의 욕망을 듣는다. 그러나 그는 자신의 느린 탐색을 망치면서 허리로부터 올라오는 충동을 누르며 최대한 부드럽게 키스를 계속한다. 그녀가 두 손을 그의 머리카락에 거칠게 올려놓자, 그는 벌떡 몸을 일으켜 그녀 입에 자신의 입을 포갠다. 그는 끝없이 키스한다. 오랫동안 사막을 지나온 뒤에 물을 들이켜듯 키스한다. 사랑을 하듯, 숨을 쉬듯, 살아가듯 키스한다. 마치 한 번도 키스를 해보지 못한 사람처럼 키스한다.

바닥에 놓인 그들의 옷가지들이 한데 엉킨 그들의 육체를 위한 침상이 되어준다. 피부색이 다르지 않다면 한 몸과도 같으리라. 그렇다, 콩키스타도르와 숲의 기이한 처녀, 스페인인과 잉카는 하나가 되기를 갈망한다. 그 순간 둘은 상대방의 몸 이상의 것을 소유한다. 아나마야는 언뜻언뜻 카타리와 함께한 여행을 상기시키는 행복 속으로 미끄러져 들어가는 것을 느낀다. 그가 그녀의 몸속으로 들어오는 순간 그녀는 절정에 다다른다. 하지만 그가 끝내지 않고 있는 지금 그녀의 쾌락은 우주의 차원으로 확대된다. 그녀는 거기에 무수한 별과 산속 바위틈에 숨겨진 모든 청량한 샘을 끌어들인다. 가브리엘은 행복하다. 그는 뛰어오르고 또 뛰어오른다. 그의 힘찬 외침이 골짜기를 가득 채운다. 그는 자신의 몸과 몸에 숨겨진 것을 두려워하지 않는다. 자신의 모든 한계를 물리칠 수 있을 것만 같다. 그의 안에는 분명 과거의 모든 위업 앞에서 짓던 웃음이 숨겨져 있다. 백마를 타고 있던 그때 그는 아이였고, 지금은 어른이다.

섬없는 열정적인 몸짓으로 그들은 짭짤한 맛이 갈증을 더해주는 땀으로 뒤덮인다. 미풍이 지나가고 한기가 스며들지만, 두 사람은 개의치 않는다. 그들은 밤의 경계를 늘이고, 돌처럼 맞부딪치고, 강물처럼 얽혀 흐르고, 동물처럼 서로 할퀸다. 그들은 남자와 여자로서 서로 사랑한다.

노곤한 잠 속으로 빠져들 때조차 사랑이 그들을 뒤따른다.

그들은 손은 허벅지에 올려놓고 어깨와 목을 서로에게 묻은 채로 분신 형제의 발치에 누워 있다. 그들의 반쯤 벌어진 입술 위에 미소가 어린다.

그들은 아름답고 행복하다.

동쪽의 첫 햇빛이 산등성이에서 흔들리자, 가브리엘은 곧바로 잠에서 깨어 두 팔로 그녀를 끌어안는다. 그들은 또다시 하루를 위해 세상이 태어나는 것을 함께 바라본다. 강물이 사납게 분출하는 좁아진 협곡에서 윌카마요의 강물이 벌이는 소란, 와카이 윌카의 날씬한 산꼭대기.

가브리엘은 맞은편 산의 절벽에 뚜렷이 드러난 거대한 옆모습이 어둠 속에 떠오르는 것을 본다. 그는 묻는 듯한 눈길로 아나마야를 돌아본다. 그녀는 여전히 대답 없이 그와 함께 그것을 바라본다. 그러나 그는 그녀에게서 발산되는 열기와 빛을 느끼고, 그녀와 그 강인하고 신비스러운 형상 사이에 모종의 관계가 있음을 느낀다.

　그는 그녀를 바싹 당겨 더 세게 끌어안는다. 그녀는 그대로 몸을 맡기며 절벽에 새겨진 우아이나 카팍의 얼굴에서 눈을 떼지 않는다. 우아이나 카팍의 말이 파타칸차 강의 물줄기들처럼 그녀의 마음속에서 끊임없이 울려 퍼진다.

　그때 그녀가 첫마디를 꺼낸다.

✻

　"가브리엘……"

　그 한마디가 부드러운 숨결과 함께 그녀의 입술에서 새어 나왔다. 그에게 말하고 싶은 마음은 간절하지만 어디서부터 어떤 말을 해야 할지 알지 못했다. 그리고 빛이 찾아와 골짜기와 산을 가득 채운 지금, 그것은 그녀에게 절박한 것으로 다가왔다. 그의 목소리를 들어야 하고, 그의 몸을 만끽한 것처럼 그의 목소리를 만끽해야 했다.

　"얘기해줘요, 퓨마……"

　가브리엘은 전쟁이 그들을 영원히 갈라놓으리라 생각한 나머지 절망에 빠져 곤살로라는 종자를 이 땅에서 제거하고 죽으려 했던 끔찍한 나날에 대해 얘기했다…… 그가 감옥으로 자신을 죽이러 온 세 인디언과 세바스티안의 기적적인 개입에 대해 이야기할 때 그녀는 미소를 지었다…… 전투와 돈 후안의 죽음 그리고 그의 내부에서 솟구쳐, 비탄에 빠진 상태에서도 가장 광적이고도 터무니없는 위업을 세우게 한 기묘한 무적의 감각에 대한 얘기를 그녀는 한 번의 떨림도 없이 들었다.

　"이해할 수 없었어요. 그리고 지금도 이해가 되지 않아요…… 빛이 내게서 나오는 것 같기도 하고 나를 둘러싸고 있는 것 같기도 했어요. 그 객쩍은 소리라면 이미 들은 터였고, 정말이지 난 비웃었어요. 화살이 튀어 오르거나 투석기 돌이 마지막 순간에 우회해 바위들 틈으로 굴러간다는 투사들의 얘기 말이에요. 난 돈 프란시스코의 고귀한 성모 마리아를 믿지 않는 것처럼 그 얘기도 믿지 않아요…… 하지만 내가 그 생각에 익숙해졌던 게 틀림없어요. 나 자신은 그 얘기를 믿지 않았지만 다른 사람들, 그러니까 내 동료들이며 몇몇 용감한 사람들과 대다수의 어중이떠중이들은 그 말을 믿었고, 영웅이 아니라 신을 향한 경외심 같은 것을 품고 나를 쳐다봤으니까요. 영웅을 쳐다보는 시선은 내가 알아요. 그건 여전히 인간적인 것이고, 결국 감탄과 질투가 뒤섞인 평범한 감정으로 가득한 것이죠. 그렇다고 내가 우쭐해졌을 거라고 생각하지는 마요. 여전히 더 무관심했으니까요. 그러는 게 가능하다면 말이에요…… 탑에 올라가면서 쇠사슬 갑옷을 벗어던졌을 때, 난 해방된 것 같았어요. 내 살가죽도 벗어던질 수 있었다면 그렇게 했을 거예요."

가브리엘이 나직이 말하고는 잠시 입을 다물었다.

그녀는 아직 그 의미를 알려고 하지 않은 채 그의 말이 자기 안에서 노래하게 내버려두었다.

"그리고 꿈속에서 내 앞일을 내다보는 것 같은 이상한 느낌을 받았어요."

아나마야는 소스라치게 놀랐다.

"마치 나 자신이 하게 될 행동을 미리 알고 있는 것 같았고, 어디선가 나타난 사자(使者)가 생시처럼 분명한 영상을 나를 위해 예고해주는 것 같았어요. 첫번째 탑의 벽에서 흔들리던 밧줄, 그걸 잡기 전에 나는 분명히 봤어요. 내 손이 밧줄을 움켜잡았을 때, 난 두려움과 용기를 넘어섰고 의혹과 의무를 넘어섰어요. 그저 마땅히 이루어져야 할 일을 하고 있었을 뿐이죠."

"당신은 마침내 도착해, 가까이 다가오는군요……"

"당신의 종족을 물리치는 공격을 하면서 말이죠?"

"당신은 우리를 구하려고 온 거예요."

이번에는 가브리엘이 소스라치게 놀랐다.

"탑을 공격하기 전날 밤엔가 그날 아침엔가 인구일을 만났는데, 그녀도 같은 말을 했어요……"

"그 말을 받아들이세요……"

가브리엘은 고개를 저었다.

"내 머릿속에서는 모든 게 아직 너무 미숙하고, 이따금 어떤 벽 때문에 나 자신으로부터 분리되어 있는 느낌이에요. 우리가 점령한 탑의 벽보다 더 두꺼운 벽 때문에."

"당신은 그 벽을 통과하게 될 거예요."

가브리엘은 한숨을 쉬었다.

"오늘은 더이상 알고 싶지 않군요."

"탑을 점령한 뒤에는 무슨 일이 있었죠?"

"포로로 붙잡힐 때 내 의식이 몽롱해 있던 터라, 당신네 종족에게 저항 한 번 못 해보고 포박당했죠. 왜 나를 죽이지 않았을까요? 아직도 그걸 모르겠어요. 왜 나를 산속 외딴집에 한 달 내내 놔두고, 그 쪼글쪼글하고 자그마하고 맛이 고약한 파파를 먹였는지도 모르겠고. 그걸 추뇨라고 부르던가요? 그 곰팡내 나는 흙맛이라니…… 그리고 나흘 전인가 어느 날씨 좋은 아침에 그들이 왜 마침내 그 낙원에서 나를 빼내어 이곳으로 데려올 결심을 했는지도 말해주겠어요?"

가브리엘은 한숨을 쉬더니 웃으면서 내뱉었다.

"저런, 모든 비밀을 알고 있는 공주님, 내게 말해줄 수 없다는 건가요?"

그녀는 주저하더니 일어나서 흩어진 옷가지를 모았다.

"두 달이 지났죠, 그렇죠? 그 두 달 동안 난 당신과 함께하는 순간이 온다면 온전히 하룻밤을 같이 지내리라고 꿈꾸곤 했어요. 이제 그 하룻밤을 보냈으니……"

그녀는 말을 멈추었고, 가브리엘 역시 말이 중단된 채로 기다렸다. 이제는 더이상 조바심칠 때가 아니었다. '바르톨로메, 당신이 날 본다면 아마도 현자라고 부르겠군요……'

'내가 알게 된 것을 모두 당신에게 가르쳐주고 싶어요. 당신도 내가 알게 된 것의 일부니까요. 어쩌면 당신은 내가 알게 된 것 중에서 가장 아름다운 것인지도 모르지요. 하지만 당신도 나처럼 단계들을 뛰어넘어야 해요."

이윽고 그녀가 말했다.

"난 이미 몇 단계를 뛰어넘은 것 같은데."

가브리엘이 짐짓 쾌활한 투로 말했다.

"알아요, 내 사랑. 하지만 당신에겐 알아야 할 것이 많이 남아 있어요……"

"몇 년 전 어느 끔찍한 밤에 우린 당신의 유일한 군주 아타우알파의 시신 옆에 있었지요. 그때 그 세상의 문을 내게 살짝 열어주지 않았던가요?"

"그때 난 코야 카마켄이라 불렸고, 세력가들이 나도 모르는 비밀을 내게서 구하려는 것이 퍽 자랑스러웠지요. 마음이 얼마나 혼란스러웠

던지! 그래요, 당신 말이 맞아요. 그때 난 당신에게 말하고 싶었어요. 우리의 사랑 뒤에 다른 세상이 있다고, 우리의 전쟁 뒤에 다른 세상이 있다고……"

"내가 거기에 가까이 다가갔다고 생각해요?"

가브리엘의 목소리에 애원하는 듯한 기색이 담겨 있었다. 아나마야는 웃음을 참지 못했다.

"나의 퓨마는 가끔 이렇게 어린애라니까."

그녀는 부드럽게 달래듯 그의 손을 두 손으로 꼭 쥐며 덧붙였다.

"물론 그렇고말고요, 당신은 가까이 다가갔어요. 어디로 가는지도 모르면서, 용맹한 마음으로 맹렬하게 껑충 뛰어서!"

"이제 난 당신과 함께 있는 건가요?"

'비록 서로 떨어져 있어도 너희는 결합될 것이다……'

그녀는 그토록 오랫동안 그 말을 찾았건만 찾지 못했었다. 그런데 그 말이 그녀의 마음속에 있는 지금 그녀의 혀를 묶고 있는 것을 보면, 그 말을 아까워하게 된 것인지도 모른다. 그녀는 빌라 오마에게 가르침을 받던 무지한 처녀가 더이상 아니었다. 자부심 강한 코야 카마켄이 더이상 아니었다. 그녀는 사랑에 빠진 여자였다…… 이 마지막 말을 떠올리자, 그녀의 마음이 거부감을 나타냈다. 그렇다, 그녀는 분명 사랑에 빠진 여자였고, 예언이 아직 어떤 비밀을 숨기고 있든 간에 그녀에게는 그 사랑을 경험하고 즐길 권리가 있었다.

"그래요, 나와 함께 있어요."

그녀가 말했다.

마음의 동요가 가라앉자, 가브리엘은 새로 태어나는 찬란한 풍경에 다시 심취할 수 있게 되었다. 그 어떤 것보다, 만년설보다, 훈훈한 숲의 에메랄드빛보다 더 그의 눈길을 끄는 것은 산속의 얼굴이었다. 동쪽 빛에 겨우 그 윤곽을 드러내고 있었지만, 그것이 거기 있다는 것이 하도 놀라워서 눈을 뗄 수가 없었다. 아나마야도 가브리엘과 함께 그 얼굴을 바라보았다. 마침내 그가 머뭇거리며 속삭였다.

"누구예요?"

"우리가 함께 있도록 허락해준 분이에요."

10

1536년 7월 초, 올란타이탐보

성스러운 계단식 대지들 사이에 세워진 높다란 계단 꼭대기에서 가브리엘이 내려다본 광경은 몹시 놀라웠다. 골짜기 아래 칸차들은 오래된 것이고, 그 건축물들도 오래전에 완성된 것이었다. 그러나 망코는 이제 올란타이탐보를 자신의 주요 보루로 만들기로 결심했다. 그리하여 거대한 작업장이 그 장소 위로 솟은 좁은 계단식 대지를 온통 차지하고 있었다. 가브리엘은 그처럼 어마어마한 작업을 목격한 적이 없었다. 그곳에 매료된 그는 망코가 허락한 집행유예 기간 동안 날마다 그곳을 찾았다.

멀리 카치카타 채석장에서는 수백 명의 자그마한 윤곽들이 검은 산에서 떨어진 온갖 크기의 돌덩이들 주위에서 분주하게 움직였다. 일꾼들이 청동과 돌로 된 망치와 끌을 가지고 끈기 있게 바위를 다듬는 리듬감 넘치는 소리가 골짜기에 울려 퍼졌다.

산 옆구리에서 강가에 이르기까지 그야말로 무수히 많은 사람들이 움직였다. 각자 명확히 정해진 일을 맡은 수천 명의 사람들이 해 뜰 무렵부터 바삐 일했다. 일단의 일꾼들이 바윗덩어리를 두들겨 골짜기 아래로 굴려 보내면, 그 덩어리를 대강의 형태로 다듬어 쓸데없는 무게를 덜어낸 뒤 뗏목에 실어 반대편 강둑으로 옮겼다.

또 어떤 이들은 밧줄을 만들고, 반대편 사면으로 올란타이탐보 꼭대기까지 바윗덩어리를 실어 끌어올릴 수 있게 해줄 통나무를 잘랐다. 또 다른 사람들은 백여 명씩 모여서 몇 시간이고 계속해서 끌고 당겼다. 한 뼘 거리의 지면을 올라가기 위해 매번 수백 명의 일꾼들이 지렛대를 이용해 거대하고 두꺼운 널판을 움직였다. 덕분에 조금씩, 하지만 확실하고도 규칙적으로 돌이 앞으로 나아갔다.

강에서부터 건축물까지 암괴들을 운반하게 해주는 비탈 초입은 사람들로 북적거렸다. 거기서의 작업은 더욱 섬세했다. 뿌연 먼지 속에서 사람들이 청동과 돌로 된 주걱만을 이용해 엄청난 바윗덩어리들을 닦고 윤을 냈다. 덩어리들이 서로 완전하게 접합될 수 있도록 하기 위해서였다. 가브리엘은 사람 키보다 세 배는 더 큰 거석 주위로 구름처럼 밀려드는 일꾼들에게 매료되어 바라보았다. 바윗덩어리가 일련의 통나무들 위에 놓이고, 밧줄 망으로 균형이 잡혔다.

카타리가 그 대규모 작업장의 책임자였다. 가브리엘은 신전과 벽을 쌓아 올리는 일을 감독하거나 바위 형태를 꼼꼼히 살피는 그를 보았다. 가브리엘은 카타리의 계획이 정확한 규칙에 따라 이루어지고 있음을 한순간도 의심하지 않았다. 그러나 그것은 건축술에 대해 제한된 지식밖에 없는 그로서는 한 번도 들어보지 못한 규칙이었다. 카타리는 결코

지도를 펴 드는 적이 없었고, 건물을 세우기에 가장 곤란해 보이는 장소를 높이 평가하는 것 같았다. 도시를 발전시키려면 골짜기의 두 강 사이에 있는 공간이 좋을 듯했지만 그곳에는 샘밖에 없었다. 그러나 사실 '도시를 발전시키는' 것은 그의 관심사가 아니었다. 주거 목적으로 세워지는 건물은 하나도 없었다.

광대한 광장은 이미 준비된 수많은 암괴들을 갖다 놓기 위해 말끔히 치워져 있었다. 가브리엘에게는 광장 중턱에 위치한 신전의 벽들이 새로운 건축물 중에서도 가장 신비로워 보였다. 그중 벽 하나만 세워져 있었는데, 커다란 네 개의 돌덩어리를 접합해 만든 것이었다. 장밋빛 벽돌은 태양 아래에서 언제나 경이로운 무지갯빛을 띠었다. 각각의 돌덩어리는 모르는 사람이 보면 기다란 석조 갈대처럼 보이는 것으로 옆의 덩어리와 경계가 지어져 있었다.

늘 그렇듯이 가장 아름다운 잉카 건축물에는 돌들을 붙여주는 회반죽이 전혀 발려 있지 않았다. 돌들은 완벽하게 맞추어져 도발적이고도 파괴될 수 없는 모습으로 세워졌다. 가까이 다가가면, 그 돌들 중 세 개 돌의 표면이 도안된 형태의 돌출물로 장식되어 있는 것이 보였다. 가브리엘로서는 그 쓰임새를 짐작해보려 해도 알 수가 없었다.

"아름답습니까?"

카타리는 땀에 젖어 있었지만, 가늘고 긴 눈매에 광대뼈가 튀어나온 얼굴에는 다시 미소가 깃들어 있었다. 그는 주변의 일꾼들처럼 상반신을 벗고 있었다. 가브리엘은 그의 강인한 근육에 감탄했다. 미세한 먼지에 덮인 큼직한 손은 사람의 허리라도 너끈히 부러뜨릴 수 있을 듯 보였다. 그는 황금 사슬에 매달린 돌 열쇠를 목에 걸고 있었다.

가브리엘은 감탄을 감추지 못했다.

"굉장하군요, 카타리. 이런 것은 한 번도 본 적이 없어요…… 우리의 가장 훌륭한 건축가들도 이런 위업을 이루어내지는 못할 겁니다!"

"우린 위업을 완수하려는 게 아닙니다."

"그럼 뭘 하려는 거죠?"

"당신은 이미 당신이 생각하는 것보다 더 많이 알고 있어요."

가브리엘은 어리둥절해졌다.

"무슨 말이죠?"

카타리의 미소가 환해졌다.

"이 돌의 형태를 보고 생각나는 게 아무것도 없나요?"

가브리엘은 눈썹을 찌푸린 채 거석을 마주 보며 꼼짝도 하지 않았다. 차츰 어떤 영상이 머릿속에 떠올랐다. 그 영상은 흐릿하고 오래된 것으로, 잊혀진 고통과 결합되었다……

"타이피칼라! 바로 이런 돌들이 거기에 있었어요!"

마침내 그가 소리쳤다.

카타리는 고개를 끄덕였다.

"그게 전부가 아닙니다. 가까이 오세요."

가브리엘은 정오의 빈약한 그늘 속으로 들어가 돌에 바싹 다가갔다. 돌 표면에 기묘한 부조가 보였다. 그는 기하학적 구조의 이중 계단 같다는 생각이 들었다. 윗부분은 으레 올라가는 것인 반면 아랫부분은 산이 호수에 비치는 것처럼 거꾸로 내려가는 형상이었다! 가브리엘은 더 멀리 받침돌 위의 암괴에 새겨진 티(T) 자 모양의 열쇠 자국을 손으로 살짝 만져보았다.

"이미 봤던 거예요!"

그가 카타리를 돌아보며 외쳤다.

"똑같은 장소에서 말이죠. 놀라운가요?"

돌의 대가가 평온하게 말했다.

"난 모르겠어요. 저게 뭘 의미하는지 모르겠어요."

가브리엘이 솔직히 대답했다.

"내 목에 걸린 열쇠와 비슷한 청동 열쇠로 찍어 새긴 그 음각은 돌들의 위치를 다시 찾는 데 쓰이고, 우툴두툴한 표면 덕분에 돌을 차곡차곡 쌓아서 여기까지 운반할 수 있었다고 얘기할 수 있죠. 하지만……"

카타리는 말을 멈추고 멀리 북쪽을 망연히 바라보았다.

"하지만요?"

"……그건 사실일 겁니다. 하지만 그걸로는 충분하지 않지요. 다른 것이 있어요."

가브리엘은 알고 싶은 욕구가 솟구쳤다. 그것은 단지 호기심이 아니라, 자기도 모르게 아주 오래전부터 다가가게 된 세계에 이르고자 하는 바람이었다.

"저 아래 도시가 보이지요. 그 주변으로 거주용 방이 배치된 안뜰과 칸차도. 그 골목길들은 선들이 교차하는 지도를 그리고 있지요. 난 당신네 이방인들의 도시를 한 번도 본 적이 없어요. 하지만 당신은 우리 도시를 보고도 분명 놀라지 않았어요…… 그런데 이것은……"

카타리가 팔로 주위에 반원을 그리고는 다시 가브리엘에게 시선을 돌렸다.

"여기서 우리는 모든 건물과 돌과 바위를 통해 우리를 둘러싼 신들을 찬양하고자 합니다. 우리 아버지 태양신은 물론이고 달의 신과 번개신 일라파, 그리고 모든 산꼭대기…… 저 계단식 대지들을 보세요……"

신전은 온 사방으로 옥수수가 높이 자란 일련의 작은 계단식 대지들

속에 박혀 있는 듯 보였다.

"저 계단식 대지들은 아무렇게나 배치된 것이 아닙니다. 잘 보세요. 보석 상자처럼 신전을 둘러싸고 있지요…… 그리고 신전 자체는, 우리 천문학자들이 오랫동안 하늘을 살피고 별과 유성의 움직임을 관찰하여 장소를 결정한 겁니다. 각각의 벽의 방향도 그렇게 결정되었고요. 우리에게 어둠과 빛은 신들에 대한 경의입니다……"

순간 가브리엘은 스페인의 성당과 옛 수도원 들이 떠올랐다. 그의 머릿속에서 가톨릭교의 건축가들과 잉카족 사이로 견고한 끈이 팽팽히 당겨졌다. 그러나 그는 카타리의 이야기에 푹 빠져 있어서 계속 그 생각에 몰두할 수 없었다.

"내가 당신한테 하는 얘기는 아무것도 아닙니다. 모든 잉카족이 알고 있는 것이지요…… 그러나 그들이 모르는 게 있어요. 돌에 다가가 쳐다보고 만짐으로써 우리 역사의 가장 심오한 비밀에 이를 수 있고, 잉카족이 존재하기 전의 가장 오래된 시기로 거슬러 올라갈 수 있다는 것이지요."

카타리가 경쾌하게 말했다.

"잉카족이 늘 이 땅의 주인이었던 게 아닌가요?"

가브리엘이 놀라자 카타리가 웃음을 터뜨렸다.

"잉카족은 몇 세대에 걸친 인간들에 불과하고, 뛰어난 투사이기는 하지만 이제 당신과 내가 알고 있듯이 무적의 투사는 아니죠……"

카타리는 가브리엘을 한 번 쳐다보고 말을 이었다.

"그들은 정신적인 힘이 엄청났던 문명 이후에 나타났어요. 우리에게 조차 그 힘은 신비로운 것이죠. 그 힘의 불티 하나라도 이해하려면 평생이 걸리지요."

"티티카카로 향하는 자는 이미 돌아가는 중이로다."

가브리엘이 중얼거렸다.

"정말 당신은 당신이 짐작하는 것보다 더 많이 알고 있군요! 그래요, 타이피칼라와 기원의 호수의 길로 가야 합니다. 비밀은 티티카카 호숫물에 영원히 반사되는 산꼭대기와 물과 돌 안에 있어요. 난 그 호수 근처에서 태어났고, 내 아버지는 군인의 길을 갔지만 나는 삼촌인 아푸 포마 추카에게 돌을 다루는 기술을 처음 배웠지요. 삼촌은 잉카 투팍 유판키를 설득해, 티티카카 호수의 태양신 성전에 그의 찬란한 명성을 돌리도록 만든 사람이지요…… 이제 그 얘기는 그만 하고, 당신한테 뭔가 더 보여주고 싶군요. 가까이 오세요."

카타리는 가브리엘의 손을 잡고 오른편에 있는 두 개의 거석 바로 앞에서 멈춰 서게 했다.

"이 조각들을 잘 보세요."

가브리엘은 오래전부터 그것을 눈여겨본 터였다. 세 개의 돌조각이 같은 간격으로 떨어져 있었다. 맨눈으로 보면, 어슷비슷한 형태들이 길게 누워 있는 모양이었다.

"진심으로 쳐다봐야 합니다. 눈이 아니라 온 마음으로. 말하자면 그 조각 안으로 들어가야 하지요……"

그 마지막 말에서 카타리의 목소리가 낮아졌고, 가브리엘은 가벼운 떨림을 느꼈다. 그 말을 확실히 이해하지도 못한 채 그는 돌의 대가의 말을 따르려 애썼다. 돌의 형태가 활기와 생명을 띠는 듯했다.

"동물이군요."

가브리엘이 주저하며 중얼거렸다.

"당신도 아는 동물이에요, 친구."

"퓨마!"

카타리는 미소 지으며 말없이 그를 바라보고는 감동하여 말했다.

"당신은 이미 우리말을 하고 우리 종족의 여자를 사랑하고 있습니다. 그런데 내 생각엔, 당신의 운명이 이 돌들에도 역시 새겨져 있다는 것을 당신이 처음으로 깨달은 것 같군요."

가브리엘은 눈을 가늘게 떴다. 그의 앞에는 건축중인 신전의 거대한 바윗덩어리들뿐이었다. 그런데 그에게는 이제 막 세상이 바뀐 것처럼 보였다. 외따로 떨어진 구름 하나가 태양을 가렸다. 돌의 장밋빛이 회색에 가까워졌다.

"더 멀리 가고 싶습니까?"

가브리엘은 어안이 벙벙하여 카타리를 바라보았다. 어떻게 '더 멀리 갈' 수 있단 말인가? 카타리는 그의 혼란을 즐겼다.

"걱정하지 마세요. 당신이 본 모든 것은 오늘밤 당신 꿈속으로 다시 찾아갈 것이고, 그러면 알게 되는 것에 대한 두려움이 사라질 겁니다. 자, 이제 마을로 돌아갈 시간이군요."

가브리엘은 윌카마요 강을 따라 나 있는 길과 만나는 가파른 계단으로 그를 뒤따라갔다. 그들이 비탈길 중간에 이르자 심오한 노랫소리가 온 골짜기를 가득 채웠다. 가브리엘은 신호를 듣지 못했지만, 수많은 일꾼들이 일손을 멈추었다. 채석장의 일꾼들, 방어 공사를 하는 일꾼들, 샘의 일꾼들과 신전의 일꾼들, 석공들, 목수들, 짐꾼들과 끌로 새기는 사람들 모두가 일제히 태양을 향해 돌아서서 서쪽 산 뒤로 지기 시작한 태양에게 인사의 노래를 읊조렸다.

가브리엘도 마지못한 듯 하늘로 손바닥을 쳐들고 입을 다문 채 소리 없이 우주의 노래를 함께 했다.

11

1536년 8월, 올란타이탐보

"이따금 카타리가 시간을 멈추는 돌을 다시 던진 것 같은 느낌이 들어요."

가브리엘이 말했다.

"그가 이미 그렇게 하지 않았다는 증거라도 있나요?"

두 사람은 미소 지었다. 아나마야의 손이 가브리엘의 손을 스쳤다. 다른 사람들 앞에서는, 다시 말해 밤이 아닌 시간에는 그들은 서로를 만지지 않으려고 자제했다. 하지만 아나마야는 때때로 한 번의 할큄이나 예기치 못한 부드러움으로 그를 자극하고, 그를 관통하는 전율을 느끼기를 좋아했다. 이 세계에서 그들은 날마다 이 돌에서 저 돌로 옮겨 다녔다. 시원한 샘 안에서, 분신 형제의 신전을 향해서, 콜카가 일렬로 줄지어 선 길 위에서.

마추픽추의 빛 197

사실 그들은 발길이 이끄는 대로 갔다. 도처에서 그들의 사랑은 자리를 잡고 강렬해졌다.

가브리엘은 마음을 사로잡혔다.

어떤 날들은 순수한 아름다움과 푸른 하늘과 지나가는 바람에 바치는 침묵의 성당 같았다. 반대로 어떤 날들에는 끝없이 말해야 했다. 서로에게 모든 것을 말하고 이야기해야 했다…… 상대방의 말에 취한 채로, 그들의 말은 그들도 깨닫지 못하는 사이에 하나의 언어에서 다른 언어로 쉬이 바뀌었다.

침묵을 지키든 대화를 나누든, 그는 날마다 마음이 커지는 것을 느꼈다. 물론 언제나 그녀의 신비로운 푸른 눈이 있었고, 그 눈에 때때로 뚜렷한 까닭 없이 불안이나 비밀의 기미가 스쳤다. 그는 그녀에게 묻지 않고 그녀 대답의 깊이를 살피는 것으로 그쳤다. 그는 이제 질투하고 의심을 품는 애인이 아니었다. 순진한 병사도 아니었다. 그렇다, 그는 자신이 남자임을 느꼈다. 진정으로 지혜롭지는 않지만 어쨌든 더 평온한 남자임을. 그것을 표현할 적절한 단어를 찾는데, 뜻하지 않은 단어가 떠올라 그의 입술 사이로 흘러나왔다. 행복이라는.

그의 과거가 물결처럼 밀려들었다. 내쳐진 아이의 고통, 청년기의 열정, 도냐 프란세스카, 감옥…… 자유와 영광을 향한 꿈, 이름을 날리고 싶은 욕망…… 그는 한순간도 행복하다는 생각으로 감동받은 적이 없음을 깨달았다. 아직은 너무 불안정해서 그 생각에 완전히 빠져들지 못하지만, 아나마야와 함께 있음을 음미하며 태양의 애무 아래 눈을 감을 때면 삶이 그가 품었던 초라한 꿈보다 믿을 수 없을 만큼 훨씬 더 아름답다는 생각이 들었다.

"꿈꾸고 있는 거예요, 퓨마?"

"한 사람이 꿈속에 함께 있는 이상 우리 둘 중 누가 꿈을 꾸든 상관 없죠."

두 사람은 언덕 중턱에 있었다. 도시의 칸차들이 그리는 기다란 사다리꼴 위에, 채석장 난간과 대신전의 작업장 입구보다는 조금 아래에 있었다. 이제 가브리엘은 대신전을 쳐다볼 때면 카타리가 가르쳐준 기초 지식이 떠올랐다. 그들 맞은편에는 그가 첫새벽에 그녀와 함께 발견했던 산-얼굴의 옆모습이 보였다. 그는 몇 번이고 그곳을 되찾아가 그 신비를 바라보았다. 아나마야는 자신의 모든 삶을 그에게 털어놓으면서도, 잉카가 숨을 거두는 순간에 그녀가 잉카 옆에 있었다는 것을 그가 아는데도, 잉카가 그녀에게 말한 비밀을 언급할 때가 되면 입을 다물었던 것이다. 사랑에서 비롯된 배려(어쩌면 헛된 것인지도 모르지만)에서, 가브리엘은 질문으로 그녀를 괴롭히지 않았다.

"눈을 감아요."

그녀가 말했다.

그는 아이처럼 온순하게 복종했다. 아나마야는 그의 손을 부드럽게 쓰다듬으며, 말없이 마음으로 그에게 요구했다. 그의 머릿속에서 모든 전쟁을 지우고, 욕망 너머로, 감각 너머로, 물과 돌을 향해 함께 가자고. 그의 몸이 느슨해졌다. 그녀는 그가 완전히 자신에게 몸을 맡기는 것을 느꼈다.

그녀가 그에게 말해줄 수 있는 것은 극히 적은 부분에 지나지 않았다. 그가 몸소 모든 길을 가야 했다. 다른 방법은 없었다. 목적지에 이르면, 그때는 그도 그녀처럼 알게 될 것이고 그의 입에서 말이 흘러나오리라. 그러나 그전에는, 그가 바람에 올라타고 물의 흐름을 따라가기를 바라면서 태양의 경로와 별들의 자리를 보여줄 수 있을 따름이었다.

"이제 눈을 떠요."

가브리엘은 마치 처음 세상에 온 사람처럼 얼굴을 문질렀다.

"그래, 뭐가 보이나요?"

가브리엘의 눈이 천진난만한 웃음으로 빛났다.

"내가 당신을 사랑하는 게 보여요, 내 사랑, 아주 강렬하게, 아주 격렬하게!"

"움직이지 마세요, 퓨마! 장난하지 말고 당신이 본 것을 말해줘요……"

"누구나 눈을 감으면 보이는 것을 봤지요. 춤추는 색점과 햇빛 옆의 더 강한 빛, 열기…… 당신이 아무것도 생각하지 말라고 했는데도, 백마를 탄 내 모습이 다시 보였고 내 몸 주위로 돌과 화살이 휙휙 스치는 것을 느꼈어요……"

아나마야는 가슴이 뛰었다.

"누군가가 나를 위해 그렇게 한 거죠, 그렇죠? 그렇게 믿어야 하는 거죠?"

"내겐 그 질문에 대한 대답이 없어요, 퓨마. 그 대답이 당신 안에 있게 될 때 당신은 알아야 할 모든 것을 알게 될 거예요."

"수수께끼 같은 말이군요."

"내가 알고 있는 것 역시 수수께끼를 통해서 아는 거예요. 그 수수께끼를 풀기 위해 내 몸을 만물로 향하게 하는 것이 바로 내가 할 일이지요……"

"그럼 당신 몸을 나를 향하게 해요. 그러면 당신이 발견하겠지요……"

가브리엘이 다시 웃음을 참으면서 말했다.

아나마야는 깃털처럼 가벼운 몸을 그에게 살며시 기댔다. 그는 다시 눈을 감았다. 이번에는 그녀 몸에 닿은 채 그녀의 신중함과 열정을 느끼는 순수하고도 단순한 행복에서 벗어날 수 없었다. 사랑 말고 다른 것은 생각할 수 없었다. 그가 그녀에게 갑작스레 팔을 내뻗자, 그녀는 팔짝 뛰어 그에게서 빠져나갔다. 그가 손으로 움켜쥐었을 때는 그녀의 그림자와 바람밖에 잡히지 않았다.

그녀는 일어서서, 무거운 짐을 진 짐꾼들이 초록색과 황금색의 옥수수 이삭이 가득한 망타를 내려놓는 콜카로 눈길을 돌렸다.

"빌라 오마가 오늘 아침에 또다시 망코 군주님께 맞섰어요……"

가브리엘의 얼굴이 어두워졌다. 전쟁…… 그들은 전쟁에 대해 거의 말하지 않았지만 무시할 수는 없었다. 두 사람을 갈라놓을 뻔한 전쟁, 아우카이파타 주변의 큰 싸움에서 모든 것이 끝났다는 것을 어느 날 아침에 알게 되기를 바라면서도 감히 그 소식을 묻지 못하는 전쟁……

"그는 지금도 나를 북으로 만들고 싶어하나요?"

"더 빨리 쿠스코를 공격하지 않았다고, 그리고 전 병력을 도시에 집중시키지 않고 당신의 피사로가 보낸 원군과 싸우러 군대를 보냈다고 망코 군주님을 비난해요…… 그의 말로는, 필사적인 노력 없이는 이 전쟁은 곧 패할 거라는군요."

"망코는 어떻게 생각하나요?"

"망코 군주님은 곤살로에게 당한 모욕 때문에 결심이 확고해진 전사예요……"

"그 말은 그가 이기지 못할 거란 뜻이군요."

"설사 이 전쟁을 이길 수 없다 해도 그는 끝까지 갈 거예요."

"그럼 당신은, 당신은 어떻게 생각해요?"

아나마야의 시선이 가브리엘을 피해 멀리 달아났다.

"언젠가는 전쟁이 끝나겠지요."

가브리엘은 서글픈 웃음을 설핏 지었다.

"비밀을 간직하지 못한 나도 그건 알아요."

"비밀을 간직했다 해도, 난 어느 누구 못지않게 무지한 여자이기도 해요. 하지만 전쟁이 끝나면 우리가 자유로워지리라는 것은 알아요, 퓨마. 하지만 전쟁이 계속되는 한은……"

아나마야는 그의 옆에 와서 몸을 웅크리며 그의 어깨에 머리를 기댔다.

"말하지 마요."

그가 속삭였다.

석수들이 일렬로 늘어서서 그들 앞으로 지나갔다. 가브리엘은 그들이 머뭇거리며 자신들을 주시하고 있음을 느꼈다. 그가 일어서려는데, 아나마야가 손으로 막았다.

그렇다, 카타리는 분명 시간을 멈추는 돌을 던졌다. 그러나 그녀는 돌이 아주 빨리 바닥으로 떨어지는 것을 보았다.

✳

소문은 윌카마요 강의 노호하는 물처럼 빠른 속도로 골짜기에 퍼졌다. 차스키들이 도착해 유일한 군주 망코와 대면하기도 전에, 소문은 이미 산꼭대기에서 산꼭대기로 전해졌다.

자부심 강한 아푸 키스페가 지휘하는 키소 유판키 장군의 일부 군대가 수많은 훌륭한 전리품을 가지고 돌아왔다. 스페인인들의 무기, 옷, 그리고 말까지…… 포로들은 며칠 뒤에 올 터였다.

골짜기에 노랫소리와 북소리와 나팔 소리가 울려 퍼졌다. 일꾼들은 일손을 멈추고 승자의 도착에 환호했다. 짐꾼들이 잉카의 가마를 들 때처럼 경건하게 들고 있는 몇 개의 들것에 쌓인 무기에는 아무도 손을 대지 않았다.

여남은 마리의 말은 각각 이십여 명의 겁먹은 투사들에게 포위되어 있었다. 서로 이어진 투사들의 팔다리가 일종의 인간 끈이 되어 말을 붙잡아두고 있었다.

소식이 망코에게 전해졌을 때, 그는 궁정의 몇몇 군주들과 함께 승자들을 마중하고자 했다. 자기 가마 옆에서 동행해달라는 망코의 부탁에, 가브리엘은 자신에게 주어진 영광을 깊이 생각해볼 겨를도 없이 그를 따라갔다.

초쿠아나 요새 발치에서 그들은 승자들을 기다렸다. 빌라 오마도 왔지만, 그는 적대적이고 경멸에 찬 침묵에 싸인 채 뒤로 물러나 있었다.

"당신과 함께 그 모든 물품의 사용법을 살펴보고 싶소. 당신네 백성이 살아가는 방식을 알고 싶소."

가마에서 내린 망코가 가브리엘에게 미소 지으며 말했다.

가브리엘은 그가 무기를 염두에 두고 있음을 잘 알았다. 가브리엘이 침묵을 지키는 동안, 모두의 시선이 그에게 쏠렸다.

"제 생각엔 그 물건들이 군주님께 유용할 것 같지 않습니다, 망코 군주님."

이윽고 가브리엘이 입을 열었다.

"나는 아주 유용할 것 같은 느낌이 드는데. 당신이 무슨 말을 하고 싶어하는 건지 모르겠소. 당신 설명이 필요한데……"

점점 더 난처해지는 가브리엘에게는 다행스럽게도, 군대의 소란이 아주 가까워졌다.

아푸 키스페가 망코의 발치에 꿇어 엎드리는 사이, 군주들은 전리품이 실린 들것으로 조용히 다가갔다. 검, 방패, 창, 투구, 쇠사슬 갑옷, 가죽 가슴받이, 심지어 대포까지 있었다. 그 모든 것을 보자 가브리엘은 가슴이 쿵쾅거렸다. 자신이 참전했던 전투의 영상이 두서없이 떠올랐다. 그가 전쟁이 계속될 것인지에 의혹을 품었다면, 이제 그 의혹은 걷혔다.

무기들 뒤로 짐꾼들이 걸어와 망타를 펼쳤고, 이어서 갖가지 쓸모없는 물건들이 넘쳐나는 두 개의 들것이 도착했다. 그 물건들은 이 년 전에 스페인에서 도착한 것으로, 수단과 명주, 고급 나사 천, 또한 술병과 통조림과 다른 식료품도 있었다. 살아 있는 돼지들도 있었는데, 그 처절한 울부짖음과 생김새 때문에 태연하려고 애쓰던 인디언들이 불쾌감에 얼굴을 찡그렸다.

모두가 감탄한 것은 말이었다. 기병과 말이 전설적인 힘으로 하나의 존재로 합쳐진 것이라고들 생각하던 것은 그리 오래전 일이 아니었다. 가브리엘은 카하마르카에서 보았던 아타우알파 부하들의 두려움과 잉카의 분노를 기억하고 있었…… 이곳 인디언들 대다수는 말에 다가갈 기회가 한 번도 없었다. 강철 무기와 마찬가지로, 어기면 죽음에 처한다는 조건으로 스페인 사람들이 엄격히 금했던 것이다. 그런 말을 몇 마리 수중에 넣게 된 것은 그들의 자만심을 가득 채워주는 승리였다.

"어떻소?"

망코가 물었다.

"군주님의 형제 아타우알파의 몸값에는 못 미치지만 만족하실 만하군요."

가브리엘이 덤덤한 목소리로 말했다.

콩키스타도르의 신중함에 망코는 미소를 지었다. 그는 가브리엘에게서 얼굴을 돌리고는 승리를 거둔 장군에게 일어나라고 손짓을 했다.

"승전에 대해 얘기해보라, 아푸 키스페. 크게 말하라, 우리들 중 어느 누구도 잉카 투사들의 위업을 모르는 사람이 없도록."

"군주님의 충직한 장군 키소 유판키가 이끄는 군대가 일흔 명의 기병과 일흔 명의 보병 투사로 이루어진 이방인 분견대를 기습했습니다. 그들은 모두 무장을 하고 있었습니다. 쿠스코의 이방인들을 구하러 가는 길이었습니다. 여러 날 동안, 우리는 눈치채지 못하게 그들을 따라갔습니다. 우리가 팜파스 강의 협로에서 기다리고 있는데, 그들이 막 우아이타라 한랭 고원을 건너왔습니다. 우리는 돌을 이용해 그들을 무찔렀고 그들 대부분을 죽일 수 있었습니다. 생존자들은 포로가 되어 삼엄한 감시 아래 우리를 따라오고 있습니다. 그들의 말이 여기 있습니다."

키스페 장군은 생각을 표현하는 데 익숙지 않았다. 그의 말은 토막토막 끊겼고, 쉰 목소리는 잘 울려 퍼지지 않았다. 그의 눈은 샌들에 고정되어 있었다.

"듣고 있소, 빌라 오마?"

망코가 눈에 띄게 몹시 기뻐하며 물었다.

현자는 대답하지 않았다.

"다른 소식이 있습니다."

키스페 장군이 덧붙였다.

"말하라."

장군은 주눅이 들어 망설였다.

"키소 유판키 장군은 다른 스페인 병력이 다가오고 있음을 알고, 인티의 도움으로 그 군대 역시 쳐부수려고 준비하고 있습니다. 그런데 우리가 남쪽에서 오는 사자들을 만났는데……"

망코의 시선이 환해졌다. 남쪽이라면 그의 형제 파울루가 애꾸눈 디에고 데 알마그로의 정복을 지원한다는 구실로 군대와 함께 있는 곳이었다. 쿠스코에 대한 공격 소식을 듣자마자, 파울루는 잉카의 수도로 돌아가 총봉기에 합류하기 위해 틀림없이 불시에 '새 친구'를 쳐부쉈을 터였다.

"내 형제가 오는 중인가?"

"예, 유일한 군주님. 그런데……"

"그런데?"

"……그런데 그가 알마그로 군대를 수행하며 출발했을 때처럼 모든 면에서 그에게 협조하고 있습니다. 게다가 몇몇 전투를 치르는 도중에 이방인들에게 손실을 입힐 기회가 있었는데도 공격 명령을 내리기는 커녕 그들과 연합했습니다."

"연합을? 내 형제가? 네가 키소의 승전 소식을 전해주지 않았다면, 그 따위 터무니없는 말을 내뱉은 네 입과 혀를 베었을 것이다!"

"그럼 많은 군주들의 입과 혀를 베어야 할 겝니다!"

빌라 오마의 목소리에 모두들 깜짝 놀랐다. 그의 냉담한 목소리에서 쇳소리가 났다.

"군주님과 파울루의 결합이 이제는 군주님의 머릿속에서만 존재할 뿐이라는 것을 우리는 모두 알고 있습니다……"

"절대로 내 형제는 나를 배반하지 않을 것이오!"

"군주님 말이 맞습니다. 그는 군주님을 배반할 필요가 없겠지요. 이미 배반했으니 말입니다. 오직 군주님만이 군주님의 순진함과 나약함 때문에 보지 못할 뿐이지요."

망코는 분노로 몸을 떨었다.

"입 다무시오, 허울뿐인 현자. 당신의 망언은 내 손으로 당신을 찢어 죽여 마땅하나, 내 아버지 우아이나 카팍을 생각해서, 그리고 당신이 예전에 나를 도와준 것을 생각해서 그리 하지 않는 것이오!"

빌라 오마는 입을 다물었지만 시선을 돌리지는 않았다.

가브리엘의 가슴이 거세게 뛰었다. 처음으로 잉카족 사이에서 그와 같은 긴장감이 폭발하는 것을 목격한 것이다. 거기에는 미래를 위해 바람직한 것은 아무것도 보이지 않았다. 전쟁은 그가 생각했던 것보다 훨씬 빨리 그를 다시 찾아왔고, 그는 더이상 전쟁에서 놓여나지 못하리라는 것을 느꼈다.

격노한 망코는 무기가 쌓인 첫번째 들것 쪽으로 다가갔다. 그는 검을 집어서 능숙하게 휘둘렀다.

"난 깨달았소, 빌라 오마. 대학살의 얘기를 듣고 깨달았소. 우리가 무력하게 학살당할 때, 그들 앞에서 어린아이와 같았다는 것을 말이오. 난 두 번 다시 그런 일이 일어나지 않게 하리라고 결심했소. 우리 형제 아타우알파와 우아스카르의 골육상쟁에서도 깨달았고, 그런 일도 더이상 일어나지 않게 하리라 맹세했소. 내 형제 파울루가 외눈박이와 함께 출발하기 전에, 나는 파울루와 피의 맹세를 했소. 그 맹세는 우리 사이에 오래전부터 존재해온 것이오…… 이제야 처음으로 우리가 그들의 무기를 빼앗고, 전투에서 이기고, 포위 공격을 하고, 그들 눈에서 두려움이, 진짜 두려움이 반짝이는 것을 보고 있소. 그런데 당신은 내가 나약하다고 말하고, 내 형제에 대한 망발을 늘어놓고 있구려!"

망코는 검을 돌려 칼날을 하늘로 향하게 했다.

"나는 우리의 무기와 그들의 무기를 가지고 그들과 싸울 것이오. 산과 평원에서, 바위 위와 소금기 있는 바다에서 싸울 것이오. 그들을 쳐부수고, 우리 땅이 사라진 평화와 힘을 되찾을 수 있도록 그들을 신께 제물로 바칠 것이오!"

망코가 외쳤다. 그러고는 입을 다물었다. 나직한 중얼거림만 훑고 지나갈 뿐, 군중은 침묵을 지켰다. 망코는 무기를 내려뜨리고 말에게 다가갔다. 그의 앞에서 사람들이 길을 열며 바닥에 엎드렸다.

"난 그들의 말을 탈 것이오."

망코가 한층 차분해진 어조로 말했다.

"누구한테 말 타는 것을 배우실 겁니까?"

가브리엘이 물었다.

"바로 당신."

12

1536년 여름, 올란타이탐보

가브리엘은 두 마리 말에게 부드럽게 말을 건네고 다정하게 손바닥으로 몇 번 치면서 정확한 손놀림으로 안장을 얹었다. 그는 거칠게 다루지 않도록 조심했다. 모두의 눈이 그에게 붙박여 있었다. 그는 커다란 백마의 뱃대끈을 다 매고는 등자 높이를 조절하기 위해 망코를 한번 쳐다보았다. 엷은 황갈색 털과 총명해 보이는 얼굴이 마음에 드는 멋진 말은 가브리엘 자신을 위해 남겨두었다. '네가 세번째가 되겠구나' 하고 그는 미소 지으며 생각했다. 그러고는 말들에게 재갈과 고삐를 씌우고 잉카에게 다가갔다.

"준비됐습니다."

망코는 당황했다. 군주들 앞에서, 그리고 얼마 안 되는 거리에서 수천 명의 눈이 지켜보는 가운데 서툰 모습을 드러내는 것은 잉카의 권위에 걸맞지 않았다. 그런데 가브리엘이 위험을 면하게 해주었다.

"말고삐를 잡고 다리까지 걸어갑시다. 어쨌든 걸어서 다리를 건너야 하니까요. 그 다음에 도시에 들어오기 전 길모퉁이에서 사람들 눈을 피해 말을 타도록 합시다. 그게 좋겠지요?"

망코는 주저 없이 고삐를 잡고 고개를 끄덕였다.

"그자의 말을 듣지 마십시오! 그가 어디서 왔는지, 그리고 그가 군주님을 함정으로 몰고 갈 수 있다는 것을 잊지 마십시오!"

빌라 오마가 외쳤다.

"난 입을 다물고 있는 당신이 더 좋았소."

망코가 멀어지면서 대꾸했다.

"이방인보다 앞장서서 도시로 들어오는 내 모습이 보이기 전까지 그대들 중 누구도 여기서 움직이지 말라!"

*

초쿠아나 요새에서부터 길은 일직선을 이루고, 양쪽 길가에는 잘 맞물려 쌓인 낮은 벽이 있었다. 가브리엘은 포로로 포박당한 채 안개 같은 것 너머로 도시와 계단식 대지와 신전의 경관에 감탄하며 그 길을 지나온 자신이 이제는 말을 붙잡고 잉카 한 사람만을 안내하고 있으니 참으로 아이러니하다는 생각이 들었다. 잉카와 단둘이 있는 것은 아마도 아나마야와 극소수의 사람들에게만 허락된 특권일 테니 말이다.

"또다시 감사를 드려야겠군요, 망코 군주님!"

망코는 겉보기에는 온순하게 따라오는 짐승의 예기치 못한 움직임을 살피느라 너무 자주 뒤돌아보지 않으려고 애썼다. 가브리엘은 그가 고삐를 너무 짧지도 길지도 않게 쥐고 있고 움츠러들거나 불안해하는 기색이 전혀 없음을 눈여겨보았다.

"내가 이미 말했잖소. 당신이 고마워해야 할 사람은 내가 아니라 아나마야라고. 그녀는 내게 오래전부터 당신 얘기를 했고, 당신이 죽으면 그녀가 절망하리라는 것을 난 알고 있소……"

"우리에겐 공동의 적이 있다는 것도 알고 계시겠군요……"

망코의 얼굴이 어두워졌다.

"그 곤살로 피사로라는 자는 아랫세상에서 튀어나온 자이고, 괴멸시켜야 할 괴물이오."

"군주님은 모르고 계실 수도 있는데, 제가 이미 시도했습니다. 제 목숨을 걸었지요. 후안이 죽은 뒤에 그가 무한한 권력을 갖게 되었을까 봐 걱정입니다……"

"그런 것은 모르오. 알고 싶지도 않소. 내게는 그 형제들이 우리에게서 모든 것을 앗아가려는 이방인의 얼굴로 보일 따름이오. 난 아타우알파가 카피투 피사로를 믿었던 것을 알고 있고, 또한 그가 어떻게 됐는지도 알고 있소."

"그렇지만 저는 믿으시는군요."

망코는 대꾸하지 않았다. 두 사람은 조용히 걸었다. 가브리엘은 불쑥 솟은 계단식 대지에 감탄했다. 그들 앞으로 백여 발짝 떨어진 곳에, 공중에 매달린 다리와 강 중앙에서 다리를 받쳐주는 예사롭지 않은 돌기둥이 보였다.

"저는 그자들을 좋아하지 않습니다, 망코 군주님. 저는 그들의 친구가 아닙니다. 서로 싸워야 했을 때는 싸웠습니다만, 저는 결코 약속을 저버린 적이 없고 군주님의 나라를 위해 평화를 바라고 있습니다. 그걸 아나마야 공주님이 군주님께 말씀드렸는지 모르겠군요……"

"당신이 그들의 왕이오? 당신이 그들의 군대를 지휘하오?"

"이 전쟁이 끝나면 저와 같은 사람들이 필요할 겁니다, 망코 군주님……"

"이 전쟁을 끝내는 방법은 단 한 가지뿐이오. 우리가 이기는 것."

이번에는 가브리엘이 침묵을 지키더니 이윽고 입을 열었다.

"군주님의 지난 이야기는 들어서 알고 있습니다. 군주님께도 우리 못지않은 지혜가 있다고 생각합니다. 그러나 시간이 필요합니다. 대화와 선물이 필요합니다……"

"난 어쩔 수 없이 당신을 고이 지켜줘야 했고, 당신을 용기 있는 사람이라 생각하고 당신에게 주어진 '퓨마'라는 별명을 인정하고 있는데…… 그런데 당신은 내게 시간이니 선물이니 지혜니 대화니 하는 따위를 말하는 거요? 당신네 종족이 내게 가져다준 것은 분노와 파괴와 약탈과 모욕뿐인 것을. 내가 당신 말만 듣고, 파괴된 신전과 강간당한 여자 들, 배신과 도둑질을 일삼고 노예 상태로 전락한 내 백성을 모른 척해야 한단 말이오? 내가 당한 것을 잊어야 한단 말이오? 내가?"

"확실히 저하고 둘이서만 이 다리를 건너고 싶으신 겁니까?"

"모르겠소? 난 당신이 이 다리 위로 안내해주기를 바라오. 이 짐승에 올라타는 것을 가르쳐주기를 바라오. 무기를 만들고 다루는 법을 우리에게 알려주기 바라오…… 당신이 우리를 도와주기를 바란단 말이오."

"제가 군주님보다 앞서 다리로 들어가겠습니다."

가브리엘이 말들의 눈을 가리며 말했다.

"난 이미 다리를 건너봤소!"

"잉카의 가마를 타고서 말이지요!"

"가마를 알기 전에 난 도망자였고 떠돌이였소. 날 믿으시오, 난 당신이 디뎌보지 않았을 수많은 다리를 건넜소."

"제가 다리의 중앙 기둥에 이를 때까지 기다리셨다가 다리로 들어오십시오. 저는 거기서 멈춰 서서, 혹시 필요하다면 군주님을 도와드리겠습니다."

"그럴 필요 없을 거요."

다리 입구를 표시하는 두 개의 기둥을 지나가며, 가브리엘은 망코의 의연한 태도에 감탄했다. 하지만 그 때문에 그의 마음속 깊은 혼란이 줄어든 것은 아니다. 새벽까지만 해도 그는 조용한 확신으로 충만한 것을 느꼈고, 아나마야의 눈빛이 모든 질문에 답해주었다. 그러나 그는 망코의 말에 충격을 받고 마음이 흔들렸다. 망코의 말은 다리의 첫 흔들림보다 더 그를 혼란스럽게 했다. 그 말을 무시할 수가 없었다. 잘난 체하며 서툴게 대답한 것으로 만족할 수가 없었다……

밤색 말은 놀랍도록 온순하게 그를 따라왔다.

"말이 겁먹지 않도록, 규칙적인 발걸음으로 전진하셔야 합니다."

"어떻게 해야 하는지는 나도 알고 있소."

망코가 눈에 띄게 역정을 내자, 가브리엘은 더이상 충고로 그의 심기를 건드리지 않았다. 가브리엘은 뒤따라오는 밤색 말의 평온함을 느끼고, 허공에 매달린 다리의 판자 바닥에 더는 당황하지 않았다. 마찬가지로 부글거리며 솟구치는 강물에도 이제는 익숙했다.

그런데 중앙 기둥의 견고한 발판이 발밑에 느껴질 때, 그는 하마터면 넘어질 뻔했다. 그는 쓰러지지 않으려고 난간으로 쓰이는 견고한 용설란 밧줄에 매달렸다. 다리 반대편에서 아나마야가 홀로 그들을 기다리고 있었다.

✻

아나마야는 인디언 복장을 한 가브리엘을 볼 때면 이따금 그가 자기네 종족이 아니라는 사실을 잊어버렸다. 심지어 그가 서툰 억양으로 케추아어를 말할 때도, 며칠 만에 자라난 금빛 수염이 얼굴을 뒤덮었을 때도, 그녀는 더이상 그에게서 이방인의 모습을 전혀 느끼지 못했다.

그런데 멀리서 말을 끌고 오는 그의 모습을 보자, 카하마르카 근처에서의 첫 만남과 아타우알파와 그 신하들이 말에게서 깊은 인상을 받았던 일이 섬광처럼 떠올랐다. 예기치 못한 공포의 전율이 그녀를 뒤흔들었다. 하지만 그녀는 정신을 가다듬었다.

가브리엘이 다가왔다. 그녀는 그의 놀라움을 알아차렸다. 그의 뒤로 오십 보쯤 떨어진 곳에서 커다란 백마를 끌고 오는 망코의 모습이 보였다.

"여긴 어쩐 일이죠?"

그녀가 대답했다.

"나도 말 타는 것을 배우고 싶어서요."

✻

굽은 길 덕분에 그들은 망코의 뒷모습을 쫓던 군주들의 무례한 시선에서 벗어났다. 도시 입구에서 너무 멀리 와 있는 까닭에 군주들이 보이지 않았다.

망코는 아나마야를 보고도 전혀 놀라지 않았고, 가브리엘이 그녀를 위해 등자 높이를 줄일 때도 아무것도 묻지 않았다. 가브리엘은 말에게 겁주지 않고 안장에 오르는 법, 너무 길지도 짧지도 않게 고삐를 쥐는 법, 보통 걸음으로 가는 법을 부드러운 목소리로 가르쳐주며 한 사람 한 사람을 훈련시켰다.

퀴노아를 베어낸 밭이 승마 연습장으로 쓰였다. 그는 조마용 끈의 끄트머리를 잡고 그들의 말을 차례차례 끌고 갔다. 그는 "가시오!" "천 천히!"라고 말했다.

아나마야는 그가 명령하는 목소리의 음색이 마음에 들었다. 그리고 무시무시한 힘으로 가득 찬 그 기이한 생명체를 맨다리로 감쌌을 때 자신의 내부에서 생겨나는 자신감도 마음에 들었다. 그녀는 망코를 바라보았다. 초조해하며 열심히 배우는 망코는 이미 자기가 말의 주인이라는 것을 보여주려는 것처럼 백마의 옆구리를 발꿈치의 맨살로 꽉 조이고 있었다.

그들이 보통 걸음을 충분히 익히자, 가브리엘은 처음으로 속보로 가게 했다. 아나마야는 백마의 리듬과 자연스럽게 하나가 된 듯한 망코의 자세를 놀란 눈으로 바라보았다. 그녀 차례가 되자 그녀 역시 고르지 못한 급한 걸음걸이에 어렵지 않게 익숙해져서 강을 따라 미끄러졌다.

가브리엘은 땀에 젖어 있었다.

"더 빨리 가고 싶소. 당신들이 내달리는 속도로!"

망코가 말했다.

"구보로 말입니까?"

"구보로."

"말에서 떨어지실 겁니다. 훈련을 더 받으셔야 합니다. 군주님도 말에 익숙해지시고 말도 군주님께 익숙해져야 해요……"

가브리엘이 말했다.

"난 오늘 구보로 달리고 싶소!"

고집스러운 얼굴, 아나마야가 수년 전 우아라치쿠의 날부터 알고 있던 아이의 얼굴이었다.

가브리엘은 한마디도 하지 않고 조마용 끈을 풀며 망코를 흘긋 쳐다보았다. 그가 말을 손바닥으로 철썩 치고 큰 소리로 격려하며 내달리게 하자, 말은 마치 자기 몸에 올라탄 사람을 알아보려는 듯 주저하며 머리를 흔들었다. 그러자 가브리엘이 이를 악물고 조마용 끈으로 말 엉덩이를 후려쳤다. 그러자 말이 신경질적이고 짜증 섞인 속보로 펄쩍 뛰며 밭을 가로질러 곧장 앞으로 갔다. 망코는 꼭두각시처럼 흔들리다가 등자를 헛디뎠고, 그의 두 손은 잠시 잡을 곳을 잃었다. 갈기를 움켜쥐었지만, 그의 허리가 좌우로 흔들렸다. 밤색 말이 채 서른 발짝도 가기 전에 망코는 옆으로 미끄러져 쉿소리를 내지르며 둔중하게 떨어졌다.

"왜 망코 군주님이 하는 대로 그냥 내버려두었나요?"

가브리엘 옆에 남아 있던 아나마야가 물었다.

"그가 원하던 것 아닌가요?"

저쪽에서 망코가 일어서며 말에게 막연히 성난 몸짓을 했다. 말은 그에게서 몇 발짝 떨어진 곳에 멈춰 서서 무심한 눈으로 그를 바라보았다. 망코는 틀림없이 아플 텐데도 아무렇지 않은 듯 그들이 있는 곳으로 돌아왔다.

"자, 이제 제 말을 믿으시겠습니까?"

가브리엘이 퉁명스레 말했다.

"다시 하겠소!"

가브리엘은 한숨을 쉬었다.

✻

해가 질 때까지 오후 내내 가브리엘은 망코를 훈련시켰다. 망코는 지치지도 않고 말에서 떨어졌다가도 항의나 비명도 없이, 원통해하는 몸짓도 하지 않고 다시 일어섰다.

한 하인이 밤색 말을 찾으러 와서는 사파 잉카에게 등을 돌린 채 저만치 떨어져 있었다. 아나마야는 가브리엘을 바라보면서 그의 절제된 말과 인내심에 감탄했다. 그녀는 망코의 격한 기세가 차츰 가라앉고 짐승과 한 몸이 되는 것을 느꼈다. 태양이 산 뒤로 숨기 시작할 즈음, 드디어 망코가 말에서 내려오는 데 동의했다.

"우리에게, 나와 군주들에게 가르쳐주시오. 그 다음엔 검의 사용법을 알려주시오, 화약도……"

"그런 것은 하지 않겠습니다."

"당신은 곤살로의 적이 아니오?"

"저는 사크사우아만의 마지막 탑이 점령되었을 때 무기를 내려놓았습니다, 망코 군주님. 그리고 두 번 다시 무기를 들지 않겠다고 맹세했습니다. 군주님의 종족에 맞서서든 제 동료들에게 맞서서든."

아나마야는 마주 선 두 사람을 쳐다보았다. 가브리엘은 평온하게 행동하려 애쓰며, 옆구리가 땀에 젖은 백마의 안장을 걷어냈다. 망코는 두 눈과 입이 분노로 길게 찢어진 채 꼼짝도 하지 않고 있었다.

망코가 아나마야를 돌아보며 물었다.

"'퓨마'라는 게 뭘 의미하는 거요? 우리의 옥수수와 퀴노아를 먹는 것이오? 당신에게 분신 형제에 대한 의무로부터 등을 돌리게 하는 것이오? 우리의 산속에는 일찍이 없었던, 싸우기를 거부하는 이런 유의 퓨마는 대체 뭐요?"

"그는 진실을 말하고 있습니다."

"진실?"

망코는 두 사람을 차례로 쳐다보며 노여움을 드러내고 다시 빈정거림을 드러냈다. 그는 입을 다물었다. 저녁 노랫소리가 온 골짜기에, 계단식 대지들에 울려 퍼지고, 황금빛이 칸차 위로 내려앉았다.

"당신이 원하든 원하지 않든 전쟁은 일어났소, 이방인. 이런 지경에 이를 수밖에 없기에 전쟁이 일어난 것이오. 당신들이 우리 땅을 침범한 뒤로⋯⋯"

"저도 그렇게 생각합니다, 망코 군주님."

"그럼 어째서 당신은 이편에도 저편에도 가담하지 않겠다는 거요?"

이상하게도 가브리엘의 동요가 가라앉았다. 마치 그때껏 그에게 감춰져 있던 진실이 열리기라도 한 것처럼.

"아마도 바로 그것, '퓨마'이기 때문이겠지요."

아나마야가 말했다.

한 번 더 망코의 입술이 닫혔다. 그가 가브리엘을 향해 한 손을 들어 올렸지만 위협은 아니었다. 무슨 의도인지는 알 수 없었다. 그는 여전히 꼼짝도 하지 않았다. 그는 옅은 미소마저 띠고 말했다.

"이 말에 안장을 다시 얹어주시오. 부탁이오, 싸우지 않는 이방인. 공격하지 않고 바라보기만 하는 퓨마!"

가브리엘은 안장을 얹고 망코가 다시 안장에 오르도록 도와주었다.

잉카는 도시를 향해 멀어졌다. 처음에는 보통 걸음으로, 다음에는 속보로, 그리고 드디어 길에 먼지를 일으키며 구보로 달렸다.

망코의 모습이 도시 벽의 지평선에 검은 점처럼 보이자, 노랫소리보다 더 크고, 나팔 소리와 북소리보다 더 높은 함성이 들려왔다.

가브리엘은 말고삐를 쥐고서 내내 등지고 선 채 마치 가브리엘 그가 잉카이기라도 한 것처럼 눈을 내리깔고 있는 하인에게 느린 걸음으로 다가가 그를 돌려보냈다.

가브리엘은 말에 유연하게 뛰어올라, 몸에 익은 안장 가죽과 말의 기분 좋은 체온을 다시 느꼈다. 그는 아나마야에게 몸을 굽혀 팔을 내밀었다. 그녀는 그에게 매달려 자신 있게 말에 올랐다.

그들은 보통 걸음으로 최대한 천천히 갔다. 땅거미가 지고 어둠이 내렸다. 그들이 강한 향수를 다시금 느끼는 데는 어떤 말도 필요치 않았다.

그것은 사랑하는 여인을 품에 안고 말을 타고 가는 기병의 향수였다. 짓밟고 학살하는 죽음의 전장에서 그녀를 구해낸 그날, 먼지와 땀의 소용돌이 속에서 처음으로 둘의 운명이 그에게 나타났던 카하마르카의 그날에 대한 향수였다.

13

1536년 10월, 올란타이탐보

왕의 칸차 뜰에서는 어둠 속 그림자들이 밀짚 샌들을 바닥에 스치며 분주히 움직였다. 위대한 우아이나 카팍이든, 아타우알파든 혹은 망코든, 신들은 태양신의 아들인 잉카가 관례와 관습에 따라 섬겨지기를 바랐다. 과거에 있던 것은 현재에도 있고, 앞으로도 있을 터…… 최고급 라마 모직으로 지어진 잉카의 옷은 단 한 번 입을 뿐이고, 잉카는 손으로 음식물을 만지지 않으며, 그의 머리카락 한 올까지도 보관되었다. 그렇게 되도록, 조용한 발레와도 같은 질서정연한 움직임이 끊임없이 잉카 주위를 감쌌다.

뜰 한가운데에는 분수가 있었다. 분수는 사각형의 돌 하나로 되어 있는데, 그 중앙에서 물이 솟아 나와 뜰을 가로지르는 네 개의 돌 수로를 통해 사방위로 출발했다. 물의 에너지가 중심으로 모여들었다가 제국의 동서남북으로 다시 출발하는 것이다.

날마다 아나마야는 자신이 들이마시는 공기처럼 너무도 자연스러웠던 그 세세한 사항에 주목하며 의문을 품었다. 환영이 그녀에게 나타난 뒤로, 그녀는 제국의 심장부에서 은밀한 균열을 느꼈다. 영원한 것은 남아 있어야 했다. 하지만 모든 것이 영원을 향하고 있지 않았다. 언제까지고 계속될 것이라고 믿었던 그런 상징이 어쩌면 신들에게는 벌새의 날갯짓에 불과한 것이 아닐까?

아나마야는 장막 너머로 두 사람의 목소리를 들었다. 하나는 망코의 꾸짖는 듯한 부드러운 목소리였고, 또 하나는 그가 사랑하는 어린 아들 티투 쿠시의 목소리였다. 해산하다 죽은 아내에게서 얻은 아들이었다. 이제는 망코의 다정하고 아름다운 아내 쿠리 오클로가 사랑으로 티투를 보살피고 있었다.

칼카에 있는 동안은 망코는 아들을 돌보지 못했다. 하지만 올란타이탐보에 와서는 아들을 곁에 데려다놓고 매일 저녁 함께 놀아주었다.

"더 세게! 자, 발꿈치로 차야지!"

망코가 근엄한 목소리로 말했다.

"자요, 더 빨리, 또요!"

잔뜩 흥분한 어린 소년이 말했다.

아나마야는 유일한 군주의 방 입구를 무표정하게 지키는 두 보초병의 제지도 받지 않고 장막을 넘어갔다. 횃불 아래, 아버지 등에 올라타고 아버지의 허리를 철썩 치며 소리치는 티투 쿠시가 보였다.

"더 빨리! 말아! 더 빨리!"

망코는 방 전체를 뒤덮다시피 한 양탄자와 방석 위에서 껑충껑충 뛰었다. 잉카가 말이 되어 어린 소년을 등에 태우고 바닥에 널린 깃털과 최고급 쿰비 한가운데서 뛰어오르는 광경이 아나마야에게는 괴상해 보였다.

"봐요, 아나마야! 나도 아버지처럼 말을 탈 줄 안다고요!"

티투 쿠시가 말했다.

망코는 유연한 동작으로 아들을 바닥에 내려놓고 강인한 두 팔로 꼭 끌어안고 말했다.

"이제 가거라."

기다란 검은 머리카락에 둘러싸인 어린 소년의 얼굴이 총명함과 장난기로 반짝이는 두 눈으로 환해졌다. 아이는 방을 가로질러 뛰어가며 소리쳤다.

"내일도 연습해, 말아! 준비하고 있어요!"

아나마야는 망코에게 미소 지었다.

"많은 형제들 중에 저 아이로군요, 그렇죠?"

망코의 얼굴이 어두워졌다.

"저애가 맏이요. 내게 정열과 믿음을 가져다주는 아이지. 쿠리 오클로가 키웠고, 내 사랑하는 여자의 힘과 젖을 먹고 자랐소. 저 아이가 내 품에 있을 때, 난 코야에 대한 내 사랑을 생각하오…… 그러면 잠시나마 전쟁과 당신의 부재에 대한 근심을 잊는다오."

마지막 말이 슬프게 울렸다.

"저의 부재라니요?"

"당신이 여기 있다는 것과 분신 형제를 보살피고 있다는 걸 알고 있소. 하지만……"

"하지만?"

"난 당신이 이미 그와 함께 떠났고, 우리 전쟁의 운명에는 관심이 없다는 느낌을 떨칠 수가 없소."

"잘못 생각하고 계신 거예요, 망코 군주님. 저는 우리의 승전 소식을 들으면 기쁘고, 패했다는 소식을 들으면 몹시 슬퍼요. 하지만 군주님의 아버지 우아이나 카팍의 말씀이 끊임없이 제 마음속에서 울리지요. 그 말씀은 전쟁 저 너머로 향하고 있어요."

망코가 살짝 냉소를 터뜨렸다.

"그러면 전쟁 저 너머의 세계가 있단 말이오? 아나마야, 당신은 늘 내 옆에 있었고, 내게 저항하라고 부추겼소. 그런데 이제 와서 전쟁 너머의 세계를 운운하다니! 이렇게 결정적인 순간에! 사랑하는 내 형제 키소 유판키가 리마의 공격에서 참패하고 전사했소. 다행히도 일락 토파와 티소크와 다른 많은 사람들이 뒤를 이었소. 그런데 당신이? 이 전쟁을 위해 당신이 직접 투석기 돌을 던지려 했던 게 그리 오래전 일이 아닌 것 같은데! 대체 당신에게 무슨 일이 있었기에, 이제는 '저 너머'를 보려고만 하는 것이오?"

"말씀드리겠어요, 망코 군주님."

＊

아나마야는 망코에게 오랫동안 이야기했다. 자신이 가까스로 죽음을 면한 어린 공주에 불과했을 때부터 시작해 그들의 지난 이야기를 다정하게 들려주었다. 망코는 자신의 앞길에서 그녀가 치워주었던 뱀을 상기시켰다. 그들은 한 하늘 아래 함께 있을 수 없는 적, 구아이파르에 대해 얘기했다. 소문에 따르면, 구아이파르는 스페인 사람들 곁으로 군대를 이끌고 다시 나타났다고 했다. 망코가 말하는 동안 아나마야는 주저했다. '너희는 침묵으로 지켜져야 할 것이 무엇인지 알게 될 것이고, 함구하게 될 것이다.' 라던 우아이나 카팍의 말이 그녀의 마음속에 있었다. 망코에게 무엇을 비밀로 하고 무엇을 말해야 한단 말인가?

"저는 군주님과 함께 남아 있겠다고 약속했고, 이렇게 군주님과 함께 남아 있어요. 카하마르카에서 군주님과 다시 만났을 때 제가 그렇게 약속했지요. 그리고 그 뒤로 제가 얼마나 약속을 잘 지켰는지 알고 계시잖아요."

"카타리에게 말했지만 그는 입을 다물고 있소. 지금은 당신에게 말하고 있지만 당신 역시 입을 다물고 있고. 당신이 약속을 지켰다는 것은 알고 있소. 내 입에서 한마디라도 비난의 말이 튀어 나오는 걸 들어본 적이 없지 않소. 현자 빌라 오마가 당신을 어떤 눈으로 쳐다보는지 봤소? 내가 그의 위협을 부추기는 말을 하는 것을 들은 적이 있소? 그런데 당신의 침묵, 당신의 침묵이 날 무겁게 하고 밤새도록 내 마음속에서 울려 퍼지고, 나는……"

그가 의혹을 얘기하는 동안, 아나마야에게는 우아이나 카팍의 엄한 목소리가 들려왔다.

'그리고 우리 잉카족은 모욕을 당하고 수치심의 노예가 되어야 할 것이다…… 그러나 우리는 죽지 않을 것이다…… 형제의 피와 친구의 피가 적의 피보다 더 많이 뿌려지는 것, 그것이 징조다.'

"……만약 파울루와 당신, 처음부터 나와 함께한 당신들이 내게서 등을 돌린 것이라면 왜 내가 싸워야 하는지 의심스럽구려. 심지어 빌라 오마조차 자기 멋대로 전쟁을 하려 드는데 말이오. 일락 토파는 북쪽에 있고 티소크는 남쪽에 있지만, 그들은 내게 아주 가끔씩만 보고를 하고 있소. 각자 자기 관점에서 행동하는 것이오! 미친 짓이지!"

아나마야는 그에게 대답하고 싶지만 대답할 것이 없음을 깨달았다. 우아이나 카팍의 말은 분명 그것을 책망하는 것이라고 그에게 말할 수가 없었다. 그녀의 침묵이 그를 피할 수 없는 전쟁 속에 가두었고, 그는 그 안에서 홀로 어둠과 싸워야 하는 어린애였다.

망코가 다시 말했다.

"당신은 내게 용기를 북돋워주었고, 내가 '미래 시간의 첫 매듭'이라고 말해주었소…… 그건 아무 의미도 없는 거였어, 그저 잡음이고 바람 소리일 뿐 그 이상은 아니었어……"

"군주님은 용기 있는 분이세요. 고귀함이 군주님 마음속에서 불꽃처럼 타오르고 있어요."

"하지만 그건 아무짝에도 쓸모없을 것이오! 내가 말 타는 걸 배우면 말이 쓰러질 것이고, 내가 검을 다루면 검이 부러질 것이고, 수많은 화살이 날면 다시 떨어질 것이오……"

"군주님의 아버지가 제게 하신 말씀은 저 자신에게도 모호해요. 그 말씀을 곰곰 되새겨보는데, 꿈으로 다시 나타나기도 하죠. 제가 계속해서 풀어야 하는 수수께끼처럼 말이에요. 그런데 그 말씀이 제 안에 있으면 있을수록 저는 점점 더 무지해지는 것을 느껴요. 제가 알고 있는 것은 단지 이 파괴에 끝이 있다는 것뿐이에요…… 하지만 그 다음에는 어떻게 될지 몰라요."

"그 끝이 우리의 끝인가?"

"카타리에게 물어보세요. 그는 시간을 알고 있으니까요."

망코는 모서리가 날카로운 검은 돌 하나를 손가락 사이에서 돌리다가 발치에 떨어뜨렸다.

"모든 것을 할 수 있는 사람은 아무것도 할 수 없는 법이지. 안 그렇소?"

그가 한숨을 쉬었다.

아나마야는 한 번 더 입을 다물 수밖에 없었다.

"어쨌든 뭔가가 있어."

"뭐가요?"

"퓨마."

아나마야의 숨결이 빨라지고, 잊고 있던 예감이 그녀를 휘감았다.

"그는 우리를 도와줘야 했는데, 그의 말은 전혀 그렇지 않다는 걸 입증하고 있소."

"그는 무기를 들지 않고도 우리를 도울 수 있어요."

망코는 경멸의 몸짓으로 이의를 물리쳤다.

"당신의 적이 공격할 때 싸우지 않는 친구란 결국 뭐요? 그건 겁쟁이일 뿐 그 이상은 아니오!"

"그가 용감한 사람이라는 걸 잘 아시잖아요."

"알지. 하지만 당신의 미치광이 퓨마의 말이 빌라 오마의 귀에 들어가는 날엔 그가 죽게 되리라는 것도 알고 있소. 하지만 난 그 뜻을 막기 위해 아무것도 할 수 없을 것이오. 계단식 대지를 통해 채석장까지 퍼져 있는 소문을 당신은 듣고 싶지 않겠지. 여기 있는 사람들 모두가 그의 희생을 두 눈으로 보고 싶어할 거요……"

"군주님이 그렇게 되도록 내버려두지 않으시겠죠!"

망코는 숨을 내쉬더니 잠시 뜸을 두었다가 대답했다.

"그게 바로 가장 이상한 점이지. 그렇소, 난 그렇게 되도록 내버려두지 않을 것이오."

14

그와 마주한 얼굴은 죽기 전에 울부짖었다. 비죽거리다 일그러진 입은 끔찍한 고통과 두려움을 드러내고 있었다. 그 시선에서는 무슨 일이 있었는지 결코 알아낼 수 없을 것이다. 눈알을 도려낸 탓이다. 그 구멍은 썩은 살과 검은 피와 반쯤 굳은 딱지가 엉긴 덩어리일 뿐이다. 가브리엘은 구역질을 누르려고 고개를 돌렸다.

칸차에서 윌카마요 강으로 내려가는 넓은 대로는 스페인의 시장과도 같은 활기로 넘쳐났다. 그러나 직물과 향료를 사고팔아야 할 그곳에서는, 상인들이 저울을 준비해야 할 그곳에서는 시체들밖에 보이지 않았다.

대로 양쪽 길가에는 두 개의 벽이 서 있고, 벽에는 사람 키 높이의 벽감 수십 개가 패어 있었다. 모든 사람들의 감탄을 받으며 그곳에 전시

되어 있는 것은 진짜 사람들이었다. 평소에는 그토록 무관심하던 인디언들이 큰 소리로 떠들고 웃으며 그 사람들을 너도나도 가리켰다.

칸차에서 가장 가까운 첫번째 벽감들 안에는 정선된 전리품들이 전시되어 있었다. 그것은 십여 명의 스페인인 시체였다. 그 시체들은 뼈들이 발리고 북이 아니라 풍선으로 변형되어 있었다. 속이 말끔히 비워진 살가죽은 다시 꿰매이고 부풀려져서, 원래 모습과는 기괴한 유사점밖에 없는 인간 형상을 재구성하고 있었다.

가브리엘은 일종의 잔인한 아이러니를 떠올리며 혐오감을 느끼지 않을 수 없었다. 신이 창조한 그들을, 낯선 신들이 그들의 죄악을 본떠 더럽혀지고 변질된 기형으로 다시 만들었다고…… 그러나 그 관절 없는 인형들 속에 존재하는 것은 여전히 인간이었다. 마치 인디언 투사들이 그들의 잔인성으로 인간 내부에 숨어 있는 괴물의 본성을 밝혀낸 것처럼.

각각의 시체는 말뚝에 박혀 벽감을 하나씩 차지하고 있었다.

반감과 공포심이 일었지만 가브리엘은 동료의 얼굴이 있는지 보려고 얼굴을 하나하나 쳐다보지 않을 수 없었다. 그는 그들 대부분을 싫어했고, 피사로 형제들과의 대립 때문에, 그들은 이해하지 못하는 아나마야와의 관계 때문에 그들로부터 고립되어 있었다. 그런데 놀랍게도 그들이 문득 퍽 가깝게 느껴졌다. 패배의 모욕을 당한 만큼 승리에 굶주려 있던 잉카 전사들이 첫 승리에 취해 내지르는 기쁨의 함성 속에서, 마치 고문당하고 죽음에 처해진 사람이 바로 자기 자신인 듯 여겨졌다.

무척 다행스럽게도 모르는 얼굴들뿐이었다. 아마도 최근에 파나마에서 도착한 지원군들인 모양이었다. 황금을 찾으러 왔다가 황금 아닌 죽음과 맞닥뜨려 겁에 질리고 놀란 젊은이들.

스페인 사람들 다음에는 흑인 노예들, 지협의 노예들, 인디언 동맹군들이 있었다…… 그러나 그들은 다른 방식으로 당했다.

그들은 전부 목이 잘렸고, 그들의 머리는 군데군데 갈기나 말발굽이나 꼬리가 보이는 말가죽으로 감싼 창 위에 꽂혀 있었다. 가브리엘은 이교도의 우상들을 떠올렸다. 그것은 바로 정복 초기에 인디언들이 이방인들에게서 보았던 반신(半神)을 기괴하게 흉내낸 모습이었다.

가엾은 신들…… 노예들의 하얀 이는 뽑혔고, 우두머리였던 자의 알록달록한 깃털은 더이상 주름지지 않을 이마 위에 매달려 있었다. 깃털은 먼지와 진흙으로 시꺼멓고 가차 없이 부러져 있었다. 어느 카나리족 족장들은 색깔 띠를 그대로 간직하고 있었다. 그 띠가 눈이 있던 빈자리와 피가 흐른 목의 오톨도톨한 피부 위로 흘러내려와 있었다.

소란스러운 군중들 속에서 가브리엘은 문득 어쩔 수 없이 혼자임을 느꼈다. 누군가의 손이 불쑥 자신의 어깨에 놓이자 그는 소스라치게 놀랐다.

"카타리!"

돌의 대가의 표정이 어두웠다.

"여기를 뜹시다."

가브리엘은 그를 따라갔다. 두 사람은 칸차의 좁은 골목길을 통해 대신전으로 올라가는 가파른 계단 쪽으로 멀어졌다. 가브리엘은 죽음의 광경에서 조금 벗어나자 숨통이 트이는 것을 느꼈다.

신전 광장에 다다른 그들은 다듬어지고 짜맞춰지기를 기다리며 누워 있는 돌들 중 하나에 앉았다. 적당한 장소가 발견된 뒤로 거석 두 개가 새롭게 세워졌지만, 갈대 모양의 길고 가느다란 돌로 다른 돌들과 여전히 분리되어 있었다.

"당신은 위험합니다."

카타리가 말했다.

"여기 도착한 날 이후로 난 늘 위험하지요. 내가 본 불행한 사람들보다 더한 위험을 당하지는 않겠지요. 얼마나 잔인한 짓인지……"

가브리엘이 차분하게 말했다.

카타리는 처음에는 입을 다물고 있더니 짧게 말했다.

"죽은 사람은 죽은 사람입니다."

"당신 말이 맞아요. 토막 났다고 해서, 입에 고환을 물고 꿰매이거나 깃발이나 풍선으로 만들어졌다고 해서 더 많이 죽거나 더 적게 죽는 것은 아니니까……"

가브리엘은 자신의 말에 신랄한 빈정거림이 담겨 있음을 깨달았다. 동료들에게 자신은 이방인이라고 믿었건만 여전히 그들의 형제임을 마음속으로 확인했다.

"저런 짓을 저지른 사람들이 내게 무기를 다룰 수 있도록 도와달라고 하는군요. 더 많이 죽여서 뭔지 모를 새로운 전승 기념품을 만들려고…… 그들은 나를 이해하지 못해요. 난 이제 무기를 잡지 않을 거예요."

"목숨을 잃어도요?"

카타리의 목소리에 예기치 못한 떨림이 담겨 있었다.

"목숨이라…… 내 목숨이 어떤 건지 알 게 뭡니까? 나는 목숨을 빼앗겼다가, 내가 대단한 일과 관련된 것도 아닌데 돌려받았지요."

가브리엘이 중얼거렸다.

"당신은 퓨마예요. 무슨 일이 있어도 살아남아야 해요."

카타리가 진지하게 말했다.

가브리엘은 아나마야 앞에 있을 때는 사랑에 숨이 막혀 안개라도 낀 듯 몽롱해졌다. 그러나 카타리와 마주한 지금은 반대로 더 명철해졌다.

"내가 무기를 잡아야 한다는 건 안 될 말입니다."

"알아요. 당신이 무기를 잡아야 한다고 말하는 게 아닙니다. 그러나 아나마야와 나도 더이상은 당신을 보호해줄 수 없어요. 망코 군주님도 빌라 오마에게 맞설 힘이 없을 거예요. 빌라 오마에게는 이 피 흘리는 승리의 광경이 뜻밖의 기회지요."

카타리가 안절부절못했다.

"그래서요?"

"그래서 당신이 떠나야 합니다."

"언제?"

카타리가 미처 대답하기 전에 폭발음이 울려 퍼졌다.

그들이 칸차로 가는 계단을 급히 내려가는 동안, 가브리엘의 가슴은 터질 듯이 뛰었다. 그러나 그것이 새로운 공포에 대한 두려움 때문인지 아니면 그의 마음속에 잠들어 있던, 다시 한번 아나마야와 헤어져야 한다는 확신 때문인지 그는 알지 못했다.

*

빌라 오마는 길고 앙상한 두 팔이 드러나는 핏빛 운쿠를 입고 있었다.

"너희도 저들처럼 끝나고 싶은 것이냐?"

그가 벽감 안에 진열된 시체들을 가리키며 소리쳤다.

두 명의 스페인 사람은 허울뿐인 품위를 지키려 애쓰며 머리부터 발끝까지 덜덜 떨고 있었다. 가브리엘은 죽은 동료들의 모습이 어떤 감정을 불러일으키는지 익히 알 수 있었다.

"무슨 일입니까?"

그가 단호한 목소리로 물었다.

"깊은 곳의 퓨마께서 여기로 오셨군!"

빌라 오마가 날카롭게 외쳤다.

가브리엘은 현자 앞에서 몸이 굳어졌다. 군중이 그들을 둘러쌌다. 아나마야나 망코는 보이지 않았고, 카타리는 가브리엘 옆에 남아 있었다. 그는 생포되어 발목과 손이 묶인 두 포로를 마비시키는 두려움과 피맛에 선동되어 암암리에 형성된 적의(敵意) 한가운데서 유일하게 그를 지지하는 사람이었다.

"우리 투사들이 불을 뿜는 당신네 무기를 시험해봤는데, 목적은 이루지 못하고 겁만 먹었소."

빌라 오마가 말했다. 그는 끔찍한 내용물이 들어차 있는 벽감들을 가리켰다. 불행한 사람들은 공포 속에서 죽는 것으로 끝나지 않고, 이제 과녁으로 쓰이고 있었다.

"저자들이 도와주겠다고 했는데, 우리 전사들 중 한 사람의 얼굴에서 불이 폭발했소."

빌라 오마는 경멸의 몸짓으로 포로들을 스치며 말을 이었다.

"무슨 일이 있었던 거요?"

가브리엘이 스페인 사람들을 돌아보며 물었다.

"저들이 화약을 더 넣으려다가 화승총의 총신이 폭발했어요."

젊은 사람이 억양 없는 목소리로 대답했다.

"그건 사고입니다."

가브리엘이 빌라 오마에게 말했다.

"사고? 저놈들은 개 같은 이방인들이오. 모조리 죽일 테요!"

한 무리의 인디언이 가까스로 저항하는 두 포로를 붙잡아 가까운 두 개의 벽감 쪽으로 떼밀었다. 사람의 머리가 꽂힌 창 두 개를 치우는데, 머리가 떨어져 바닥의 먼지 속으로 굴러갔다. 사람들이 웃음을 터뜨렸다.

가브리엘이 두 포로 앞으로 달려갔다.

"당신 주변 사람들이 당신의 진짜 모습을 알았으면 좋겠군요, 빌라 오마."

군중이 얼어붙은 듯 꼼짝도 하지 않았다. 현자는 놀라서 입을 다물고 있었다. 가브리엘은 빌라 오마를 가리키며 말했다.

"남쪽에 있을 때, 난 내 비열한 동료들이 여러분 백성들에게 겪게 한 고통을 목격하고 그 사실을 이자에게 알리려 했습니다. 그에게는 그들을 막을 수 있는 힘이 있었지요. 그와 파울루 잉카의 목소리는 스페인인들에게는 존중받을 만한 것이었으니까요. 그런데 그는 아무것도 하지 않았습니다."

"이자의 말을 듣지 말라! 이자는 거짓말을 하는 것이다!"

빌라 오마가 외쳤다. 그의 호소에도 불구하고, 군중은 그대로 조용히 이방인의 말을 들었다.

"그는 여러분에게 이렇게 말할 것입니다. 여러분 백성이 마침내 이방인들에게 복수할 전쟁을 준비하고 있었다고 말이지요. 그러나 여러분에게 단언컨대, 여러분이 현자라고 부르는 이자에게는 끝없는 잔인성이 숨겨져 있고, 그 잔인성으로 그는 죽음에 이르게 될 것입니다. 그와 그를 따르는 사람들 모두가 말이지요. 전쟁의 고통은 말 그대로 전쟁의 고통일 뿐입니다. 그런데 여러분이 이 두 사람을 죽인다면, 인티께서 여러분에게 격노하실 겁니다!"

그것은 빌라 오마에게는 참을 수 없는 얘기였다. 그는 격분했다.

"이자가 우리의 신을 내세우는 것을 들어보라! 이자를 다른 두 사람처럼 비끄러매어 그들과 똑같은 운명을 겪게 하라."

빌라 오마가 고래고래 소리쳤다.

어느새 병사들이 다가와 가브리엘을 붙잡았다. 병사들은 화약 그릇을 포로들 입에 쑤셔 넣었다. 다른 사람들은 그들을 산 채로 불태우려고 불씨를 가져왔다. 가브리엘이 맹렬히 몸부림쳐도 소용이 없었다. 그는 헛되이 카타리의 시선을 찾았다.

"그만 하라!"

망코의 목소리가 쩌렁쩌렁 울렸다.

잉카가 군중 한가운데에서 불쑥 모습을 드러냈지만, 가브리엘에게는 보이지 않았다. 병사들과 군주들이 비켜섰다. 오직 빌라 오마만이 입술과 턱 위로 초록색 코카 즙을 흘리며 잉카와 마주 서 있었다.

"그대의 유일한 군주에게 몸을 굽히시오!"

망코가 빌라 오마에게 명령했다.

오래전부터 현자만이 잉카에게 마땅히 보여야 할 존경의 예를 갖추지 않았다. 그는 충혈된 눈으로 잠시 망코를 쏘아보더니, 눈에 보일 듯 말 듯 하게 상반신을 굽혔다. 그제야 가브리엘은 망코 뒤로 반쯤 가려진 아나마야를 보았다.

"주변을 둘러보십시오, 망코 군주님! 이미 시작된 파차쿠티를 보고 더 강한 힘에 따르십시오…… 신이라고 불렸던 이방인들을 우리가 어떻게 만들었는지 보십시오."

빌라 오마가 다시 말했다.

그는 사람이었던 자들이 끝이 청동으로 된 창에 박혀 똑바로 세워져 있는 벽감을 가리켰다.

"이것이 격변의 시작이고, 우리와 우리 백성을 위해 다시 찾아오는 평화입니다……"

"파차쿠티는 이미 오래전에 시작되었소, 빌라 오마. 내 아버지 우아이나 카팍이 그 첫번째 희생자였지만, 그분은 다른 세상에서 우리를 인도하고 계시오."

빌라 오마는 듣지 않았다. 허공을 쳐다보며 중얼거리는 그의 목소리를 들으려면 귀를 기울여야 했다.

"군주님에게는 오래되고 불순한 뭔가가 있습니다……"

아나마야는 위험에 처한 가브리엘을 보고 몸이 얼어붙었다. 그녀는 우아이나 카팍의 불확실한 말이 아득하게 느껴졌고, 아무것도 보이지 않는 환영과 아무것도 예고해주지 않는 예언이 두려웠다.

칸차들의 직선으로 된 좁은 골목길은 골짜기에서 나온 인디언들로 가득 차 있었다.

그들은 연장과 밭을 버려두고, 여기저기서 떼를 지어 도시로 몰려들었다. 윌카마요 강물처럼 거세게 부글거리는, 죽음과 피를 좇는 그들의 기호에 아나마야는 홀로 마음속으로 저항했다. 군중 너머로 그녀는 조상의 얼굴을 향해 몸을 돌리고 도움을 호소했다.

"당신은 더이상 명확히 보지 못하고 있소, 빌라 오마. 당신 눈은 아타우알파의 눈처럼 붉고, 당신 가슴속에는 피바다가 있소. 당신은 주술을 쓰고 비밀리에 제물을 바치고 끝없이 살생을 하고 있지만, 잊은 게 있소. 조상의 힘 없이는, 우리를 둘러싼 신들 없이는 당신은 아무것도 아니라는 것을 말이오……"

"불순한 것이 있단 말이오! 난 그 빌어먹을 날을 기억하고 있소. 병환으로 정신이 혼미해진 위대한 우아이나 카팍이 내 조언을 무시해버렸지요. 불순한 어린 계집아이를 퓨마에게 던져주기를 거부하고, 오히려 그 아이를 곁에 두고 아무도 결코 알지 못한 비밀을 들려주시던 그날…… 그때 우아이나 카팍에게서 그 계집아이를 떼어내어 끝장을 냈어야 했소. 이제 그녀가 자신이 퓨마에게 잡아먹히는 대신 우리가 잡아먹히도록 땅속 깊은 곳에서 퓨마를 튀어 나오게 했으니 말이오……"

"마지막으로 말하겠소. 빌라 오마, 그 입 다무시오! 아나마야는 결코 잉카족을 배신한 적이 없소. 당신은 그녀가 우아이나 카팍이 선택한 변함없는 코야 카마켄이라는 것을 잊고 있소. 그리고 바로 당신 자신이 그녀를 인도했다는 것을…… 아나마야는 전통이오. 그녀는 이전에도 그랬고 앞으로도 그럴 것이오."

빌라 오마는 입을 다물었다. 그의 비쩍 마른 몸이 내면의 동요로 흔들리고, 운쿠가 피의 시냇물처럼 물결치는 듯했다. 입가의 침은 거품으로 바뀌어, 그가 끊임없이 씹어대는 초록색 코카 즙과 뒤섞였다. 구릿빛 안색은 이제 잿빛이 되었다.

"이만 물러가야겠습니다. 안녕히 계십시오, 유일한 군주님."

그는 격분하여 사지가 뻣뻣해진 채 마지못한 듯 입을 열었다. 그러고는 급한 걸음으로 혼자 강 쪽으로 향했다. 빌라 오마의 분노와 증오, 그리고 이제는 그들을 갈라놓는 듯 보이는 상황에도 불구하고 아나마야는 그의 마지막 말에서 존경의 메아리가 울려 퍼지는 것을 들

었다. 빌라 오마는 망코에게 보여주기를 줄곧 거부하던 존경을 멀어
지면서 표한 것이다. 그것은 이제 적이 된 형제들의 옛 결합의 추억
이었다.

15

1536년 11월, 올란타이탐보

빌라 오마가 사라지자마자 군중이 가브리엘을 둘러싸고 웅성거리는 가운데, 병사들이 그를 망코의 칸차 쪽으로 끌고 갔다. 아나마야의 얼굴, 카타리의 얼굴, 망코의 얼굴도 사라졌다. 가브리엘은 자신이 급류에 실려 가는 연약한 바구니처럼 느껴졌다.

그가 칸차 뜰로 들어서자 여자들이 물러갔다. 그는 사방위의 분수 옆에서 다시 혼자가 되었다. 죽음을 모면한 그는 뛰는 가슴으로 망코와 현자가 나눈 격한 말들을 떠올리며 또다시 신비한 보호의 힘을 생각했다.

"이방인들은 모두 아저씨 같나요?"

어린 소년이 전혀 겁내지 않고 호기심 어린 검은 눈을 빛내며 그를 쳐다보았다. 키를 보니 네댓 살쯤 되어 보였다.

"많은 이방인들이 나보다 더 고약하지!"

그가 미소 지으며 대답했다.

"아저씨 이름이 뭐예요?"

"가브리엘."

어린 소년은 사뭇 진지해 보였다.

"이상한 이름이네. 아무 뜻도 없잖아요."

"너희 나라에서는 내 이름이 '퓨마'를 뜻한다고 어떤 사람들이 얘기해주더구나. 넌 이름이 뭐냐?"

"티투 쿠시예요. 저는 망코 잉카의 아들이고, 언젠가 잉카가 될 거예요."

"넌 분명 강력하고도 너그러운 군주가 될 것 같구나……"

그런데 소년은 그의 말을 듣지 않고 어느새 군주들과 병사들에게 둘러싸여 뜰로 들어선 아버지에게 달려갔다. 망코는 미소 지으며 아들에게 몸을 굽혔다. 가브리엘은 아들을 감싸안는 그의 지극히 다정한 모습을 보았다. 하지만 망코가 다시 몸을 일으켰을 때, 그의 검은 시선은 속을 알 수 없을 만큼 단호하고도 적의에 차 있었다.

"이리로 나를 따라오시오."

망코가 말했다.

망코 바로 뒤에 아나마야와 카타리가 있었다. 그들은 망코를 따라 왕의 침실 장막 너머로 들어갔다.

"망코 군주님, 제 인사가 군주님께 아무 의미도 없다는 것을 압니다만, 제가 군주님께 드리는 감사의 말씀은 진심입니다."

망코는 대답 없이 그를 바라보았다. 가브리엘은 감히 카타리나 아나마야의 눈을 찾지 못했다.

"지금 내가 알고 있는 사실을 빌라 오마가 알았다면, 당신은 이미 죽었을 것이오."

이윽고 망코가 말했다.

"뭘 알고 계시는데요?"

"당신네 종족이 오고 있소. 카피투 피사로의 형제 중 하나가 지휘하는 수많은 기병으로 이루어진 군대, 무수한 배신자들의 도움을 받는 강력한 군대."

"곤살로 말입니까?"

가브리엘은 그 저주받을 이름을 말하면서 자기도 모르게 가슴이 마구 뛰었다.

"에르난도요."

가브리엘은 어깨를 으쓱했다.

"아시다시피 저는 그들의 일원이 아닙니다."

"내가 도대체 당신에 대해 무엇을 알고 있는 건지 모르겠소. 하지만 내 앞에 당신의 목숨을 귀하게 여기는 사람이 딱 두 사람 있소. 그들은 또한 내가 가장 필요로 하는 사람들이니, 당신은 참 운도 좋군."

"어떻게 하실 겁니까?"

"앉으시오."

망코가 티아나에 자리를 잡는 사이, 가브리엘과 아나마야와 카타리는 그의 발치에 펼쳐진 야생 라마로 만들어진 부드러운 깔개 위에, 라마 직물로 만든 이불 위에 앉았다. 횃불의 반사광이 그들의 얼굴 위로 너울거리며 아나마야의 표정에 황금 가루처럼 스쳐갔다.

"우리 밀정들이 전하는 바로는, 며칠 전부터 그들이 공격 준비를 시작했다고 하오. 우리는 그들을 쳐부수고 철저히 괴멸시켜, 생존자들이 총독에게 가서 우리를 평화롭게 내버려두도록 설득하게 만들 것이오……"

"잘못 생각하시는 겁니다, 망코 군주님!"

분노의 섬광이 잉카의 얼굴을 스쳤다.

"우리의 승리를 의심하는 거요?"

"승리란 군주님이 생각하시는 것보다 늘 훨씬 더 불확실한 법이지요…… 그러나 제가 드리고자 하는 말씀은 그것이 아니라, 그들이 떠나지 않을 거라는 것입니다. 군주님이 그들을 이긴다면, 다른 사람들이 그들의 뒤를 이어 올 것이고, 그들도 물리친다면 또다른 사람들이 올 것입니다. 제 말을 믿으세요. 저는 누구보다 피사로를 잘 압니다. 그는 포기를 모르는 사람입니다. 절대로."

"그자는 나를 모르오!"

"제발, 망코 군주님. 여기 있는 어느 누구도 군주님의 용기를 의심하지 않습니다. 그러나 군주님이 또다른 빌라 오마가 되기를 바라시는 게 아니라면 이 점을 잘 생각하셔야 합니다. 스페인 사람들과 그들 힘의 본질에 대해 현실적으로 평가하셔야……"

"입 다무시오!"

"군주님은 따르지 않으시겠지만, 그래도 한 가지 충고만은 드리고 끝내야겠습니다. 명예로운 평화를 찾으십시오. 모욕을 조용히 감내하십시오. 구할 수 있는 것을 구하십시오. 그리고 젊은이들이 그들의 무기를 제압하는 법을 남몰래 집에서 배우게 하십시오. 칼이나 화약이나 말에 대해서 말씀드리는 것이 아닙니다…… 언어와 그들의 신과 그들의 관습에 대해 말씀드리는 겁니다."

"그럴 수 없소."

"그러실 줄 알았습니다. 군주님이 필요하다고 생각하시는 것을 하실 수밖에 없다는 걸 인정하지요."

"난 그럴 수 없소……"

망코는 마치 꿈속에 혼자 있는 듯 같은 말을 되풀이했다. 가브리엘은 진지하고 열정적으로 말했다. 햇불이 흔들리는 방 안에 다시 정적이 내려앉았다. 망코가 아나마야를 돌아보았다.

"당신은 어떻게 생각하오, 코야 카마켄?"

"이번 전쟁을 이기세요. 군주님과 우리에겐 선택의 여지가 없습니다. 하지만 그 다음에는 지혜의 말에 귀를 기울이세요."

망코는 조용히 그녀를 바라보았다. 그러고는 카타리에게 시선을 돌렸다.

"그럼 자네, 내 친구, 돌의 대가는 어떤가?"

카타리는 대답하지 않았다. 그는 일어나서 망코에게 다가가 그의 어깨를 잡았다. 두 사람은 잠시 서로를 끌어안았다. 그러고 나서 망코는 다시 티아나에 자리를 잡았다.

"이제 물러들 가시오. 혼자 있고 싶소."

16

 새벽에 카타리는 목까지 가려지는 망타로 아나마야와 가브리엘을 감싸주었다. 쓸데없는 말은 한마디도 하지 않고, 그들은 대신전으로 향하는 계단을 빠른 걸음으로 올라가며 소문과 이목을 피하려고 애썼다. 울타리 벽을 넘어서자 아나마야는 안도의 한숨을 내쉬었다.

 이제 언덕이 그들을 보호해주었다. 분신 형제가 기다리는 네 개의 벽감이 있는 작은 신전까지는 감히 아무도 찾아오지 않을 터였다.

 가브리엘과 아나마야는 처음에는 탐욕스럽게, 마지막에는 슬프게, 상대방의 얼굴에 손을 갖다 댄 채 끝없이 키스했다. 서로의 살결을 두루 스치는 것은 바다를 건너고 산을 탐험하는 것만큼이나 자극적인 여행이다. 그들은 지치지도 않았다. 그들의 손가락이 끊어지지 않는 견고한 노끈을 만들려는 두 개의 줄처럼 서로 얽혔다.

입술을 뗄 때 두 사람의 눈에는 눈물이 가득했다.

"난 떠나요."

가브리엘이 말했다.

"다른 방법이 없잖아요."

아나마야가 대꾸했다.

첫 태양빛이 분신 형제의 황금에 반사되고 동시에 산꼭대기를 비추었다.

"난 슬퍼하고 싶지 않아요."

가브리엘이 말했다.

"나도 그래요. 우아이나 카팍께서 내게 알려주신 대로 모든 일이 이루어지고 있어요. 수수께끼가 풀리고 당신은 언제나 거기 그대로 있어요. 당신은 마지막 순간까지 그대로 있을 거예요……"

"당신이 할 수 있는 말은 모두 내게 하고 있다는 걸 알아요…… 스스로 배워 나의 길을 가야 한다는 것도요. 그것이 바로 가장 큰 교훈이죠. 하지만 이따금은 그 교훈을 잃기도 하고 얻기도 해요. 망코에게 말하면서도 더이상 두렵지 않았어요. 모든 것이 내 안의 자기 자리에 있었으니까. 내가 훌륭한 퓨마가 될 수 있을 것 같아요?"

그의 마지막 말에는 부드러운 빈정거림이 스며 있었다. 아나마야는 그에게 몸을 기댔다.

"내게 모든 것을 드러내준 건 바로 당신의 사랑이에요. 당신의 사랑이 그 모든 것을, 심지어 언제 만날지도 모르는 채 또다시 헤어지는 이 부조리조차 가능하게 하지요. 그분은 내게 말씀하셨어요. '그는 떠나 네게로 돌아올 것이다. 비록 서로 떨어져 있어도 너희는 결합될 것이다……' 라고요."

"당신의 늙은 잉카는 잔인했어요!"

둘은 아이들처럼 작은 소리로 웃기 시작했다. 그들은 분신 형제가 조상을 바라보는 것같이, 남쪽 벽감의 현기증 이는 각도에서 조상을 바라보았다. 부스럭거리는 소리에 그들은 소스라치게 놀랐다. 카타리의 그림자가 그들 앞에 서 있었다.

그가 말했다.

"시간이 됐어요."

✳

그들은 돌이 제대로 깔리지 않은 좁은 길을 통해 조상의 산 너머로 올라갔다. 카타리와 가브리엘은 각자 망타로 싼 무거운 돌을 등에 지고 있었다.

빌라 오마의 자취를 전혀 알아보지 못한 채, 그들은 저마다 전투를 준비하느라 동요하는 여러 칸차를 가로질러 갔다. 그러고는 물자가 풍부하게 구비된 여러 콜카를 거쳐 멀어져 갔다. 카타리는 비탈길 아래에서 가브리엘을 위해 돌 하나를 골랐다. 이제 어깨와 등에 올려진 돌 때문에 가브리엘은 발걸음을 옮길 때마다 몹시도 고통스러웠다. 하지만 그의 목구멍에서는 아무 소리도 새어 나오지 않았다. 그는 왜 이렇게 짐꾼으로 변장해야 하는지 물을 필요도 느끼지 않았다. 앞장선 카타리는 알파카처럼 유연하게 앞으로 나아갔다. 무거운 짐은 미풍에 나부끼는 그의 기다란 머리카락만큼도 그의 어깨를 짓누르지 않았다.

이따금 가브리엘은 안티수유 숲의 무시무시한 수백 명 사수들이 합류한 잉카족 전사들을 보기 위해 뒤를 돌아보았다. 윌카마요의 하류에는 얕은 곳으로 건너는 것이 어렵도록 장벽이 세워져 있었고, 강물의 수위도 높았다. 더이상 무기를 들고 싶지 않은 그는 몸속 깊은 곳에서 고통스러운 박동을 다시금 느꼈다. 마치 스페인 사람들의 접근을 육체적으로 공유하는 듯했다. 그들 가운데에서 백마를 타고 손에 검을 든 채 투구와 쇠사슬 갑옷을 입고 땀을 흘리고 있지 않다는 것이 그에게는 퍽 낯설게 여겨졌다. 그는 예기치 못한 고통으로 몹시 괴로웠다. 세바스티안이 그들 틈에 있건만 그는 그곳에 없으니, 세바스티안을 보호하지 못하고 어쩌면 구하지도 못할 터였다.

그는 분노와 무력감으로 비명을 지르지 않으려고 이를 악물고 망타 자락을 꼭 쥔 채 등을 으스러뜨릴 듯한 돌의 무게에 몸을 맡겼다. 차츰 고통과 피로가 효과를 나타내면서, 그는 고통을 덜어주는 감각의 마비 상태에 빠졌다.

그들은 천연 광장 규모의 돌 많은 고원 같은 곳에 이르렀다. 돌을 내려놓은 가브리엘은 극심한 고통으로 쓰러질 뻔했다. 아나마야는 눈으로 그에게 힘을 북돋워주었다. 그는 갑자기 밀어닥친 의혹과 육체적인 노고에 기진맥진한 몸을 아주 천천히 일으켰다.

"다 왔어요."

카타리가 말했다.

완전히 넋이 나간 듯한 가브리엘은 이해하려고 애쓰며 아나마야를 쳐다보았다.

"여긴 조상의 얼굴 위예요."

그녀가 말했다.

카타리는 웅크리고 앉아서 추스파에서 청동 끌을 꺼내어 그것으로 몇 번 정확하게 쳐서 그의 돌을 다듬었다. 가브리엘의 돌을 가지고도 똑같이 했다.

"보세요."

카타리가 말했다.

그는 돌 하나에 퓨마 모양을 그리고 다른 돌에는 뱀 모양을 그렸다.

"힘과, 아마루의 지혜로군요."

가브리엘이 말했다.

"그래요. 당신은 이미 우리의 신들을 알고 있군요…… 이곳에 곧 우아이나 카팍의 얼굴 위를 장식할 신전이 세워질 것이고, 잉카의 힘을 구하는 사람들이 그 신전에 와서 기도하고 제물을 바칠 겁니다."

카타리가 미소 지었다.

하늘이 여러 가닥의 실 같은 안개에서 빠져나오고, 밝은 아침 햇빛이 언덕의 비탈길 위로 질주했다. 싱그러운 햇살이 계단식 대지 위로 번지고 물을 반짝이게 했다.

죽기에 좋은 날이었다.

저 아래 군중의 폭넓은 움직임이 임박한 위험을 경고하자, 가브리엘의 몸이 고통으로 뻣뻣해졌다. 아나마야가 다정하게 그를 돌아보며 말했다.

"얼굴이 창백하네요."

그의 얼굴에서 핏기가 가셨고, 심장은 터질 듯이 고동쳤다.

"그럴 수 없어요."

그가 말했다.

아나마야가 한 손을 그의 손에 올려놓았다.

"그들과 함께 있지 않으면서 그들을 죽게 내버려둘 수는 없어요……"

"싸우려고요?"

"아니오!"

끝내 고함이 터져 나왔다.

"그들과 함께 죽으려고요?"

"난…… 보호받는다고 생각했는데……"

"당신 자신을 제외한 모든 것으로부터 보호받지요."

아나마야는 전사들로 뒤덮인 계단식 대지와 비탈길을 바라보았다.

"그를 가게 내버려두세요."

카타리가 차분하게 말했다.

그 순간, 첫 함성이 울려 퍼졌다.

✽

얼음처럼 차디찬 물이 아나마야의 내부에서 쏟아져 나와 온몸을 서서히 마비시키는 듯했다. 그녀는 꼼짝도 할 수 없었다.

가브리엘의 첫 발걸음은 느리게 끝없이 이어졌다…… 길모퉁이 직전에서 그는 되돌아올 듯 멈춰 섰다. 그러나 그는 돌아오지 않았다. 그녀는 오히려 투석기 돌이 된 것처럼 달리다시피 하여 비탈길로 떠나가는 그를 바라다보았다.

그녀 아래에 있는 계단식 대지 위로 안티수유의 수많은 사수들이 보이고, 윌카마요 강의 왼쪽 기슭과 산의 사면에는 투석기를 짊어진 헤아릴 수 없이 많은 짐꾼들이 보였다.

상상 속에서 그녀는 우아이나 카팍이 자신에게 말을 했던 돌을 향해 다가갔다. 그러나 더이상 한마디 말도 없었다. 그 무엇도 퓨마가 야생동물처럼 죽음을 향해 뛰어들고 있다고, 다른 방향으로 대양을 건너가 자신의 종족과 합류하고 있다고 말해주지 않았다.

카타리는 그녀 옆에서 잠자코 있었다. 그는 끌을 가지고 신전의 첫 번째 돌이 될 두 개의 돌을 마저 다듬었다.

"당신은 퓨마가 인간이라는 것을 잊고 있었어요."

그가 짧게 말했다.

그녀는 그 말을 믿지 않으면서도 고개를 끄덕였다.

✳

비탈길을 내려가는 가브리엘의 관자놀이 혈관이 팔딱팔딱 뛰었다. 그의 결정은 말하자면 무의식적으로 내려진 것이었고, 숨이 가쁜 가운데 단편적인 의혹이 그의 의식을 스치고 지나갔다. 그가 다가감에 따라 산과 온 평원에 으르렁거리는 소리가 퍼지는 듯했다. 마치 수많은 북이 땅속 깊은 곳에서 울리며 땅을 들어 올리는 것 같았다. 그것은 두렵거나 스스로에게 용기를 주기 위해 외치는 사람들의 목소리요, 수많은 발이 구르는 소리요, 무기가 부딪치는 소리였다.

언덕 중턱을 내려가던 그는 헤아릴 수 없이 많은 투사들이 진을 치고 있는 것에 충격을 받아 잠시 걸음을 멈추었다. 숲에서 온 사수들의 주력 부대가 자리잡은 계단식 대지 위에 갑자기 멈춰 서게 된 것이다. 올란타이탐보에 있던 몇 주 동안, 산속에 그토록 많은 전사들이 숨어 있으리라고는 생각해보지 못한 터였다. 사수들 뒤로, 창과 망치와 찌르는 무기로 무장한 숱한 병사들이 또 있었다. 그는 여러 가지 스페인 복장을 한 인디언들을 즉각 눈여겨보았다. 어떤 자는 버려진 투구를, 어떤 자는 쇠사슬 갑옷이나 가죽 가슴받이를 하고 있었다. 어떤 장교들은 심지어 검까지 들고 있었다.

아래쪽으로 강 건너편에 스페인 군대가 다가오는 것이 보였다. 얼굴을 분간하기에는 거리가 너무 멀었지만, 그는 깃털 장식을 보고 선두에서 행진하는 에르난도 피사로를 알아보았다. 백여 명의 기병이었다. 적어도 삼천 명은 됨 직한 인디언 전사들이 그 뒤를 따랐다. 평소에 동맹을 맺고 있는 카나리족과 우안카족뿐만 아니라 망코에게 적의를 품은 잉카족도 있었다.

그들을 본 가브리엘은 돌진하여 그물처럼 촘촘하게 붙어 선 잉카 전사들 틈으로 비집고 들어가려 했다. 하지만 욕설을 들으며 팔꿈치에 얻어맞다 보니, 겨우 몇 개의 대열을 헤치고 지나갔을 뿐이다. 그런데 사수들의 등뒤에 이르자 넘어설 수 없는 장벽이 그의 앞에 버티고 있었다. 그는 지나가지 못하리라는 것을 절망적으로 깨달았다.

그 순간, 계단식 대지 끝에 망코의 당당한 모습이 보였다. 망코는 햇빛에 번쩍이는 창을 들고, 능숙하게 다루는 백마에 올라앉아 있었다.

*

스페인인들이 전진해 오는 평원까지 바라다보이지는 않지만, 아나마야는 잉카족의 대열을 훑고 지나가는 파동으로 그들이 다가오는 것을 느낄 수 있었다. 입구가 벽으로 감춰진 신전이 위치한 산비탈에서, 그녀는 요란한 북소리와 합주 나팔 소리가 올라오는 것을 들었다. 때때로 좋은 결과를 가져다주었던 기습공격 대신, 망코와 그의 부하들은 마치 자신들이 기다리고 있음을 적에게 보여주고 적들을 두려움에 떨게 만들려는 것 같았다.

그녀는 눈을 감고 가브리엘의 모습을 떠올렸다. 그는 어디에 있을까? 무사히 전선을 건너갔을까? 그녀는 전사들의 대열 속으로 교묘히 파고들고, 동료들과 합류하기 위해 강에 뛰어들고, 말에 올라타고, 검을 움켜쥐는 그의 모습을 그려보았다. 그가 종종 사크사우아만을 점령하던 자신의 수훈을 얘기해준 까닭에, 그녀는 스페인인들의 공격 선두에 서는 그의 모습을 어렵지 않게 그려볼 수 있었다.

다시 눈을 뜨자 햇빛에 눈이 부셨다.

"그럴 리 없어. 그는 다시는 무기를 들지 않겠다고 맹세했고, 그토록 많은 진전이 있었는데……"

그녀는 중얼거렸다. 그러나 그것으로 마음이 놓이지 않았다. 그가 어디에 있든, 그의 의지가 어떻든, 그는 전장 한가운데에 있었다. 그녀는 그가 죽을지도 모른다는 생각을 떨쳐버리지 못하고 괴로워했다.

"산티아고!"

너무나 잘 알아들을 수 있는 스페인인들의 함성이 골짜기 너머로 울려 퍼지고, 그 메아리가 그녀의 가슴까지 울렸다.

"산티아고!"

그녀는 두려움에 몸서리쳤다.

카타리가 다가와 말했다.

"그대로 있어요. 기다려요. 두려움을 쫓아버려요."

그러나 카타리의 눈에서도 불안이 엿보였다. 그녀는 가슴이 찢어질 것만 같았다.

꽃

망코는 가브리엘을 보자마자 그에게 다가갔다. 병사들이 비켜서며 망코에게 길을 열어주었다.

"당신이 왜 여기 있지? 우리와 함께 싸우려고 왔소?"

망코가 거칠게 물었다.

가브리엘은 대답하지 않고 강렬한 시선으로 잉카를 뚫어지게 바라보기만 했다.

"아니면 그들과 합류하려는 거요? 그들과 함께 죽으려고?"

망코가 침착하게 말했다. 가브리엘은 망코가 자신감에 차 있다는 것을 알 수 있었다.

"당신이 건너가서 합류하겠다면, 굳이 막지는 않겠소."

망코가 그에게 평원을 가리키며 말했다.

가브리엘은 움직이지 않았다.

"확실하오? 원하지 않는 거요? 그러면 내 군주들과 함께 오시오. 아무것도 두려워할 것 없소. 와서, 당신네 종족에게 무슨 일이 일어나는지 보시오."

망코가 말했다.

"산티아고!"라는 함성이 그의 혈관에서 오래된 무엇인가를 끓어오르게 했다. 일어설 힘, 이 집단에서 빠져나가 동료들 한가운데에서 솟아오르기 위해 망코의 도전적인 제안에 따를 힘을 줄 것만 같았다. 그러나 그는 이를 악물고 침묵을 지켰다.

잉카족은 완벽하게 질서정연한 동작으로, 스페인인들을 향해 화살과 돌을 비처럼 퍼부었다. 그 바람에 스페인군의 제1진이 주저하며 뒤로 물러났다. 그러더니 두 기병이 진영에서 빠져나와 첫번째 요새의 공격에 나섰다. 얼굴은 보이지 않지만 큰 키를 보고, 가브리엘은 페드로와 세바스티안임을 알아보았다. 세바스티안은 하얀 말을, 페드로는 검은 말을 타고 있었다. 화살과 돌 들이 스치는 소리가 귓전을 울릴 때, 그는 잇사를 알아보았다. 분명 세바스티안이 그에게 주었던 암말이었다. 마치 그의 과거가 전속력으로 그에게 달려오는 듯했다.

※

카타리는 목에 걸고 있던 돌 열쇠를 벗어서 아나마야에게 건넸다. 그녀의 푸른 눈은 초점도 생기도 없었다.

계단식 대지에서 올라오는 소음이 귀청을 찢는 듯하고, 빗발치는 돌과 화살 소리가 대기를 가득 채웠다. 화살이 날아갈 때마다 마치 하늘로 몰려든 곤충 떼가 땅을 쑥밭으로 만드는 듯했고, 돌들이 새처럼 떨어졌다.

아나마야는 북쪽을 향해, 우아이나 카팍을 다시 만났던 '비밀의 도시'를 향해 돌아섰다. 카타리도 그녀와 동시에 돌아섰다.

"인티가 우리들 사이의 증오를 태워 없앨 때까지……"

그녀가 중얼거렸다. 그러자 카타리도 덧붙였다.

"……흘린 피를 슬퍼하는 여자들만 남을 때까지."

"지금이 그때라고 생각해요?"

카타리는 강인한 두 손을 펼쳤다. 손금에 무수한 상처가 나 있었다.

"아뇨, 아직 모든 징조가 나타나지 않은걸요."

"그가 죽을 수도 있을까요?"

"퓨마는 사람이라고 내가 말했죠. 사람은 죽게 마련입니다…… 그러나 그 사람은 퓨마예요."

카타리의 말에 아나마야가 미소 지었다.

그 순간 폭발음이 울려 퍼졌다.

＊

가브리엘은 페드로와 세바스티안이 용맹스러운 분전에도 불구하고 인디언들의 폭격에 밀려나는 것을 넋을 잃고 바라보았다. 페드로와 세바스티안이 되돌아가자 한 무리의 기병이 신전의 재공격에 나섰다. 스페인인들은 아래에서 보이는 데억진 성벽 때문에 신전을 성채로 여기는 모양이었다. 방어병들이 몸을 숙이는 듯하더니, 차차포야족의 두 인디언이 발사물을 던져 첫번째 말의 다리를 부러뜨렸다. 그 바람에 나머지 기병들이 공포에 질려 서둘러 몸을 굽혔다. 그 뒤로는 어떤 기병도 공격을 감행하지 못했다.

가브리엘은 스페인인들이 주저하는 것을 느꼈다. 조직적인 전투에서 처음으로 그들은 인디언들의 기세에 밀렸다. 말들의 기습 공격은 무효가 되었고, 대포도 효과가 없었다. 망코가 조직한 방어 작전은 스페인인들의 움직임 전체를 예견한 것처럼 보였다. 에르난도가 신전 성벽을 다시 공격하기 위해 산을 우회하라고 보낸 보병 분대조차 쏟아지는 돌 때문에 밀려났다.

바로 그 순간 장포가 발사되었다. 그러나 장포는 잉카 가까이 계단식 대지 가운데에 놓여 있었고, 대체로 효과가 없는 폭발에 모든 스페인 투사들이 자만심으로 가득 차서 웅성거렸다. 잉카족인 아마추어 화공병의 머리에서 폭발하지 않은 게 기적이라고 가브리엘은 한순간 생각했다.

잉카 전사들이 기다리고 있는 비탈길과 계단식 대지에 우르릉거리는 소리가 울려 퍼졌다. 그것은 망코의 외침과 함께 일어났다. 그와 동시에 온 사방에서 내려가는 듯 보이는 잉카족이 스페인인들의 공격에 나섰다. 무력하고 앞도 제대로 보이지 않는 가브리엘은 잠시 동안 온 땅이 진동하는 것밖에 느끼지 못했다. 그는 모욕과 두려움의 세월에 대한 분노에 휩싸여 모든 것을 집어삼킬 태세로 몰려들며 함성을 지르는 사람들의 물결에 짓밟히지 않으려고 애쓰는 데에만 몰두했다.

평원에서 올라오는 소란의 와중에 그가 정신을 차리고 다시 똑바로 섰을 때는 뿌연 안개가 피어오르는 것밖에 보이지 않았다. 그것은 먼지요, 땀이요, 튀어 오르는 흙이요, 날아가는 검이었다. 그리고 그 뒤얽힌 접전 속에서, 손에 창을 들고 이마에는 마스카파이차를 두른 채 백마에 올라탄 망코의 기이한 모습이 보였다. 그의 거친 공격은 아무것도 두려워하지 않는 악마의 공격 같았다.

한순간 가브리엘은 그들이 처음으로 승마 연습을 하던 때를 떠올렸다.

"전쟁을 하고 싶지는 않았는데, 어쨌든 나도 전쟁에 동참하고 있는 셈이군……"

그가 중얼거렸다.

스페인인들과 동맹군들은 사납게 저항하며 잉카족에게 피해를 입히면서도 한 발짝씩 뒤로 물러섰다. 기병들의 공격은 그다지 예리하지도, 격렬하지도 않았다. 멀리 떠내려가는 뗏목처럼, 에르난도 투구의 붉은 깃털이 평원에서 점점 더 멀어졌다.

어느새 땅거미가 지자 가브리엘은 놀랐다. 이제 막 해가 뜬 것 같았기 때문이다.

그는 전장에서 시선을 돌려 산꼭대기를, 카타리와 아나마야가 가르쳐주어 알고 있는 아푸를 바라보았다. 그리고 두 강을 바라보다가 깜짝 놀라 몸이 굳었다.

백여 명의 인디언이 오랫동안 준비해온 수로 쪽으로 파타칸차 강의 흐름을 돌리는 일을 마무리 짓고 있었다.

가브리엘은 순간 깨달았다.

평원은 휩쓸릴 터였다. 그리고 스페인인들은 모조리 익사할 것이었다.

17

1536년 11월, 올란타이탐보

콘도르 날개가 하늘을 뒤덮듯이 산꼭대기에 어둠이 내렸다. 아래쪽에서는 소란이 잦아드는 듯했다. 고함 소리는 줄어들고 신음 소리는 높아졌으며, 폭음은 완전히 그쳤다. 아나마야는 문득 한기가 몰려오는 것을 느꼈다. 그녀는 차가운 몸 위로 망타 자락을 끌어당겼다.

"빌라 오마가 어디 있는지 궁금해요."

그녀가 말했다.

카타리는 생각에 잠겼다.

"아마도 어느 지하 우아카 안에 숨어 있겠지요. 새로운 저주를 준비하고, 자신의 사악한 예언이 옳았다는 것이 입증될 수 있도록 패배하기를 바라면서……"

"난 그가 이번 전투에서 망코 군주님과 합류할 줄 알았어요."

"분노 때문에 땅 한가운데의 외딴섬에 홀로 갇힌 거죠."

"내게는 현자였는데……"

"그 역시 사람입니다. 사실 그는 강력한 우아이나 카팍이 자신에게는 타완틴수유의 비밀을 털어놓지 않고 푸른 눈의 낯선 소녀를 선택한 것을 결코 이해하지 못했지요……"

아나마야는 여전히 꿈꾸듯 생각에 잠겨 있었다.

"내게는 계속 현자로 남을 거예요."

카타리의 웃음소리가 어둠 속에 부드럽게 울렸다.

"뭐가 우습죠?"

"오랫동안 난 코야 카마켄의 이면에서 잉카 우아이나 카팍 앞에 불려갔던 어린 소녀의 모습을 보려고 했어요. 그런데 방금 처음으로 그 소녀의 소리를 들었네요."

이번에는 아나마야가 미소 지었다.

"왜 내게 이 돌 열쇠를 주었죠?"

"언젠가 모든 징조가 이루어지면, 우리도 역시 헤어지게 될 겁니다. 난 기원의 호수 쪽으로 갈 테고, 당신이 돌아갈 곳은……"

그녀는 그의 입술에 손가락을 갖다 대며 말을 가로막았다.

"제발 이름은 말하지 마요."

"당신에겐 그 열쇠가 필요할 겁니다. 그 열쇠가 당신에게 돌을 열어줄 거예요."

"내가 어떻게 알게 되나요?"

"알게 될 겁니다."

밤의 미풍이 일어 사람들의 소리를 실어왔다. 신기하게도 아나마야는 더이상 춥지 않았다.

"그는요?"

그녀가 물었다.

＊

가브리엘은 물이 놀라운 속도로 차올라 평원을 침수시키고 속력이 떨어진 말들의 뱃대끈 높이까지 올라가는 것을 보았다. 호수가 땅 밑에서 솟아올라 그들을 집어삼키는 듯했다. 물속으로 쓰러진 기병 하나가 무거운 장비를 벗어버리려 애쓰며 허우적거리는 모습이 보였다.

완전히 어둠이 내렸을 때, 스페인인들의 퇴각은 그저 멀어지는 소음일 뿐이었다. 부르는 소리가 울려 퍼지고, 나팔 소리도 들렸다. 잉카족이 낙오병을 붙잡거나 말을 쓰러뜨렸을 때는 갑작스러운 함성이 일기도 했다.

한없는 피로가 가브리엘의 온몸을 납덩이처럼 무겁게 만들었다. 그는 싸우지 않았지만, 갑작스레 늙어버리고 구타와 상처로 몸이 마비된 것처럼 느껴졌다. 눈을 감자, 잉카족이면서 스페인인이고, 말을 타고 가는 동시에 걸어가며 검과 투석기를 휘두르는 자신의 모습이 보였다. 그것은 떨쳐버리기 어려운 환영이었다. 전사하지는 않았지만 모든 것이 끝나고 이제는 가장 극심한 피로만 극복하면 될 때 끝내 무너져버리는 투사처럼 빨려 들어가고 싶은 환영이었다.

망코가 진흙으로 뒤덮인 말고삐를 잡아끌며 걸어서 다가왔다. 그는 말없이 가브리엘을 노려보았다. 자만심으로 빛나는 그의 검은 눈에는 여전히 전쟁의 취기가 가득 서려 있었다. 승리, 그것은 여러 단지의 치차보다 강력하고, 수많은 코카 잎보다 센 마약이었다.

망코는 가브리엘에게 고삐를 건네고는 눈길 한 번 주지 않은 채 기진맥진한 승자처럼 칸차로 가는 길로 접어들었다.

가브리엘은 그를 뒤따라갔다.

*

길이 너무 가파르고 군데군데 돌까지 박혀 있어서 밤에 내려가기에는 위험했다. 하지만 아나마야와 카타리는 온 사방의 하늘 아래에서 걸어본 사람의 본능과 달빛의 안내를 받아, 확신에 찬 고른 발걸음으로 나아갔다.

윌카마요 강과 분수들에 다가가자, '아티이하일리'의 함성이 들려왔다. 그 승리의 노래는 벌써 영웅들의 수훈을 이야기하고 있었다. 땅은 여전히 피를 들이마시고 있었고 강은 익사한 자들과 죽은 자들의 시체를 휩쓸어 가고 있었다⋯⋯ 강가에서 아나마야는 자기를 바라보는 한 여자의 얼굴을 보았다. 이해할 수 없는 전쟁 때문에 남편을 따라온 그녀는 남편의 옷이 든 망타를 여전히 꼭 끌어안고 있었다. 그녀의 희멀건 눈이 사방위 너머로 헤매고 있었다.

칸차 입구에서 그들은 비틀거리는 사람들과 마주쳤다. 어떤 이들은 진흙과 토사물이 뒤범벅된 바닥에 벌렁 드러누운 채 불분명한 신음 소리로 대양 반대편에서 온 신들에 대한 승리의 전설을 노래하고 있었다. 그 순간 이방인들은 다시금 오래전에 묘사되었던 전설적인 존재가 되었다. 손으로 사람을 베고, 불을 뿜는 은막대를 지닌 천하무적의 말-인간. 그러나 그들 맞은편의 승리한 전사들의 취기 어린 말 속에는, 비라코차가 돌을 변모시켜 잘린 팔이 다시 자라나는 투사들을 만들었다는

잉카족의 애기가 담겨 있었다. 물과 우박의 주인인 그들의 이야기
가⋯⋯

칸차의 좁은 골목길로 들어가면서 아나마야와 카타리는 소문을 듣
게 되었다. 그 소문은 남자들 목소리를 타고 전해지고, 안뜰 깊은 곳에
서 새어 나왔다. 쥐를 구우려고 불가에서 분주히 움직이는 여자들조차
소문에서 벗어나지 못했다. 모두들 돌을 던져 첫번째 말의 다리를 부러
뜨린 사람에 대해 말하고, 파타칸차 강의 물길을 돌린 것에 대해 말했
다. 모두가 화살이나 돌처럼 휙휙거리는 소리를 냈고, 모두가 어떤 말
에게 매달려 쓰러뜨린 다음 그 시체를 강물에 떠내려가게 했다. 모두가
이야기하고 있었다. 승리의 행복을 만끽하려면 아무리 이야기해도 충
분치 않으리라.

아나마야는 두려웠다.

가브리엘은 그곳에 없었다. 그녀는 어둠 속 얼굴들을 하나하나 살피
지 않을 수 없었다. 그러나 그녀의 혀는 묶여 있었고, 감히 아무것도 묻
지 못했다. 이방인? 아랫세상으로 사라져버리라지, 그것이 바로 모두
가 바라는 것이었다.

망코의 칸차 벽에서 높은 사다리꼴 문이 열리며 문 앞의 보초병들이
비켜설 때, 그녀의 가슴은 타들어가고 있었다.

잉카는 운쿠 위에 쇠사슬 갑옷을 입고 발치에 창을 둔 채 군주들 가
운데에 있었다. 그는 어떤 동작을 묘사하느라고 두 손을 내밀고 있었
다. 아나마야는 그의 두 손이 여전히 흙과 피로 범벅이 되어 있는 것을
보았다. 진흙 눈물이 그의 두 뺨에 흘렀고, 그의 시선은 자만심과 증오
로 번득였다. 그 주변 사람들의 얼굴에는 웃음이 가득하고, 잉카에게
마땅히 표하는 존경 속에는 같이 싸워 이긴 투사의 전우애가 스며 있었

다. 아나마야와 카타리가 들어가자 침묵이 자리잡았다.

"저런, 코야 카마켄, 우리한테서 이토록 오랫동안 떨어져 있던 걸 보니, 아마도 내 아버지가 당신에게 이번 승리에 대해 미리 알려주셨던 게로군……"

신호에 따라 두 여자가 치차 단지를 가져와 정교하게 만들어진 황금컵에 조금 따랐다. 망코는 한참 동안 마셨다.

"그리고 너, 카타리, 넌 핀킬루나 산꼭대기에서 우리와 함께 돌을 던졌느냐?"

아나마야와 카타리는 침묵을 지켰다. 잉카의 두 뺨이 취기로 벌겋게 달아오르고, 두 눈은 불꽃을 내뿜었다. 그가 군주들을 돌아보며 말했다.

"이들이 내게 대답을 하지 않는군. 경멸해서인가, 아니면 스스로 수치스러워서인가……"

"우린 새로운 신전을 위한 돌을 갖다 놓았습니다. 언젠가 조상이자 군주님의 아버지이신 우아이나 카팍의 이마를 장식할 신전이죠."

카타리가 말했다. 두려움 없는 차분한 목소리였다.

망코의 시선에서 위협적인 빛이 꺼졌다. 그는 손가락으로 아나마야를 가리키며 말했다. 다소 가라앉긴 했지만 아직 분노의 앙금이 담긴 목소리였다.

"내가 전쟁터에서 동물 한 마리를 발견했소. 그걸 당신에게 주고 싶군."

"어떤 동물인가요?"

아나마야가 부드럽게 물었다.

"퓨마요. 당신이 그 퓨마와 관련이 있다더군."

망코의 손이 반원을 그리며 어둠 속의 한 점을 가리켰다. 두 병사에게 에워싸인 가브리엘이 무표정한 얼굴로 거기서 나왔다.

"돌려주는 거요, 아나마야. 당신 거니까."

아나마야는 온몸으로, 온 마음으로 달려가 그를 품에 안고 싶었지만 꾹 참고 꼼짝도 하지 않았다.

"하지만 당신의 퓨마는 단 한 가지 조건을 지켜야만 목숨을 보전할 것이오."

아나마야의 푸른 눈이 망코의 눈을 들여다보았다. 망코는 눈도 깜박이지 않았다.

"우리가 승리한 다음날 새벽을 위해 인티가 첫빛을 발하기 전에 그는 사라져야 하오. 내 말 알아들었소?"

아나마야는 침묵을 지켰다. 그녀는 기진맥진한 가브리엘이 뒤뚱거리는 걸음으로 자기에게 다가오도록 가만히 있었다. 그들은 서로의 몸이 닿지 않게 나란히 서서 망코를 마주하고 있다가 안뜰의 군중을 가로질러 나아갔다. 모두들 그들 앞에서 비켜섰지만, 그녀는 공격적인 적의와 복수의 욕망을 감지했다. 그에게 극심한 고통을 주고자 하는 욕망을.

그들이 콘도르 한 마리가 조각된 횡목 아래로 지나가는 순간, 마지막으로 망코의 목소리가 들려왔다.

"새벽이 되기 전이오."

그가 한마디 한마디 힘주어 말했다.

그의 목소리에는 이제 취기의 흔적이 없었다.

＊

그들이 칸차에서 멀어지는 동안 어둠이 그들 주위를 감쌌다.

아나마야는 분수들을 지나고, 윌카마요 강을 따라서 콘도르의 우아카 쪽으로 가브리엘을 데려갔다. 오랫동안 그들은 아무 말도 하지 않고 감히 서로를 만지지도 않았다. 불과 몇 시간 동안 헤어져 있던 것이지만, 첫마디를 꺼내기 위해서는 우선 숨을 가다듬고 고동치는 심장을 진정시켜야만 했다.

서늘하고 부드러운 밤. 길 위의 소음과 전쟁의 두려움과 공포는 모두 사라졌다. 더이상 승리도 패배도 없고, 동요도 없고, 증오와 승리의 함성도 없었다.

바위에 가까이 가자, 아나마야가 멈춰 서고 가브리엘도 그녀와 함께 멈춰 섰다. 그녀는 그의 손을 잡고, 강가에 둘러세워진 낮은 담장 위에 그를 눕혔다. 둘 다 눈을 감고, 자기 자신에게서 폭력을 비워내며 정신과 온몸이 한결같은 물소리와 함께 흐르게 했다.

그러더니 그녀가 그를 다시 일으켰다. 그들은 물가까지 내려갔다. 그녀는 부드러운 몸짓으로 그의 옷을 벗겼다. 땀 젖은 그의 운쿠가 바닥으로 미끄러졌다. 그는 차디찬 물의 선뜩함에 놀라서 고통스러운 비명을 지를 뻔했다. 아나마야는 흐르는 물 한가운데 수면 높이에 드러나 있는 검고 평평한 바위 쪽으로 두려움 없이 그를 이끌었다. 그는 바위에 누워 차가운 물에 몸을 반쯤 담갔다. 천천히 아나마야의 손이 그에게서 모든 피로를 씻어냈다. 물, 손…… 그는 전혀 구별하지 못하고 그대로 피로를 바닥으로 가라앉혔다. 그의 머릿속을 떠나지 않던 영상이 차츰 사라지고, 싸우지 않고도 겪은 그 백병전으로부터 차츰 벗어났다.

아나마야가 그를 일으켜 강가로 다시 데려갈 때 그는 감미로운 행복에 감싸였다. 심지어 욕망이 솟아오르기 시작했다.

그녀의 망타 안에는 그를 위한 운쿠가 들어 있었다. 그의 살갗을 스치는 보드라운 운쿠 털이 애무의 손길처럼 느껴졌다. 두 사람은 낮은 담장을 다시 지나서 길로 나왔다. 그들 위로 콘도르 우아카의 윤곽이 뚜렷이 드러났다.

"난 떠나고 싶지 않았어요."

가브리엘이 말했다.

"알아요."

두 사람은 어둠 속에서 낮은 소리로 말했다. 다른 사람에게 들릴까 두려워서가 아니라, 함께 피신해 있는 동굴 같은 분위기를 어둠 속에 만들기 위해서였다. 둘은 모든 것을 말했다. 움직이지 않는 듯 보이는 어둠 너머로 너무도 빨리 다가오는 임박한 이별을 제외하고.

"난 그들 가까이 있어야 한다고 생각했어요. 당신 종족과 싸우고 싶지 않았어요. 말발굽에 짓밟히는 풀과 같은 위치에 있고 싶었고, 부상자들을 도울 수 있는 자리에, 그들의 시선이 미치는 거리에 있고 싶었어요…… 그 비열한 에르난도가 쓴 투구의 붉은 깃털을 기어이 봐야겠다는 이상한 느낌마저 들었어요. 그래요, 난 수치스럽게도 그에게 일종의 애정을 느꼈지만, 그런 느낌을 막을 수가 없었어요. 그들이 이 전투에서 패배하리라는 걸 알았지만, 산꼭대기에 있었다면 배신자가 된 기분이었을 거예요."

"당신이 죽었을 리 없다고 생각하면서도, 한편으로는 짓밟히고 괴롭힘 당하고 갈가리 찢긴 당신이 보였어요. 우리가 다시 만날 거라 믿으면서도, 또 한편으로는 당신을 잃었다고 생각했어요."

"당신은 나와 함께 있었어요. 세바스티안과 페드로가 전속력으로 다가오는 것이 보였을 때, 당신에게 돌아가 말해주고 싶었는걸요……"

그녀는 웃고 나서 더 진지한 목소리로 물었다.

"그들은 살아 있나요?"

"몰라요. 그러기를 바라야죠…… 돌과 화살이 우박처럼 그들에게 떨어지는 것을 보았을 때, 머릿속으로는 단숨에 그들에게 달려갔어요. 그리고 사크사우아만 전투에서 내가 보호받았던 것처럼 그들도 보호받기를 온 힘을 다해 간청했어요. 나의 신, 당신의 신들, 온갖 신들에게 기도했어요. '당신이 누구든, 내가 아무리 당신을 믿지 않더라도, 내 두 친구를 구해주세요. 그들을 지금 죽이지 마세요'라고."

"그렇다면 그들은 아직 살아 있어요."

"내게 그런 능력이 있을까요?"

"그런 능력은 존재해요. 이리 와요."

그들은 바위들 너머 우아카 안으로 올라갔다. 가브리엘은 잉카족의 신앙에 대한 새로운 감수성으로 그 장소에서 뭔가 진동하는 것을 감지했다. 그는 아무 말도 하지 않고, 또다시 이 돌에서 저 돌로 아나마야에게 이끌려 갔다.

그녀는 제법 높다란 바위 앞에서 멈춰 섰다. 끌 자국은 전혀 보이지 않지만 바위의 날렵한 형상이 사람의 손길로 다듬어진 것임을 드러내주었다. 틀림없이 같은 형상의 산이 멀리, 어둠에 숨겨진 채 우뚝 솟아 있을 터였다.

"여기가 바로 그 장소예요."

아나마야가 말했다.

가브리엘은 심장이 멎는 듯했다.

아나마야는 자기 말에 놀라 말을 멈추었다. 깊이 생각해보지도 않고 절로 튀어나온 말이었다. 그녀의 마음속에서 일말의 두려움이 사라졌다. 그녀가 간직해야 했던 그에 대한 비밀이 이제 그와 아주 가까이 있는 것이다. 그는 알아야 했다.

"여기에서 가깝고도 먼 장소이고, 그 이름이 감춰져 있어야 하는 곳이에요. 올란타이탐보 사람들 중에서 카타리와 나만이 이곳을 여행했어요…… 그가 여기서 아무도 보지 못한, 저기 우리의 비밀스러운 성소 위로 우뚝 솟은 산의 형태로 이 돌을 깎았어요. 그 산의 측면에……"

가브리엘은 아나마야의 말을 이해하려 애쓰지 않고 들리는 대로 듣고 있었다. 그녀의 말은 그의 모든 모공을 통해 몸 안으로 들어가 자국을 남겼다.

"……얼굴이 그려져 있어요. 퓨마의 얼굴이요."

아나마야는 잠자코 있었다. 그녀의 말을 이해하려면 가브리엘에게는 시간이 필요했다. 그는 의심스러워하며, 다듬어진 바위의 형상을 살피려고 애썼다. 하지만 어둠 속에서 아무것도 분간해내지 못했다.

"당신에겐 보이지 않아요. 하지만 거기 있어요. 카타리가 당신의 운명이 돌에 씌어 있다고 당신에게 말했죠. 이제 당신은 바로 그 운명 앞에 있는 거예요."

그녀가 말했다.

가브리엘은 강렬한 열기에 휩싸였다. 재 냄새와 피비린내 감도는 격전의 흥분과도 다르고, 달콤한 사랑의 흥분과도 다른 미묘한, 그러나 강렬한 흥분. 전율이 그의 온몸을 훑고 지나갔다. 그는 놀라운 인식에 사로잡혀 세상과 하나가 됨을 느꼈다.

"알아요, 내게도 보여요!"

그가 중얼거렸다.

퓨마의 얼굴에 돌에서 튀어나온 송곳니가 있었다. 갈기갈기 물어뜯을 기세였다. 그러나 가브리엘은 두렵지 않았다. 그는 눈물과 웃음을 뛰어넘는, 뭐라 설명할 수 없는 장엄한 행복감에 취했다. 그는 생각했다. '드디어, 드디어 내가 이곳에 이른 거야'라고.

18

1536년 11월, 올란타이탐보

둘은 벌거벗은 채 끌어안고 있었다. 마치 하나의 돌덩어리에 조각된 것처럼 서로 뒤얽혀 있었다. 그들은 거의 아무런 움직임도 없이 서로에게 깊이 빠져들었다. 그들의 손가락이 천천히 살갗을 더듬으며 감미로운 감각을 일으켰다. 그들은 미풍의 숨결을 함께 나누었다.

두 사람은 완전한 행복을 느꼈고, 그 행복은 그들의 기묘한 운명의 모든 굴곡을 필연으로 만들어주었다. 그 순간, 아무런 설명 없이도 그들은 모든 게 잘 되었다고 확신하며 한몸이 되었다. 그들의 흥분이 반달 빛 아래서 물결쳤다.

어떤 때는 호흡이 멎고 돌이 된 듯 여겨질 만큼 미동도 하지 않았다. 또 어떤 때는 서로의 몸속으로 흘러들어가, 물소리로 그들을 호위하는 그들 안의 강을 따라 표류했다.

그들은 입술을 움직이지 않고 이야기를 나누었다. 말이 바로 손이고, 심장의 고동이며 빛과 그림자인 셈이다. 우주 한가운데에서 그들의 두 몸이 하나가 되어 추는 춤의 요소들.

아나마야가 먼저 몸을 뗐다.

가브리엘은 아무런 고통도 느끼지 않았다.

그는 그녀가 아나코를 우아하게 걸치고 자기에게 운쿠를 건네주는 것을 바라보았다. 그녀가 그의 옆에 앉았다. 그가 바위에 새겨진 몇 개의 벽감이 보인다고 생각했던 산 그림자 속으로 그녀의 시선이 망연히 빠져들었다.

"당신에게 여행 얘기를 해줄게요."

그녀가 나직한 목소리로 이야기를 시작했다.

✻

가브리엘은 아나마야가 얘기하는 것을 듣는다. 돌을 관통하고 '비밀의 도시' 위로 날아갔던 콘도르의 비행을. 늙은 잉카 우아이나 카팍의 얼굴인 말하는 바위의 이야기를. 그리고 그녀가 오래전에 우아이나 카팍 옆에 있었던 것을 떠올린다.

아나마야는 잉카의 말을 가브리엘에게 전한다. 모든 말이 그의 마음속에 빛을 만들어주지는 않지만, 한 가지 이유로 그의 마음속에 새겨진다. 모든 말이 그를 둘러싼 수수께끼를 없애주지는 않지만, 그녀의 나직한 목소리와 함께 그는 평화를 느낀다. 그때까지 한 번도 느끼지 못했던 초연함을 느낀다. 기쁘기까지 하다. 무기를 버렸을 뿐만 아니라 전쟁의 욕망이 자신에게서 떠나갔음을 깨달았기 때문이다.

그는 아버지라는 사람이 경멸에 찬 태도로 감옥에서 자신을 꺼내준 그 슬픈 날 이후로, 전쟁이 끊임없이 자신을 움직이게 했음을 깨닫는다.

그녀와 함께 자신의 삶 위로 날아가는 느낌이다. 그녀가 카타리와 함께 신비한 골짜기 위로 날아갔던 것처럼. 그는 자기가 치른 전투와 자신의 폭력과 충동과 분노를 바라본다. 이방인으로서가 아니라 일종의 새로운 너그러움으로, '아 그래, 그건 그저 그런 것이었어……' 라고 속삭이고 싶은 마음을 불러일으키는 평정한 마음으로 그런 것들을 바라본다. 그것은 몇 안 되는 친구들에 대한 애정, 그리고 물론 그의 몸 안에서 타오르는 사랑의 불덩어리와는 전혀 다른 것이다.

그는 그 사랑을 측량하고, 가없는 듯한 그 힘을 경탄하며 가늠해본다. 그리고 자신의 두려움을 돌아본다.

그 뒤에 모든 풍경이 사라지고, 종소리처럼 울리는 망코의 완강한 목소리가 들린다.

'새벽이 되기 전에, 새벽이 되기 전에.'

완고한 젊은 잉카가 되뇐다.

조상의 산 정상이 살짝 밝아지는 것이 보이는 듯하다.

아나마야가 그에게 바싹 몸을 붙이며 말한다.

"내가 아는 것은 당신도 알고 있어요. 당신에겐 아무것도 숨긴 게 없어요. 나와 다시 만나기 위해 겪어야 할 것을 겪는 일이 당신에게 여전히 남아 있군요. 우리에겐 징조가 모두 이루어지기를 기다리는 일이 남아 있고요……"

"우리가 어떻게 알 수 있지요?"

아나마야는 카타리에게 돌 열쇠를 받을 때 자신도 같은 질문을 했던 것을 떠올린다.

"우린 알게 될 거예요. 당신도 나처럼 잘 알게 될 거예요."

"오래 기다려야 할까요?"

'오래'라고 말하는 그의 말투에는 예기치 못한 불안감이 담겨 있다. 마치 그의 마음속에 있던 어린아이가 튀어나와, 얻지 못하면 떼를 쓸 기세로 당장 행복을 요구하는 것처럼.

새벽이다.

창백한 노란빛이 산꼭대기에서 흔들리고, 밤이 사라진다. 매 순간이 가슴속에서 서걱거리는 모래알 같다. 아나마야는 대답 대신 그의 입술에 오래도록 입을 맞춘다.

둘은 동시에 일어서서, 격정과 감미로운 몸짓을 번갈아 가며 몸이 부서지도록 껴안고 또 껴안는다. 가브리엘은 숨이 멎을 듯 안간힘을 쓰며 마지못해 그녀에게서 몸을 뗀다.

"사랑해요."

그녀가 말한다.

그는 그녀를 바라본다. 그가 기억하는 그녀의 모든 얼굴, 모든 미소와 눈물의 영상이 잔잔한 호수 같은 그녀의 눈 속에서 하나로 녹아들고, 그는 거기에 빠져든다. 그녀의 눈 속에 산꼭대기가 비치는 듯하다.

"오래 기다려야 할까요?"

그가 되뇐다. 이번에는 더 부드러운 목소리이다.

그녀는 그의 입술에 손가락을 갖다 댄다.

"사랑해요."

그녀가 훨씬 더 강하게 말한다.

그녀의 시선이 마지막으로 조상-산을 향한다.

'내 숨결 속에 머물고, 퓨마를 믿거라……'

이 말이 그녀의 가슴에까지 이르러 마지막 용기를 준다.

그는 뒤에서 그녀가 꼼짝도 하지 않는 것을 느끼며, 강을 따라 뻗은 길을 향해 내려가기 시작한다.

그는 발걸음을 멈추게 될까봐, 이루어져야만 하는 일을 할 수 없게 될까봐 두려워 뒤돌아보지 않는다. 그는 이제 이루어져야 할 일을 알고, 이해하고, 가슴 깊이 받아들인다.

그의 발걸음이 빨라지며 서둘러 칸차로 향한다.

그가 다리를 건널 때 첫 태양빛이 그의 이마에 내리쪼인다. 그는 눈을 깜박인다.

제3부

19

1539년 3월, 티티카카 호수

이제 막 날이 밝았다. 투명한 안개가 달의 신의 섬 위로 천천히 미끄러졌다. 호수는 아직 보이지 않았다. 모든 것이 고요했다. 자갈 깔린 해변 위에 부서지는 파도 소리만 겨우 들릴 뿐.

가브리엘은 킬라 신전을 등진 채 가장 높은 계단식 대지의 낮은 담장 위에 앉아 있었다. 커다란 푸른 모직 망토로 몸을 감싸고 있는데도 새벽의 한기에 소름이 돋았다. 이곳에 올 때면 늘 그렇듯 그는 이제는 너무도 잘 아는 이 성스러운 장소의 깊은 평온에 사로잡혔다.

하늘과 호수가 흐르는 젖빛 물질로 똑같이 만들어진 듯하고 그 가운데에서 빛이 끊임없이 커져가는 이 순간을 그는 좋아한다. 고독감은 강렬하지만, 떠오르는 태양과 삶의 전능함에 휩쓸리는 기분이다.

그러더니 아침 바람이 거세어졌다. 바람에 그의 금발과 길게 자란 수염이 흩날렸다. 남풍에 안개가 소용돌이치며 조각으로 갈라지고, 전속력으로 달리는 개 떼처럼 한꺼번에 북쪽으로 몰려갔다. 작은 섬의 소관목과 짧은 풀이 자라난 비탈길이 나타났다. 황토색과 갈색 돌담이 세심하게 둘러세워진 의식용 계단식 대지의 정확한 윤곽이 짧은 파도 거품으로 줄무늬가 생긴 짙푸른 호숫가까지 드러났다.

곧이어 거대한 티티카카가 나타났다. 가브리엘은 동쪽과 북쪽 멀리에서 아푸의 현기증 나는 사면을 차츰 분간하기 시작했다. 그 조상-산은 세상의 기원인 대호수를 오만하게 지키고 있었다. 굴곡에서 협곡으로 밤의 마지막 그림자가 하나하나 잠겨드는 동안, 안개는 어느새 파래진 하늘 꼭대기에서 사라졌다. 첫 태양빛이 안코우마와 일람푸 정상에 걸린 솜구름을 황금빛으로 환히 비추었다. 태양빛은 영원토록 얼어붙어 있는 그 산의 비탈길 위에서 반짝이고, 무너진 바위 더미와 절벽과 빙탑을 스쳤다.

이번에는 다른 산들의 꼭대기가 아주 빠르게 황금빛으로 덮인다. 호수는 깊고 짙은 푸른색이 되었다. 제방이 위로 올라가는 듯하다. 찬란한 장식을 드러내는 공작나비처럼, 서쪽 호숫가와 맞닿은 수많은 계단식 대지가 섬세하게 박힌 부드러운 곡선의 무수한 기하학적 형태와 초록을 펼쳐 보였다. 순간, 가브리엘은 세상의 탄생을 목격하는 듯한 인상을 받았다.

그런데 갑자기 그가 마주한 북쪽에서 마지막 안개 층이 걷히며 어머니 달의 신이 모습을 드러냈다! 완벽하게 둥그런 거대한 달이 산이 비치는 호수 바로 위에 있다. 달은 오랫동안 그렇게 머물렀다. 햇빛 때문에 차츰 흐려지는 그 투명한 광채와 꿈꾸는 듯한 어두운 기복을 가브리엘이 지켜볼 수 있을 만큼 오랫동안.

그러고는 태양이 대번에 커다란 아푸를 넘는다. 태양은 앞을 가리면서 온 사방으로 빛을 던진다. 조금 전에는 그토록 어둡던 호수의 표면이 걷잡을 수 없이 찬란하게 빛났다.

그러자 달빛이 희미해졌다.

가브리엘은 뒤에서 들려오는 노랫소리에 깜짝 놀랐다.

오 우리의 어머니 킬라여, 밤이 얼마나 차가웠는지!
오 우리의 어머니 킬라여, 우리를 품에 안아주세요,
오 어머니 달의 신이여, 우리를 안아주세요!
태양신이 당신 가슴에서 빛의 젖을 마셨지요,
태양신이 당신 뱃속에 생명의 젖을 뿜었지요,
오 마마 킬라!
티티카카 속에서 쉬세요,
밤의 어둠을 넘어가세요,
우리와 함께 아직 태어나지 않은 내일로 돌아가세요,
우리의 배와 가슴을 살지게 해주세요.
오 어머니 달의 신이여,
윗세상에서,
아랫세상에서,
우리를 안아주세요,
우린 당신의 딸이니까요,
오 마마 킬라!

십여 명의 늙은 여자들이 기도문을 읊조리고 있었다.

그들은 팔을 높이 들고, 점점 더 투명해지는 달 원반에 창백한 눈을 고정시키고 있었다. 작별의 노래가 한 번 더 그들의 주름진 입술에서 흘러나오며 이 빠진 입을 부풀어 오르게 했다. 그들이 달을 부를 때마다 가벼이 흔드는 허릿짓에 은판으로 수놓은 망토가 물결쳤다. 그들의 얼굴은 몹시 늙었지만, 이상하게도 화려한 옷 속의 노쇠한 몸은 청춘의 우아함을 간직한 듯 보였다.

그들 뒤로 달의 신전의 건물들이 윤곽이 완전히 드러난 안뜰과 삼면으로 경계를 이루고 있었다. 위쪽의 계단식 대지에 붙어 있는 작은 방들에 망타처럼 공들여 만들어진 황토색 석조 횡목과 틀을 갖춘 열세 개의 문이 나 있었다. 각각의 문 앞에는 하얀 튜닉을 입고 가슴이 은판으로 뒤덮인 처녀들이 서 있었다. 가브리엘은 몸이 떨리는 것을 막을 수가 없었다. 일어선 그는 몸이 마비된 채로 기도가 끝나기만을 기다렸다.

여신관들이 조용해지자, 신전의 한 방에서 세 처녀가 나왔다. 그녀들 중 두 사람은 전혀 무게가 나가지 않을 것 같은 정교하게 짜인 라마 털 쿰비를 팔에 들고 있었다. 세번째 처녀가 가브리엘에게 다가와, 황금색과 붉은색의 단순한 문양이 있는 기다란 튜닉을 건넸다.

그는 한마디도 하지 않은 채 망토를 벗고 셔츠와 짧은 벨벳 바지만 입은 차림새를 드러냈다. 처녀는 그가 튜닉의 좁은 구멍으로 머리를 집어넣을 수 있도록 도와주었다. 튜닉이 그의 몸을 완전히 덮어 장화 끝만 겨우 내보였다.

털과 염료에서 나는 동물 냄새가 그의 콧구멍을 가득 채웠다. 그는 새벽 태양빛을 받아 무지갯빛으로 빛나는 산들을 마지막으로 쳐다보고, 가장 나이가 많은 여신관 앞에서 머리를 숙였다.

그가 공손하고도 나직하게 말했다.

"준비되었습니다, 킬라의 따님이시여."

*

늙은 여자들이 그를 에워싸고, 몇 개의 어렴풋한 빛으로 밝혀진 막다른 방으로 앞서 들어갔다. 거기서 그들은 각자 화로에 코카 잎 몇 장을 내려놓았다.

떠들썩하고도 열성적으로, 그들은 희미한 색깔의 기다란 장막 쪽으로 가브리엘을 떼밀었다. 한 여신관이 장막을 들어 올리고, 벽 안으로 비스듬히 이어지며 이상하게 팔꿈치 모양으로 구부러진 어둡고 좁은 통로로 들어갔다. 다섯 명의 늙은 여자도 그렇게 사라졌다. 이윽고 가브리엘은 깜깜한 통로 안으로 자신을 미는 손들을 느꼈다.

장막을 넘어선 순간, 그는 아무것도 분간하지 못했다. 앞이 보이지 않아 두 손을 뻗어 서늘한 벽을 더듬었다. 초벽 표면이 놀랍도록 부드럽고, 이미 수많은 손길에 스쳐 가죽처럼 번들거렸다.

통로가 오른쪽 모서리에서 왼쪽으로 꺾이더니 갑자기 좁아졌다. 가브리엘이 멈칫하자, 목덜미에 규칙적인 숨결이 느껴질 정도로 그의 등 뒤 가까이 있는 늙은 여자가 투덜거리며 계속 가라고 명령한다. 가브리엘은 몸을 모로 세웠다. 그는 가슴으로 벽을 스치며 조심스럽게 몇 미터 전진한 후, 겨우 지나갈 만한 틈 너머로 앞에 있던 방보다 더 넓고 연기로 자욱한 방을 발견했다.

그 방에서는 한쪽 벽에 있는 첨두형 벽감 네 개에 네모난 구멍이 뚫려 있어서 빛이 조금씩 새어 들어왔다. 맞은편에는 사람 키의 두 배쯤 되는 높이에 완만하게 둥그런 은원반이 빛나고 있었다. 그 원반에 방의 벽들과 여자들의 움직이는 그림자가 잘못 만들어진 거울에 비치듯 팽창되고 동그스름하게 비틀린 모습으로 비쳤다. 그 밑에서는, 흙을 구워 화려하게 색칠한 두 개의 커다란 화로에서 짙은 연기가 피어오르며 지독한 악취를 풍겼다. 연료로 쓰이는 말린 라마 똥의 퀴퀴한 냄새에 기름기와 검게 탄 내장의 곰팡내, 불에 탄 코카 잎의 현기증 나는 냄새, 성스러운 술의 시큼한 악취가 뒤섞였다. 악취가 벽에도 배어 있는 듯했다.

가브리엘은 자기도 모르게 뒤로 물러나며 입과 코를 막았다. 그런데 어느새 늙은 여자들이 그의 주위로 몰려왔다. 어떤 여자들은 그의 손과 팔, 심지어 그의 목까지 잡고, 또 어떤 여자들은 그의 기다란 튜닉의 주름을 움켜쥐었다. 그렇게 그들은 서로 붙은 기이한 한 덩어리가 되어, 매캐한 연기의 소용돌이를 일으키며 방의 한가운데에 이르렀다. 그 덩어리가 은원반에 반사되어 뒤틀리는 것을 가브리엘이 짜증스러운 눈으로 바라보는 동안 늙은 여자들이 은은하게 읊조렸다.

오 우리의 어머니 킬라여, 당신 품에 우리를 안아주소서,
오 어머니 달의 신이여, 우리를 안아주소서!

가장 연로한 여신관이 화로 안의 숯불을 격렬하게 휘저었다. 그제야 가브리엘은 화로의 목 부분이 포효하는 퓨마 머리로 장식되어 있음을 깨달았다. 여신관이 화로에 코카 잎을 잔뜩 던져넣고 나서 작은 나무뿌리를 던지자, 향과 비슷한 향기가 잠시 다른 모든 냄새를 지웠다. 그런데 곧바로 눈이 참을 수 없을 만큼 따가워졌다. 가브리엘의 눈꺼풀 밑

에 눈물이 맺혔다. 그를 에워싼 여자들이 그를 단단히 붙들고 좌우로 흔들기 시작했다. 그들이 발을 구르며 추는 춤 속으로 그를 하도 세게 끌어들이는 바람에, 그는 자기 몸의 무게가 없어지는 것만 같았다. 그들은 마치 인형처럼 그를 흔들며 중얼거렸다.

오 어머니 달의 신이여,
윗세상에서,
아랫세상에서,
우리를 안아주소서……

이제 나이 많은 여신관이 그들을 마주 보고 있다. 그녀는 오른손을 들어 은원반을 어루만졌다. 은원반에 비치는 영상이 점점 더 미친 듯이 움직인다. 이어서 그녀는 치차 단지를 높이 치켜들었다. 그녀는 계속해서 세차게 흔들더니 도기 단지를 기울여 자기의 온 주변에, 숯불 위까지 시큼한 술을 뿌리며 외쳤다.

오 킬라여, 우리를 위해 마시소서!
오 사랑스러운 어머니여, 그를 위해 마시소서!

방 안의 공기는 숨 쉴 수 없을 지경에 이르렀다. 가브리엘은 입을 크게 벌린 채 어렵사리 숨을 내쉬었다. 눈꺼풀 아래로 모래가 굴러가기라도 하는 양 따끔거리는 그의 눈에 눈물이 흐른다. 그는 아픈 눈을 문지르고 싶지만, 그에게 매달린 늙은 여자들이 잠시도 그의 팔과 손을 놓아주지 않았다. 여신관이 처녀들의 훌륭한 옷감을 화로 위에 내려놓는 모습이 겨우 눈에 들어왔다. 그 오색영롱한 빛깔이 잠시 은원반 속에서 반짝였다.

잠깐 연기가 약해졌다가 더욱 검고 묵직한 소용돌이를 일으키는 사이, 늙은 여자들의 흔들림이 더 과격해졌다.

화로 위에서는 쿰비가 뒤틀리고, 섬세한 라마 털이 빼어난 그림을 집어삼키며 초록색과 푸른색의 짧은 불꽃으로 변했다. 비길 데 없는 빛깔이 탁탁 소리를 내며 튀었다. 옷감의 주름이 하나씩 하나씩 숯불 위에서 이지러졌다. 연기가 가브리엘의 입을 뚫고 들어와 목과 폐를 화끈거리게 했다. 숨을 쉴 때마다 죽을 것만 같았다. 그의 손가락이 여자들의 어깨를 세게 조였지만, 그들은 늙은 몸이라고는 여겨지지 않을 만큼 놀라운 힘으로 그를 거뜬히 받치고서 끊임없이 읊조리고 또 읊조렸다.

가까스로 눈꺼풀을 들어 올린 가브리엘의 눈에 은원반과 여신관의 그림자밖에는 보이지 않았다. 그는 밀려드는 구역질에 숨이 막히는데도, 늙은 여자들은 더욱 세게 그를 붙잡았다.

갑자기 침묵이 내려앉고 움직임이 멈추었다.

그때 그의 눈에 킬라의 은원반 앞에서 기이하게 춤추는 연기가 언뜻 보였다. 다채로운 색깔의 연기. 한쪽은 새하얀 색이고, 다른 쪽은 노란색, 갈색, 거무스름한 색이다. 또한 회색의 소용돌이도 있는데, 그것은 초록색이었다가 붉은색이 되었다. 그 움직임은 서로 어긋났다. 무겁게 꼬인 연기가 위로 올라가는 매끈하고 널따란 연기층으로 떨어진 다음, 알록달록한 빛깔과 뒤섞이며 투명한 소용돌이가 되어 흩어지다가 희미하고도 갑작스러운 증기 앞에서 사라졌다. 그사이 불투명한 연기가 마치 우물을 파듯 은원반에 부딪혀 나선형으로 소용돌이쳤다.

그동안 방의 어둠은 더욱 짙어졌고, 벽과 좁은 통로는 꽉 쥐는 주먹처럼 닫히는 듯했다. 가브리엘은 단단히 포박당한 것처럼 목이 조이는 것을 느꼈다. 다리, 허리, 어깨, 온몸의 근육이 엄청나게 무거워져서 한쪽 발도 들어 올릴 수가 없을 것 같았다. 그의 심장이 늑골을 으스러뜨릴 듯이 세게 고동쳤다. 고통을 참고 눈을 크게 뜨자, 은원반에 희미한 얼굴이 보인다. 그러나 곧 어둠 말고는 아무것도 보이지 않았다. 그는 자신이 죽어가고 있음을 깨달았다. 자신의 눈과 입에서 피가 뿜어져 나오는 것이 보였다. 죽음 속으로 빠져드는 자신의 모습이 보였다.

비명조차 지를 수 없는 그는 자신을 붙잡고 있는 손에서 빠져 나왔다. 늙은 여자들을 밀쳐 쓰러뜨리며 출구로 쓰이는 벽의 틈새까지 달려갔다. 좁디좁은 통로 내벽에 긁혀 손바닥과 이마에 상처를 입은 그는 마침내 그 지옥 같은 방에서 도망쳐 신전 밖으로 뛰쳐나가 입을 크게 벌리고 신선한 아침 공기를 한껏 들이마셨다.

✻

풀이 무성한 신전 광장에서 그는 맥이 빠진 채 한참 동안 눈을 감고 있은 후에야 정신을 차렸다. 마침내 고개를 들자, 가장 나이 많은 여신관이 몇 발짝 떨어진 곳에 서 있는 것이 보였다. 뒤쪽으로 신전 문 앞에 젊은 여자들이 모여 있었다. 이상하게도 모두들 미소 띤 밝은 얼굴이었고, 여신관의 얼굴은 날카로운 웃음을 웃느라 이 빠진 가면처럼 변했다.

"황금털의 이방인, 내가 미리 말했잖소! 당신은 만남의 연기를 견디지 못할 거라고! 몹시 늙은 남자와 여자 들만이 그 시련을 견디고 은원반 안으로 미끄러져 들어갈 수 있다오!"

여신관이 외쳤다.

가브리엘은 윙윙거리는 머리를 두 손으로 감싸고 일어나, 늙은 여자를 퉁명스레 쳐다보았다.

"어쩌면 제가 시련을 견디지 못할지도 모르죠. 아니면 어르신이 만남의 연기를 만들어내지 못할 수도 있지 않을까요?"

그가 투덜거렸다.

다시 한번 늙은 여자가 웃었다. 그러나 그녀의 웃음소리는 짧고 높았다.

"호수의 잔물결처럼 아무 쓸모 없는 말을 하는군! 당신은 연기 너머 코야 카마켄 곁으로 데려다달라고 내게 부탁했고, 난 당신이 거기에 이르지 못할 거라고 말했소. 당신은 세 번 시도하고 세 번 실패했소."

여신관이 진지하게 말했다.

"어쩌면 코야 카마켄이 더이상 내 말을 들을 수 없는 게 아닐까요? 어쩌면 그녀가 다른 세상으로 간 게 아닐까요?"

늙은 여신관은 경멸하듯 얼굴을 찡그렸다.

"금발의 이방인, 건방지군. 연기도 참아내지 못하면서, 킬라의 침묵이 뭘 의미하는지 나보다 더 잘 안다고 생각하다니! 킬라가 원했다면 방금 전에 정말로 당신 숨통을 끊어놓을 수도 있었다는 것을 잘 생각해보시오! 오래전부터 킬라의 영역은 아직 혈기 왕성한 남자에게는 금지된 곳이오. 허나 위대한 파차쿠티가 시작되었고, 어머니 달의 신은 당신을 필요로 하오."

가브리엘은 어깨를 으쓱하며 늙은 여신관의 비난을 외면했다. 그러더니 멀찌감치 물러나 놀랍도록 민첩하게 기다란 튜닉을 벗기 시작했다. 그런데 여신관이 다가와 그의 손을 잡았다.

"안 되오! 이대로 떠날 수는 없소. 당신의 무례를 용서받을 수 있도록 킬라를 섬겨야 하오."

그녀가 명령했다.

"무슨 얘깁니까?"

여신관은 대답하지 않고 젊은 여자들에게 신호를 보냈다.

"달의 신의 딸들을 따라가 그들이 시키는 대로 하시오."

"아뇨, 됐습니다. 오늘의 이 어리석은 짓에 난 신물이 났어요!"

가브리엘이 저항했다.

여신관은 가브리엘의 손을 놓지 않고 반복했다.

"그들을 따라가시오. 그것이 킬라가 원하시는 것이고, 킬라는 당신의 질문에 대답해주실 수 있을 게요."

＊

"아핀구엘라! 아핀구엘라!"

젊은 여자의 고함 소리가 뱃머리에서 울려 퍼졌다.

"아핀구엘라! 아핀구엘라!"

작은 배에 타고 있는 이십여 명의 여자들이 한 목소리로 외치며, 호숫물 위로 겨우 떠올라 있는 완만한 경사의 작은 섬을 가리켰다.

가브리엘은 더 잘 보려고 어렵사리 몸을 일으키며 기다란 갈대로 엮은 배의 돛대를 움켜쥐었다. 하지만 짧고 거센 파도에 배가 흔들려 곧 다시 주저앉아야 했다. 그의 헛된 노력에 놀리는 듯한 웃음소리가 화답하는 사이, 여자들이 노래를 다시 시작했다.

태양신,

달의 신,

낮과 밤,

봄과 겨울,

돌과 산,

옥수수와 칸투타.

오 킬라여,

당신은 젖이고 씨앗입니다,

넓적다리를 벌리세요,

밤의 열기를 위해,

오 킬라여, 그것이 당신의 뜻입니다,

티티카카에서 멀어지는 자는

이미 돌아오는 길입니다.

이상하게 생긴 토토라 돛이 남풍에 부풀어 올랐다. 토토라는 가늘고 유연한 갈대를 촘촘하게 엮어 짠 것으로, 평범한 천과 기능이 비슷했다. 배의 선체 역시 같은 식물을 엮어서 기다랗고 커다란 나선형으로 안락하게 만든 것으로, 거기에 젊은 여자들이 길게 누워 있었다. 하지만 용골과 노와 키의 밑판이 없는 배는 오직 돛에 이끌리거나 호수 바닥이 허락할 때면 기다란 장대에 의지해 가끔씩 전진했다. 그리하여 거의 하루 종일 항해한 뒤에야 비로소 달의 신의 딸들은 아핀구엘라라는 작은 섬에 다가갔다. 항해하는 내내 여자들은 웃고 노래를 불렀다.

가브리엘은 배에 탄 유일한 남자였고, 몇 시간 동안 여자들의 관심과 농담의 대상이 되었다. 함께 있는 여자들 중 어느 누구도 "어디로 나를 데려가는 거죠?" "뭘 할 건가요?" "킬라가 내게 원하는 게 뭐죠?"
라는 그의 질문에 대답하지 않았다.

"알게 될 거예요, 알게 될 거라고요. 마마 킬라는 오직 당신의 행복
만을 생각해요!"

여자들은 즐겁게 웃으며 대답했다.

또한 그들은 그가 항해를 돕는 것도 허락지 않았다. 치차와 밀림의
과일을 실컷 먹고 하얀 불꽃처럼 호수를 후려치는 강한 태양에 얼이 빠
져서, 그는 낮 동안 거의 내내 잠이 들었다가 멀미를 느끼며 깨어났다.

이제는 바람에 저녁의 서늘한 기운이 실려 있고, 태양이 기운 탓에
다가가는 작은 섬의 돌투성이 기슭의 그림자가 길어져 있었다. 대번에
젊은 여자들이 조용해졌다. 돛대와 밧줄이 삐걱거리는 소리와 갈대로
된 선체에 부딪히는 파도 소리밖에 들리지 않았다. 여자들의 얼굴이 긴
장되고 진지해졌다.

가브리엘은 깜짝 놀라 다시 몸을 일으켰다. 그는 작은 섬의 해안을
샅샅이 살피며 생명체의 흔적을 찾고, 그들을 마중 오는 작은 배가 있
는지 찾았다. 그러나 섬의 비탈길은 어지러운 석판들로 덮여 있을 뿐이
고, 바람에 쓰러진 소관목이나 이추 다발이 여기저기 흩어져 있었다.

"아핀구엘라!"

뱃머리의 젊은 여자가 다시 중얼거렸다.

가브리엘 바로 옆에 있는 여자가 섬의 동쪽 끝을 가리켰다.

"저기예요. 아핀구엘라! 어머니 달의 신의 배[腹]가 열려 있죠."

그녀가 호수에 잠겨 있는 바위들 중에서 다른 것보다 더 넓은 그림
자를 가리키며 부드럽게 말했다.

가브리엘은 수면 높이에서 크게 벌어져 있는 동굴 입구를 발견했다.

그것은 갈라진 틈과 비슷했는데, 높은 꼭대기가 섬의 중심부로 이어져 있었다.

*

동굴에 들어가기도 전부터 달의 신의 딸들은 바삐 움직였다. 어떤 여자들은 돛을 느슨하게 하고, 어떤 여자들은 배의 방향을 돌리기 위해 기다란 장대를 잡았다. 또다른 여자들은 가죽 주머니 안에 든 숯을 꺼내어 십여 개의 횃불에 아주 조심스럽게 불을 붙이고, 배의 중앙에 있는 네 여자는 쿰비로 감싸안고 있던 것을 벗겼다. 쿰비 안에는 젖가슴이 작은 여인들과 라마를 상징하는 작은 황금상 열댓 개와 돌항아리 하나가 들어 있었다.

작은 배가 동굴 입구로 미끄러져 들어가는 동안, 가브리엘은 입구에서 이상하고도 뜨거운 바람이 나오는 것을 느꼈다. 횃불이 흔들렸다. 그러더니 모든 것이 미지근해지고 고요해졌다. 동굴 안의 내벽은 반들반들하고, 자연적으로 만들어진 둥근 천장 꼭대기까지 얇은 이끼로 덮여 있었다. 물은 잔물결 하나 없이 완전히 정지되었고, 너무도 투명해서 횃불 빛으로도 가까운 밑바닥이 들여다보였다.

여자들이 모두 앞을 향해 조용히 서 있었다. 가브리엘도 일어나려 했지만 그를 단단히 잡고 있는 두 손 때문에 할 수 없이 그대로 앉아 있었다.

어두운 동굴 속에서 통통한 배가 장대에 의지해 앞으로 나아가는데, 동굴이 갑자기 캄캄하고 좁다란 두 개의 길로 나뉘었다. 달의 신의 딸들은 망설임 없이 더 넓은 왼쪽 길로 들어섰다. 그 길의 바닥이 갑자기 깊어진 모양인지, 에메랄드빛 물 밑의 바닥이 햇불 빛이 닿지 않는 곳으로 사라져 보이지 않았다.

그곳의 이상한 열기는 점점 심해졌다. 가브리엘의 이마에 땀방울이 송골송골 맺히고 등으로도 흘러내렸다. 동굴 내벽이 좁아지고, 토토라 돛단배의 동그스름한 뱃전이 이끼를 살짝 스쳤다.

작은 배는 이십여 미터쯤 더 나아가더니 움직이지 않았다. 가브리엘은 달의 신전의 제물을 바치는 방에 있는 것만큼이나 커다란 은원반이 통로를 막고 있는 것을 발견하고 깜짝 놀랐다.

여자들은 한마디도 하지 않고 이끼 긴 내벽에 조각된 고리에 햇불을 꽂았다. 그들은 다함께 중얼거리는 소리로 다시 후렴을 노래하기 시작했다. 모든 것이 너무 빨리 진행되어서, 가브리엘은 미처 항의도 못 하고 제대로 이해하지도 못했다.

눈 깜박할 사이에, 가장 젊은 달의 신의 딸들이 옷을 벗고 물속으로 뛰어들었다. 다른 여자들도 차례로 나신이 되었다. 거북해진 가브리엘은 일어나서 동굴 내벽에 몸을 기댔다. 얼굴을 돌리려 했지만, 어느새 여자들이 그의 튜닉을 들어 올려 벗겼다. 여자들은 주저 없이 셔츠도 벗기고 짧은 바지마저 잡아당겼다.

"아니! 대체 뭐 하는 거요?"

그가 여자들의 손을 밀쳐내며 소리쳤다. 그의 목소리가 사납게 으르렁거리며 동굴 안에 쩌렁쩌렁 울렸다. 그 목소리에 은원반조차 떨리는 듯했다. 하지만 그에게 돌아오는 대답은 웃음소리뿐이었다. 여자들은 더욱 거센 힘으로 그에게 남아 있는 옷을 찢었다. 저항하는 그의 손목에 가느다란 노끈이 묶였다.

"빌어먹을, 당신들 미쳤군요!"

가브리엘이 소리치자 동굴의 공기가 또다시 떨렸다.

그러나 벌거벗은 몸에 대한 수치심과 여전히 관자놀이를 뛰게 하는 취기와 더불어 자신에게 벌어지는 일에 몹시 놀란 탓에, 가브리엘은 갓난아기처럼 나약해졌다.

그가 손목의 노끈을 풀려고 애쓰는 사이, 여자들이 노끈 반대편 끝을 돌항아리의 깊이 깎인 목 주위에 친친 감았다.

곧바로 달의 신의 두 딸이 항아리를 들어 올리고 가브리엘을 그들 뒤로 바짝 끌어당기더니 뱃전 너머로 가차 없이 항아리를 내던졌다.

가브리엘은 분노의 고함을 지르며 항아리의 무게에 끌려갔다. 안간힘을 다해 무거운 돌덩어리를 붙잡으려 했지만 노끈 때문에 손목이 끊어질 것만 같았다. 그는 패배의 신음을 내뱉었다. 얼굴이 수면에 닿아 완전히 물속으로 사라지기 전에 마지막으로 겨우 숨을 들이쉴 수 있었을 뿐이다.

❉

물이 동굴의 공기처럼 미지근한 것에 가브리엘은 놀랐다. 바닥으로 가라앉을수록 더 따뜻해졌다. 바닥까지 내려가는 데는 오래 걸리지 않았다. 사오 미터도 채 못 되는 깊이였다. 그러더니 항아리가 내려앉고, 둔탁한 충격의 여파가 물속으로 퍼졌다. 그는 손가락으로 바위투성이 바닥을 만져보았다. 탁하지 않은 물 위로 불빛이 보였다. 그러나 그 빛은 너무 멀리, 도달할 수 없는 곳에 있는 듯했다.

그는 다시 손의 밧줄을 풀려고 애썼다. 바로 그때, 주위에 그녀들이 있는 것이 느껴졌다. 달의 신의 딸들 모두가 솜씨 좋게 헤엄을 치며 그를 둘러쌌다. 어떤 여자들은 작은 황금상을 들고 있었는데, 조각상의 반사 빛이 물고기처럼 물에 줄무늬를 그렸다.

그는 숨이 막히기 시작했다. 가슴 통증과 함께 끔찍한 공포가 엄습했다.

여자들은 점점 더 그를 스치고 어루만지고 더듬으면서 그의 주위에서 끊임없이 헤엄을 쳤다. 그는 풀어달라고, 화끈거리는 폐를 가라앉혀달라고 소리치고 싶었다. 그런데 여자들의 발레는 더 느리고 부드럽게 이루어지는 듯했다. 그는 여자들이 항아리 뚜껑을 들어 올리고 거기에 황금상을 넣는 것을 겨우 보았다.

그의 관자놀이가 놀랍도록 거세게 뛰었다. 가슴의 불이 온몸으로 퍼지며, 마치 피가 갑자기 끓어오르기 시작하듯 근육을 갈가리 찢어놓는 것 같았다. 질식 상태가 그의 감각을 흐려놓았다. 여자들이 여전히 그의 얼굴과 엉덩이와 배를 어루만지는 듯했다. 그는 몸부림치고 주먹을 휘두르며, 여자들 몸에 부딪쳤다. 그러나 여자들은 점점 더 가까이에서 그를 껴안았다. 허벅지와 팔 들이 그를 감쌌다.

그때 뭔가가 사라졌다.

그는 더이상 살거나 죽는 것을 생각하지 않았다. 그는 자기 몸에 바짝 붙어 있는 여자의 몸을 느끼고 아나마야의 온기를 알아차렸다. 대번에 마음이 가라앉았다.

그는 자신의 몸이 들어 올려지고 실려 가고 보호받는 것을 느꼈다. 그는 멀리 있지만 결코 잊을 수 없는 사랑하는 여인의 얼굴만을 찾았다.

슬프게도 사랑하는 여인의 얼굴을 찾기 전에 화염이 다시 폐 속으로 찾아들었다. 쉰 목소리의 울부짖음이 그의 목구멍을 찢었다. 눈을 뜨지 않은 채, 그는 자기가 다시 숨 쉬고 있음을 깨달았다.

살에서 살로, 팔에서 팔로, 그의 두 뺨이 이 가슴에서 저 가슴으로 미끄러지며, 그는 곧바로 배 안으로 옮겨졌다. 호흡의 고통이 질식의 고통만큼이나 끔찍했다.

'그녀의 얼굴을 보지 못했어.'

그는 비탄에 젖어 생각했다.

그는 신경질적으로 몸을 떨며 전율했다. 이가 딱딱 부딪쳤다. 여자들이 그의 젖은 몸을 닦아주고, 손으로 쓰다듬어 혈관에 피가 다시 통하게 했다. 그가 눈을 뜨자, 정신없이 뛰는 심장 때문에 흐릿해진 시야에 그를 굽어보며 미소 짓는 얼굴들이 들어왔다.

"그녀의 얼굴을 보지 못했어요."

그가 중얼거렸다.

"마마 킬라는 자기가 원할 때만 모습을 보여주시지요."

한 여자가 부드럽게 대답했다.

"킬라의 얼굴이 아니라 아나마야의 얼굴 말이오!"

"킬라는 모든 얼굴을 가지고 계세요."

그는 온기를 되찾고, 마침내 감미로운 애무를 느꼈다.

그는 아나마야의 모습 하나하나를 결합시켜 손으로 만질 수 있을 만큼 생생히 그려보려고 안간힘을 쓰며 온 정신을 집중했다.

헛일이었다.

그가 느끼는 것은 달의 신의 딸들의 끈질긴 애무와, 그의 몸과 쾌락을 찾는 입술뿐이었다. 손가락들이 이미 단단해진 그의 성기를 조여왔다. 그는 눈을 다시 뜨지 않고, 벌어지는 가랑이와 그를 맞으러 오는 허리를 느꼈다.

그는 아나마야를 기억에 남겨둔 채 그대로 몸을 내맡겼다.

20

1539년 3월, 빌카밤바

"들어봐요! 들어봐요!"

아나마야가 강물에서 몸을 일으키자, 그녀의 허리 주위로 물이 소용돌이쳤다. 찬란한 순간이다. 멀리 한 줄로 늘어선 계곡에서는 하늘이 빼어난 쿰비처럼 황금색에서 붉은색으로 바뀌며 물들었는데, 천정점은 여전히 초록색에 가까운 연한 푸른색이다.

처음으로 며칠 동안 비가 오지 않아, 습한 밀림에서도 숨이 덜 막혔다. 해가 지는 이 시간이면, 넘어갈 수 없을 듯이 빽빽한 초록의 절벽 사이에 박힌 강의 제방이 활기를 띠기 시작했다.

"들어봐요."

아나마야가 얼굴을 강 상류 쪽으로 향하고서 다시 말했다.

그녀에게서 몇 발짝 떨어진 곳에서는, 망코의 가장 아름답고 젊은 아내 쿠리 오클로가 탐욕스럽게 찰랑이는 물속에 잠겨 꼼짝도 하지 않았다. 그녀는 강바닥의 조약돌들을 딛고서 몸을 일으켰다. 아나마야보다 통통하지만 완벽하게 균형 잡힌 몸매였다. 그녀는 눈썹을 찌푸리며 젖꽃판이 갈색인 젖가슴을 두 손으로 가린 채 골짜기 쪽을 향해 돌아서더니 모르겠다며 고개를 저었다.

"뭘 들어보라는 거예요?"

아나마야는 손짓으로 조용히 하라고 했다. 그녀의 시선은 그녀들이 목욕하는 작은 물굽이를 내려다보는 가장 높은 잎사귀들이 있는 곳까지 거슬러 올라갔다. 바람 탓인 듯 나뭇가지들이 휘고, 기다랗게 뻗은 나뭇잎들이 떨렸다. 하지만 그것은 시원한 황혼녘에 장난치느라 흥이 난 어린 원숭이들이 소란을 피우는 것일 따름이다.

사실 밤 동안에 활기를 띠는 밀림 안에는 기운을 회복시켜주는 일상적인 소리뿐이었다. 멋쟁이 꾀꼬리의 급하고도 요란한 울음소리가 거품을 내뿜어 초목을 얼룩지게 하는 폭포의 규칙적인 물소리를 뒤덮었다. 초록빛 앵무가 흥분하여 쩍쩍거리며 강 건너편으로 날아가자, 붉은색과 푸른색의 금강잉꼬 여남은 마리가 맹렬하게 울어댔다. 잠시 잉꼬들은 사납게 지저귀며 절벽의 굴곡에 감춰진 둥지 앞에서 야단법석을 떨었다. 그러더니 침묵이 다시 깃들고, 졸졸 흐르는 물소리만 남았다.

"듣고 있지만 아무것도 안 들리는데요."

쿠리 오클로가 말했다.

그녀는 시원한 물속으로 목까지 미끄러져 들어갔다. 하지만 아나마야는 여전히 긴장된 눈길로 강가를 살폈다. 강가에는 쓰러진 나무 기둥 위에서 어린 거북들이 편안히 쉬고 있었다.

"앵무새 소리일 뿐이에요."

쿠리 오클로가 묵직한 머리채를 매만지며 놀렸다.

"아니에요. 분명 무슨 소리가 들렸어요."

아나마야가 단언했다.

하지만 이번에는 아나마야도 물속으로 들어갔다. 선이 정교한 쿠리 오클로의 동그란 얼굴이 다가왔다. 아나마야는 젊은 여자의 두 손이 어깨에 살포시 놓이는 것을 느꼈다.

"그럼 당신은 코야 카마켄의 귀로 들은 거예요. 나 같은 여자의 귀에까지는 들리지 않는 것을 말이에요."

"그런지도 모르죠."

"틀림없어요. 당신과 돌의 대가는 너무나 기이하고도 비범한 일들을 할 수 있잖아요!"

쿠리 오클로가 약이 오르는 듯 얼굴을 찡그리며 말했다.

그녀는 빙빙 맴도는 조그만 하얀 나방들을 가벼운 손짓으로 물리치고는 깊지 않은 진흙투성이 강가까지 우아하게 누워서 헤엄쳐 갔다. 그녀는 눈을 감은 채 흐르는 물의 애무에 눈부신 나신을 내맡겼다.

아나마야는 미소를 머금고 막 대답하려다가, 다시 얼굴을 들며 귀를 기울이고 눈으로 살폈다.

그랬다. 그녀는 강 상류에서부터 다가와 다정하고도 어렴풋한 소리로 자신을 감싸는 숨결을 느꼈다. 그것은 아무것도 아니었다. 그저 감각일 뿐. 단지 조금 서늘한 미풍일 수도 있고, 밀림의 두터운 나뭇잎과 나뭇가지 들 사이로 스치는, 들릴 듯 말 듯한 바람 소리일 수도 있었다. 그러나 그녀는 거기에서 다른 무언가를 감지하지 않을 수 없었다. 다른 존재를 느끼는 것이다. 퓨마의 숨결을!

가브리엘!

잠시 동안 그녀는 그의 존재로 가득 채워졌다. 배를 짓누르는 전율 속에서 그녀는 젖꼭지가 단단해진 가슴을 두 팔로 꽉 조인 채 더 잘 듣고 더 잘 느끼기 위해 긴장했다. 보이지 않는 애무가 속삭임처럼 그녀를 감쌌다. 자신의 떨리는 살갗에 가브리엘의 손길과 숨결이 느껴지는 듯했다. 너무도 격한 감정에 그녀는 절로 몸을 맡기고 눈을 감았다.

그녀는 자기도 모르게 그의 이름을 속삭였다.

그러더니 마법이 갑자기 시작되었던 것처럼 갑자기 그쳤다. 환각과 더불어 밀림의 축축하고 따뜻한 공기 속에서 단번에 사라졌다.

아나마야는 긴장을 풀고 다시 눈을 떴다. 아무것도 달라진 게 없었다. 석양은 하늘을 훨씬 더 붉게 물들이고, 그림자는 초록의 절벽들 사이에서 더 커져 있었다. 밤이 다가오자 흥분한 원숭이들이 높이 매달린 잎사귀들 틈에서 수다스럽게 지껄이고, 수컷 앵무새들은 암컷을 밀어내느라 소리를 지르고, 작은 구름 같은 나비 떼는 끓어오르는 폭포의 거품을 우아하게 거슬러 올라갔다.

"뭘 느꼈나요?"

물속에 몸을 오그리고 있던 쿠리 오클로가 떨리는 목소리로 물었다.

아나마야는 살짝 웃으며 몸을 흔들어 물기를 털어냈다. 망코의 젊은 아내의 짙고 뜨거운 두 눈이 두려움 섞인 호기심으로 그녀를 살폈다.

"당신은 뭔가를 봤어요! 잠시 동안 너무 이상했거든요. 마치 여기에 없는 사람 같았어요……"

아나마야는 거북한 미소를 지으며 물속으로 미끄러져 들어갔다. 마치 쿠리 오클로가 다른 세상 세력가들이 방금 전에 전해준 가브리엘의 기이한 애무의 흔적을 자신의 피부에서 발견하기라도 할 것처럼, 아나마야는 나신을 감추었다.

그녀는 소용돌이치는 강물을 손바닥에 담아 어깨와 목덜미에 뿌렸다.

"설명하기 어려워요."

"금기라는 뜻이군요."

"아뇨. 금기는 아니에요. 다만 설명하기 어렵고 이해하기 힘들 뿐이지요."

쿠리 오클로는 뾰로통해져서 아직 앳된 입술을 비죽거렸다. 그녀가 머리를 뒤로 젖히자, 묵직한 머리타래가 검은 해초처럼 흐르는 물에 흔들리고, 황금빛이 반사되는 조약돌 같은 동그란 젖가슴이 물에서 솟아올랐다.

"이제 돌아가야 해요."

아나마야가 말했다.

쿠리 오클로는 배를 흔들며 시샘과 조롱이 동시에 담긴 웃음을 흘렸다.

"당신이 내게 말하려 하지 않는 게 뭔지 알아요, 코야 카마켄. 당신은 당신이 사랑하는 이방인을 생각한 거예요. 당신들이 모두 퓨마라고 부르는 그 사람 말이에요!"

아나마야는 주저하다가 미소를 지으며 자백했다.

"난 그를 생각한 게 아니라 느꼈어요."

"느꼈다고요? 마치 그의 품에 안겨 있는 것처럼 느꼈다고요?"

쿠리 오클로는 일어나서 눈을 휘둥그레 뜨고 소리쳤다.

아나마야는 웃으며 고개를 끄덕이고는, 젊은 여자의 손을 잡고 무화과나무의 낮은 가지에 옷을 걸어둔 강가로 데려갔다.

"그런 식으로 당신과 그가 만나는 일이 종종 있나요?"

쿠리 오클로가 물었다.

아나마야는 물에서 나올 때까지 기다렸다가 마치 비밀을 고백하는 양 억눌린 목소리로 대답했다.

"정말로 만나는 게 아니에요. 다만 그의 존재가 내 주위에 있는 거죠. 그가 나를 찾고, 나를 생각하는 거예요."

"잘 모르겠어요."

"내가 말했잖아요. 설명하기 어렵다고. 그가 어디에 있든, 그는 나를 기억하고 내 곁에 있고 싶어해요. 그럴 땐 나와 만나기 위해 다른 세상으로 미끄러져 들어가려고 하는 거죠."

"어떻게 그럴 수 있죠?"

"그가 퓨마이기 때문에 가능해요…… 그리고 틀림없이 신관들이 도와주기 때문이겠죠!"

아나마야는 즐거운 웃음을 살짝 지으며 말을 맺었다. 옷을 다 입은 쿠리 오클로는 난처하고도 미심쩍은 눈길을 던졌다.

"당신을 놀리는 게 아니에요, 쿠리 오클로. 세상은 단지 보이는 게 전부가 아니에요. 강력한 조상들이 우리를 보살피고 있어요. 그들을 믿어야 해요."

아나마야가 부드럽게 다시 말했다.

"그래요, 알아요! 당신들은 모두 그렇게 말하죠. 당신과 신관들과 돌의 대가 말이에요. 하지만 강력한 조상들은 똑같은 힘으로 모든 사람들을 보살피고 싶어하지는 않는 것 같아요. 어쩌면 망코 군주님과 나는 아예 잊고 계신지도 모르죠…… 거의 모든 잉카족과 마찬가지로!"

쿠리 오클로의 목소리가 분노와 눈물로 흐려졌다. 그녀는 도망치려는 듯 거친 걸음으로 밀림 너머의 다듬어진 길로 들어섰다.

"쿠리 오클로!"

"이방인과 당신이 떨어져 있은 지 얼마나 됐죠, 아나마야?"

쿠리 오클로는 뒤도 돌아보지 않고 무뚝뚝하게 물었다.

"이 년하고도 넉 달이요."

"이 년이 넘도록 당신은 당신이 퓨마라고 부르는 그가 어디 있는지 모르는 거고요?"

"네."

"하지만 그렇게 오래 떨어져 있는데도, 그가 당신을 잊지 않고 당신도 그를 잊지 않는 거로군요. 그렇게 오래 떨어져 있어도, 당신은 그를 곁에서 느끼고, 그 역시 틀림없이 당신을 곁에서 느끼겠지요."

"아마 그렇겠죠."

"확실해요! 분명 당신은 꿈속에서 그를 보고, 이따금은 꿈꾸는 동안에도 그와 한 몸이 되겠죠! 이 년하고도 넉 달이라! 당신 말이 맞아요. 강력한 조상들은 당신들을 보호하고 당신들이 헤어지는 걸 원하지 않아요. 당신과 이방인이 말이에요!"

쿠리 오클로가 돌아서서 아나마야의 길을 막아섰다.

"왜죠? 왜 그런지 그 이유를 말해줄 수 있어요, 코야 카마켄?"

쿠리 오클로가 소리쳤고, 잠시 밀림의 끊임없는 소음이 멈추었다.

"뭘 묻는 건지 모르겠어요, 쿠리 오클로."

아나마야가 대답했다.

비탄과 고통으로 젊은 왕비의 아름다운 얼굴이 일그러졌다.

"망코 군주님과 헤어진 지 겨우 넉 달밖에 안 되었는데 그는 꿈속에 한번 나타나는 법이 없고, 목욕을 할 때도 혼자예요. 어딜 가든, 내 주위에는 사랑하는 사람의 존재가 전혀 느껴지지 않는다고요! 강력한 조상들은 나를 냉기로 감쌀 뿐이에요. 그들은 나를 모르는 척해요, 코야 카마켄. 그들은 나를 더이상 지지하지 않아요. 그리고 망코 군주님조차 지지하지 않는 것 같아요."

"군주님은 의무를 수행하고 있어요. 그분은 당신을 사랑해요. 다른 어떤 아내보다도 당신을 사랑해요."

아나마야는 쿠리 오클로의 마음을 뒤흔드는 진실을 너무도 잘 알기에 가슴이 미어져 아주 낮은 소리로 말했다.

"그는 나를 사랑하는데, 나는 그를 만날 수가 없어요. 그는 내 잠자리를 차갑게 버려두죠. 그는 나를 사랑하지만 나는 내 몸에서 그의 손도 입술도 느끼지 못해요. 그는 나를 사랑하지만 우리의 앞날은 가장 높은 산속의 겨울날처럼 싸늘하기만 한 것 같아요."

"그분은 전쟁을 하고 있어요, 쿠리 오클로. 이방인들과 싸우고 있고, 그 전쟁은 끔찍한 것이죠."

얼굴이 눈물로 범벅이 된 쿠리 오클로가 머리를 흔들었다.

"아뇨, 아나마야, 당신은 나보다 그를 더 잘 알아요. 그는 전쟁을 하는 게 아니라 전쟁에 지고 있어요."

"쿠리 오클로!"

"그 진실을 모르는 사람이 어디 있겠어요? 내 남편이자 유일한 군주님인 망코는 혼자이고, 그의 힘은 약해지고 있어요. 그의 형제 파울루는 이방인들의 편에 섰고, 현자 빌라 오마는 자기대로 전쟁을 하고 있어요. 당신과 돌의 대가는 여기, 새로운 밀림 도시 빌카밤바에 숨어서 강력한 조상들을 여전히 돌보고는 있지만 내가 사랑하는 망코 군주님에게서는 멀리 떨어져 있고요. 그리고 나마저 여기 있잖아요!"

"쿠리 오클로."

아나마야는 그녀의 말을 반박하지 못한 채 그녀를 품에 안았다.

"그는 철저히 혼자예요! 이방인들이 그가 그토록 사랑하는 아들 티투 쿠시를 잡아갔어요! 배은망덕하게도! 강력한 조상들의 건조된 몸도 쿠스코로 가져갔고요……"

아나마야는 슬프게도 그 끔찍한 상황을 진정시킬 말을 찾지 못했다. 그녀는 그저 쿠리 오클로의 젖은 뺨을 어루만지며 속삭일 따름이었다.

"내가 유일한 군주님을 버렸다고 생각하지 마세요, 쿠리 오클로. 난 언제나 그분의 옆에 있었고, 그분은 언제나 내게 형제와 같은 사람이었어요. 여기 빌카밤바에서 우리가 하는 일은 아무것도 그분의 뜻에 어긋나지 않아요. 오히려 그 반대죠. 돌의 대가는 당신이 사랑하는 망코 군주님이 언젠가 태양신의 아들로서 살아갈 수 있도록 도시를 세웠잖아요."

쿠리 오클로는 아나마야의 팔에서 빠져나가며 몸을 떨었다. 그녀는 도도하게 눈물을 닦았다. 그러나 그녀의 얼굴이 고통으로 또다시 일그러졌다. 그녀가 길 잃은 아이처럼 외쳤다.

"오, 아나마야, 난 내일이 너무 두려워요!"

✻

아나마야와 쿠리 오클로가 빌카밤바의 첫번째 담벼락에 이르렀을 때는 태양이 마지막 빛을 비추고 있었다. 돌의 대가 카타리의 정확한 계획에 따라 세워진 새로운 잉카 도시는 기이한 평온으로 빛났다.

계단식 대지와 칸차 들이 의식을 치르는 대광장 주변과 태양신 신전 앞에 완벽하게 배치되어 있었다. 기다란 신전 건물에는 열 개의 문이 뚫려 있고, 칸차 울타리와 방의 벽들에는 황톳빛 초벽이 발려 있었다.

깊어가는 어둠 속에서 황톳빛 초벽이 황금빛으로 물들었다. 밤이 귀한 보물인 양 태양의 마지막 인사를 가로채는 동안, 가까운 강과 작물이 풍부한 계단식 대지는 어둠 속으로 사라졌다.

안개 조각들이 갈라지는, 거대한 삼나무들로 뒤덮인 동쪽의 구불구불한 팜파코나 골짜기와 북쪽 산들을 이미 밤하늘이 짓누르고 있었다.

두 젊은 여자는 새 울음소리에 드문드문 깨지는 침묵에 휩싸인 채 축축한 풀밭에서 발걸음을 늦추었다. 그들은 아직도 빛나는 남쪽 산맥의 꼭대기에 시선을 붙박고 있었다. 만년설과 빙하를 감싸듯이 갑작스럽게 어둠이 산맥 꼭대기를 가려버렸다.

바로 옆의 개구리들이 시끄럽게 울어대다가 곧 잠잠해졌다. 그때 쿠리 오클로가 화들짝 놀라며 아나마야의 팔을 움켜잡았다. 그녀는 벽을 따라 뻗은 기다란 덤불을 말없이 가리켰다. 널따란 나뭇잎이 휘며 놀란 눈의 어린 퓨마가 모습을 드러냈다. 아주 밝은 색깔의 털이 어슴푸레한 저녁 빛 속에서 빛나고 있었다.

퓨마는 강인함이 서린 발로 펄쩍펄쩍 뛰어서 그들이 있는 쪽으로 재빨리 다가왔다. 아나마야는 더이상 숨도 쉬지 못했다. 쿠리 오클로의 두려움 어린 신음 소리가 낮게 들려왔다.

퓨마는 눈 둘레의 작고 흰 그림자와 가느다란 귀를 둘러싼 엷은 광채를 정확히 분간할 수 있을 만큼 가까이 있었다. 퓨마는 아나마야에서 두 발짝 떨어진 곳에서 멈춰 서더니 그녀의 눈을 찾았다. 그러고는 입을 반쯤 벌리며 길고 부드러운 울음소리를 내더니 단번에 덤불 속으로 사라졌다.

아나마야와 쿠리 오클로는 잠시 그대로 화석처럼 굳어진 채, 밀림 쪽으로 멀리 달려가는 퓨마의 가벼운 발소리에 주의를 기울였다.

두려움에 숨을 헐떡이느라 가슴을 들썩이며 아나마야를 돌아본 쿠리 오클로는 친구의 얼굴을 빛나게 하는 행복의 미소를 보았다.

　그녀가 말했다.

　"오, 당신 말이 맞았어요, 당신 말이 맞았어. 그는 바로 당신 옆에 있었어요."

21

1539년 4월, 티티카카 호수, 코파카바나

"가브리엘 나리!"

방문턱에 선 아이는 고작 열 살쯤 되었다. 하지만 아이 얼굴이 하도 진지해서 누구라도 열대여섯 살은 되었다고 생각할 터였다.

가브리엘이 투덜거렸다.

"귀찮게 굴지 마라, 애야! 날 좀 자게 내버려둬. 안 그러면 혼쭐을 내줄 테다!"

"가브리엘 나리, 어서 일어나셔야 해요!"

아이가 별로 주눅 들지 않고 거듭 말했다.

가브리엘은 가까스로 눈꺼풀을 들어 올리고 한숨을 쉬었다.

"빌어먹을! 확실히 너를 성가시게 하는 일인가 보구나, 칠리오크. 이제 막 날이 밝았는데, 왜 일어나라는 거냐?"

"누가 와요. 누가 나리를 만나러 온다고요."

"아, 그래?"

이번에는 가브리엘이 아이에게 좀더 주의를 기울였다. 아이는 여전히 문턱을 넘어서지 않았다. 안뜰에서는 여자들이 일찌감치 아침 식사를 준비하는 소리가 들려왔다.

가브리엘은 그물침대가 요동치지 않도록 조심스럽게 몸을 일으키며 물었다.

"그 누가가 누구고, 그가 나를 만나러 오는지 네가 어떻게 알지?"

"차스키가 말했어요. '한 이방인이 말을 타고 오고 있다. 그는 늙었고 지쳐 있다. 벌써 코파카바나를 넘어서 쿠시하타를 향해 가고 있다!'라고요."

아이는 어깨를 으쓱하며 말을 멈추더니 다시 덧붙였다.

"이방인이 여기까지 온다면, 그건 당연히 나리를 만나러 오는 거죠."

가브리엘은 미소 짓지 않을 수 없었다.

"튜닉을 갖다 다오, 칠리오크. 늙고 지친 이방인이란 말이지? 그의 얼굴에 하얀 털이 나 있다더냐?"

"글쎄요. 차스키 말로는 그의 얼굴이 천으로 뒤덮여 있어서 보이지 않는다고만 했어요. 그리고 그는 멀리 있지 않다고, 그의 그림자가 손바닥만 해지기 전에 나리의 칸차 앞에 나타날 거라고 했어요."

가브리엘은 옷을 다 입고 아이에게 미심쩍은 눈길을 던졌다. 그가 방에서 나와 기다란 안뜰에 나타나자, 부엌으로 쓰이는 작은 차양 아래 난로 주위에서 분주히 움직이던 하녀들이 그에게 미소로 인사하며 오라고 손짓했다. 가브리엘은 고갯짓으로 거절하며 아이의 목덜미에 손을 얹고 아이와 함께 갔다.

"그래, 칠리오크, 날 깨워줘서 고마워해야겠구나. 나와 함께 그 이방인을 맞으러 가자."

✳

처음에 언뜻 본 모습이 하도 이상해서, 가브리엘도 한참이 지나서야 말 탄 사람의 윤곽을 구별할 수 있었다. 스페인 담요와 인디언 담요가 뒤섞인, 담요로 된 언덕과 흡사한 기이한 모습으로, 호숫가 위로 불쑥 솟은 계단식 대지들 사이에서 움직이고 있었다.

"저 이방인이 누구든 간에 최상의 상태는 아닌 것 같구나."

가브리엘이 아이를 데리고 가며 말했다.

그들은 그 이상한 물체로부터 불과 사십여 미터도 안 되는 곳에 있었다. 말은 움직이지 않고, 망타의 주름 속에 감추어진 남자는 말에서 떨어질 것만 같았다.

"어이! 어이, 동지! 자넨 누군가?"

가브리엘이 걸음을 빨리 하며 외쳤다.

아무런 대답이 없었다. 갑자기 의심이 생긴 가브리엘은 발걸음을 늦추고 칠리오크를 조심스럽게 뒤에 붙잡아두었다.

"여기 있어라, 얘야. 더이상 앞으로 가지 마! 저놈이 야비하게 누더기 안에 강철 활을 감추고 있을지도 모르니."

아이는 그에게 비난의 눈길을 보내며 마지못해 복종했다. 가브리엘은 살아 있지 않은 것처럼 더이상 꼼짝도 하지 않는 말과 사람을 잠시 살폈지만 무기 같은 것은 찾아내지 못했다. 사실 기병한테서는 아무것도 보이지 않았다. 한 치의 피부나 한 올의 털도, 눈도 보이지 않았다.

가브리엘은 불안에 떨며, 기진맥진한 말이 시체를 고집스럽게 싣고 온 것이 아닐까 생각했다.

"어이! 어이, 동지!"

그가 더 힘차게 소리쳤다.

그의 고함으로 나타난 효과라고 해봐야, 겁에 질린 말이 몸을 떨면서 이삼 미터 뒤로 물러나며 옆으로 돈 게 고작이었다. 그제야 가브리엘은 기병의 뒤꿈치가 닿은 장화 위에 구겨져 있는 헐렁한 사제복을 발견했다. 그와 동시에 말고삐를 꽉 쥐고 있는 한쪽 손이 보였다. 다른 모든 손들 사이에서도 알아볼 수 있는 손, 가운뎃손가락과 약손가락이 붙어서 하나의 손가락이 된 손!

"세상에! 바르톨로메 수도사님! 칠리오크! 칠리오크, 이리 와서 나 좀 도와다오!"

가브리엘은 몇 마디 다정한 말을 건네며 말에게 바짝 다가갔다. 그는 한 손으로는 말의 얼굴을 쓰다듬으면서 다른 한 손으로는 재갈의 고리 하나를 단단히 잡았다.

"칠리오크, 가까이 다가와라. 아무것도 겁내지 말고……"

"저는 겁나지 않아요!"

"좋아! 그럼 이 가죽끈을 잡고 말 앞에 서 있어라. 당기지는 말고……"

아이가 말을 움직이지 못하게 하는 사이, 가브리엘은 주름 잡힌 담요를 걷어냈다. 그는 얼굴을 찡그렸다. 잠든 것인지 기절한 것인지, 바르톨로메는 안장 위에 몸을 오그리고 있었다. 그의 사제복은 위에서 아래로 찢어져 있었다. 특히 얼굴은 피가 굳어 갈색이 된 낡은 리넨 천으로 감싸여 거의 보이지 않았다.

"맙소사! 바르톨로메 수도사님! 수도사님, 정신 차리세요!"

가브리엘이 바르톨로메의 손을 잡고 말했다.

드러난 한쪽 눈이 깜박이지 않았다. 가브리엘이 잡고 있는 손은 너무 앙상해서 뼈만 남은 것 같았다. 잠시 얼이 빠진 가브리엘은 어떻게 해야 할지 망설였다. 그는 잡고 있던 바르톨로메를 놓고 아이를 돌아보았다.

"이리 오렴, 칠리오크."

그는 아이의 허리를 안아 올려서 안장 바로 뒤의 말 엉덩이에 앉혔다.

"내 친구가 떨어지지 않도록 팔로 껴안아라. 자, 이렇게. 내가 칸차까지 데려가는 동안 단단히 잡고 있어."

악취를 풍기는 담요에 뺨이 짓눌린 아이가 얼굴을 찡그리자, 가브리엘이 살짝 미소를 띠었다.

"냄새가 고약하겠지만, 티티카카에 도착하는 이방인들에게서는 늘 이런 냄새가 난단다!"

✳

여자들이 극진히 보살피며 상처를 닦아주고 난 뒤에야 바르톨로메는 눈을 떴다. 그는 눈구멍에 깊이 박힌 두 눈으로 주변의 표식을 찾아 두리번거렸다. 쉰 목소리가 마침내 딱딱한 딱지로 뒤덮인 입술을 넘어왔다.

"가브리엘?"

"나 여기 있어요, 바르톨로메 수도사님."

가브리엘은 바르톨로메를 보살피는 여자들의 손길을 멈추게 하고, 그의 앙상한 손을 잡았다. 둘은 눈으로 미소를 주고받았다. 가브리엘은 친구의 숨결을 가라앉혀주는 위안을 느꼈다.

그는 이제껏 바르톨로메의 벗은 몸을 한 번도 본 적이 없었다. 여자들이 그의 누더기를 벗기는 것을 도와주면서 본 모습은 놀라울 따름이었다. 바르톨로메는 너무 비쩍 말라서 옆구리와 허리의 살가죽이 금방이라도 찢어질 것 같은 얇은 막처럼 반들거렸다. 채 아물지 않은 상처와 멍이 팔다리 여기저기에 흩어져 있었다.

붕대로 쓰인 헝겊을 얼굴에서 걷어내자, 듬성듬성한 수염과 살을 찢으며 관자놀이와 왼쪽 뺨에 비스듬히 나 있는 기다란 칼자국이 보였다. 고름이 흐르고 악취를 풍기는 벌어진 상처에서 납빛 구더기 몇 마리가 꿈틀거리는 것을 보고, 하녀들이 비명을 질렀다.

이미 재와 산성의 뿌리 즙으로 깨끗이 닦아낸 상처는 초록색 고약으로 덮여 있었다. 그 때문에 수도사는 두 얼굴을 가진 사람처럼 보였다.

"어떻게 된 건지는 모르겠지만, 아주 큰 봉변을 당했군요."

가브리엘이 다정하게 말했다.

"내가 여기 있다니! 다행히도 자네와 함께 있다니, 중요한 건 그것뿐일세!"

바르톨로메가 잠시 미소 짓느라 지친 눈꺼풀을 찌푸리며 덧붙였다.

"자네를 영영 못 볼 줄 알았네. 하지만 보다시피, 신은 원할 때 당신의 뜻을 받아들이게 할 줄 아시지……"

가브리엘이 사발을 집어 들며 빈정거렸다.

"때로 더 부드럽게 뜻을 받아들이게 하시면 좋을 텐데요. 이건 퀴노아 죽이에요. 드셔야 해요. 바람에 날리는 깃털처럼 뱃속이 비어 있어요!"

바르톨로메는 네 숟가락을 삼키고는 가브리엘의 손을 물리쳤다.

"자네를 만나려고 열하루 전에 길을 떠났네. 우린 피사로 형제들이 잉카 망코의 장군 티소크의 반란을 진압한 남쪽에서부터 북진하고 있었어. 장군은 포로가 되었고…… 오, 이루 말로 표현할 수가 없네! 공포, 날마다 공포였어!"

목소리가 딱딱하고 어조는 급했다. 가브리엘은 바르톨로메에게 말로 쏟아내는 일이 필요하다는 걸 알았다. 그리고 수도사의 머릿속을 떠나지 않는 영상을 너무도 잘 알았다. 그것은 바로 여러 달 동안 그를 괴롭히던 영상이 아니던가.

"아이들, 여자들, 노인들! 날마다, 날마다 학살을 저지르고 모욕을 퍼부어댔네. 티소크가 붙잡히고 그의 군대가 패했을 때, 곤살로는 또다시 더 무자비한 탄압을 명령했지! 구덩이를 파서 말뚝을 박고 강간당한 여자들뿐만 아니라 다른 사람들도 거기에 집어던졌네. 집 안에 불쌍한 사람들을 하나 가득 몰아넣고 가을 낙엽처럼 산 채로 불태웠어! 오, 가브리엘……"

"알아요, 수도사님. 알아요. 나도 몇 년 전에 알마그로를 따라가면서 그 과정을 겪었는걸요. 하나도 잊지 않았어요, 그건 잊혀지지 않는 거니까."

바르톨로메는 뼈만 남은 손가락으로 가브리엘의 튜닉을 움켜쥐며, 마치 극도의 공포로 더럽혀진 기억을 지우려는 듯 몸을 기댔다.

"난 자네 말을 떠올렸네, 가브리엘. '난 고통을 퍼뜨리지는 않았지만 막지도 못했어요. 그건 결국 마찬가지지요'라고 하던 말을. 난 이해할 수 있었고, 자네처럼 나도 내 무능함이 수치스러웠지! 오, 주님, 그토록 많은 고통 앞에서 눈을 뜬 채 있어야 하다니, 제가 주님을 모독한 것 같군요……"

"바르톨로메 수도사님!"

"아냐, 말하도록 날 내버려두게! 그냥 내버려둬! 내 목구멍에서는 거기서 들이마신 공기의 악취가 나고, 콧구멍은 아직도 불에 탄 아이들의 냄새로 가득하네, 가브리엘! 잠을 자면 그들이 보여…… 주여! 주여! 그들의 불꽃이 내 안에서 타오르고, 날 검게 태우네……"

가브리엘과 하녀들이 축축하고 시원한 리넨 천을 바르톨로메의 이마와 상반신에 살짝 올려놓았다. 그러나 아무것도 그의 말을 중단시킬 수는 없었다.

"사슬에 묶인 여자들! 그들 중 스무 살이 넘은 여자는 하나도 없었네! 슬프게도 난 그 자리에서 붙잡혔네. 괴물들이야! 괴물들! 주님의 종이라는 것도 내겐 전혀 보호막이 되어주지 못했어. 아마도 주님은 당신의 모든 아들들의 고통을 내 살에 새기고 싶으신 모양일세…… 예수님은 그렇게 하셨잖나! 그래, 주님은 내게 자국을 남기고 싶어하신 거야, 가브리엘! 왜냐하면 그들은 주님의 자녀들이고 모두들 그걸 알아야 하니까. 인디언들도 주님의 자녀라는 것을 말이네……"

"진정하세요, 진정하세요!"

"그래도 그들이 도망친 뒤에야 난폭한 병사들이 나를 때려눕히고 내 머리를 베려고 했네. 난 성공했어, 가브리엘! 적어도 그들은 도망칠 수 있었으니까…… 하지만 그래 봤자지. 고작 스무 명인걸. 불쌍한 아이들은 온 사방에 너무 많아! 온 사방에!"

당장이라도 정신착란을 일으킬 듯한 바르톨로메의 목소리가 갑자기 날카로운 금속성으로 변했다. 가브리엘은 그를 진정시키기 위해 그의 이마에 한 손을 올려놓았다.

"진정하세요, 내가 여기 있잖아요, 사람들이 돌봐줄 거예요……"

"난 놈들이 뒤쫓아오지 못하도록 밤에만 도망쳤네! 맹수들 같아. 놈들은 송곳니가 무시무시한 맹수들 같아……"

"사람들이 물약을 갖다 줄 테니 마시고 푹 주무세요."

"아니, 아냐. 난 자네에게 얘길 해야겠어!"

"내일도 있어요. 좀 쉬세요……"

"난 자네에게 뭘 물어보려고 온 것이네, 가브리엘. 중요한 거야! 자네밖에 없어……"

하지만 가브리엘은 여자들에게 신호했고, 여자들은 바르톨로메의 목소리와 흥분 상태를 보고 뭘 해야 하는지 알아차렸다. 그가 수도사의 어깨를 붙잡아 천천히 일으키는 동안, 여자들이 풀이 타면서 연기가 피어오르는 작은 화로를 수도사의 콧구멍 밑에 갖다 댔다. 그는 이내 긴장을 풀고 온순해지더니, 음료를 마신 뒤에 곧 잠이 들었다.

✳

이틀 뒤 오후 늦게야 바르톨로메는 정신을 조금 차리고 제대로 된 식사를 할 수 있었다.

가브리엘은 호숫가가 바라다보이는 방에 바르톨로메의 잠자리를 마련했다. 여자들이 열이 내릴 때까지 물약을 주고 밤낮으로 그를 보살피며 머리맡을 지켰다. 친구가 눈을 뜨자마자, 가브리엘은 그가 부드러운 음식으로 배를 채울 수 있도록 과일과 코카 잎 차를 가져오게 했다. 이번에는 바르톨로메가 배고픔으로 손가락을 떨면서 주는 것을 먹어치웠다.

다소 거북한 침묵이 한참 이어진 뒤에 그가 입을 닦으며 쉰 목소리로 말했다.

"가브리엘, 자넨 내 생명의 은인일세."

"그 점에서는 피차일반입니다. 수도사님이 아니었다면, 난 오래전에 그 쿠스코의 감옥에서 불에 구워졌을 테니까요."

"내가 정신착란을 일으켜 어리석은 소리를 많이 한 것 같은데?"

"아, 아니에요. 진실만 말씀하셨어요. 잊어버리세요! 드디어 식욕이 좀 돌아온 수도사님을 볼 수 있어서 기쁩니다."

"이 과일들은 정말 맛있는걸. 천국의 과일 같아."

바르톨로메가 고개를 끄덕이며 중얼거렸다.

그는 초췌한 얼굴에 다소 생기를 주는 듯한 망고와 석류 즙을 맛보느라 머리를 감싼 깨끗한 붕대를 옆으로 당겨놓은 채, 호수의 반짝이는 푸른빛을 묵연히 바라보았다.

하루 중 그 시간이면 산들은 산꼭대기들을 서로 이어주는 구름들로 두텁게 덮여 있었다. 현기증 나는 비탈길의 반사된 그림자가 티티카카 수면 위에서 흐려지며 더 짙고 불투명한 빛깔로 물들었다.

"자네가 왜 이곳으로 피신해 왔는지 이제 알 것 같네. 자네 말이 맞았어. 이보다 더 아름답고 평화로운 풍경은 상상할 수가 없군."

바르톨로메가 흐릿한 미소를 지었다. 그러더니 갑자기 극심한 고통으로 입술을 꼭 다물었다.

"최근 몇 달 동안 끔찍한 일을 겪은 뒤로, 마치 주님이 드디어 내게 휴식을 주시고 이 세상에 아직도 조화로움이 존재하고 있음을 보여주시려는 것 같네!"

그가 다시 말했다.

가브리엘은 놀란 눈으로 그를 바라보았다. 수도사의 왼뺨을 보기 흉하게 만들며 두개골을 둘러싼 커다란 붕대가 그의 피로와 무기력을 한층 더 두드러지게 했다. 가브리엘은 쓴웃음을 지으며 고개를 살짝 끄덕였다.

"이 천국을 발견했을 때 난 수도사님보다 더 상태가 나빴어요! 나도 똑같은 생각을 했지요. 그래요, 티티카카는 분명 우리의 피난처인 것 같아요. 인간들의 세계가 너무도 비인간적으로 변할 때 말이에요……"

"비인간적이라!"

바르톨로메의 목구멍에서 웃음인 듯 신랄한 비웃음이 터져 나왔다.

"비인간적이라! 적절한 말이야! 가브리엘, 슬프게도 자네가 나보다 더 현명했음을 고백해야겠네. 쿠스코를 파멸시킨 그 끔찍한 전투 후에 우리에게서 도망쳐서 피사로 형제들로부터 멀리 떨어져 있던 자네가 얼마나 옳았는지! 주님께서 나를 용서해주셨으면. 자네가 내게 경계하라고 했는데도, 자네 말을 들으려고 하지 않았으니 말일세. 잉카족이 우리를 전멸시킬 태세를 하고 있었던 그때, 그리고 우리가 감옥에 있었을 때 자네가 내게 한 말을 오늘에야 이해하겠네. '이제 이 나라 사람들 눈에 스페인 사람들은 모두 똑같아요…… 그들에게 우리는 모두 몰살당해 마땅한 자들이지요. 그것이 바로 에르난도와 알마그로, 그리고 그들이 제멋대로 하게 놔둔 곤살로 같은 악인들이 자초한 결과입니다!'라고 하던 말 말일세. 자네가 처음부터 끝까지 옳았어. 삼 년이 지났고, 모든 게 갈수록 악화되어만 갔네."

감정의 동요로 가슴이 들썩이자, 바르톨로메는 눈을 감고 잠시 입을 다물었다.

"가브리엘, 신이 어떻게 이런 것을 원하실 수 있을까? 언제 어디서 마침내 벌을 내리시려는 걸까? 아, 친구, 내 친구! 때로 난 신께서 나를 도구로 삼아 악마가 되어버린 우리를 후려치시면 좋겠다는 욕망이 생긴다네!"

그가 들릴락 말락 하는 낮은 소리로 중얼거렸다.

가브리엘은 친구의 눈에서 눈물을 보고 조심스럽게 눈길을 돌렸다. 두 사람 모두 짧은 침묵 속에서 호수를 바라보았다. 아이들의 고함 소리와 부르는 소리가 호숫가에서 들려오고, 작은 배 한 척이 마을을 벗어나 섬을 향해 갔다.

가브리엘은 속이 벌어진 망고 하나를 집어서, 마치 그 속에 불가사의한 독이 숨겨져 있는 것처럼 향기 나는 과육을 침울하게 쳐다보았다.

"이 나라는 이 과일과 같아요. 오직 자신의 감미로운 향기와 풍부함을 퍼뜨리기만을 갈망할 뿐이죠. 여기 티티카카 호숫가에서, 난 이따금 활짝 열린 세계의 문턱에 있는 것 같아요. 우리를 기다리고 우리에게 제공되지만, 우리가 끝끝내 보지 못하는 세계 말이에요. 조금만 더 가면, 평화가 그 어떤 황금 수레보다도 스페인 사람들의 마음을 풍요롭게 할 수 있을 텐데요."

"오, 평화라고! 나로서는 그런 건 바라지도 않네. 돈 프란시스코와 그의 형제들이 고통과 눈물을 계속 자아내는 대신 좀 신중하게 행동해 준다면 그것으로 만족할 거야. 마치 잉카족과 벌인 전쟁의 상처로는 충분하지 않은 듯, 이제는 내분이 스페인인들 사이에서 맹위를 떨치고 있네!"

바르톨로메가 빈정대며 외쳤다.

"'애꾸눈'이 에르난도에게 유죄 선고를 받았다는 걸 알고 있었어요."

"사실 돈 디에고 알마그로는 암살된 것이네! 그는 치명적인 실수를 범했지. 포위 공격이 끝나고 총독 형제들이 약해졌을 때, 그가 에르난도와 곤살로를 감옥에 가두고 도시를 점령했거든. 단언하지만 난 그를 말리려고 애썼네. 에르난도를 지지해서가 아니라 그 행동의 결과가 너무도 뻔했기 때문이지! 애석한 일이지만, 피사로 형제들에게 오랫동안 속았다고 확신하는 노인의 고집 앞에서 성직자의 말이라는 게 무슨 효과가 있었겠나? 알마그로는 아타우알파의 몸값으로 받은 황금과, 총독이 자신을 제외시키고 카하마르카의 황금을 분배한 일을 매일 밤 곱씹었네. 증오와 복수심이 너무 오랫동안 부패한 나머지 그는 완전히 이성을 잃어버렸어. 그가 쿠스코를 손에 넣은 것은 넘어간다 쳐도, 피사로 형제를 가둔 것은 전갈의 침에 손을 내민 격이었지⋯⋯ 그들은 기회가 오자마자 닭 모가지를 비트는 심정으로 알마그로를 제거했네!"

가브리엘이 머리를 흔들었다.

"내겐 알마그로에 대한 안 좋은 기억이 너무 많아서 그 고약한 사람을 불쌍히 여길 수가 없군요. 하지만 에르난도와 곤살로의 수법이라면 익히 알고 있지요!"

"그들은 미쳤어! 모두 미쳤어! 이제 복수는 손바닥으로 치며 노는 공처럼 반대파로 옮겨가고 있지. 어떤 사람들은 피사로 형제들을 지지하고, 또 어떤 사람들은 그들의 힘과 부를 가로챌 생각만 하네. 모두들 반대파를 죽일 궁리만 하지!"

가브리엘은 비웃음을 감추지 못했다. 바르톨로메는 그에게 힐난의 눈길을 던지고, 마치 페루의 모든 고통을 가늠할 수 있다는 듯이 자신의 붕대를 만졌다.

"가브리엘, 사실 우리 스페인 사람들은 곧 서로를 파멸시키게 될 걸세. 여태껏 잉카족에게 당해온 것보다 훨씬 더 처참하게. 전능하신 신이 우리를 용서해주신다면 좋으련만! 이 새로운 세계에 그들이 퍼뜨리는 끝없는 공포에 대해 벌할 때가 되었다고 신이 생각하지 않으신다면 말이야!"

바르톨로메의 마지막 말이 격렬하게 울려 퍼졌다. 가브리엘은 멀리 호수에 반사된 영상을 바라보며 잠시 침묵을 지키다가 물었다.

"망코와의 전쟁이 끝난다는 말씀입니까?"

"망코는 전쟁에 패하고 있네. 알마그로가 잠깐 패권을 쥔 사이 망코의 형제인 파울루를 왕으로 지명해 잉카족에게 많은 혼란을 퍼뜨렸지. 많은 인디언들이 그에게 동조했네. 이제 망코는 고립되고 약해졌어. 그는 전투에서 패했고, 점점 더 멀리 숲속에 들어박히는 것이 유일한 방어였네. 게다가 그는 아주 혹독한 공격을 두 번이나 당했고……"

가브리엘은 주의 깊게 들었다. 바르톨로메는 잠시 주저하다가 말을 이었다.

"그의 아들이 붙잡혔네. 티투 쿠시라는 아주 어린 소년이야……"

"티투 쿠시라고요?"

가브리엘은 올란타이탐보에서 자기에게 '이방인들은 모두 아저씨 같나요?'라고 묻던 아이의 얼굴을 떠올렸다.

"그리고 잉카 파울루는 쿠스코에서 자기 씨족의 미라들을 되찾았지. 그게 망코에게 뭘 의미하는지는 자네가 나보다 더 잘 알겠지."

"잉카족에게는, 백성과 마찬가지로 군주들에게도, 미라들이 강력한 군주와 함께 있다는 것은 조상들이 그를 지지하고 그의 결정을 인정한다는 것을 뜻하죠. 아주 중요한 겁니다."

가브리엘이 눈썹을 찌푸리며 중얼거렸다.

바르톨로메는 눈을 감고 쭈글쭈글한 입술 사이로 흑갈색 자두 즙을 흘려 넣었다. 보일 듯 말 듯한 행복한 미소로 그의 표정이 잠시 부드러워졌다.

"잉카 파울루는 묘한 인물이야. 그의 현실적인 지혜에 감탄해야 할지 아니면 그의 비겁함을 역겨워해야 할지 잘 모르겠네. 하지만 실제로 그는 언제나 강자의 편에 서지. 어제는 알마그로, 오늘은 피사로 형제. 그리고 어느 경우에든 결코 자기 형제 망코와 싸우는 것을 주저하지 않아. 그는 자기 생각을 절대로 드러내는 법이 없네. 남쪽에서 그 끔찍한 원정을 할 때 우리와 함께 있었지. 그런데 자기 백성을 학살하는 것에도, 반란을 꾀한 망코의 장군 티소크를 체포하는 것에도 그는 반대하지 않았네."

"그래서 이제 망코는 혼자가 되었군요."

가브리엘이 말했다.

바르톨로메는 질문을 하려는 듯 입을 반쯤 벌리고 뚫어지게 그를 바라보았다. 그러더니 생각을 바꾸고는 말을 이었다.

"그가 쿠스코 북쪽 아주 먼 곳에 새로운 잉카 도시를 건설했다는 얘기를 들었네. 우리가 전혀 접근하지 못하도록 산속 더 깊숙이 밀림에 말이야. 하지만 자네에게 솔직히 말하자면, 최근 몇 달 동안 내가 본 것으로 미루어 볼 때 그의 지배와 반란은 곧 추억거리에 지나지 않게 될 걸세."

그들 사이에 갑자기 무거운 침묵이 자리잡았다. 바르톨로메가 망설이는 목소리로 침묵을 깼다.

"아나마야의 소식은 여전히 모르는 겐가?"

가브리엘은 어렴풋한 미소를 띠며 고개를 저었다.

"그녀를 못 본 지 이 년 반이 되어가요. 그녀가 이 지구상에 아직 살아 있는지조차 몰라요."

또다시 거북한 침묵이 흘렀다.

"전혀 놀라운 일이 아닙니다. 감히 말씀드리자면, 우리가 그렇게 합의했으니까요. 오랫동안 난 체념하고 받아들였어요. 아마 우리의 이별이 오래가지 않으리라고 속으로 생각했는지도 모르죠…… 전쟁이 끝나거나 아나마야가 내게 오기를 바라게 될 거라고요…… 그런데 진실이 명백히 드러났어요. 시간이 흐르고, 이제는 그녀의 얼굴조차 기억하기 힘들어졌어요. 견딜 수 없는 일이지만 난 받아들여야 해요. 그렇지 않으면 그녀를 위험에 빠뜨리게 될 테니까요! 몇 가지 상황 때문에 그녀는 자기 종족을 떠날 수 없고, 내게 오는 건 더더욱 할 수 없죠."

가브리엘이 대수롭지 않은 체하며 말했다.

"몇 가지 상황이라니? 그녀가 '남편'이라고 부르는 그 황금 조각상 말인가?"

바르톨로메가 아주 나지막이 물었다.

"네, 분신 형제요. 수도사님은 잉카족을 존중하고 싶어하시긴 하지만 그녀와 그들에게 그게 무엇을 의미하는지 이해하실 수 있을지는 모르겠군요."

가브리엘이 미소 지으며 말했다.

"내가 이해하고 안 하고는 중요하지 않네. 중요한 건 곤살로와 에르난도가 여전히 그…… 그 물건을 가로채고 싶어한다는 거야! 그 엄청난 무게의 황금은 그들을 미치게 하니까."

바르톨로메가 다소 언짢은 듯 말했다.

"빌어먹을 놈의 광기! 그들은 절대로 그걸 갖지 못할 겁니다."

가브리엘의 어조가 하도 차분하고 단호하여, 바르톨로메는 그를 주의 깊게 바라보았다. 마치 그토록 친근한 친구의 얼굴에서 낯선 사람을 발견하기라도 한 듯이.

"자넨 그렇게 확신하고 있는 것 같구먼! 그들은 그걸 얻기 위해서라면 페루의 돌 하나하나까지도 뒤엎을 수 있네!"

"돌을 뒤집어도 텅 빈 허공밖에는 발견하지 못할 겁니다. 우리 스페인 사람들은 이 나라에 살고 있는 사람들에게 고통을 줄 수 있어요. 그들을 학살하고 강탈할 수도 있어요. 하지만 이 호수를 보세요, 바르톨로메 수도사님. 이 산들을 보세요……"

가브리엘이 미소 지으며 큰 몸짓으로 비탈길을 가리켰다. 그 순간 반사된 빛 때문에 짙푸른 티티카카에서도 푸른 하늘에서도 비탈길이 사라지는 듯 보였다.

바르톨로메가 감탄했다.

"그래, 아주 아름다워. 하지만……"

"아뇨, 아름다움의 문제가 아닙니다. 이 모든 것은 살아 있어요. 산과 돌과 물 말이에요…… 여기 있는 모든 것은 우리와 비슷한 삶을 살아가고 있지만 수도사님과 나는 그 삶을 볼 줄 모르죠!"

"무슨 말인가?"

"잉카족은 보이지 않는 것을 볼 줄 안다는 말입니다. 더 나아가 그들은 그 숨결을 느끼고 그 지지를 받아들일 줄 알아요. 그들은 어떤 식으로든 표현되는 삶을 있는 그대로 느낄 줄 알아요. 칼날 아래에서의 그들의 힘은 닭 한 마리보다도 못하지요. 어쩌면 언젠가는 그들 모두가 닭처럼 전멸할지도 몰라요! 그러나 본질은 보존될 겁니다. 그들이 산속으로, 우리가 볼 줄도 들을 줄도 모르는 이 호수와 돌 속으로 세상에 대한 그들의 지식을 가져가는 것은 아무것도 막을 수 없을 겁니다. 여기에는 피사로 같은 사람이 대항할 수 없는 힘이 있어요!"

이번에는 가브리엘이 격분하여 말했다.

바르톨로메의 눈빛이 음울해졌다.

"가톨릭적이지 않은 방식으로 사물을 이해하고 있군! 때때로 여기서 자네가 인디언 신관들과 이교도적인 의식에 몰두한다고들 하더니."

잠시 가브리엘은 침착성을 잃을 뻔했다. 하지만 냉소를 흘리며 고개를 흔들었다.

"여기서의 내 삶에 대해 사람들이 뭐라고 하든 아무래도 좋습니다. 내게 아주 딱 맞는 삶이니까요."

"그렇게 확신하나?"

"신문하시는 건가요?"

"가브리엘, 난 신을 믿는 사람이고 자네 친구일세. 이 세상에서 그리스도가 이룬 업적과 우리 각자를 위해 구현하는 희망을 저버리고 어쩌면 우롱하기까지 하는 자네를 보면서 내가 기뻐할 줄 알았나!"

"난 인간에 대한 존중도, 삶에 대한 존중도 저버리지 않습니다. 그거면 수도사님에게 충분히 위로가 될 것 같은데요."

잠시 바르톨로메는 가브리엘을 유심히 살폈다. 긴장한 탓에 바르톨로메의 초췌한 얼굴이 더 날카로워졌다. 그러더니 피로가 몰려오는 듯 그가 곧 고개를 끄덕였다.

"자네 말이 맞는지도 모르지. 하지만 인정하기는 퍽 힘들군."

가브리엘은 친구의 팔을 잡았다.

"내 영혼은 아주 평온합니다, 바르톨로메 수도사님. 걱정하지 마세요."

열에 들뜬 전율이 수도사의 온몸을 훑고 지나갔다. 그의 입술이 격렬하게 떨리는 동안, 그는 눈을 감고 거의 들리지 않는 낮은 소리로 중얼거렸다.

"자네 영혼이 평화롭다는 걸 의심하지 않네, 가브리엘. 그런데 슬프게도 내 영혼은 전혀 평화롭지가 못하군…… 난 지쳤고, 이제 좀 자야겠네. 한 가지 부탁이 있어. 내가 자는 동안, 내 안장에 매달린 가죽 주머니를 열어보기 바라네. 그 안에 내가 글을 쓴 종이가 있을 거야. 신에 대한 사랑으로 그걸 읽어보게."

"신에 대한 사랑은 아무 상관이 없을 겁니다. 하지만 수도사님에 대한 우정으로 꼭 읽어보지요."

✻

어둠이 내릴 무렵에야 바르톨로메는 깊은 잠에서 깨어났다. 그는 잠자리에서 몇 발짝 떨어진 화로 옆에서 가브리엘을 발견했다. 어느새 저녁 어둠 속으로 빠져들고 있는 호수와 산들을 바라보며 꼼짝도 않고 앉아 있었다. 가브리엘은 글씨가 빽빽이 씌어진 종이 뭉치가 든 커다란 가죽 주머니를 무릎 위에 올려놓고 있었다.

"가브리엘……"

가브리엘이 돌아보며 다정하게 미소 지었다. 하지만 그가 조금 전에 바라보던 어둠이 온통 그의 시선 속에 남아 있는 듯했다. 바르톨로메는 가죽 주머니를 가리켰다.

"읽어보았나?"

"읽었습니다. 이 종이에는 공포와 불의가 너무 많이 적혀 있어, 마치 지옥의 고통을 적어 내려간 목록 같군요."

"하지만 그건 내가 이 페루 땅에 발을 디딘 뒤로 직접 목격한 사실들일 뿐일세. 신 앞에서 맹세할 수 있네. 날마다 모든 것을 기록했지. 잉카족에게 가한 모든 모욕과 고통, 신과 로마의 규칙에 대한 모든 위반, 왕국 법의 남용…… 모든 것이 거기 있네!"

가브리엘은 기이한 동물이라도 되는 양 가죽 주머니를 바라보다가 바르톨로메의 발치에 내려놓았다.

"그래요, 모든 게 있네요. 하지만 지각없는 행동입니다. 만약 피사로 형제나 그 귀족 나리들 중 누군가가 이 종이를 발견한다면, 수도사님은 죽은 목숨입니다!"

"바로 그 때문에 밤에만 움직여 자네를 만나러 온 걸세."

바르톨로메가 말했다.

가브리엘은 근엄한 미소로 답했다.

"이걸로는 충분하지 않을 것 같아 걱정입니다. 이 종이는 화로에 태우세요, 수도사님. 아니면 더 먼 훗날을 위해 아주 은밀한 비밀 장소에 감추시든지요. 지금으로선 아무 쓸모 없는 종이에 지나지 않아요. 이토록 슬픈 글을 누가 읽으려고 하겠습니까!"

격분한 바르톨로메는 우는 소리 비슷한 소리를 내며 몸을 일으켰다. 그러고는 네 발로 기어와 가죽 주머니를 잡고 머리 위로 흔들었다.

"불태우라고? 카를로스 왕이 반드시 알아야 하는 때에 이 진실을 숨기라고? 스페인은 여기서 벌어지는 일을 알아야 하네. 로마와 교황은 이 글을 읽고 소름끼치는 공포에 떨어야 해!"

가브리엘은 머리를 흔들며 빈정거렸다.

"열 때문에 흥분하시는군요. 황금을 잊으셨나요? 대양 저편에서, 황금을 얻는 방법을 누가 걱정할까요? 여기서 원주민들이 벌레 취급을 당하고 있다는 이유로, 왕이나 교황이 그들 궁전이나 교회를 황금으로 덮는 것을 포기할 거라고 생각하십니까? 천만에요! 돈 프란시스코와 그의 형제들은 유럽의 재산을 불리고 있는 한 얼마든지 폭군이 될 수 있어요!"

"자네가 잘못 생각하는 거야! 잘못 생각하는 거라고, 가브리엘."

바르톨로메는 비틀거리며 완전히 몸을 일으켰다. 그의 격분한 고함 소리가 하도 높아서, 두 하녀와 칠리오크가 횃불을 들고 달려왔다. 가브리엘이 고갯짓으로 그들을 진정시키는데, 제정신이 아닌 바르톨로메가 그의 두 손을 움켜쥐었다.

"아닐세, 아냐! 자네가 그렇게 말하지 않았으면 좋겠네. 자네는 그러면 안 돼, 가브리엘! 스페인과 로마에는 선의를 가진 사람들이 있어. 궁정이든 교회든. 인디언들도 우리와 마찬가지로 신의 자녀라고 믿는 사람들이 말이야!"

그가 격렬하게 반박했다.

"슬프게도 그들은 여기가 아니라 거기에 있는걸요."

"그래서 그들이 알아야 한다는 거야."

"어쨌든 그들이 안다고 해도……"

붕대를 감은 바르톨로메의 얼굴이 미친 사람처럼 보였다. 그의 눈꺼풀이 끊임없이 깜박이고 목의 굵은 혈관도 계속 팔딱거렸다. 가브리엘은 그가 정신을 놓을까봐 줄곧 걱정했지만, 그는 활처럼 팽팽히 긴장한 채 가브리엘의 어깨를 움켜쥐었다.

"가브리엘, 내 말을 들어보게. 여기 이 산속에 살고 있는 모든 사람이 존엄성을 존중받을 수 있도록 스페인에서 애쓰는 사람이 있네. 종교인이지. 라스 카사스*라는 이름의 도미니크 회 수도사라네. 자네와 나

* Bartolom de Las Casas(1474~1566). 유럽인의 인디언 탄압을 폭로하고 인디언 노예제의 철폐를 주장한 최초의 유럽인.

처럼 그들을 사랑하고 그들에게 감탄하는 학자일세. 에라스무스를 읽은 사람인데……"

"외톨이로군요! 수도사님처럼, 나처럼. 그리고 이 산에서 너무나 멀리 있고……"

"그렇게 외톨이는 아닐세! 그는 영향력 있고, 사람들에게 뜻을 관철시킬 수 있는 사람이지. 이미 모든 땅의 인디언들이 인간으로 대우받도록 명하는 교서를 교황 바오로 3세에게서 얻어냈네……"

가브리엘의 빈정대는 미소에 화가 난 바르톨로메는 몸을 젖히며 뒤로 물러났다. 그는 해골처럼 앙상한 손으로, 영문을 몰라 눈을 휘둥그렇게 뜨고 방 안쪽에서 꼼짝도 않고 있는 가브리엘의 하인들을 가리켰다.

"인디언들은 진정한 인간이므로 신앙을 받아들일 수 있는 능력이 있다. 또한 우리는 모든 반대 의견에도 불구하고 다음과 같이 선언하는 바이다. 앞서 거론한 인디언들은 어떤 방법으로든 그들의 자유나 재산을 빼앗길 수 없으며, 신의 말씀을 전하는 설교와 덕망 있고 성스러운 삶의 본보기를 통해 반드시 예수 그리스도를 믿게 될 것이다!"

바르톨로메는 붕대를 감은 머리를 가볍게 흔들고 숨을 가쁘게 몰아쉬며 낭독을 마쳤다. 그러고는 어린 칠리오크를 붙잡아 자기 앞으로 끌어당겼다.

"이것이 바로 교황님의 말이고 뜻일세. 이 아이의 머리를 걸고, 전지전능한 신 앞에서 맹세하지. 교황님은 우리가 원하는 것을 원하시네."

대답 대신 가브리엘은 칠리오크에게 손을 내밀어, 겁에 질린 아이의 얼굴을 쓰다듬었다.

"겁내지 마라, 칠리오크. 내 친구가 열이 좀 있단다. 그를 다시 눕히게 날 도와다오."

그가 케추아어로 나직이 말했다.

바르톨로메는 저항했다. 흥분한 만큼 지쳐 있는 까닭에, 그는 두 다리로 겨우 서 있었다. 가브리엘과 아이가 그를 눕히고 이불을 덮어주는 동안 그가 떨리는 목소리로 물었다.

"나를 믿나, 가브리엘?"

"믿어요."

"그럼 이 종이들을 스페인으로 갖다 주게. 라스 카사스에게 전해줘. 그에게는 이게 필요하네."

가브리엘은 깜짝 놀라서 꼼짝도 하지 않았다. 횃불이 어둠 속 그들의 얼굴을 일그러뜨렸다. 붕대 때문에 바르톨로메의 얼굴이 흡사 가면처럼 보였다.

"내가요?"

"자네가 아니면 누가 그럴 의지와 용기가 있겠나? 자네를 쳐다보는 이 아이를 보게, 가브리엘. 자네가 이 종이들을 스페인으로 가져가면 이 아이는 사람다운 생활을 하게 될 것이네."

바르톨로메는 칠리오크의 손을 잡으며 말했다.

가브리엘이 눈살을 찌푸리며 냉담하게 고개를 돌리자, 그가 다시 덧붙였다.

"자넨 여기서 뭘 기다리는 건가? 아나마야가 자네 곁으로 돌아오길 기다리나? 자네도 알다시피 그렇게 되지는 않을 걸세. 이제 자넨 혼자야. 자네가 여기서 티티카카의 아름다움을 바라보며 시간을 허비하는 동안, 자네가 보호하려던 사람들은 사라질 걸세. 이 종이를 톨레도에 가져가서, 진실이 마땅히 드러나야 할 곳에 진실을 알려주게. 이 나라에 대해 자네보다 왕에게 더 잘 얘기할 수 있는 사람이 누가 있겠나? 날 도와주게, 가브리엘. 신을 위해서가 아니야. 자네는 신을 버렸으니까. 자네가 잊고 싶지 않은, 자네의 마음을 슬픔으로 가득 채우는 것을 위해서지."

가브리엘은 눈도 깜박이지 않고 대답도 하지 않은 채 한참 동안 수도사를 바라보았다. 그는 자신의 몸을 관통하는 전율에서, 바르톨로메의 말이 효과가 있었음을 느꼈다.

*

젖빛 여명이 티티카카 호수 위에 드리워졌다. 안개가 흩어지면서 잿빛 수면과 계단식 대지의 잿빛 벽들을 드러냈다. 태양신과 달의 신의 성스러운 섬들 맞은편, 널찍한 물굽이에 위치한 쿠시하타의 집들에서 몇 가닥 연기가 여전히 피어올랐다.

호수 위로 튀어나온 바위투성이의 뾰족한 봉우리 중턱에서 가브리엘은 그 매혹적인 장소를 마지막으로 감탄하며 바라보았다. 세바스티안과 함께 남쪽 바다에서 죽을 고비를 넘기고 잉카의 땅으로 전진하는 초기 콩키스타도르 일원으로 툼베스 해변을 밟은 1532년 3월의 그날 이후로 평화롭게 살 수 있었던 단 하나의 장소.

칠 년 전 이맘때였다! 희망과 전투가 있었고, 때로 영광이 있었던 칠 년. 그리고 사랑의 칠 년. 하지만 행복한 순간은 거의 없었다! 전쟁과 참사로 흘러간 덧없는 순간들……

아나마야!

아침의 부드러운 미풍 속에서 그녀의 이름을 속삭이기만 해도, 그는 마치 살갗 구석구석에 사랑하는 여인의 경이로운 음절이 새겨지듯 몸이 떨리는 것을 느꼈다. 아나마야!

이제 칠 년 전과는 완전히 다른 사람이 된 오늘, 그는 스페인으로 다시 떠나려 했다. 돌아올 기약도 없이, 아나마야의 입술에 마지막 키스도 하지 못한 채. 떠나고 나서, 그녀의 살내음과 허벅지의 온기를 천천히 잊는 거다. 그녀가 한 걸음 한 걸음 이끌어주었던 이 이상한 세계에서의 여행을 잊는 거다.

사실 그는 그것이 가능하다는 생각조차 하지 않았다.

그러나 밤새도록 수도사의 말이 머릿속을 맴돌았다. 바르톨로메가 흥분하고 있었음에도 지극히 이성적이고 힘이 넘치던 말. 가브리엘은 있는 힘을 다해 그 말을 떨쳐버렸다. 그러자 갑자기 다른 말이 그의 머릿속에 떠올랐다. 아나마야가 한 말. 오래전에 죽은 잉카 황제의 기이하고 믿을 수 없는 메시지를 되뇌며 그녀가 '퓨마'에게 했던 말.

너는 퓨마가 대양 너머로 달려가는 걸 보게 될 것이다.
그는 떠나 네게로 돌아올 것이다.
비록 서로 떨어져 있어도 너희는 결합될 것이다.
그리고 모두가 떠날 때, 너는 남고 퓨마도 네 곁에 남을 것이다.
너희의 조상 망코 카팍과 마마 오클로처럼,
너희는 함께 이 땅에 새 생명을 낳을 것이다.

이해하지 못한 채 들었고, 수수께끼가 들어 있는 상자처럼 기억된 말. 그러나 갑자기 명쾌하게 드러난 말, 문장. 그렇다, 그는 떠나야 한다! 그는 어떻게 아나마야와 다시 만나게 될지 마침내 깨달았다. 티티카카에 뛰어듦으로써가 아니라 대양 너머로 떠남으로써. 스페인으로 돌아감으로써. 바르톨로메를 그 자신도 모르는 사이에 그리스도의 사자인 동시에 강력한 잉카 조상들의 사자로 만든, 우연처럼 보이는 운명의 힘에 굴복함으로써!

나뭇가지 소리에 가브리엘은 소스라치게 놀라며 생각을 멈추었다. 뒤를 돌아보았지만 처음에는 아무것도 보이지 않았다. 그러더니 소관목 잎들이 벌어지고, 칠리오크가 감히 얼굴도 들지 못한 채 머뭇거리며 나타났다. 가브리엘은 부드러운 미소를 지으며 손을 내밀었다.

"이리 와, 칠리오크. 가까이 오너라."

아이가 작은 손을 그의 손에 올려놓자, 가브리엘은 아이를 자기 옆에 바짝 끌어다 앉혔다.

"자고 있어야 할 시간이잖니."

그가 다정하게 나무랐다.

"잠이 오지 않았어요. 나리가 주무시지 않는 걸 보고 따라왔어요."

가브리엘은 고개를 끄덕이며 자기 손에 쥐인 아이의 손을 더 세게 쥐었다. 두 사람은 아무 말 없이 호수 위에서 춤추는 안개를 함께 바라보았다.

"떠나실 거예요?"

"왜 그런 생각을 하지?"

가브리엘이 놀랐다.

"아픈 이방인과 얘기하실 때 나리의 얼굴을 보고 알았어요."

"그래, 떠날 거다. 칠리오크. 네 말이 맞아. 네가 보고 싶을 거야."

"그런데 왜 떠나려고 하세요? 우리와 함께 있는 게 즐겁지 않으세요?"

"아니, 아주 즐겁단다."

가브리엘이 미소 지었다.

"그런데요?"

"그런데 어떤 사람을 다시 만나기 위해 떠나야 할 때가 되었단다……
그리고 또 어떤 일을 이루기 위해서."

아이는 이해하지 못한 채 슬픔 가득한 눈으로 그를 바라보았다.

"나리가 떠나시면, 우리를 좋아하지 않는 이방인들이 여기로 올 거
예요. 모두들 두려워하게 될 거예요."

칠리오크가 속삭였다.

"내가 떠나는 건 바로 그것 때문이기도 하단다. 너희 종족이 더이상
이방인을 두려워하지 않게 하기 위해서."

가브리엘이 목이 메어 말했다.

"그게 가능하다고 생각하세요?"

아이가 눈을 크게 뜨며 물었다.

"어쩌면. 나도 모른다. 하지만 시도해보지도 않고 그냥 살 수는 없으
니까."

22

1539년 6월, 빌카밤바

"분신 형제여, 당신이 있어서 좋아요. 제가 당신 아내가 된 지 이제 십 년이 되었군요. 우리 세상의 사계절이 추위와 더위를 열 번 겪었어요. 제가 태어난 날이 과거 속으로 열 배 멀어졌지요. 유일한 군주님 아타우알파가 제게 영원히 당신을 따르고 코야 카마켄이 되라고 명령했을 때, 저는 어린아이였죠. 오늘 저는 유일한 군주님 망코의 후궁들이나 공주들보다 더 나이가 많은 여자랍니다. 하지만 당신 옆에 있으면, 시간이 당신과 저를 스치지 않고 흘러가는 것 같아요."

아나마야가 속삭이며 부드럽게 미소 지었다. 그녀는 빌카밤바의 태양신의 대신전 앞에 놓인 분신 형제의 황금상 옆에 무릎을 꿇고 앉아 있었다. 분신 형제는 카타리가 세워놓은 기념비 위에 놓여 있었다. 그녀는 분신 형제 앞에 꿀과 과일과 강의 물고기와 어린 옥수수를 제물로 늘어놓았다. 이미 수없이 했던 동작이었다. 그리고 아마루 뱀의 초상이 그려진 주발에 쌓여 있는 붉은 숯불에 코카 잎들을 엄격한 순서에 따라 올려놓았다.

'오, 남편이시여, 코야 카마켄이 온 마음으로 바치는 것을 받아주소서!'

그녀는 조용히 윗몸을 숙이며 생각했다.

코카 잎의 매캐하고 건조한 연기가 너울거렸다. 연기는 황금상 주위를 천천히 휘감더니 떠오르는 태양의 온기 속으로 올라갔다.

우기가 끝난 뒤의 매일 아침이 그렇듯이, 밀림 속 작은 도시는 첫 새벽빛이 비치자 찬란하게 반짝였다. 새벽마다 태양이 매달리는 '성스러운 바위' 끝에 이어, 의식을 치르는 대광장과 왕의 칸차의 계단식 대지를 둘러싼 벽들이 호사스러운 밀림에서 솟아올랐다. 곧 골목길과 계단과 다리의 미로가 차례로 어둠 속에서 빠져나왔다. 아나마야는 하루하루 그 도시의 완벽한 조화에 감탄했다. 카타리가 마법을 써서 그 도시를 땅속에서 끌어낸 듯했다. 신전들, 귀족과 평민의 주거지, 그리고 창고에 이르기까지 그 크기와 배치에 따라 밀림 속에 절묘하게 세워져 있어, 빌카밤바에서 십오 분 정도 걸어 나오기만 해도 도시가 신기루처럼 사라졌다.

"당신이 있어서 좋아요, 분신 형제여. 당신의 존재는 저를 달래주고 희망으로 가득 채워줍니다. 전쟁이 우리 주변의 모든 것을 죽이고 파괴시키는 마당에, 유일한 군주님 우아이나 카팍께서 우리를 보호해주신다는 것을 당신을 통해 느끼기 때문이지요. 분신 형제여, 저는 오랫동안 당신을 사랑할 줄도 당신의 말씀을 들을 줄도 몰랐습니다. 너무 어린 계집아이였거든요. 저는 당신이 두려웠어요. 당신의 침묵과 당신의 황금 몸이 무서웠지요. 당신 옆을 지키는 아내로서의 의무가 싫었어요. 당신의 존재가 제게 가르쳐준 지식, 강력한 군주들의 질시와 분노를 샀던 그 지식이 두려웠어요."

아나마야는 나직이 중얼거리다가 생각에 잠겼다.

선택된 젊은 처녀들이 아버지 태양신에게 바치는 제물을 감싼 쿰비를 들고 신전 울타리의 높은 사다리꼴 문을 넘어왔다. 처녀들은 기도중인 코야 카마켄을 보고 허리를 숙였다. 그들은 공손하게 바닥의 포석으로 눈을 내리깔았다.

"오, 남편이시여, 당신의 존재가 부족하고 수줍음 많은 혼혈의 계집아이인 저를 사람들이 두려워하는 여자로 만들었기 때문이지요!"

아나마야는 젊은 아클라들을 향해 다정하면서도 아이로니컬한 미소를 지어 보였다. 그러고는 다시 진지해진 얼굴로 손을 내밀어 황금상의 어깨를 손바닥으로 쓰다듬었다.

"분신 형제여, 사실은 제가 우아이나 카팍 군주님이 지명해주신 사람을 사랑하는 것을 당신이 막으실까 두려웠습니다. 당신의 질투가 두려웠어요. 당신이 그 사람을 끊임없이 멀리 떼어놓으려 할까 봐 두려웠지요. 인티의 애무에 녹는 눈처럼, 아주 오랫동안 곁에 없는데도 그 사람 때문에 제 몸과 마음이 녹아버리는데 말이에요. 그래요, 오, 분신 형제여! 저는 당신의 질투가 두려웠어요!"

아나마야는 불안한 눈으로 황금 얼굴을 살폈다. 점점 밝아오는 아침 햇살 속에서 눈빛의 어둠이 옅어졌다. 활 모양의 강인한 코 밑에서 반듯한 입술 끝으로 빛이 길게 이어지며 갑자기 입가에 미소가 어리는 듯 보였다. 그러자 아나마야는 눈을 감고 단숨에 고백의 말을 내뱉었다.

"오, 분신 형제여! 제 입과 마음이 가브리엘이라는 이름을 말할 때,

그의 손이나 입술이 제 살갗 위에 놓일 때, 저는 당신의 분노가 얼마나 두려웠는지 모릅니다! 저의 어리석음을 용서하세요, 사랑하는 남편이 시여. 이제 저는 그 두려움이 헛된 것이었음을 압니다. 어느 날 저녁 강에서 퓨마의 숨결을 제 몸으로 느낀 뒤로 석 달이 지났습니다. 그 후로 당신의 눈앞에서도, 매일 밤 꿈속에서도 퓨마가 저를 만나러 옵니다. 오, 분신 형제여! 꿈에서 꿈으로 우린 함께합니다. 우리는 서로를 만지고, 인티의 빛 아래에서 연인처럼 사랑합니다! 저는 그의 뺨을 뒤덮은 털 속으로 손을 넣어 그의 얼굴이 떨리는 것을 느낍니다. 그가 저를 안으려 할 때 그의 눈에 빛이 어리는 것이 보이고, 그는 카하마르카나 쿠스코나 올란타이탐보에서 함께 밤을 보냈을 때처럼 힘차게 제 안으로 찾아옵니다! 오, 사랑하는 분신 형제여! 밤마다 제 마음은 그의 마음으로 애무를 받습니다. 꿈을 꿀 때마다 그가 퓨마가 되는 것이 보이고, 그도 역시 저를 잊지 않았음을 압니다. 잠에서 깰 때면, 저는 마음이 진정되고 믿음이 생기지요. 오늘 저는 우아이나 카팍 군주님의 말씀을 이해합니다. 그래요! 강력한 조상들의 말씀과 의지가 이렇게 이루어지는 것이지요. 저 코야 카마켄은 당신이 조상들과 함께 평화로이 머물게 될 그곳으로 곧 당신을 따라가겠습니다."

기도에 깊이 빠진 아나마야는 잠시 꼼짝도 하지 않았다. 그녀는 여전히 눈을 감은 채 황금상의 말없는 대답을 더 잘 받아들이기 위해서인 듯 몸을 웅크렸다.

오랜 시간이 지난 후에야 그녀는 다급한 숨결을 느꼈다. 흐느낌이 담긴 탄식 소리. 그녀가 깜짝 놀라 몸을 일으키자, 눈물에 흠뻑 젖은 얼굴로 그녀에게서 몇 발짝 떨어진 곳에 꿇어 엎드린 망코의 젊은 아내가 보였다.

"쿠리 오클로!"

"도와주세요, 코야 카마켄! 도와주세요, 제발······"

"쿠리 오클로! 무슨 일이에요?"

아나마야가 일어서서 그녀에게 손을 내밀며 외쳤다.

"차스키가 지난밤에 왔는데, 이방인들이 쿠스코를 떠났다는군요. 그들이 '성스러운 골짜기'로 전진해 우리를 향해 오고 있어요······"

쿠리 오클로의 크고 짙은 눈이 아나마야의 눈 속으로 녹아들 듯했다. 마치 그녀의 두 눈이 모든 고뇌를 아나마야에게 전해줄 수 있을 것처럼. 하지만 아나마야는 눈썹을 찌푸리는 것으로 그쳤다. 쿠리 오클로는 한층 더 흐느끼며 소리쳤다.

"오래전부터 내가 두려워하던 일이 벌어지고 있어요, 아나마야! 오, 끔찍해요! 인티가 우리를 보호해주시길!"

아나마야는 그녀를 일으키고, 눈물이 흐르는 그녀의 두 뺨에 손가락을 갖다 댔다.

"당신이 당황하는 것을 이해할 수가 없군요! 망코 군주님이 전사 삼천 명과 함께 비트코스에 있어요. 그분이 이방인들을 물리칠 것이고, 그건 처음 있는 일도 아니죠. 이방인들은 밀림에서는 제대로 싸우지 못해요."

쿠리 오클로는 또다시 흐느껴 우느라고 반박하지 못했다. 아나마야는 젊은 아클라들이 뒤에서 훔쳐보는 시선을 느꼈다. 그녀는 젊은 왕비의 떨리는 어깨를 팔로 감싸고 신전 밖으로 데려갔다.

"진정해요, 쿠리 오클로. 태양신의 딸들에게 이런 모습을 보여주는 건 좋지 않아요."

아나마야가 다정하게 속삭였다.

쿠리 오클로가 더듬더듬 사과의 말을 하는 동안, 그들은 의식을 치르는 대광장에 이르렀다. 아나마야는 빌카밤바의 외부와 강가의 경작지에 이르는 넓은 계단으로 향했다.

"왜 이렇게 불안해하는지 말해봐요."

그녀가 쿠리 오클로를 야트막한 담장 위에 앉히며 말했다.

쿠리 오클로는 가까스로 침착함을 되찾았다.

"다섯 달 전에 망코 군주님은 이방인들에게서 퓨마의 도시 쿠스코를 되찾기를 다시 한번 원했어요. 하지만 쿠스코까지 가지도 못했죠. 그의 형제 파울루가 충직한 노장군 티소크를 물리친 뒤에 남쪽에서 수많은 병사들과 함께 돌아왔기 때문이지요……"

아나마야가 초조해하며 말을 잘랐다.

"그건 나도 알아요! 그의 원정이 소용없는 일이라고 내가 망코 군주님께 말씀드렸죠. 그는 틀림없이 파울루와 맞서려고 하지 않았을 거예요!"

"군주님이 잘못되기를 가장 바라는 사람은 파울루가 아니에요. 그건 내 오빠 구아이파르예요."

쿠리 오클로가 눈길을 돌리며 중얼거렸다. 아나마야의 몸이 굳어졌다. 쿠리 오클로는 탁한 목소리로 말을 이었다.

"구아이파르는 오래전부터 북쪽의 수많은 전사들을 모집했고, 이제는 그들을 파울루의 휘하로 보내고 있어요. 여자가 사랑 없이 남자에게 굴복하는 것처럼 파울루가 이방인들에게 굴복하는 것은 오빠와는 상관없는 일이죠. 여러 해 전부터 오빠는 내가 망코 군주님을 사랑하는 것만큼이나 그를 증오하고 있어요. 오직 군주님을 파멸시킬 생각만 하죠. 난 그 이유조차 모르겠어요."

아나마야는 몸서리치며 눈을 감았다. 그녀의 손이 쿠리 오클로의 어깨를 찾아 다정하게 꼭 쥐었다.

"난 알아요."

아나마야가 입을 열었다.

마치 쿠리 오클로의 말이 그녀를 송두리째 과거로 옮겨놓은 것처럼, 투메밤바의 그 차갑고 빛나는 우아라치쿠의 날들이 다시 보였다. 그들은 어렸다. 망코, 파울루, 구아이파르, 모두 다. 그리고 현자 빌라 오마에게 기초적인 가르침을 배웠지만 이미 아타우알파의 보호를 받던 그녀 역시. 그녀는 그 끔찍한 경주를 기억했다. 뱀 앞에 선 망코의 두려움을, 형제를 향한 파울루의 대단한 우애를. 그리고 구아이파르의 증오와 폭력을. 그녀는 불가에서 싸우던 망코와 구아이파르를 기억했다. 분노에 사로잡혀, 피에 굶주린 채, 망코의 한 삼촌이 싸움을 중단시킬 때까지 치차에 취해 어둠을 가르며 서로를 죽일 듯이 싸우던 두 소년.

"교훈을 주었으니 아무도 잊지 않을 거다"라고 그 삼촌은 말했다. 그 말에 수치심과 증오로 제정신이 아니었던 구아이파르는 "저주받을 놈, 망코. 넌 다른 세상에 도달하기 전에 불살라질 거야! 네 영혼은 절대 자유롭지 못할걸!" 하고 대답했다.

이번에는 아나마야가 눈물이 솟으며 숨이 막히는 것을 느꼈다. 그렇다, 그녀는 그 모든 증오의 진짜 이유를 알고 있었다. 그 이유는 바로 그녀였다!

이방인들이 카하마르카에서 다가오고 있을 때 구아이파르가 그녀에게 아내가 되어달라고 간청했던 것도 그녀는 기억했다. "이제부터 내 영혼은 오직 당신을 통해서만 숨을 쉽니다, 아나마야! 당신 생각만 해도 내 가슴은 타오르듯 뜨거워집니다"라고 말하던 구아이파르를.

"그래요. 난 무엇이 그들을 갈라놓고 있는지 알아요."

아나마야가 되뇌었다.

"난 그들이 서로 죽이는 것을 막고 싶어요, 아나마야. 망코 군주님은 사랑하는 내 남편이에요! 난 마음속으로 다른 사람을 원한 적이 결코 없어요. 하지만 구아이파르는 내 오빠예요. 난 내 오빠도 사랑해요."

아나마야는 쿠리 오클로의 공포에 질린 눈을 감히 마주 보지 못하고 침묵을 지켰다.

"코야 카마켄, 도와주세요."

쿠리 오클로가 애원했다.

"내가 어떻게 도울 수 있겠어요? 내가 어떻게 지금의 상황에 맞설 수 있겠어요?"

"날 망코 군주님과 만나게 해줘요. 그에게는 내가 필요해요. 구아이파르가 그와 맞서 싸우려 할 때, 내가 그의 옆에 있고 싶어요. 필요하다면 그들 중간에 있을 거예요."

"안 돼요, 쿠리 오클로. 당신이 그런 어리석은 짓을 하게 내버려둘 수 없어요. 망코 군주님과 당신 오빠가 대립하는 이유는 너무 질기고 해묵은 것이어서, 어쩔 수 없이 그런 일이 벌어져야 한다면 당신도 그들이 서로 맞서 싸우는 걸 막을 수 없어요."

아나마야가 부드럽게 말했다.

"안 돼요, 절대로! 난 절대로 그들을 버려둘 수 없어요! 필요하다면, 호위대 없이라도 비트코스까지 가겠어요. 부끄러운 줄 알아요, 코야 카마켄! 당신의 유일한 군주님을 버리다니, 부끄러운 줄 알라고요……"

쿠리 오클로가 울부짖으며 항의했다.

"쿠리 오클로!"

아나마야는 고통에 찬 소리를 내지르며 빌카밤바의 중심부를 향해 달려가는 젊은 여자를 붙잡을 수 있을 만큼 민첩하지 못했다. 쿠리 오클로를 뒤쫓아가기 위해 겨우 몇 발짝을 뗐을 뿐이다.

그녀는 눈물을 흘리며 생각했다.

'오, 인티! 희망과 행복 속에서 하루가 시작되었는데, 산을 떨게 하는 구름보다 더 감당하기 힘든 일이 벌어지고 있군요.'

23

1539년 6월, 쿠스코

가브리엘은 사크사우아만에 다가가면서 충격을 받았다. 격전과 화
재로 성채의 벽들 대부분이 파괴되었다. 그 성채 때문에 많은 사람들이
죽고 그 성채 안에서 그가 전설적인 인물이 되었건만, 탑들은 무너지고
화살과 돌을 던지던 전사들의 군대는 사라졌다. 그러나 데억진 덩어리
들은 오직 하나의 신비를 바람으로부터 보호하며 여전히 당당하게 서
있었다.

바르톨로메가 말을 멈춰 세우고 손으로 가리켰다.

"보았나?"

성채 위로 불쑥 솟은 채석장에서, 땅바닥을 뒹굴고 엎치락뒤치락 뛰
노는 아이들의 모습이 보였다. 아이들의 새된 고함 소리가 언덕 너머로
울려 퍼졌다.

가브리엘이 미소 지었다.

"아이들의 전쟁은 희생자가 없는 전쟁이군요."

"아이들은 빨리 자란다네. 죽이는 것을 배우는 것만큼 간단한 일은 없지. 슬프게도 말이야."

가브리엘은 말없이 인정했다.

그들은 퀴노아와 옥수수에다 이제는 밀과 보리와 귀리까지 재배하는 밭을 가로질러 지나갔다. 도시 가까이에서 보니, 놀랍게도 담장으로 둘러싸인 작은 뜰에 양배추가 심어져 있었다.

풀이 자라는 성벽 발치에 퓨마의 도시가 펼쳐졌다. 가브리엘은 처음으로 그 도시를 발견했을 때 느꼈던 경이로움을 떠올렸다. 그리고 망코 옆에서 문득 너무 멀게 느껴지던 아나마야의 얼굴과, 피사로의 승리를 다시 보았다.

바르톨로메는 안장 주머니에서 옷을 꺼내어 가브리엘에게 건넸다.

"우린 체구가 비슷하니까, 내 생각에는……"

그가 머뭇거리며 말했다.

"난 필요 없습니다."

가브리엘은 부드러우면서도 단호하게 말했다. 그는 바르톨로메의 시선이 자기에게 꽂히는 것을 느꼈다. 그는 곤살로를 죽이려고 쿠스코로 돌아갈 때와 같은 차림으로 변장하고 있지 않았다. 이 새로운 땅과 자신의 결합을 나타내는 단순한 차림새, 그의 요구에 따라 티티카카의 여자들이 검은 퓨마 모양을 짜 넣어준 크림빛 운쿠를 택했다.

"지금의 내가 되기까지 적지 않은 시간이 걸렸어요. 이제는 내가 아닌 모습으로 나를 감추지 않겠어요."

바르톨로메는 경의를 표하는 동시에 당황하여 침묵을 지켰다. 그러더니 마지막 시도를 했다.

"그들이 뭐라고 할지 알고 있나?"

가브리엘은 대답하지 않았다.

"가지요."

그는 발꿈치로 툭 차서 말을 부추기며 말했다. 그는 마땅히 해야 할 일을 하러 가는 사람처럼 기분이 유쾌했다.

✳

쿠스코 시로 들어가면서, 가브리엘은 자기가 없는 동안에 생긴 변화를 곧바로 알아차렸다. 가장 눈에 띄는 것은 더러움이었다. 맑은 물이 흐르던 거리의 중앙 수로는 온갖 쓰레기로 막혀 있었다. 쓰레기 중에는 감자 껍질과 반쯤 먹다 버린 옥수수 이삭이 보였다. 고인 물에서는 역한 냄새가 났고 돼지 배설물과 뒤섞인 말똥 냄새도 역겨웠다.

"문명의 퇴적물이지."

바르톨로메가 가브리엘의 안색을 보고 빈정거렸다. 가브리엘은 눈을 들었다.

쿠스코의 화재로 밀짚 지붕들이 타버린 뒤로, 대부분이 기와로 다시 만들어졌다. 스페인 식 지붕으로 덮인 고상한 잉카 궁전은 기이한 인상을 주었다. 마찬가지로 사다리꼴의 몇몇 입구는 커다란 빗장을 갖춘 나무문을 끼워 넣을 수 있도록 아랫부분이 막혀 있었다.

"그들은 도둑질을 몰랐고, 집이 비었다는 표시로 입구에 막대기 하나 질러놓는 게 전부였지. 또한 우리의 선물 중 하나는……"

바르톨로메가 말했다.

그때 두 마리 돼지에게 쫓기던 토끼 한 마리가 가브리엘이 탄 말의 다리 사이로 뛰어들자 말이 비켜섰다. 그는 자신에게 쏠리는 시선을 알아차렸다. 인디언 복장을 한 이방인은 자기네 전통 의상에다 스페인 복장의 특징을 덧붙인 수많은 인디언들보다 더 큰 호기심의 대상이 되었다. 어떤 인디언은 장갑을 끼고, 어떤 인디언은 가죽 허리띠를 차고, 또 어떤 인디언은 짧은 바지를 입고 있었다…… 오직 잉카족만이 자기들의 복장을 자랑스럽게 지키고 있었다.

아우카이파타 광장으로 들어서자, 가브리엘의 눈앞에 여러 가지 영상이 차례로 나타나기 시작했다. 미라들의 입장, 망코의 대관식…… 그러나 과거로의 여행은 땡그렁 울리는 종소리로 중단되었다. 너무도 오래되고 친숙한 소리에 그는 그 자리에 못 박힌 듯 멈춰 섰다. 그는 깜짝 놀라 바르톨로메를 쳐다보았다. 수도사는 광장이 내려다보이던 신비한 건물, 순투르우아시가 있던 자리를 가리켰다.

원추형 지붕이 얹힌 탑이 세워져 있던 곳에는 이제 작업장뿐이었다. 돌 하나도 놓여 있지 않지만 골조는 이미 세워져 있었다. 들보 하나에 일꾼들이 종을 매달아놓았는데, 망치로 종을 치는 소리가 광장을 가득 메우며 모든 인디언들의 발걸음을 돌리게 했다.

"승리일세! 승리와 포위 공격을 기념해서 벌써 저걸 세우는 것이네. 스페인에서 화가가 와서 여기서 일어난 기적을 그림으로 그려 넣을 거라더군……"

바르톨로메가 말했다.

"무슨 기적이요?"

"어떤 공격에도 끄떡없는 듯한, 백마 탄 기병의 호위를 받으며 화재를 진압하는 성모 마리아의 기적."

"제게 그 기적에 대한 회미한 기억이 있지요."

가브리엘이 말했다.

"대부분의 사람은 살아갈 힘을 얻기 위해 기적을 믿을 필요가 있지."

"그걸 깨닫는 중입니다."

가브리엘은 바르톨로메를 아툰 칸차의 거리까지 데려갔다. 그들은 문이 야생 라마 가죽으로 덮인 아주 작은 규모의 궁전 앞에서 멈춰 섰다. 가브리엘은 말에서 내려, 능숙한 마부인 한 노인에게 고삐를 맡겼다.

"뭐 하는 건가?"

바르톨로메가 물었다.

"나를 기다리는 사람이 있습니다."

"그 약속이 언제 정해진 건가?"

"전생에요. 어쨌든 내게 기적을 믿으라고 부추긴 사람은 바로 수도사님입니다…… 나와 함께 가시겠어요?"

바르톨로메는 손가락 두 개가 붙은 손을 흔들어 거절의 표시를 하고는 마지막 미소를 지은 뒤 멀어졌다.

✱

그 궁전을 가로질러 가는 길은 공연중인 무대를 방불케 했다. 대기실, 복도, 제복 입은 인디언 시종들, 젊은 하녀들…… 가브리엘은 한 편의 연극 속으로 갑자기 옮겨져, 사람들이 잊고 대본을 주지 않은 역할을 연기하는 듯한 우스꽝스러운 인상을 받았다. 그는 장막이 덮인 거실에서 초조하게 기다리다가 큰 웃음소리를 듣고 뒤를 돌아보았다.

"세바스티안!"

"자네 이곳을 몰라보겠나? 하긴 그땐 확실히 그리 좋은 상태가 아니었지……"

가브리엘은 감옥에서 나왔을 때 세바스티안이 그에게 새로운 장비를 갖춰주기 위해 데려갔던 궁전의 불탄 지붕과 불길에 시커메진 벽을 애써 떠올렸다.

"내 꼴도 우스꽝스러웠지."

두 친구는 무람없이 얼싸안았다. 가브리엘이 바르톨로메 수도사를 아무리 잘 이해한다 하더라도, 그에게서는 모험을 함께한 이 친밀감을 결코 느끼지 못하리라. 그들은 또다시 웃으며 손바닥으로 서로의 등을 두드린 후 포옹을 풀었다. 가브리엘은 그제야 친구를 바라볼 수 있었다.

알록달록한 짧은 바지부터 피사로 총독의 것과 비슷한 섬세한 레이스 목가리개에 이르기까지 세바스티안의 옷차림은 매우 훌륭했다. 그는 세바스티안의 놀란 시선을 짐짓 무시했다.

"이거 정말 괴상한 차림새로군!"

그들은 거의 동시에 말하고 다시금 웃음을 터뜨렸다.

"파나마에서 도착하는 흑인 노예들과 달라 보이려면 무진장 애써야 한다네. 그런데 자넨 잉카가 되었나?"

세바스티안이 말했다.

"자네가 총독이 되는 날 나도 잉카가 될 거야."

"안 될 거 없지. 그럼 우린 멋진 동맹을 맺고, 곤살로 바비큐로 우리의 승리를 축하한 뒤에 멋진 평화를 준비할 텐데…… 더 어려운 시절을 대비해 미리 우리 주머니를 두둑이 채우고 말이야!"

"그 점에서는 자넨 준비가 잘된 것 같군."

세바스티안이 입을 비죽거렸다.

"진을 빼는 일상의 투쟁이 어떤 건지 자넨 몰라."

그가 손가락 부딪치는 소리를 내자마자 두 젊은 하녀가 분주히 움직였다. 그가 말하지 않았는데도 하녀들이 횃불에 새빨갛게 빛나는 액체가 든 물병과 은컵 두 개를 은쟁반에 가져왔다.

술맛을 잃어버린 가브리엘은 첫 모금에 얼굴이 붉어졌다.

"괜찮군. 하지만 그 술보단 못한걸…… 그 여인숙 이름이 뭐였더라?"

가브리엘이 혀를 차며 말하자 세바스티안이 소리쳤다.

"'자유로운 술단지'! 아, 뛰어난 사기꾼과 그의 잊을 수 없는 시큼한 막포도주…… 자네 말이 맞아. 그 어떤 것도 우리에게 그 맛을 돌려주지는 못할 거야."

세바스티안의 목소리에 향수가 담기고, 그들 사이에 침묵이 흘렀다.

이윽고 세바스티안이 말했다.

"어떻게 지냈는지 얘기해주게. 소문으로는 자네가 그곳 티티카카 호숫가에서 아주 대단한 귀족이라고 하던데……"

"나중에 얘기해주지. 그보다 먼저 바르톨로메가 내게 알려준 최근 소식을 자네가 더 보충해주면 좋겠군…… 자네 신상에 무슨 일이 일어나고 있는지부터 말해보게."

"보다시피 난 부자야. 하지만 기댈 데라곤 착한 페드로의 우정뿐이었던, 불행한 노예로 자네를 처음 만났을 때와 거의 마찬가지로 위협을 느끼고 있네……"

"왜지?"

"어쩌다가 내 보호자가 되었던 알마그로가 죽은 뒤로 내 주변에 경멸과 질투의 원이 생기는 것을 느낀다네…… 그자에게 결점은 있었지만 내가 자기를 구해줬다는 것을 잊지는 않았거든! 그리고 자네에게 말했듯이 빈털터리 흑인들이 날마다 도착하고 있네. 화려한 옷차림과 훌륭한 스페인 술과 세 명의 첩과 여자 들을 소유한 나를 보고, 점잖은 스페인 사람은 사물의 본성과 신의 질서에 대한 모욕이라고 생각하지. 으슥한 골목길에서 나를 죽여 늘 굶주려 있는 천한 자기 돼지들에게 나를 먹이로 주려는 사람이 곧 생길 거야……"

"좀더…… 신중해질 수는 없나? 이 포석 밑에, 예전에 자네 보물이 쌓여 있던 그 지하실 안에 모든 것을 보관할 수는 없는 거야?"

세바스티안이 웃음을 터뜨렸다.

"자네가 나한테 그런 말을 하다니!"

"사정이 다르잖아."

흑인은 말을 중단하고 미소를 지었다.

"자네 말이 맞아. 사정이 다르지. 난 자네만큼 똑똑하지는 못하지만, 언젠가 내가 자네에게 했던 말은 결코 잊지 않고 있네. 우리 사이에는 바다가 가로막혀 있다는 말 말일세. 어떤 항해사도, 아무리 솜씨 좋은 항해사라 해도 그 바다를 건너지는 못할 거야. 그런 거야."

그는 즐겁게 한참을 마셨다. 그리고 한 젊은 여자에게 컵을 내밀고 친절한 미소를 지어 보였다. 여자가 컵에 다시 술을 따라주었다.

"난 바꾸고 싶지 않아. 설사 죽어야 한대도. 지금의 재산을 얻기 위해 난 갖은 고생을 했고 숱한 술책과 모욕을 겪어야 했어. 불확실하고 비천한 생존과 그것을 맞바꾸지는 않을 거야. 내일 죽더라도, 손에 톨레도의 강철 검이 들려 있고 내 목가리개로 피가 흐르기를 바라네."

"이해해."

세바스티안은 너무 비관적으로 들릴 수도 있는 자기 말을 손짓으로 떨쳐버렸다.

"자네가 내 불확실한 운명을 듣기 위해 온 건 아닐 테고. 그녀 때문이지?"

가브리엘은 당황했다.

"그 여자, 푸른 눈의 공주 말이야."

세바스티안은 마치 그럴 필요가 있는 것처럼 정확히 꼬집어 말했다.

가브리엘의 심장이 승리의 종처럼 들뛰었다.

"난 아무것도 몰라, 아무것도. 바르톨로메 수도사는 아무 얘기도 해주지 않았네. 무슨 일이 있는 거야?"

"원정 말이야, 빌어먹을! 원정에 대한 얘기를 듣지 못했나?"

가브리엘이 자리에서 벌떡 일어나는 바람에 컵이 엎어져 안에 남아 있던 술이 두꺼운 모직 양탄자 위에 쏟아졌다.

"말해봐! 무슨 일인지 말해보라고!"

가브리엘은 소리를 지르다시피 했다.

"총독의 명령에 따라 그들이 떠난 지 족히 두 달은 되었어. 곤살로가 지휘하는 전사 삼백 명과 파울루가 지휘하는 훨씬 많은 수의 인디언들, 그리고 망코에게 적의를 품은 다른 잉카 장교들 말이네. 그들은 한 가지 분명한 목적을 가지고 밀림으로 들어갔네. 아나마야를 사로잡고 그 커다란 황금상을 차지하기 위해서지. 그녀가 그 황금상과 결혼 같은 걸 했으니까 어디든 그녀가 황금상과 함께 있을 거라고 그들은 알고 있네."

세바스티안이 침울하게 말했다. 다시 침묵이 자리잡았다.

"왜 그녀를?"

"그들은 망코가 약해졌으니 그녀를 잡으면 망코에게 치명타가 될 거라고 생각하네. 그러고 나서 마지막 몰이에 나서기만 하면 될 거라는 거지. 게다가 그들은 그 황금상에 미친 듯이 집착하고 있어. 페드로의 불상사에 대해서는 들었겠지……"

가브리엘은 조바심이 났다.

"다음번에 얘기해주게. 물론 재미있는 얘기겠지. 그들이 목적을 이루었는지 알고 있나?"

"아닌 모양이야. 그렇지 않으면 승리의 소식이 전해졌을 테니까. 그리고 지금 이 순간 파울루가 지원군을 부르러 돈 프란시스코 옆에 돌아와 있지도 않을 테고."

가브리엘은 세바스티안을 잠깐 껴안았다.

"그들을 만나야겠네. 지금 어디 있지?"

"카사나에 있는 총독의 집에 있겠지. 아니면 파울루가 대관식 이후로 차지하고 있는 콜캄파타 궁전에 있든지."

가브리엘은 출구로 향하며 앞서 가는 두 젊은 하녀를 가볍게 밀쳤다.

"세바스티안, 어쩌면 자네에게 뭘 좀 부탁하게 될지도 모르겠어……"

"그래?"

"지금은 말할 수 없고. 하지만 내가 청하면 도와줄 거지?"

가브리엘은 친구의 한숨 소리만 들리자 재빨리 다시 말했다.

"안 들은 걸로 하게, 미안하네."

"안 들은 걸로 할 수야 없지. 자네가 무슨 터무니없는 일을 생각하고 있는지는 모르겠는데, 나로서는 유감이지만 도와주겠네."

가브리엘은 짧막하게 포옹한 후, 제복을 입은 하인들과 첩으로 보이는 하녀들을 피해 내달렸다.

바르톨로메가 궁전 출구에서 그를 기다리고 있었다. 가브리엘은 한마디도 하지 않고 말에 뛰어올랐다.

"어딜 그렇게 급히 가는 건가?"

바르톨로메가 물었다.

"콜캄파타에요. 왜 내게 아무 말씀도 하지 않으셨죠?"

"난……"

"나한테 말이에요, 수도사님! 곤살로의 원정을 모르고 있었다는 말은 하지 마세요!"

"자네 혼자서는 아무것도 할 수 없네, 가브리엘. 자네도 잘 알잖아."

"뭘 할 수 있고 뭘 할 수 없는지는 내가 판단합니다."

말발굽 소리가 포석 위로 울려 퍼지는 동안, 가브리엘은 분을 가라앉히고 깊고 끔찍한 불안감을 억누르려 애썼다.

24

1539년 6월, 쿠스코, 콜캄파타

콜캄파타 광장 위에 많은 사람들이 모여 있었다.

가브리엘은 돈 프란시스코 피사로를 즉시 알아보고 그의 윤곽에 주의를 기울이면서도, 퓨마의 도시가 쉬고 있는 보석 상자 같은 첩첩산중에 눈길을 던졌다. 그는 어느 때보다도 그 불멸의 힘을 잘 이해했다. 그 힘은 정복자들이 가져온 쇠락과 돼지 냄새와는 거리가 멀었다. 그는 졸고 있지만 다시 뛰어오르고 포효할 준비가 된 강인한 숨결을 느꼈다.

완벽한 석공술로 지어진 궁전 벽 한가운데의 열린 벽감들 안에는 미라들이 자리잡고 있었다. 가브리엘은 잉카 우아이나 카팍의 미라를 알아보고 모종의 감동을 느꼈다.

"파울루가 미라를 요구했네. '합법적인' 잉카가 조상들과 떨어져 있는 걸 인정하지 않은 것이지."

바르톨로메가 가브리엘의 귀에 대고 속삭였다.

가브리엘은 보일 듯 말 듯 고개를 끄덕이면서 자신의 늙은 보호자, 돈 프란시스코 피사로에게 눈길을 돌렸다. 총독은 전보다 더 말라서 뼈마디가 드러나 보일 정도였다. 세월이 흐르면서 주름은 더 깊게 패었지만 그에게서 발산되는 힘은 그대로였다. 모자와 하얀색 짧은 바지를 제외하고 그의 옷차림은 온통 검은색이었다. 목이 파묻힌 목가리개의 정교한 레이스만이 그의 막대한 부를 드러내주었다. 그의 검은 눈이 잉카의 티아나에 앉아서 자신과 마주하고 있는 인물을 날카롭고도 주의 깊게 바라보고 있었다. 가브리엘은 그가 파울루라는 것을 알아보았다.

쿠스코의 새로운 잉카는 이복형제인 망코와 나이도 같고 키도 같았다. 그러나 망코가 조각가가 끌로 깎아놓은 듯한 외모를 지니고 있는데 반해, 파울루는 온몸이 동글동글했다. 그의 두툼하지 않은 얼굴은 되는대로 즐겁게 살아가는 나약한 인물을 연상시켰다. 단지 두 눈만이 흔들림 없는 굳건한 의지와 깨어 있는 지성을 드러내주었다. 두 사람은 통역의 도움 없이 말을 주고받았다. 파울루가 스페인어를 완벽하게 구사하기 때문이었다.

가브리엘과 바르톨로메가 모여 있는 스페인 귀족들과 인디언 군주들 틈에 합류했을 때, 돈 프란시스코 피사로가 그들 쪽으로 얼굴을 돌렸다. 늙은 대장의 눈구멍 속에 깊이 박힌 검은 눈과 마주치자, 가브리엘은 옛 감정의 물결이 온몸을 스치는 것을 느꼈다. 몸이 굳어진 그는 살짝 머리를 숙이면서 미소 지으려 애썼다.

"파울루 군주, 도와드리기 전에 먼저 원정의 성공 가능성을 알아야겠소이다."

돈 프란시스코가 말을 이었다.

"가능성이야 아주 크지요, 총독님. 거의 확실합니다……"

파울루의 목소리에는 전형적인 케추아어의 목쉰 억양이 담겨 있었다. 가브리엘은 등뒤에서 한 스페인 귀족이 침을 퉤 뱉으며 중얼거리는 소리를 들었다.

"저 개자식이 우리 모두를 그 빌어먹을 밀림에서 죽일 작정인가 보군……"

"나는 총독의 형제 곤살로의 간청에 따라 지원군을 일으키기 위해 서둘러 돌아왔습니다. 망코의 군대가 워낙 강하고 조직력이 있기 때문이지요."

망코라는 이름에 돈 프란시스코의 두 눈이 광채를 발했다.

"우리가 그 개자식을 이길 수 있다고 확신하시오?"

'내 형제를 '개자식'이라고 부를 수는 없지요. 설사 그가 온당치 못하게 계속 반란을 일으키는 유감스러운 실수를 저질렀다고 인정하더라도 말입니다. 총독님 질문에 대답을 하자면, 그렇습니다, 우린 그의 군대를 물리칠 수 있습니다. 하지만 한 가지 조건이 있습니다……"

파울루는 그 효과를 확신하며 잠시 말을 멈추었다.

"뭐요?"

돈 프란시스코가 초조하게 물었다.

"총독님의 부하들이 숲을 가로질러 가자면 내 부하들의 도움이 얼마나 필요할지 총독님도 잘 알고 계실 겁니다."

파울루는 모여 있는 모든 스페인 사람들을 도전적인 눈길로 훑어보며 말을 이었다.

"또한 많은 전투에서 총독님에 대한 내 충심이 확고했다는 것도 아실 겁니다. 총독의 형제 에르난도와 곤살로가 이 자리에 있다면 증언을 해줄 텐데요……"

"그 점은 의심하지 않소, 파울루 군주. 우린 우리가 당신에게 무엇을 빚지고 있는지 알고 있소. 그리고 당신도 우리에게 무엇을 빚지고 있는지 알 테고요……"

돈 프란시스코의 눈길이 파울루의 이마를 장식하고 있는 왕의 술 장식 위로 미끄러졌다.

"훌륭한 우정은 훌륭한 균형으로 이루어지는 법이지요. 총독님, 내가 말하고 싶은 것은, 반드시 내 군대와 지원군과 함께 숲으로 다시 떠나야 한다는 것입니다. 총독님의 형제 곤살로와 합류해 원정의 모든 목적을 확실히 이루기 위해서는 말이지요."

기세가 등등하던 파울루가 약해진 듯 말했다.

"언제 떠나려고 하시오?"

"내일이나 오늘밤에…… 시간이 급합니다! 하지만 생각해보십시오, 총독님. 승리를 얻자마자 총독님은 총독님의 아름다운 도시 리마의 발전에 다시 정성을 쏟으실 수 있을 겁니다……"

"그리고 당신은 당신이 가장 사랑하는 도시 쿠스코를 다스리는 사람이 되고 말이지요."

"내 조상들의 도시에 무관심할 수는 없지요."

파울루가 벽감에서 열 지어 늘어서서 자신들을 바라보는 미라들을 조심스럽게 가리키며 대꾸했다.

"자, 파울루 군주. 당신이 필요하다고 판단하는 군대를 총독의 명령에 따라 모집할 책임이 있음을 통지하셔도 좋소이다."

"총독님, 내게는 산악 지방 주민보다 윤가족이 필요합니다. 그들은 해안 출신이라서 습한 기후에……"

돈 프란시스코가 다시 성급한 몸짓을 했다.

"좋을 대로 하시오, 사파 잉카. 군주께선 인디언들을 잘 아실 테니 말이오. 원하는 대로 하고 이기시오."

돈 프란시스코가 먼저 자리에서 일어나 호담한 파울루 앞에서 막연히 절하는 몸짓을 취했다. 그 행동을 보고, 가브리엘은 두 사람의 관계가 대단히 모호하다고 생각했다.

잉카 고관들이 물러갔다.

곧 스페인인들의 대열에서 웅성거리는 소리가 올라왔다.

"저 배신자를 믿다니…… 알마그로와 한패인데……"

돈 프란시스코가 그들에게 손짓으로 침묵을 명했다. 그 어느 때보다도 그의 권위를 확인할 수 있었다. 특히 정면에서는.

"조용히 하시오. 우리에게도 그가 필요하지만, 그에게도 우리가 필요하오. 그는 똑똑한 위선자라서 지금 당장은 우리를 배신하지 못하오. 우리만큼이나 자기 형제를 제거하고 싶어하니까……"

돈 프란시스코의 마지막 말에는 유쾌한 빈정거림이 배어 있었다.

"이제 모두들 가시오. 단둘이 있고 싶소……"

그는 가브리엘을 향해 돌아섰다. 또다시 회중들 속에서 웅성거림이 일었다. 모두가 인디언 튜닉을 입고 있는 스페인 사람을 알아보지는 못했지만, 홀로 성채를 점령했던, 산티아고의 보호를 받는 자랑스러운 투사의 전설은 알고 있었다.

드디어 광장에는 늙은 콩키스타도르와 한때 그의 아들이었던 사람만이 남았다.

"그런데 그 우스꽝스러운 옷차림은 뭔가?"

돈 프란시스코가 말문을 열었다.

※

가브리엘은 총독과 몇 시간째 함께 있는 것인지 알지 못했다.

뜨거운 푸른 하늘에 한낮의 태양이 떠서 기울고, 황금빛이 산 위로 미끄러지고, 저녁 어스름이 펼쳐졌다. 그들은 여전히 이야기를 하고 있었다.

돈 프란시스코는 동료를 다시 만난 것을 무척이나 기뻐했다. 그는 티티카카 호숫가의 생활을 물어보고, 원주민 여자들에 대한 짓궂은 농담으로 그를 놀렸다. 가브리엘은 총독이 그토록 열심히 세운, 그가 사랑하는 도시 리마에 대한 얘기를 들었다. 특히 총독이 끊임없이 과거를 이야기하면서, 그들은 세비야와 톨레도를, 왕을 알현했던 일과 여행의 고통을 떠올렸다. 그렇게 친밀감이 돈독해지는 가운데, 긴장이 풀린 총독이 자기 이야기에 취해 하얀 모자를 넝마처럼, 깃발이나 너울처럼 흔들었다.

"저는 종종 궁금했습니다, 돈 프란시스코."

"물어보게."

"총독님의 첫 원정에서 동료들이 총독님을 저버릴 뻔했을 때, 총독님이 모래사장에 선을 하나 그어놓고 그들 모두에게 가난과 부, 과거와 영광 사이의 경계가 어디에 있는지 보여주셨다던데……"

"갈로 섬이었지."

돈 프란시스코가 몽상에 젖어 중얼거렸다.

"그 선을 넘어 총독님 편에 선 사람이 열두 명이었다고 들었어요."

"그런데 자네가 알고 싶은 게 뭔가?"

"그것이 사실인지 알고 싶습니다. 정말 상황이 그랬는지 말이에요."

돈 프란시스코는 잠시 입을 다물었다. 그의 엄한 얼굴이 미소로 부드러워졌다.

"그들 중에 자네 친구가 몇 명 있지 않나? 페드로에게는 물어봤나?"

"그는 그저 농담처럼 얘기할 뿐입니다! 총독님께 직접 듣고 싶습니다."

그러나 총독은 순순히 응하지 않았다. 당장 물러서기에는 대화가 너무 재미있는 모양이었다.

"자네처럼 생긴 한 기병이, 하지만 자네처럼 이상한 옷차림은 아니고, 백마를 타고 인디언의 화살들 속을 질주하고, 불길을 가로지르고, 그의 옆에 나타나신 성모 마리아의 보호를 받아 혼자서 성채의 탑 세 개를 점령하러 갔다고 사람들이 말하더군. 그게 사실인가?"

돈 프란시스코가 응수했다. 이번에는 가브리엘이 미소 지었다.

"총독님께도 친구들이 많지요. 그들에게 물어보지 않으셨나요?"

"빌어먹을, 그들은 모두 진짜로 그런 일이 일어났다고 장담하네. 내 동생 곤살로만 빼고."

가브리엘이 웃기 시작하자 늙은 콩키스타도르도 따라 웃었다.

"그 전설에 대해 우리 중 누가 진실을 알까…… 난 내 삶의 많은 일화를 안개 속처럼 희미하게 기억하네. 때때로 아침에 잠이 깨면, 에스트레마두라의 한 마을에서 종을 만드느라 밤을 보냈고 내 평생이 그렇게 지나간 것처럼 생각되네. 그러다가 내가 어디서 왔고 무엇을 경험했는지 기억나지. 난 늙었어."

돈 프란시스코가 말했다.

"하지만 총독님은 대단한 분이세요."

가브리엘은 발치의 풍경 전체를 끌어안은 듯한 몸짓을 했다. 어둠이 내리는 가운데 횃불이 하나 둘 켜지기 시작했다. 잠시 두 사람은 침묵을 지키고 각자 생각에 잠긴 채, 그들을 가깝게 만들어준 과거를 회상했다.

가브리엘은 속삭이는 듯한 총독의 목소리를 들었다.

"난 자네가 필요하네, 아들."

마치 따귀라도 맞은 것처럼 그의 몸이 경련을 일으켰다. 자신과 돈 프란시스코를 한데 묶어주는 애정에도 불구하고, 여전히 돈 프란시스코를 존경함에도 불구하고, 그는 그 말에서 참을 수 없는 위협을 느꼈다.

"자네도 잘 알다시피, 난 또다시 혼자라네. 에르난도가 애꾸눈을 죽이고, 왕에게 자신의 무죄를 증명하기 위해 스페인으로 떠났지…… 그가 어떻게 될지는 아무도 모르네. 자네가 그를 미워한다는 걸 모르지는 않네만, 그는 똥인지 오줌인지 어느 정도 가릴 수 있는 유일한 사람이야…… 이런 표현을 써서 미안하네. 다른 사람들에 대해서는 내가 어떻게 생각하는지 자네도 잘 알지 않나."

"그럼 왜 쿠스코를 곤살로에게 맡기셨습니까?"

가브리엘의 목소리는 침착했지만, 돈 프란시스코는 질문에 비난이 담겨 있음을 느끼지 않을 수 없었다.

"결점이 많아도 어쨌든 내 가족일세. 내가 믿을 수 있는 단 한 사람이지…… 말 열 마리와 장비를 갖춘 쉰 명의 보병과 함께 스페인에서 도착하는 대장들은 하나같이 자기들에게 모든 것이 허락되어 있다고 생각하고, 페루의 모든 보물이 자기들에게 떨어지기를 기대하고 있네……"

"나라를 세워야 하는데, 총독님은 전쟁을 할 생각만 하고 계시군요. 아직도 전쟁을……"

"달리 어쩌겠나? 날 믿어주게, 가브리엘. 나도 자네만큼 평화를 갈망하네. 내 얘기를 들어보게……"

돈 프란시스코는 도시 위로 솟은 낮은 담장 위에 모자를 내려놓고, 가브리엘의 팔을 잡으며 비밀 이야기를 하듯 그의 귀로 몸을 숙였다.

"우리가 도냐 안헬리나라고 명명한 원주민 공주와 내가 내연의 부부로 살고 있는 것을 자네도 알겠지…… 정말이지, 내가 그녀를 얼마나 사랑하는지 감추느라 무진장 애쓰고 있다네! 도냐 이네스 키스페 시사, 그 훌륭하고 귀여운 프란세스카와 함께 취했던 여자지. 내가 하루종일 얼마나 그녀를 품에 안으러 달려가고 싶은지 자넨 상상도 못 할 걸세. 그녀를 못 본 지 몇 주째라서 그녀가 그립다네. 내가 그녀를 얼마나 그리워하는지 자네가 안다면……"

돈 프란시스코의 두 눈이 눈물로 반짝였다.

"내가 원하는 건 한 가지뿐이라네. 그녀들과 함께 살면서 물을 탄 포도주를 곁들인 소박한 식사를 하고, 어렸을 때 하던 키유*나 폼** 같은 놀이를 하면서 내 늙은 몸을 그럭저럭 건강하게 유지하는 것이지…… 새벽부터 고되디고된 길을 말을 타고 가고, 군대를 지휘하고, 추장들의 마음을 사로잡고, 그 파울루를 믿어야 할지 말아야 할지 생각하느라 머리를 쥐어짜고…… 내가 그런 것에 기쁨을 느낀다고 생각하나?"

"그럼 화해하세요!"

그 말이 침묵 속에 울렸다. 돈 프란시스코는 하얀 모자를 다시 집어서 흙덩어리처럼 굴렸다.

"화해라고! 이젠 정말 대단한 말을 하는군, 아들."

---

* 볼링처럼 방망이 모양의 작은 나무 기둥 아홉 개를 세워놓고 공으로 쓰러뜨리는 놀이.
** 테니스와 비슷한 놀이.

"제가 어떤 사람인지 모르십니까, 돈 프란시스코?"

"악마처럼 보이네. 인디언으로 변장을 하고, 감히 자기 신분에 가당치도 않은 말을 하는 스페인 사람으로 말이야……"

조금 전에는 감탄한 아버지 같던 노인의 표정이 이제는 차가운 분노로 떨렸다. 하지만 가브리엘은 그와 마주하고 한 번도 가져보지 못했던 힘에 사로잡히는 것을 느끼며, 온몸으로 퍼지는 감미로운 행복감을 느꼈다. 그는 단호한 목소리로 대답했다.

"총독님은 총독님 앞에서 떨지 않는 사람들의 말을 들어보셨습니까? 총독님의 병사들이 전혀 규율을 지키지 않고, 인디언들을 악착같이 약탈하고 학살하고 노예 상태로 몰아넣으려 한다는 걸 아십니까? 그런 식으로 인디언들과의 평화를 얻게 되리라고 생각하십니까?"

"난 우선은 그 재수 없는 망코와의 전쟁을 이겨야 하네. 그런 후에 평화와 화합을 회복할 걸세……"

"천만에요, 돈 프란시스코. 잘 모르시는군요! 전쟁의 기운이 온 사방에, 심지어 우리 대열에도 자리잡고 있어요. 총독님은 알마그로를 죽이도록 내버려두셨어요……"

"난 몰랐네……"

"저런, 모르셨군요. 아타우알파가 처형되는 걸 모르셨던 것처럼 말이지요. 총독님은 알고 계셨어요. 죄악이 저질러지는 동안 고개를 돌리고 눈을 감고 계셨던 거죠. 이제 복수가 온 사방, 온 대기에 떠돌고 있습니다. 모두들 자기 형제를 증오하고, 형제가 가진 것을 빼앗을 생각만 하지요. 모두가 불의를 겪고, 자기 힘이, 그것이 제대로 유지된다면 말이지요, 그 힘이 바로 권리라고 생각하지요! 총독님은 그들과 다른데도 그들처럼 행동하고 계십니다! 이제 총독님은 동료들의 온순한 시선에 속아, 총독님을 배반할 사람, 어쩌면 이미 총독님의 목숨을 빼앗을 음모를 꾸미고 있는지도 모를 사람들을 알아보지 못하십니다……"

돈 프란시스코는 몇 번이나 대꾸하려다가 가브리엘이 열변을 토하자 입을 다물었다. 가브리엘의 마지막 말에 그가 빈정거렸다.

"이보게, 아들. 그들은 감히 그러지 못할 결세!"

가브리엘은 그가 외치는 소리에 아랑곳하지 않았다.

"총독님은 땅을 정복하고 거기에 나라를 세운 사람으로서 역사에 길이 남을 행운을 지니셨습니다! 지금도 그렇고요. 그런데 지금 그 행운을 망치고 계십니다."

"가브리엘, 내가 그럴 리가 있나!"

그의 말이 절망적인 외침처럼 울렸다.

"난 자네의 아량과 용기를 잘 알고, 자네의 모든 말을 들을 준비가 되어 있네. 자네가 하는 많은 얘기의 진실성을 부인하지 않아. 때때로 밤에 아기 예수를 안은 성모 마리아께 기도를 드릴 때면, 난 저질러지고 있는 죄악에 대해 눈물을 흘린다네. 내가 자네만큼 나 자신을 엄격하게 바라보지 않는다고 생각하지 말게. 나의 주님 말고는 내가 무슨 생각을 하는지 아무도 모른다네! 하지만 자네가 말하는 건 불가능한 일이야, 불가능한 일이라고……"

"곤살로와 파울루 원정대의 첫번째 임무가 아나마야를 생포하고 황금상을 차지하는 것이라는 게 사실입니까?"

"사실일세. 그리고 망코도. 곤살로가 여신관이 우리 수중에 있으면 망코를 잡기가 더 쉬울 거라고 나를 설득했고, 정체 모를 마법 같은 힘이 있는 그 황금상도……"

"그런 후에 평화가 있을 거라는 얘기군요."

가브리엘의 입에서 조소와 고통이 서린 숨소리가 씩씩 새어 나왔다.

"그들에게 그토록 귀중한 것을 철저히 파괴하면서 평화에 다가갈 수 있다고 생각하십니까? 그 반대입니다. 돈 프란시스코. 총독님은 전쟁에 전쟁을 거듭할 뿐이라고요! 총독님이 망코와의 전쟁을 끝내고 나면, 그렇게 된다면 말입니다, 전사가 된 현자 빌라 오마와 다시 맞붙어야 하고, 그 다음에는 또 일락 토파와 맞서야 할 겁니다. 그들이 죽으면, 그 뒤를 이어 일어서는 사람들이 또 있겠지요…… 그리고 그들과 끝장을 보고 나면 이번에는 총독님의 부대와 맞서게 되고 아무도 믿지 못한 채 온 사방을 경계해야 할 겁니다. 그런 식으로 행동하면 스페인인이나 인디언 모두에게 전쟁의 망령을 유산으로 남겨주게 된다는 걸 모르시는군요! 그들은 결코 그 유산을 없애지 못할 겁니다."

"자네는 몰라, 가브리엘. 자넨 아직 너무 젊어. 난 그 모든 것을 알고 있네. 하지만 또한 자네가 모르는 것도 알고 있지. 저기, 스페인에서 사람들이 흥분하고 있고, 식민지 총독을 보낼 계획이라는 소식이 내게 전해지고 있네."

그가 서쪽을 가리키며 덧붙였다.

"그전에 망코를 잡고 반란을 평정하지 못하면 끝장이야."

"뭐가 끝장이란 말입니까? 총독님의 권력이요? 약탈과 살인이요?"

"내 꿈이 끝장이지……"

마지막 말이 숨결처럼 돈 프란시스코의 창백하고 가느다란 입술을 넘어오자, 가브리엘은 감정이 격해져 말을 멈추었다. 너무도 멀리서 온 노인의 집요한 꿈에 대해, 그는 아무 말도 할 수가 없었다. 그것은 각자의 가련하고도 찬란한 비밀인 것이다.

두 사람은 천천히 숨을 들이쉬었다. 말로 내뱉었다면 분노로 나타났을 감정이 어둠 속으로 날아가 돌에 박혔다. 어쩌면 줄곧 그들을 바라보던 미라들의 지혜에 흡수되는 것인지도 몰랐다.

"망코와 즉시 평화 협상을 하라는 명령과 함께 저를 그들과 합류하게 해주십시오. 아시다시피 저는 망코를 잘 압니다. 아마도 망코가 대화를 수락할 스페인 사람이라면 저 하나뿐일 겁니다."

가브리엘이 말했다.

"안 되네."

가브리엘은 일어나서 광장으로 몇 발짝 걸어갔다. 그의 흥분이 엄청난 피로로 변했다. 지난 모든 세월의 피로, 그가 그토록 감탄했고 그토록 미워했던 사람을 설득할 수 없는 슬픔으로.

그의 시선은 코가 깨진 미라, 어둠 속 우아이나 카팍의 미라를 향했다. 옛 감정의 물결이 온몸에 퍼지고, 그는 마치 별이 총총한 밤에 갑자기 올란타이탐보의 계단식 대지 위로 옮겨진 듯 전율을 느꼈다.

그는 돌아섰다. 돈 프란시스코 피사로는 움직이지 않았다.

"안녕히 계십시오, 돈 프란시스코."

총독은 여전히 꼼짝하지 않았다. 가브리엘은 도시로 다시 내려갈 준비를 했다.

그때 갑자기 그의 뒤에서 늙은 목소리가 울렸다.

"뭘 할 건가?"

가브리엘은 그와 마주 보기 위해 뒤돌아섰지만, 이미 어둠 속으로 멀어지는 윤곽밖에 보이지 않았다.

"돈 프란시스코, 갈로 섬의 이야기를 곰곰이 생각해봤습니다. 제 생각을 말씀드리지요. 총독님은 실제로 모래밭에 검 끝으로 선을 그으셨습니다. 그리고 모두들 결정을 내려야 했지요. 어느 편에 서고 싶은지 말입니다."

　가브리엘은 잠시 말을 멈추고 신선한 밤공기를 깊이 들이마셨다.

　"누구든 살다 보면, 총독님처럼 검을 꺼내어 모래밭에 선을 그어야 할 순간이 오게 마련이겠지요. 선택은 각자의 몫입니다."

　"자넨 뭘 할 건가?"

　"제가 해야 할 일을 할 겁니다."

　가브리엘은 어둠 속으로 사라졌다.

25

1539년 6월, 쿠스코

"자네 미쳤군!"

세바스티안이 소리쳤다.

가브리엘은 친구를 진정시키려고 두 손을 들어 올렸다. 그렇게 격분하는 세바스티안을 본 적이 없었다.

"진정해."

"나보고 진정하라고?"

"내 말을 더 들어봐……"

"자네 나를 멍텅구리 검둥이로 생각하는 거야?"

가브리엘은 힘없이 두 팔을 내려뜨렸다.

"난 자넬 친구로 생각하네."

세바스티안의 눈에서 여전히 광채가 번득였다. 그의 궁전의 모든 방들은 어둠에 잠겨 있고, 두 사람이 앉아 있는 작은 탁자 위의 초 두 자루, 횃불 하나만이 불을 밝히고 있었다. 하인들과 여자들은 이미 잠자리에 든 터였다. 두 사람은 작은 소리로 말했다.

"친구라면서 자기 친구의 죽음을 바랄 수 있는 거야? 함께 자살하기를 바랄 수 있는 거냐고?"

세바스티안이 좀더 침착하게 말했다.

"내가 자네에게 부탁하는 건 단지……"

"단지 자네를 도와 숲 한가운데로 들어가는 원정에 돈을 대고, 인디언 여자 하나를 구하고, 손가락을 부딪쳐 소리를 내기만 하면 더 예쁜 여자 쉰 명은 내가 구해줄 수 있는데도 말이지, 어쨌든 아무도 원하지 않는 평화를 구하느라 파산하라는 거지. 참, 잊은 게 있군. 조만간 카사나 어느 고상한 귀족 나리의 궁전에서 녹아 없어질 황금 우상의 도주로를 지켜달라는 것도 있었지. 다시 말하는데, 친구, 자넨 미쳤어. 내가 여전히 자네 얘길 듣고 있는 건 나도 자네와 함께 미쳤기 때문이고!"

"나도 그렇네. 나 역시 똑같은 광기에 사로잡혔거나 아니면 그와 비슷한 다른 광기에 사로잡힌 거지. 그런데 난 그렇게 믿고 싶네."

어둠 속에서 세번째 목소리가 말했다.

"바르톨로메 수도사님?"

수도사가 사크사우아만 성채를 나타내는 약식 그림을 망연히 쳐다보며 서 있다가 어둠 속에서 나왔다.

"발베르데 주교가 돌아간 뒤로 수도사님은 이제 이 훌륭한 도시 쿠스코의 가장 높은 종교 당국의 일원이 아니던가요?"

세바스티안이 물었다.

"무슨 말인가?"

"맡으신 임무가 있으니 수도사님은…… 그들의 벗이 될 수 없잖아요?"

"여보게, 그 임무와 임무의 무게 때문에 난 너무 오래 계속되어온 일들의 증인이 되었고, 또 너무 오래전부터 공범이 되었네. 난 신의 이름으로 학살이 자행되게 내버려두려고 여기 온 게 아닐세. 그리고 이 사람, 자네 친구는 그것을 멈추기 위한 내 희망이라네. 이 년 전에 교황 바오로 3세 성하가 교서를 발표했을 때, 난 우리가 결정적인 승리를 거두었다고 생각했지. 하지만 사실은 그렇지가 않아. 난 가브리엘이 스페인으로 가서 증언을 하고 신의 법을 따르기 위해 왕의 도움을 요청하기를 바랐네. 자네가 뭘 광기라고 부르는지 알겠네. 그리고 할 수 있다면 나도 그를 따라가겠어……"

세바스티안은 두 사람을 번갈아 쳐다보았다.

"그냥 호기심에서 하는 말인데, 어떻게 사람을 모을 건지 알 수 있을까요?"

"내게 친구가 몇 명 있어."

가브리엘이 미소 지으며 말했다.

"누구? 우리의 오랜 친구 페드로는 이미 그 빌어먹을 숲에 들어가려다가 건강을 해쳤어! 자네가 내 황금에 대해 듣고 싶다면, 적어도 그 친구들 이름 정도는 내게 알려줄 수 있지 않나?"

"자네의 나머지 행운을 그냥 즐기려면 차라리 모르는 게 낫지 않을까?"

"친절도 하시군요, 나리! 내 나머지 행운을 즐기도록 허락해주시다니. 관대함에 감동하겠나이다……"

"세바스티안……"

"세바스티안이라고 불러도 소용없어. 자네는 내 거죽을 벗겨 죽여놓고는 내게 고맙다는 말을 듣고 싶어하는군."

가브리엘과 바르톨로메는 침묵을 지켰다. 더이상 어둠 속에서 설득하고, 비위를 맞추고, 화를 내고, 농담을 할 때가 아니었다. 그들은 옛 노예의 얼굴을 살폈다. 그의 얼굴에는 분노와 의혹과 거절하고 싶은 표정이 스칠 뿐이었다.

"내가 만약 거절한다면?"

✳

가브리엘과 바르톨로메는 달도 없는 밤에 쿠스코의 골목길을 집어삼킨 어둠을 가로질러 갔다. 그들은 서둘러 아우카이파타 광장을 지나고 태양신 신전 쪽으로 내려갔다. 신전을 따라가면서, 가브리엘은 숨이 멎을 것만 같았다. 내벽은 무너지고, 벽은 반쯤 파괴되어 있었다. 정복자들이 공격할 엄두를 내지 못한 튼튼한 토대의 돌들만 남아 있었다. 그게 아니라면 그걸 이용해 그 위에 건물을 세울 의도로 남겨둔 것이거나.

"황금 정원은 어떻게 됐을까? 돼지 여물통이 됐을까?"

가브리엘은 혼잣말로 투덜거렸다.

어둠에 휩싸인 그의 마음속에서 잉카의 예언이 떠올랐다. 아나마야와 마지막 밤을 보낼 때 그녀가 알려준, 그 의미를 여전히 알 수 없는 말이. 그가 모든 것에 용감히 맞서는 것은 그의 가슴을 뛰게 하는 사랑 때문이기도 하지만 그 말에 대한 믿음 때문이기도 했다.

푸마추판의 칸차에 이르렀을 때, 그는 말 없는 바르톨로메의 어깨에 한 손을 올려놓았다. 수도사가 그를 돌아보며 미소 지었다. 흉터가 그의 얼굴에 그늘을 드리웠다. 수도사는 적당히 돌을 쌓아 만든 벽의 입구로 주저 없이 향했다.

"여길세."

수도사가 말했다.

텅 빈 안뜰은 어둠에 잠겨 있었다. 그들이 도착하자, 쥐 몇 마리가 잠에서 깨어 울부짖으며 그들 다리 사이로 달아났다.

어깨 높이의 횃불 하나가 그들을 향해 다가왔다. 가브리엘은 횃불 빛에 눈이 부셔서 눈을 가렸다. 귀에 익은 쉰 목소리가 훌륭한 카스티야어로 그에게 말을 건넸다.

"잘 오셨습니다."

드디어 가브리엘은 후광 속에서 난쟁이의 독특한 윤곽을 알아보았다. 그는 옛 친구를 만난 기분으로 두려움 없이 난쟁이를 따라갔다. 밤에만 만났고 몇 마디 말도 나누지 못했지만, 난쟁이는 언제나 그를 아나마야에게 데려다주기 위해 찾아왔었다. 다시 한번 난쟁이는 그를 도와줄 터였다.

난쟁이가 그들을 데리고 들어간 방의 수수한 장막 뒤로 작은 궁전이 펼쳐졌다. 가브리엘은 그 화려함에 놀라고 매료되었다. 난쟁이는 자기가 직접 세우고 지배하는, 그리고 그 혼자만이 알고 있는 소왕국의 잉카가 된 것 같았다. 방 안의 모든 장식은 매우 값진 것들이었다. 황금, 은, 보석이 컵과 단지와 쟁반을 장식하고 있었다. 바닥에 있는 깔개는 라마 털로 된 직물이고, 기다란 의자 하나와 두 개의 팔걸이 없는 의자가 놓인 탁자는 에메랄드가 박힌 귀한 나무로 되어 있었다. 벽감 안에는 익숙한 라마와 콘도르 조각상들이 배치되어 있는데, 가브리엘이 잉카족의 집에서 보았던 것보다 더 무시무시한 조각상들도 있었다. 더욱 놀랍게도 성모상 같은 것도 있었다. 그리고 마치 난쟁이의 궁정에서 일하는 기술자들이 오직 그의 즐거움을 위해 그의 키에 맞춰 만든 것처럼, 모든 것이 작았다.

가브리엘과 바르톨로메는 난쟁이가 권하는 대로 자리를 잡았다. 난쟁이가 단벌의 붉은 옷을 입고 옷단의 술로 먼지를 쓸고 다니던 때는 이제 먼 옛일이었다. 그는 노란색 리넨 반바지와 같은 색깔의 꽉 끼는 윗옷을 입고 있었다. 머리에는 티티카카 호숫가에서 보았던 콜라족의 모자를 상기시키는, 네 귀퉁이가 치켜 올라간 모자를 쓰고 있었다.

"이 집은 유카이의 내 집보다는 훨씬 허름하지만, 여기서 두 분을 맞이할 수 있어서 기쁘군요."

난쟁이가 말했다.

"자네 운명이 자네에게 행운을 가져다준 모양이군."

가브리엘이 미소 지으며 말했다.

"저는 노예였고, 앞으로도 노예일 겁니다. 하지만 지금은 운명이 제게 준 것을 남몰래 즐기며, 벌써 저보다 키가 더 큰 일곱 살과 다섯 살짜리 아들이 자라는 걸 바라보고 있지요. 그런 걸 보면, 운명이란 스스로 만들어가는 것인가 봐요. 그런데 제가 사는 얘기를 들으려고 오신 건 아니겠죠."

"자네에게 도움을 청하러 왔네."

난쟁이는 커다란 두 손으로 넓적다리를 치며 웃기 시작했다.

"나리가 아니면 누가 그런 말을 할까요? 누가 그런 말을 할까요?"

그가 실컷 웃고 나서 "누가 그런 말을 할까요?"라는 마지막 말이 딸꾹질에 묻혔을 때, 가브리엘이 설명했다. 올란타이탐보에 가서 뚫고 들어가기 힘든 숲속으로 길을 안내해줄 길잡이와 십여 명의 사람이 필요하다고. 그 숲에서 곤살로가 아나마야와 망코를 추격중이라고.

난쟁이는 아무것도 묻지 않았다. 그는 진지한 눈으로 한참 동안 가브리엘을 쳐다보았다.

"오래전부터 저는 나리를 아나마야에게 모셔다드렸지요."

가브리엘이 고개를 끄덕였다.

"언제 떠나실 겁니까?"

"가능하다면 오늘밤에라도."

난쟁이가 어물어물 말했다.

"유카이에 있는 제 집으로 갑시다. 제가 필요한 사람들을 모으겠어요. 그런데 필요한 황금은 갖고 계십니까?"

"갖고 계시오."

장막이 들어 올려지며 키다리 흑인의 윤곽이 나타났다.

"갖고 계시지요."

세바스티안이 마치 주변의 모든 것이 작아서 몸을 오그릴 수밖에 없는 것처럼 머리를 숙이며 다시 말했다.

"이분은 시간을 허비하고 싶어하지 않아요, 안 그런가요?"

가브리엘이 놀라서 입을 일그러뜨린 채 표정이 굳어지자, 세바스티안이 웃음을 터뜨렸다.

"이 얼굴을 보기만 해도 고문을 당하는 것처럼 고통스러우신가 보군요, 나리. 자, 서두릅시다. 여기 계속 있으려니 목이 아파요."

네 사람은 다시 밖으로 나왔다. 감동한 가브리엘은 바르톨로메의 팔을 꽉 쥐었다. 그들 앞에서 노예 출신의 두 사람이 한마디도 하지 않고 나란히 걸어갔다. 난쟁이는 뛰어가는 반면 키다리는 걸음을 늦추었다.

그들은 조용한 칸차들을 가로질러 콜라수유의 포석 깔린 도로에 이르렀다.

마지막 집들의 경계선에 도착해 곡식 밭과 뒤로 유카이가 숨겨져 있는 마지막 고개의 어두운 윤곽만 보이자, 바르톨로메와 세바스티안이 멈춰 섰다. 세바스티안이 조그맣게 휘파람 소리를 냈다.

두 인디언이 모습을 드러냈다. 그리고 어둠 속에 하얀 윤곽이 나타났다.

"잇사!"

가브리엘이 소리쳤다.

"내가 자네에게 잇사를 맡아달라고 말했잖나!"

"잇사!"

"자네의 다양한 탄성에 당황스럽군그래. 세번째 탄성도 들려줄 건가?"

가브리엘은 놀리는 말에 아랑곳하지 않고, 암말의 코를 다정하게 살짝 두드렸다. 그리고 반짝이는 눈으로 친구들을 마주 보았다.

수도사가 두 손가락이 붙은 손을 가브리엘의 머리 위로 들어 올렸다.

"자네를 축복하게 해주게. 진정한 신이 자네와 함께하시길!"

그가 미소를 지으며 말했다.

"그리고 자네의 실한 불알을 잊지 말게나. 다리 사이에 잘 간직하라고."

세바스티안이 침울하게 말했다.

가브리엘은 두 친구를 쳐다보고 짧게 포옹했다.

그가 그들에게 감사의 말을 하려고 입을 열자, 세바스티안이 투덜거렸다.

"입 다물어. 난 자네가 벌써 지겨워. 여자처럼 흐느끼고, '잇사! 잇사!' 하며 신음할 거잖아. 난 그런 거 싫어. 빨리 가버려."

머뭇거리던 가브리엘은 마침내 그들에게 등을 돌리고 안장에 훌쩍 뛰어올랐다. 그는 어둠 속으로 들어갔다.

26

1539년 7월, 빌카밤바, 비트코스

아나마야는 카타리에게 다가가기 전에, 빌카밤바 발치의 강가에 있
는 환히 트인 계단식 대지 위에서 소란스럽고도 분주하게 움직이는 남
자와 여자 들을 잠시 바라보았다. 카타리가 주의 깊게 지켜보는 가운
데, 여자들이 진흙을 반죽해서 나무 틀 안에 조심스럽게 펴 발랐다. 그
러면 남자들이 그렇게 만들어진 반들거리는 두툼한 흙판을 집어서 앉
은 채로 넓적다리에 대고 구부렸다. 그런 후에 햇볕이 내려쪼이는 널어
놓은 나뭇잎들 위에 조심스레 내려놓아 말렸다. 좀더 먼 곳에서는 다른
남자들이 이미 건조된 더 밝은 회색의 흙판들을 장작불이 준비된 둥근
화덕 가운데로 옮겼다.

아나마야가 카타리가 있는 곳으로 왔을 때, 그가 일꾼 하나를 소리
쳐 불러서 방금 구부린 진흙판을 가져오라고 했다. 돌의 대가는 갈대로

만든 가느다란 단검 같은 것을 몇 차례 재빨리 움직여 아직 말랑말랑한 흙판에 작은 뱀을 그렸다.

"뭐 하는 거예요? 이 흙판을 어디에 쓰려고요?"

아나마야가 놀란 얼굴로 물었다.

"당신의 지붕을 덮을 겁니다, 코야 카마켄. 곧 닥칠 우기에 젖지 않게 하려고요!"

아나마야는 영문을 모르는 채 눈썹을 찌푸리며 그를 쳐다보았다. 카타리는 다른 판에 다시 뱀을 그렸다. 그의 동작이 너무 간단하고 거침없어서, 그림에서 뱀이 갑작스레 튀어나올 것만 같았다.

"이건 이방인들이 기와라고 부르는 겁니다. 이 진흙판을 구워서 우리 지붕을 덮기만 하면, 비가 전혀 새지 않지요. 먼저 당신 지붕부터 덮기로 했습니다, 코야 카마켄. 당신을 행복하게 해주기 위해서요. 그런 뒤에 모든 빌카밤바 칸차의 지붕에도 올려놓을 거예요. 그러면 우리 유일한 군주님의 새로운 왕의 도시를 장식하는 것이 끝나죠."

흥분한 카타리가 반짝이는 눈으로 설명했다. 그는 걱정하는 한편으로 즐거워하면서, 방금 그림을 그려 넣은 기와를 보여주며 덧붙였다.

"다만 한 가지 걱정스러운 것은 우리네 남자들의 넓적다리가 이방인들보다 작다는 점이에요. 그래서 우리가 만드는 기와도 내가 쿠스코에서 본 것보다 더 작지요. 그 문제를 해결하려면 지붕의 골조를 다듬어야 할 겁니다."

"당신은 정말 나를 놀라게 하는군요, 돌의 대가. 우리 조상들의 지식의 옹호자이고 전통의 수호자인 당신이 잉카족의 지붕을 없애고 이방인들의 발명품으로 대체하려고 하다니요?"

아나마야가 미소 지었다.

"뭐 어때서요? 다른 종족한테서 생활의 지혜를 배워야 하는 거 아닌가요? 치무족 장인들의 가르침으로 금은세공술을 배우고, 모치카족 조상에게서 도기 제조법을, 그리고 파라카스의 옛 주민들에게서 직조술을 배우지 않았나요? 이 기와는 훌륭한 발명품입니다. 이것이 있으면, 이제 이추를 지겹도록 베지 않아도 되고 계절이 바뀔 때마다 갈아줘야 하는 그 썩는 지붕도 끝이에요! 단지 신이 우리에게 가르쳐줄 시간이 없었다는 이유로 이 지식을 모르는 척해야 할까요? 그렇게 해도 비라코차가 창조한 다른 어떤 종족보다 우리 잉카족이 더 잘 지을 줄 아는 건물과 벽의 아름다움은 사라지지 않을 겁니다!"

카타리의 얼굴과 목소리에 보기 드문 열정이 배어 있었다. 아나마야는 감동하여 강렬한 춤과도 같은 일꾼들의 움직임을 바라보았다.

"당신이 하는 말을 들으니 기쁘군요, 카타리. 그건 당신이 보기에 우리 종족이 분명 앞으로도 발전할 것이며, 전쟁과 망코 군주님의 나약함과 우아이나 카팍 군주님의 음울한 예언에도 불구하고 미래에 희망이 있다는 걸 뜻하니까요."

"당신은 내게 한 번에 두 가지를 묻는군요, 코야 카마켄. 두 번 대답해야겠네요. 먼저 내 생각으로는 지식과 능력을 보람 없이 남용하는 것은 위험하다고 말할 수 있어요. 그것은 강력한 조상들을 노하게 할 뿐이지요. 그들은 이 세상 모든 것이 자신들의 존재를 알리기 위해 존재하기를 바랐으니까요."

돌의 대가가 더욱 심각해진 얼굴로 대꾸했다.

카타리는 팔을 들어 그들이 서 있는 진흙투성이 계단식 대지 너머의 밭을 가리켰다. 밭에서는 십여 마리의 말들이 조용히 풀을 뜯고 있고, 아이들이 웅크리고 앉아 말들을 감탄하며 바라보고 있었다.

"망코 군주님은 올란타이탐보 전투에서 저 짐승들을 사로잡았지요. 그분은 의기양양하게 저 짐승들을 여기로 데려왔어요. 하지만 무슨 소용이 있나요? 오직 그분만이 저 짐승의 등에 올라탈 줄 아는걸요. 불행하게도 우리의 유일한 영토가 된 밀림에서는 저 짐승들이 이동할 수가 없어요. 게다가 저 짐승들한테는 금속 발바닥 같은 게 필요한데, 우린 아직 그걸 만들 줄 모릅니다. 그러니 아이들의 눈을 휘둥그레지게 하는 것 말고는 무슨 쓸모가 있겠습니까?"

"저 말들은 망코 군주님이 자부심을 갖는 데 힘이 되잖아요. 유일한 군주님이 언제나 이방인들의 힘에 굴복하지 않는다는 걸 모두에게 보여주니까요!"

아나마야가 부드럽게 말했다.

그들에게서 멀지 않은 곳의 둥근 가마에서 이제 향기 나는 짙은 연기가 새어 나왔다. 아나마야는 심각한 얼굴로, 화덕 주위에 둘러서 있는 사람들을 바라보았다. 그들은 카타리가 기와에 그림을 그리는 이상한 행동을 전혀 보지 못한 듯했다.

"당신이 제일 먼저 내 지붕을 장식해주고 싶어하니 기분이 아주 좋군요. 하지만 난 나중에나 당신 작품을 보게 되겠네요. 쿠리 오클로가 망코 군주님과 다시 만나는 것을 내가 수락했고, 그녀를 따라가기로 했거든요."

카타리가 놀란 눈으로 불안한 듯 바라보자, 아나마야는 그가 묻기도 전에 말해주었다.

"거의 한 달 전부터 그녀가 빌카밤바를 떠나지 못하도록 막았어요. 그런데 그녀가 쇠약해진 몸으로 제대로 먹지도 않고 울기만 하는군요. 그녀가 옳을지도 모르죠. 그녀가 있으면 망코 군주님께 위안이 될 수도 있을 거예요."

"그런데 왜 당신도 따라가는 거죠?"

아나마야는 잠시 머뭇거렸다. 저편에서 사람들이 소리를 지르며, 기와를 굽는 화덕의 온도를 유지하기 위해 서둘러 신선한 나뭇가지들로 화덕을 잔뜩 덮었다.

"망코 군주님께 옆에 있겠다고 약속해놓고, 나 역시 오랫동안 그분을 혼자 버려두었어요. 그리고 쿠리 오클로가 이번에 군주님과 맞서는 사람이 자기 오빠 구아이파르가 아닐까 걱정하고 있어요. 두 사람 사이에는 해묵은 증오가 있는데, 어느 정도 내게 책임이 있다고 느껴져요. 어쩌면 내가 유일한 군주님께 도움이 될 수도 있잖아요?"

카타리는 의심스러운 듯 고개를 저었다.

"거긴 당신 자리가 아닙니다, 코야 카마켄. 망코 군주님의 증오는 이 도시의 이추 지붕과도 같아요. 침상이 비에 젖는 것을 막아주지도 못하고 이방인들이 전투에서 이기는 것을 막아주지도 못하는 낡은 관습 말이에요! 게다가 이방인들이 다가오고 있는 마당에 밀림을 가로질러 간다는 것은 위험천만한 일이에요!"

"뛰어난 호위대가 함께 갈 거예요."

아나마야는 돌의 대가의 손목을 다정하게 잡으며 그의 말을 잘랐다.

"카타리, 분신 형제를 부탁해요. 그를 잘 돌봐주세요. 최대한 빨리 돌아올게요. 당신이 아는 곳으로 분신 형제를 데려가야 할 순간이 가까워진 것 같아요."

아나마야 일행은 강을 따라 조심스레 걸었다. 사흘째 되는 날, 그들은 비트코스의 요새화된 궁전을 받쳐주는 바위투성이 돌출부가 보이는 곳에 도착했다. 카타리의 걱정과는 반대로 밀림에서는 큰 어려움 없이 전진할 수 있었다. 통로마다 나 있는, 오솔길을 휩쓸어버릴 듯이 완강하게 뒤얽힌 식물을 헤치고 들어가야 하는 것 말고는.

쿠리 오클로 역시 오솔길이 좁을 때는 주저 없이 가마에서 내려서는 담대함을 보여주었다. 비트코스의 벽이 골짜기 위로 솟아오르자, 초조해진 그녀는 두 손을 떨었다. 망코가 사랑하고 원하는 아름다운 얼굴로 돌아가기 위해, 쿠리 오클로는 그동안 얼굴을 일그러뜨렸던 어두운 기색을 하루 종일 드러내지 않았다. 흥분으로 반짝이고 밝아진 그녀의 두 눈과 입은 세상의 어떤 시련에도 흐려지지 않을 젊디젊은 여인의 눈과 입이요, 곧 사랑하는 사람의 시선과 손길을 느낄 수 있다는 기대로 떨리는 눈과 입이었다.

그런데 그들이 성채의 북쪽 측면과 연결되는 꽤 험한 비탈길의 첫번째 계단에 이르자 갑자기 행렬이 멈춰 섰다. 호위대의 열댓 명 전사들을 지휘하는 장교가 그들의 가마로 다가오기도 전에 쿠리 오클로가 항의를 했다.

"장교, 왜 정지 명령을 내리는 거예요? 거의 다 왔는데……"

장교는 그녀 앞에서 공손하게 몸을 굽히고, 그런 식의 예법에 익숙한 사람처럼 능숙하게 상반신을 살짝 비틀어 아나마야에게도 똑같이 인사를 했다.

"사실 비트코스에 아주 가까이 오긴 했습니다만, 코야의 도착을 유일한 군주님께 미리 알려드려야 할 것 같습니다. 병사 두 명을 성채로 보내도록 허락해주실 것을 코야 카마켄께 여쭙고자 합니다."

"쓸데없는 짓이에요! 보초병들이 알려드릴 거예요. 그리고 내 도착을 유일한 군주님께 깜짝 선물로 할 수 있다면 더 멋진 일이고요!"

쿠리 오클로가 소리쳤다. 그녀는 가볍게 웃으며 아나마야를 돌아보고 간청했다.

"시간을 허비할 필요가 없잖아요?"

"장교, 정찰병을 꼭 보낼 필요가 있을까요? 코야 말씀이 옳아요. 유일한 군주님은 보초병들에게 우리의 도착을 미리 전해 들으실 거예요."

호위대의 지휘관이 잠시 난처해하며 대답을 하지 못했다. 이윽고 그가 더욱 몸을 굽히며 말했다.

"코야 카마켄, 사실 저는 망코 군주님께서 성채 안에 정말로 계시는지 확인하고 싶습니다."

"왜 안 계시겠어요? 유일한 군주님이 성채를 떠나셨다면, 우리가 벌써 알았을 텐데요. 우리에게 사자를 보내셨을 거라고요. 오, 아나마야, 제발. 거의 다 왔잖아요!"

쿠리 오클로가 외쳤다.

"경솔하게 구는 건 어리석은 짓이에요."

아나마야가 그녀에게 부드럽게 대답했다.

쿠리 오클로의 검은 눈에서 이내 눈물이 방울방울 떨어졌다. 아나마야는 그녀의 변덕스러운 기분 앞에서 미소 짓지 않을 수 없었다.

"장교, 정찰병을 보내서 우리의 도착을 알려요. 하지만 정찰병이 돌아오기를 기다리지 말고 계속 앞으로 가도록 합시다."

아나마야가 말했다.

쿠리 오클로는 조금도 주저하지 않고 응석받이 아이처럼 아나마야의 목을 두 팔로 껴안았다.

"고마워요, 아나마야! 고마워요…… 드디어 망코 군주님을 만나게 되어 내가 얼마나 기쁜지 당신은 모를 거예요!"

✻

행렬이 성채로부터 불과 투석기 사정거리의 두 배쯤 되는 곳에 이르렀을 때 정찰병이 달려왔다. 또다시 호위대의 지휘관이 행진을 멈추었다.

"코야 카마켄, 아무도 없습니다. 비트코스는 비어 있습니다……"

지휘관이 보고했다.

"비어 있다고요?"

놀란 쿠리 오클로의 비명은 고통의 비명이었다.

"유일한 군주님과 병사들이 며칠 전에 궁전을 떠나신 것 같습니다……"

"하지만 왜?"

"어쩌면 근처에 이방인들이 있을지도 모릅니다, 코야."

"그렇다면, 장교, 이 길에서 시간을 질질 끄는 건 쓸데없는 짓이에요. 서둘러 성채로 갑시다. 성채가 비어 있으니, 거기서 묵을 수 있고 필요하다면 몸을 피할 수도 있을 거예요."

아나마야가 재빨리 명령했다.

사실 그들이 울타리 담을 넘자마자 버려진 건물들과 안뜰이 보였다. 불안한 마음으로 가마에서 내려선 아나마야와 쿠리 오클로는 낮은 방들로 둘러싸인 정사각형의 넓은 안뜰을 가로질러 갔다. 그녀들은 병사들을 대동하고 궁전 입구의 맞은편 건물로 향했다. 방어용의 좁은 통로인 오른쪽 모퉁이 길을 통해 성채의 가장 돌출된 부분까지 갈 수 있었다.

그곳에서 보이는 거라곤 눈부신 전망뿐이었다. 맞닿은 강에서 끝나는 현기증 나는 비탈길 바로 위의 암벽 끝에 세워진 기다랗고 튼튼한 건물이 높이 돋워진 안뜰을 가로막고 있었다. 화려한 문 열다섯 개가 뚫려 있는 건물로, 문마다 하얀 화강암이 위에 얹혀 있었다. 주변에는 비탈길들과 높디높은 아푸들의 눈 덮인 정상이 솟아 있었다. 모든 것이 파괴될 수 없을 것처럼 이상하게도 평화로워 보였다.

"이해가 되지 않아요! 왜 망코 군주님이 우리를 맞으러 차스키를 보내지도 않고 떠났을까요?"

쿠리 오클로가 떨리는 목소리로 되뇌었다.

"불시에 일어난 일일 뿐이에요. 군주님은 틀림없이 마추 푸카라의 작은 요새로 후퇴했을 거예요."

아나마야가 주변 비탈길 위쪽의 숲을 유심히 살피며 그녀를 달랬다.

"왜요? 우리에게 알리지도 않고……"

"장교 말이 맞을지도 모르죠. 이방인들이 생각보다 더 가까이 있는지도 몰라요. 우린 신중해야 해요. 내가 마추 푸카라에 사자를 보내서……"

그녀는 미처 말을 끝맺지 못했다. 극심한 공포의 울부짖음이 공기를 가르며 피를 얼어붙게 한 것이다.

처음에는 아무것도 보이지 않았다. 아무 데서도 고함 소리가 들려오는 것 같지 않았다.

그러더니 그들이 불쑥 나타났다. 백에서 이백 명쯤 되는 북부의 인디언 전사들. 키토를 상징하는 색깔의 튜닉에 가죽 투구를 쓰고 방패를 앞으로 내민 채, 그들은 허공에서 튀어나오고, 기다란 건물 뒤에서 물결을 이루며 모습을 드러냈다. 청동 망치와 투석기가 돌아갔다. 창들이 꼿꼿이 세워지고 도끼들이 휘둘러졌다!

이미 호위대의 장교는 목청 높여 명령을 내리고 있었다. 얼마 안 되는 그의 병사들이 창을 내밀고 아나마야와 쿠리 오클로를 에워싸며 보잘것없는 울타리를 이루었다. 그러나 그들이 자리를 잡자마자 투석기 돌이 휙휙 소리를 내며 그들 중 두 명을 즉사시켰다. 쿠리 오클로의 비명 소리가 대기를 가득 채우며 공격 개시를 알리는 듯했다.

아나마야가 미처 깨달을 시간도, 도망갈 시간도 없을 만큼 짧고 치열한 공격. 장교는 별 모양의 망치에 머리가 뚫려 마지막으로 죽임을 당했다.

단번에 침묵이 내려앉았다.

북부의 병사들이 그녀들 주위로 빈틈없는 원을 이루었다. 쿠리 오클로는 무릎을 꿇고 주저앉았다. 전사들의 무표정한 시선을 받으며, 그녀는 아나마야에게 바싹 몸을 붙였다. 방패들이 부딪치는 소리가 나면서 모여 있는 병사들 가운데로 길이 열렸다. 귓불을 장식한 화려한 원반과 은실로 짠 망토를 입고 황금색과 푸른색의 짧은 깃털이 부채꼴로 얹힌 투구를 쓴 높은 신분의 잉카 장교가 앞으로 나왔다. 그의 얼굴은 단단하고 각이 졌으며, 눈구멍 속의 두 눈은 이상하리만치 작아 보였다. 아나마야가 그를 알아보는 순간, 쿠리 오클로가 펄쩍 뛰며 그에게 달려갔다.

"구아이파르! 오, 구아이파르, 오빠!"

그녀는 흥분하여 바닥에 그대로 주저앉았다. 구아이파르는 그녀를 피하며 그녀의 떨리는 어깨에 눈길 한번 주지 않았다. 윤곽이 또렷한 그의 입술이 미소로 길게 늘어났다. 그는 경멸의 표정을 짓고 있는 아나마야에게 바싹 다가갔다.

"우린 당신을 기다리고 있었소. 사실대로 말하자면, 오직 당신 때문에 우리가 여기까지 온 거요."

"그렇다면 우리를 맞이하는 방식치고는 참 이상하군요."

구아이파르의 미소가 커지는데, 그의 등뒤에서 부하들이 미친 듯이 흐느끼는 쿠리 오클로를 붙잡아 두 손을 묶고 있었다.

"난 혈연 같은 건 신경 안 써요. 내 동생은 오래전에 망코, 그 배신자, 왕위 찬탈자와 결혼하면서 나를 거부했으니까."

"그녀의 운명과 내 운명은 서로 이어져 있다는 걸 알아둬요, 구아이파르!"

"그걸 결정하는 건 바로 내 권한이오. 하지만 내 초조함을 이해해야 하오. 너무 오랫동안 이 순간을 꿈꾸어왔으니까!"

그의 눈이 확신과 증오로 떨리는 것을 보자, 아나마야는 실로 오랜만에 의혹과 두려움의 독이 혈관으로 스미는 것을 느꼈다.

✳

"우아마추코의 그날 밤을 기억하오? 이방인들이 이 땅에 도착하기 전이었고, 아타우알파 군주님이 미치광이 우아스카르와의 전쟁을 지휘하고 계셨지요……"

구아이파르는 미소를 지었다. 그러나 그의 미소는 목소리만큼이나 싸늘했다. 아나마야 역시 미소 지었다.

"예, 기억해요."

그녀는 구아이파르의 전사들에게 끌려온 성채의 작은 방 바닥에 앉아 있었다. 그녀를 필요 이상으로 거칠게 대하지는 않았지만, 전사들은 전혀 예우하지 않고 그녀의 팔과 장딴지를 굵직한 통나무에 묶었다. 그 바람에 그녀는 비틀린 자세로 있을 수밖에 없었다. 찌르는 듯한 고통이 척추를 따라 미끄러지며 어깨로 번졌다. 하지만 그녀는 다시 미소 지으며 되뇌었다.

"기억해요. 당신이 안고야쿠 전투에서 우아스카르의 장군들을 체포해 대장으로 임명되었지요."

구아이파르의 짙은 눈이 놀라움을 드러냈다. 아나마야는 그의 가슴에서 숨결이 커지는 것을 보았다. 그는 자신의 군대가 소란스럽게 자리잡고 있는 안뜰 쪽으로 얼굴을 돌렸다. 머릿속으로 수많은 질문이 떠올랐지만, 아나마야는 구아이파르가 오래된 원한을 내뱉도록 내버려두었다.

"그날 저녁, 난 당신이 타완틴수유의 여자들 중에서 가장 아름답다고 말했소. 어떤 여자도 당신의 아름다움에 절반도 못 미치고, 어느 누구의 시선도 어느 누구의 입도 당신의 눈과 입에 견줄 수 없다고……"

구아이파르는 두 다리로 버티고 서서 족쇄 때문에 괴로워하는 아나마야를 내려다보면서도, 정복자라기보다는 자신을 지키려는 듯한 얼굴이었다. 금과 은으로 된 화려한 도끼가 그의 손에서 살짝 떨렸다. 마치 그를 괴롭히는 추억의 독이 살을 변색시키기라도 하는 것처럼 얼굴이 잿빛으로 변하며 그가 덧붙였다.

"그뿐이 아니었지. 그날 밤, 당신에게 내 아내가 되어달라고 부탁했는데 당신은 거절했소."

"그럼 그 이유도 기억하겠군요."

아나마야가 부드럽게 대꾸했다.

격한 냉소가 구아이파르의 입술 사이에서 터져 나왔다.

"분신 형제! 당신은 분신 형제 때문에 그럴 수 없다고 했지! 그 뒤로 코야 카마켄이 한 이방인에게 넓적다리를 활짝 벌려주어 우아이나 카 팍 군주님의 분신 형제에게 얼마나 충실했는지 모르는 강력한 군주는 이 나라에 단 한 사람도 없소! 인디언으로 변장을 하고, 우리 종족에게 당연히 미움 받는 만큼 자기 종족에게도 경멸당하는 이방인 말이오. 그 가 당신의 보호를 받지 못했다면……"

구아이파르는 말을 맺지 못했다. 하지만 그의 단호한 손짓은 그가 가브리엘에게 마련해둔 운명이 어떤 것인지 여실히 보여주었다.

아나마야는 허리 통증으로 잠시 숨을 고르기 위해 눈을 감아야 했 다. 밖에서는 소음과 고함 소리가 새로운 군대의 도착을 알려주었다. 아나마야가 다시 눈을 뜨자 방문턱에 장교들이 보였다. 아무도 감히 구 아이파르를 방해하지 못한 채 그의 명령을 기다리고 있었다.

"나한테 원하는 게 뭐죠?"

그녀가 애써 고통을 감추며 물었다.

구아이파르는 마치 그녀의 질문을 듣지 못한 것처럼 그녀 앞으로 방 을 두 번 왔다갔다했다. 그러더니 갑자기 멈춰 서고는 소란한 바깥을 내다보며 탁한 목소리로 말했다.

"그 먼 옛날, 당신에게 다른 얘기도 했는데. 기억나지 않소?"

"당신은 항상 많은 얘기를 했죠. 당신에 대한 내 기억이 어떤 건지 묻는다면, 간단히 말씀드릴 수 있어요. 그건 증오와 폭력이에요. 처음부터 그랬어요."

"아니오!"

그의 얼굴이 분노로 일그러지고, 그의 고함 소리에 밖에 있는 장교들이 깜짝 놀랐다.

"아니오! 첫날부터 내 마음속에는 당신을 향한 사랑뿐이었소. 하지만 당신, 아나마야, 잉카 혈통의 공주도 아니고 아무것도 아니었던 당신, 숲속의 계집아이였던 당신은 처음에는 아타우알파를, 그리고 나중에는 망코를 유혹하기 위해 나를 줄곧 거부했소!"

그가 아나마야와 마주 보기 위해 몸을 웅크리며 분노에 차서 말했다.

"그 많은 세월을 질투로 보내다니! 가엾은 구아이파르! 그토록 오랫동안 질투에 시달리면서 어떻게 살 수 있겠어요?"

아나마야가 고개를 흔들며 말했다.

"오래전에 당신한테 말했지, 아나마야! 아무리 당신을 잊으려고 해도 잊을 수 없었소. 어떤 계절이든, 어떤 전투에서든, 당신을 생각하지 않고 지낸 적이 없소! 난 늘 당신을 생각하며 잠자리로 여자를 끌어들였소. 늘 당신을 생각하며 이방인들과 싸웠소. 언제나, 언제나 난 알고 있었소. 당신의 경멸로 인해 겪어야 했던 고통을 당신에게 되돌려줄 날이 마침내 오리라는 것을."

구아이파르의 얼굴이 난폭함으로 온통 굳어지고, 그의 말도 돌처럼 무거워졌다. 그는 광기 어린 눈길을 붙박은 채 입술을 떨면서, 아나마야의 뺨을 만지기 위해 천천히 손을 들어 올렸다. 그러나 그녀의 뺨을 만지지 않았다. 그녀의 머리카락에서부터 가슴 끝까지 살짝 스치는 것으로 그쳤다.

"내게서 뭘 원하는 거죠?"

아나마야가 숨 죽여 낮게 속삭였다.

"우선 당신을 이용해 망코를 파멸시킬 것이오. 그 다음에는 당신 차례가 될 거요. 그리고 언젠가는 내가 파울루의 자리를 차지하고 유일한 군주가 될 것이오!"

"당신은 어리석고 미쳤어요. 당신은 내일에 대해 아무것도 몰라요. 당신의 증오가 당신을 아랫세상으로 이끌고 있지만, 당신은 절대로 강력한 조상들을 다시 만나지 못할 거예요!"

아나마야가 눈을 감으며 중얼거렸다.

"코야 카마켄의 허튼소리로군! 난 결코 당신 말에 영향을 받는 사람이 아니었어. 난 당신의 마법을 믿지 않아. 우아이나 카팍 군주님은 너무 늙고 병들어서 당신에게 아무런 능력도 전해주지 못하셨지! 그 모든 것은 쿠스코의 씨족들을 누르기 위한 아타우알파의 술책일 뿐이었어. 당신도 그걸 이용했고."

"당신이 나를 어떻게 생각하든 그건 아무래도 좋아요, 구아이파르. 당신은 나를 죽일 수도 있어요. 망코 군주님을 약화시키고 심지어 이길 수도 있겠죠. 하지만 당신의 미래를 바꾸리라고는 생각지 마요. 하물며 제국의 미래는 더욱더 바꾸지 못해요. 당신은 절대로 유일한 군주가 되지 못해요. 인티는 이미 아들들의 길을 결정하셨어요."

아나마야는 팔과 등과 어깨의 통증을 더이상 느끼지 못하는 듯, 푸른 눈으로 구아이파르의 눈을 들여다보았다. 그녀의 침착함에 당황한 그는 눈은 더 움푹 들어가고 얼굴은 더 짙은 잿빛이 되어 몸을 일으키며 그녀에게서 물러났다.

"당신 동생은 어떻게 했어요? 쿠리 오클로도 죽일 건가요? 그녀는 망코 군주님을 사랑하는 만큼 당신도 사랑해요. 그런데 당신은 그녀를 경멸하고 무시하는군요."

구아이파르는 손짓으로 아나마야의 비난을 쓸어버렸다. 하지만 미처 대답할 시간이 없었다. 밖에서 큰 웃음소리가 울려 퍼지며 장화 부딪치는 소리, 검이 부딪치는 소리가 들려왔다.

"저런, 벌써 일을 끝내셨군요, 구아이파르 군주님."

아나마야는 목소리와 기다란 금발과 섬세한 얼굴 모습을 동시에 알아보았다. 세월의 흐름과 함께 생긴 주름살로 눈매가 두드러져 보이고 뚜렷하게 그어진 주름살 하나 때문에 입이 아래로 처졌을 뿐이다. 옆쪽의 이 하나도 빠져 있었다. 곤살로 피사로가 손에 넣은 사냥감을 앞에 둔 사냥꾼처럼 교만한 태도로 그녀를 바라보며 비웃음을 흘렸다.

그의 뒤에는 금속 투구를 쓰고 긴 장화를 신은 십여 명의 스페인인들이 검의 손잡이를 움켜쥐고 있었다. 밀림을 가로질러 오느라 바지들이 더러워져 있었다. 순식간에 작은 방이 가득 찼다. 모두의 시선이 아나마야에게 쏠아졌다. 그녀는 자신에게 바싹 다가오는 장화에 시선을 둔 채 억지로 고개를 들고 있었다.

"축하해야겠네요, 구아이파르 군주님. 신속하게 처리했군요! 이 빌어먹을 밀림에서 귀중한 공주를 찾아내는 데 어려움이 꽤 많을 것으로 생각했는데."

곤살로가 여전히 경쾌한 목소리로 다시 말했다.

불쑥 몸을 숙이는 스페인 사람의 과장된 친절을 무시한 채, 구아이파르의 얼굴이 굳어졌다. 곤살로는 장갑 낀 손으로 아나마야의 턱을 거칠게 쳐들었다.

"나를 다시 만난 기쁨을 감추지 못하는군, 아름다운 공주님!"

아나마야는 아무 대답도 하지 않았다. 그녀가 전혀 두려워하는 기색

없이 푸른 눈으로 곤살로의 눈을 강렬하게 들여다보자, 곤살로는 끝내 거북한 냉소를 지으며 시선을 돌렸다.

"이 여자는 항상 이랬지. 도전적이고 자신감에 차 있단 말이야. 이 여자를 캐는 건 정말 즐거울 거야!"

그가 거만하게 몸을 일으키며 동료들에게 말했다.

"구아이파르 군주님, 황금상을 어디 숨겼는지는 물어보셨습니까?"

아나마야의 고통스러운 허리가 얼음처럼 차가워졌다. 그녀는 단번에 깨달았다. 그러니까 구아이파르와 이방인들이 찾는 것은 분신 형제였다. 그녀를 붙잡은 것은 전혀 우연이 아니었다! 구아이파르의 증오에 찬 시선이 그녀에게 쏠리자, 그녀는 두려움에 몸을 떨었다.

"망코의 수중에서 이제 분신 형제도 당신도 사라지고 나면, 그는 어린애처럼 약해질 거요."

구아이파르가 케추아어로 중얼거렸다.

"망코 군주님에 대한 내 영향력을 당신이 경멸하는 줄 알았는데요."

아나마야가 조롱했다.

"내가 어떻게 생각하는지는 상관없소! 망코가 당신의 능력을 믿으니까. 지금껏 당신의 능력이 그에게 별로 쓸모가 없었는데도 말이오. 그는 당신이 체포된 것에 두려움을 느낄 것이오. 강력한 조상들이 자기를 버리는 징조라고 생각할 테니! 그러면 나는 우리가 우아라치쿠의 밤에 시작한 싸움을 끝마칠 수 있을 거요."

"구아이파르! 구아이파르, 당신은 그렇게 하지 못해요! 아타우알파 군주님이 당신을 '형제'라고 불렀고, 당신의 심장에 흐르는 것은 인티의 피예요. 당신은 잉카족의 한 사람이에요. 이방인들이 분신 형제를 차지하게 하지 마세요! 그들이 분신 형제를 어떻게 할지 당신도 알잖아요. 황금판으로 만들어 대양 건너편으로 가져갈 거예요. 그러면 우리 종족은 끝장이에요. 구아이파르! 태양신의 어떤 아들도 더이상 태양 아래 똑바로 서 있지 못할 거예요! 당신도 다른 사람들과 마찬가지고 요. 날 죽이고 망코를 무너뜨려요, 그게 당신 목표라면. 하지만 이방인 들을 분신 형제에게까지 데려가지는 마요. 그렇지 않으면 당신을 태어 나게 한 존재를 파괴시키게 될 거예요! 제발, 구아이파르! 지금 부탁하 는 사람은 내가 아니라 모든 강력한 조상들이에요……"

아나마야가 소리쳤다.

"그만! 그만!"

곤살로가 마치 아나마야의 말을 공중에서 잡아채려는 듯 손을 들어 올리며 투덜거렸다.

"말이 참 많군요, 구아이파르 군주님. 스페인어로 하면 더 좋겠는데! 저 여자가 뭐라는 겁니까?"

"당신들이 원하는 걸 찾아내느니 차라리 나를 죽이는 게 더 좋을 거 라고 말하는 거예요."

구아이파르가 입을 열기 전에 아나마야가 대답했다.

"오, 대단한 여자로군. 무지하니까 저런 확언을 할 수 있는 것이지. 당신이 생각을 바꾸도록 만드는 데서 내가 얼마나 큰 희열을 맛보는지 당신은 상상도 못 할걸!"

곤살로가 동료들에게 눈을 찡긋하며 응수했다.

구아이파르가 매우 느린 스페인어로 끼어들었다.

"곤살로 군주님, 코야 카마켄을 내게 맡겨주시오. 황금상이 어디 있 는지 알 것 같소. 당신들을 여기로 데려온 것처럼 곧 그곳으로 데려가 겠소……"

"아, 그래요?"

곤살로가 수상쩍은 듯 눈썹을 치켜 올렸다. 그는 얼굴에 경련을 일으키며 갑자기 불신을 드러냈다.

"내가 보기엔 그런 것 같지 않은데요. 당신이 여기서 당신 동생인 망코의 예쁜 아내를 만났다더군요. 그러니 그녀와 함께 망코에게 가보시지요. 분명 별로 힘들이지 않고도 그녀를 설득할 수 있을 것이오! 그리고 일단 망코 앞에 가게 되면, 이 여자가 우리와 함께 있고 내가 이 여자와 대화를 나누고 있다고 그에게 알려줄 수 있을 거요. 확실히 당신 말이라면 그도 주의 깊게 들을 것이오……"

곤살로가 퉁명스러운 어조로 말했다.

그가 손가락으로 아나마야를 가리키는데, 구아이파르가 고개를 저었다.

"망코와 전쟁을 하기 위해서가 아니라면, 망코를 만나러 가는 게 무슨 소용이 있겠소?"

"뭐 당신이 망코를 죽일 수 있다면, 아무것도 문제될 거 없지요, 구아이파르 군주님. 그런데 이 여자가 없으면 망코는 햇빛에 달궈진 돌 위의 지렁이나 마찬가지라고 당신이 내게 설명하지 않았나요?"

곤살로가 빈정거렸다.

어느새 구아이파르가 이방인들에게 떠밀려 방 밖으로 나가는데, 아나마야를 바라보는 그의 시선에 이번에는 증오보다 무력감이 더 무겁게 드리워졌다.

27

밤이 된 지 오래다.

희미한 등불이 아나마야의 바로 옆에 놓여 있었다. 그녀는 붙잡힌
뒤로 먹지도 마시지도 않았다. 쉼 없이 찾아드는 고통에 몸이 쑤시고
숨 쉬기조차 힘들어 오로지 숨 쉬는 것만 생각해야 할 지경이었다. 그
로 인해 갈증과 배고픔도 잊었다.

그래도 그녀는 눈을 뜨고 있으려고 애썼다. 자신의 눈에서 곤살로가
무관심을 읽기만을 바랐다.

그는 그녀가 갇혀 있는 방을 혼자서 다시 찾아왔다. 셔츠 바람에 단검
을 들고 있었다. 초라한 등불 빛에 그의 윤곽만 겨우 알아볼 수 있었다.

"당신이 조용히 있어줬으면 좋겠어. 그래야 내 즐거움이 더 크고 더
오래가지."

그가 손가락 끝으로 단검을 춤추게 하며 중얼거렸다. 그는 냉소를 지으며 몸을 일으켜 어둠 속으로 멀어지더니 슬그머니 그녀 뒤로 다가왔다.

"당신의 가브리엘이 사라진 거 알고 있나? 떠났어, 날았다고…… 이미 스페인으로 돌아갔다고 말하는 사람들도 있고, 호수에 빠져 죽었다는 사람들도 있지."

아나마야는 눈썹 하나 까딱하지 않았다. 오직 곤살로에게 그가 기대하는 즐거움을 주지 않으려고 노력할 뿐이다. 그녀는 중얼거리지도 않고, 탄식 소리도 내지 않았다. 동요의 기색도 전혀 드러내지 않았다.

"몇 년 전이었다면 아마 당신을 내 아내로 삼았을지도 몰라. 당신이 꽤 마음에 들었거든. 후안 형과 함께 그런 얘기를 했었지…… 내가 사랑하는 후안이 당신의 가브리엘 때문에 죽은 것은 알고 있나?"

단검의 칼날이 그녀의 살갗과 튜닉 사이로 미끄러져 들어왔다.

"난 후안 형을 사랑했어. 이제 그가 천국인지 지옥인지에 있게 된 이상, 내가 바라는 건 내 단검이 당신에게 입 맞출 때 당신이 지르는 비명을 형이 듣는 것뿐이야."

곤살로는 단검을 재빨리 움직여 그녀의 튜닉을 찢고, 어깨와 한쪽 젖가슴이 드러나게 했다. 그녀는 파리 한 마리가 옆에 날아와 앉았을 때보다도 더 움직이지 않았다.

"당신은 강해. 하지만 머지않아 내가 당신보다 더 강하다는 걸 알게 될 거야."

곤살로가 그녀의 목덜미에 대고 속삭였다. 그는 다시 그녀 앞으로 가서 그녀의 눈을 찾았다.

"당신의 전사들이 내 동료들에게 하는 짓을 당신에게 해주지. 하지만 내 방식대로……"

그는 칼끝을 아나마야의 어깨에 갖다 대고 가슴으로 내려가게 했다.

"당신 피부를 조금 떼어내는 것부터 시작해주지. 우선 한쪽 젖가슴, 그 다음엔 다른 쪽…… 그런 상처쯤으로 죽지는 않겠지만 여자로서는 상당히 고통스러울 거야. 특히 상처에 소금을 좀 뿌려주면 말이야."

그가 한결같은 목소리로 말하며 미소 지었다. 그는 기다렸지만 반응이 없었다.

"또다른 기술도 봐둔 게 있지. 상처에 화약을 약간 올려놓고 불을 붙이는 거야. 그러면 피가 흐르는 걸 막아주겠지……"

아나마야는 더이상 그의 말을 듣지 않았다. 말은 공허한 소리처럼 그녀 주위에서 윙윙거렸다. 곤살로는 문장에 문장을 덧붙이면서 자기가 말하는 공포에 스스로 흥분하는 반면, 그녀는 오히려 기이한 평화가 가슴과 정신에 깃드는 것을 느꼈다. 두려움이 사라지고, 등의 고통조차 가라앉은 듯했다. 곤살로는 말하고 또 말하면서 자기 생각과 욕망의 토사물을 내뱉을 수 있었다. 하지만 상상 속을 가득 채우고 있는 동물들을 쫓아가 때려눕히고 싶어하는 어린애처럼 여전히 무능력했다.

"하지만 그 모든 즐거움을 누리기 전에, 내 동료들이 당신과 재미를 볼 거야. 내가 당신 몸에 상처를 내기 전에, 당신은 그 예쁜 몸뚱어리를 그들에게 내주게 될 거야. 당신을 입맛대로 맛볼 사람이 스무 명은 족히 될 텐데, 그러고 나면 당신 사타구니는 더이상 쓸모가 없어질걸!"

곤살로가 램프를 잡고 몸을 일으키며 쉿소리를 냈다. 그는 만족스럽게 웃으며 문의 융단을 들어 올리고는 덧붙였다.

"물론, 공주님, 당신은 그런 불쾌한 일을 피할 수 있어. 우리를 황금상이 있는 곳으로 안내하기만 하면 되지. 그런 다음에는 내 말뚝만큼도 당신에게 관심을 두지 않겠다고 단단히 약속하지. 어때?"

그가 그녀를 자극하고 위협하는 내내 그녀는 입을 열지 않았다. 입술에 땀 한 방울이 맺힐 즈음, 그녀가 도도하게 첫마디를 내뱉었다.

"싫소."

✻

아마 깜빡 졸았던 모양이다.

감옥의 짙은 어둠 속에서 잎사귀가 스치는 이상한 소리가 들렸다. 그녀는 사지가 마비되어 더이상 느낌이 없었다. 등과 어깨에 뼈저린 고통만 남아 있을 뿐이다. 마찰 소리가 더 집요해졌다. 그러더니 갑자기 멈추었다가 조심스럽게 다시 시작되었다.

그때 이추의 어린 가지가 그녀 위로 떨어졌다. 그녀는 깨달았다. 다행스럽게도 그 방의 지붕은 카타리가 그토록 자랑스럽게 만든 기와가 아니라 아직 이추로 되어 있었다!

그녀가 소리 죽여 외쳤다.

"나 여기 있어요! 난 코야 카마켄이에요……"

대답 대신 커다란 짚단 몇 개가 어둠 속에서 무너져 내렸다. 신선한 밤공기가 그녀의 맨어깨를 스쳤다. 밧줄에 묶여 있어서 분명히 볼 수는 없지만, 지붕에 뚫린 구멍으로 드러난 것은 틀림없이 사람의 윤곽이었다.

두려움이 엄습했다. 구아이파르의 부하들 중 하나가 아닐까?

그녀가 입을 다물고 숨을 죽이고 있는데, 남자가 바닥으로 사뿐히 뛰어내렸다. 그러고는 아무 일도 일어나지 않았다. 쥐 죽은 듯 고요했다.

왜 이 남자는 끈질기게 침묵을 지키고 있을까?

그녀는 자신의 맨살을 찾아 밧줄을 스치며 더듬고, 목덜미와 관자놀이를 어루만지는 손길을 느꼈다. 공포에 몸을 떨며 입에서 새어 나오는 울부짖음을 억누르고 있는데, 어떤 목소리가 그녀의 귀에 대고 속삭였다. 그 어떤 목소리보다도 잘 알아들을 수 있는 목소리.

"아나마야!"

그녀는 기절할 것만 같았다. 그녀의 심장은 가슴속에서 분출하는 용암일 뿐이었다.

'오, 강력한 군주님, 이렇게 되기를 원하셨군요!'

목소리가 "아나마야!" 하고 다시 한번 속삭였다. 탄탄한 손과 팔이 그녀를 끌어안고 어루만졌다. 미칠 듯한 행복감이 그녀 안에서 차올라 가슴에서 폭발했다.

"가브리엘? 가브리엘!"

"그래요, 나예요! 쉿, 소리 지르지 마요. 밖에 보초가 있어요!"

"오, 퓨마, 나의 퓨마! 당신을 믿어야 한다는 걸 알고 있었어요!"

"기다려요, 밧줄을 끊어줄 테니…… 살살…… 비열한 놈들이 밧줄을 아끼지 않고 마구 썼군."

"어떻게 알았어요?"

"천천히, 성급해하지 마요."

짓누르고 있던 밧줄이 사라지자마자, 아나마야는 무릎을 꿇고 가브리엘의 얼굴을 붙잡으려다가 팔다리의 힘이 풀려 그의 품 안으로 쓰러졌다.

"천천히."

그는 미소를 머금은 목소리로 되뇌며, 그녀의 뺨과 눈꺼풀에 입을 맞추고 입술을 찾았다. 그러나 찢어진 튜닉 자락이 잡히자, 그의 몸이 뻣뻣하게 굳었다.

"다쳤어요? 놈들이 무슨 짓을 한 거예요?"

"아무 짓도 안 했어요. 그냥 말만 했어요…… 분신 형제를 요구하면서 내게 겁을 주려고 했어요."

이번에는 그녀가 미소 지었다.

"알아요. 곤살로가 이 원정에 나선 이유를 알자마자 곧장 그를 뒤쫓아 떠나왔어요. 나흘 전에 그들의 부대를 만났지요. 당신이 어디 있는지 몰라서, 그들이 나를 당신에게로 데려가기를 기다리는 게 낫겠다고 생각했죠."

가브리엘이 아나마야의 상처를 부드럽게 어루만지며 말했다.

"너무 오랜만이에요. 너무나! 단 하룻밤도, 단 하루도 난 우리가 영원히 헤어졌다고 믿지 않았어요. 며칠 전부터 아주 가까이에서 당신을 느끼고 있었어요……"

아나마야가 다시 키스하려고 그의 얼굴을 붙안으며 말했다.

가브리엘이 그녀의 입술에 손가락을 갖다 댔다. 바깥의 발소리에 그는 보초의 존재를 떠올렸다. 가브리엘은 아나마야를 여전히 품에 꼭 끌어안은 채 그녀의 귀에 속삭였다.

"두 번 다시는 당신과 헤어지는 걸 용납하지 않겠어요. 절대로. 더이상 내게 헤어지자고 요구하지 마요. 거절할 거니까!"

그에게 몸을 바싹 붙인 아나마야의 가슴이 작은 웃음으로 흔들렸다.

"더이상 요구하지 않을게요. 이제부터 우린 함께예요."

마침내 자신들의 욕망이 영원히 완성된 듯, 그들은 그렇게 끌어안은 채 말없이 머물렀다.

그러고 나서 가브리엘이 이추 지붕에 뚫어놓은 구멍을 가리키며 작은 소리로 말했다.

　"곤살로가 너무 자만한 나머지 당신의 감옥을 택하는 데 별로 신경을 쓰지 않았더군요! 굵은 나뭇가지가 지붕에 닿아 있는 데까지 가면 바로 성채 울타리 밖으로 나가게 돼요. 난쟁이가 우리를 기다리고 있어요. 그가 우리를 안내할 거예요. 망코는 마추 푸카라의 작은 요새에 있어요."

　"그럴 줄 알았어요."

　"밤새도록 걸으면, 곤살로와 그의 패거리들이 당신의 도주를 눈치채기 전에 망코의 진영에 이르게 될 거예요."

　"그래요. 서둘러야 해요. 쿠리 오클로가 나와 함께 있다가 구아이파르한테 포로로 잡혔어요. 그는 그녀를 강제로 앞세워 망코 군주님에게 가려고 해요. 우리가 그들보다 먼저 도착해야 해요."

　"당신 말이 맞아요. 단 일 분도 허비할 시간이 없어요."

　가브리엘이 다시 말했다. 그는 그녀를 데리고 나가기 전에 한참 동안 힘껏 그녀를 끌어안았다.

✻

　유일한 군주 망코는 황금 가슴 장식에 반쯤 가려진 흑백 바둑판 무늬가 있는 운쿠 차림이었다. 황금 귀마개가 라마 모직물로 된 기다란 망토의 어깨 주름 위에서 좌우로 흔들렸다. 이마에는 왕의 띠 라우투를 두르고 있고, 황금으로 덮인 갈대 투구 위로는 그가 인티의 아들임을 나타내는 쿠리긴그 깃털 세 개가 미풍에 흔들렸다.

그는 열 사람이 받치고 있는 전투용 가마 위에 서 있었다. 왼손으로는 화려한 창을, 오른손으로는 허리춤의 검 손잡이를 쥐고 있었다. 전사들이 그에게 가져다준 전리품 중에서 가장 정교하게 만들어진 검이었다. 그의 시선은 높은 산의 돌들처럼 단단했다. 그의 입술과 눈꺼풀은 숨을 쉬는지 안 쉬는지 모를 정도로 움직임이 없었다.

그를 둘러싼 장교들과 전사들은 유일한 군주가 그토록 훌륭하게 외관을 갖춘 것을 몇 달 동안 보지 못한 터였다. 모두들 오늘은 뭔가 중요한 일이 일어나리라는 것을 직감했다.

밤안개가 아직 차가운 강물 위에 머물러 있는 새벽. 망코는 갑자기 대장들에게 쿠스코의 의식을 치르는 아우카이파타 대광장 위에서처럼 대열을 갖추고 낡은 소보루의 벽 앞에 정렬하라는 명령을 내렸다. 무슨 일인가 궁금해하는 시선과 말 없는 질문에 대한 대답으로, 그는 미소를 지으며 말했다.

"이방인들이 우리에게 중요한 사절을 보낸다는 소식을 지난밤에 알게 되었다. 나는 그 사절에게 예를 갖추고 싶다."

실제로 인티의 첫 햇빛이 나뭇잎 사이로 비치자, 나팔 소리가 울리며 방문객의 도착을 알렸다. 아우카이파타 대광장에서처럼 수많은 전사들이 다섯 줄로 정렬하고, 숲속에 이르기까지 창과 깃발과 기다란 망치의 벽을 이루었다. 망코 뒤에서는 열두어 명의 장교들이 스페인 사람들에게서 빼앗은 화승총들을 에워싸고 있었다.

구아이파르가 쿠리 오클로보다 앞서서 다가오자 아무도 움직이지 않았다. 망코에게서 백 보쯤 떨어진 곳에 이르자 '코야'가 눈물로 범벅이 된 얼굴로 꿇어 엎드리며 모두에게 들릴 만큼 크게 외쳤다.

"용서해주세요, 유일한 군주님! 제가 사랑하고 복종하는 분은 오직 군주님뿐이고, 군주님은 너무도 사랑하는 제 남편이십니다. 제발 제 오빠 구아이파르를 용서해주세요. 그는 군주님께 해를 입히고 싶어하지 않습니다."

몇몇 병사들은 구아이파르의 굳은 입가에 미소가 스치는 것을 알아차렸다. 그런데 어느새 장교들이 그를 에워쌌다. 그들은 그의 팔을 붙잡아 거세게 반항하는 그를 망코 앞에 강제로 무릎을 꿇렸다. 한 늙은 대장이 무거운 돌덩이를 가져와 구아이파르의 어깨에 올려놓으며 꾸짖었다.

"유일한 군주님께 인사를 올려라. 그렇지 않으면 죽을 것이다. 고약한 배신자!"

"넌 겁쟁이일 뿐이야, 망코! 난 혼자 왔는데, 넌 나 한 사람과 맞서는데도 수많은 사람들이 필요한 모양이군그래."

구아이파르가 소리쳤다.

망코는 입가에 경멸을 가득 머금은 채 대답 없이 그를 바라보았다. 두 장교의 창 자루에 목이 눌려, 구아이파르는 바닥에서 꼼짝하지 못한 채 고함을 질렀다.

"너는 네 아버지의 아들이 아냐, 망코! 코야 카마켄의 술책과 빌라 오마의 광기가 없었다면, 넌 이마에 라우투를 절대로 두르지 못했을 거다. 내 형제 아타우알파가 결코 너를 후계자로 선택하지 않았을 거라고······"

구아이파르가 그렇게 소리치는 사이 쿠리 오클로가 그에게 달려갔다. 그녀가 온몸을 흔들며 은으로 된 투푸를 두 손으로 하도 세게 쥐는 바람에 손이 피로 물들었다. 겁에 질린 눈으로 그녀가 소리쳤다.

"입 다물어요, 구아이파르! 입 다물어! 오빠는 내 남편인 유일한 군주님께 그런 식으로 말해선 안 돼요!"

"네 남편은 이제 아무것도 아냐!"

구아이파르가 외쳤다.

쿠리 오클로는 피투성이가 된 손으로 구아이파르의 입을 틀어막으려고 애썼다. 그런데 망코의 눈짓에, 한 병사가 그녀의 팔을 붙잡아 뒤로 데려갔다.

"아나마야는 내 포로다. 그녀가 나를 분신 형제에게 데려다줄 거다…… 끝났어, 망코! 이제부터 강력한 조상들은 내 편이야."

구아이파르가 목을 숙인 채 소리쳤다.

쿠리 오클로의 비명과 눈물이 한층 더해지는 사이, 망코가 구아이파르에게 다가가며 다리에 부딪치는 칼집에서 단번에 검을 꺼내 들었다.

"아나마야는 더이상 네 아버지 우아이나 카팍의 지지를 얻지 못해. 하지만 이방인들이 내게 약속했다. 네가 전쟁을 그만두고 빌카밤바로 돌아간다면, 너를 죽이지 않겠다고."

구아이파르가 여전히 쉿소리를 냈다.

망코가 검을 움직여 전사들을 비켜서게 했다.

"일어나라!"

망코가 냉소를 지으며 명령했다.

구아이파르가 어깨에서 돌을 떨어뜨리며 일어서자, 망코의 냉소가 더욱더 두려움을 자아냈다.

"한심한 구아이파르, 넌 수년 전 우아라치쿠 날에 내가 네게 준 교훈을 아직도 이해하지 못했구나! 앞을 보아라!"

망코가 비켜섰다. 전사들의 대열이 열리며, 아나마야와 가브리엘이 앞으로 나왔다.

"어리석은 구아이파르. 숲속에 낭랑하게 울려 퍼지는 네 말이 앵무새의 말소리만큼이나 무섭구나!"

망코가 귀에 거슬리게 웃으며 또다시 조롱했다.

그 순간 나팔 소리가 길게 울려 퍼졌다. 한 장교가 외쳤다.

"이방인들이 옵니다, 유일한 군주님! 벌써 투석기 사정거리의 백 배쯤 되는 곳까지 와 있습니다!"

그때 쿠리 오클로가 망코의 발치로 뛰어들었다. 망코는 이미 검을 높이 치켜들고 있었다.

"오빠를 죽이지 마세요! 저에 대한 사랑으로 오빠를 살려주세요, 군주님!"

"그를 여기까지 데려오지 말았어야 했소, 코야."

망코가 나무랐다.

"그가 내 머리를 가져가는 것보다는 내가 그의 머리를 베는 게 더 낫지. 그대의 오빠는 이방인들의 검을 좋아하니, 이방인들의 검으로 죽게 해주지!"

칼날이 휙 소리를 내며 커다란 반원을 그렸다. 구아이파르의 머리가 괴상하게 흔들렸다. 휘둥그레진 그의 두 눈이 다시 감기지 못한 채 머리가 떨어지고 어깨가 발작적으로 움직이며 피가 솟구쳤다.

동물처럼 새된 탄식을 내뱉으며 쿠리 오클로가 경련으로 흔들리는 오빠의 몸을 붙잡으려고 애썼다. 피가 그녀의 얼굴과 가슴을 적셨다.

아나마야와 가브리엘이 그녀에게 달려갔다. 망코는 이미 대장들에게 숲속으로 흩어지라고 명령한 터였다. 수백 명의 전사들이 완벽한 대열을 조용히 흩뜨리며 북쪽으로 달려가는 동안 잠시 엄청난 혼란이 일어났다.

"여기 이대로 있으면 안 돼요. 여기 있으면 안 돼요. 이방인들에게 붙잡혀요. 우리를 따라와요……"

아나마야가 피로 끈적거리는 구아이파르의 시신 위에 엎드린 쿠리 오클로의 어깨를 붙잡으며 간청했다. 그러나 쿠리 오클로는 오빠의 가슴에 얼굴을 묻고 머리를 흔들며, 죽어가는 짐승처럼 구슬픈 비명을 그치지 않았다.

"그녀에게는 당신 말이 들리지 않을 거요."

가브리엘이 구아이파르의 손을 움켜쥔 쿠리 오클로의 손가락을 풀지 못한 채 말했다. 화승총 소리가 숲속에서 울려 퍼지고 있었다.

"이리 와요, 아나마야! 그렇지 않으면 우리가 붙잡혀요."

가브리엘이 쿠리 오클로에게서 아나마야를 떼어내 허리를 잡으며 말했다.

마지막 잉카 전사들을 뒤따라 달리면서, 가브리엘이 뒤를 돌아보았다. 마치 구아이파르와 함께 죽음 속으로 빠져들려는 듯, 머리카락이 피에 흠씬 젖은 채 구아이파르의 머리 없는 시신을 끌어안고 있는 쿠리 오클로가 보였다.

제4부

28

1540년 3월, 추키차카

오후의 햇빛이 나무들 너머로 폭포처럼 쏟아져 내렸다. 두터운 나뭇잎들이 서서히 어두워지는 푸른 하늘을 가리고, 거대한 숲속에 동물들의 울음소리와 새들 지저귀는 소리가 울려 퍼졌다. 황혼을 준비하는 그 모든 것이 아나마야로 하여금 어린 시절의 추억에 잠기게 했다.

강가에 앉아서 그녀는 어머니를 생각했다.

그녀는 상류의 빠른 급류 소리에 꿈속으로 실려 갔다. 눈을 뜨고 있는데도 오른편에 있는 가브리엘의 존재를 거의 의식하지 못했다. 두 사람은 띠 모양의 좁은 모래밭에 앉아 있었다. 그녀는 맨발로 어머니에게 달려가는 자신의 모습을 보았다. 어머니는 그녀를 맞이하기 위해 두 팔을 활짝 벌리고 있었다. 오랫동안 그 꿈은 악몽으로 끝이 났었다. 어머니의 이마 한가운데를 때리는 돌에 대한 기억과 손에 느닷없이 실리는 죽음의 무게 때문에 그녀는 식은땀에 젖어 깨어나곤 했고, 고독에 시달렸다.

"무슨 생각을 그렇게 해요?"

가브리엘의 목소리가 물에 잠긴 숨결처럼 들려왔다. 그 부드러움에 그녀는 어린 시절의 꿈에서 슬그머니 빠져나왔다. 오빠의 시신 발치에서 절망해 있던 쿠리 오클로를 그대로 버려둔 뒤로, 그들은 여섯 달 전부터 망코와 전쟁에 대한 생각으로부터 멀리 벗어나 숲속에서 함께 지내고 있었다. 그들의 일체감은 새벽마다, 황혼마다 깊어지는 듯했다. 때로 그들은 더이상 말이 필요 없었고, 그저 함께 있는 것만으로도 충만함에 이르렀다. 단 한 번의 눈짓으로도, 단 한 번의 손짓으로도 충분히 행복했다.

"긴 여행을 했어요……"

"나도 함께 있었어요?"

아나마야가 미소 지었다.

"아뇨, 어머니와 함께였어요."

구름이 해를 가리며 그들의 얼굴에 그늘을 드리웠다.

"당신 어머니에 대한 얘기는 종종 들었지요. 당신이 다른 세상에서 어머니를 다시 만난다는 걸 알아요. 그런데 아버지는 한 번도 만난 적이 없어요?"

가브리엘은 그렇게 단도직입적으로 물은 적이 없었다. 아나마야는 입이 마르는 것을 느꼈다.

"몰라요. 아버지의 얼굴은 어둠 속에서 보이질 않아요……"

"아나마야……"

가브리엘은 그녀의 손을 잡았다. 그녀는 그에게 손을 내맡긴 채 말했다.

"……마치 어머니의 죽음으로 그전에 내가 겪었던 모든 것이 지워져버린 것 같아요. 막연한 느낌만 남아 있을 뿐이죠."

"'오직 한 가지 비밀이 네게 숨겨진 채로 남을 것이고, 너는 그것을 그대로 간직한 채 살아야 할 것이다.' 우아이나 카팍 왕이 당신한테 이렇게 말하지 않았나요?"

"그분의 말씀을 기억하고 있군요."

"내게 그건 당신의 말이에요. 어쩌면 바로 그게 비밀인지도 모르죠. 아니면 전혀 다른 것일 수도 있고. 내가 티티카카에서 당신을 기다리면서 킬라의 딸들의 도움으로 당신을 다시 만나려고 했을 때, 그중 한 여자가 '푸른 호수 빛깔의 눈을 지닌 여자'라고 하면서 당신에 대해 말해줬어요. 그녀는 이렇게 덧붙였지요. '기적은 없어요. 어머니 달의 신은 그녀의 눈 속에 호숫물을 넣었어요. 당신이 찾는 그 여자가 시간의 시작과 끝을 결합시키기 때문이지요. 그녀는 눈 속에 근원을 지닌 여자예요. 그녀와 다시 만나고 싶다면, 보는 법을 배워야 할 거예요!'라고요."

가브리엘은 여신관의 분노를 떠올리며 조용히 웃었다. 아나마야의 얼굴이 희미한 미소로 환해지고, 자고새의 울음소리가 하늘에 울려 퍼졌다.

＊

그들은 운쿠와 아나코를 벗고 오랫동안 함께 목욕을 했다. 다시 나타난 태양 아래, 진흙물이 그들의 몸을 기분 좋게 식혀주었다. 물에 뜬 나뭇가지 위에서 거북이 두 마리가 목을 길게 빼고 태양을 향해 머리를 꼿꼿이 든 채 일광욕을 했다. 그 옆에서는 더 작은 거북이 여섯 마리가 꼼짝도 하지 않고 있었다.

수면에서는 때때로 물총새의 푸른빛이 반짝이고, 메기가 꼬릿짓으로 철썩 물을 찼다. 나비들은 강가의 물웅덩이 위를 빙그르르 돌며 다채로운 색깔의 실오라기처럼 공중을 가로질렀다.

아나마야와 가브리엘은 번갈아 물속을 들락날락했다. 물기둥과 함께 그들의 웃음소리가 솟아올랐다. 그들의 몸은 두 마리 물뱀처럼 서로 엉긴 채, 흐르는 물에 소용돌이를 일으키며 거품 고랑을 그렸다.

나무 기둥을 파서 만든 카누 한 척이 하류에서부터 강을 거슬러 도착하는 것이 보였다. 카누를 조종하는 두 사람이 카누 양끝에서 장대를 들고 서서, 전진을 방해하는 나뭇가지를 피하느라 종종 몸을 굽혔다. 그들은 아나마야와 가브리엘이 있는 곳을 지날 때 얼굴을 돌려 간단히 인사한 후 두 사람을 지나쳐 강둑을 향해 옆길로 들어갔다. 그들은 급류를 피하기 위해 강둑을 거쳐 숲으로 들어갈 터였다.

아나마야와 가브리엘은 미끄러지듯 모래밭으로 가서 드러누웠다. 아나마야가 가브리엘에게 몸을 기울였다. 그녀는 나뭇잎으로 한참 동안 그의 등과 어깨를 문질렀다. 자극적이면서도 향긋한 나뭇잎 냄새가 가벼운 취기를 불러일으켰다. 가브리엘은 애무처럼 부드러운 마사지에 몸을 맡겼다. 그의 몸은 단지 정복을 갈망하고 힘이 넘치는 뼈와 신경의 덩어리가 아니라, 욕망으로 진동하기 전에 다정함 속에서 깨어날 준비가 되어 있는 잔잔한 강물이기도 하다는 것을 밤마다 그에게 가르쳐준 사람은 바로 아나마야였다.

불어오는 저녁 바람에 그들의 몸이 떨렸다. 아나마야는 망타로 자신과 가브리엘의 몸을 덮었다. 그녀가 그에게 몸을 바싹 붙이며 그의 가슴에 대고 무릎을 세우자, 그는 근육이 가늘어진 메마른 팔로 그녀를 감쌌다. 그녀가 속삭였다.

"때가 된 것을 느껴요."

"어떻게 알아요?"

"모두 다 떠나고, 모두 다 가버려요. 그것이 바로 징조의 시기죠. 난 두렵지만 행복해요. 한시바삐 당신을 데려가고 싶어요."

"어디로?"

"저기……"

"당신은 망코를 떠날 수 없어요. 망코와 함께 남아 있어야 하잖아요."

"그가 우리를 떠나는 거예요, 가브리엘. 그가 분노의 숲속으로 들어가버리는 것이죠. 물론 구아이파르는 죽었고, 곤살로도 다시 쿠스코로 떠났어요. 하지만 또다른 사람들이 오고 또 올 거예요. 우린 빌라 오마가 어떻게 되었는지 모르지만, 그의 전쟁은 어디로도 그를 이끌지 못해요. 일락 토파는 여전히 저항하고 있지만 탈주병처럼 혼자예요. 몇 달 전부터 망코가 지배하고 있는 것은 그림자일 뿐이에요. 사방위 제국은 이제 없어요. 빌카밤바는 영토 없는 수도이고, 잉카족에게는 더이상 굴복시킬 종족도, 정복할 공간도 없어요. 그들은 그들의 산으로부터, 망코 카팍과 마마 오클로가 낫으로 금이 가게 한 땅으로부터 멀리 떨어져 있어요."

"그렇지만 흔적도 없이 사라질 수는 없어요!"

"흔적은 남을 거예요. 우린 카타리를 기다려야 해요. 우리에게 한동안 비트코스에서 멀리 있으라고 충고한 것도 그 사람이고, 때가 되면 우리를 부를 사람도 바로 그 사람이지요. 그를 믿기로 해요."

갑자기 그들이 있는 강가를 따라 폭포수 같은 고함 소리가 들려왔다. 그들이 몸을 일으키자, 상류 쪽으로 백 보쯤 떨어진 곳에서 손에 막대기를 들고 달려오는 아이들이 보였다. 넓은 강을 따라 천천히 떠내려오는 나무토막을 따라가는 듯했다. 이따금 그중 한 아이가 물로 뛰어들어 나무를 강가로 끌어당기면, 다른 아이가 막대기로 두드려서 다시 멀어지게 했다. 나무는 때때로 소용돌이를 일으키는 물결 속으로 사라졌다가 다시 떠올라 계속해서 천천히 떠내려왔다.

"바구니예요!"

아나마야가 탄성을 질렀다.

"아이들이 놀게 내버려둡시다······"

"뭔가 들어 있는 것 같아요."

바구니가 그들이 있는 곳에 이르렀을 때, 아이들이 물속으로 들어갔다. 강가에 남아 있는 아이들의 함성과 웃음소리에 힘이 난 아이들이 이상한 작은 배의 가장자리를 움켜쥐고 강둑으로 끌어올려 모래밭 위에 올려놓았다. 아나마야가 호기심 어린 미소를 띠며 다가갔다.

예사롭지 않게 큰 바구니는 용설란 노끈으로 견고하게 붙들어 맨 뚜껑으로 닫혀 있었다. 가브리엘도 가까이 다가가자, 흥분한 아이들이 있는 힘을 다해 뚜껑을 당겼다.

버들가지를 엮어 만든 뚜껑이 삐거덕 소리를 내며 덜컥 열렸다. 아이들이 무엇을 본 것인지 미처 깨닫기도 전에, 아나마야에게서 공포에 찬 비명 소리가 터져 나왔다.

29

1540년 3월, 비트코스

바위투성이 산기슭에 위치한 비트코스 궁전의 우아한 모습이 보이자 아나마야는 전율에 사로잡혔다. 그녀는 빈 성채와 구아이파르의 끔찍한 기습 공격, 자신이 붙잡혔던 일과 곤살로의 위협, 피부에 닿던 그의 차가운 단검을 너무도 생생히 기억했다. 그녀의 두려움을 눈치챈 듯, 가브리엘이 팔로 그녀의 어깨를 감싸며 온기와 힘을 전해주었다.

"두 번 다시는 당신과 헤어지는 걸 용납하지 않겠어요"라고 그는 그녀를 구해내면서 속삭였었다. 지난 몇 달 동안 섬뜩한 영상이 그녀의 머릿속을 떠나지 않았지만, 그의 힘찬 말이 그녀 마음속에서 한없이 울려 퍼졌다. 바구니 안에는 태아처럼 몸을 오그린 쿠리 오클로의 시신이 구겨지고 짓밟힌 채 들어 있었다. 죽음의 항해에도 불구하고 그녀의 아름다운 얼굴은 그대로 보존되어 있었다. 더럽혀진 유해 위에 놓인 아름다운 얼굴은 그 어떤 것보다 끔찍한 고통을 전해주었다. 그들은 소름 끼치는 짐꾸러미를 나뭇가지와 갈대로 만든 가마에 싣고 몇몇 전사들을 동반해 비트코스를 향해 떠났다.

망코의 사랑을 받던 여자가 이런 식으로 죽음을 당하다니, 무슨 일이 일어난 것일까? 그녀가 강에서 발견되어 망코에게 다시 보내지기를 바라면서 시신을 강으로 떠내려보낼 끔찍한 생각을 한 사람이 도대체 누굴까? 터무니없는 그 바람이 끝내 이루어진 셈이었다.

망코! 그의 고통을 생각하자 아나마야는 슬픔으로 가슴이 찢어지는 듯했다. 아무리 애를 쓴다 해도 젊은 잉카를 그 고통으로부터 지켜줄 수도 없을뿐더러 뒷일도 예측할 수 없었다.

숲속을 전진하는 일은 고되었지만, 그들은 다른 세상에서 방황하는 쿠리 오클로의 영혼에게 밤마다 제물을 바쳤다. 코카 잎을 태우고, 아랫세상을 향해 가는 어려운 노정에서 그녀를 지켜달라고 마마 킬라에게 간청했다. 한번은 두 손을 모으고 눈을 감은 채 지붕처럼 그들을 가려주는 빽빽한 나무들을 향해 고개를 들고 있는 가브리엘을 보고, 아나마야는 깜짝 놀랐다.

"뭐 해요?"

"믿지 않는 신에게 기도하고 있어요."

"기도한다면 믿는 거 아닌가요?"

"그녀를 위해서, 그녀의 영혼이 평화를 얻도록 기도하는 거예요."

아나마야는 더이상 묻지 않았다. 고통 속에서도 한줄기 빛이 지나갔다. 그 어느 때보다도 퓨마와 그녀 자신이 결합되어 있는 것이다. 전쟁은 물론이고 신들도 그들을 갈라놓지 못할 터였다.

하얀 화강암이 얹힌 열다섯 개의 문이 궁전 벽에 뚜렷이 윤곽을 드러냈다. 그녀는 병사들의 모습을 발견했다. 손에 창을 든 그들은 코야카마켄을 알아보고 일행에게 공손히 다가왔다.

그들은 단 하나의 칸차 안에 궁전과 그 궁전을 둘러싼 열네 채의 건물이 자리잡고 있는 언덕 꼭대기에 이르는 좁은 문을 지나갔다. 병사들이 무표정한 얼굴로, 망코가 머물고 있는 널따란 안뜰까지 조용히 그들을 안내했다. 궁전으로 들어가면서 아나마야는 본능적으로 가브리엘의 손을 꼭 쥐었다.

"어디에 있었소?"

황홀한 향기가 나는 난초들로 덮인 안뜰 너머로 망코의 목소리가 쩌렁쩌렁 울렸다. 숲에서 생포된 새끼 퓨마가 어느 커다란 벽감 안의 대나무 우리 안에서 사납게 서성이고 있었다.

망코는 자기 발치에 바구니를 내려놓는 짐꾼들에게는 아랑곳하지 않았다. 그의 두 눈은 여전히 아나마야와 가브리엘에게 고정되어 있었다. 하인들과 병사들, 군주들과 후궁들, 모두가 고개를 숙인 채 침묵을 지켰다. 두려움이 돌들을 뚫고 지나갔다.

"윌카마요와 빌카밤바의 합류점에 있었습니다."

아나마야가 대답했다.

그녀의 목소리에는 대단히 침착한 뭔가가 있었다. 그 때문에 망코는 당황했다. 그의 시선이 자기 발치의 바구니로 향했다.

"뭘 가져온 것이오?"

누구나 유일한 군주에게 표해야 하는 복종의 표시로 몸을 구부린 채 아나마야가 다가갔다. 그녀는 한마디 말도 없이 버들가지 뚜껑을 들어 올렸다.

망코의 시선이 굳어졌다. 마치 폐에서 공기가 한꺼번에 빠져나가는 듯 그의 입이 벌어졌다. 그는 무너지듯 주저앉아 무릎을 꿇고 바구니의 가장자리를 움켜쥐었다.

울부짖음이 대기를 갈랐다.

그것은 사람의 비명 소리가 아니었다. 그 안에는 어떠한 단어도 들어 있지 않았다. 상처 입은 짐승이 자신의 내장을 물어뜯는 고통을 뱉어내는 소리였다. 안뜰에서는 모두가 몸을 움츠리며 자취를 감추려 했다. 방황하던 지난날, 그들은 유일한 군주의 분노와 고뇌를 두려워했다. 그러나 그들에게 들리는 소리는 지금까지 그들이 보았던 모든 것을 초월했다.

망코가 숨을 돌리자, 그의 온몸이 딸꾹질 같은 것으로 흔들렸다. 그가 쿠리 오클로의 얼굴을 높이 들어 올리자 무른 시신이 함께 끌어올려졌다. 그의 밤을 행복으로 채워주었던 아내의 눈부신 육신. 그는 또다시 울부짖었다.

아나마야는 격렬한 비명으로 뒤틀린 그의 목덜미에 손을 갖다 댔다. 그러나 그녀의 손가락이 닿는 순간, 그는 마치 불길에 닿은 듯 소스라치게 놀라며 비켜났다.

"군주님……"

그녀는 자기 말이 들릴 거라고 기대하지 않은 채 혼잣말처럼 속삭였다.

그는 눈물을 보이지 않았다. 그는 번쩍이는 빛으로 어둠에 줄무늬를 그리며 온 세상을 깊숙한 곳까지 떨게 만드는 노호하는 비바람 같았다.

"안 돼! 안 돼!"

그것이 그의 입에서 처음 튀어나온 사람의 말이었다. 그 말은 아무것도 진정시키지도 달래주지도 못했다. 그의 목구멍에서 터져 나온 울부짖음과 마찬가지로 동물적인 소리였다.

"안 돼! 안 돼!"

그것은 거부의 표현일 뿐이다. 굴복하지 않으려는 거부, 패배하지 않으려는 거부, 붙잡히지 않으려는 거부, 지지 않으려는 거부, 시간이 그토록 잔인하게 흘러가는 것에 대한 거부. 그러나 거부에서 거부로 이어지면서, 그는 이제 궁지에 몰린 채 굶주린 무리에 둘러싸인 한 마리 짐승일 뿐이다. 오로지 끔찍한 분노로 삶에 연결된 하나의 덩어리일 뿐.

주변 사람들이 하나하나 그의 눈에 띄지 않기를 비겁하게 바라면서 안뜰을 떠나고, 무표정한 얼굴 뒤로 땀 흘리고 두려움에 떨면서 슬그머니 벽 뒤로 모습을 감추었다.

오직 아나마야만이 움직이지 않았다. 그녀는 쓰러져 여전히 헐떡이고 있지만 이제는 조금 잦아든 망코 앞에 웅크리고 앉았다. 가브리엘도 아나마야를 가볍게 스친 후 물러났다. 아나마야의 다정한 시선이 그를 사랑스럽게 바라보다가 다시 망코에게 향했다.

"망코."

그녀는 망코를 바라보았다. 젊은 잉카가 노인처럼 보였다. 그의 몸과 얼굴은 그녀가 곁을 지켰던 우아이나 카팍보다 더 늙고 지쳐 있었다. 그때 우아이나 카팍은 비밀을 알고 있었지만, 망코는 더이상 아무것도 모르고 아무것도 원하지 않았다. 그의 두 눈은 주먹으로 얻어맞은 것처럼 퀭하고, 얼굴에는 주름살과 고랑이 패어 있었다. 그의 피부는 윤기 없는 잿빛이었다.

"망코……"

그는 팔꿈치로 짚어 몸을 조금 일으켰다. 그리고 그녀를 뚫어지게 바라보았다.

"난…… 나는……"

아나마야 앞에 혼자 남은 그는 절망과 실패의 쓰라린 눈물을 헛되이 흘렸다.

✼

밤이 되자 안뜰이 다시 사람들로 꽉 찼다. 비가 부슬부슬 내리기 시작하는데도 망코는 움직이지 않았다. 그는 아나마야가 가장 좋은 옷을 입히는 대로 가만히 있었다. 쿠리긴그의 깃털이 이슬비 아래 살짝 흔들렸다. 그의 앞에 놓인 은접시에는 음식이 고스란히 남아 있고, 아름다운 후궁 하나가 그의 명령에 따를 준비를 하고 있었지만, 기다려도 명령은 떨어지지 않았다.

"말하라."

망코가 말했다.

난쟁이는 위대한 우아이나 카팍이 이불 더미 밑에서 자기를 발견한 뒤로 자신은 이미 죽은 목숨이었음을 떠올리며 두려움을 이겨냈다.

"유카이에 있는 제 집에서 두 여자가 왔습니다. 그들이 유일한 군주님께서 들으셔야 할 얘기를 제게 해주었습니다."

"왜 지금까지 말하지 않고 기다렸느냐?"

"제게는 너무도 벅찬 비밀이라 두려웠습니다, 유일한 군주님."

난쟁이는 낮은 소리로 무력하게 진실을 말했다. 모두들 분노가 폭발할 것을 두려워하고 있는데, 망코의 가느다란 입술에서 새어 나온 것은 한줄기 한숨뿐이었다.

"이제 말하라. 너의 비밀은 더이상 너의 것이 아니다."

그가 바구니를 가리키며 말했다.

"피사로 총독은 군주님이 보내신 평화의 전갈을 받고, 보답으로 암말 한 마리와 흑인 노예 한 명과 다른 진귀한 선물을 군주님께 보냈습니다. 그런데 공교롭게도 군주님의 대장 하나가 그 호송대를 가로막고 군주님이 좋아하실 거라고 생각하여 암말과 노예와 다른 하인들을 희생시켰습니다. 도망친 자들이 돌아가서 카피투에게 한탄을 했고, 총독은 격노했습니다."

아나마야는 목과 아나코 안으로 빗물이 흘러내리는 것을 느꼈다. 하지만 그녀도 다른 사람들과 마찬가지로 움직일 수가 없었다.

"그는 동생 곤살로에게, 다음에는 보좌관에게, 그리고 그 다음에는 다른 스페인 병사들에게 쿠리 오클로를 강간하게 했습니다. 어쩌면 동맹을 맺은 인디언들에게도 강간당했을 겁니다. 그녀의 가랑이가 피와 정액으로 뒤덮이자 그들은 비로소 만족했습니다. 그러자 그가 처형 명령을 내렸습니다."

난쟁이의 말을 들으면서 가브리엘은 공포로 몸이 얼어붙었다. 그의 기억 속에서 메아리치는 총독의 목소리, 자신의 어깨를 지그시 누르던 추억, 옛 주인과 그를 가깝게 해주던 그 모든 것이 혐오감을 불러일으켰다.

망코는 난쟁이를 쳐다보지 않았다. 아무도 보지 않았다. 그는 깊어가는 어둠을 묵연히 바라보고 있었다. 그를 더이상 보호해주지 않는 눈덮인 정상, 아푸들이 어둠 속에 있었다.

"쿠리 오클로는 그녀가 가진 보석과 모든 재산을 주위에 있던 잉카 여자들에게 나누어 주었습니다. 분노나 원한의 말은 한마디도 하지 않

있습니다. 다만 자기가 죽은 뒤에 시신을 바구니에 담아 강물에 띄워 보내 군주님께 이를 수 있게 해달라고 부탁했습니다."

안뜰에는 쥐 죽은 듯한 적막이 흐르고, 난쟁이의 굵은 목소리만이 울려 퍼졌다.

"제 여자들 중 하나가 헝겊띠를 건네자, 쿠리 오클로는 고맙다며 포옹을 한 뒤 손수 자기 눈을 가렸습니다. 말뚝에 묶이면서 그녀는 이렇게 말했습니다. 제 말에 한 군데라도 틀린 곳이 있다면 산 채로 제 심장을 퓨마에게 던져주셔도 좋습니다! '너희들은 한 여자에게 분풀이를 하고 있다! 나 같은 여자가 너희들에게 뭘 할 수 있겠느냐? 서둘러 너희들의 욕구를 채우거라!' 심지어 스페인 사람들 중에도 우는 사람이 있었답니다. 카나리족 인디언들이 창과 화살로 찌르는데, 그녀는 단말마의 고통 속에서도 비명이나 신음 소리조차 내지 않았습니다. 그러고 나서 그들이 커다란 장작더미에 불을 붙였는데, 인티께서 원하지 않으셨는지 그녀의 몸은 불꽃에도 타지 않고 남았습니다. 그녀가 말한 대로 군주님께 이를 수 있도록, 밤에 제 여자들이 그녀의 시신을 거두어 바구니에 담았습니다."

카타리가 슬그머니 군중을 헤치고 가브리엘에게 다가와 그의 팔을 조심스럽게 잡으며 소리 죽여 말했다.

"우린 떠나야 해요!"

아나마야가 그들을 돌아보며 눈으로 물었다.

"그 다음에는?"

망코가 물었다.

"현자 빌라 오마가 콘데수유에서 붙잡힌 뒤로 거기에 있었는데, 그 역시 유카이로 끌려왔습니다. 그는 무력하게 사슬에 묶여 있었지만, 그들을 저주하고 군주님의 아내에게 한 짓을 두고 그들을 '개'라고 불렀습니다. 그러다 산 채로 불태워졌습니다……"

쿠리 오클로의 죽음을 이야기할 때 침묵이 내려앉았던 것과는 달리, 현자가 당한 죽음의 형벌에 대해서는 탄식과 욕설이 쏟아져 나왔다. 망코는 손짓으로 침묵을 명했다.

"불꽃이 발목을 핥을 때, 현자는 우아이나 카파 군주님과 모든 사파 잉카들, 찰쿠치막과 아타우알파 군주님께 도움을 호소했습니다……"

"그가 나도 불렀느냐?"

처음으로 난쟁이는 머뭇거리며 목소리를 낮추었다.

"유일한 군주님의 이름은 아무도 듣지 못했습니다. 너무 빨리 숨이 끊어져서, 아마도 모두 다 부르지 못한 걸 겁니다. 빌라 오마 다음에는 군주님의 장군 티소크가 불에 태워졌습니다……"

카타리가 가브리엘을 데리고 갔다. 아나마야는 그들이 안뜰의 군중들 틈으로 사라지는 것을 보았다. 난쟁이가 천천히 나열하는 지휘관들의 이름에 사람들이 혼란스러워했다. 그 틈을 타서 두 사람은 눈에 띄지 않고 군중 속을 뚫고 지나갔다.

"그들이 또 불태운 사람들은 타이피와 탄키 우알파, 오르코 우아란카와 아토크 수키……"

망코의 얼굴은 굳어 있었다. 그는 어둠이 몰려오는 하늘만 바라보았다. 모두들 배를 얻어맞는 듯한 충격에 휩싸인 채 훌륭한 전사들의 이름을 듣고 있는데, 망코는 자기 자신 속으로 침잠해 들어가는 듯했다. 하지만 아나마야는 그의 손이 비틀리며 허공을 쥐는 것을 보았다. 카타리가 가브리엘을 어디로 데려갔는지는 모르지만, 그녀는 그가 사라진 것을 다행으로 여겼다.

"……오스코크, 쿠리 아타오."

마치 맑은 밤에 별들이 하나씩 꺼지며 온 세상을 깊고도 완전한 어둠에 빠뜨리는 것처럼, 난쟁이가 계속 이름을 열거하며 더 많은 괴로움을 불러일으켰다.

"빌라 오마가 옳았어. 놈들이 우리를 멸망시키기 전에 놈들을 멸망시켜야 했어. 찰쿠치막도 옳았어. 놈들이 약해질 때가 종종 있었는데, 우린 그 기회를 잡지 못했어…… 환상과 거짓 징조를 믿었고, 혜성과 퓨마를 믿었지……"

이윽고 망코가 말했다.

그는 아나마야를 쳐다보지 않았지만, 그의 말에 증오와 실망이 분명히 드러났다.

"다들 물러가라. 이제 혼자 있겠다."

망코가 안뜰의 군중을 내려다보며 말했다.

모두들 창과 무기를 어지러이 움직이고 방패를 부딪치며 안뜰을 나갔다. 샌들 끄는 소리와 사람들의 목소리가 높아졌다가 이내 잦아들었다.

아나마야만이 남아 있었다.

"당신도."

망코가 말했다.

"저는 군주님을 떠난 적이 없습니다. 잘 아시잖아요."

"사방위 제국을 건설하고 그 어떤 잉카보다 제국을 더 넓게 확장하도록 도와주기 위해 당신이 나와 함께 있는 거라고 믿었던 때가 있었지. 내 아버지가 말씀하셨던 것처럼, 현자가 설득당했던 것처럼, 난 당신이 기원의 호수에서 온 징조라고 믿었어. 하지만 당신은 아무것도 아니었어. 당신이 침묵하고 있는 그 예언은 내게 모욕과 파멸만 가져다줄 뿐이야. 썩 물러가!"

"군주님은 지혜의 말을 들으려 하지 않으셨고 길을 따라가려고도 하지 않으셨어요. 군주님은 군주님의 분노에만 귀를 기울이셨죠. 처음과 달라진 게 없어요. 공연히 구아이파르에게 격노하셨을 때도……"

"이제 구아이파르는 죽었고, 빌라 오마도 죽었고, 티소크도 죽었고, 내 사랑하는 쿠리 오클로도 죽었어. 그들 모두 죽었고, 나 역시 죽겠지. 나를 고통스럽게 하기 위해 아랫세상에서 온 여자, 바로 그게 당신의 예언인가?"

"군주님의 아들 티투 쿠시는 살아 있고, 군주님께 기대를 거는 다른 많은 사람들도……"

"다른 많은 사람들이라고?"

망코가 어둠을 휘 젓더니 이마에 두른 띠를 거칠게 벗어버렸다.

"내 권력이란 이 깃털의 권력일 뿐이야. 한줄기 바람에 날아가는 것, 한줄기 바람에 사라지는 것이지."

그가 경멸에 찬 태도로 띠를 흔들며 냉소를 터뜨렸다.

"내 권력에서 무엇이 남아 있는지 봐……"

망코는 벌떡 일어나 어린 퓨마가 자고 있는 우리로 다가갔다. 그는 조용히 퓨마를 바라보며 중얼거렸다.

"넌 자라서 틀림없이 우리를 도와줄 것이냐? 넌 우연히 발견된 게 아니다. 누가 알겠느냐? 네가 하나의 징조인지……"

그는 우리를 막아놓은 나무 막대를 치우고 잠든 짐승을 붙잡았다. 그러더니 단번에 투미를 퓨마의 심장에 찔러 넣은 뒤, 몸 깊은 곳에서 올라오는 분노로 퓨마의 척추뼈를 부수고 목을 비틀었다. 그는 네 발을 부러뜨리고, 눈알을 뽑고, 꼼짝하지 않는 입을 찢고는 살점과 피가 범벅이 된 두 손을 다시 빼냈다.

"퓨마의 친구, 여전히 나와 함께 남기를 바라오?"

아나마야는 공포로 말문이 막혔지만 그래도 물러서지 않았다.

"저는 군주님을 버릴 수 없어요. 네, 군주님과 함께 남기를 바랍니다."

"안 돼!"

망코는 피투성이가 된 손을 그녀를 향해 치켜들었다. 그 몸짓은 위협적이지는 않지만, 그들의 결정적인 이별을 나타냈다. 하지만 아나마야는 혐오감을 물리치고 다가가 두 손으로 그의 피 묻은 손을 잡았다.

"군주님이 원하시니까 가겠어요. 하지만 제가 결코 군주님을 떠나지 않았다는 것을 기억하시게 될 거예요. 군주님의 아버지 우아이나 카팍이 제게 비밀을 털어놓으신 첫날 이후로, 제가 오로지 복종만 했다는 것을 기억하시게 될 거예요……"

망코는 아무 말 없이 아나마야의 손에서 자기 손을 빼냈다. 그녀는 고독과 난폭한 흥분 상태에 빠진 그가 자신의 말을 들었는지조차 알 수 없었다. 그는 아랫세상에서 흘러나오는 것 같은 목소리로 반복했다.

"안 돼."

퓨마의 피가 먼지와 뒤섞여 붉은 진흙물처럼 흘렀다. 아나마야는 붉은 빗물에 젖은 안뜰을 나서면서, 망코의 온 생애가 오직 그 한마디에 이르기 위해 흘러갔다는 생각을 했다. 침착하게 내뱉은, 그의 영혼 깊은 곳에서부터 길게 울려 나온 "안 돼"라는 한마디.

카타리와 가브리엘은 말 한마디 없이 텅 빈 칸차를 급히 가로지르고, 성채 주위의 순찰병들 무리를 피해 숲길에 이르렀다. 드디어 어둠과 나무들의 보호 아래 있게 되자, 가브리엘이 카타리를 불러 세웠다.

"내게 무슨 할 말이 있나요?"

돌의 대가는 검은 머리채를 흔들었다.

"당신 친구 바르톨로메가 사흘 전에 도착했어요. 그가 현명하게도 성채로 가려 하지 않고 내게 두 명의 심부름꾼을 보내어 미리 알려줬지요. 여기서 걸어서 한 시간쯤 떨어진 우아카에 숨어 있어요."

"바르톨로메……"

"그는 지혜로운 사람입니다. 우린 세상의 기원과 창조와 이상한 창조물인 인간에 대해 얘기했지요……"

"당신과 그런 대화를 나누려고 그가 숲을 가로질러 왔다는 얘기는 아니겠죠!"

"우린 이전에 있었던 일과 앞으로 있을 일에 대해 얘기했어요."

가브리엘의 목소리에서 빈정거리는 기색이 사라졌다.

"난 수도사를 잘 알아요. 당신과의 우정이 아무리 돈독하더라도, 그가 중요한 이유도 없이 여기까지 들어올 리 없습니다……"

"그가 이유를 알려줄 겁니다."

이제 빗소리가 황혼녘의 소음을 덮었다.

"아나마야는?"

"망코의 분노가 당신에게 향하기 전에 우선 피해야 했어요. 그녀는 난쟁이와 함께 곧 우리에게 올 겁니다."

두 사람은 천천히 전진했다. 비는 그쳤지만, 온 숲에 밴 물기가 하늘과 나무들의 땀처럼 그들의 목 위로 방울져 떨어졌다.

숲속 빈터가 그들 앞에 펼쳐졌다. 그 가운데에는 급히 깎은 돌덩이 몇 개가 수수한 등심초 오두막 주위로 담을 이루고 있었다.

그들이 다가가자 바르톨로메의 윤곽이 오두막 입구에 나타났다. 회색 눈의 수도사는 한참 동안 가브리엘을 끌어안았다. 그는 열에 들떠 떨고 있는 듯했다.

"몸이 편찮으시군요, 바르톨로메 수도사님……"

"내 걱정은 하지 말게. 자네를 보니 다 나았네. 그녀는 어디 있소?"

그가 카타리를 돌아보자, 카타리가 보이지 않는 성채 쪽을 가리켰다.

"상황이 되는 대로 난쟁이와 함께 올 겁니다……"

"잘됐군. 난 그녀가 필요하거든."

바르톨로메가 말했다.

세 사람은 날씨가 갠 사이 갖가지 색깔의 나비들로 가득 찬 하늘을 잠시 바라보았다. 나뭇잎들 틈새로 새 울음소리와 함께 원숭이들이 소란을 피우는 소리가 울려 퍼지고, 눈부신 깃털이 나뭇잎 사이로 아롱지게 빛나는 두 마리 금강잉꼬의 울음소리도 들렸다.

수도사가 가브리엘을 다정하게 바라보았다.

"못 본 동안에 많이 좋아졌군…… 얼굴에서 분노도 말끔히 가시고, 더이상 악마가 붙어 있는 사람처럼 보이지 않아……"

"내가 그렇게 심각했나요?"

바르톨로메는 두 손가락이 붙은 오른손으로 가브리엘의 이마를 만졌다.

"자네는 사랑에 사로잡혔어. 내가 말하는 사랑은 양분을 주고, 불타오르고, 주고, 공유하는 사랑이라네……"

"내가 아는 사랑도 그런 것입니다……"

오두막집 앞에 놓인 간단한 나무 밑동들 위에 앉아서, 세 사람은 저무는 석양빛을 받으며 조용히 이야기를 나누었다. 가브리엘은 초조해하지 않았다. 이따금 그는 나뭇잎 부스럭거리는 소리에 아나마야가 도착한 것이 아닌지 보려고 숲 기슭으로 눈길을 던졌다. 그들 사이에 평화가 번졌다. 멀디먼 곳에서 왔고, 다른 이들의 가슴을 황폐하게 만드는 전쟁으로부터 벗어난 세 사람 사이의 평화.

카타리가 불을 피우는 동안, 마침내 아나마야와 난쟁이가 마지막 석양빛과 함께 나타났다. 바르톨로메가 감탄과 존경 어린 눈으로 그녀를 바라보았다.

"이렇게들 함께 있구려. 당신들을 보니 당신들 두 종족의 위대한 점이 무엇인지, 신비로운 방법을 통해 이루어진 당신들의 결합이 왜 오늘날 그동안 겪은 파괴보다 더 중요해졌는지 이해하겠소……"

그가 열에 들떠 회색 눈을 반짝이며 말했다.

아나마야는 가브리엘 옆에 다가가 앉았다. 두 사람은 말없이 손을 잡고, 바르톨로메가 하는 말의 엄숙함을 느끼며 그가 무슨 말을 하려는 것인지 궁금해했다.

"가브리엘, 내가 자네를 스페인으로 보내어 이 정복에 대한 진실을 말해줄 공문서를 전하려 했던 것을 기억하지…… 얼마 전에, 나로서는 신의 징조로 이해할 수밖에 없는 소식을 알게 되었네……"

수도사의 피로한 얼굴에 미소가 스쳤다. 마치 자신의 깊은 신앙심을 조롱이라도 하는 것처럼.

"카를로스 1세 황제가 이 나라에 상주 재판관을 보낸다네. 바카 데 카스트로라는 사람인데, 내가 들은 바로는 선하고 정의로운 사람이라네. 아마도 지금쯤 리마에 가기 위해 바다를 건너고 있을 것이네. 우리에게는 어쩌면 두 번 다시 없을 기회일 걸세…… 우리가 스페인으로 가려고 했는데, 스페인에서 우리에게 오고 있으니 말이야!"

"그걸 어떻게 확신합니까?"

"난 알아, 가브리엘. 오, 자네의 목소리에 불신과 의혹이 담겨 있군 그래. 날 믿게, 자네만큼 나도 불신과 의혹이 생긴다네. 하지만 확실한 징조가 있어. 스페인에서 그 고약한 에르난도가 그의 죄악 때문에 감옥에 갇혔다네……"

"분명 인디언에게 저지른 죄악 때문이 아닐 겁니다! 알마그로를 암살한 죄 때문이죠!"

"그래도. 죄를 저지르고도 처벌받지 않던 세월은 이제 지나갔네. 온 사방에서, 교회뿐 아니라 궁정에서도, 과도한 정복 행위를 고발하고 이 나라 민족에 대한 정의를 요구하려는 목소리가 높아지고 있어!"

가브리엘은 한숨을 쉬었다.

"그걸 믿으려면 수도사님의 신앙이 필요해요. 내겐……"

"신을 향한 내 신앙은 잊게. 스페인의 위대한 영혼에 대한 내 신념도 잊어. 대신 인간에 대한 내 신념을 함께 나누지 않겠나? 그 재판관이 도착하면, 이 땅에 금이나 은이 일 온스라도 남아 있는 한 어떻게든 약탈하고 서로 파괴시키려고 혈안이 된 두 집단의 헛소리와는 다른 것을 틀림없이 듣게 되리라고 생각하지 않나?"

가브리엘은 하늘로 두 팔을 들어 올렸다.

"난 모르겠어요……"

"그의 말을 들어요!"

카타리의 목소리가 울려 퍼지자 가브리엘은 깜짝 놀랐다.

"무슨 뜻이죠, 돌의 대가?"

"그의 말이 정당하다는 뜻입니다. 우리는 짐승처럼 몰리고, 나뭇잎 부스럭거리는 소리에도 불안해하고, 습기와 질병의 위협을 받고, 적대적인 무리의 눈치를 살피면서 숲속에서 한평생을 살 수는 없다는 뜻입니다. 그건 망코가 선택한 삶이지, 우리의 삶이 될 수 없어요."

"아나마야는요?"

가브리엘이 아나마야를 돌아보며 물었다.

"그녀는 자네와 함께 가야 하네. 인디언들은 미개한 동물이 아니라, 우리에게 존중받고 보호받을 만한 역사와 종교와 전통과 삶의 방식을 지닌 인간이라는 것을 그녀가 자네와 함께 증언해야 해."

"만약 그녀가 그들 손에 붙잡히면요? 상주 재판관이 그런 현자나 성인이 아니라 또다른 곤살로라면요? 그들이 쿠리 오클로에게 했던 짓을 그녀에게 저지르게 되면요?"

가브리엘이 떨리는 목소리로 덧붙이자, 아나마야가 차분하게 말했다.

"그럴 위험도 있지요. 당신이 체포되어 감옥에 갇힐 위험도 있고요…… 그렇지만 바르톨로메 수도사와 카타리의 말이 옳아요. 우린 시도해봐야 해요."

"그럼 분신 형제는요?"

"코야 카마켄이 원한다면, 내가 분신 형제를 돌보고 여행을 준비하겠어요……"

이번에는 카타리가 말했다.

가브리엘은 그들을 차례로 바라보았다.

"당신들은 이 땅에서 세바스티안 말고 내가 나 자신보다 더 믿는 세 사람입니다. 그런데 의혹이 생기는 것은 무슨 까닭일까요?"

"우리 역시 의혹이 드네. 성공하리라고 확신할 수는 없지만, 한 나라를 세울 수 있는 기회야. 어쩌면 아주 작은 기회일지도 모르지."

바르톨로메가 말했다.

카타리가 조용히 상기시켰다.

"당신들이 여기 온 지 팔 년하고도 넉 달이 지났어요. 장님이 아니고서야 이방인들이 남게 되리라는 것을 모를 수 없지요…… 당신은 이 기회를 붙잡을 수 있습니다. 그래서 미래의 세대가 파괴와 약탈을 일삼는 아이들의 증오에 찬 얼굴이 아니라 당신들의 얼굴을 지니도록 만들 수 있어요……"

"만약 우리가 실패하면요?"

아무도 대답하지 않았다. 이윽고 가브리엘이 부드러운 어조로 동의했다.

"가겠어요."

그는 아나마야의 손을 두 손으로 꼭 쥐었다.

"그것이 우리가 가야 할 길이라고 당신들이 판단하니까 가도록 하지요. 위험을 느끼는 내 마음에는 귀 기울이지 않겠어요. 우리를 위해 기도해주셔야겠군요, 수도사님……"

바르톨로메가 미소 지었다.

"자네가 원하든 원하지 않든, 난 언제나 자네를 위해 기도하고 있네."

가브리엘은 카타리를 돌아보았다.

"그리고 돌의 대가, 우리를 버리지 마세요……"

"우린 곧 다시 만날 겁니다."

"어떻게 알 수 있을까요?"

아나마야가 물었다.

카타리는 추스파에서 가느다란 노끈 한 가닥을 꺼내어 힘센 손가락으로 매듭을 지어서 아나마야에게 건넸다.

"이 퀴푸를 가져가요. 때가 되면 이것이 내가 어디 있는지 알려줄 겁니다. 돌의 열쇠가 공간과 시간을 열어줄 거고요. 나 역시 당신들과 헤어져 있음으로써 당신들과 결합하게 될 것이고, 당신들이 높이 오르는 동안 난 땅속에 잠길 겁니다. 당신들이 올라가는 동안 난 내려갈 거예요. 하지만 우리는 다 함께 비라코차의 끝없는 노정에 있을 겁니다. 자, 이제 가세요."

카타리가 단호하게 말했다.

그가 횃불도 없이 홀로 다시 비트코스로 가는 길로 접어드는 동안, 바르톨로메와 난쟁이, 아나마야와 가브리엘은 희망과 의혹의 여행을 위해 숲속으로 들어갔다.

30

1541년 6월 24일, 리마

날개가 기다랗고 흰 바닷새들이 안개 낀 대양에서, 새로 태어나는 도시 위로 날아들었다. 새들은 대광장과 아직 완성되지 않은 대성당 바로 위를 선회한 후 목쉰 울음소리를 내며 물결치는 푸르른 해안으로 멀어졌다.

아나마야는 새들을 관찰하려고 고개를 들었다. 부드러운 아침 햇살이 그녀의 이마를 어루만졌다. 머리카락을 뒤덮은 이상한 베일이 미풍에 들어 올려져 뺨과 입술 위에서 살짝 주름지자, 그녀는 화들짝 놀라서 베일을 걷어냈다.

새들부터 리마의 집까지, 그리고 그녀로서는 처음 보는 광활한 대양에 이르기까지, 그녀는 리마에 도착한 뒤로 마주치는 모든 것에 끊임없이 놀랐다.

가브리엘이 그녀를 데리고 간 대성당의 비계* 꼭대기에서는 도시 윤곽이 한눈에 바라다보였다. 이방인들이 세운 집들은 잉카족의 칸차들과 마찬가지로 규칙적으로 배치되어 있었다. 집들은 하나같이 똑같은 크기의 완벽한 정사각형이었다. 이곳 집들의 지붕에는 기와가 없었다. 두툼한 흙판으로 덮인 평평한 지붕들은 동일한 모양의 안뜰을 둘러싸고 직선로와 경계를 이루었다. 길에는 하루 종일 이방인들이 오갔다. 마치 그것이 그들의 유일한 움직임인 것처럼.

대성당에는 아직 종탑이 없었다. 중앙 홀이 둥근 천장 대신 판자와 밀짚으로 급히 덮인 것처럼, 대부분의 집들도 겨우 완성된 참이었다. 어떤 집들은 두꺼운 널판과 기초적인 지붕널로만 되어 있었다. 담이 둘려진 곳곳의 공터는 돼지나 가금을 위한 땅으로 쓰였다. 때로는 이방인들이 '마차'라고 부르는 것을 위한 땅으로도 쓰였다. 그것은 나무로 된 네 개의 동그라미 위에 상자 같은 것을 올려놓고 그 안에 앉아서 말을 모는 이상한 물건이었다.

대광장을 사이에 두고 대성당과 마주 보고 있는 한 건물만이 다른 건물들보다 컸다. 새하얀 초벽이 발려 있고 나무 발코니와 푸른색으로 칠한 덧문들이 여럿 붙어 있는 건물의 벽들은 두 개의 안뜰과 초목이 무성한 집채만 한 정원을 둘러싸고 있었다. 그것이 바로 돈 프란시스코 피사로의 집이었다. 가브리엘이 아나마야의 두 손을 꼭 쥐며 아주 작은 소리로 물었다.

"내가 남쪽으로 길을 떠나 알마그로와 합류해야 했을 때, 바르톨로메 수도사에게 보낸 그 편지 기억나요? 그가 당신에게 읽어준 편지 말

---

* 높은 건물을 지을 때 딛고 서도록 긴 나무 등을 얽어서 널을 걸쳐놓은 시설.

이에요. 그러니까…… 그게 칠팔 년 전이군요! 그때도 6월이었을 거예요! 바로 여기서, 해넘이 때 그 편지를 썼죠. 태양이 멀리 대양 너머로 물러나고 있었어요. 집들은 없었고, 과일이 잔뜩 매달린 나무들뿐이었어요. 몇몇 오두막과 숲속 빈터에서 아이들이 놀라서 휘둥그레진 눈으로 우리를 바라보았지요. 우리가 머릿속에 그릴 수 있는 천국의 모습과 비슷했어요."

그는 바다와 만나는 노란 강물과 더 멀리 풍요로운 과수원을 가리키고, 그들 아래의 아직 비어 있는 광장을 가리켰다.

"돈 프란시스코는 아주 엄숙하게 '바로 여기가 될 것이다!'라고 선언했어요. 다음 날 땅에 말뚝을 박고 여기는 공장, 저기는 교회, 저 아래는 집과 길 들이 될 거라고 결정하는 것으로 충분했지요! 그보다 더 간단한 것은 없었어요! 네 채의 집을 포함한 정사각형마다 길이가 137미터였고, 길마다 폭이 12미터였죠. 그렇게 해서 페루의 수도가 태어난 거예요!"

가브리엘의 목소리에는 자부심과 쓰라림이 뒤섞여 있었다. 아나마야가 부드럽게 말했다.

"한 나라를 정복한 사람의 능력이란 그렇게 나타나는 거예요. 우아이나 카팍 군주님도 북부의 종족을 정복하신 뒤에 키토에서도 똑같이 그렇게 하셨어요. 그분의 강력한 조상들도 그 이전에 사방위 제국의 도처에서 그렇게 했고요. 이제는 끝났어요. 도시를 건설하는 것은 더이상 우리 일이 아니에요."

그녀가 그다지 슬프지 않게, 차분하게 말하자 가브리엘은 마음이 불편해졌다. 가브리엘은 바닷바람이 포근한데도 아나마야가 갑자기 몸을 떠는 것을 느꼈다.

"추워요?"

그의 걱정 섞인 물음에, 그녀가 미소 지었다.

"아뇨! 아뇨, 괜찮아요……"

사실 그녀는 추위 때문이 아니라, 그날 아침 도시를 가득 메운 기이한 침묵 때문에 떨었다. 새들의 울음소리 말고는, 마치 하루가 소란스러워지기 전에 숨을 참고 있는 것처럼 아무 소리도 없었다. 겨우 몇몇 사람의 윤곽만 거리로 모여들 뿐이다. 황량한 광장 여기저기에서 바람이 작은 먼지 소용돌이를 일으켰다. 그녀는 그런 침묵을 이미 여러 차례 느낀 터였다. 매번 그 침묵은 다가올 시간의 뜨거운 열기를 예고했다.

그녀는 자기도 모르게 우아이나 카팍의 말을 떠올렸다.

'이방인들은 그들의 승리 속에서 비참함을 알게 될 것이다……'

가브리엘이 걱정스럽게 바라보자 그녀가 즐거이 미소 지으며 덧붙였다.

"그냥 이 옷이 익숙하지 않아서 그래요!"

일주일 전쯤 그들이 리마로 들어가기도 전에, 바르톨로메는 그들에게 억지로 스페인 옷을 입게 했다. 가브리엘이 항의해도 소용없었다. '아나마야가 잉카 공주 차림으로 도시에 들어가면 무슨 일이 일어날지 상상이 되나? 한 시간도 못 돼 모든 귀족 나리들이 그녀의 코밑으로 몰려와 뭐 하러 왔는지 물어볼 걸세! 돈 프란시스코의 패거리들이 황금상이 어디 있는지 물어보는 건 더 금방이고…… 스페인 식으로 옷을 입으면, 그녀의 구불구불한 머리카락과 푸른 눈 때문에 아무도 그녀가 인디언 여자라고 의심하지 않을 걸세. 리마에는 이미 젊고 당당한 혼혈 여자들이 많거든. 게다가 그건 자네도 마찬가지야. 사람들은 자넬 잊었어. 앞으로도 한동안 자넬 잊고 있도록 처신하게……'

가브리엘이 어느새 불편해진 셔츠 깃의 단추를 끄르며 투덜거렸다.

"이 망할 놈의 옷. 한동안 더 이렇게 변장하고 있어야 할 것 같아요. 어제 들은 소식이 좋지 않아요. 바카 데 카스트로 재판관의 배가 툼베스에 이르기도 전에 난파됐을 수도 있다는 얘기를 바르톨로메 수도사가 들었대요."

"그가 오지 않을 거라는 뜻인가요?"

"당장은 아무 뜻도 없어요. 이 도시가 내게는 바르톨로메 수도사보다 더 병들어 보이고, 내가 그의 부탁을 들어준 것을 몹시 후회하기 시작했다는 것 말고는."

가브리엘은 잠시 광장 주변의 집들을 살피더니 고개를 흔들면서 덧붙였다.

"아니, 내가 틀렸어요. 도시는 병든 게 아니에요! 도시는 피사로 파와 죽은 알마그로 파를 동요시키는 증오로 얼어붙어 있어요! 난 이 침묵이 싫어요, 이 텅 빈 광장이 싫어요. 난 여기 있는 게 싫고, 당신을 여기 데려온 건 더 싫어요. 또 바르톨로메 수도사를 괴롭히는 그 병도 싫고요. 당신에게 전염될 수도 있어요. 수많은 인디언들이 우리가 여기로 가져온 열병 때문에 죽어간다더군요."

"난 위험하지 않아요. 당신 친구가 내 도움을 받아들인다면, 낫게 해줄 수 있을 텐데."

아나마야가 단언했다.

"어림도 없죠! 바르톨로메 수도사의 머리는 키유 공처럼 단단해요! 날마다 통증이 더 심해지는 것 같은데도, 그는 자신의 기도 말고는 어떤 치료도 받아들이지 않을 거예요. 사실 난 그토록 약하면서도 그토록 신에게 열중하는 그를 한 번도 본 적이 없어요. 그가 누더기를 걸치고 티티카카에 왔을 때만 해도 그렇진 않았어요. 그의 열병이 그 정도로 심하지 않다면, 내가 여기 남아 있지 않을 텐데."

"우린 우리가 해야 할 일을 해야 돼요."

아나마야가 차분히 대꾸했다.

"그게 뭐든 우리가 정말 할 수 있을지 난 늘 의심스러웠어요!"

아나마야가 대답하려는데 급작스러운 한줄기 바람이 그녀가 입은 스페인 풍의 넓은 치맛자락을 들어 올렸다. 그녀는 놀라 비명을 지르며 치마를 끌어내렸다. 서투른 동작 때문에 그녀의 숄이 미끄러지면서 머리에 쓴 베일을 잡아끌었다.

가브리엘이 장난기 어린 웃음을 터뜨렸다. 그는 그녀가 옷매무새를 바로잡도록 세심하게 도와주었다. 사실 그는 그녀를 쳐다볼 때마다 그녀의 아름다움에 마음이 흔들렸다. 그녀의 타고난 기품은 날씬한 몸매가 드러나는 넓은 주름치마로 인해 더욱 두드러지고, 긴 벨벳 윗도리 안에 걸친 흰 삼베 셔츠는 그녀의 동그란 가슴선을 드러내주었다.

"당신 너무 아름다워요! 이따금 난 아무것도 당신을 해칠 수 없고, 당신의 아름다움이 당신을 보호하고 나 또한 보호해준다는 생각이 들어요!"

가브리엘이 감동하여 속삭였다.

그는 아나마야를 자기 쪽으로 끌어당기려다가 동작을 멈추었다. 누군가 잰 걸음으로 광장을 가로질러 가고 있었다. 키가 큰 사람인데 걸음걸이가 낯설지 않았다. 그는 대성당의 그늘로 들어가기 전에 남의 눈이 두려운 듯 뒤를 돌아보았다. 모자에 얼굴이 가려져 있고 엷은 색의 낡은 망토가 어깨를 덮고 손을 감추고 있지만, 가브리엘은 그가 누구인지 똑똑히 알아보았다. 가브리엘은 아나마야의 손을 잡고 나무 계단 쪽으로 데려가며 소리쳤다.

"이리 와요! 뜻밖의 손님이 찾아온 것 같아요."

✻

"세바스티안 데 라 크루스!"

넓은 모자가 들어 올려졌다. 세바스티안은 그들이 마지막으로 만났을 때보다 눈가가 더 퀭해지고 눈 밑의 주름살은 더 많아졌다. 하지만 기다랗고 검은 얼굴의 두 눈은 여전히 반짝이고 있었다. 그의 억센 두 손이 망토를 활짝 펼치고 가브리엘에게로 향했다.

"빌어먹을, 그러니까 정말이로군! 자네가 정말 여기 있었어……"

포옹은 짧은 만큼 힘찼다. 환영의 미소가 곧 화난 표정으로 바뀌었다.

"젠장! 이 늑대 아가리 속에 뭐 하러 온 건지 말해줄 수 있나? 게다가 여자까지 데리고……"

세바스티안이 비난을 퍼붓다가 겨우 아나마야를 알아보고 놀란 눈으로 말문을 닫았다.

"이런, 당신이군요! 용서하세요, 공주님, 제가 이렇게 멍청하답니다! 그렇게 변장하시니 정말로 몰라보겠어요! 황금을 찾아 배 타고 무더기로 이곳에 찾아오는 여자들 중 하나이겠거니 했어요. 우리 가브리엘이 그런 여자랑 뭘 할 수 있을까 궁금했지요!"

그가 몸을 굽혀 정중하게 절하며 웃음보를 터뜨렸다.

"바르톨로메 수도사님이 바카 데 카스트로 재판관과 아나마야가 만나기를 바랐다네……"

가브리엘이 미소 지으며 말했다.

"저런, 오랫동안 기다리게 될지도 모르겠는걸!"

"무슨 말인가?"

"지옥에 얼음이 얼 때에나 재판관이 오게 될 거란 말이야……"

"이 울타리 안에서는 적절하지 않은 말이군, 돈 세바스티안!"

그 목소리에 세 사람이 뒤를 돌아보는 동시에, 세바스티안은 '돈'이라는 호칭 때문에 냉소를 지었다. 제의실 문틀을 짚고 있는 바르톨로메는 핏기 없이 창백하고 이마가 반짝이며 두 눈은 이상하게 부어 있었다. 왼뺨을 가로지르는 흉터는 불빛 아래 붉고 괴상하게 부풀어 보였다. 아나마야가 다가가자 그가 손을 들어 제지했다.

"난 괜찮아요. 겉모습만 이럴 뿐이오. 아침에는 항상 이렇지만, 몇 시간 뒤에는 열이 가라앉지요. 그저 참기만 하면 돼요. 열이 완전히 가시기를 신께서 바라시는 날이 올 겁니다."

"수도사님은 우리가 산을 떠난 뒤로 몇 번이나 그렇게 말씀하셨어요. 하지만 수도사님의 신은 수도사님 말씀을 듣지 않으시는 것 같군요. 며칠간 수도사님을 치료할 수 있는 약초가 제게 있는데……"

아나마야가 물러서지 않고 부드럽게 말했다.

"쉿."

바르톨로메가 아나마야의 말을 가로막으며 그녀의 손을 살짝 잡아 입으로 가져가자, 가브리엘과 세바스티안이 깜짝 놀랐다.

"쉿, 더이상 그런 말 하지 마시오, 코야 카마켄…… 난 당신이 뭘 할 수 있는지 알고, 당신이 그런 일을 하는 것을 봤소. 하지만 여기서는 그런 일들은 잊는 게 더 나아요."

그는 성호를 그으며 작게 웃다가 기침 발작을 일으켰다. 그는 숨을 돌리고 세바스티안에게 손을 흔들었다.

"그건 잊어버립시다. 돈 세바스티안이 우리에게 알려줄 더 급한 일이 있나 본데…… 데 카스트로 재판관 소식에 대해 뭘 좀 알고 있소?"

"그가 물에 빠져 죽어서 이제 못 온답니다!"

"빌어먹을! 확실한가?"

"진짜인지 거짓인지는 말하기 어려워요! 지난밤에 돈 후안 에라다가 장장 세 시간에 걸쳐 단언했어요. 바카 데 카스트로 재판관의 난파는 해난 사고가 아니라고요. 그의 말에 따르면, 파도와 조수는 그 일과 아무 관련이 없답니다. 그 배를 침몰시킨 건 총독의 배일 거래요."

"그에게 그런 증거가 있어?"

가브리엘이 물었다.

그 질문에 세바스티안이 미소를 띠며 어깨를 으쓱했다.

"더이상 증거가 필요한 상황이 아니야, 가브리엘. 게다가 도시에는 다른 소문이 떠돌고 있지. 재판관의 배가 절대로 페루에 도착하지 못하도록 이미 파나마에서 손상이 되었다는 거야. 오늘 아침에는 모두들 확신하는 분위기야. 재판관이 죽었고, 따라서 총독이 살아 있는 한 피사로 형제들의 폭정은 끝나지 않을 거라고 말이야."

"그래서 돈 에라다가 자기가 피운 불의 불꽃이 어디로 향할지 잘 알고, 재 속에 남아 있는 숯불을 들쑤셔 일으키는 것이로군!"

바르톨로메가 앙상한 손가락으로 흉터를 스치며 말했다.

"에라다와 그의 패거리가 돈 프란시스코를 암살할 생각을 하고 있다는 뜻입니까?"

가브리엘이 외쳤다.

"지금으로서는 그건 더이상 몽상에 불과한 얘기가 아니라 결심의 문제야."

"신중하시오, 돈 세바스티안. 당신 목소리가 멀리서도 들려요. 그리고 완성되지 않은 이 성당은 방음이 안 된다오. 내 방으로 갑시다."

바르톨로메가 뒷문을 열며 낮은 소리로 말했다.

"자넨 여기서 뭘 하는 건지 내게 말해줄 수 있나?"

제의실을 건너 바르톨로메의 작은 방으로 향하면서, 가브리엘이 세바스티안에게 물었다.

"아, 나도 자네만큼이나 바보 흉내를 내고 있지. 이 나라와 특히 여기 주민들이 지긋지긋하다는 생각을 석 달 전부터 하고 있었어……"

세바스티안이 귀에 거슬리는 목소리로 말했다. 그러더니 둘 사이에서 걷고 있는 아나마야의 어깨를 스치고 빈정대는 미소를 지으며 고쳐 말했다.

"그러니까 스페인 주민들 말이야. 산들의 태양 아래서도 피부가 허연 자들! 그들이 총독 패거리에 속하든 알마그로의 아들과 함께하든, 난 그들이 만드는 이 페루가 정말 싫어. 이제 내가 자유로운 부자 '검둥이'여도 소용이 없어. 내 눈에는 계속 보이는걸. 돼지나 암노새 한 마리의 절반 가격에 팔아넘기려고 여기서 노예들을 잔뜩 태우는 배들이 말이야. 파나마로 돌아가서 자리잡을 생각으로, 쿠스코에 있는 내 집을 팔았네. 좋은 가격이라고 말해야겠지. 번쩍이는 황금을 많이 받았으니까. 내 보물을 실으려고 그 황금으로 이미 예쁜 배 한 척도 장만했네."

"파나마? 거기가 어디죠?"

아나마야가 놀라며 물었다.

"북쪽입니다, 공주님. 저는 그 나라에서 태어났고, 우린 거기서 공주님의 나라가 있다는 걸 알았죠. 하지만 파나마에 가면, 바람과 기분에 따라 또 달라질 거야. 알 게 뭐야? 어쩌면 파나마도 리마처럼 사람이 살 수 없는 곳으로 확인되고, 나도 나라 하나를 발견해야 할지 말이야!"

세바스티안이 귀에 조금 거슬리는 웃음소리를 냈다. 감정의 동요로 그의 눈이 반짝였다.

"왜 아직 안 떠났나?"

가브리엘이 물었다.

"아, 그거! 얘기하자면 길지. 내 쾌속 범선은 항구에서 오백 미터 더 떨어진 곳에 정박해 있어. 두 달 전부터 돈 프란시스코가 알마그로 사람들의 배가 출항하는 걸 금지시키고 있거든. 그들이 카스트로 재판관을 마중 나갈까 봐 두려운 거지. 난 돈 에라다나 알마그로의 아들과 거리를 두고 있었지만 소용이 없었어. 피사로 형제들에게 난 영원히 '애꾸눈의 검둥이'일 거야…… 알마그로 패들로 말하자면, 그들은 내가 자기들 사람이라는 걸 내게 주지시킬 기회를 놓치지 않고 있어."

"그게 무슨 말인가?"

세바스티안의 대답은 땅이 꺼질 듯한 한숨뿐이다. 그는 옷깃 스치는 소리를 내며 좁은 문으로 비스듬히 사라지는 아나마야를 눈으로 좇았다.

"자칫하면 그녀가 늘 저렇게 옷을 입지 않는 게 애석하겠는걸! 스페인 옷이 더할 나위 없이 잘 어울려."

그는 가브리엘에게 미소를 지어 보이며 중얼거렸다.

"돈 세바스티안, 이제 여기서는 남의 귀를 피할 수 있소. 옷 얘기는 나중에 합시다! 당신은 사람들이 돈 프란시스코를 죽이려 한다고 확신하시오?"

바르톨로메가 세바스티안을 작은 서재로 떠밀며 거침없이 끼어들었다.

"돈 에라다 혼자서 사람들을 부추기는 게 아닙니다. 이틀 전부터 무기가 준비되어 있어요. 날짜도 정해졌고요."

"언제 어디서요?"

"곧, 총독이 여기로 오기 위해 광장을 건널 때요."

"미사 전에?"

"에라다는 총독의 신앙심이 아무리 깊다지만 최대한 빨리 지옥에 가기를 원해요! 미사를 드리는 동안 그가 후회할 기회를 주어서는 안 된다는 거지요."

바르톨로메는 마지막 힘을 다해 쏟아내는 듯한 한숨을 내쉬며 머리를 흔들더니 탁한 신음을 내뱉으며 높은 의자에 털썩 주저앉았다. 그러고는 눈을 감고 중얼거렸다.

"내가 뭘 어쩌겠소? 돈 프란시스코는 재판관이 오는 일에 내가 뭔가 관련이 있는 것으로 알고 있소. 심지어 자기 동생 에르난도가 투옥된 걸 두고도 나를 못마땅해하고! 이 음모를 내가 미리 알려준대도 소용 없을 거요. 그는 절대 내 말을 듣지 않을 테니. 오히려 뭔가 함정이 있는 게 아닐까 의심하겠지."

"바르톨로메 수도사님, 허락해주신다면 말인데요, 총독한테 그 사실을 알려줄 수 있는 사람이 하나 있습니다. 그는 심지어 그 일을 하는 데 큰 흥미를 가지고 있을 겁니다!"

세바스티안과 바르톨로메의 눈길이 거의 동시에 가브리엘에게 쏠렸다.

"아냐."

가브리엘이 가슴께로 두 손을 올리며 격분해서 항의했다.

"가브리엘……"

"아뇨, 수도사님! 암살자들끼리의 싸움에 난 더이상 관심 없습니다. 돈 프란시스코에게서 해명의 말을 찾던 때는 오래전에 끝났어요. 최근 몇 달 동안에 일어난 일과 쿠리 오클로의 끔찍한 죽음을 생각해볼 때, 내 결정은 돌이킬 수 없어요!"

세바스티안이 오른손으로 가브리엘의 셔츠를 움켜쥐었다.

"내가 왜 여기 왔다고 생각하나, 가브리엘? 지난밤 알마그로의 집에서 자네 이름이 거론되었어. 에라다와 다른 사람들은 자네가 여기, 이 성당에 있다는 걸 알고 있어. 누군가 자네를 알아본 모양이야. 그들이 어떤 결론을 내렸는지 알아?"

가브리엘이 단호한 얼굴로 대답을 거부하자, 세바스티안이 그를 놓고 집게손가락으로 친구의 가슴을 찌르면서 문장을 하나하나 끊어서 말했다.

"위험을 느낀 돈 프란시스코가 자네에게 도움을 청했대. 자네, 정복 초기의 열성 지지자! 그가 그토록 오랫동안 '아들'이라고 부른 사람! 가브리엘 데 몬테루카르 이 플로레스, 쿠스코 포위 공격의 '산티아고'! 그들이 자네를 얼마나 두려워하는지 모르나?"

"그들은 미쳤어!"

"아냐. 그들은 화가 났고 두려워하고 있어. 날아가는 파리 한 마리한테도 위협과 함정을 느낀다고! 그리고 언제나 근거 없이 그러는 건 아니야."

"그의 말이 틀림없네, 가브리엘……"

"물론 제 말은 틀림없습니다, 바르톨로메 수도사님. 그리고 가브리엘, 자네가 총독에게 경계하라고 알리기 위해 엉덩이를 움직이지 않는다면, 그들이 총독과 함께 자네를 죽일 거야. 아니면 일을 더욱 확실하게 하기 위해 자넬 먼저 공격하든지!"

그때 돌쩌귀 삐걱거리는 소리와 옷깃 스치는 소리가 들리자, 그들은 소스라치게 놀랐다. 아나마야가 이상한 갈색 음료가 담긴 주발을 들고 방으로 돌아온 것이었다. 그녀는 바르톨로메에게 다가갔다.

"이걸 드셔야 해요. 이걸 드시더라도 수도사님의 신이 원망하지는 못할 거예요. 이 안에는 그 신이 직접 창조했다고 생각하시는 것밖에 들어 있지 않으니까요……"

그녀가 활짝 미소를 띠고 따뜻한 음료를 건네며 말했다.

"당신이 가톨릭교의 첫 계율을 알고 있다니 기쁘구려……"

바르톨로메가 장난스럽게 입을 비죽거리자 그의 메마른 입술이 당겨졌다. 그는 손으로 나무 주발을 밀어내려다가 어깨를 으쓱하며 주발을 잡았다.

"당신이 그토록 바라니까."

그가 마시기 시작하자, 아나마야가 가브리엘을 돌아보았다.

"세바스티안 말이 맞아요. 당신이 총독에게 알려주어야 해요."

"아나마야, 조금 전에 당신한테 말했잖아요. 우리가 할 수 있는 단 한 가지 현명한 일은 당장 리마를 떠나는 것뿐이라고!"

가브리엘이 반박했다.

"아뇨. 시작된 일들이 먼저 마무리되어야 해요. 그 다음에야 우리가 산으로 돌아갈 수 있을 거예요."

가브리엘은 여전히 낯을 찌푸리고 있었다. 세바스티안이 그에게 몸을 굽혀 낮은 목소리로 말했다.

"그렇게 해주기를 간청하네, 친구."

가브리엘은 그 엄숙한 어조에 놀랐다.

"내가 말했지, 그들이 나를 압박하고 괴롭힌다고…… 에라다가 깨우쳐주었는데, 잠시 후에 검을 들고 그들과 함께 있지 않으면 난 끝장이야……."

세바스티안이 다시 말했다.

가브리엘이 짧게 말했다.

"좋아, 가겠어."

✳

총독의 궁전 문이 열리기까지 가브리엘은 오랫동안 간청해야 했다. 그가 "나는 가브리엘 몬테루카르 이 플로레스요!"라고 이름을 완전히 말하고 나서 다시 한참을 기다린 후에야 장식 못이 박힌 무거운 문짝이 빙그르 돌아갔다. 핏빛 정복을 입은 키 작은 하인 둘이 신중하게 그를 살핀 뒤에 통과시켰다.

"후작 나리께서 정원에서 기다리십니다."

어린 시동이 알려주었다.

가브리엘이 안뜰로 들어서자, 회랑에서 그를 유심히 살피는 열두어 명의 사람이 보였다. 그는 카하마르카의 옛 동료들이나 쿠스코에서 얼핏 보았던 최근의 추종자 등 몇몇의 얼굴을 알아보았다. 그들과 마찬가지로 그도 인사하기 위해 모자에 손을 갖다 대지는 않았다. 장화 뒤축으로 안뜰에 깔린 동그란 자갈들을 밟으면서, 그는 시동을 뒤따라 복도로 들어갔다. 정원의 낮은 문이 열리자마자 그가 보였다.

어깨가 좀더 굽은 것 같긴 하지만 발목까지 내려오는 검고 기다란 옷을 입은 모습은 여전히 꼿꼿했다. 황금이 박힌 허리띠가 그의 허리를 조이고 있고, 거기에 단도의 은케이스가 매달려 있었다. 그의 펠트 모자는 노루 가죽으로 만든 반장화처럼 깨끗한 순백색이었다. 그는 가브리엘을 등진 채, 구리로 된 물뿌리개를 들고서 어린 무화과나무 발치에 세심하게 물을 뿌렸다. 나이가 많은 탓에 류머티즘으로 변형되다시피 한 두 손에는 커다란 검버섯들이 피어 있었다. 그는 뒤도 돌아보지 않고 인사도 없이 말했다. 그의 여전한 목소리는 조금 껄끄러우면서도 부드러웠다.

"이게 바로 이 나라에 심은 첫번째 무화과나무라네. 매일 이 녀석에게 물을 주고 말을 걸지…… 식물들이 자랄 때 말을 걸어주면 좋아한다는 걸 알고 있나?"

"돈 프란시스코, 알마그로의 사람들이 조금 뒤에 성당에 들어가시는 총독님을 살해하기로 결의했습니다."

가브리엘이 무뚝뚝하게 말했다.

돈 프란시스코 피사로는 가볍게 떠는 모습도 보이지 않았다. 그의 어깨에도 손에도 가브리엘의 말을 들은 기색이 드러나지 않았다. 여전히 맑은 물줄기가 무화과나무 발치에 고르게 흐르며 땅에 홈을 팠다.

"총독님, 제가 방금 드린 말씀을 들으셨습니까? 밤새도록 돈 에라다가 그의 패거리들을 선동했습니다. 그들이 지금 손에 검을 들고 있다고요."

물줄기가 멎었다. 겉창들이 덜그럭거리는 소리가 정원 옆에서 났다. 가브리엘은 사람들이 겉창으로 몰려들어 그들의 일거수일투족을 살피는 것을 느꼈다.

마침내 돈 프란시스코가 돌아서서 단검 끝처럼 날카롭고도 흐릿한 눈동자로 그를 쳐다보았다. 가브리엘은 그 눈에서 진실의 파편을 수없이 찾으려고 했지만 언제나 허사였다. 하얘진 수염은 아무리 정성껏 다듬어도 더는 주름살을 감춰주지 못했다. 미소를 짓느라 입이 벌어지자, 장밋빛 잇몸에 보이는 거라곤 썩은 이 세 개가 전부였다.

"이제는 더이상 나를 '총독님'이라고 부르지 않는다네. 그보다는 '후작 나리'라고 부르지."

"맙소사, 돈 프란시스코, 그런 장난은 그만두세요. 이백 명의 사람들이 총독님을 죽이기로 결심했다고요!"

"어리석은 짓이야!"

"그렇지 않다는 걸 잘 아시잖아요! 이 나라 스페인인들의 절반이 총독님을 증오하고 총독님에 대한 분노로 얼굴을 붉히고 있어요."

"그들이 화를 낼 이유가 전혀 없어! 그건 단지 악의이고 배반일 뿐이네."

"그들에겐 이유가 있습니다. 돈 프란시스코! 그리고 총독님도 그걸 모르시지 않아요!"

가브리엘이 어조를 높이며 짜증을 냈다.

"왜? 내가 모든 사람에게 아버지처럼 관대하지 않단 말인가? 내가 궁핍한 사람을 보면 어떻게 하는지 아나? 키유를 하자고 초대한다네!"

"돈 프란시스코······"

"내 말을 들어보게, 가브리엘! 난 키유를 하자고 초대하네. 한 판에 십 페소로. 그보다 더 많이 걸 때도 있지. 가능하다면 두 배도. 때로 귀족이면, 금화를 걸기도 하지. 그러고는 내가 져준다네······ 내가 게임하는 걸 좋아해서 시간이 많이 걸리기는 하지만, 어쨌든 진다네. 알다시피 그렇게 해서 가난한 사람은 돈을 얻고, 난 적선을 하지 않음으로써 그의 명예를 존중해주는 것이지. 사람들은 나를 욕하고 절대 조용히 내버려두려고 하질 않아. 내겐 모두의 행복 말고는 다른 걱정이 없는데, 사람들은 거짓말을 퍼뜨리고, 내 말을 왜곡하고, 나를 배반하지!"

"알마그로 사람들의 배가 떠나도록 허락하세요. 그러면 조용히 지내실 수 있습니다."

"무슨 이유로 자네가 예까지 와서 내게 이런 모든 일들을 얘기하는 건가, 아들? 훌륭한 스페인 사람처럼 옷을 입고서 말이야……"

"저는 총독님을 위해서 리마에 있는 게 아닙니다. 왕궁의 재판관을 만나기 위해서 왔습니다."

"그래?"

"하지만 총독님이 그를 익사시키신 것 같더군요."

"거짓이야! 또 거짓이네…… 난 그에게 내 범선을 타고 오라고 제안했는데, 그는 형편없는 배를 더 좋아했지. 하지만 올 거야. 물에 빠져 죽지 않았네. 그에게 무슨 말을 하려는 겐가?"

"이 나라 인디언들을 인간으로서 마땅히 존중해야 할 때가 되었다고 말하려는 겁니다. 그들도 우리와 똑같은 인간이고, 교황의 뜻도 그러하다고 말할 겁니다."

"자네가 교황의 뜻을 알고 있나?"

"어쨌든 총독님 뜻은 알고 있지요. 총독님과 총독님의 형제들이 수백 수천의 무고한 사람들을 얼마나 괴롭혔는지 말할 겁니다."

"그럼 자네는 괴롭히지 않았나?"

"예, 저 역시 어리석게도 총독님의 뜻을 따르면서 그들을 괴롭혔지요. 우리가 도처에 뿌린 비명과 공포로 제 눈이 진정으로 뜨일 때까지 눈이 먼 채로 말입니다!"

"여보게, 그렇다면 이 나라를 가톨릭의 땅으로 만들기 위해 자네와 나, 우리가 이 미개인들과 어떻게 싸워야 했는지도 말해야 할 것이네!
아기 예수를 안거나 장미꽃을 든 성모 마리아께서 어떻게 수없이 우리
를 위험에서 벗어나게 해주셨는지, 그리고 성모 마리아의 의지가 없었
다면 아무것도 이루어질 수 없었으리라는 것도 말하게. 카하마르카에
서 우리는 단지 전능하신 신의 도구일 뿐이었다는 것을 말하게!"

"아뇨, 돈 프란시스코."

"그럼 자네도 다른 사람들처럼 거짓말을 하는 거야! 다른 누구도 아
니고, 주님의 지목을 받은 자네가 말이지. 주님이 쿠스코의 포위 공격
에서 자네를 얼마나 보호해주셨는지 잊었나?"

"저를 보호해준 것이 무엇인지 저는 모릅니다."

"자네는 우리를 부인하는군! 감히 주님과 나를 부인하고 있어! 자네
를 여기까지 데려온 나를? 자네가 이 지구상에 있는 한 마리 벌레에 불
과했을 때 자네에게 이름을 준 나를?"

돈 프란시스코가 갑자기 물뿌리개를 흔들며 고함을 쳤다.

"아무리 말씀하셔도 제게는 소용없습니다, 돈 프란시스코. 저기 창
문에 몸을 대고 우리 얘기를 엿듣고 있는 귀족 나리들, 날마다 총독님
께 찬사를 퍼붓는 저 귀족 나리들에게나 하시지요. 저는 그런 찬사는
못 합니다. 제 눈과 가슴속에는 총독님이 결코 지우려 하지 않으셨던
고통스러운 기억이 너무도 많이 남아 있거든요. 총독님이 결코 진정시
켜주지 않았던 고통이 너무 많습니다. 총독님이 직접 그런 고통을 야기
한 것은 아니라 해도 말입니다!"

"자네도 나한테 화가 나 있는 건가, 아들?"

"아들이라는 말은 이제 우리 사이에 아무 의미도 없습니다, 후작 나
리. 게다가 이제는 소용없는 말입니다. 제게 더이상 아버지가 없다는

사실에 익숙해진 지 오래니까요."

"그렇지만 자네는 나를 걱정하고 있어. 자네는 내가 죽는 것을 바라지 않고, 나를 지켜주기 위해 검을 뽑을 준비가 되어 있잖나!"

"저는 그렇게 말하지 않았습니다. 저는 후작 나리를 위해 싸우지 않을 겁니다. 단지 후작 나리의 죽음으로 저 또한 죽음에 내몰릴 위험이 크기 때문에, 그리고 제겐 이 세상을 떠나기 전에 완수해야 할 일이 아직 너무 많기 때문에 알려드리러 온 것뿐입니다."

"저런! 자네가 해야 할 그토록 중요한 일이란 게 뭔가?"

가브리엘은 돈 프란시스코의 신랄한 어조에 놀랐지만 침착함을 되찾았다. 그는 미소를 짓고 한걸음 물러났다.

"후작 나리, 사실 나리께 그것을 설명드릴 수 없을까 봐 걱정입니다. 그것은 나리와 저에게 새로운 삶을 사는 것만큼이나 오랜 시간이 걸리는 일일 테니까요."

돈 프란시스코의 얼굴이 허름하고 외딴 오막살이의 문처럼 닫혔다. 주름살이 깊어지고, 눈에는 약간의 경멸 말고는 아무것도 드러내지 않았다.

"여기 내 방에서 미사를 드리도록 하겠네. 에라다와 할 일 없는 그의 패거리들이 감히 나를 찾으러 여기로 올 것인지 두고 보지! 그리고 자네는 내가 기도하는 동안 오렌지주스를 좀 마시게. 내가 이 나라에서 처음으로 수확한 오렌지라네."

그가 변함없는 목소리로 말했다.

"저는 목이 마르지 않습니다, 돈 프란시스코."

후작은 가브리엘의 어깨로 손을 가져갔다. 그가 그토록 자주 되풀이했던 동작, 복종을 요구하는 동시에 애정을 나타내는 그 동작으로. 하지만 가브리엘의 눈에서 침착하고 단호한, 전에 없던 뭔가를 보고 후작은 손길을 멈추었다. 그러고는 검은 눈으로 사랑하는 '아들'의 눈을 절망적으로 살폈다. 그의 손가락이 하나씩 구부러졌다.

"자네 좋을 대로 하게."

이윽고 그가 탁한 목소리로 말했다. 그가 앞서 한 모든 말보다 그의 무력한 모습에 가브리엘은 마음이 더 흔들렸다.

"부디 몸조심하십시오……"

후작을 괴롭히는 것 같던 나약함과 의혹의 기색이 걷혔다. 그는 꼿꼿한 몸으로, 단호한 목소리로 오만하게 외쳤다.

"나 같은 사람은 절대 죽지 않아."

❋

"국왕 폐하 만세! 국왕 폐하 만세! 폭군은 죽어라!"

골목길을 나와 대성당 앞 광장으로 전진하는 사람들이 처음에는 삼십여 명에 불과했다. 아나마야가 바르톨로메를 데리고 간 대성당의 비계 꼭대기에서는 그들의 모습이 잘 보이지 않았지만, 그들의 흥분에 리마의 공기가 점점 더 축축해지며 진동했다.

그들이 한 번 더 외쳤다.

"국왕 폐하 만세! 국왕 폐하 만세! 폭군은 죽어라!"

그들은 강철 활과 미늘창, 검과 투창 그리고 두 개의 화승총까지 온갖 종류의 무기를 맹렬하게 흔들어댔다.

"저들은 미쳤소. 조직적인 전투에 임하려는 것 같군."

바르톨로메가 자기도 모르게 아나마야의 팔을 꼭 쥐며 중얼거렸다.

아나마야는 바로 대꾸하지 않고, 세바스티안의 길쭉한 윤곽을 애써 찾아보았다. 그러나 그의 모습을 찾기도 전에 커다란 함성이 비계의 판자까지 뒤흔들었다. 광장을 둘러싼 인기척 없는 집들과 조금 전까지만 해도 비어 있던 골목길에서 이삼백 명의 사람들이 느닷없이 튀어나왔다. 그들 대부분은 가슴에 흉갑과 쇠사슬 갑옷을 입고 말에 올라앉아 있었다.

"세상에!"

바르톨로메의 안색이 창백해지고 이마에 땀방울이 맺혔다.

"총독을 죽이는 데 저토록 많은 수의 사람이 필요할 만큼 총독이 두려운 존재인가요?"

아나마야가 물었다.

"물론 저들은 돈 프란시스코를 두려워한다오. 하지만 가브리엘과 그의 '쿠스코 산티아고'의 마력을 훨씬 더 두려워하지요!"

바르톨로메는 아나마야가 조소 섞인 몸짓을 누르지 못하는 것을 알아차렸다.

"그게 우습소, 코야 카마켄? 아주 침착하구려!"

그가 언짢은 기분으로 중얼거렸다.

화승총의 공포 사격에 뒤이어 또다시 함성이 들려와 그의 말을 중단시켰다. 바르톨로메는 자기 목소리가 들리도록 소리를 지르다시피 말해야 했다.

"저들을 보시오! 이런 식이라면 총독은 한 시간 안에 죽을 거요. 어쩌면 가브리엘도 그렇게 될지 모르고. 저걸 보고도 불안하지 않소?"

"진정하세요, 수도사님. 가브리엘은 죽지 않을 거예요."

"어떻게 그걸 확신할 수 있소?"

바르톨로메는 발끈해서 얼굴을 들었다. 하지만 아나마야와 눈이 마주치자 그는 그녀의 말이 옳다는 것과 동시에, 그 확신과 지식이 어디서 오는지 자기로서는 도저히 이해할 수 없으리라는 것을 깨달았다.

절망적인 행동처럼 그가 눈을 감고 열심히 성호를 긋는데, 폭동의 물결이 느닷없이 광장에서 돈 프란시스코 피사로의 집으로 몰려갔다.

*

"전투 개시! 전투 개시! 놈들이 후작 나리를 해치기 위해 문을 부수려고 한다!"

시동의 고함 소리가 커다란 건물 안에 울려 퍼지며, 안뜰을 공포의 도가니로 만들었다. 회랑 꼭대기에서 가브리엘은 총독의 추종자들이 검을 뽑기보다는 서로 밀치며 도망가려 하는 것을 보았다. 바로 그 순간, 억센 손아귀가 그의 팔을 움켜쥐고 그를 뒤로 잡아당겼다. 뒤를 돌아보니 돈 프란시스코의 얼굴이 코앞에 있었다. 눈에서 시작되어 수염 속으로 들어가는 가느다란 주름살도 셀 수 있을 것 같았다.

"내 방으로 따라오게. 적어도 내가 갑옷 입는 것은 도와줄 수 있겠지! 곧 우리의 수가 많지 않다는 것을 알게 될 거야!"

사실 출구가 하나뿐인 건물 모퉁이의 뒷방에 돈 프란시스코와 함께 있는 사람은 고작 서너 명뿐이었다.

"문 앞에 서 있게."

이미 한 손에는 단검을, 다른 한 손에는 장검을 들고 있는 두 귀족에게 돈 프란시스코가 명령했다. 그는 기다란 모직 망토를 벗으며, 그의 뒤에 계속 붙어 다니는 시동에게 덧붙였다.

"디에고, 너는 무슨 일이 벌어지는지 잘 보고 내게 보고해라!"

돈 프란시스코는 면보에 싸인 낡은 갑옷이 든 상자를 열다가 가브리엘과 시선이 마주쳤다. 잠깐 그가 미소를 짓는 듯했다.

그때 시동이 외쳤다.

"나리, 나리, 끝장이에요! 그들이 문을 부수고 첫번째 안뜰에 들어와 있어요."

"수가 얼마나 되느냐?"

"열 명…… 아니, 열넷. 열다섯인 것도 같아요. 그들이 움직여대서 셀 수가 없어요."

"겁쟁이들 같으니라고! 들었나, 가브리엘? 광장에 이백 명이 있는데도 감히 들어오는 자는 열다섯뿐이야. 불알들을 떼버려야 해!"

"나리! 벨라스케스 부관과 살세도 보좌관이 겁을 먹고 창문을 통해 정원으로 뛰어내렸어요……"

"아! 바짓가랑이 안쪽에 날개 달린 놈들이 또 있군그래!"

돈 프란시스코가 외치는 소리가 웃음소리에 가까웠다.

"가브리엘, 내가 윗옷을 입는 동안 이 가죽띠를 좀 풀어주게나. 나를 죽이는 게 어떤 건지 놈들한테 보여주지!"

"나리, 돈 에라다와 그의 패거리들이 두번째 안뜰 계단에 있습니다. 싸우고 있는데…… 오, 나리, 돈 우르타도와 돈 로사노가 다쳤어요!"

"일이 너무 빨리 돌아가는군. 회랑 문들을 닫고, 세 사람은 각자 문 앞에 있게!"

"나리, 그럴 수가 없습니다. 우리의 많은 귀족 나리들이 침대와 찬장 밑에 숨었어요!"

"똥걸레 같은 놈들! 거기서 먼지나 먹고 놈들의 노여움이나 사라고

해······ 가브리엘, 여보게, 묶어주게! 꽉 묶어줘!"

가브리엘은 가슴받이와 갑옷의 등을 묶는 가죽띠를 잡아당겼다. 혐오감은 커져갔지만 스스로도 놀랍도록 마음은 침착해졌다. 그는 고래고래 고함을 지르는 노인을 냉혹한 무덤 속에 가두는 듯한 생각이 들었다. 전투의 함성이 점점 더 가까이에서 울려 퍼졌다.

"오, 나리, 차베스 귀족이 죽어가요! 그들이 그의 목에 칼을 꽂아요! 나리! 그들이 죽이고 있어요, 죽인다고요!"

"개새끼들! 목에 꽂다니, 십 대 일로! 비열한 놈들! 치욕스러운 짓인 줄도 모르고!"

고함과 욕설이 갑자기 커지고, 문짝이 불쑥 열리며 벽에 부딪혔다. 충실한 시종은 입을 벌리고도 한마디도 하지 못한 채 뒤로 넘어져 다시는 일어나지 못했다. 잠시 모두가 숨을 짧게 몰아쉬며 눈을 크게 뜨고 꼼짝도 하지 않았다. 그때 "폭군은 죽어라!" 하는 고함 소리가 총독의 철 가슴에 부딪혀 튀어 올랐다.

가브리엘은 칼집에서 칼을 뽑지 않겠다고 다짐했음에도 불구하고 반사적으로 칼을 빼들고 옆으로 펄쩍 뛰어 비켜섰다. 방이 혼란의 소용돌이에 휩싸였다. 무기 부딪치는 소리, 고함 소리, 이 가는 소리와 악취 나는 격노한 숨결이 뒤섞여 광란의 도가니로 변했다. 돈 프란시스코가 악마의 화신처럼 방어하자, 사람들은 가까스로 그에게 맞섰다. 왼손으로는 미늘창을 흔들고, 오른손으로는 검을 날리고 피하고 베는 그는 더 이상 노쇠한 늙은이가 아니었다. 그의 수염조차 날카로운 금속으로 만들어진 듯했다. 그의 으르렁거리는 소리와 분노에 주눅 든 공모자들이 밀려났다. 그때 낯빛이 창백한 돈 에라다가 자기 앞으로 부하들을 밀쳐내며 소리쳤다.

"폭군은 죽어라!"

"배신자! 치사한 놈! 악마의 똥덩어리!"

돈 프란시스코가 대꾸했다.

그때 갑자기 다른 공모자들이 방 안으로 몰려들었다. 가브리엘은 전투의 혼란 속에서 뻣뻣하고도 어정쩡한 자세로 서 있는 세바스티안을 발견하고는 소리쳤다.

"세바스티안! 거기 있지 마. 저들끼리 싸우게 내버려둬!"

세바스티안이 무거운 회전식 나무문으로 총독의 미늘창을 밀쳐냈다. 그런데 총독을 마지막으로 지키고 있던 사람 하나가 그의 팔에 공격을 가했다. 고통으로 얼굴을 찡그리는 세바스티안의 소매에서 이미 피가 솟고 있었다. 그가 자신에게 다가오는 가브리엘을 향해 돌아섰다. 하지만 가브리엘이 그에게 닿기도 전에, 마치 그의 의도를 알아챈 듯 돈 에라다가 두 손으로 세바스티안의 등을 돈 프란시스코의 살인적인 검 쪽으로 떠다밀었다.

"세바스티안!"

가브리엘의 칼날이 돈 프란시스코의 칼날의 방향을 바꾸기 위해 쉭쉭 소리를 냈다. 그러나 총독의 손목이 온 힘을 다해 돌진했다. 그토록 무수히 많은 사람을 베며 싸웠던 칼이 세바스티안의 윗옷 사슬 아래로 파고들었다. 칼이 너무 쉽게 들어가는 바람에 돈 프란시스코는 세바스티안의 가슴으로 넘어질 뻔하고, 키다리 흑인은 희미한 신음을 내뱉었다.

모든 일이 동시에 일어났다. 세바스티안이 돈 프란시스코의 검을 당기며 쓰러지고, 총독은 놀라서 잠시 꼼짝도 하지 않았다. 단검을 그러쥔 열 명의 사람들 모두가 한 목소리로 소리치며 총독에게 달려들었다.

"죽어라! 죽어라! 죽어라! 폭군은 죽어라!"

가브리엘은 세바스티안의 어깨를 움켜잡고 어렵사리 뒤로 끌어당겼다. 그가 세바스티안의 몸에서 칼날을 빼내는데, 그에게서 두 발짝 떨어진 곳에서 돈 프란시스코 피사로가 이 빠진 입을 벌리고 소리 없는 긴 비명을 지르며 판자 위로 쓰러졌다. 그의 입술에서 새어 나오는 것은 피 섞인 한숨일 뿐이다.

"고해를! 불쌍히 여겨, 고해를! 불쌍히 여겨, 한 번 더 장미꽃을 든 성모 마리아의 성화에 입을 맞출 수 있게 해주기를!"

가브리엘은 죽어가는 세바스티안의 극심한 경련을 두 손으로 느꼈다. 그는 벌어진 상처를 손으로 누르고, 칼날이 자신의 손바닥에서 미끄러지며 길게 상처를 내는 것에도 아랑곳하지 않고 간청했다.

"견뎌야 해! 이대로 죽지 마, 아나마야가 치료해줄 거야."

"내버려둬, 가브리엘. 그냥 이렇게 되는 거야."

세바스티안이 두 손을 친구의 손에 올려놓았다. 그는 미소를 지으며 흔들리는 눈길로 총독의 으깨진 얼굴을 바라보았다. 돈 프란시스코의 간청에 대한 대답으로, 살인자 하나가 최후의 잔인함을 드러내며 물병을 으스러뜨려 그의 입과 기도를 한꺼번에 찢어놓았다.

"그는 이미 죽었어. 그리고 나도 이제 드디어 노예이기를 그만두는 거야."

세바스티안이 말했다.

"기다려, 기다려……"

가브리엘의 입에서 말이 다급히 쏟아져 나왔다. 그는 눈물과 땀이 범벅이 되어 얼굴로 흐르는 것을 느꼈다.

"자네에게 아직 부탁할 게 있어, 세바스티안."

"난 자넬 알아…… 자넨 시간을 벌고 싶은 거야……"

"맹세컨대 내겐 자네가 필요해!"

"자넨 작별 인사를 하는 순간에 언제나 우는 시늉을 하는 버릇이 있지, 가브리엘. 조용히 하고 내 손을 잡아줘."

친구의 눈이 감기는 동안, 죽음의 배가 최후의 자유를 향해 그를 데려가는 동안, 가브리엘은 그의 손을 놓지 않았다.

✳

대양에서 몰려오는 축축하고도 끈질긴 안개가 해안과 황토색 바위를 덮으며 그 윤곽을 따라 굴곡을 그렸다. 안개는 또한 리마 북부의 거대한 사막을 뜨겁게 달구는 강렬한 태양과도 싸웠다.

말과 노새를 타고 세 시간 남짓 가자, 도시의 호사스러운 초록빛과 돈 프란시스코 피사로가 죽은 뒤로 도시를 점령했던 광기가 사라지는 것이 보였다. 증오의 울부짖음은 복수의 욕망을 실컷 채우며 미쳐 날뛰는 춤곡이 되었다. 늙은 총독의 찢길 대로 찢긴 시신은 걸레처럼 그의 오랜 원한과 폭력으로 점철된 세월의 두려움을 닦으며 대광장 위를 끌려 다녔다.

사람들이 미친 듯이 웃어대며 피사로 형제들의 집을 약탈하는 동안, 바르톨로메는 가브리엘에게 돈 에라다가 공격하기 전에 도시에서 도망칠 것을 재촉했다.

"우선 세바스티안을 묻어줘야죠!"

가브리엘이 붉어진 눈으로 반박했다.

"그럴 수 없네. 그럴 틈이 없어. 자네는 그들이 여전히 두려워하는 마지막 사람이야. 그들이 그렇게 자네를 잊을 거라고 생각하지 말게."

세바스티안의 시신을 데리고 도시를 떠나자고 제안한 사람은 아나마야였다.

"안 될 것 없지요. 내가 한 평의 땅을 축성할 것이고, 그 땅에서라면 그도 여기서만큼 평화로이 잠들 것이오."

바르톨로메가 어깨를 으쓱하며 중얼거렸다.

이제 그들은 여자 거인의 반기는 두 팔처럼 생긴 바위 제방 사이에 파놓은 무덤 앞에 있었다. 나무토막 두 개로 만든 사람 키만 한 십자가가 시신을 덮은 먼지투성이 천 위에 그림자를 길게 드리웠다. 바르톨로메가 무릎을 꿇고서 가브리엘의 입술에서는 새어 나오지 않는 기도를 중얼거렸다.

가브리엘은 다치지 않은 손으로 아나마야의 손을 꼭 잡고, 어두운 색깔의 새들이 날아오듯 밀려드는 추억에 몸을 맡겼다. 세비야의 '자유로운 술단지'라는 여인숙에서 본 첫 미소. "우리가 새로운 나라를 발견했어요"라고 처음 건넨 다정한 말. "친구, 내가 흑인이며 노예라는 것을 절대 잊지 말게. 설사 그 반대인 척한다 해도 난 절대로 다른 것이 될 수 없어!"라고 되뇌는 세바스티안. 아타우알파를 죽이는 막대기를 조이는 세바스티안. 구해주고, 보호해주고, 놀리고, 변함없이 충실한 세바스티안. 마지막 순간까지!

"여기서 그는 편안할 거요. 이번에도 좋은 생각을 하셨군요, 공주님."

차마 가브리엘의 눈을 마주할 수 없는 듯, 바르톨로메가 일어서서 아나마야를 쳐다보며 작은 소리로 말했다.

가브리엘이 씁쓸하게 입을 비죽이며 말했다.

"정말이에요. 늘 다른 사람들의 그림자로 살았던 친구인데, 이제는 완전히 뚝 떨어져 있게 됐군요! 지금쯤 에라다와 그의 패거리들이 세바스티안의 배를 독차지했겠죠. 며칠 뒤면, 그들 머릿속에서 세바스티안은 말끔히 사라져 그들에게는 마치 그가 이 세상에 존재하지도 않았던 사람처럼 될 겁니다……"

그의 입술이 노여움으로 떨렸다. 바르톨로메가 그를 쳐다보며 중얼거렸다.

"난 내가 그에게 세례를 주었다는 사실을 절대로 잊지 않을 것이네."

"세례요? 세바스티안에게요?"

가브리엘이 놀라며 반문했다.

"물론이지. 내가 쿠스코를 떠나기 직전에 그가 부탁하더군…… 안심하게, 내가 보기에 그의 신앙심이 깊지는 않았어. 그는 그저…… 마음의 위안을 얻고 싶었던 것으로 해두세."

바르톨로메는 가브리엘과 아나마야의 서로 잡은 손을 손가락이 붙은 손으로 꼭 감싸쥐었다.

"하지만 그에게 세례를 주는 것보다 더 많은 사랑으로 자네와 아나마야를 결혼시켰네."

가브리엘이 깜짝 놀랐다.

"저는 결혼식에 대한 기억이 없는데요, 바르톨로메 수도사님."

"흥분하지 말게, 친구. 자네를 그녀에게 가도록 처음으로 떠다민 사람이 바로 내가 아닌가? 숲 한가운데로 아나마야와 자네, 두 사람을 찾으러 간 사람이 바로 내가 아닌가…… 그날, 나는 마음속으로 두 사람을 결혼시켰지. 그리고 내 친구 카타리와 의식을 함께 치렀다고 생각하네. 가브리엘, 때때로 우리 사이에 언쟁은 있었지만, 난 두 사람에게 내 우정과, 인간의 사랑만큼 좋은 신의 사랑을 주고 싶네. 자네가 원하는 만큼 주지 않고는 헤어지고 싶지 않아. 받아들이겠는가? 받아들이 겠소?"

"고맙습니다."

아나마야는 짧게 대답하고, 가브리엘은 심각하게 고개를 끄덕였다.

"아니오, 코야 카마켄. 고맙다는 인사는 내가 해야지요. 당신이 생 각하는 것보다 훨씬 더 많이! 당신이 없었다면, 오늘날 모든 사람의 치 욕과 고통이 훨씬 더 컸으리라는 걸 난 알고 있소. 절대 당신을 잊지 않 을 거요. 내가 카스트로 재판관에게 말을 하게 될 때, 당신과 페루를 변 호하기 위해 톨레도에 가게 될 때, 언제나 내 눈앞엔 당신 얼굴이 있을 거요."

꽉 잡은 손만큼이나 감동으로 하나가 된 그들은 잠시 말이 없었다. 사막의 더위와 바다에서 밀려드는 파도가 평화와 함께 거대한 고독으 로 그들을 감쌌다. 이상하게도 가브리엘은 슬픔이 누그러지는 것을 느 꼈다. 마치 그를 둘러싼 거대함이 그를 빨아들이고 그의 삶의 진정한 시작을 갑자기 드러내는 것처럼.

바르톨로메가 먼저 손을 풀었다. 그는 붙은 손가락으로 얼굴의 흉터 를 어루만지며 웃었다. 마음의 동요로 당황스러울 때면 반사적으로 하 는 몸짓이었다.

"보다시피 열이 내렸소. 신께서 마침내 내 간청을 들으신 건지 아니 면 당신이 준 음료의 효과인지는 모르겠군요, 공주님. 하지만 아무래도 좋소! 난 오래 살 테니 믿으시오!"

잠시 후 노새 위로 몸을 기울인 그의 형체가 북쪽을 향해 멀어졌다. 아나마야는 여전히 가브리엘에게 바싹 붙어 있었다.

"바르톨로메 수도사까지 그의 강력한 군주의 징조에 대해 말하다니,

이상하지 않아요?"

가브리엘은 그녀가 무엇을 생각하는지 알고 있었다. 그 자신도 유일한 군주 우아이나 카팍의 말을 생각하고 있었다.

'태양신의 아들들의 전쟁과 이방인들의 전쟁, 그것이 징조다.

형제의 피와 친구의 피가 적의 피보다 더 많이 뿌려지는 것, 그것이 징조다.

자신의 강력한 조상이 아니라 한 여인에게 기도하는 이방인이 죽는 것, 그것이 징조다.'

그렇다, 이제 모든 것이 이루어졌다.

"자, 이제 산으로 돌아가 우리의 존재로부터 분신 형제를 해방시켜 줄 시간이에요."

아나마야가 나직이 말했다.

"그 시간 동안 한순간도 나를 의심하지 말거라. 내 숨결 속에 머물고, 퓨마를 믿거라."

가브리엘이 세바스티안의 무덤을 마지막으로 쳐다보며 대답했다.

31

1542년, 마추픽추-카랄

그들은 리마를 떠난 뒤로 내내 말이 없었다.

각자 자기 자신에게 빠져서 자기 삶의 무질서와 격분과 놀라움을 다시 경험했다. 가브리엘은 잉카 대로에 줄지어 놓여 있는 물결치는 듯한 돌들을 응시하며, 언제나 더 높은 곳으로 자신을 데려가는 바다에 누워 있는 자기 모습을 상상했다. 아나마야는 산꼭대기를 하염없이 바라보며, 자신이 그저 인간, 오직 인간일 뿐이라는 것을 기억하기 위해 이따금 두 팔을 뻗어야 했다. 그들이 품을 수 있었던 모든 자만심은 그들을 떠나갔다. 코야 카마켄과 산티아고의 백기사는 이제 짐꾼 몇 명과 함께 길을 가는 남자와 여자일 뿐이다. 사랑은 그들에게 어떠한 말도 떠오르게 하지 않는다. 막연한 몸짓, 흐릿한 눈길만 불러일으킬 따름이다.

그들은 스페인 옷을 그대로 입고 있었다. 아침 햇살에 가브리엘은 상처 입은 손을 살폈다. 상처는 서서히 아물고 있고, 어른의 굳은 살 주위로 아이의 여린 살이 다시 돋아났다. 그는 세바스티안을 생각했다. 그의 마음을 짓찢어놓은 상처는 그 손처럼 회복되지 않을 터였다. 그러나 이상하게도 세바스티안은 죽었으면서도 살아 있었다. 그토록 간단한 것을 깨닫기 위해 숱한 죽음을 겪어야 했던 것이다.

아푸리막 골짜기에 이르자 가브리엘은 골짜기 한가운데로 올라가면서 이따금 뒤를 돌아보았다. 험하게 깎아지른 골짜기로 이어지는 완벽한 삼각형의 산이 눈에 들어왔다.

내일이면 리막 탐보에 있게 될 터였다.

발길 닿는 곳 어디서나, 전투와 급류를 건너던 일과 무너진 돌더미에 대한 기억이 그의 머리를 떠나지 않았다. 앞으로의 일은 모른다.

하지만 그는 어디로 가는지 그녀에게 물어볼 필요가 없다.

그는 알고 있다. 탐보에서는 짐꾼들도 떠나고 그들끼리만 남게 되리라는 것을. 두 번 다시 입지 않을 스페인 옷을 벗고 하얀 고급 모직 운쿠와 아나코를 입으리라는 것을. 그녀가 북쪽을 바라보며 혜성이 나났던 장소를 가르쳐주리라는 것을. 그리고 두 사람은 현자 빌라 오마가 그녀를 데려갔던 울창한 숲길로 접어들 것이다.

그녀는 "여기예요"라고 처음으로 말할 것이다.

어둠이 내리자 짙은 안개가 피어오르며 그들의 모습을 감추어버렸다. 가브리엘은 갑자기 안개 장막 속으로 사라지는 것만 같아 자기도 모르게 습기 찬 허공을 그러쥐었다. 술 취한 사람처럼 휘청거리며 빙빙 돌던 그는 그녀가 팔을 붙잡아주자 그제야 멈춰 섰다. 그는 가슴을 두근거리며 꼼짝도 하지 않았다. 그녀는 그의 손을 잡아 부드러운 입술을 갖다 대고, 그의 상처에도 입술을 댔다.

＊

카타리는 바닷바람에 실려 온 수많은 물방울로 이마가 젖는 것을 느꼈다.

모든 것이 사라졌다.

바다와 하늘과 땅이 우윳빛 덩어리를 이루고, 그 속에서 모든 것이 녹아 사라졌다. 그는 자신의 피부가 온전히 남아 있는지 확인하기 위해 만져보아야 했다. 다른 모든 감각은 거의 사라졌다. 마치 세 가지 세상이 하나가 되고, 모든 요소가 합쳐지는 것처럼. 그러나 그는 자신의 마음속에 있는 빛의 안내를 받아 계속해서 북쪽으로 나아갔다.

그는 멍하니 허공을 바라보던 망코의 시선을 뒤로 한 채 빌카밤바를 떠난 후로, 단 하루도 쉬지 않고 걸었다. 잉카는 그가 멀어지는 것을 보지 못했고, 분신 형제의 여행 준비에 주의조차 기울이지 않았다. 망코는 오직 간단한 명령을 내릴 때만 고독에서 빠져나왔고, 한밤의 후궁들 다리 사이에서만 약간의 생명력을 되찾았다. 존경의 표시는 이제 두려움의 표시에 불과했다. 아침에 소리를 지르며 잠에서 깨어나면 그는 예언자들을 불러, 자신을 질겁하게 하고 얼굴을 일그러뜨린 꿈을 해몽하게 했다. 카타리가 떠나가버렸을 때 그는 입술을 떨었다. 잉카는 카타리에게 뭔가 말하고 싶었지만 아무리 말하려 해도 불가능했다. 이미 자기 안에서 그는 망각의 먹이가 되어 있었다.

카타리는 그와 동족인 콜라족에게 분신 형제를 맡겼다. 그들은 아무 설명도 요구하지 않고 그의 말에 따랐다. 어렸을 때부터 침묵이 몸에 밴 사람들이었다. 그들은 아나콘다보다 더 소리 없이 숲 너머로 황금상의 가마를 호위할 터였다. 우아이나 카팍의 말에 따라 마땅히 있어야 할 곳으로 황금상을 가져가, 아나마야와 퓨마를 다시 만나 영원히 머물게 할 터였다.

카타리는 혼자 떠나는 쪽을 택했다.

누구 하나라도 옆에 있으면 생각이 혼란스러워지고, 어쩌면 그의 길에서 벗어나게 될지도 모르는 탓이었다. 그가 자연과 동물의 소리만을 벗 삼아 꽃잎이 촉촉한 난초 향기를 한껏 들이마시고 오직 새들에게만 화답하면서 지낸 지도 한 달이 되어갔다.

그는 아주 조금씩만 잤고, 언제나 똑같은 꿈에 빠져들었다. 비록 한 번도 가본 적 없는 곳이지만, 그는 자신이 어디에 있는지 알고 있었다. 확신에 찬 그는 행복한 마음으로 잠에서 깨어났고, 늘 더 빨리 나아갔다. 그는 튼튼한 다리로 더위에서 추위로, 또다시 더위로 풍경을 가로질러 나아갔다.

숲을 지나자 지형의 기복이 심한 한랭 고원에 이르렀다. 둥근 언덕들이 까마득히 펼쳐졌다. 그는 새파란 하늘 아래 노란 이추 덤불을 바라보았다. 먼지 구름이 일 때도 있었는데, 그것은 사람들이 아니라 땅이 뒤흔들리도록 뛰어오르는 야생 라마 떼였다.

그는 해안을 향해 내려가다가 자갈 사막을 건넜다. 자갈 사막은 이따금 작은 강물로 끊기기도 했다. 무성한 초목 속에서 벌거벗다시피 한 인디언들이 강가로 몰려들어 그가 지나가는 것을 꼼짝 않고 말없이 바라보곤 했다.

바다가 가까워짐에 따라, 안개 조각이 하늘을 가르며 그의 피부 깊숙이 파고드는 습기로 대기를 채웠다. 이제 안개는 거기, 그의 주위에 있었다. 안개는 그의 눈을 멀게 했지만, 그는 모든 것을 보았다. 안개는 소리를 죽이는 솜과 같은 것으로 대기를 변화시켰지만, 그에게는 모든 것이 들렸다. 안개는 강한 바다 내음을 지니고 있었지만, 그는 훨씬 멀리서 풍겨 오는 향기를 느꼈다.

"당신들 여기 있군요. 당신들은 멀리 있지만, 내게는 아주 가까이 있어요, 우리는 함께 있어요."

그가 가브리엘과 아나마야에게 속삭였다.

＊

그들이 아푸리막 골짜기에서 멀어져 산속으로 들어가면서 안개가 위로 올라갔다. 그들은 밤새도록 걸었다. 서늘한 새벽에는 그녀가 곁으로 다가왔다. 그는 거침없이 그녀의 푸른 눈 속으로 빠져들었다. 하늘의 푸른색, 밤의 푸른색, 바다의 푸른색, 그가 그녀를 다시 만나기 위해 휘젓고 다녔던 호수의 푸른색으로.

하늘을 향해 서 있는 돌기둥 같은 계단을 올라갈 때, 아나마야는 가브리엘의 눈에 손을 갖다 대고 그의 눈을 감겼다. 하늘과 땅 사이에 매달린 계단을 계속 올라가는 동안, 그는 심한 불안감에 사로잡혔다. 아나마야는 손으로 눌러서, 그가 다시 눈을 떠도 된다는 것을 알려주었다.

눈앞에 펼쳐진 아름답고도 강렬한 풍광은 그가 상상할 수 있는 모든 것을 초월했다. 마치 그 비밀의 장소에서는 인간과 하늘과 산과 강이 하나로 어우러져 자연 전체를 신전으로 만들고 신들의 존재를 찬양하는 듯했다.

"픽추예요."

아나마야가 단 한 번 나직이 말했다.

그의 눈이 반짝이고, 가슴은 격렬하면서도 평화로운 숨결로 가득 찼다. 그는 자기가 있어야 할 곳에, 그의 여정이 이끈 곳에 와 있었다. 그는 층을 이룬 계단식 대지 위로, 집과 신전 들 위로 미끄러져 내려가고, 이추 지붕에서 잿빛 소용돌이를 일으키며 피어오르는 연기와 물과 바람의 소리를 따라가고, 멀리 널따란 광장을 내려다보았다…… 그의 시선은 그곳을 굽어보는 가볍고도 날렵한 산에 한없이 이끌렸다. 그는 가슴을 두근거리며, 올란타이탐보의 네 개의 벽감이 있는 바위와 똑같은 형태를 알아보았다. 그와 동시에, 졸면서도 무시무시한 경계 태세를 갖춘 듯 도시 위에 도사린 퓨마의 형상을 알아보았다. 궁금한 것은 너무 많고, 이해할 것은 아무것도 없었다. 모든 것이 거기에 있었다.

옆에 있는 아나마야가 몸을 떨며 빛을 발했다.

"난 결코 비밀을 누설하지 않고 이방인과 함께 이 문을 넘지도 않겠다고 약속했어요……"

그녀가 낮은 소리로 말했다.

"지금 그러고 있는 거 아닌가요?"

"당신은 이방인이 아니에요. 당신은 퓨마예요. 비밀은 바로 당신 것이죠. 여기는 당신의 집이에요."

가브리엘은 행복하고 자유로웠다. 그의 마음속에 어린아이 같은 기질이 잠들어 있었다면, 계단식 대지를 급히 내려가 좁은 골목길로 뛰어가고, 아래로 강물의 은빛 띠가 반짝이는 현기증 나는 비탈길에 이르렀을 것이다…… 그러나 그곳의 분위기가 너무도 숭고해서, 그는 흥분을 누르고 자신을 감싸는 평화를 음미하고 있었다.

아나마야는 거대한 문에 이르는 계단을 내려갔다. 수년 전, 빌라 오마가 자취를 감추었던 문이다. 육중한 나무 울타리가 픽추 중앙으로의 접근을 완전히 차단하며 여전히 그 자리에 놓여 있었다. 그녀가 두 손을 대자, 문이 이내 열리며 길과 야트막한 집들이 나타났다. 속을 알 수 없는 무표정한 얼굴로 창을 들고 있는 세 보초병이 그들을 맞이해, 말 한마디 없이 넓은 집까지 안내했다. 벽에는 세심하게 초벽이 발려 있고, 맞닿은 물매의 경사가 급한 이추 지붕이 얹힌 집이었다. 벽에는 사다리꼴 창문 두 개가 열려 있고, 그 창문 너머로 깊은 골짜기가 한눈에 바라다보였다.

한 노인이 티아나 위에 앉아 그들을 맞이했다. 그의 기다란 머리카락은 살칸타이 정상처럼 눈이 내린 듯했다.

"윌록 토팍, 세월이 많이 지났는데도 여전히 이 장소를 지키고 계시는군요."

아나마야가 천천히 말했다.

인디언 노인의 눈동자가 장님처럼 하얬다. 그러나 그가 눈을 들자, 그들은 그가 영혼 깊숙이까지 들여다보는 것을 느꼈다.

이윽고 그가 말했다.

"당신들을 기다리고 있었소."

*

커다란 요람을 이룬, 잿빛에 잠긴 언덕들 한가운데에서 작은 산 여섯 개가 거의 완전한 원을 그리고 있었다. 바다는 이미 멀리, 걸어서 며칠 걸리는 곳에 있었지만, 그 은밀한 내음이 아직도 바다를 느끼게 했다. 하류에서는 강이 구불구불해지고, 양쪽 강변은 두 개의 띠를 이룬 야생 초목이 차지하고 있었다.

카타리는 가슴이 뛰었다.

단련되지 않은 눈으로 보면, 그것은 단지 바위와 자갈 바닥에서 더 짙게 눈에 띄는 먼지와 흙더미에 불과하다. 그러나 자기 나이보다 더 오랜 시간을 여행한 돌의 대가에게는 여기가 바로 길의 끝이다.

여기서 시간이 끝나고 시작된다.

그의 발걸음이 갑자기 더 느려졌다. 조개껍데기가 되어버린 그의 귀에서 바람이 울렸다. 세월 저편에서 흘러와서 과거에 있었던 일과 앞으로 있을 일에 대한 전설을 속삭이는 나팔 소리가 그의 몸을 관통해 울려 퍼졌다.

바로 여기에서 모든 것이 시작되었다. 비라코차가 티티카카 호수에서 나오기 훨씬 전부터, 비라코차가 북쪽으로 가서, 오늘날 이방인들로 인해 영원히 더럽혀진 툼베스의 문을 통해 광활한 바다 한가운데로 들어가기 훨씬 전부터.

바로 여기에, 안데스 산맥의 땅 위에 인간이 정박했음을 알리는 '기원의 표지'인 우안카 거석이 땅속 깊이 박혀 누워 있었다. 돌들이 그에게 그렇게 말했고, 쿠스코의 약탈에서 구해낸 옛 퀴푸가 그렇게 확인시켜주었다.

카타리는 보따리에서 퀴푸를 꺼내고, 손가락으로 끈의 매듭을 따라가며 눈 감은 채 말없이 기도문을 읊조렸다. 나이가 아주 많은 한 아마우타가 그에게 그 열쇠를 주었다. 퀴푸는 안데스 산맥의 기억으로, 그는 이제 그 기억을 일깨우는 법을 알고 있었다. 강 내음과 뒤섞인 바다 냄새가 그의 콧구멍에 와 닿았다. 그의 기다란 검은 머리카락이 얼굴을 스쳤다. 그는 더이상 주저하지 않고 가장 높은 구릉으로 향했다.

가까이 다가갈수록 구릉의 형태가 더욱 또렷해졌다. 그는 초자연적인 힘에 자신을 온통 내맡긴 채 계단식 대지의 규칙적인 층을 상상했다. 그는 피라미드 앞에 있었다.

그는 퀴푸를 움켜쥐고 지체 없이 돌더미 아래로 다가갔다. 천천히 피라미드를 돌면서, 피라미드의 존재와 거기에서 의식을 치른 여러 세대의 존재가 자기에게 스며들도록 내버려두었다.

그가 무너진 돌더미 밑에서 시작된 것으로 짐작되는 비탈 아래에 섰을 때, 갑자기 대지가 커다란 원의 형태로 둘러섰다. 그의 얼굴이 환해졌다.

"우르쿠 파차, 아랫세상으로 가는 통로. 바로 여기로군. 됐어."

그가 속삭였다.

그는 원 한가운데에 앉아서 자기 앞에 퀴푸들을 배치했다. 그러고 나서 팔과 다리를 벌리고 길게 눕자, 땅의 소음이 그의 안에서 올라왔다.

✻

아나마야와 가브리엘은 밤낮으로 꼬박 윌록 토파과 함께 있었다. 노인은 전쟁과 저 아랫세상에서 일어나는 일에 대해 아무것도 알고 싶어 하지 않았다. 아나마야가 기억하는 경멸 서린 적의라고는 그에게 전혀 남아 있지 않았다. 그는 오랫동안 비를 맞은 돌처럼 모든 감정을 벗어버린 터였다.

새벽에 노인은 가파른 골목길로 그들을 조용히 데려갔다. 계단식 대지 위로, 안쪽에 동굴이 뚫린, 돌로 된 고원에 이르기까지 빛이 드리워졌다. 고원을 내려다보는 콘도르 돌의 그림자가 뚜렷이 드러났다. 콘도르는 부리를 땅속에 박고 있었다.

윌록 토파은 코카 잎을 배치했다. 가브리엘은 그가 불을 피우고 치차를 뿌리는 것을 도와주면서 이상하게도 그와 하나가 되는 것을 느꼈다.

"다 되어가오."

눈동자가 하얀 윌록 토파이 길 잃은 별처럼 머리를 돌리며 말했다.

아나마야와 가브리엘은 그를 내버려두고 이리저리 자유롭게 돌아다녔다. 둘은 젊은 처녀들, 신관들, 금은세공사들, 직물 짜는 여인들과 마주쳤다. 멀리서는 벌써 농부들이 계단식 옥수수 밭에서 분주히 움직이고 있었다. 무겁고 음산한 정적이 흘렀다. 폭풍 전야의 정적.

아나마야와 가브리엘은 짤막한 말과 무심한 몸짓을 주고받을 뿐이었다.

황혼녘에 그들은 경치가 한눈에 내려다보이는 집에 이르렀다. 그들은 어둠이 내리는 것을 바라보았다.

갑자기 어떤 메아리가 들려오고, 온 골짜기에 노랫소리가 울려 퍼졌다. 오직 하나의 가락으로 이어지는, 신비로우면서 가슴 저미는 아름다움을 지닌 노래. 사람의 목소리와 나팔 소리와 북소리가 결합되어 마음을 파고드는 노래.

아나마야가 일어서고, 가브리엘도 그녀의 뒤를 따랐다.

다섯 개의 벽감이 있는 신전 아래쪽의 넓은 광장에 픽추의 모든 주민이 모여 있었다. 운쿠와 아나코가 온통 하얗다. 광장 중앙에 횃불이 밝혀지는 동안, 모두의 가슴을 가득 채우는 노랫소리가 끝없이 울려 퍼졌다. 가브리엘과 아나마야는 가까이 다가갔다.

그가 도착한 것이다.

분신 형제가 석양빛을 받으며 그들을 기다리고 있었다.

픽추의 주민들은 고개를 숙인 채 등을 구부리고 있었다. 어떤 이들은 가장 깊은 존경의 표시로 바닥에 엎드려 있었다.

아나마야 홀로 분신 형제 곁으로 갔다. 그녀가 분신 형제의 머리를
만지자 노랫소리가 그치고, 온 골짜기에 바람의 메아리와 윌카마요 강
이 노호하는 소리만이 남았다.

헛된 것은 없네, 오 비라코차여!
모두들 티티카카 호숫가에서 나와
땅속 피라미드까지 가고,
당신이 정해준 곳으로 다시 간다네!

오랫동안 기도가 이어졌다. 기도가 끝나자, 아나마야는 퀴푸를 앞에
펼치고 손가락으로 매듭을 찾았다. 카타리의 생각이 그녀 안으로 스며
들었다. 가브리엘은 그녀가 그 어느 때보다도 아름답고 눈부시다고 생
각했다. 그녀가 몸을 일으키고 말했다.

"오래전 사파 잉카 우아이나 카팍이 밀림 태생의 무지한 소녀에게
비밀을 털어놓으셨어요. 그 비밀을 차지하기 위해 많은 이들이 서로 싸
웠고, 많은 이들이 끝없는 파괴와 전쟁 속에서 그 비밀을 밝혀내리라
생각했지요. 그런 시간은 이제 끝났습니다. 비밀은 하나뿐입니다. 그것
은 바로 분신 형제가 이제 자신의 거처를 찾아야 한다는 것이지요. 우
리 민족의 영혼, 우리 산들의 영원한 영혼, 이 세상과 저 세상과 아랫세
상, 모든 세상이 영원히 하나가 되도록 하기 위해서지요……"

아나마야가 말을 멈추자 노래가 다시 시작되었다. 그 노래는 이제
픽추 주민들의 몸을 물결치게 하고, 믿음을 주는, 느리고도 장엄한 춤
과도 같았다. 짐꾼들이 가마 위의 분신 형제를 들어 올렸다. 아나마야

는 군중이 떠나지 않고 있는 광장 아래의 계단식 대지 세 층 너머로 가마를 안내했다. 가장자리가 윌카마요 협곡을 향해 열려 있고 양쪽 사면이 깎아지른 듯 몹시 가파른 장소 위의 세 개 바위에, 땅속 가장 깊은 곳으로 잠기는 듯한 긴 통로가 뚫려 있었다.

"우르쿠 파차. 여기로군요."

아나마야는 카타리가 준 돌 열쇠를 들고 말했다.

마지막 햇빛이 인티우아타나에 걸려 잠시 머물러 있는 동안, 분신형제가 중앙의 긴 통로 안으로 사라졌다.

노랫소리가 그치고, 온 땅이 흔들림으로, 모두가 발 구르는 소리로 요동을 쳤다. 마치 수많은 북소리가 그들의 발밑에서 울려 퍼지는 듯했다.

✳

태양이 산 뒤로 잠기려는 순간, 카타리는 시간을 멈추는 돌을 마지막으로 던지기 위해 앉아 있었다. 햇빛이 피라미드 꼭대기에 걸렸다가 번개처럼 옆구리로 내달리더니 피라미드 발치에 있는 지하 신전의 원이 열리는 장소에서 멈추었다.

"여기로군."

카타리가 청동 열쇠를 손에 쥐고 되뇌었다.

짓눌린 망치 소리 같은 둔탁한 소리와 함께 갑자기 땅이 진동했다. 온 사방에서 군대가 몰려오는 것처럼 그의 발과 다리를 파고드는 진동. 피라미드 꼭대기에서 '기원의 표지'인 매우 오래된 모암(母巖)이 갈라지더니, 대양에서 불어오는 바람에 먼지를 흩뿌리며 부스러졌다. 장식 없는 화강암의 뾰족한 끝이 땅에서 솟아올라 있는데, 첫 빗방울이 돌

표면을 때렸다. 카타리는 눈을 들고 얼굴에 떨어지는 비를 맞았다.

✳

태양이 산 뒤로 사라지고, 가브리엘은 협곡 가장자리의 계단식 대지 위에서 아나마야와 다시 만났다.

어둠에 내몰린 픽추의 주민들이 천천히 사라졌다. 그들은 말없이 기다란 열을 지어 영원히 도시를 떠났다. 하늘에 별들이 떠오르는 시간, 그들은 손에 횃불을 들고 어두운 산속에 뱀처럼 구불구불한 불길을 그리며 사방으로 멀어져 갔다.

여러 해 동안 그들은 분신 형제에게 합당한 거처를 만들기 위해 비밀의 도시 마추픽추를 세웠다. 분신 형제의 황금 뱃속에는 잉카족의 모든 역사와 능력, 안데스 산맥의 과거와 미래의 시간, 영광과 시련의 기억이 담겨 있었다.

오늘 떠나는 사람들은 그것을 알까?

아마도 모르리라고 아나마야는 생각했다. 그러나 그들은 과업을 완수한 것을 자랑스럽게 여겼다. 그들은 한마디 말도 없이, 눈길 한 번 주지 않고 떠났다. 말해져야 할 것은 말해졌고, 이루어져야 할 것은 이루어졌다.

아나마야와 가브리엘은 그들 가운데에서 윌록 토팍의 눈처럼 하얀 머리카락이 오랫동안 흔들리는 것을 보았다. 이윽고 그 머리카락도 사라졌다.

이제는 침묵뿐.

갑자기 습기가 무거운 대기를 뒤덮으면서 그들의 얼굴에 달라붙는 동시에, 어둠보다 더 짙은 구름이 하늘을 덮었다. 첫 빗방울이 떨어졌다. 소리 없는 번개가 어두운 산에 줄무늬를 그리며 창백한 빛을 던졌다. 번개는 번득이는 송곳니를 지닌 맹수 떼처럼 순식간에 마추픽추를 에워쌌다. 여기저기서 벼락이 목쉰 울음소리를 내며 활 모양의 빛을 내리꽂았다.

아나마야가 본능적으로 가브리엘에게 바싹 몸을 붙이자, 가브리엘의 숨결도 가빠졌다. 그녀는 그의 손을 찾아 배에 대고 꽉 쥐었다. 마치 그 단순한 몸짓이 벼락을 끌어들인 것처럼, 벼락이 아주 가까이, 가장 높은 계단식 대지 위에 떨어졌다. 그들은 둘 다 몸을 떨고, 요란한 천둥소리를 기다리며 눈을 꼭 감았다. 그런데 하늘의 불빛은 죽은 나뭇가지가 부러지는 소리만 겨우 내면서 눈부신 공 모양으로 변했다. 그 불빛은 흐릿한 황금색 불똥을 분출하며 비탈길을 급히 내려가, 무수히 넘쳐흐르는 불꽃으로 폭발하고, 바위의 가장 작은 균열과 합쳐졌다. 물기를 잔뜩 머금은 대기에서는 자극적인 유황 냄새가 코를 찔렀다. 그제야 천둥이 그들의 가슴을 진동시키며 이 비탈길에서 저 비탈길로, 가장 깊은 협곡까지 울렸다. 분노가 하늘에서 내려오고, 땅에서 올라가고, 온 세상을 한꺼번에 뒤흔들었다.

그들은 두렵지 않았다.

비바람이 잠잠해지자 상쾌한 바람이 구름을 몰아내고 하늘을 말끔히 치웠다. 또다시 바람이 불어, 정적 속에 나뭇잎이 바스락거리는 소리를 냈다. 어둠이 너무 짙어 세상이 온통 하늘로만 이루어진 듯했다.

✳

비가 그치자 카타리는 별과 함께 여행을 했다. 지평선에서부터 은하수를 따라가다가, 라마 모양의 짙은 구름에서 멈추고는 미소 지었다. 다른 세상의 세력가들이 일을 끝마친 그에게 감사했다. 안개가 갈라졌다. 그는 라마의 눈인 라마크나윈을 분명히 알아보았다. 별 두 개가 부드럽게 반짝였다. 두 별의 고동이 느리고, 조화롭고, 규칙적이었다. 마치 심장 박동의 리듬이 같은 영원한 한 쌍 같았다.

그가 혼잣말을 했다.

"당신들 거기 있군요. 난 당신들과 함께 있어요. 시간은 하나입니다. 우린 과거에서 왔고, 미래에도 있을 거예요. 모든 게 잘 됐어요."

✳

밤새도록 가브리엘과 아나마야는 성좌 속을 오갔다.

아나마야는 묘성*을 '콜카'라고 부르고, 다른 모든 별들의 어머니라고 말했다. 그녀는 손가락으로 오리온자리의 별 세 개를 가리키며 가브리엘의 귀에 대고 속삭였다.

"콘도르, 독수리, 매예요."

그는 그녀와 함께 날면서, 별들에게 둘러싸인 새와 곰과 뱀을, 그러다가 마침내 퓨마의 윤곽을 발견했다.

---

* 황소자리에 있는 산개(散開) 성단으로, 플레이아데스성단이라고도 한다. 이 성단의 일곱 개 별은 그리스 신화의 아틀라스와 플레이오네의 일곱 자매가 별이 된 것이라는 전설이 있다.

어렴풋한 새벽빛 속에서, 아냐마야는 가브리엘에게 '차스카 쿠이로르' 라는 이름으로 금성을 가리켰다.

세상이 삼켜졌다가 다시 태어났다.

시간이 뱀처럼 휘감겼다가 펼쳐졌다.

두 사람은 오랫동안 키스했다.

그들은 계단식 대지 너머로 다시 올라가, 도시를 벗어나는 계단에 이르기까지 황량한 도시의 골목길들을 따라갔다. 아냐마야는 숲을 가로지르는 가파르고 미끄러운 길로 그를 데려가 마추픽추 꼭대기에 이르렀다. 그녀가 몇 년 전에 희생될 뻔한 어린 소녀의 손을 잡고 있었던 곳.

그들은 다시 떠오르는 태양에 부신 눈을 가리고 무성한 초목을 가로질러 올라갔다. 돌문들을 지나고, 마치 하늘 가장 높은 곳이 손에 닿을 것처럼 그들은 얼굴을 들었다.

바람이 구름과 안개와 함께 노닐고 있었다. 그들은 아무런 두려움 없이 마추픽추의 뾰족한 끄트머리로 갔다. 그들은 두 팔을 벌렸다. 허공으로 뛰어들기 위해 날개를 펼치듯.

바람이 더 강해지고, 지평선의 푸른빛은 더 짙어졌다. 떠오르는 태양을 마주한 채, 사랑으로 가득한 인간-새처럼 그들은 계속 그대로 머물렀다.

저 아래, 저 먼 아래에는 돌뿐이다. 그것은 이미 환영일 뿐이다.

"우리뿐이에요!"

가브리엘이 바람 너머로 소리쳤다.

아냐마야가 아주 낮은 소리로 대답했다.

"우린 함께 있어요."

에필로그

1520년경, 그러니까 프란시스코 피사로가 페루를 발견하기 십 년 전, 잉카 제국의 동쪽 국경은 투피남바 유목민의 침략에 직면해야 했다. 브라질에서 온 이 인디언들의 우두머리 중에는 알레호 가르시아라는 이름의 유럽인이 있었다. 태양신의 아들들이 침략자의 물결을 저지하려 애썼지만, 침략자들은 '치리구아노'라는 이름으로 라 코르디예라 산맥 밑에 정착했다.

전설에 따르면, 플랑드르 혈통의 포르투갈인 알레호 가르시아가 동쪽으로 사라지기 전에 잉카족의 공주를 생포해 아내로 삼았을 것이라고 전한다. 그 남자는 청잣빛 눈동자를 지녔다고 한다……

망코는 이방인들에게 붙잡힌 아들 티투 쿠시를 무사히 되찾아 빌카밤바의 은신처에서 몇 년을 더 산 뒤 1544년 비트코스에서, 자신이 구제해준 일곱 명의 알마그로 파에게 살해된다. 그들은 그 비겁한 암살

행위를 통해 곤살로 피사로의 용서를 구하고자 했던 것이다.

파울루는 가까운 가족 몇 명과 함께 1543년에 크리스토발이라는 이름으로 세례를 받았다. 1545년에는 작위를 받고 스페인 귀족이 되었다. 이 우울한 서사시에서 '자연사'로 생을 마친 몇 안 되는 인물 중 하나로서, 1549년에 사망했다.

난쟁이 침부 산초는 아마도 유카이 골짜기의 자기 땅에서 노년을 보냈을 것이다. 그의 많은 자녀들 가운데 두 딸이 아버지의 작은 키를 물려받았다. 그러나 그들의 흔적은 과거의 그늘 속으로 사라진다.

에르난도 피사로는 이십 년간 스페인 감옥에 갇혀 있었다. 그는 형 프란시스코의 딸과 결혼한 덕분에, 메디나 델 캄포의 모타 성 감옥에 있을 때부터 피사로 '씨족'의 엄청나지만 무익한 재산을 신중하면서도 끈질기게 관리했다. 1561년에 자유의 몸이 되어 고향 트루히요에 궁전을 세웠고 1578년에 그곳에서, 당시로서는 고령인 71세의 나이로 거의 장님이 되어 죽었다.

곤살로 피사로는 자신의 야망 앞에서 결코 물러서지 않았다. 1544년에 그는 스스로 페루의 총독임을 선언하고 스페인 왕권에 공개적으로 대항했다. 사 년 동안 특히 '안데스의 악마'라는 별명이 붙은 그의 부관 프란시스코 데 카르바할의 무장한 팔을 이용해 반대파들 사이에 공포를 살포했다. 그의 야만적인 욕망에 대한 보상이었을까. 1548년에 끝내 왕의 부대에 패해 전장에서 참수형을 당했다.

망코의 후계자들은 게릴라전과 평화에 대한 흥정을 번갈아 벌여가며 1572년까지 빌카밤바에서 저항했다. 그 마지막 해에 합법적인 마지막 사파 잉카 투팍 아마루가 숲속 은신처에서 체포되어 쿠스코로 이송된 뒤, 페루 총독 프란시스코 데 톨레도의 명령에 따라 잉카 제국 옛 수도의 아르메스 광장에서 참수되었다.

　　공시대에 못박아놓은 투팍 아마루의 머리는 부패하기는커녕 나날이 아름다워졌고 갈수록 숭배의 대상이 되었다. 그 잘린 머리가 몸을 되찾게 되는 날 잉카가 돌아온다는 신화 속 예언이 지금까지 전해진다.

구아나코 케추아어로는 우아나코. 안데스 산맥 야생 낙탓과의 동물로, 라마와
  비슷하다.

라우투 머리를 여러 번 둘러싸서 머리쓰개를 만드는, 길게 엮은 색깔 있는 모
  직끈.

마스카파이차 '볼라' 참조.

망타 이불을 뜻하는 스페인어로, 남자 망토 '라콜라'와 여자 망토 '리클라'를
  지칭하기도 한다.

물루 태평양 연안의 붉은빛 혹은 장밋빛이 도는 조가비. 자연 상태로든 가공된
  상태로든, 종교적인 의식에 중요하게 쓰인다.

발사 발사(열대 아메리카 산의 가벼운 목재)라는 나무로 만든 뗏목.

볼라(스페인어) 또는 마스카파이차(케추아어) 이마 위로 내려오는 일종의 모직
  술 장식으로, 라우투와 쿠리긴그의 깃털과 함께 사파 잉카의 상징적인 머리
  장식이다.

사파 잉카 문자 그대로는 '유일한 지배자'라는 뜻. 최고 잉카의 칭호.

아나코 발목까지 일직선으로 내려오는 여자들의 긴 튜닉.

아마우타 현자, 학자, 지식 수탁자라는 뜻.

아일로스 투척 무기. 각각 돌이 매어 있는 세 개의 가는 가죽끈으로, 동물의 다
  리 쪽에 던져 발을 못 쓰게 묶는 것.

아클라우아시 선택받은 여자들(아클라)의 거주지.

아툰루나 '농부'를 뜻하는 케추아어.

아푸 '군주'를 뜻하는 케추아어. 일반적으로 산꼭대기를 가리키는데, 이때의 산꼭대기는 '보호의 신'을 의미한다.

우스누 잉카족의 광장에 있는 권력층 전용의 작은 피라미드.

우아라 짧은 바지. 우아라치쿠라고 불리는 성년식 때 청년들은 이것을 받았다.

우아카 '성스러운 것'을 뜻하는 단어. 넓은 의미로는 성소나 신의 거처를 뜻한다.

운쿠 남자들이 입는 소매 없는 튜닉으로, 무릎까지 내려온다.

이추 고지의 야생식물로, 그 짚은 특히 지붕을 덮는 데 쓰인다.

인티 라이미 동지 즈음에 열리는 잉카족의 중요한 의례 중 하나.

인티우아타나 일종의 해시계로, 태양이 기울면서 인간을 버리려는 듯한 일몰 때 신관이 천체의 사라짐을 막기 위해 돌에 태양을 붙들어 매는 의식을 거행하는 곳이다.

차스키 계주와 같은 방식으로 소식을 전달하는 파발꾼.

차퀴라 꿰어서 목걸이로 만들거나 의식용 의복으로 짜놓는, 장밋빛 조가비(물루)의 작은 진주.

추뇨 여러 달 보존할 수 있도록 자연적인 탈수 과정을 거쳐 건조시킨 감자.

추스파 종교적인 것을 상징하는 문양을 넣어서 짠 작은 주머니로, 코카 잎을 담는 용도로 쓰인다.

치차 대개 옥수수를 발효시켜 만든 술로, 공식적인 의식 때 마셨다.

칸차 포석을 간 안뜰. 넓은 의미로는 거주지 단위를 이루는 서너 개의 건물 전체를 이르는 말.

칼란카 길쭉한 건물로, 입구가 대개 행정 중심지인 광장으로 나 있다.

코야 잉카의 합법적인 아내에게 주어지는 칭호.

콜카 원형이나 직사각형의 방 하나로 이루어진 건물로, 식량, 직물, 무기 또는
　　다른 사치품을 보관하는 데 쓰인다.

쿠라카 '우두머리'라는 뜻으로, 지방 군주나 공동체 수장 등 지역의 세력가를
　　일컫는다.

쿠리킹그 맷과의 작은 조류로, 검은색과 흰색 깃털은 사파 잉카의 머리쓰개를
　　장식하는 데 쓰인다.

쿰비 주로 야생 라마 털로 만든 매우 질 좋은 직물.

퀴푸 역사적 사건이나 숫자 등을 끈의 매듭 수나 간격으로 나타낸 일종의 문자
　　로, 끈의 색깔에 따라 내용을 구별했다.

탐보 제국의 도로에 일정한 간격으로 위치한 역참의 일종. 이곳에서 여행자는
　　숙소, 식기, 그리고 의복까지 제공받을 수 있었는데, 그 비용은 나라에서 부담
　　했다.

토카푸 잉카의 직물을 장식하는 상징적인 의미를 지닌 기하학적인 문양.

투미 의식에 쓰이는 칼. 청동 칼날이 칼자루와 직각을 이룬다.

투푸 황금이나 은, 청동 또는 구리로 된 기다란 핀으로, 머리 부분이 세공되어
　　있다. 소매 없는 망토나 망타를 여미는 데 쓰인다.

티아나 권력을 상징하는 작은 의자로, 잉카만이 사용할 수 있다.

파나카 혈통. 최고 잉카의 후손.

파차쿠티 새 시대의 시작을 알리는 대혼란.

파파 감자.

푸투투 나팔로 쓰이는 커다란 소라고둥.

플라테로 귀금속 전문 세공업자를 가리키는 스페인어.

잉카 시대 쿠스코의 일상생활

앙투안 B. 다니엘

'세상의 배꼽'이라는 뜻의 쿠스코는 안데스 산맥 중앙의 높은 고원들 사이에 자리를 잡고 위세를 떨쳤다. 신화에 따르면, 잉카 왕조의 창시자인 망코 카팍과 마마 오클로가 티티카카 호수의 한 섬에서부터 대여행을 시작해 고도 3,400미터의 바로 그곳에서 멈췄다고 전해진다. 그러나 잉카 파차쿠텍이 흙과 짚으로 이루어진 작은 촌락을 재정비하여, 갑작스럽게 팽창한 제국에 걸맞은 수도의 모습으로 변모시키기 시작한 것은 1438년에 이르러서였다. 그는 수도 쿠스코를 권력의 상징인 퓨마의 형태로 만들었고, 잉카의 권력을 상징하는 건축술로 궁전과 신전 들을 짓게 했다.

잉카 파차쿠텍의 아들과 손자의 통치기에도 계속 이어지던 도시 미화 작업은 왕위 계승을 요구하는 두 왕자 사이의 내전으로 중단되었다. 이 내전은 1532년에 스페인의 침략을 용이하게 하는 끔찍한 결과를 초래했다. 그러니까 쿠스코는 단 한 세기 동안 명실 공히 남아메리카에서 가장 크고 아름다운 도시였던 것이다.

쿠스코의 화려한 모습 중 오늘날까지 남아 있는 것은 거의 없다. 지진과, 특히 그 땅에 새로 도착한 정복자들이 가져온 변화로 인해 자랑할 만한 볼거리가 무너져버린 탓이다. 그러나 남아 있는 몇몇 웅장한 벽과 최초로 그곳에 도착했던 서양인들이 글로 남긴 증거물들 덕분에, 고고학자와 역사가 들은 호사스러움과 비참함이라는 이중성을 지닌 쿠스코 사람들의 일상생활을 망각으로부터 되살릴 수 있었다.

신분에 따른 거주지

정복자들은 도시 지역의 인구를 약 이십만 명으로 추산했다. 도시민 모두가 퓨마 형태의 중심지에 살았던 것은 아니다. 중심지는 오직 왕족 혈통의 잉카족에게만 부여된 특별한 장소였다.

대다수 사람들은 흙집들로 이루어진 주변 지역에 살았다. 그들은 '사방위 제국', 즉 타완틴수유의 모든 지역에서 온 사람들이었다. 그들은 부족끼리 무리를 이루어 출신지에 따라 도시 주변에 정착했다. 남부 지방의 콜라족은 남쪽에, 동부 지방의 안티족은 동쪽에, 이런 식으로 모두가 쿠스코에 이르는 네 개의 대로 주변에 자리를 잡았다.

당시 스페인인들의 증언에 따르면, 골목길에서 마주친 사람들의 의상이 놀랍도록 다양했다고 한다. 잉카족에게 정복당한 각 부족은 고유의 문양이 새겨진 모직물이나 면직물로 된 옷을 입었고, 머리 장식이나 머리를 자르는 스타일, 게다가 신분을 정확히 드러내주는 두개골의 변형도 제각기 달랐다. 다채로운 색깔은 없다 하더라도, 결 고운 직물과 풍부한 보석 장식이 개개인의 신분을 충분히 드러내주었다. 그리하여 알록달록한 털실을 엮어 만든 관을 쓴, 지금의 적도 태생의 카나리족, 왕관과 황금 가슴받이를 자랑스럽게 하고 있는 치무족 군주, 그리고 헐렁한 흰색 면 망토와 무어인의 것과 비슷한 커다란 터번을 두른 태평양 연안의 윤가족을 구별할 수 있었다.

잉카족의 지배 아래 평화가 유지되던 시기에 각 지역의 군주들은 자의건 강제로건 의무적으로 매년 넉 달씩 쿠스코에 머물러야 했다. 그들은 항상 수많은 측근과 공물을 진 짐꾼과 하인 들을 대동했다. 군주와 동행한 사람들은 모두 각자의 주인이 지은 궁전 근처에서 묵었는데, 그곳에는 이러저러한 분야에서 뛰어나다는 이유로 잉카족이 징집한 장인들도 거주했다. 가장 훌륭한 금은세공사로 여겨지는 치무족, 건축술에 뛰어난 몇몇 콜라족 등은 쿠스코에 계속 머물면서 잉카족에게 권력의 표현 수단을 제공했다.

도심지에서 조금 더 멀리 떨어진 곳에서는 농촌이 시작되었다. 계단식 대지로 구획이 정리된 인근의 언덕 비탈길에 이르기까지 경작이 가능한 땅이면 최소한의 땅이라도 모두 농토로 이용되었다. 이곳에서는 잉카족과 오랜 동맹관계를 맺어 소위 '특권층'으로 신분이 상승한 사람들이 살았다. 그들이 골짜기에 자리잡은 첫 주민이었다. 농촌의 집들은 서로 보이지 않을 정도로 드문드문 흩어져 있었지만, 같은 조상에서 출발해 같은 공동체에 속해 있다는 강한 소속감은 약해지지 않았다.

왕족 혈통의 잉카족이건, 가장 보잘것없는 농부들이건, 하인의 유무를 제외하면 집 안에서의 생활은 거의 다르지 않았다. 거주지는 '칸차'라는 동일한 모델을 따랐다. 하늘이 올려다보이는 넓은 안뜰에 문이 단 하나뿐인 울타리가 경계 구실을 했으며, 몇 개의 건물이 안뜰을 둘러싸고 있었다.

각각의 건물에는 방이 하나씩뿐이었는데, 경사진 두 개의 물매로 이루어진 지붕은 혹독한 기후와 고도에도 잘 견디는 질기고 탄탄한 '이추' 짚단으로 덮여 있었다. 건물에는 창문이 전혀 없고, 하나뿐인 사다리꼴 문마저 추위를 막기 위해 장막으로 가렸다. 두꺼운 벽에는 벽감을 만들어 그 안에 온갖 종류의 일용품이나 의례용 물품을 넣어두었다. 벽감 역시 사다리꼴로, 귀족의 거주지에는 수없이 많았다.

주거지 내부는 어둠침침하고 가구가 전혀 없었다. 주요 고관들만이 작은 의자를 사용할 수 있었는데, 그것은 대개 그들 권력의 특성에 따라 금, 은 또는 귀한 보석으로 상감된 나무로 정교하게 만들어졌다.

그러나 대다수 일반 서민 가정의 방 안 살림살이라고는 바닥의 흙을 약간 돋워서 알파카 가죽이나 모직 이불을 쌓아 만든 널따란 잠자리가 전부였다. 부모와 아이들은 그 잠자리 위에서 몸을 맞대고 서로의 체온에 의지해 잠을 잤다. 한쪽 구석에 자리한 화덕에는 가열된 그릇을 올려놓을 수 있는 삼각대 같은 것이 얹혀 있었다.

궁전들은 규모, 안뜰의 개수, 흙 대신 돌을 사용했는지, 건축에 얼마나 정성을 들였는지의 여부에 따라 구분되었다.

일상, 노동, 결혼

오늘날의 안데스 산맥에서도 그렇듯이, 농촌의 일상은 동트기 전에 시작되었다. 제일 먼저 일어난 어머니는 숯불을 활활 피우고 주로 감자나 옥수수 혹은 단백질이 풍부한 곡식인 퀴노아를 재료로 해서 수프를 만들었다. 그리고 말린 고기나 민물 생선 몇 점씩을 접시에 곁들였다.

가족들은 모두 함께 바닥에 둘러앉아 푸짐한 식사를 했다. 저녁 식사 전까지 다른 식사는 없었다. 아침 식사 때는 하루 일과에 대해 이야기를 주고받았다.

아침 식사를 마치고 나면 아버지는 이웃 사람들이 집 짓는 것을 함께 마무리하러 나갔다. 아이니(ayni)라고 불린 이런 노동에는 도움을 줬던 사람에게 다시 도움을 받을 수 있다는 조건이 있었다. 아이니에 동참하지 않으면 밍카(minka)라고 불리는 집단 노동에 합류해, 길이나 관개수로의 유지 보수 또는 집단 옥수수 재배 작업과 같은 공동체 구성원 전체의 생활과 관련된 일을 해야 했다. 또한 하루 종일 얼마 안 되는 자기 가족의 토지에서 일하는 아내와 다른 가족들을 따라다니기도 했다. 토지는 부양가족 수에 따라 할당되었다.

여덟 살에서 열 살쯤 되는 딸은 칸차에 남아 어린 동생을 돌보고 불씨를 지키는 일을 맡았다. 또한 나무를 주우러 갈 수 없을 만큼 기력이 약해진 할머니를 보살피기도 했다. 할머니의 병세가 악화되면, 어린 딸은 공동체의 주술사이자 의사인 암피카마욕(hampicamayoc)에게 알리러 갔는데, 때에 따라서는 더 깊숙한 골짜기까지 찾아 들어가기도 했다.

노인이 아픈 것은 신들이 노인의 '카마켄'(생명력)을 불러들이고자 하기 때문이므로 주술사의 주문은 큰 도움이 되지 못했다. 그리하여 노인의 몸은 땅에 파놓은 움푹한 구덩이나 바위 굴곡 속에 태아와 같은 자세로 안치되었다.

노인이 조상들의 나라에 무사히 이를 수 있도록 치차 한 단지와 함께 옥수수와 코카 잎이 놓인 접시를 놓아두었다. 우선은 처방된 약초로 노인의 고통을 가라앉히기도 했다. 골짜기와 고원, 연안의 평야, 숲 등 사방위 제국의 헤아릴 수 없을 만큼 다양한 생활환경은 수세기에 걸쳐 사용되어 효능이 검증된 약제를 노인에게 제공했다.

사람들은 온종일 밭에서 지냈다. 할당된 얼마 안 되는 토지가 자리 잡은 비탈진 언덕에서는, 어머니가 젖먹이 아기를 망타 안에 넣어 어깨 언저리에 비끄러맨 채 남편과 밭일의 보조를 맞추었다. 남편은 비탈길을 등지고서 낫도끼로 흙덩어리를 하나하나 들어 올렸다. 그러면 남편과 마주 선 아내는 남편이 다음 흙덩어리를 들어 올리기 위해 한 발짝 뒤로 물러서는 사이, 싹이 튼 덩이줄기를 구멍 속에 넣고 흙덩어리로 다시 덮었다.

조금 더 높은 곳에서는 큰아들이 제 또래 청년들과 함께 공동체에 속한 라마들을 돌보았다. 아들은 라마 떼에 눈길을 던지는 틈틈이, 수프 맛을 더해줄 새를 잡기 위해 돌 던지는 연습을 하거나, 간이 베틀이나 물레 토리개를 돌리는 데 여념이 없는 옆집 아가씨에게 친절하게 말을 걸곤 했다.

청년은 자기가 보여준 친절과 호의를 아가씨가 알아차리길 바랐다. 잘만 되면 이런 작은 만남이 결혼의 전 단계인 동거로 이어질 수도 있었다. 동거에 대한 합의가 이루어지면 서로가 상대방의 장점을 인정할 수 있을 기간 동안 여자의 집에서 함께 생활했다. 동거는 결혼에 앞선 일종의 시험 기간이었던 셈이다. 다시 몇 달이 지나 시험 기간에 서로 불만이 없으면 두 사람은 그해의 합동 결혼을 위한 지역 통치자의 부름에 함께 응했다. 그렇지 않으면, 운명이 점지해준 배우자가 누구인지 모르는 채 각자의 일상으로 돌아갔다.

만남에 실패해도 그걸로 끝이었다. 그 잠시 동안의 만남으로 아기가 태어나더라도, 특별한 문제가 생기지 않는 한 아기는 자연스럽게 처녀의 가족으로 남았다.

오전과 오후에는 가족이 간식을 놓고 둘러앉아 한 차례씩 휴식을 취했다. 간식거리는 불씨가 남은 재 속에서 구운 감자나 연한 옥수수 이삭이었다. 근처에 시냇물이 있으면, 어머니는 시냇가에 앉아 일고여덟 번에 달하는 출산의 경험을 회상하기도 했다. 어머니는 일을 하다가 아기를 낳았고, 갓 태어난 아기를 찬물에 씻겨 면 포대기로 따뜻하게 감싼 뒤에 다시 밭일을 하러 돌아가야 했다.

중대한 사건이 조화를 흐트러뜨리지 않는 한, 세월은 농사와 관련된 계절의 리듬을 타고 흘러갔다. 아버지는 국가에 대한 의무로, 미타(mita)의 일원으로 파견되기도 했다. 잉카가 자신의 권위를 확인시키기 위해 필요로 하는 커다란 건축물을 짓는 데 일손을 제공하거나 광산에서 일을 하기 위해 떠나게 되면 몇 달씩이고 집을 비웠다. 집에는 어머니 혼자 남아서 밭일을 계속하면서 가축을 돌보았다.

훨씬 더 심각한 경우로, 아버지는 안데스 산맥의 나머지 부분까지 쿠스코의 주도권을 확장하기 위해 태양신의 아들이 벌인 전쟁터에 불려 나가기도 했다. 그 경우 어머니와 큰아들은 아버지를 따라 전장으로 가서 아버지에게 양식을 공급해주고, 전투가 벌어지는 동안 아버지의 투석기에 필요한 돌을 날라다주는 임무를 맡았다.

마을에서 십여 킬로미터 떨어진 곳에 있는 성스러운 도시 쿠스코에서 며칠 동안 진행되는 호화로운 시민 의례나 종교 의례에 참석하는 일도 있었다. 이때에는 마을 사람들 모두가 빠져나가서 칸차가 텅 비었다. 사람들은 간단한 막대기 하나를 문에 가로질러놓는 것으로, 집이 비었으니 문 앞에 멈춰 설 필요가 없음을 행인에게 알렸다. 도둑질을 하면 사형에 처해질 수 있고, 일상적인 인사가 "도둑질하지 마라, 거짓말 하지 마라, 게으름 피우지 마라!"인 마당에 누가 감히 그 막대를 넘으려 했겠는가?

살아 있는 지배자와 미라가 된 지배자

쿠스코의 대광장은 비어 있는 일이 드물었다. 약간 경사가 진 대광장은 약 8헥타르에 달하는 넓이로, 사람들이 태평양 해변에서부터 등짐을 져 날라온 두터운 모래층으로 덮여 있었다.

우아타나이 강이 가로지르며 쿠스코 광장을 두 개의 공간으로 나누었다. 두 공간 중 더 넓은 북동쪽 광장은 '탄식의 광장'이라는 뜻으로 '아우카이파타'라고 불렸다. 아우카이파타를 둘러싼 세 면은 각각의 지역을 지배하는 사파 잉카들이 짓게 한 궁전들이 차지하고 있었다. 남동쪽에 있는 '환희의 광장'이라는 뜻의 쿠시파타에는 계단식 경작지가 있었다. 쿠시파타 사람들은 다음의 지배자가 경작지 중 한 곳을 선택해 거주지를 세워주기를 기다렸다.

태양신의 아들이라는 칭호가 아버지에게서 아들로 전해지기를 바랐던 것은 파차쿠텍의 아버지 시대 때부터인 것으로 짐작된다. 사실상 권력을 부여받은 아들은 선대 군주의 핏줄이며, 그는 선임자의 사후에도 계속해서 그를 숭배할 책임이 있었다. 하지만 새로운 혈통이 권력을 이어받을 경우 재산 또한 새롭게 축적되어야 했다. 그것이 잉카의 최고 권력자인 사파 잉카들이 끈질기게 정복 활동을 벌인 이유 중 하나일 수 있다.

선임자로부터 제국의 권력을 물려받은 새로운 잉카는 어떠한 경우에도 선임자가 통치하는 동안에 축적해놓은 물질적인 재산을 차지할수 없었다. 금은 그릇, 야생 라마 털로 만든 고운 직물, 후궁들, 경작지와 궁전은 고스란히 고인 후손의 소유로 남겨졌다. 이것은 그 후손이고인의 영생을 보장하기 위한 미라를 철두철미하게 숭배한 중요한 이유였다.

죽은 지배자들의 미라는 아우카이파타 광장에 종종 모습을 드러냈다. 안데스 산맥의 강렬한 태양과 희박하고 건조한 공기는 미라를 만드는 데 유리했다. 정복자들은 미라가 속눈썹 하나도 훼손되지 않은 채완벽하게 보존되어 있었음을 강조했다.

광장을 가로질러 가야 하는 행인은 중간에 멈춰 서야만 했다. 행인은 숭배의 대상을 마주 보고, 존경의 표시로 머리와 상반신을 굽힌 채두 팔을 앞으로 내밀고 손바닥을 위로 펼쳤다. 그리고 가볍게 숨을 들이마시는 소리를 낸 다음 손가락을 얼굴 앞으로 모아서 입을 맞추었다.

살아 있는 사람들은 죽은 잉카가 현존하고 있음을 나타내기 위해 갖가지 일을 했다. 죽은 잉카는 이렇게 사후에도 살아 있는 자들의 삶에동참했다. 죽은 잉카의 미망인들은 날마다 코카 잎과 먹고 마실 것을바쳤다. 일단 미라에게 음식을 보여준 다음에는 모조리 화로에 태웠고,치차는 연못을 따라 흐르다가 광장 아래로 흐르는 우아타나이 강의 지하 수로로 빠져나갔다.

쿠스코의 주민들은 온갖 문제에 대해 미라에게 자주 조언을 구했다.그러면 파나카의 우두머리가 우상의 중개자 역할을 하면서 미라의 '언어'를 전달하는 동시에 혈통 전체의 입장을 전했다. 미라의 중요성은쿠스코의 삶에 리듬을 만들어주는 대규모 종교 의식이 치러질 때 더욱

더 명백히 드러났다.

종교 의식이 있을 때에는 타완틴수유의 공식적인 역사에 흔적을 남긴 모든 잉카 지배자들의 몸—전부 십여 구—이 아우카이파타 광장으로 향했다. 파차쿠텍의 선임자들은 열을 지어, 도시의 포장된 좁은 골목길을 통해 광장으로 이동했다. 하얀 천으로 덮인 미라는 혼자서도 거뜬히 들 수 있을 만큼 가벼웠다. 미라가 지나갈 때 사람들은 걸음을 멈추고 꿇어 엎드려 탄식을 했다. 미라들은 선대에서 후대의 순서로 정렬하여 잉카 옆에서 의식을 주재했다.

아클라, 선택받은 여자들

이렇게 행사가 있는 날에만 아클라(acllas)라 불리는 '선택받은 여자들' 중 몇 명이 외출을 할 수 있었다. 스페인 사람들은 아클라의 집('처녀들의 집')을 스페인의 수녀원과 비슷한 것으로 생각했다. 아클라의 집은 타완틴수유의 모든 지역에 무수히 흩어져 있었지만 쿠스코에 있는 것의 규모가 단연 컸다.

수십여 개의 건물이 있는 아클라의 집은 궁전이라기보다는 중심 도로 여기저기에 배치된 다양한 칸차들의 거대한 복합체였다. 그곳에 은둔한 처녀들의 순결을 목숨 걸고 보호하던 몇몇 경비대 전사들—아마도 내시였을 것이다—을 제외하고는 순전히 여자들만 머물던 그곳의 인구는 천 명이 넘었을 것으로 추산된다.

아클라의 집에서는 특권층과 같은 귀족 혈통의 모든 딸들과 정복된 지방의 주요 인사들의 딸들을 받아들였다. 이는 무엇보다 그들에게 공식적이고 도덕적인 종교 계율을 가르쳐, 훗날 그들이 자녀를 교육시킴으로써 제국의 안정에 기여하게 하기 위해서였다.

처녀들은 아클라우아시(acllawasi)에서 보내는 육칠 년 동안 여러 가지 집안일을 배웠다. 주된 일은 옷감 짜기였다. 운쿠를 만들고, 합당한 자격이 있는 인물들에게 특별히 선물을 하거나, 우상에게 바치는 희생물로 불태우거나, 혹은 잉카가 입을 수 있도록 제국에서 필요로 하는 여러 가지 옷을 만드는 일이 바로 그들의 임무였다. 그렇게 생산된 직물의 양이 상당한 까닭에, 어떤 역사가들은 아클라우아시를 직물 생산 센터라고 부르기도 했다.

대부분의 처녀는 당시의 정치적인 필요에 부응하는 결혼 동맹에 따라 결혼하는 것이 주어진 운명이었다.

매우 드문 일이긴 하지만 어떤 처녀들은 태양신의 아들의 생명을 위협하는 중대한 위험이 있을 때 우상들에게 제물로 바쳐지기도 했다. 최근에 안데스 산맥의 산꼭대기에서 어린아이나 처녀를 인간 제물로 바친 흔적이 발견되어 스페인 연대기 작가들의 진술을 입증해주었는데, 그 이례적인 의례는 희생자가 신격화된다는 사실 때문에 최고의 영예로 받아들여졌다.

하지만 어떤 처녀들은 돌들을 유난히 세심하게 맞물려 쌓은 벽으로 중요한 기관임을 나타냈던 이곳에 틀어박혀 평생을 보냈다. 특히 당시의 서양 연구자들이 '수녀원장'에 비유했던 마마코나(mamacona)는 초심자들에게 지식을 전수해주며 평생을 독신으로 지냈다. 소위 '선택된 여자들'인 아클라들은 중심가 끝에 그들만의 구역을 가지고 있었다. 이들은 태양신의 아내로서 일생을 태양신을 숭배하는 일에 바쳤다.

이들은 맡은 임무를 확실히 하기 위해, 특히 태양신 신전으로 가기 위해 아클라우아시를 나서기도 했다. 거리를 지날 때 새하얀 옷으로 차려입은 이들은 주변을 세심히 살피는 마마코나들에게 둘러싸이고 그들의 통행을 미리 알리는 호위대를 앞세웠다. 그러면 그 누구도, 제아무리 높은 혈통의 잉카 군주라 하더라도 감히 그들을 똑바로 쳐다볼 수 없었다.

태양신의 축제

안데스 산맥의 전반적인 문화가 농경 문화이듯이, 사실상 안데스 문화를 마지막으로 대표하는 잉카족은 농업에 종사했다. 성직자의 천체 관측을 토대로 작성된 달력에는 여러 가지 곡식의 파종과 수확을 기념하는 수많은 축제가 연달아 있었다. 태양신의 아들 없이는 번영이 있을 수 없다는 것을 확증하기 위해 매번의 축제에는 잉카의 수녀들이 밀접하게 관여했다.

농업과 관련된 의례만 있었던 것이 아니다. 12월의 카팍 라이미 (Capac Raymi) 때는 제국의 주요 도시들에서 아주 특별한 환희의 기회를 제공했다. 이 축제의 최고 절정이라고 할 만한 것 중 하나는 물론 단식과 끈기를 겨루는 경주, 격투와 희생 의식으로 이루어지는 잉카 젊은이들의 성년식이었다.

태양신의 축제인 인티 라이미(Inti Raymi)도 그에 못지않은 구경거리였다. 6월 하지에 행해진 이 축제에서는 태양신을 찬양하고 그의 보호를 간청했다. '성스러운 광장'에 모인 군중은 모차(mocha)의 자세로 낮은 소리로 노래하면서 인티의 첫번째 빛을 기다렸고, 정확히 태양쪽을 향해 열려 있는 골목길들로 햇빛이 뚫고 들어오면서 탄식 소리는 점점 높아졌다.

온통 화려하게 치장한 사파 잉카는 치차가 가득 담긴 나무나 금으로 된 단지를 손에 들고 있었다. 첫번째 단지는 태양신의 단지로, 잉카는 그것에 담긴 치차를 광장 연못에 부었다. 그러고 나서 두번째 단지에 담긴 치차를 조금 마신 뒤 자신을 둘러싼 귀족들에게 건네주었다. 북과 소라고둥과 '목신의 피리'와 나팔 소리에 맞춰, 그들은 함께 일군의 무희들을 앞세운 채 태양신의 신전, 코리칸차(Coricancha)를 향해 가서 신성한 별에게 경의를 표했다. 오직 혈통 있는 잉카족만이 코리칸차 안으로 들어갈 수 있었다. 코리칸차의 벽은 금판으로 도금되어 있어서 아침 햇빛에 눈부시게 반짝였다.

광장에서는 검은 라마의 희생 제의가 진행되었다. 제의 집행자는 라마의 팔딱거리는 심장과 내장을 꺼내어 관찰해서 한 해의 사건들을 예견했다. 그러고 나면 대신관이 들고 있는 오목 거울을 이용해 보풀이 일어난 솜털에 햇빛을 모아 불을 피웠다. 그렇게 피워진 불은 코리칸차에서 일 년 내내 타올랐다. 의식이 끝나면 며칠 동안 축연이 벌어지고 곳곳에 치차가 넘쳐흘렀다.

혈통 있는 잉카족만을 위한 축제도 있었다. 대규모 정결 의식인 시투아(Citua)가 행해질 때면, 꼽추며 절름발이 혹은 언청이와 이방인 들은 모두 도시 중심부에서 쫓겨났다. 개 짖는 소리가 의식에 방해되지 않도록 개들도 모조리 쫓겨났다. 그리하여 깊은 침묵이 시간을 정지시켰다. 남아 있는 사람들은 약간의 물과 반쯤 익힌 옥수수만 허락되는 엄격한 단식에 따라야 했고, 성관계도 금지되었다. 단식 셋째날에는 다섯 살부터 열 살 사이 아이들의 양미간에서 뽑은 피를 넣어 산쿠(zancu)라는 옥수수 반죽을 만들었다. 밤이 되면 칸차와 신전과 궁전의 축제 참가자들은 가장들과 신관들의 지휘 아래, 질병을 쫓기 위해 몸에 그 반죽을 발랐다. 드디어 태양이 떠오르면 모두가 도시의 모든 악을 물리쳐달라고 태양신에게 간청했다. 바로 그때 태양신의 사자인 젊은 귀족 한 사람이 사크사우아만에서 뛰어 내려왔다. 사크사우아만은 쿠스코를 굽어보는, 어마어마한 성벽이 있는 태양신의 집이었다.

달리는 데 거치적거리지 않도록 운쿠의 허리를 묶은 그 귀족 청년과 마찬가지로 화려하게 차려입은 네 명의 잉카인이 광장에서 그를 기다렸다. 광장에 도착한 태양신의 사자가 색색가지 깃털로 장식된 창으로 네 동료의 창을 건드리면 그들은 각자 제국의 네 방향으로 돌진했다. 그들의 달리기는 십여 킬로미터쯤 계속된 뒤에야 멈췄다. 그곳은 굵은 강줄기가 '세상의 배꼽'의 온갖 더러움을 씻어낼 수 있는 곳이었다.

축제 다음 날 밤에는 사람들이 불붙은 커다란 짚단을 가지고 거리로 나와서 도시 끝의 흐르는 물에 이를 때까지 내던졌다. 이제 그들에게서도 어둠의 악이 멀어지고, 마침내 모든 사람들이 향연과 음주를 즐길 수 있게 된 것이다.

축제의 흥분이 가라앉고 나면 사람들은 저마다 자기 일터로 돌아갔다. 아클라들은 조용한 은신처에서 다시 옷감 짜는 일을 시작했다. 치무족 금은세공사들의 화덕은 다시 붕붕 소리를 내며, 잉카족이 제시한 규칙에 따라 작은 밀랍 우상들을 만들었다. 도기 제조공은 다음번 축제를 위해 장식이 훨씬 화려한 단지들을 만들었다.

사람들은 지난 며칠간의 화려함, 최근에 제국에 합병된 새로운 부족의 낯선 복장, 치차와 고기의 맛, 태양신 아들에게서 발산되는 권능, 다음 해의 평안과 번영을 백성에게 약속한 예언에 관한 이야기를 주고받았다. 신관들은 타완틴수유의 수백 개 신전 안에서 세상의 질서를 유지하는 데 필요한 희생 제물들을 바쳤다.

도시 밖에서는 '세상의 배꼽'을 좀더 아름답게 꾸밀 바위를 옮기느라 수십 명의 일꾼들이 끙끙거리며 힘쓰는 소리와 석공들의 새로운 망치 소리가 작업장에 울려 퍼졌다.

오백여 년이 지난 지금도 우리는 여전히 그들에게 경탄한다.

잉카, 그 웅장한 서사와 신비

　최근 사오 년 동안 내 주변에서 참으로 많은 일들이 일어났다. 아무리 세월이 흘러도 상처가 결코 아물지 않을 것 같은 괴로운 일도 있었고, 두 번 다시 얼굴 들고 사람들을 마주할 수 없을 만큼 수치스러운 일도 있었다. 하지만 지금, 비록 흉터는 남았어도 그 상처에서는 더이상 피가 흐르지 않고 수치의 빛깔도 희미하게 퇴색되어 기억의 저편으로 숨어버렸다. 고작 사오 년 전의 일도 그러할진대, 하물며 사오백 년 전의 고통과 열정과 환희와 분노를 생생한 감각으로 다시 느낀다는 것이 있을 수 있는 일일까? 쉽게 망각의 먹이가 되는 우리의 일상에서는 가당치 않은 일이지만, 케케묵은 세월의 먼지를 털어내고 그것을 가능하게 하는 것이 바로 역사소설의 힘이요 매력이다. 그 때문에 우리는 이 책을 읽으면서 까마득한 옛날에 있었던 아나마야와 가브리엘의 사랑에 애달파하고 그들의 분노와 고뇌에 안타까워하고 그들의 열정과 신념을 고스란히 느낄 수 있다.

중세 서양을 배경으로 한 역사소설을 써서 많은 인기를 누리고 있는 일본 작가 사토 겐이치는 자신의 전공인 역사학자의 길을 마다하고 소설가의 길을 택한 이유를 이렇게 설명한다. "조금 억지스러운 비유이지만, 역사학자의 작업이 역사적 사실의 시체를 해부하는 것이라면 역사소설가는 역사적 사실을 살아 있는 것으로 붙잡을 수 있지요." 지나간 과거에 생생한 현장을 마련해주고 과거의 인물들에게 살아 움직이는 생명력을 부여할 수 있다는 것, 그것이 그를 매료시킨 요인이라는 것이다. 여기서 역사소설이란 무엇이며 역사적 사실의 왜곡이 어느 정도까지 허용될 수 있는가 등을 따지는 원론적이고 까다로운 논의는 접어두고, 역사소설이란 '역사를 재구축하고 그것을 상상적으로 재창조하는 허구적 서사 유형'이라는 일반적인 정의를 받아들이도록 하자. 우리는 어디까지나 소설 작품을 읽는 것이지 역사 공부를 위해서 책을 읽는 것이 아니기 때문이다. 그런 의미에서, 잉카 제국이 스페인에 정복당하던 시기의 시대적 분위기과 풍속에 대한 고증을 바탕으로, 역사의 전면에 드러나지는 않았지만 있을 법한 틈새의 이야기를 풍부한 상상력으로 재구성한 『잉카』는 훌륭한 역사소설이라고 할 만하다.

애초에 이 작품은 페루에 갔다가 잉카 문명에 깊이 매료된 출판 편집자 베르나르 픽소(Bernard Fixot)의 아이디어에서 출발했다고 한다. 그는 비록 역사적인 기념물들은 폐허가 되었지만 잉카 문명은 여전히 도처에 존재하면서 그 기이한 흔적을 남기고 있다는 인상을 받고, 그것을 대하소설로 전환시켜보고 싶은 욕구를 느꼈다. 그러한 구상 아래, 그는 세 명의 작가를 모집했고 그들의 작가적 역량에 의해 『잉카』가 탄생했다. 일찍이 문학적인 환경에서 성장하여 출판사 편집자의 경력을 거쳐 소설 창작에 투신한 앙투안 오두아르(Antoine Audouard), 여러

직업을 전전하다가 글쓰기에 뛰어들어 『페루의 정복』이란 첫 소설을 발표한 후 여러 권의 소설을 내놓은 바 있는 장 다니엘 발타사(Jean-Daniel Baltassat), 그리고 잉카 문명 전공자인 베르트랑 우에트(Bertrand Houette)가 바로 그들이다. 특히 베르트랑 우에트는 티티카카 호수를 보고 첫눈에 반하여 잉카 문명에 관심을 쏟게 되면서 남아메리카 대륙을 휘젓고 다녔다. 프랑스로 돌아온 그는 학업에 정진하여 잉카족의 건축과 순례지에 관한 논문으로 D.E.A. 학위(프랑스 학제에서 석사 학위 취득 후 박사 과정 수료를 승인하는 학위)를 받았다. 그는 지금도 매년 다섯 달은 남아메리카에서 지내면서 자료 조사와 연구를 계속하고 있다.

이와 같은 작가들의 능력에 힘입어, 『잉카』는 당시 잉카족의 생활상과 풍속 및 신화를 아주 세밀한 영상으로 펼쳐 보인다. 작품을 읽다 보면, 투석기를 돌리고 강철 활을 쏘고 도끼를 휘두르는 치열한 전투 장면, 신비한 분위기 속에서 전개되는 잉카족의 종교 의식, 잉카 왕들의 화려한 생활 모습, 잉카족의 의식주 생활, 페루의 장중한 자연환경 등이 마치 웅대한 스케일의 영화 장면처럼 머릿속을 스치고 지나간다. 아닌 게 아니라 베르나르 픽소는 이 작품을 구상하던 단계부터 영화화 작업을 염두에 두고 있었고 곧 그 계획을 실천에 옮길 것이라고 하니, 독자의 머릿속에 영상이 떠오르는 것은 우연이 아닌 듯하다. 그 생생한 영상에 빠져들다 보면, 이 작품은 단지 역사적인 사실에 역점을 둔 역사소설의 차원을 넘어서서 하나의 풍속소설로 다가오기도 한다. 뿐만 아니라 스페인의 가톨릭 이데올로기와 잉카족의 신비스러운 종교가 첨예한 대립을 이루면서 인간의 종교 문제를 진지하게 고찰하는 종교·신화소설이기도 하고, 권력과 부를 둘러싼 질투와 배신과 음모가 전개되는 측면을 고려한다면 정치소설의 색채마저 띠고 있다. 요컨대 이 소설의 묘미는 시대와 인물에 대한 작가의 통찰력이 인간 본연의 문제를 깊이 있게 다루어 여러 가지 방향의 독서를 가능하게 하는 데 있다고 할 수 있다.

그러나 그와 같이 다양한 축으로 이야기가 전개되는 가운데에서도 주된 플롯을 구성하는 것은 단연 아나마야와 가브리엘의 힘겹고도 숙명적인 사랑의 이야기이다. 편집자의 말로는, 이루어질 수 없는 사랑의 고전적 인물이 된 로미오와 줄리엣을 염두에 두었다고 한다. 사실 현대소설을 비롯하여 텔레비전 드라마나 영화에 이르기까지 이루어질 수 없는 사랑을 다루는 멜로드라마는 흔하디흔하다. 다시 말해 식상하기 쉬운 주제인 것이다. 그런데 왜 옛 문명을 배경으로 펼쳐지는 아나마야와 가브리엘의 사랑은 자칫 통속적으로 치부되기 쉬운 멜로드라마의 사랑과는 달리 운명적이고 위대해 보이는 것일까?

공동체 의식이 사라지고 인간의 삶을 관장하는 절대적인 가치 기준이 무너지면서 현대인은 절대 자유를 얻었는지는 모르겠지만 대신 잃어버린 것이 있다. 그것은 삶과 죽음에 대한, 그리고 우주를 지배하는 초자연적인 힘에 대한 존엄성이다. 따라서 개개인이 내면의 방에 틀어박혀 파편화된 삶을 살아가면서 환멸과 냉소에 익숙해진 현대인은 웅장하고 비장한 열정을 경험하기가 매우 어렵다. 뚜렷한 대의와 초월적인 의지가 분명히 존재했고 그것을 위해서 자신의 목숨을 포함한 전 존재를 내던질 수 있었던 옛사람들과는 달리, 현대인은 자신의 모든 존재를 주저 없이 투영할 수 있는 대상을 찾기가 쉽지 않은 것이다. 그런 점에서 옛사람들은 우리보다 더 행복했는지도 모른다. 자신이 처한 현실을 초월하여 자신의 전부를 거는 비장한 열정으로 무엇인가에 몰두할 수 있었다는 점에서……

　사랑도 마찬가지가 아닐까? 현대인의 사랑은 종종 현실적이고 자질
구레한 일상에 부딪혀 작은 조각으로 깨어지고, 분석하고 계산하기 좋
아하는 속성으로 말미암아 비장한 열정으로 나아가지 못한다. 하지만
아나마야와 가브리엘의 사랑은 종족의 차이와 세월과 온갖 고통을 뛰
어넘어 이어지면서 초월적인 힘으로 맺어진다. 또한 평온하고 신비로
운 대자연 속에 신화적인 요소가 첨가되어 웅장한 스케일로 확장된다.
그리고 마지막에 이르러, 인간의 탐욕에서 비롯된 잔인한 피의 향연이
끝난 후 아나마야와 가브리엘의 사랑은 한 마리 새가 되어 새롭게 태
어날 세상을 내려다보는 신비의 꽃을 피운다. 그들의 사랑이 세월의 장
막을 뚫고 나와 우리에게 감동을 자아낼 수 있는 것은, 우리의 잃어버
린 신비와 웅장한 열정에 대한 향수를 자극하기 때문이 아닐까?

　역사소설은 과거의 충실한 재현 그 자체에 목적이 있는 것이 아니
라, 과거를 통해 우리의 삶을 비추어 보는 데 그 의미가 있다. 이 작품
을 읽으며 우리 마음속에 잠들어 있던 웅장한 서사와 신비를 잠시나마
다시 일깨울 수 있다면, 그것은 아나마야와 가브리엘이 건네주는 최상
의 선물이 될 것이다.

2007년 가을
진인혜

옮긴이 **진인혜**

연세대학교 불문학과를 졸업하고 동 대학원에서 플로베르 연구로 석사, 박사 학위를 받았다. 파리 4
대학에서 D.E.A.를 취득했으며 현재 배재대학교에서 강의하고 있다. 저서로는 『프랑스 리얼리즘』
이 있으며, 옮긴 책으로는 『부바르와 페퀴셰』 『플로베르』 『티아니 이야기』 『말로센 말로센』 『종말
전 29일』 『통상관념사전』 『해바라기 소녀』 『미소』 등이 있다.

문학동네 세계문학
잉카 3 · 마추픽추의 빛

초판인쇄	2007년 11월 28일
초판발행	2007년 12월 4일

지 은 이	앙투안 B. 다니엘
옮 긴 이	진인혜
펴 낸 이	강병선
책임편집	이후남 신선영
펴 낸 곳	(주)문학동네
출판등록	1993년 10월 22일 제406-2003-000045호

주 소	413-756 경기도 파주시 교하읍 문발리 파주출판도시 513-8
전자우편	editor@munhak.com
전화번호	031) 955-8888
팩 스	031) 955-8855

ISBN   978-89-546-0428-4 04860
        978-89-546-0425-3 04860 (세트)

www.munhak.com

문학동네 세계문학

왜 날 사랑하지 않아? 클레르 카스티용 | 김윤진 옮김
매력적인 악당의 잔혹한 러브스토리
'천사의 얼굴로 악마의 글을 쓰는 작가' 클레르 카스티용. 사랑하고 사랑받는 것의 행복을 알지 못하는 상처 입은 짐승의 기괴한 사랑 이야기를 담았다. 천진한 입술로 내뱉는 독설, 독자의 예상을 교묘히 피해가는 능란함, 가치판단이 배제된 대담한 내러티브를 선사한다.

로즈 베이비 클레르 카스티용 | 김민정 옮김
강철도 부식시킬 만큼 치명적인 이야기
세상에서 제일 재미있다는 '남의 싸움 구경하기'의 진수를 보여주는 이 사랑스러운 잔혹극들은 출간 즉시 5만 부 이상이 팔리며 문단에 파란을 일으켰다. 여자 vs. 여자, 그녀들의 충돌을 흉악, 잔인, 절망의 코드로 다루며 밉지만은 않은 악녀들과의 신선한 만남을 선사한다.

꿈꾸는 앵거스 알렉산더 매컬 스미스 | 이수현 옮김
신과 인간이 공존하는 켈트 신화 이야기
사랑과 꿈을 안고 밤하늘로 날아오르는 자 앵거스. 사랑, 미(美), 젊음의 신 앵거스를 보는 순간 우리는 사랑에 빠져들고 진정 원하는 꿈과 만나게 된다. 이야기의 마술사 알렉산더 매컬 스미스의 손끝에서 꿈은 현실이 되고 현실은 다시 꿈이 되는 켈트 신화가 되살아난다.

아가멤논의 딸 이스마일 카다레 | 우종길 옮김
희생과 공포, 인간의 정신적 몰락에 관한 비극
『부서진 사월』『꿈의 궁전』 등으로 국내에도 잘 알려진 알바니아 출신의 세계적 작가 이스마일 카다레의 신간. 한 여인의 불길한 희생을 고대 그리스에서 일어난 이피게네이아의 희생과 오버랩시켜, 권력과 공포의 본질을 소름 끼치도록 날카롭게 통찰하고 있는 수작.

미크로코스모스 아스카 후지모리 | 홍은주 옮김
일본 역사의 괴상한 변주, 그 유쾌한 비틀기
전작 『네코토피아』로 그 기발한 작품세계를 인정받은 작가 아스카 후지모리. 장중한 일본 고대사를 경쾌하고 섹시한 익살극으로 바꿔버린 역사 판타지! 역사의 순환과 불교적 세계관을 자유로운 상상과 놀라운 반전, 촌철살인의 언어로 펼쳐 보인다.

네코토피아 아스카 후지모리 | 이주희 옮김
고양이 죽이기의 진수를 보여주는 블랙 코미디
온갖 기상천외한 방법으로 고양이를 죽이는 실험에 몰두하는 꼬마 주인공 아스카와 '유니크하게' 죽기 위해 고심하는 지도자의 좌충우돌을 그렸다. 만화에서나 나올 법한 온갖 풍자와 패러디, 우스꽝스러운 인물 설정이 소설의 독특한 형식과 맞물려 있다.

나라 없는 사람 커트 보네거트 | 김한영 옮김
보네거트의 품격 있는 유머와 날선 풍자!
'저 위의 누군가'가 가장 사랑한 우리 시대의 작가 커트 보네거트가 남긴 마지막 작품! 세상의 부조리를 통렬하게 찌르는 블랙 유머의 대가이자 특유의 입담과 날카로운 필치로 마크 트웨인의 직계라 불리는 작가의 진면목을 담은 에세이이며, 미국의 현주소를 엿볼 수 있는 사회정치 칼럼.

토요일 이언 매큐언 | 이민아 옮김
한 인간의 내면에서 벌어지는 폭력에 맞선 투쟁
영국 현대문학의 최고 지성 이언 매큐언이 묘사하는 박진감 넘치는 폭력의 세계! 가장 안전하고 견고해 보이던 삶이 한순간 끔찍한 재앙으로 돌변하는 과정을 집요하고도 서늘하게 보여준다. 현대의 일상에 편재한 불안과 어둠을 탁월하게 그려낸 리얼리즘의 수작.